暗恋巴比伦

六经注我 著

上 册

青岛出版集团 | 青岛出版社

图书在版编目（CIP）数据

暗恋巴比伦 / 六经注我著.-- 青岛 ：青岛出版社，
2024. 7. -- ISBN 978-7-5736-2459-8

Ⅰ．I247.5

中国国家版本馆CIP数据核字第2024C0Z866号

ANLIAN BABILUN

书　　名	暗恋巴比伦
作　　者	六经注我
出版发行	青岛出版社（青岛市崂山区海尔路182号）
本社网址	http://www.qdpub.com
邮购电话	18613853563
责任编辑	郭红霞
校　　对	李晓晓
装帧设计	千　千
照　　排	梁　霞
印　　刷	三河市良远印务有限公司
出版日期	2024年7月第1版　2024年7月第1次印刷
开　　本	32开（880mm×1230mm）
印　　张	17.5
字　　数	406千
书　　号	ISBN 978-7-5736-2459-8
定　　价	69.80元（全2册）

编校印装质量、盗版监督服务电话 4006532017　0532-68068050

目 录

上 册

目录

下册

第一章
寥廓宇宙

孟韶人生中的第一次转折发生在 15 岁。

7 月，她作为全校的年级第一，收到了市重点高中礼城外国语学校的录取通知书，荣耀、骄傲伴随着燥热的空气在那个暑假如高烧不退，而开学之后，她才得知，自己的分数在礼城外国语学校招收的 800 个人里只能排到中游。

挣扎着努力了一个学期之后，在高一下学期的第一次月考中，孟韶考出了有生以来最低的名次。班主任通知开家长会，孟韶父母离得远，又心疼车票钱，便拜托邻居杨伯伯在市区参加工作的女儿杨旖漫代为参加。

孟韶怕杨阿姨找不到自己的班级，开家长会那天特地站在教室外面的走廊里等她。

一道玻璃将孟韶与明亮的春日分隔开，窗外的杏树正在阳光里从容不迫地开着白色的花，她低头望着手中的成绩单，班级排名那一栏里写着一个平平无奇的"25"。

孟韶不知道，假如自己还像以前一样次次考年级第一，爸爸妈妈是不是还会嫌远，又会不会这么心疼钱。

她的肩膀突然被人拍了一下。

孟韶抬眸，纤长的睫毛下露出一双清澈的眼睛。

同桌许迎雨凑过来问："你阿姨还没来啊？"

许迎雨是班里的团支书兼英语课代表，被班主任老郑指定来家长会上帮忙的几个班干部之一。

孟韶用细细的声音"嗯"了一声，从校服口袋里拿出手机看了一眼时间。

家长会10点钟开始，现在已经9点45分了，杨阿姨还没有联系她。

"是不是记错时间了？你要不打个电话问问？"许迎雨说。

孟韶犹豫片刻，摇了摇头，开口讲话时不知是说给对方还是安慰自己："应该不会记错的。"

不打电话不是对杨阿姨的记性特别信任，而是因为她其实有点儿怕对方。

杨阿姨在全市最大的企业嘉远集团工作。来礼城外国语学校报到之前，父母专程带孟韶拎着礼物登门拜访过杨阿姨。关于那次经历，孟韶印象最深的是自己不认识杨阿姨家里的智能扫地机，在它开到脚边的时候被吓了一跳，机器反光的黑色外壳上映出杨阿姨不苟言笑的脸。

孟韶爸爸说有本事的人都是这样，不笑才显得威严。

他还说杨阿姨是孟家的恩人，以前孟韶的弟弟孟希急性哮喘发作来市一院就诊，还是对方托熟人帮忙挂上了号。

面对父母都这么尊敬的杨阿姨，孟韶就更加小心翼翼，生怕有什么地方表现得不好，损害了两家的关系。

许迎雨想了想，又道："老郑让我去校门口帮咱班家长带路，要不我帮你留意看看，你阿姨穿什么样的衣服你知道吗？"

孟韶感激地说了声"谢谢"，找出昨晚同杨阿姨的聊天儿记录，边看边告诉许迎雨道："阿姨说她会穿灰色的套装。"

五分钟之后，孟韶收到了许迎雨发给她的一张照片。

许迎雨："这是不是你阿姨？"

许迎雨："她在跟程泊辞说话，他们认识吗？"

照片是把镜头拉近了拍的，画面中的人的确是杨阿姨，她对面还站着一个戴黑色口罩的男生。

男生身形挺拔，比穿高跟鞋的杨阿姨还高出将近一个头，听她说话的时候微微低着头，神色淡漠，没什么多余的情绪。

礼城外国语学校那身蓝白相间的校服原本最普通不过，穿在他身上，却忽然有了一种很特殊的味道。

交际圈狭小如孟韶也知道程泊辞，他是礼城外国语学校最耀眼、最遥不可及的存在，跟她完全就是两个世界的人。

"可能是，我不太清楚。"孟韶回复许迎雨道。

说到底她同杨阿姨只见过几面，也不是对方的什么事情她都晓得。

许迎雨没再追问，只说："你自己过来找她，他们还没说完话，我先给别的家长带路了。"

孟韶还没来得及回复，许迎雨就又想起了什么："对了，你能不能找个人帮我送一份咱们班的成绩单给英语老师？我刚才出来的时候忘记了，成绩单就在我桌上。"

"我帮你送吧，正好我要去办公楼外面的宣传栏看看年级大榜。"孟韶道。

其实她本来没打算去看。

她不像礼城外国语学校大部分人是直接从初中部考上来的，彼此之间都有印象，那张年级大榜上除了本班同学她就不认识几个人，谁考第一，谁考第二对她来说没多大分别，而她拿着在年级里排好几百的名次，也不够资格去评头论足谁是黑马，谁又发挥失常。

孟韶只是想帮许迎雨而已，毕竟她清楚自己在礼城外国语学校普通到就像一道人形空气，想交朋友，想得到别人的喜欢，也只拿得出这点儿天生的体贴温柔。

从许迎雨的桌子上找到成绩单，孟韶先去了教师办公楼。

虽然她对年级大榜没什么兴趣，但在楼下宣传栏前面挤着看的人不少。

经过时，那些人议论的只言片语落进她的耳朵里，她听见有人用夸张的口气说："不是吧，年级第一又是程神，还比第二高了整整 13 分！"

不知是谁在一旁接话："程泊辞当初可是市中考状元，他不考第一难道你考第一？"

先前那人嘻嘻哈哈道："倒数的话也不是没可能。"顿了顿，他又半开玩笑地说，"不过要是我家也跟他家一样有上市公司，我才不来礼城外国语学校卷，随便念几年书回去继承家产得了。"

孟韶这才想到杨阿姨为什么会认得程泊辞——她听对方说过，嘉远集团最上面那位大人物姓程。

她跟程泊辞不在一个班，想起来似乎也只在开学典礼上见过他作为新生代表发言。那时候他站在主席台上，离她很远，看不清五官，她只记得他的声音属于偏冷的那种类型，听着像耳朵里下了场薄雪，有种挥之不去的凉。

宣传栏前面那群人的话题已经偏离到上周有女生在升旗仪式上偷拍程泊辞被教导主任发现的八卦事件上，孟韶没有继续听下去，加快脚步走进了办公楼里。她经常帮许迎雨给英语老师做事，熟门熟路地找到了英语组。

英语老师不在，听办公室里其他老师说是去文印室了，孟韶便把成绩单放到了对方的办公桌上，又细心地拿笔筒压住，防止被风吹跑。

送完成绩单从办公楼里出来之后，她对着许迎雨发给她的照片，在校门口找到了杨阿姨。

对方还在同程泊辞寒暄，孟韶没有走得很近，站在几步开外的地方安静地等着。

杨阿姨对程泊辞笑得亲切，开口时甚至还带了几分讨好："泊辞这次又考了第一，程总一定很高兴吧。我总跟我儿子说，他要是有你一半优秀我就满意了……"

孟韶没有仔细地看杨阿姨难得一见的笑脸，也没有认真地听杨阿姨都说了哪些漂亮话，她的注意力全都被程泊辞吸引了。

今天天气晴朗，光在程泊辞的脸上流连，他的黑色口罩挂在高挺的鼻梁一半的位置上，与他冷白的皮肤形成了鲜明的对比。

他虽然只露了半张脸，但已经足够让人挪不开视线，不知道摘下口罩之后，到底会好看到怎样的地步。

他身后有棵杏树，正逢花期，开得如同冷雾漫漫，一阵风吹过，半朵莹白的杏花翩然坠落在他的肩头，又被他用骨节分明的手指漫不经心地拂去。

孟韶下意识地屏住了呼吸，有种自己误闯进电影画面里的错觉。

她突然就理解了他为什么会获得那么多关注。

程泊辞面对杨阿姨的恭维，一直没有接话，终于开口的时候，说的却是："阿姨，我还有别的事。"

他的态度礼貌而冷淡。

不知为什么，孟韶觉得，程泊辞说话的样子，好像并没认出杨阿姨是谁。

"好，那阿姨不耽误你了。"杨阿姨脸上仍旧笑容洋溢，仿佛无论听到程泊辞说什么都会觉得很高兴，"记得帮我向程总问好。"

她理了理外套的衣领，转头的时候正好看到了孟韶。

杨阿姨像是才想起自己今天来礼城外国语学校是为了做什么，招手让孟韶过去。

察觉到程泊辞的视线顺便落在了自己身上，孟韶不由自主地开始紧张，明明只有几步的距离，她却突然局促起来，变得不会走路了一样，自己都不知道怎么来到杨阿姨附近的。

近距离站在程泊辞旁边，孟韶闻到了他身上似有若无的洗衣液香气，味道清冽，让她想起了去年冬天的初雪。

孟韶在把成绩单递给杨阿姨之前特地折了一下，虽然程泊辞根本不认识她，但她不想让他看到那个不够出色的名次。

杨阿姨边展开边问："现在几点？家长会是不是快开始了？"

孟韶从校服外套里拿出手机给杨阿姨看时间，这时耳畔骤然响起一声吊儿郎当的"程大班长"。

她下意识地抬头，看到程泊辞旁边出现了一个比他稍矮的男生。

男生对程泊辞态度熟稔，应该是他的朋友。

看到杨阿姨和孟韶，男生随口问了句："有人找啊？"

"说完了。"程泊辞道。

男生"哦"了一声:"班主任让我叫你回去,咱们班家长都签过到了,你不用在这儿等了。"

他又开始说别的:"辞哥,你是真牛啊,我刚才又仔细地研究了一下成绩单,整个年级就你一个人物理满分……"

孟韶把头低下去。她手机设置的是指纹解锁,她刚按了下屏幕,指纹就识别成功,回到了熄屏之前的界面。

她忘了自己没有退出聊天儿软件的图片预览,许迎雨发给她的那张照片,就这样一览无余地暴露在明亮的光线里。

与此同时,程泊辞朋友说话的声音突兀地停下,他"咻"的一声笑了,然后压着嗓子,怪腔怪调地来了句"哇哦"。

孟韶的脸一下子热了,她飞快地瞄了眼时间就关掉了手机,小声告诉杨阿姨:"阿姨,现在是9点54,还有6分钟。"

杨阿姨在看她的成绩单,没注意到男生的怪笑和那张不合时宜的照片,闻言道:"那我现在过去。你在高一(7)班是吧?"

得到孟韶肯定的答复之后,杨阿姨便踩着高跟鞋朝教学楼的方向走过去,脚底发出清脆的脚步声。

孟韶正要跟上,就听见程泊辞身旁的男生笑嘻嘻地对他说:"不是,现在偷拍你的居然都这么明目张胆了吗?戳你跟前直接拍啊?"

接着他又侧过脸去看孟韶,戏谑地道:"我不帅吗,妹妹?怎么不拍拍我?"

孟韶被他说得满脸通红,步子也停了。

直到程泊辞看了她一眼,她才想起来要解释。

但程泊辞看起来并不关心这个,他收回目光,什么话都没说就走了。

眨眼间校门口只剩下孟韶一个人。

刚才落在程泊辞肩头又被他拂落的半朵杏花还掉在地上，像一滴色彩柔和的颜料意外地落进这个春天里。

孟韶原本混杂着焦急、失落与为难的心情不知什么时候已经被另一种情绪替代了，心室里像有片引力未知的温热潮汐在缓慢地回荡。

这是她从来没体验过的感觉。

孟韶忽然没头没脑地想到，也许高中三年，这会是她跟程泊辞唯一一次产生交集。

虽然他连句话都没有跟她说。

晚上 9 点 40 分，是礼城外国语学校晚自习放学的时间。

今天老郑没有留到最后一节晚自习才走，下课铃响过，高一（7）班教室里的气氛顿时松散下来。在一片桌椅挪动的声响中，孟韶盖上笔帽，把没做完的作业合起来塞进书包里，准备去值日。

她低着头拉书包拉链的时候，有人停在她的桌前，叫了一声她的名字："孟韶。"

孟韶抬眸，看清是跟她一起值日的蒋星琼。

蒋星琼整理了一下头发，说："我最近在上雅思一对一，口语课临时被调到今天晚上了，我一会儿可能要先回家上课。"

孟韶想了想，主动地说："你来得及吗？要不我一个人去吧。"

蒋星琼没有跟她推辞的意思，道了谢就走了。

一旁的许迎雨嘀咕道："她明明可以提前找人换的。"

孟韶很好脾气地说："没关系的，她应该就是忘了。"

许迎雨又道："你知道吗？她那个雅思课要 400 块一个小时，昨天体育课下课后往回走的时候我听见她跟别人聊天儿，说她准备

· 8 ·

高二开始刷雅思分，将来申请国外的学校给高考保底。"

顿了顿，她又说："不过蒋星琼成绩好，到时候估计还能跟程泊辞争一争 P 大的英语类保送。"

礼城外国语学校是全国具备推荐外语类保送生资格的十几所高中之一，每年都有一部分保送名额，但这其中一般只有一个人可以进入顶尖学府 P 大。

孟韶听到程泊辞的名字，眸光莫名其妙地闪烁了一下。

许迎雨叹了口气："反正他们这种家里条件好的人就是选择多。不过我觉得蒋星琼肯定比不上程泊辞，你看她这次虽然考了年级前几名，但比程泊辞总分低了 20 分。"

孟韶接不上话。其实对她来说，像许迎雨这样从附中考上礼城外国语学校、家住市区可以走读的条件，已经算是非常优渥了。

许迎雨看了眼时间，及时地打住了话头："你赶紧去值日吧，你们学校宿舍不是十点半就熄灯吗？"

这学期 7 班的室外值日地点是实验楼的物一实验室。孟韶随着放学的人流走出教学楼，微凉的空气瞬间包围了她。

放在校服口袋里的手机在这时候振动起来，孟韶拿出来，看到来电显示是她妈妈迟淑慧。

孟韶走到离人群稍远、不那么嘈杂的地方才按下接听键，乖乖地喊了一声"妈妈"。

"你下课了？"迟淑慧问。

孟韶点头："嗯，我现在要去做值日。"

迟淑慧絮絮叨叨地说："给你开完家长会之后你杨阿姨给我打了个电话，说你的英语成绩不太好，在年级里连中游都算不上。你自己想办法提高提高，别觉得进了礼城外国语学校就可以松懈了……"

孟韶安安静静地听着，虽然迟淑慧并不了解她现在的处境，但她一句话都没有反驳，免得惹妈妈生气。

"对了，你弟弟也快中考了，他上次考试的成绩不太理想，我跟你爸爸商量了一下，想着给他报个补习班，"迟淑慧停顿片刻，语气缓和了一些，"就先不给你换手机了，反正你那个还能用，是吧？"

孟韶沉默几秒，说了声"好"。

她的指尖抵在手机漆痕斑驳的后壳上。这部手机还是爸爸孟立强不用了才给她的，很多年前的款式，系统经常卡顿，按键偶尔还会失灵。

孟韶被礼城外国语学校录取之后，迟淑慧答应给她换手机，却一直没有兑现，直到今天用孟希要报补习班的事情终结了这个承诺。

电话里迟淑慧又说起家里那家小书店最近生意不怎么好，隔一条街的地方有人新开了一家书店，专卖教辅资料，离周围的学校也更近。

晚风习习，孟韶听着电话慢慢往实验楼走，想起自己初中的时候，迟淑慧从没提过让她上补习班。

虽然那时她成绩很好，但也不是每次模拟考试都能超过礼城外国语学校的分数线。

实验楼靠近学校南门，孟韶经过的时候正好接完电话，她将手机放回口袋里，听见前面两个人在议论校门外停着的那辆车。

一个人问了句什么，另一个道："迈巴赫吧，我玩《侠盗猎车手》的时候在里面看过一辆整车，跟这个特像。"

昏暗的夜色中，那辆黑色迈巴赫的金属漆泛着浅淡的冷光，典雅高贵，孟韶匆匆地瞥了一眼，收回视线。

她到物一实验室的时候门是关着的，里面有老师讲题的声音。

孟韶这才想起，月考之后学校就正式成立了学科竞赛集训队，进入集训队的人每天都要抽出最后一节晚自习在实验楼上课。

集训的名额很少，就算通过了选拔考试，也是根据平时的考试成绩从前往后录取，孟韶也试着参加过，但在第一关就被淘汰了。

她站在实验室后门，踮起脚朝里面望过去，目光经过某一个座位的时候，下意识地逗留了几秒。

程泊辞坐在那里。

他还是戴着黑色的口罩，再往下是好看的脖颈线条，校服外套敞开，露出里面的白 T 恤。

干干净净的颜色，让孟韶想起自己在旅游杂志上看过的北海道的云，会在澄澈的天空中变成雪的那种。

程泊辞没在听课，睫毛微微下垂，两条笔直的腿和课桌桌斗之间放了本摊开的书，他一只手张开，用修长的手指压着书页，另一只手自然地垂落下来。

孟韶听见讲台上的老师说还有最后一道题，讲完就下课。

大概是看台下坐的这些尖子生都开始心不在焉，老师往黑板上抄完题目之后，忽然说："要不我们找个同学来讲吧。"

接着他看向讲台上贴着的座次表，随口点了个名字："余天，你说我写步骤。"

那道题似乎很有难度，被老师点名的男生拧着眉看了半天，说了两步就卡住了。

老师又叫了一个女生。她往下多算出一个运动方程，但也没能想出完整的解题方法。

孟韶很好奇连集训队的人都做不出的题目到底有多难，于是拿出手机，想要把黑板上的题目拍下来。

"思路都想不到吗？"老师转了一下手里的粉笔，"都坐下。程泊辞，你来说。"

孟韶的手一顿。

程泊辞丝毫不见慌张，把书合起来推进课桌桌斗里，从从容容地站起身。

孟韶按快门的动作不自觉地慢了一拍，他的背影也被留在了照片里。

程泊辞扫了一遍题目，用清亮的嗓音说道："从运动方程可以推出弹簧系统做的是简谐振动，假设小球在某一时刻 t 处于平衡，可以得到包含两个待定常量的方程，然后分情况讨论哪一根弹簧先被拉断。"

完全看不出他刚才根本没听讲。

老师赞许地点头，转身按程泊辞的思路在黑板上写下最关键的几个解题步骤。

粉笔在黑板上走出痕迹，伴随着老师慢悠悠的声音："你们月考卷子上的压轴大题是我出的，那道题全校只有程泊辞满分。你们过来上课都专心点儿，不然以后参加竞赛连个铜牌都拿不到，全是浪费时间。"

写完最后一步，他把粉笔往讲台上一扔，说了句："行了，下课。"

孟韶等了一会儿，实验室里的人三三两两地收拾好东西往外走，唯独程泊辞还坐在座位上，低着头看腿上的书，像是想把那一页看完。

实验室里很快只剩下了他。

孟韶走进去的时候连呼吸都是小心翼翼的，生怕惊扰了对方。

她轻手轻脚地打开放打扫工具的柜子，从里面拿了扫帚出来。

忽然门外有人清脆地喊了一声"程泊辞"。

孟韶比程泊辞先转过脸去看。

门口站着一个漂亮的女生，校服长裤被改成了很合身的尺寸，没穿外套，上身是一件嫩黄色的薄毛衣，锁骨的地方设计了两块镂空，露出白皙的皮肤。

她的臂弯里是一个黑色的礼物盒，盒盖上印了漂亮的花体英文。

孟韶看女生眼熟，蓦地想起自己是认识她的。

上学期礼城外国语学校的校园艺术节上，对方表演的民族舞拿了一等奖，舞台照在学校办公楼下的宣传栏上一直挂到现在，照片下面有一行小字，是"高一（4）班，乔歌"。

许迎雨指给她看过，说乔歌也是附中的，从小学跳舞，走艺术特长渠道进了礼城外国语学校，喜欢她的人多得数不过来。

见程泊辞望向自己，乔歌笑盈盈地道："程泊辞，你出来一下。"

程泊辞皱了一下眉，将没读完的书反扣在桌上，孟韶觉得他看起来不太高兴。

走到实验室外面之后，程泊辞干脆利落地问："有事吗？"

乔歌说"有"，然后将手上的礼物盒递给他，大大方方地说："送你的，祝你生日快乐。"

程泊辞没接。

他垂眸看着乔歌，从眉目到声音都十分冷淡克制："谢谢，不过这个你拿回去。"

空气仿佛一瞬间降至冰点。

孟韶隔着实验室靠走廊的玻璃看见了乔歌难堪的表情。

她突然觉得自己应该藏起来，下意识地后退，却没防备撞倒了垃圾桶。塑料桶身倒在地上，发出不大不小的一声响。门口的乔歌听见之后，朝她投来一个意味不明的眼神。

程泊辞说完，看也没看乔歌的反应，转身要回实验室，而乔歌咬咬嘴唇，把礼物猛地塞进他怀里，随后便跑开了。

孟韶站在原地不知该做何反应，回过神之后，却发现程泊辞朝自己的方向走了过来。

他停在她面前，视线掠过一片狼藉的垃圾桶，骨节分明的手握着乔歌送的礼物递向她，平平静静地说："能不能麻烦你帮我丢掉？"

听到程泊辞主动同自己讲话，孟韶的大脑短暂地空白了半秒。她不敢同他对视，低垂视线看着未拆的包装盒，小声确认了一遍："你不要了吗？"

程泊辞发出一个冰冷的单音节词："嗯。"

孟韶接过来的时候，想到上次在校门口没来得及跟他解释自己没有偷拍他，于是鼓足勇气道："那张照片不是我拍的。"

程泊辞看着她，反问了一句："什么？"

孟韶意识到程泊辞已经不记得她了。

她抓着礼物盒，心里有些紧张，怕被他当作故意搭讪，便从校服外套里拿出手机，想找到那天许迎雨发给她的图片："就是月考家长会那天早上……"

孟韶的声音戛然而止。

她的手机屏幕上是刚才拍下来的那道物理题目，以及程泊辞的背影。

孟韶第一反应是去观察他的表情。

程泊辞没说话，只是淡淡地扫了她一眼。

孟韶觉得自己读懂了他的眼神，连呼吸都急促起来，白皙的耳垂透出绯红色："我真的不是故意的，拍这个是因为想看你们集训队的题目。"

她凭借记忆把题目复述了一遍，又撇清一样说："你的思路我听懂了，但是为什么最后直接就根据动能得到弹性势能了，是跳步了吗？"

因为紧张，孟韶攥着手机的指关节都泛了几分白。

程泊辞淡淡地说："题干有一个隐藏条件，系统做简谐振动，所以机械能守恒。"

说完，他回到座位上，把书收进双肩包里，背着双肩包离开了实验室。

望着程泊辞的背影，孟韶后知后觉地意识到，其实他自始至终都没有说过误会她偷拍，刚才给她讲题，只是出于礼貌替她缓解尴尬。

算着程泊辞下楼的时间，孟韶挪到窗边，看他从实验楼出去，经过不长的一段路，坐上了南门外面那辆迈巴赫。

从她的角度，可以看到他蓬松的黑发、高挺的鼻梁和微微俯身坐进车厢里时，校服下面清瘦的肩背轮廓。

隔天4班的乔歌给程泊辞送礼物被拒的新闻传遍了整个礼城外国语学校，上午大课间孟韶做完操回来，上楼的时候听见前前后后的女生都在议论这件事。

她没有直接回班，半路折进洗手间里上厕所，出来洗手的时候，一个熟悉的身影出现在了她的旁边。

孟韶抬眸，在镜子里看清了乔歌那张漂亮得很有攻击性的脸。

对方上下打量着她，神色称不上和善："昨天的事，是你说出去的？"

孟韶愣了一下，还没反应过来乔歌是什么意思，对方已经把她的反应当作默认，怒气冲冲地拧开做操时带的保温杯，将杯口朝向她泼了过来。

惊慌失措的孟韶下意识地往一边躲，虽然没有被浇到，但肘关节重重地磕上了洗手台的边沿。

刚才她做完操觉得热，把校服外套连同里面卫衣的袖子一起卷了上去，没有缓冲，钻心的疼痛直接从露在外面的肘弯处传来。她胳膊一软，险些支撑不住摔倒，靠另一只手扶住台面才勉强稳住了身形。

冰冷的触感从她的掌心传来，而乔歌还在咄咄逼人地向她发出质问："你懂不懂尊重别人的隐私，轮得到你来议论我？"

孟韶这才明白乔歌是把她当作散播传闻的来源，找她兴师问罪来了。

但真的不是她。

孟韶从镜子里看见自己的胳膊肘擦破了皮，已经渗出了鲜红的血迹。

孟韶最近累积的委屈也仿佛伴随着疼痛在争先恐后地向外涌。

孟韶也不知道自己哪里来的勇气，捂着胳膊往前走了一步，直视着比她高出半个头的乔歌，一字一顿地说："不是我。"

骤然提高的音量让乔歌吓了一跳，居高临下的脸上出现了短暂的表情空白，一瞬间她忘记了自己要说什么，眼睁睁地看着面前的女孩子离开了。

孟韶很少这样大声说话，走出洗手间的时候，胸口还因为情绪的波动在起伏。

她放下捂在胳膊上的手，指腹蹭上了一抹黏腻的红意，走廊里的电子屏显示还有十分钟才上课，还够她去学校的小卖部买一盒创可贴。

这天气温回升，小卖部里挤满了跑完操来买饮料的人。孟韶在货架上找到创可贴，排队结账的时候习惯性地伸手去校服外套里摸校卡，摸了个空之后才想起来，许迎雨今天忘记带校卡，自己回教学楼之前把校卡借给她买水了。

现在再回去拿会来不及，孟韶四下张望，恰好看见蒋星琼正拎着一瓶刚结过账的橙汁往外走，扎得很高的马尾在身后轻轻摇晃。

昨天她帮蒋星琼做了值日，对方应该会帮她的。

没多想，她开口叫住了蒋星琼。

对方停下来，看清是她的时候露出了意外的神色。

孟韶还没组织好语言，小卖部外面就有人在喊蒋星琼快点儿出去。那个人孟韶不认识，应该是蒋星琼在别的班的朋友。

蒋星琼也听见了，回身应了一声，接着上下打量孟韶一番，眼神里多了些很淡的不屑之意。

她能猜到孟韶的想法，无非是打算借着昨天值日的事情接近她，跟她交朋友。

她对孟韶印象不深，直到这学期跟对方分到一组值日，才记住班里有这样一个人，在她的眼中，孟韶不过是一个成绩平平的普通同学，听说还是从小县城考上来的。

想到这里，蒋星琼从孟韶身上收回目光，漫不经心地说："我朋友在叫我，等我有空的时候你再来找我吧。"

孟韶张了张嘴，但蒋星琼已经转身走了。

排在她前面的人结完账，老板拿过她放在柜台上的创可贴，在刷卡机上按了几下："六块。"

孟韶站在柜台前没有动作，老板以为她走神儿了，提醒了一声："同学？"

刷卡机方方正正的黑色液晶屏对着孟韶，映出了她手足无措的神态。

孟韶抿了抿唇，正准备说自己不要了，突然听见身后响起一道低沉冷淡的声音："我替她结。"

她一怔，向后侧过脸，看到了口罩上方程泊辞带着疏离的眉目。

他将一瓶冰水放到柜台上，等老板将两件商品的价格相加后，伸手刷了卡。

孟韶为自己的窘迫暴露在他面前感到难堪，小声说了"谢谢"，又说："我会还你的。"

程泊辞低垂眼帘取走自己买的水，白皙的手背上透出淡淡的青筋轮廓："不用。"

然后他经过她的身边。

在他带起的那阵风里，孟韶闻到了熟悉的清香，微微的凉意拂过她的皮肤，像一场看不见的雪降落在她身上。

他全程没有看她一眼。孟韶突然意识到，程泊辞会帮她，是因为她在前面磨磨蹭蹭的，耽搁了他的时间。

身后一个男生结完账追上了程泊辞，是月考家长会那天在校门口误会她偷拍程泊辞的那个人，她瞥见男生胸牌上写的名字是姜允。

孟韶跟在两个人后面往教学楼的方向走，带着一点儿隐秘的做贼心虚，听到姜允在同程泊辞讨论最近跟其他班打的一场篮球赛。

"那天晚上真气死我了，罚球没进还被盖了帽，幸好辞哥你压哨绝杀进了个三分球，不然咱们就输给2班那帮人了。"

"下次可以试试挡拆，他们班的人包夹做不到位。"

原来他喜欢篮球，孟韶想。

走进教学楼里，孟韶远远地看见蒋星琼正跟她那几个朋友站在楼梯口聊天儿，对方看见程泊辞，眸光闪了闪，先扬手跟姜允打了个招呼，等到姜允回应之后，才又带着几分矜持，叫了一声"程泊辞"。

程泊辞的眼光从她的身上闪过，并没有回应。

蒋星琼的手还悬在半空中，过了片刻，讪讪地放下了。

孟韶看到姜允撞了程泊辞一下，嬉皮笑脸地对他说："你别太离谱儿了，蒋星琼是咱们初中同学，一个班的，你忘了？"

"忘了。"程泊辞毫不在意地说。

孟韶回到班里后，许迎雨问她去哪儿了，怎么现在才回来，紧接着又看到了她肘关节上的擦伤，惊呼道："你这怎么弄的？怎么还流血了？"

"不小心磕到了。"孟韶说。

并不是多严重的伤口，贴上创可贴之后很快就不疼了。薄薄的包装盒被孟韶小心地放在了课桌桌斗里最靠边的位置，一伸手就可以摸到。

她的生活中充斥着平凡、不受重视和被误解，而在课间的最后十分钟遇到程泊辞，就像一场意外的奇遇，她的伤口和创可贴都是证明。

隔天下了场雨，雨势不小，雨滴在窗玻璃上拖出长长的尾巴，将窗外的景物晕染成模糊的色块，好像整座城市都浮起了潮湿的心事。

下午大课间的跑操被临时取消，班主任老郑叫了几个早自习古诗文默写错得太多的人去找她背，这其中就包括本来要帮英语老师分发作业的许迎雨。

许迎雨把一摞刚从文印室领回来的空白试卷交给孟韶，让孟韶发完去找1班的课代表，勾一下被英语老师去掉的题。

礼城外国语学校的老师不会让学生浪费时间，都会提前把要布置的作业做一遍，过滤掉那些出得不够标准或难度太低的题目。

1班和7班是同一个英语老师上课，英语老师有时候为了方便，会把作业直接布置给其中一个班，再由两个班的课代表互通有无。

孟韶问许迎雨1班的英语课代表是谁。

许迎雨一边抓紧最后的时间翻语文课本，一边对孟韶说："程泊辞，这学期刚换的，他还是他们班的班长和咱们学校广播台的台长。"

孟韶慢了一拍才说"好"。

许迎雨只顾着多记几句古文，没注意到孟韶的反常，从座位上离开的时候嘴里还在念叨"最是一年春好处"。

孟韶按照班里每排的人数仔细地将试卷分成四份，给每排发了一份下去，许迎雨这次从文印室拿的卷子数量正好，没多也没少。

她从笔袋里抽了支笔，带着自己的卷子去1班找程泊辞。

外面阴雨连绵，走廊里光线昏暗，唯独她的心跳快得那样鲜明，清晰到好像有了颜色和形状。

孟韶让1班的人叫程泊辞出来的时候只说"麻烦叫一下你们班英语课代表"，而没有提他的名字，像在掩盖什么一样。

程泊辞走出来，仍旧戴着口罩。她站在他面前，在那双好看的眼睛的注视下，有些紧张地讲明了来意。

他简单地说"好"，回去拿了卷子出来。

孟韶瞄到他写在卷子左上方的名字，竖排的"程泊辞"三个字，清秀飘逸，骨架端正，她几乎能想象出笔尖是怎样流畅地在纸面上留下刚劲有致的墨迹。

程泊辞拿着卷子给孟韶看。天光昏暗，孟韶辨认题号的时候需要跟他靠得很近，她感觉脸有些热，稍稍将身体向外侧，不想碰到他惹他反感。

他手背处起伏的骨节就在她视线的正下方，她偷偷看了很多次。

要是英语老师多勾掉一点儿题目，那自己在他旁边的这一刻是不是就能够再延长一些？

孟韶勾到倒数几道题的时候，耳边忽然地传来一阵由远及近的喧闹声。

走廊里经常有男生这样飞奔打闹，她没有在意，然而下一秒，她就看到程泊辞的那张卷子被泼上了一大片褐色的液体，空气中弥漫开淡淡的甜味。

污渍迅速地在纸张上漫延开来，浸透了油墨印刷的单词。

罪魁祸首是个1班的男生，他手足无措地停下来，拿着洒了半瓶的可乐对程泊辞道歉："对不住啊，辞哥，不知道谁推了我一把。"

程泊辞说"没关系"。

男生回过头去笑着骂了他的同伴几句。孟韶这时候大着胆子对程泊辞说："你们班是不是没有多余的卷子了？我这张给你吧。"

怕他拒绝，她又添上一句："我们班正好多了一张，题号我记在手上就好了。"

程泊辞看了她一眼，道了声"谢谢"。

孟韶按捺住心底的雀跃将卷子交给程泊辞。他站在那里，看她一笔一画地将需要去掉的题号记在柔白泛粉的掌心上。

记完，孟韶正准备离开，程泊辞忽然叫住她："等一下。"

孟韶一愣，以为自己哪道题目没有勾对，正要再检查一遍的时候，程泊辞抬手点了点自己眼睛下面的位置。

顺着程泊辞手指的方向，孟韶望过去，目光跟他的对上了。

少年的眼眸漆黑有神，映出整个雨天和小小的一个她。

孟韶的耳朵红了，她慌乱地别开了视线，然后听到程泊辞说："你的脸上有水。"

她这才察觉那一抹细微的凉，原来刚才被男生打翻的可乐也溅了一滴在她的脸侧。

她正要用手去擦，程泊辞却已经从校服长裤的口袋里拿出了一包纸巾给她。

孟韶小心翼翼地接过来，说了声"谢谢"。

这时姜允不知从什么地方冒了出来，他的视线在程泊辞和孟韶之间打了个转，又落回孟韶身上，突然恍然大悟般对她说了声："那天在门口偷拍辞哥的就是你吧。"

孟韶没想到他还记得自己，脸一下子红了。

姜允显然是误会了，一扫程泊辞手里的卷子，用揶揄的口气对孟韶道："你跨班来问辞哥题啊，你们班没人会？"

随即他又"啧"了声："不过辞哥也是真给你面子，以前这样的他都直接拒绝。"

程泊辞淡淡地出声打断他的话："你别乱说。"

孟韶急急忙忙地跟程泊辞道了别，像只受惊的小动物一样离开了，临走还听到姜允吊儿郎当地问程泊辞："我是不是吓着她了？"

脸上的水迹还在，孟韶撕开纸巾的密封贴，要往外抽的时候却犹豫了一下，最后还是用没写题号的那只手擦了。

擦过之后她去洗手间里洗了手，而程泊辞给的纸巾被她原封不动地带回了教室，同昨天程泊辞替她付钱的那盒创可贴放在了一起，然后她将掌心的题号抄在一张便利贴上，等许迎雨回来之后交给了对方。

许迎雨回来后，有些奇怪地问："你的卷子呢？"

孟韶顿了一下，不太自然地说："刚才被风吹到地上弄脏了，你能把卷子借我放学之后去复印吗？"

许迎雨答应了："行，那你去复印，我去食堂给你带饭回来。"

孟韶抽了张湿巾擦手，貌似无意地问："对了，你知不知道程泊辞为什么一直戴口罩？"

许迎雨想了想，回答："现在不是春天吗？他花粉过敏，之前在附中的时候就这样。"

孟韶点点头，默默记在了心里。

下午放学之后许迎雨先去了食堂，孟韶正拿着英语卷子要去学校里的打印店复印，忽然听见教室门口有人叫她。

她一抬头，看到是乔歌。

孟韶的神情僵了僵。

乔歌见状，着急地道："你别害怕，我是来道歉的。"

孟韶这才注意到乔歌手里拿着一瓶碘伏。

她拿不准对方的态度为什么发生了这么大的变化，慢腾腾地挪过去，而乔歌已经心直口快地说道："我打听清楚了，那事不怪你，是那天晚上我跟我一个朋友说过，结果被她传出去了，我跟你道歉。"

乔歌看到孟韶手里的卷子："你要复印啊？我妈妈是高二的老师，我带你去她的办公室里复印吧。"

乔歌说得诚恳，而孟韶心里还是存有一丝芥蒂，憋了半天，忍不住问乔歌："那天你杯子里的是热水吗？"

她也并非完全没脾气，假如乔歌是真的想过要伤害她，那她是不会接受对方的道歉的。

乔歌愣了一下，马上就明白了她的意思："怎么可能？那就是冰镇雪碧，要不是为了看着有气势，当时我还舍不得倒呢。"

乔歌主动伸手搂住了孟韶的胳膊。孟韶来到礼城外国语学校之后很少收到这样的热情示好，不太适应，但并没有推开。

两个人在走廊里走着，乔歌随口跟孟韶聊起了天儿："我当时没问清楚就来拦你是觉得被传出去太丢人了，其实程泊辞拒绝我，我倒没太意外，就是他话说得挺伤人的，好歹我们也是初中同班同学。"

孟韶不知该怎么接话，不过乔歌看起来也不需要她搭腔。乔歌自顾自地说了下去："程泊辞在附中的时候就有好多女生欣赏，不过他这人傲，从来也没正眼看过谁。也难怪，他哪儿哪儿都好，有时候看着都不太像你能在生活里见到的人。"

说到这里，乔歌像是来了兴趣，转头看着孟韶："你呢？你觉得他怎么样？"

孟韶猝不及防被乔歌问到这个问题，好像心里有层薄薄的纱被无意路过的风吹开一角，露出了连她自己也没想过要看的东西。

"挺……挺好的。"她涨红了脸，结结巴巴地说。

乔歌看着她，突然"扑哧"笑了一声："你紧张什么？我又没说你喜欢他。"

顿了顿，乔歌又有些感慨地说："其实有时候我倒挺希望像你这样，跟程泊辞没产生过交集就好了，他就是那种你越了解，就越觉得别人都没法儿入眼的男生。你知道吗？程泊辞初中的时候雅思就考到8了，他小时候跟妈妈在英国住过一段时间，英文发音特别标准，当时每次上课听他说英语，我都有种感觉，就是他以后一定会变成一个非常厉害，对我们这些人来说都遥不可及的人。"

孟韶内心有种冲动，想告诉乔歌，自己并不是没跟程泊辞产生过交集。

他也用他动听的声音跟她说过话，出于礼貌帮助过她。

可乔歌揽着孟韶的样子很真诚，也是真的在跟她讲心里话，她最终还是按捺住自己的冲动，专心致志地扮演好一个听众的角色。

因为被乔歌带去教师办公室，孟韶很快就复印好了卷子，回教室之后又等了一会儿，许迎雨才买完饭回来。

"你怎么回来得这么快？今天没人排队吗？"许迎雨问。

孟韶说是乔歌带她去高二年级组复印的。

许迎雨惊讶地道："乔歌？你什么时候跟她关系这么好了？"

孟韶把这几天发生的事情原原本本地给许迎雨讲了一遍。许迎雨恍然大悟般"哦"了一声："我说你那天怎么把胳膊磕了，你明明不是那种冒冒失失的人。"

接着许迎雨又道："不过也难怪乔歌那么对你，她原来在附中被追捧惯了，小公主似的，哪里能让别人看她的笑话？也就是程泊辞不给她面子。"

放学之后雨还没停，许迎雨用来拎一次性饭盒的塑料袋上沾满了细小的水滴，孟韶一边找纸擦，一边欲盖弥彰地问："程泊辞有那么好吗？"

许迎雨没有直接回答这个问题，而是问道："你知不知道咱们年级哪个班的师资力量最强？"

"1 班吧。"孟韶说。

到了他们这一届，礼城外国语学校的录取分数线涨得格外高，所以学校就没有区分实验班和普通班，都是平行分班，但在师资的安排上，能明显地看出校领导对 1 班格外照顾，每个科目安排的都是有 20 年以上教龄的金牌教师。

许迎雨接过孟韶递过来的饭盒，拆开一次性筷子，说道："你猜是为谁？"

联系到两个人之前讨论的话题，这个答案看起来不言自明。

"程泊辞的爸爸是嘉远集团的程总，你知道他们家公司在咱们市占多少经济指标吗？"

许迎雨边吃饭边说了个数，是足以左右礼城经济的程度。

然后她又说："之前在附中的时候程泊辞一直考第一，现在也是，你都想象不出来这个世界上会有他做不到的事情，这还不够好吗？"

他不是不够好，是太好了。

孟韶把手伸到课桌的桌斗里，轻轻地摸了一下程泊辞给她的纸巾。

许迎雨忽然想起了什么："对了，开学的时候英语老师让咱们去小书店里买的那套金卷，明天就要用了，我写到黑板上提醒一下大家。"

"我还没买，上次去书店，看到它外面贴了张纸说正在装修。"

孟韶道。

许迎雨说："搬地方了，在南门外面那条街上。"

孟韶记在心里，准备第二天早上起床之后过去看看。

可她这晚莫名其妙地失眠了，白天的雨仿佛下到了她的梦里，一闭眼就是潮湿的天，她站在1班外面那条走廊里，程泊辞的眼眸漆黑如墨。

所有当时无法分心回味的细节都在夜深人静的时分一一浮现出来：他穿在校服外套里干干净净的白T恤，他每一个细微的神情，他给她指出脸上水渍时平静的语气……

孟韶不知道自己是什么时候睡着的，只知道第二天早上自己错过了起床的闹钟，醒过来的时候只剩十分钟就要打早自习的上课铃了。

班主任老郑最讨厌班里有人迟到，孟韶慌慌张张地洗漱完赶去教室，卡着点儿坐到座位上，完全忘记了自己还要买练习册的事情。

直到下午第一节英语课前，她看着黑板上写的课程表，才一下子想起来。

孟韶看了眼黑板正上方的白色挂钟，离上课还有一会儿，应该够她买完再回来上课。

她站起来跟许迎雨说自己要出去，许迎雨看她带了校卡和钱包，问道："你没买金卷啊？"

见孟韶点头，许迎雨便说："你先跟我用一份呗，顶多被英语老师批评几句。"

孟韶犹豫了一下，说道："算了，两个人用一本不太方便。"

而且她也不想被老师批评。

本来她的英语成绩就已经拖班级平均分的后腿了，她不想被老师误会连学习态度也不端正。

许迎雨知道孟韶不愿意麻烦别人，只得说了句："那好吧，要是来不及了你就先回来。"

顶着午后明晃晃的阳光，孟韶走出了教学楼。

快要到南门的时候，她蓦地意识到那条街有岔路，而她忘记问许迎雨小书店具体搬到哪一条岔路上了。

附近空荡荡的，她想问路也找不到人。

孟韶正犹豫要不要直接出去碰碰运气，就听到不远处传来一阵若隐若现的音乐声。

是实验楼旁边的校园广播台。

广播台每天都会在午间播放一段英文广播，是礼城外国语学校的校园特色，内容有时是新闻时事，有时是文学作品或电影台词的选段，负责广播的一般是学校广播台的成员。

乐曲播完之后，响起一道音色低沉泛冷的男声。

孟韶觉得对方的嗓音听起来很熟悉。

广播台是一座上下两层的玻璃房子，或许是因为太阳高度角的关系，一层的落地玻璃正在微微反光，她看不清里面坐着的人。

午间广播的时间并不长，或许她可以等对方结束之后过去问路。

随着孟韶逐渐走近，男生的声音越发清晰，经由话筒扬声器过滤之后带上了淡淡的电流感。

他的英文发音跟孟韶这段时间听的 BBC 报道选段一样字正腔圆，但又跟她认识的那些英语好的人的发音不太一样。

班里被老师夸过口语好的是蒋星琼，对方会为了显得地道而刻意制造很多轻重音，但这个男生不会这样，反而自然得就像平常在说话。

孟韶终于听出了这个声音属于谁。

与此同时，玻璃房子里戴着黑色耳机和口罩的男生刚好抬头，视线同她的对上了。

程泊辞。

一个短暂的对视让孟韶的心轰然一震，像蝴蝶振翅，会在另一个半球引起一场飓风。

可蝴蝶不知道。

就像程泊辞目光无比平静地从她的身上掠过，不知道此刻她心里为他挂的是几号风球。

孟韶英语不好，只勉勉强强听清了程泊辞念的一个句子。

"I go so far as to think that you own the universe."

我甚至相信你拥有整个宇宙。

她像是真能够从他清亮的声音里看到一整片寥廓的宇宙。

他像一颗冰冷遥远的恒星，沉默、高傲地运行，产生巨大的吸引力，看着别人为他脱轨，然后发生热烈的自毁，生生灭灭，不止不休，而他的星球上依然很稳定地在下雪。

孟韶从来没有哪一次像现在这样发现，原来英语可以这么美丽，这么让人怦然心动。

她想自己知道缘由。

程泊辞念完最后一句，将手中的书合起来放到了一边，看起来就是他在集训队上课时看的那一本。

说完结束语，他伸手摘下了耳机。

孟韶如梦初醒般上前，等他推上广播的开关后，轻轻叩了一下玻璃。

程泊辞眸光淡淡地扫过来，看见她之后，从容地起身走过来替她开门。

门被推开的那一瞬间，他身上的气息便扑面而来。

孟韶想起他不太认人，便在问路之前先说道："我昨天去你们班找你勾过卷子。"

没想到程泊辞"嗯"了一声："我记得你。"

孟韶看到他的表情，知道他的记得只是记住一个普通同学的那种记得。

但这也足以让她的心跳快了一拍。

她问程泊辞搬迁的教辅书店怎么走。他想了一下，说道："在正对校门那条路第一个可以转弯的地方右转，有个拐角可以上楼，就在二楼。"

孟韶向他道谢，匆匆地出了礼城外国语学校南门，去找那家书店。

按照程泊辞指的路，她顺利地找到了地方，但老板告诉她，她要的那份金卷中午刚好卖完了，新采购的一批要明天才能到。

说着老板还把电脑屏幕上的存货表格转过来给她看。

白跑一趟，孟韶不免有些失落："这样啊。"

她瞥了一眼时间，看还算宽裕，便问老板道："你们这儿有英文原版书吗？"

老板说"没有"，又说："不过可以进货的时候帮你看看，你要什么书啊？"

孟韶回忆着程泊辞手边那本书描述道："封皮是黑色的，中间有一道白条，上面靠左的地方有一块大红的图案。"

老板啼笑皆非："姑娘，这我可找不着。"

孟韶有些不好意思："那抱歉打扰您了。"

她回学校的时候恰好碰见程泊辞在给广播台上锁，正踌躇要不要主动过去打招呼，他已经看见了她。

看孟韶空着手，程泊辞问了句："书没买到吗？"

"卖完了。"孟韶有些局促地说。

她发觉自己每次出现在程泊辞面前都不是太好看的姿态，不是去小卖部忘记带校卡，就是赶时间买教辅遇到缺货。

好像她很少有好运，很少被这个世界眷顾。

程泊辞望着她，忽然问："什么书？"

"金卷，开学的时候英语老师让买的那本。"孟韶说。

程泊辞听完看了她一眼，淡淡地道："我可以借你。"

孟韶因为程泊辞的话愣了一下，而他已经转身往教学楼的方向走过去了。

阳光下，他校服的颜色看起来非常纯净，清澈冰海那样的蓝，年年初雪一般的白，勾勒出少年修长挺拔的身体轮廓，好看得像那种会在电影银幕上播放的青春片，而她就是黑暗不开灯的观影席上，坐在最后一排的观众。

跟上程泊辞的时候孟韶才想到，他之所以会帮她，大概是因为昨天下午她给过他那张英语卷子，出于礼貌，还人情而已。

程泊辞单手拎着他方才广播时用的那本原版书，孟韶刻意走在稍微靠后的位置，想要看清书名和作者。

她小心翼翼地辨认着纤细的白色字母，刚刚拼出一个"twenty"，程泊辞就侧过了头。

孟韶来不及收回视线，耳根立刻红了一片。

程泊辞没有注意到她的心虚，只是发现她在留意自己手中的书本，于是问："你看过？"

孟韶摇头，如实说道："没看过，只是听你读的时候觉得写得很好。"

程泊辞把书拿起来给她看："*Twenty Love Poems and a Song of Despair*（《二十首情诗和一首绝望的歌》），聂鲁达的诗集，原版是西班牙文。"

孟韶默默地在心里记下来。

直到很久之后她都记得，自己因为程泊辞，记住了聂鲁达和16岁这年的春天。

不知道这位少年时代写尽缱绻的大诗人是否会介意，她将他跟一个小女孩儿的暗恋心事连在一起。

因为不想被议论，孟韶没有同程泊辞走到他们班门口，只站在1班的后窗外面等着，等他进去之后悄悄踮起脚，看对方从摆得整整齐齐的课桌桌斗里取出牛皮纸封面的试卷资料，又在他走出来之前，将脚跟落回地面，目光也垂下来，好像等得有些放空的样子。

他将整本试卷递给她。"程泊辞"三个字仍旧按他的习惯，竖着写在左上角，最后一笔末尾可见微顿的痕迹，每个字都清秀端庄，有如篆刻。

孟韶向他道谢，又保证说："我不会往上乱写的，下课就还你。"

程泊辞"嗯"了一声，等她接过去就回了教室。

孟韶珍惜地抱着程泊辞的卷子往回走，明明只是一份普普通通的教辅材料，她却觉得每一个边角、每一个字句都特别。

许迎雨看她带着资料回来，随口问了句："买到了？"

"卖完了，我是跟……跟别人借的。"孟韶说。

上课铃在这时候响起来，英语老师带着电脑进了教室，许迎雨赶紧过去帮老师连多媒体设备，回来之后也忘了问孟韶是向谁借的卷子。

今天1班先上了英语课，程泊辞的卷子上已经留下了字迹。他写英文不是那种特别规矩的应试字体，而是偏长偏斜，也非常清秀漂亮。

孟韶不敢往程泊辞的卷子上写字，自己找了一张空白的草稿纸放在旁边，落笔的时候趁没人注意，有意去模仿他的字迹，却写不出他的半分清隽峭拔。

英语老师从有代表性的题目入手讲解这节课要着重掌握的语法和句型，孟韶从金卷上勾出来的题目她错了一小半，草稿纸上留下了大片表示修改的红色字迹，反观程泊辞的卷子却是干干净净的，一道题也没错。

说到其中一道题的时候，英语老师特地说："这种题目很典型，一眼看上去非常容易做错，答案手册上的也是错的，还是被1班程泊辞提醒我才看出来。"

蓦地在课堂上听到他的名字，桌上摆的还是他的卷子，孟韶的心脏甜蜜而剧烈地跳动了一下，仿佛在大庭广众之下独自守着一个没人知道的秘密。

下午第一节课的课堂最沉闷，而程泊辞的名字稍微驱散了昏昏欲睡的气氛，孟韶听见周围有女生发出了几声窃窃私语。

"今天的广播也是他播的，怎么会有人说英语那么好听？"

"他不是广播台长吗？怎么还亲自播？"

"可能有人临时请假吧。要是以后天天都是他就好了，人不在咱们班，能听听声音也不错。"

有人就着这句话打趣，先前那个女生便夸张地叹了口气："人家连4班大美女都看不上，这点儿自知之明我还是有的。"

英语老师清了清嗓子，女生们赶紧收声，教室里又恢复了安静。

这堂课孟韶上得格外专心。她忽然发现，只要掌握了规则，分析出句子结构，英语的语法好像也没有那么难，月考的时候她之所以考得那么差，是因为一看到文章里的长难句和生单词就害怕，更别提深入提炼成分了。

下课之后孟韶准备去给程泊辞还资料，正要从座位上站起来，许迎雨忽然将胳膊朝她这边伸过来。

孟韶一惊，以为许迎雨要拿程泊辞的卷子，她怕对方看穿自己的心思，紧紧地将试卷抱在怀里，手足无措到脖子都热了。

许迎雨抓起的却是她这学期放在桌角上的那本巴掌大小的日历。

对方没发现她的紧张，只是专心地看着日历说："今天是3月7号，是吧？"

孟韶迟了几秒才说"是"，圈着卷子的胳膊松了一些，后知后觉地察觉到自己的手心已经出了汗。

许迎雨嘀咕了一声"那就是明天"，然后就放下日历不知道去找谁了。

孟韶反应过来第二天是3月8号妇女节，应该是课代表在跟班干部一起筹划给女老师送花之类的活动。

以前上初中的时候，她一直是这种节日里上台给老师送花的那个人选。

没有人知道，其实她要适应自己不再是优等生这件事，也是很难的。

何况她还要面对父母的责备、弟弟的嘲讽。

难堪的心绪不合时宜地泛起，孟韶呆立片刻，低下头揽着卷子，沿着走廊走到了 1 班外面。

她拉住一个看起来比较面善的女生，问对方能不能帮她叫程泊辞出来。

"你找我们班长啊，他不在，被团委的老师叫去开会了。"女生一边说，一边好奇地上下打量了孟韶几眼。

孟韶心底泛起微微的失落，她原本以为今天还可以再见程泊辞一面的。

她将卷子递给对方，问道："你能帮我把这个给他吗？"

女生答应了，孟韶说"谢谢"。

1 班和 7 班离得并不近，中间相隔五个班，孟韶刚路过 4 班，就听见身后有人叫她。

她停下脚步，回头的时候看到乔歌追了过来。

"那天忘了加你好友了，打听了好几个人都不知道你的联系方式，"乔歌笑盈盈地把手机递给她，"能加一下我吗？"

虽然礼城外国语学校对手机管得没有那么严，但上学的时候公然在走廊里拿出来还是非常冒险的，孟韶很害怕被老师或者教导主任看见，又不好意思拒绝乔歌的热情，只得把对方的手机拿过来，飞快地输入了自己的账号。

乔歌满意地说："行，那我以后就可以找你聊天儿了。"

乔歌又亲昵地捏了一把孟韶的脸颊："看把你吓的，不就是用个手机吗？"

第二章

花粉过敏

孟韶晚自习放学回到宿舍，洗完澡之后才在吹头发的时候打开聊天儿软件，通过了乔歌的好友申请。

乔歌一加上她，就给她发了消息过来："你白天真的不用手机呀？这么乖？"

"只有平时这样，周末的时候白天也会用的。"孟韶认真地说。

乔歌给她发了一个大笑的表情，又说："你知道吗，你挺有意思的。"

孟韶还是第一次被人这么评价。

没人说过她有意思，但是有很多人觉得她乖、听话，她也知道，这话说得更直白些，就是无趣、寻常、乏善可陈。

所以乔歌这么说，她尝到了一丝开心的味道。

"说起来，你今天听见程泊辞广播了吗？我没骗你吧，他说英语是不是特别好听？"乔歌又道。

孟韶做不到像乔歌那样不加掩饰地表露对程泊辞的欣赏，迟疑了很久，才在对话框里说："挺好听的。"

像是害怕这句话泄露出什么，她又添上一句："那首诗写得也很好。"

乔歌却很坦白地说："什么诗？没听懂，我光顾着听他的声音了。"

她又有些哀怨地道："怎么我就没分到1班？初中的时候我至少还能跟他在一个班上课，现在倒好，一周都难得看见他几次。"

室友提醒孟韶要熄灯断电了，孟韶连忙关掉吹风机，简单地洗漱了一下，关掉电灯，带着手机上了床。

在她忙碌这些的时候，乔歌又接二连三地给她发了很多条消息。

"我这么说可不是因为我还喜欢他啊。

"这几天我想明白了，程泊辞这款就不是我们普通人能妄想的，我现在就是单纯地欣赏帅哥而已。

"春天什么时候能过去啊？我想看不戴口罩的程泊辞，他的五官真的没一样不好看，你觉得呢？"

孟韶老老实实地说："我没仔细地看过他摘口罩的样子。"

乔歌像煞有介事地道："那你亏了，他的嘴巴长得可好看了。"

孟韶以前从来没有跟谁这样讨论过一个男生，但乔歌大胆的态度让她也不觉得这是一件多么羞耻的事情了。

"有多好看啊？"孟韶好奇地问。

乔歌想了半天，努力地在屏幕对面给她形容道："就是那种，一看就很好亲的嘴巴。"

乔歌的描述有些露骨，孟韶露在外面的皮肤一下子升了温，明明没到夏天，她却觉得好热。

孟韶拉过被子，将发烫的脸颊埋了进去，仿佛这样就可以假装根本没有同乔歌讨论过这个话题。

但她的脑海中还是控制不住地浮现出程泊辞的脸。

漆黑的头发、冷淡的眉眼、高挺的鼻梁。

不过跟他接触的几次他都戴着口罩,她真的没见过也想象不出来,看上去很好亲的嘴巴到底是什么样子。

孟韶告诉乔歌宿舍里熄灯了,又跟对方聊了几句就退出了聊天儿软件。

躺在黑暗中,她想起教师办公楼下面的宣传栏上会挂优秀学生代表的照片,程泊辞上学期的期末考试成绩也是年级第一,他的照片应该会在。

孟韶用还剩40%电量的手机给自己定了一个比平常早晨提前十分钟的闹钟,然后闻着自己洗发水的香味,努力地平息突然剧烈的心跳。

窗外是寂静的春夜,她喜欢程泊辞却是一个人的喧嚣。

为了不打扰室友,孟韶的闹钟用的都是振动模式,而她通常会在第一下都没有振完的时候就拿起手机把闹钟给关掉,之后轻手轻脚地下床。

孟韶背着书包走到办公楼外面的宣传栏附近时,校园里还没什么人,清晨明朗,风越过她的肩头,带着微凉的触感拂上脸颊。

孟韶在宣传栏前面停下,先朝四周张望了一番,确定没有人注意自己之后,才开始仔细地用目光一寸寸搜索里面的内容。

的确有一栏专门用来陈列上次期末考试各年级的前五名,可不知道是不是新学期到来的缘故,所有的照片和名牌都已经被撤了下来,只剩下一排排长方形的空白。

她没见到她想看的那个人的照片。

不知道自己什么时候才有机会看到程泊辞不戴口罩的样子。

孟韶带着遗憾从宣传栏前面离开，走进了教学楼里。

班里只零零星星来了两三个人。孟韶坐下之后，从课桌桌斗里摸出《高中英语3500词》的小册子，接着上次的进度，专心致志地往下背。

从开完月考家长会，每天早自习打铃前的时间她都会用来背单词。除此之外，她还每周给自己安排了精听听力材料和练习英语作文的时间。

礼城外国语学校作为外国语中学，英语教学的深入程度和学生的平均水平本来就高出其他中学一大截，孟韶其实从高一入学就学得很吃力了，但那时候她把更多的精力放在了骤然提高难度的物理和化学上。

可现在她学好英语的念头忽然前所未有地强烈。

挂钟上的分针又走过几格，教室里的人渐渐多起来。

许迎雨在孟韶的身边坐下的时候，她闻到了一阵花香。

是花店里所有种类的花卉混合在一起的那种清新的馥郁。

她转过头，看到许迎雨怀里抱了一大束鲜花。

许迎雨把花束朝向她："漂亮吗？刚刚跟班长他们从花店买的。"

"这个是给英语老师的？"孟韶问。

许迎雨点了点头："每个女老师都有，我准备晚上放学后也给我妈妈带一束。"

孟韶"嗯"了一声，犹豫了一下要不要给迟淑慧打个电话或者发条短信祝她节日快乐，但最后还是放弃了。

迟淑慧不是那种浪漫的人，只会说她浪费电话费。

孟韶记得程泊辞花粉过敏，本来想问许迎雨1班是不是也是课代表给老师送花，转念一想，他那么受欢迎，怎么会没人替他考虑这些？

今天的英语课也是下午才有，许迎雨担心花蔫了，早自习下了之后就直奔高一英语组办公室，顺便叫了孟韶跟她一起去搬上次英语老师批完的练习册。

英语老师收到花之后很开心，一边拿手机拍了很多照片，一边说："我是办公室里第一个收到花的。"

许迎雨便笑眯眯地告诉老师这束花她挑了多久，又是怎么亲自指挥花店老板包起来。

孟韶默默地站在一边，看着许迎雨游刃有余地跟英语老师说那些好听又能拉近距离的话，心中很羡慕。

她从小县城来到礼城外国语学校，面对老师永远只有敬畏和小心翼翼，不敢像许迎雨这样凑上去套近乎，甚至连问题都不敢问，怕老师觉得她资质平庸，怕耽误老师的时间。

英语老师拍完照对许迎雨说："你回去之后让程泊辞第三节课间带着他的周测作文来找我，年级组要复印发下去当范文用。"

许迎雨答应下来，招呼孟韶跟她一起搬练习册。

两个人离开办公室之后，许迎雨扫了一眼手表："我等下课再去找程泊辞吧，现在来不及了，反正也不着急。"

许迎雨看起来对这件事并没有多上心，孟韶本来要提醒许迎雨等到那时候办公室里应该摆满了送给各班老师的花束，是不是应该替程泊辞把作文送给英语老师。

毕竟戴口罩并不能完全阻隔花粉落在皮肤和衣物上。

然而话到嘴边，她又咽了回去。

第三节课打了下课铃之后，孟韶离开教室，径直走出了教学楼。

心脏在胸腔中"怦怦"地跳，剧烈程度像去执行机密任务。

她一路上时不时地回头，心里各种矛盾的情绪交织，怕慢了来不及，也怕走在程泊辞前面被他发现。

终于到了教师办公楼，孟韶安静地等在一层通向二层的转折平台上，让楼梯拐弯的那一部分挡住自己的身体。

直到视线中出现了她所期盼的那道身影。

程泊辞手里拿着一张对折过的答题纸，从大门的方向走进了办公楼里，淡淡的阳光在他的身后留下一道斜长的影子。

孟韶连忙回身往上走，走到二楼之后又掐着时间重新下来，正好跟程泊辞在楼梯上照面儿。

她停了步，因为站得比程泊辞高三级台阶，可以很清楚地看到他长而密的睫毛。

孟韶主动抬手，带着慌张和期待，跟程泊辞打了声招呼。

程泊辞点了点头。

"你是要去给英语老师送作文吗？"孟韶尽力让自己的语气显得自然。

程泊辞说"是"。

"我帮你吧，今天办公室里有很多花，"孟韶飞快地瞥了一眼他的口罩，"听许迎雨说你花粉过敏。"

她还准备了很多别的话，比如是因为跟许迎雨一起来搬过作业送了花才知道英语老师要他来送作文，比如她现在只是碰巧遇见他。

但程泊辞都没有问起。

他只是又往上爬了两级台阶，把答题纸交给她，然后说了"谢谢"。

男孩子身上好闻的气息似有若无地飘散在周围的空气里，孟韶的脸红了。

"不客气。"她小声说。

周测的答题纸是老师人工批改的，不过阅卷机，为了节约成本，做得比正规考试时用的要薄很多，孟韶拿在手里，上楼的时候，答题纸被气流托得要飞起来一样，如同白鸽的翅膀，也像她的心情。

高一英语组就在二楼刚出楼梯口右转的位置，孟韶趁着这短短的几步路，低头瞟了一眼他的作文。

依然是那种清隽端正的字体，全文没有涂改，好看到像字帖。

把程泊辞的答题纸给英语老师的时候孟韶多少还是紧张的，但对方正忙着准备课件，"噼里啪啦"地敲着键盘，闻言并不追问为什么是她代程泊辞来送，只是朝手边的位置仰了仰下巴："放着吧。"

孟韶听话地放下，说了声"老师再见"，离开的时候隐约听见别的老师把答题纸拿起来，说了句："嘉远程总的儿子？"

她再次下楼的时候，程泊辞已经走了。

楼梯上只剩下从窗外斜照进来的阳光和被阳光投下的扶手栏杆的影子。

孟韶有种在泳池里游了很长时间之后浮出水面呼吸时的眩晕和畅快感。

她回到教室的时候快要上课了。没有人注意到她这个课间的消失和归来，就像楼梯间里假装偶遇的心事，也只有她自己知道。

晚自习的时候英语组复印的程泊辞的作文被发了下来，人手一张，正好这天轮到英语老师看晚自习，她便布置大家一起把程泊辞的作文读了两遍。

孟韶混在鼎沸的人声里，光明正大地朗读他写下的词句，遇到不会的单词，还会停下来查字典。

因为对自己的口语不自信，她几乎从不在班里出声说英语，只有这样可以藏匿在人群中的时刻，才让她觉得安全。

读着读着，孟韶忽然察觉有人在自己的身边停了下来。

"对，学英语就是要这样大声读出来才能提高。"英语老师赞许道。

听到老师说话，班里安静下来。

英语老师继续说："多用嘴说练的不仅仅是口语，对你们的语感、听力和英语思维能力都有好处，大家要经常出声读一读好的材料。"

或许是难得听到平日里安静内向的孟韶出声朗读，英语老师有意激励她："像孟韶同学刚才读得就非常好，读的时候要声情并茂。来，孟韶，你给大家示范一下。"

孟韶察觉全班同学的目光都集中到了自己身上，脸顿时涨得通红。

她知道英语老师是好意，但众目睽睽之下，她想到自己不够流利、不够标准的口语有可能受到嘲笑，便没了发声的勇气。

孟韶用很小的声音磕磕绊绊地读了一段。

"是站起来之后紧张了吗？"英语老师温和地拍拍她的肩膀，"没关系，先坐下吧。"

然后英语老师又问："有没有哪位同学想来范读一下？"

"老师，我来吧。"蒋星琼举起了手。

英语老师点了点头，蒋星琼便落落大方地站起来，用起伏分明的语调朗读起程泊辞的作文。

夹杂着自卑的羡慕从孟韶的心中满溢。

她也想拥有随时可以展示出来的漂亮口语，她也想在礼城外国语学校成为优等生，她也想变成像蒋星琼那样闪闪发光的女孩子，因为想走进程泊辞所在的那个世界里，因为想离他更近一些。

孟韶没有再把自己的闹钟改回去，第二天仍然提前了十分钟起床，带着程泊辞的作文去了学校里的小花园。

时间那么早，小花园里除了她没有别人，只有风吹过薄薄的树叶发出的声音。

孟韶用一张纸擦掉长椅上的露水，把书包放到身侧，将手中的作文纸展平放在膝头，认真地朗读了起来。

起初自己的嗓音回荡在安静的空气中时她还有些不适应，但过了一会儿，她就有些理解英语老师的话了。

的确是要大声朗读出来，才知道自己的发音准不准确。

孟韶读了一遍又一遍，读到快要能够背下来之后闭上眼睛，在幻想中重返昨天的晚自习，重演当时的场景。

假如那时她并没有因为紧张而怯场，假如那时她流畅地给全班同学范读了程泊辞的作文。

孟韶读着读着，又发现自己虽然能够读准单词，但口音还是不够地道。

她决定明天来小花园的时候带上耳机，用自己最近精听的 BBC 报道选段作为素材练习发音。

也许真的有那么一天，她能用好听的英语在很多人面前说话。

这天又轮到孟韶值日，晚上放学之后，她收拾好东西去找蒋星琼，看到对方正跟一个外班的女生站在走廊里聊天儿。

孟韶走近，轻声提醒道："蒋星琼，我们该去值日了。"

蒋星琼的朋友上下打量孟韶一眼，这让孟韶有些紧张。

"你先去吧，我这边有点儿事，待会儿过去。"蒋星琼漫不经心地说。

孟韶乖乖地说了声"好"，一个人跟着放学的人潮走出了教学楼。

竞赛班的老师似乎习惯拖堂，孟韶到物一实验室的时候里面还没下课，能听见老师讲题的声音。

孟韶想踮脚往里看，又怕蒋星琼马上就到——假如对方问她在看谁，她不知道要怎么说。

最后她只是站在后门的位置，一边想不知道程泊辞是不是还在上课的时候读聂鲁达，一边利用等待的时间，小声重复早晨在小花园里背下来的那些句子。

忽然她的背后响起了蒋星琼的声音："你在背程泊辞的英语作文？"

孟韶没想到会被听出来，脸颊蹿起一缕热意。

扫了孟韶一眼，看她没有反驳，蒋星琼轻描淡写地说："程泊辞用了很多高级词汇，不是高中阶段能接触到的，你没必要为难自己，理解不了不用硬背，考试的时候能写得通顺拿个基本分就可以了。"

孟韶愣了一下。

她不是听不懂话，知道蒋星琼的意思是以她的水平还不够或者说不配去学程泊辞的作文。

她咬了咬嘴唇，并没有反驳。

毕竟蒋星琼的英语成绩比她的好很多，她无论说什么，听起来都很苍白无力。

竞赛班终于下课了，物一实验室的门被从里面拉开，喧嚣的空气随着人流一起涌了出来。

孟韶的视线准确地捕捉到程泊辞的身影。

他单肩背着黑色的书包，在人群中显得那么突出。

后面有个男生手里托着本摊开的习题册追了上去："辞哥，能问你道题吗？"

程泊辞停下来，侧身说了句"你问"。

男生便把习题册递过去，用手中的笔圈了一下某个题号："这道题假设在四分之一周期的时候平板第一次经过平衡位置，也就是速度达到最大值，老师刚才怎么就用这个条件直接得出小物块的运动速度了？"

程泊辞把他的笔接过来，问了声："可以写吗？"

男生忙不迭地点头："写写写。"

程泊辞提笔在练习册的空白处写了几个式子。

男生恍然大悟："我说呢。"

他的话音刚落，孟韶就看见蒋星琼迎上去，满脸笑意地叫了声"余天"。

孟韶对这个名字有印象。

她上次来物一实验室值日的时候，老师在程泊辞之前叫了两个人起来解题，其中一个就是余天。

后来孟韶给许迎雨讲乔歌向程泊辞告白那件事时，许迎雨顺带打听过物竞集训队里都有哪些人，她不太认识，就只凭借记忆给许迎雨说了那两个名字。

"余天啊，他也是附中的。"许迎雨说。

接着她又道："他长得挺帅的，尤其是在学习好的那些男生里头，算非常可以的了。"

但孟韶没有印象，只要程泊辞在场，就再也没有别人能引起她的注意。

没人比得上他。

余天听见蒋星琼的声音，从习题册上抬起头，看清对方之后熟络地打了个招呼："星琼。"

蒋星琼便跟他聊起了天儿，主要说的是与初中相关的事情，比如当时的哪个同学现在在礼城外国语学校的几班，一位经验丰富的老师退休之后被重金挖到了某所私立学校。

聊到开心处，蒋星琼笑了起来。

孟韶觉得对方笑得比平常要夸张，好像想引起谁的注意一样。

但程泊辞没有参与对话的意思，只是低声跟余天说了句什么，把笔夹在习题册里还给了对方。余天接过来："那明天见啊，辞哥。"

孟韶目送程泊辞的背影消失在楼道拐弯的地方，正犹豫要不要催蒋星琼进去值日，正跟蒋星琼聊天儿的余天忽然瞥了孟韶一眼。

目光在孟韶白皙的皮肤和神态乖巧的脸上停留片刻，然后他若无其事地问蒋星琼："她是你们班的？"

蒋星琼意味不明地看了眼孟韶，语气没有刚才那么愉快："是我们班的。"

余天还想说什么，蒋星琼打断了他的话："我要去值日了，晚上回家之后我妈妈还要让我练琴。"

她走进实验室里，孟韶赶紧跟了过去。

蒋星琼值日的时候从不跟孟韶闲聊，所以孟韶用扫帚扫地的时候，脑海里一直在想象程泊辞的行动轨迹：他下楼要多久？还从南门出去吗？

孟韶见他一面像放了颗糖在心里慢慢融化，想要更多的甜，又怕全化掉之后，什么也不剩下。

今晚作业多，晚自习的时候孟韶没做完，又背回了宿舍。

有道物理大题非常难算，她想了很多思路都不成功，最后只得放弃。合上草稿本的时候，孟韶发现本子只剩下几页，便写了张便利贴放在笔袋里，提醒自己明天去买。

孟韶的草稿本到第一节晚自习快结束时刚好用完，响下课铃之后，她带着校卡去了小卖部。

放文具的货架在小卖部最靠里的地方，孟韶找到了要买的本子，往柜台走的时候经过卖水的货架，余光看见一种很熟悉的包装，她放慢了脚步。

怡宝。上次在这里遇到程泊辞的时候，他买的就是这种水。

孟韶现在不渴，没有对水的即时需要，而且教学楼里有直饮水机，但她突然想要买一瓶。

孟韶走到货架前面，看到程泊辞上次买的那种中等大小的怡宝只剩下最后一瓶。

小卖部门口传来一阵喧闹声，很快进来了一群男生，笑闹间还夹杂着篮球撞击地面的声音，应该是刚打完球回来。

孟韶没多留意，正要去拿货架上那瓶孤零零的水，没防备旁边比她高些的地方，另一只手也在同时伸了过来。

白皙的手背、长长的手指，皮肤下骨骼与血管交错隐现。

她闻到一股熟悉的冷冽的气息，禁不住怔了一下，下意识地转过头。

程泊辞轮廓分明的侧脸出现在她面前，或许是才打过球出了汗的缘故，他额前的碎发带了几分潮意，口罩上方的眉眼也更加漆黑，英俊得摄人心魄。

他也看见了她，两个人的视线对上了。

"程泊辞。"孟韶觉得自己无论跟他打多少次招呼都会紧张。

他点点头，另外拿了两瓶小容量的水，把原来那瓶让给了她。

"辞哥，"那边姜允嘻嘻哈哈地喊他，"你来评评理。你还记不记得我今天断了个球？这小子非说我当时打手犯规，是占他便宜了。"

程泊辞转出货架朝他们的方向走过去，孟韶注意到他今天将校服的袖子挽了起来，露出了清爽的小臂线条。

结账的时候她恰巧排在那群男生后面，听到有人问："辞哥，你们班今天不是班主任看晚自习吗？怎么还敢出来打球？"

姜允懒洋洋地接话："你看辞哥像是怕老师的人吗？再说他次次考年级第一，我们班主任也不管这些。"

说完，他又略带揶揄地用肩膀撞了一下程泊辞："是吧，程神？"

大家笑成一团，而孟韶想：原来程泊辞是翘了晚自习去打篮球的。

不知是谁又说："要是能多打会儿就好了，45分钟感觉不过瘾。"

姜允道："行了吧你，多打会儿你作业还写得完吗？而且辞哥最后一节还得去上集训课。"

有人起哄："咱们辞哥不去上课也是预备役金牌选手好不好？"

结完账，他们簇拥着程泊辞走出了小卖部，孟韶默默地跟在后面。夜色温柔朦胧，怀里程泊辞出于礼貌让给她的矿泉水有着温暖的触感，她远远地望着前面如同在静夜中发光的少年，好希望有一天，他能回头看她一眼。

回宿舍之后，孟韶又收到了乔歌在聊天儿软件上发来的消息。

或许是因为觉得同她的关系拉近了，对方直接发来了语音条。

"我今天在食堂里看见程泊辞了。我早就想说了，为什么同样是校服，他穿就那么好看啊？"

孟韶不太习惯跟人语音聊天儿，再加上怕打扰室友，便老老实实地打字道："你穿也很好看。"

乔歌好像又被她的话逗笑了，说话的声音里都带上了笑意："孟韶，你怎么这么好玩儿？"

接着乔歌又念叨道："我本来想坐得近点儿的，但他旁边围了一帮哥们儿，人太多了，我就没好意思过去。"

孟韶小心地不让自己的话语透露出任何感情色彩："感觉程泊辞很受欢迎。"

"在附中的时候就这样，好多人围着他，"乔歌顿了顿，很快又说道，"但其实没听说程泊辞有什么特别交心的朋友。他太冷了，大家不敢太过接近，而且他妈妈那件事之后就更……"

语音突然中断，孟韶听得认真，以为是自己不小心误触引发了暂停，于是重新听了一遍，但乔歌的声音还是在同样的位置戛然而止。

她一下子明白过来，乔歌是说到了程泊辞的隐私。

过了片刻，对方又发了新的语音条过来，轻描淡写地道："反正他跟家里关系不太好。"

接着她便快速地转移了话题："别光说他了，说说你吧。你最近是不是学习特别用功啊？我每次课间路过你们班，总能看见你在座位上背单词。"

孟韶有些心虚地解释："我英语不太好，想补一补。"

乔歌理所当然地说："那你去问你们英语老师，让她拿着你的卷子帮你分析分析你要怎么提高。"

孟韶犹豫了一下才回复："我不敢。"

乔歌反问道："这有什么不敢的？要是每个人都不问问题，还要老师做什么，大家都自学好了。"

孟韶承认她说得有道理，但还是觉得很难迈出那一步："我怕老师觉得我问的问题太简单了，浪费她的时间。"

"咱们学校的老师都教了这么多年了，什么样的学生没见过？再说了，越简单的问题老师越怕你丢分，你早解决了才好呢。"乔歌说。

孟韶还在踌躇，而乔歌已经不耐烦了："这样吧，你也不用跟我说你怕这怕那了，明天晚自习上课之前我去找你，陪你去问问题，问一次你就不怕了。"

说完，她又叮嘱道："说定了啊，你可不许反悔。"

孟韶不好意思拒绝，只得硬着头皮答应了乔歌。

第二天，乔歌果然在约定的时间到了7班门口。像她这样张扬漂亮的女生，无论走到哪里都是焦点，马上就吸引了很多目光。

这时孟韶刚跟许迎雨吃完饭回到班里坐下，看见门口的乔歌，许迎雨嘀咕了一声："谁这么有面子，大美女亲自来找？"

话音刚落，乔歌就看到了孟韶，朝她招招手，叫了一声她的名字。

许迎雨愣了一下。而带着自己的月考卷子走出去时，孟韶感觉到原来聚集在乔歌身上的那些目光也分了一半给她。

她下意识地紧张起来，想要快些离开班级门口，乔歌却毫无知觉地道："你急什么？还有 20 分钟才上课呢。"

孟韶很羡慕乔歌，羡慕她这么习惯被关注，把偏爱都看作理所应当。

两个人在走廊上里刚走出没多远距离，迎面就碰上了跟外班朋友靠在窗边聊天儿的蒋星琼。

蒋星琼看到孟韶跟乔歌走在一起似乎非常惊讶。孟韶觉得对方落在自己身上的眼神里闪烁着些让她读不懂的东西。

乔歌也认识蒋星琼，大大咧咧地跟她打了个招呼。蒋星琼过了几秒才回应，看着乔歌今天穿在校服外套里面很显身材的吊带衫以及修改到合身的长裤，脸上的笑容没有多少真心。

同孟韶一起走出教学楼之后，乔歌忽然问："你觉得蒋星琼怎么样啊？你们关系好吗？"

孟韶没想到她会问自己这个问题，但还是如实答道："就是普通同学。"

乔歌"哦"了一声，语气明显松弛了很多："她原来在附中时是跟我一个班的，不是我说，她怎么上高中了一点儿没变啊？仗着自己学习好一副高高在上看不起人的德行，看着就烦。"

孟韶从来没听人这么评价过蒋星琼，微微睁大了眼睛。

乔歌看着她，笑了起来："怎么？吓着你了？"

孟韶摇摇头。

她只是见到了另一种观察人的角度。

乔歌陪孟韶去了高一英语组。她先踮脚往门板上的玻璃内望了望，然后转头对孟韶说："你们班英语老师在，进去吧。"

孟韶一只手拿着卷子，另一只手迟疑着放在了英语组的门把手上。

她将门把手向下压的时候，乔歌在身后推了她一把。

孟韶猝不及防，将门弄出了很大的声响。

办公室里的英语老师问了一声："谁在外面？"

这下孟韶也不能够反悔了，只得走进办公室里，略带赧然地说了声"老师好"。

"孟韶？"英语老师看见她手里拿着的卷子，"来问问题吗？"

孟韶"嗯"了一声，走到英语老师的办公桌边，把自己的卷子展平放了上去："想请您帮我分析一下试卷，我月考的成绩不太理想，我想有针对性地提高一下。"

英语老师没有先看她的卷子，而是从桌上拿起了两张成绩单，温和地说："我觉得你这段时间应该也付出了很多努力，最近两次周测有明显的进步，差不多都稳在咱们班中等稍微偏上的位置。"

努力被看见，孟韶不好意思地说了声"谢谢老师"。

"月考卷子你应该早点儿拿来给我看的，当时我脑子里还记得错题的整体情况，现在只能大概帮你分析分析。"英语老师从笔筒里抽了根和卷子上的字迹颜色不同的笔，开始翻看孟韶标记的地方。

从英语组走出来的时候只剩五分钟就要打晚自习的上课铃，孟韶看到乔歌百无聊赖地倚在墙上玩手机，便叫了对方一声，有些不安地问："你还在等我啊？"

她以为乔歌会先走的。

每次意识到别人对她的好，她总会产生一种诚惶诚恐的感觉，仿佛这并不是她应得的。

乔歌打了个哈欠："问完了？"

孟韶说："问完了。"

的确像乔歌说的那样，问老师问题这件事，做过一次就不怕了，没什么不敢的。

而且英语老师不仅没有嫌弃她错的题简单，还十分耐心地给她串讲了一遍易错的知识点，教了她一些背单词和训练听力、口语的方法。

乔歌把手机收进了校服外套的口袋里："行，那回去吧。"

孟韶跟上乔歌，很认真地说："谢谢你。"

乔歌又笑了，挽住孟韶的胳膊："这有什么好谢的？"

孟韶从前一直以为在礼城外国语学校交到朋友是件很难做到的事情，但跟乔歌手挽手地往教学楼走的时候，她那么切实地知道，自己终于在这所学校拥有了除许迎雨以外的第二个朋友。

晚自习的时候许迎雨传了张字条给孟韶："你现在是不是跟乔歌关系很好？"

孟韶想了想，在这行字下面写："挺好的。"

她把字条推回许迎雨那边，对方过了好久才重新传给她。

"那你不会喜欢她超过喜欢我吧？"

孟韶看着这个问题，有一点儿想笑，也有一点儿受宠若惊。

她从来没想过自己可以在友谊中扮演一个被追捧的角色。

大概也察觉自己这个问题问得幼稚，许迎雨把字条抽回去，笔尖一斜，画掉了那句话，重新写了一行字："算了，不管你跟她关系怎么样，反正我们永远是好朋友。"

第一节晚自习下课之后，许迎雨要去小卖部买酸奶，问孟韶用不用自己帮忙带什么东西。

孟韶听到"小卖部"三个字，心一动，对许迎雨说："我陪你去吧，我也想买个喝的。"

小卖部里偏暖色的灯光在夜里显得格外明亮，孟韶跟许迎雨走进去，停在放饮料的冷柜前面时，她的目光时时往门口扫过去，期待见到谁，只有她自己知道。

许迎雨没费多少力气就找到了她要买的那种酸奶，要去结账的时候，发现孟韶还站在原地发呆，便问道："你还没挑好吗？"

孟韶回过神来，要说话的时候，门口传来一阵耳熟的嬉笑打闹声，她听到里面有程泊辞那个朋友姜允的声音。

她的眸光闪了闪："你先回去吧，我还想再看看。"

许迎雨说声"行"，转身去结账了。

孟韶心不在焉地在一柜琳琅满目的饮料里挑选，看到果汁在做买一送一的活动，便磨磨蹭蹭地挑了两个口味，朝柜台走过去的时候，她却并未寻觅到希望见到的那个人。

也许他今天没有去打球，也许他拜托别人帮忙买水，先回了教室。

程泊辞有太多种不出现的理由，孟韶带着失落结完账，抱着两瓶果汁出了门。

从小卖部回教学楼的路上会经过孟韶早上背英语的小花园，她路过的时候，无意间看到远离花丛的游廊昏暗处站着一个熟悉的身影。

她的心脏顿时像盈满了风的帆一样鼓动起来。

程泊辞。

游廊临近礼城外国语学校靠马路的围墙，时常有流浪猫从栅栏的缝隙中钻进钻出，孟韶看见一只小猫正安静地窝在廊下离程泊辞不远的地方舔毛。她假装对那只猫产生了兴趣，慢腾腾地朝它走过去，边走边把果汁塞进校服外套宽大的口袋里。

在靠近游廊的过程中她才发现，程泊辞原来是一个人在那里打电话，看起来已经站了有一段时间了。

他望着围栏外车水马龙、川流不息的夜景，声音比平时还要冷上几分："不回，我周末去外公家。"

手机那端的人又说了几句，他沉默地听着，表情让孟韶觉得他不太高兴。

过了片刻，他说："爸，就这样吧，我还要回去上晚自习。"

然后他就挂断了电话。

孟韶这时候刚好走到小猫面前。她连忙蹲下，胳膊抱着膝盖，看小猫旁若无人地进行猫毛清洁活动。

程泊辞挂断电话之后又在原地站了一会儿才转身要走，绕出游廊后，正好经过蹲在地上的孟韶。

孟韶顿了顿，仿佛自己是听到脚步声才抬起头，看到程泊辞之后，她站起来，轻声打了个招呼。

心跳得非常快，因为她不知道演得像不像，会不会被他看穿。

程泊辞脸上还未退去方才的寒意，但还是给了她回应。

孟韶想起什么，从口袋里拿出一瓶饮料递给他，小心翼翼地问："这个你喝吗？"

程泊辞颇为意外地看了她一眼。

如果仔细地分辨，是能从孟韶细细的嗓音中听出她的紧张的："小卖部在买一送一，我喝不完，正好看见你就问问你要不要。"

在她的目光中，程泊辞伸手把果汁接过去，跟她说了"谢谢"。

孟韶清楚程泊辞应该是因为有心事，没空分神去想拒绝的说辞才接受，她只是觉得喝甜的东西能改善情绪，但愿他的心情可以变好一些。

她把另外一瓶果汁也取出来，却不小心带出了沉在兜底的宿舍钥匙。

钥匙掉在地上，小猫机警地跑开，孟韶正要去捡，程泊辞已经先俯下了身。

少年挺拔的肩背将校服撑出了好看的轮廓，孟韶注意到他露出的白皙后颈上有一颗不明显的淡色小痣。

程泊辞替孟韶把钥匙捡起来，一瞥她用的钥匙链，问："你喜欢这个？"

钥匙链是孟韶上周新买的，《海底总动员》的周边，小丑鱼尼莫的塑胶牌。

她确实很喜欢这部电影，把英文原版当作练习听力的材料过了好几遍。同样是这个世界上不完美的物种，她却没有像尼莫那样被珍视，也不知道往后有没有机会像尼莫那样从家乡去到很远很远的地方，看从未见过的风景。

孟韶接过自己的钥匙，点了点头。

她不小心碰到了程泊辞的手。一瞬间贴近的触感短暂到像种错觉，连他的体温都没感受到，她的指关节却泛起了淡淡的粉色。

程泊辞说："我印象最深的其实不是尼莫，是 Dory。"

他的话音刚落，孟韶便接上了多莉的那句经典台词："Just keep swimming.（继续游泳。）"

这句话是影片的点睛之笔，出现的次数最多，也因为短，她跟着练得很熟，是她现在说得最好听的一句英语。

所以她才敢在他面前讲出来，甚至有些许故意的成分。

程泊辞看了她一眼："对，是因为这句话。"

说完，他微微侧过脸，越过孟韶去看教学楼门口挂着的滚动屏："快上课了，回去吧。"

孟韶不敢跟他并肩，走在落后他几步的地方，视野里是他戴着黑色口罩穿行在走廊中的侧脸轮廓。

或许是他第一节晚自习又去打了球的缘故，他的校服外套穿得不那么规整，领口微微敞开，袖子挽着，流露出微微的倦意。

明明她平时觉得从教学楼入口到班级是不算近的一段路，怎么跟他一起走，会那么快就走到了？

孟韶小声跟程泊辞说了"再见"，也不确定他听没听到，怕被人注意，她飞快地回到了班里。

下晚自习回宿舍的路上，孟韶给迟淑慧打了电话过去。

迟淑慧接了之后，孟韶听见对方语气焦灼地说了几句话。她没听清，问了声："妈妈，你说什么？"

"没有，我在监督希希做补习班的作业。我跟你爸爸也不明白他最近怎么了，还有两个月就中考了，听老师说他天天上课玩手机。"迟淑慧说。

停了一下，她问："你们什么时候考完期中考试？你不是一般那时候回趟家吗？等那个周末，你给希希讲讲你当时是怎么复习的。他脑子聪明，说不定开窍了也能考个第一，到时候考上礼城外国语学校，出去念大学。"

孟韶动了动嘴唇，想告诉迟淑慧，孟希没那么聪明，也不用功，考全校第一名不容易的，他配不上那么高的期待。

但她最终什么也没说，只是答应迟淑慧回家之后给孟希辅导。

"你先跟你爸爸说吧，我得去看着希希做作业，不然他又趁这时候打游戏了。"迟淑慧匆匆地说道。

孟韶听到扬声器里传来的"窸窣"声，接着是孟立强的声音："喂，喂？韶韶，你能听见吗？"

"能听见。"孟韶说。

孟立强是那种沉默寡言的人，但要比迟淑慧温柔一些。他憋了半天，对孟韶说："韶韶，你别有太大的压力，你现在的成绩也能上大学。到时候你报个市里的师范，然后回咱们这儿当老师，环境也熟悉，这一辈子本本分分的，爸爸就知足了。"

知道孟立强是想安慰自己，但一个"好"字哽在喉头，孟韶无论如何也说不出来。

他们对孟希的期待是出去念大学，为什么她就要回县城当老师？

明明她才是比较优秀的那一个。

孟韶同孟立强在电话里僵持了十几秒，不过，或许他根本没意识到这是场僵持，只是觉得女儿没有话说了，便道："那我挂了，韶韶。"

孟韶的手指伸到衣兜里，指尖摸着小丑鱼尼莫不够光滑的边缘："嗯，爸爸再见。"

通话结束的提示音几乎让她产生了松了一口气的感觉。

放下手机的时候，孟韶才想起来，她打这通电话，原本是想跟爸爸妈妈说，自己的英语成绩正在进步，今天还被老师表扬了，她相信以后会更好的，让他们不用担心。

没有人担心。

第三章

他身上的光

礼城外国语学校作为市重点高中，常有领导过来参观视察。某节英语课上，英语老师说今年校领导决定在上级参观时举办一次全英文的模拟联合国活动，展现外国语学校的特色，时间应该是期中考试之后，参与者从高一年级抽调，为了激发大家的学习热情，以期中考试的英语成绩为依据进行选拔。

见底下坐着的学生一副对集体活动无可无不可的样子，她又说："再给你们透露个小道儿消息，在模拟联合国活动中拿了名次，能计入咱们的保送赋分。"

班里的气氛顿时躁动起来。

礼城外国语学校的几十个保送名额不是那么容易拿到的，经过多年的修改完善，学校已经订立了一套极为完善的入围方案，除了从高一到高三上学期的五次大型考试成绩占绝大部分比例外，还有各类荣誉称号、竞赛获奖、文体活动的赋分，只有各方面都很优秀，才有可能进入保送的范围。

有胆子大的男生在后排喊道："真的吗，老师？别骗我们啊。"

英语老师说："没骗你们，学校官网这几天就出通知了，到时候可以看看，估计你们班郑老师开班会也要说这事。"

她满意地看到自己的话引起了台下学生反应的变化，轻描淡写地拿起了习题集："知道就行了，既然看重，那就好好准备，现在先收心，我们讲讲昨天的作业。"

下课之后，班里到处都是讨论模拟联合国活动的声音。

许迎雨本来要去帮英语老师把电脑搬到 1 班，还没从座位上站起来，蒋星琼就先跑到讲台上，跟英语老师说起了什么。

见状许迎雨"啧"了一声，也不急着走了，转过头对孟韶说："你信不信，她绝对是过去跟英语老师打探消息的。"

然后许迎雨又说："不知道有多少人能参加。我早上去英语组的时候听见老师在讨论到底给几个名额合适，好像说是摊到每个班差不多能有一两个。不过其实也不用等到期中考试，现在大概就能猜到每个班都是谁去，咱们班肯定有蒋星琼，1 班就是程泊辞呗。"

孟韶"嗯"了一声，有点儿心不在焉。

经过高一上学期，她已经清醒地认识到，在礼城外国语学校，这些属于优等生的活动都不再会与她有关，但方才听见英语老师宣布模拟联合国活动的消息时，她的心底有一丝不安分的悸动破土而出。

不仅是因为她像许迎雨一样知道这样的活动一定有程泊辞参加，想要跟他产生更多的交集，也是因为她其实没有真正认输过。

她是乖，是听话懂事，但不代表她没有想要的东西，没有野心。

她不愿意一辈子被困在那座生养她的小县城里，她想去更大的世界。

昨晚跟父母的那通电话仿佛点燃了孟韶从来到礼城外国语学校之后就掩藏起来的对未来的强烈渴望，她开始想为自己争取。

接下来的一个月，孟韶越来越频繁地跑到高一英语组问问题，甚至同一个办公室的其他老师都认识了她，有时候英语老师不在，别的老师还会主动给她讲题。

临近期中考试，孟韶听许迎雨说英语组的老师已经在着手准备模拟联合国活动赛程。这天下午课间，她带着周测的卷子去找英语老师问一道完形填空，刚走到办公室门口，就看见英语老师正倚在桌边，跟程泊辞说话。

程泊辞是背对着她的，但只是那一个背影，她就知道是他。

她走进去，安静地站在他的斜后方等待。

心里泛起丝丝缕缕的后悔，昨天晚上回宿舍之后她学习太入神，一不小心就到了熄灯时间，宿舍的热水停了，她没来得及洗头发。

英语老师看见了孟韶，但说话也没避着她，拿起桌上一沓装订好的打印纸递给程泊辞："稿子是高三英语组的组长写的，场上最重要的角色交给你，你提前拿着背熟，到模拟联合国活动的时候第一个发言，代表咱们学校给领导留个好印象。"

孟韶没觉得这样的内定不公平，她相信整个礼城外国语学校也不会有人质疑程泊辞的水平，他就是比所有人都厉害。

可程泊辞接过那份稿子，只淡淡地瞥了一眼，就放回了桌上。

从孟韶的角度看不见他的表情，她只能看到他修长好看的手指微微张开压在纸面上，在一行行新罗马字体上投下浅灰色的阴影。

"老师，"程泊辞的嗓音依旧落耳生凉，十分平静，"我不需要这个。"

孟韶听出他的意思是既不需要这份稿子，也不需要老师跳过流程提前照顾。

英语老师试图说服他："反正等期中考试成绩出来也肯定有你，提前准备一下不是更从容吗？"

"那就等期中考试成绩公布。"程泊辞说。

明明只是个才 16 岁的少年，他说话却有种不容置疑的笃定，让人心生佩服。

英语老师并没有生气，而是尊重了他的意愿："行，到时候再准备也来得及，稿子你自己写，需要这份做参考的话，随时来找我要。"

对桌的老师站起来提醒道："一会儿是不是有个研讨会要开？还有十分钟就开始了。"

"看我这脑子，忘得一干二净的。"英语老师的眼光扫过孟韶："孟韶是不是来问问题的？程泊辞，你有空吗？有空的话帮她讲道题再走。"

程泊辞说"有空"，侧过身转向孟韶。

窗外的阳光漫过玻璃，给他的身形披上一层朦胧冷淡的轮廓。

攥着卷子的指尖蜷了蜷，孟韶不知怎么有些迈不动步，仿佛胸中跳动的那颗心脏是由最为脆弱易碎的玻璃制成的，一不小心就会跌成碎末，把里面盛着的心事溅得四散飞扬，让所有人都看见。

英语组的老师很快走空了，只剩下他们两个人。

程泊辞看着孟韶，问她："哪道题不会？"

孟韶把卷子递给他，小声说："完形填空的第七个。"

程泊辞"嗯"了一声。孟韶注意到他先把整段完形填空的文章浏览了一遍才去看那道题。

她没出声，只是在心里记下了他做题的方法。

因为是做过一遍的题，程泊辞看得很快，孟韶还在回忆自己当时是怎么做错的时候，他已经开口道："这道题考的是虚拟语气，前面的 everything taken into consideration 是独立主格结构，表示假设条件，你选错应该是因为没看出来这个。"

他讲题干净利落，但并没有不耐烦，孟韶又借机多问了几道，他一一给她讲了。

但孟韶又没有把错题全部问到，因为有几道题目是她词汇量不够才做错的，她想那些单词在他眼里一定很简单，她宁愿自己回去查字典，也不愿意他知道自己不会。

讲完，程泊辞问："还有吗？"

"没有了，谢谢你。"孟韶道。

程泊辞说"没事"，跟她一起走出办公室的时候又说："你先回去，本来老师去开会办公室应该锁门的，我锁一下，然后给老师送钥匙。"

孟韶点点头，步行到楼梯口，下楼之前忍不住回了头。

回头的那一刻，她不禁忐忑，怕他突然望过来，捕捉到她并不清白的视线。

幸好程泊辞没有，他正伸手从门框上方取英语组办公室的备用钥匙。

他个子高，都不用踮脚就可以够到那个位置。

程泊辞抬起手臂的时候，蓝色的校服袖口落下来半寸，露出一截线条漂亮的手腕，腕上有一小块微微凸出的骨骼。

他拿到钥匙，低下头，没什么表情地锁门，睫毛垂着，半边脸隐没在光线切割出的阴影中，显得鼻梁很高，皮肤很白。

孟韶赶在他锁完门注意到她之前下了楼。

晚自习放学之后，孟韶走出教学楼的时候，被人从身后拉了一下书包带。

她猛地回头，乔歌已经走到了她的旁边："能碰见你一回真不容易。你是回宿舍吧？我去办公楼找我妈妈，正好顺路。"

两个人一起走了一段，乔歌先是跟孟韶聊了些有的没的，比如哪个班的谁对谁有意思，学校里除了程泊辞还有哪个男生长得比较帅，食堂二楼新开的窗口饭菜好不好吃，今天温度这么高还跑操真的热死人。

后来到了人少一些的地方，乔歌的话题便绕到了程泊辞身上。

"你知道吗？我听说今天你们两个班的英语老师把他叫到办公室去了，好像是打算提前给他布置模拟联合国活动的发言任务。"乔歌神神秘秘地说。

孟韶好不容易有可以同乔歌交换的消息，便毫无保留地告诉了对方："但是他没有答应。"

她一五一十地给乔歌讲述了自己去英语组的经过，只省略了英语老师让程泊辞给她讲题的那一段。

乔歌很理解地说："也是，程泊辞初中的时候就这样，不喜欢老师额外照顾他，难怪会拒绝。"

接着她又道："不过你们老师说的其实也没错，反正最后肯定有他。我还挺期待的，这种活动他上台肯定不会戴口罩，到时候就能欣赏一下他的整张脸了。"

孟韶忍不住笑了，然而连她自己也期待起来。

甚至她幻想得更过分一点儿：要是那时候她也可以参加，能够坐在他旁边就好了。

期中考试定在 4 月的第三周。高一年级因为还没有文理分科，所以要从周三一直考到周五上午，下午直接放半天连上周末作为阅卷假。

礼城外国语学校的考场是按照上一次的考试成绩排的，成绩最靠前的那一批人被安排在实验室里考试，剩下的人在教室里。

孟韶从来没去过实验室考试，只是听说因为里面的考生都是学习好的学生，所以监考老师也是比较慈眉善目不会让人紧张的那类。

考试之前，老郑把考场安排贴在了教室前方的宣传栏上，大家一拥而上，围过去抄考号和考位。

孟韶跟许迎雨一起挤在人群里仰着头看，她的考场正好就在 7 班，考试第一天的早上甚至都不用走太多路去找考场。

忽然两个人的身后响起了蒋星琼的声音，她对前面一个跟她相熟的女生说："菲菲，你帮我记一下考场行吗？我挤不进去了。"

凌菲菲答应下来，用手里的便利贴帮蒋星琼记完之后，撕下来伸长胳膊越过人丛递给了她，边递边说："星琼，你好厉害，是一考场 4 号。"

蒋星琼露出了矜持的表情，淡淡地说："有什么厉害的，又没坐 1 号。"

大家都知道一考场 1 号坐的是谁，凌菲菲半开玩笑道："那你加把劲儿，再多考几分把程泊辞拉下来，说不定他还想来咱们班看看是谁抢了他的第一名呢。"

这话明明带了些讨好的意味，蒋星琼的脸色却变得有些冷："我跟程泊辞是初中同学，我们本来就认识。"

许迎雨用胳膊轻轻推了一下孟韶，给她使了个"有八卦消息"

的眼色。

孟韶想起的却是那次课间自己去小卖部买创可贴，回来的路上蒋星琼跟程泊辞打招呼，对方却不记得蒋星琼的事情。

程泊辞那么容易就忘记一个人，而她甚至没有跟他同班过，那很多很多年后，他是不是也根本不会记得她？

考试当天早晨的气氛总是很紧张，所有人像士兵枕戈待旦，终于等到了开战的前一秒，况且礼城外国语学校的大考不像其他学校那样只是一次又一次地为高考做准备，还要按比例为保送名额的竞争赋分，看起来就更加无情冷酷。

第一科是语文。考试前，教室里没有人说闲话，都是背诵古诗文和作文素材的声音，气氛肃穆压抑。

还剩 20 分钟开考的时候，老郑让班里的学生把桌子拉开，然后收拾东西去考场。

孟韶将桌面清空，拎着书包去走廊里等。

她的掌心出了汗。

克服了对问老师问题的恐惧之后，她不仅去请教过英语老师，还经常找其他科目的老师请教，在这个过程中逐渐调整了自己的学习方法，努力了这么久，如果还是看不到成效，她真的不知道要怎么办了。

走廊的另一头传来一阵由远及近的喧闹声。

孟韶转头一瞥，看到程泊辞正被几个男生簇拥着走过来。

靠近 7 班的那个教学楼出口离实验楼更近，程泊辞应该是要去考场。

男生们说笑的声音传到了孟韶的耳朵里。

"来来来，都拜拜辞哥，辞哥保佑我多考几分。"

“叫什么'辞哥'？叫'程神'。”

“程神我能摸你两下吗？蹭点儿仙气。”

程泊辞抬手挡了一下，微冷的声音中混了半分无奈的笑意："搞什么封建迷信。"

紧接着他又说："别叫我'程神'。"

他们经过孟韶身边的时候，她仓促地低下头，怕被程泊辞发现自己在偷看他，但又希望他能侧头看她一眼，跟她打个招呼。

可她实在不够引人注目，且程泊辞的视线被身旁的男生挡得严严实实，所以他并没有看见她，直接走了过去。

望着男孩子颀长的背影，孟韶想：他这次应该还是会考年级第一吧。

密集的考试让人精神紧绷，到了周四晚上，终于只剩下历史和政治两科。

按照礼城外国语学校以往的情况来看，年级的大部分人会在高二分科的时候选理科，对这两科相对没那么重视，所以这一晚的气氛便比之前轻松了很多，晚自习的课间各个班级也没有那么安静了，孟韶去上厕所的时候还听到有人在走廊里讨论明天下午放阅卷假的时候要去哪里玩，是去逛街还是去滑冰，万达商场新开了一家日料店好像很好吃。

在考场里闷了一天，去完洗手间回班的时候孟韶不那么着急，准备在外面多透一会儿气。

心底升起假装路过 1 班看看程泊辞的念头，她刻意走得很慢，仿佛只是漫无目的地在散步。低着头看脚下瓷砖的时候，孟韶意外地发现自己经常走过的这段路上，有几块砖的花色跟其他的不一样，不清楚是不是因为之前的坏掉了，又是什么时候填上的。

她想起自己小时候喜欢玩一种每一步都踩在地砖格子正中的游戏，看周围也没人注意她，便悄悄地尝试了一下。

她专注地踩了几步，视野中出现了一双白色球鞋。

那是一双非常好看的鞋子，干净得一尘不染，大面积的白配了冷淡的黑蓝拼色，侧边的英文商标孟韶认得，是弟弟孟希特别向往但价格实在超出他们家消费水平太多的一个牌子。

孟韶紧急刹车，避免了撞在对面那人身上，踩脏他昂贵的球鞋。

下一秒，一缕熟悉的冷冽气息飘到了她的鼻腔里。

孟韶怔了怔，抬眸的时候对上了程泊辞那双好看的眼睛。

走廊里偏淡的灯光为少年的眼珠镀上了一层柔和的光，他的身后是透明的外窗，今天有着漫长无尽的晚霞，世界像在这个春夜倏然静止了片刻。

孟韶恍惚了一瞬，觉得他的瞳孔中一定存在着一个会让人迷路并沉溺的宇宙。

回过神来，她局促地向他道歉："对不起，我没看到前面有人。"

不知道他会不会觉得她走路不看路很冒失。

但因为见到他，她心跳得有点儿快。

程泊辞看了她一眼，似乎是想说什么，但最后只是告诉她没事，又顺便将手中的一沓资料递给她："能帮我把这个给许迎雨吗？"

孟韶接过来的时候看清了标题和内容，是英语期中试题的参考答案。

"今晚先不发，等明天考完试再发。"程泊辞说。

孟韶点点头，知道是英语老师安排的，怕今天发下去会让大家浮躁，影响明天剩下的两门科目的考试。

她带着参考答案回去，走到班级门口的窗台附近时，被倚在那里跟朋友聊天儿的蒋星琼叫住了。

蒋星琼的目光落到孟韶手中的资料上："这个是英语卷子的答案吗？"

孟韶说："嗯。"

蒋星琼漫不经心地问："能不能给我一张？我想对对答案。"

孟韶犹豫地道："英语老师说明天才能发。"

况且因为这次期中考试的成绩跟模拟联合国活动名额和保送名额挂钩，想要马上对答案的人应该不在少数，如果给蒋星琼开了这个口子，后面再有人来要，许迎雨会很为难。

蒋星琼面上掠过一丝不悦，很少同孟韶说闲话的她侧头一扫1班的方向，突然轻描淡写地问了句："程泊辞跟你说的？"

听对方提到程泊辞的名字，孟韶垂在身侧的指尖下意识地蜷了蜷。

她总觉得喜欢程泊辞是种妄想，假如被别人知道，会让她无地自容。

蒋星琼看起来也不太适应跟孟韶提起程泊辞，顿了顿，笑了一下，说："算了，也不急在这一天，别弄得你跟许迎雨在班里难做。"

其实孟韶自己也是想对答案的，这次的题目她意外地做得很顺手，只有一段听力材料她没怎么听清，连蒙带猜靠捕捉到的几个关键词理解了一下题干，做了三道选择题。

她很想知道自己有没有猜准。

但一想到那天在办公室里，程泊辞跟英语老师说他不需要那份稿子时的样子，孟韶就克制住了自己。

她不想做他讨厌的那种人，想跟他一样。

最后半天的考试过得很快，孟韶早上已经提前把回家的行李箱带到了教室外面，领完各科的答案，跟许迎雨告了别，拎着箱子向外走。

因为宿舍的衣柜太小，放不下两季的衣服，所以孟韶这次把冬天的羽绒服和大衣都塞进了行李箱里准备带回家，还有一些她这半学期买的教辅资料，有的是做完不舍得丢想带回家的，有的是想趁这几天假期再翻一翻的。

这个行李箱在孟韶家放了很多年，还是孟立强在年轻的时候买的，一个万向轮已经坏了，滚动的时候不太灵活，但勉强还可以用，迟淑慧就让孟韶带到礼城外国语学校来了。

孟韶要去南门外面等公交车。南门地势高，从教学楼走过去中间有一段很长的上坡楼梯，她拎着沉重的行李箱才走到一半，胳膊就已经酸了，只得暂时将箱子放到台阶上。

她身后有人"哎"了一声，三步并作两步跑到她的旁边："同学，我帮你拿吧。"

孟韶愣了一下。

"我们见过的，就你跟蒋星琼来集训队值日那天，我叫余天，你有印象吗？"

孟韶还记得余天，于是点了点头。

余天伸手要给她拎箱子，她却小声拒绝道："我自己搬就好了。"

她不习惯让不熟的人帮忙。

余天还有些不放心："你能搬动吗？"

孟韶说："能的。"

见她态度坚决，余天也不好再坚持，抓了抓头发说："那我走了啊，你要是搬不动就歇会儿。"

孟韶歇歇停停，总算走完了上坡的楼梯。

她推着箱子走在去礼城外国语学校南门的路上，坏掉的那个轮子总是卡住，平添了许多摩擦，发出刺耳的噪声。

原本学校里的寄宿生就不多，大部分是住在市区的走读生，像孟韶这样带了很多东西看起来这样狼狈的就更少，周围有人看她，她的脸微微发热，她觉得自己好像异类。

南门附近水泥地面与柏油马路交界处的中间有一道凸起的坎，孟韶走过去的时候，行李箱的轮子被挡了一下，她没抓稳拉杆，整个箱子一下子向前扑倒在地上，发出了沉闷的响声。

她连忙回身去扶，一只男生的手却先她一步握住拉杆，摆正了箱子。

对方的手白皙修长，指甲修剪得干净整齐，衬得款式早已过时的行李箱也跟着顺眼了许多。

冷冽的嗓音在她的耳边响起："你要去哪里？"

孟韶抬起头，看到了程泊辞。

中午气温升高，他把校服外套脱了挂在臂弯上，露出里面的黑色连帽卫衣，瘦削挺直的肩膀将衣服撑出非常好看的轮廓，温和的春风轻轻吹动了他额前的碎发。

他站在路边，应该是在等家里的车。

两根纯白色的耳机线从他的胸前搭下来，插在被他松松地握着的纤薄的手机上，不知道他听的是什么歌。

孟韶接过行李箱，因为方才的窘迫暴露在程泊辞面前而感到懊恼和难堪。

"我去车站等车。"她轻声道。

他一定不懂回一次家要坐两班公交车、一班巴士跨越 100 千米是什么感觉。

有时候两地的天气都不同。上个寒假回去的时候，礼城市区还是晴空万里，而她家所在的小县城前夜刚下的雪尚未化干净，她像是穿越时空抵达了另一个世界。

程泊辞一瞥手机屏幕："我送你吧，我家的车快来了。"

孟韶知道程泊辞是因为有教养，看她一个女生搬太重的东西不忍心，才提出帮忙，只是她不清楚这样会不会太麻烦他，还在迟疑是否要答应，那辆迈巴赫已经从路口驶入，缓缓减速，停在了两个人面前。

程家的司机从车上下来，程泊辞跟他说了句什么，他点点头，利索地提起孟韶的箱子放进后备箱里，又从程泊辞那里拿过他的校服。

孟韶向司机道谢，对方说"没关系"，问要把她送到哪里。

"礼城汽车总站。"孟韶说。

司机跟她确认了一下具体的位置，然后替她拉开了后座的门，看着她上去之后，又礼貌地将门关上。

程泊辞坐到副驾驶座上，孟韶特地选了后面斜对着他的那个座位，这样一路上都有机会看到他的侧影。

少年清晰的下颌线和好看的鼻尖被明亮的光线勾勒得分明，他低下头在手机上切歌的时候，会隐约露出后颈上那颗不容易被发现的小痣。

不像她因为第一次坐这样贵的车而处处拘谨，程泊辞将一边肩膀倚在车窗的窗框上，姿势放松而舒展，周身有种与生俱来的矜贵气质。

车子里面有淡淡的香薰味道，孟韶闻得出跟他身上的味道很像。

不知道坐上一路，她是不是也能沾上相似的气息。

孟韶不敢主动同程泊辞搭话，就一直安静地坐在车座上，直到司机将车停在汽车总站前的广场上，跟她说"到了"，她才回过神来。

她想到了英语老师让班里的同学背下来以便套用在作文里的句子：how time flies。

跟他待在一起，也是单位比较小的那种时光飞逝。

司机挂了挡，下车帮孟韶把行李箱拎下来，她推开车门，程泊辞微微向后扭过头，对她说了声"注意安全"。

孟韶推着箱子慢慢走向售票大厅，站上门前最高一级台阶时，她转过身朝后望了一眼。

那辆她刚才坐过的迈巴赫已经开出了总站前面的广场，即将转弯汇入主路上的车流。

隔了这么远，她看不清车里坐着的程泊辞，心头升起一种似有若无的怅然若失的感觉。

等孟韶乘坐闷热拥挤还不开窗的大巴回到县城，又被一辆颠簸的公交车送往她家所在的那一站，衣角遗留的香薰味道早已散掉，她顶着午后的烈日走在熟悉的街头，觉得刚才跟程泊辞坐在车里的那一小段时间美好得像幻觉，却又清晰到能够证明确实存在过。

这天家里的晚餐格外丰盛，迟淑慧这种实用主义的人甚至花时间给拍黄瓜摆了盘，还让孟韶要是闲着就去街口的小卖部买一箱饮料回来。

孟韶当然不会觉得家里摆这么大的阵仗是为了自己，问孟立强："有客人要来吗？"

孟立强点点头："你杨阿姨正好这周末也回来，我跟你妈妈就想着请他们家人过来吃个饭。"

孟韶于是问要买什么饮料，孟立强想也没想，转身朝里屋喊了一声："希希，你姐姐去买饮料，你想喝什么？"

孟希不耐烦地说："可乐。"

然后他"砰"的一声关上了门。

孟立强解释似的说了句："你妈妈好不容易同意他今天玩会儿电脑，他急着玩。"

然后孟立强从桌上的钱包里抽了张纸币给她。

孟韶没说什么，接过来出了门。

从小卖部搬了一箱可乐回来，她白天刚拎过行李箱的胳膊已经酸得发疼。

晚上孟韶家的餐桌上主要是杨旖漫把持着话题的主导权，她先关心了一下孟韶家小书店的生意和孟希的学习，又说起了自己的工作，聊着聊着，就提起了程泊辞。

孟韶虽然一直没作声，此刻却竖起了耳朵仔细地听着，注意力变得前所未有地集中。

"我们程总的儿子也在礼城外国语学校，叫程泊辞，跟你们家孟韶同一个年级，"杨阿姨搛了一筷子菜，"总考第一，特别优秀，初中的时候就参加美国国家机器人挑战赛拿奖了。"

孟立强接口道："那程总一定很喜欢他。"

杨阿姨不置可否："不过他跟程总的关系不太好，不知道是不是因为他妈妈，听说程总后来娶的那位一直想跟他搞好关系，但是他不太给面子。"

"程总离过婚啊。"迟淑慧道。

杨阿姨说："不是，程泊辞的妈妈挺早之前就去世了。她是外交官，叫江频，还是在国外牺牲的，不知道你们有没有印象。"

孟韶的眼皮跳了一下。

迟淑慧说："好像看过新闻，"又说，"那程总的儿子以后就是嘉远的继承人了？"

杨阿姨压低了声音："我听说那孩子对继承嘉远没什么兴趣，程总一直为这事上火来着。"

孟立强很不理解："继承嘉远还不好？"

杨阿姨摇了摇头："他想跟他妈妈一样，以后当外交官。"

大概无论是成为嘉远的继承人还是当外交官，对孟家甚至杨旖漫来说都是太遥远的事情，桌上安静了片刻，话题又绕回了他们熟悉的领域。

没有人想起来问孟韶一句她认不认识程泊辞，好像大家都默认程家儿子那样同她云泥之别的人不会跟她发生联系。

晚上送走杨阿姨一家之后，迟淑慧就催着孟韶给孟希辅导。

孟希满脸不情愿地坐在房间里的书桌前，听着孟韶给他讲中考的重要性，还有她当初的复习方法。

其实孟韶也没什么好讲的，她相信同样的话孟希的老师以及迟淑慧和孟立强说过无数遍，至于复习方法，那时候她的底子要比孟希的底子好得多，并不适合他。

夜晚安静，窗下的路上偶尔有轿车或摩托车转弯经过，灯影便也在玻璃上呈现出波折的形状。

"姐，"孟希突然叫了孟韶一声，"礼城外国语学校好吗？"

孟韶看他的表情，知道自己刚才说的话他一句也没认真听。

但孟希这个没头没脑的问题在她的心里掀起了一丝波澜。

礼城外国语学校好不好，对在那里当了大半年透明人痛苦过也煎熬过的她来说，的确是个很难回答的问题。

但想到中午坐在她斜前方听歌的男孩子，那些感受似乎变得微不足道起来。

"挺好的。"孟韶说。

她给孟希讲了礼城外国语学校先进的设施和丰富的课外活动，看看时间差不多了，便要回自己的房间，想按照发下来的标准答案订正一下试卷。

孟希问孟韶能不能再多待一会儿，她愣了一下，还以为自己不在家的这段时间他终于懂事了，结果却听到他说："你在这儿妈就不会过来监工，之前她翻着我的作业问这问那的，又看不懂，我烦都烦死了！"

孟韶犹豫片刻，然后问他："那你能把电脑借我用吗？"

其实那台电脑原本是她跟孟希公用的，但自从她考上礼城外国语学校去寄宿之后，孟希就把电脑搬到了自己的房间里。

她不是真的要用电脑，只是为了不让孟希把时间浪费在上面而已。

孟希看起来显然是觉得孟韶多管闲事，不过大概是真的觉得迟淑慧太烦，他还是答应了她。

孟韶又补了一句："手机也不许玩。"

"行行行，我看书行了吧！"孟希没好气地说。

孟韶用电脑看了会儿时事新闻，忽然想到什么，点进搜索引擎，伸手在键盘上按了几下，然后敲了下回车键。

互联网时代钩沉索隐，有心打捞什么信息，是不会找不到的。

很快孟韶就从浩如烟海的搜索结果中看到了自己需要的信息。

望着屏幕上那条十几年前的新闻，她怔住了，窗外吹进的春风也多了几分肃穆的意味。

周遭的一切仿佛都暂时离她远去，没有门外迟淑慧和孟立强饭后聊天儿的声音，没有孟希不太专心地翻动书页的声音，她的面前只剩下年代久远的网页和几行平静无声的字句。

"当地时间 19 日，中方大使馆门前遭遇激进种族组织恐怖袭击，为保护同胞，使馆官员江频遇难身亡。"

孟韶将英语试卷的答案对了两遍。

因为她不相信自己可以考得这么好。

那三道听力题她全都蒙对了，前面的客观题她只错了两道完形填空和一道阅读理解。

最后她能拿多少分数，只看作文写得怎么样了。

孟韶的第一反应是或许这一次的题目出得太简单，大家应该都考得很好。

只是她没胆子到班级群里去问。

到周六晚上，7 班没有老郑在的那个群里开始议论期中成绩。

因为关系到模拟联合国活动名额，大家的焦点主要集中在英语上。

有好事的男生问："你们英语都考得怎么样啊？对过答案没有？"

立马有人说："我错得可惨了，一共20个完形填空我错了8个，小一半。"

孟韶的心突地跳了一下。

凌菲菲插话道："我倒是知道咱们班有个高分。"

她故意卖关子，先前那个男生追着问道："谁啊？"

"你问问蒋星琼呗。"凌菲菲说。

男生便说："琼姐考了多少？能透露一下让我们小老百姓仰望仰望吗？"

有同学跟着他起哄，要蒋星琼说考了多少分。

蒋星琼矜持地说："也没多高，别听她乱说。"

顿了顿，大概是担心还有人比她分数高，她先说出来反倒显得狂妄，便问道："有没有人全对的？"

男生说："你可拉倒吧，琼姐。这么难的题，谁能全对啊？不会是你吧？"

"我错了一道完形填空。"蒋星琼说道。

男生夸张地感叹道："牛啊，琼姐！那就是除了作文你就扣了一分半。"

凌菲菲说："而且她的作文也扣不了多少，顶多再少个2分。"

孟韶在心里算了一下，看样子蒋星琼的分数是最高的了，她的客观题比蒋星琼的多扣3.5分，已经是很不错的成绩了。

"还有没有跟琼姐差不多的？"男生又问。

又有一个叫苏仪的女生说："我比星琼多错一个阅读理解。"

之后班群里闹哄哄的，确认了目前错得最少的就是蒋星琼和苏仪。

孟韶不确定自己会不会是英语单科的第三名，但之前听许迎雨说模拟联合国活动名额每个班最多两个，肯定没有她了。

虽然比月考进步了那么多，但她多少还是有些遗憾。

孟韶放下手机，翻开自己特地带回家的英语阅读材料，在灯下翻过几页，听到身后传来脚步声。

一个装满牛奶的玻璃杯被放到她的桌上，杯底和桌面接触，发出一声不够清脆的轻响。

孟立强俯身扫了一眼她面前的教辅书："这么晚了，韶韶还在学习啊。"

孟韶已经习惯了自己在这个家里没有隐私，任何人都可以不经允许推门而入，她见怪不怪，只是拿起牛奶喝了一口。

眸光掠过墙脚那个行李箱，她忽然捧着杯子，叫了孟立强一声，然后说："行李箱的轮子坏了，爸爸，你能帮我修好吗？"

周日下午，孟韶坐车回了礼城外国语学校。

她一个人拖着箱子慢慢地走在空荡荡的校园里。孟立强帮她修好了万向轮，行李箱不会再莫名其妙地卡住，噪声也小了很多，不过现在周围没人，她也没机会试验一下是不是还会被那么多人转头看。

换洗了一遍床单，又将从家里带回来的夏天的衣服放进衣柜里，这一个晚上的时间就差不多被填满了。孟韶冲过澡，安安静静地躺在床上，由《海底总动员》的英文对白送她入睡。

周一的教室里弥漫着一种躁动不安的气息，所有人都在等待某一个课间，老郑带着一张八开竖排印刷的成绩单走进教室，贴到宣传栏上。

许迎雨私下里跟周围的几个同学说，她家楼上住了一个也在礼城外国语学校读书的学姐，学姐的妈妈在教委工作，这次期中考试是全市阅卷，学姐提前知道了高一年级的状元出在礼城外国语学校。

"你们要不要猜猜是谁？"许迎雨神秘兮兮地说。

后排的女生说："程泊辞吧，是不是？想不出还有谁。"

孟韶心里想的也是他。

许迎雨叹了口气："没劲，本来还想吊吊你们胃口的。"

下午大课间跑操回来之后，成绩单就被贴到了宣传栏上。

许多人水杯都来不及放下就围了过去。

孟韶的呼吸也变得不稳，不知道是因为刚刚剧烈运动过，还是因为忐忑。

许迎雨早已经挤进了看成绩的人堆里，孟韶放下杯子要过去的时候，对方已经回来了，看她的时候眼中充满了惊讶。

"孟韶，"许迎雨叫了她一声，"你知道你考了多少分吗？"

孟韶心一沉，心想：会不会是她答案对错了，明明每一科对下来都不错，发挥得比想象中的好，但显然如果她进步了几名，许迎雨并不会这么吃惊。

"你竟然考进咱们班前十了，刚好第十名。"许迎雨把手中记好的成绩拿给她看，"孟韶，你好厉害！"

孟韶没想到她不是进步了几名，而是进步了足足15名。

一种恍惚却又透彻的喜悦笼罩住她。

许迎雨又仔细地看了她每一科的分数和排名："你英语考得最好，年级第二十四。"

下一节就是英语课，孟韶在课上得到了重点表扬，她的单科成绩在班里是第三名，进步快得令人不可思议。

下课之后，英语老师单独叫蒋星琼和苏仪过去，大家心照不宣，这是与模拟联合国活动相关的事情。

蒋星琼很快就站到了讲台上，苏仪却半天都没动静。许迎雨转头瞥了一眼，随即诧异地道："苏仪这是怎么了？崴脚了？"

孟韶顺着许迎雨视线的方向望过去，看到苏仪不知什么时候拄上了拐杖，正艰难地往教室前方挪动。

她这才想起，对方今天没有去跑操。

英语老师见苏仪这样，皱了皱眉，跟蒋星琼说了句什么，之后快步走过去，让苏仪坐着不要动了。

她问了苏仪几句话，苏仪回答的时候露出苦笑，指指自己的脚踝。

英语老师沉吟片刻，将目光投向了孟韶的方向。

许迎雨抓住孟韶的胳膊晃了晃："是不是要换你啊？"

孟韶抿了抿嘴唇没说话，看到英语老师又跟苏仪交谈了一会儿，苏仪点了点头。

"孟韶。"英语老师隔着大半个教室喊她，下巴朝讲台上指了指。

许迎雨非常激动："我没猜错，真的要让你上了！"

大半个班的注意力都聚集到了孟韶身上，像无形的追光，讲台也像跟着变成了舞台。

孟韶不适应被这么多人的视线包围着，但她努力表现出镇定的模样。

"苏仪说她放假的时候出去玩崴脚了，那按照之前说的选拔标准，咱们班参加模拟联合国活动的两个名额就给你们了，没问题吧？"英语老师问面前的两个女孩子。

蒋星琼闻言上下打量了孟韶一番："我没问题，但是模拟联合国活动更看重口语，孟韶同学这么短的时间能把卷面成绩提升这么多确实挺厉害的，不过不知道口语能不能过关呢？"

英语老师闻言，像是想起了上次晚自习让孟韶起来读作文的经历，便看向她道："孟韶，你能不能现在随便说一段？"

虽然这段时间每天早上孟韶都会去小花园练习口语，但现在面对的两个听众都是比她英语水平高很多的人，她有任何纰漏都会被第一时间听出来，她下意识地有些怯场。

蒋星琼眼中习惯性地流露出那种淡淡的不屑，仿佛在用这种眼神告诉孟韶，她不配，不配参加模拟联合国活动，也不配坐在程泊辞身边。

那天接孟立强电话时的感受在孟韶的心里再一次出现，心底的一片余温突然变热，让她开口背起了昨晚入睡前听过的《海底总动员》里的对白。

或许是孟韶学得太像，英语老师马上听了出来，"扑哧"笑了，略带揶揄地道："You are so familiar with this cartoon. Huh？"

孟韶不好意思地说："Because I really like Nemo."

"这不是说得挺好的吗？怎么一开始还不敢张嘴？"英语老师拍了拍她的肩膀，又说，"那就定了是你们两个了。明天下午的班会课你们不用上了，直接去图书馆一楼的多功能厅跟其他班的同学一起准备。"

蒋星琼说"好"，同时用略微冷淡的眼光一扫孟韶，又不着痕迹地收了回去。

知道这次准备活动的参与者里一定有程泊辞，孟韶第二天中午没有睡觉，重新洗了一遍头发。不想打扰室友，也不想被问为什么一反常态中午洗头，她自己带了水盆和吹风机去了水房。

午间的阳光越过一扇窄窄的窗映照在她的身上，好似可以越过血肉直接抵达她微热的心。

她又在校服里面穿了一件稍微贴身的线衣，这样就显得腰身更加纤细，虽然清楚他未必会注意到，就算注意到也不会产生什么多余的想法。

孟韶出门的时候小腹传来隐约的酸痛，她折回洗手间，发现自己来那个了。

用最快的速度垫了一张卫生巾，她匆匆地赶去教室上课。

终于等到班会课，孟韶跟蒋星琼一起去了图书馆。

在一楼的多功能厅门外，她远远地就看见了自己期待的那个人。

心情霎时间紧张起来。

程泊辞戴着口罩倚在窗台边，正低头往手里的笔记本上写着什么。

白色的薄纱窗帘被风吹起，蒙上本子的下半部分，他漫不经心地抬头拿掉，却正好同门口正在偷看的她对上了目光。

孟韶的心跳顿时漏了一拍。

不过程泊辞并未察觉孟韶的异常，只是朝她点了点头。

程泊辞主动同孟韶打招呼的一幕被蒋星琼尽收眼底，蒋星琼看了孟韶一眼，等孟韶意识到的时候，蒋星琼已经挪开了视线。

多功能厅里坐了二十多个人，一多半之前是附中的同学，彼此都很熟悉，孟韶看到蒋星琼走过去跟外班的朋友聊天儿，自己在会议桌边默默地找了个位子。

学校分配的指导老师就是1班和7班的英语老师，过了一会儿，她从办公室赶过来，挨着程泊辞坐下，开始介绍这次模拟联合国活动的流程。

"不知道你们初中的时候接没接触过模拟联合国活动，简单来说就是扮演各个国家的代表，按照联合国或者相关国际机构的方式和规则去探讨一些国际上的热点议题。"

英语老师喝了一口杯子里的水，继续介绍道："但是呢，咱们这次还有一个任务，是向来参观的领导展示礼城外国语学校的风采，所以为了不出问题，所有的发言和讨论稿都需要你们提前写好，再拿给你们各自班级的老师去打磨和修改。咱们今天的主要任务，就是商定我们到时候讨论的方向。"

说到这里，她轻轻地拍了拍程泊辞的肩膀："组里老师定下的议题是残疾人就业，我昨天让程泊辞试着写了一下发言初稿给你们打个样。来，泊辞，你说给大家听听。"

程泊辞"嗯"了一声，随手翻开面前的笔记本，从孟韶的角度可以看到，空白的纸页上并没有完整的文段，只写了几个用来提示思路的词组。

他陈述观点的时候非常自然，甚至可以从细微的语气变化中听出他什么时候在思考，什么时候在引述看过的资料，因为的确不是背稿，所以也没有流利到机械的地步。

不好意思一直盯着他露在口罩外面的半张脸看，孟韶将目光下移，停在了程泊辞敞开校服外套露出的白衬衫上。

随着他说话时产生的气流振动，衬衫上的扣子也随之产生了轻微的起伏。

他说话时没有任何多余的动作，利落又沉稳。

孟韶想：如果自己是英语老师，一定也会毫不犹豫地把场上最重要的角色交给他。

英语老师离程泊辞近，自然也看到了程泊辞干干净净的笔记本。

听完，她叹了口气，说道："其实你们要是都有程泊辞这个水平，能临场发挥到这种地步，咱们也不用提前准备了。"

接着她又说："除了程泊辞刚才说的几点，还有人要补充吗？因为你们到时候都需要围绕这个主题写发言稿，现在先帮你们拓展思路。"

蒋星琼率先举起了手："老师，我有想说的。"

英语老师点点头，蒋星琼便道："除了程泊辞刚才说的政策建议，我们还可以思考一下，保障残疾人就业的政策在执行过程中会遇到哪些问题。"

"能不能举个例子？"英语老师往下引导。

蒋星琼卡壳了，然后说："具体的情况我不太了解，还没想到，可能需要回去查一下。"

"别人有没有想法？"英语老师注意到孟韶像是有话想说："你觉得呢，孟韶？"

冷不防在这种全都是好学生的场合被老师点到名字，孟韶略带慌张地站了起来。

有人发出了善意的笑声，英语老师也笑了："坐着说就行。"

孟韶不好意思地坐下，轻声细语道："是这样的，我家附近有一个邻居叔叔就是残疾人，我们那边也有这种安排残疾人就业的政策，但是他每次都会在单位完成残疾人就业指标之后被辞退，第二年再被聘用重复这个过程，相当于这个政策最后只是流于形式，并没有起到真正的作用。"

程泊辞轻轻地点了点头。

英语老师赞许道："对，基层难落实确实是一方面，身边人的经历的确是更有说服力。"

别的班的同学也都带着若有所思的表情点起了头，有人受到孟韶发言的启发，也提出了另外的思路。

英语老师边听边记，最后做了一个全面的总结，又提出了一些注意事项，让大家回去写稿。

她看了看墙上的挂钟："现在还没放学，你们要是想回去开班会就回去，不想的可以在这边上会儿自习，我还有课要备，先回办公室了。"

英语老师的背影消失在门口之后，一个男生说："我不回去，我们班主任肯定在做考试总结，我一回去她保准得骂我这次政治大题没背的事。反正我会选理科，背它干吗？"

旁边的同学提醒道："那保送名额你也不要了？这几次考试可都要全科赋分的。"

男生无所谓地耸了耸肩："我想学工科，也走不了保送啊。"

于是多功能厅里又响起了一阵关于以后上大学选专业的讨论声。

孟韶暂时还没想那么远，而且也跟他们不熟，便在喧闹声中从身后的书包里拿出大课间发下的一张地理卷子写了起来。

虽然笔尖正在经过地球上的无数山川河流，但她的注意力全都在坐在她斜对面的程泊辞身上，耳朵仿佛可以过滤掉其他人的声音，精确地辨别他发出的所有声音。

程泊辞转了一下笔。程泊辞合上了笔记本。程泊辞被身边的男生问题目，解答得简洁而利落。

这时那边一个女生问："你们热不热？我有点儿热，要不然关窗开会儿空调？"

没有人反对，她便去多功能厅最前排的桌子上取了遥控器，空调开始制冷。

冷风在离孟韶很近的地方，吹了没多久，她下午出门时小腹微微的胀痛感便明显起来。

她指尖下意识地收紧，身体发冷，掌心也沁出细汗，试卷变得有点儿潮湿。

但似乎没有人觉得冷，孟韶也不好意思扫兴，就只能默默地放下笔，捂着肚子趴在了桌上。

空调的风箱发出很大的声响，仿佛里面关着一个狂风大作的冬天。

不远处忽然传来两声遥控器调温度的声音。

空调制冷的噪声骤然减弱，多功能厅里的人声一下子凸显出来。

孟韶听见程泊辞旁边那个男生问他："怎么调高了两度？辞哥，你冷吗？"

程泊辞随口说："有点儿冷。"

男生"哦"了一声，先前那个女生便道："那直接关了吧，这会儿已经凉快了。"

随着一声遥控关闭的电子音，空调鸣金收兵。

孟韶抿了抿唇，偷偷抬头，飞快地瞟了程泊辞一眼。

他并没有看她，只是从书包里拿了本书在读，修长的手指搭在书页顶端，染上了从窗外落到桌面上的阳光。

原来刚才他也觉得冷了。

她很想去触碰他身上的光，不敢亲近，又恋恋不舍。

第四章
樱花树下

英语老师给了参加模拟联合国活动的学生代表一周时间写稿。这个周末正好连着五一劳动节假期，按照惯例，放假之前礼城外国语学校要在市里的体育公园召开春季运动会。

正是 4 月末，不到立夏，早晚的空气中还带着凉意。

孟韶不太擅长运动，却也在女生 800 米长跑名额空缺的情况下主动报了名，帮班委解决了分派名额的困难。许迎雨抱着她的胳膊信誓旦旦地说到时候一定会在她跑的时候帮她加油，等她跑完第一时间去给她送水，只差指天发誓生当衔环死当结草。

尽管如此，运动会当天准备入场的时候，孟韶还是有些害怕。

毕竟中考之后，她已经很久没有跑过 800 米了。她还记得当时跑完，自己浑身虚脱，在家里整整躺了一个中午。

在签到处签到的时候，她意外地发现检录员是乔歌。

乔歌看见她也吃了一惊："孟韶？你们班的人怎么想的啊？你这么瘦瘦弱弱的，让你来跑 800 米？"

孟韶还没来得及说话，乔歌又道："对了，还没来得及祝贺你，听说你被选上参加模拟联合国活动了，你还挺厉害的。"

瞥了一眼身旁的另一个检录员，确认对方正塞着耳机听歌，没有注意到自己，乔歌压低了声音对孟韶说："记得替我多看两眼程泊辞啊。"

孟韶笑了，乔歌作势打了她一下："你笑什么？你不是没见过他摘口罩的样子吗？到时候仔细地看看是不是比电视上那些男演员都帅。"

因为孟韶来得比较早，其他班跑800米的运动员还没有入场，乔歌便拉着她聊天儿，还给了她一本项目参与名单看。

孟韶翻到某一页的时候，目光停在了某一处。

与此同时，乔歌的指尖也探了过来，指着同一个名字。

孟韶一阵慌乱，以为是自己的视线过长时间地停留出卖了自己的秘密。

但乔歌只是说："看到没？程泊辞报名了篮球。我待会儿要去当观众，就在你这个800米之后比，不过不是在这个草皮场地，是在观众席背面的小篮球场，你去不去？"

孟韶是想去的，不知为什么，她却躲躲闪闪地道："不去了吧，我觉得我跑完就没力气了。"

乔歌理解地点点头，又有些遗憾："本来想跟你一起去的，那只能下次了。"

太阳渐渐升高，运动场正中的假草皮反射出半透明的光，孟韶站到跑道上，听见场外有人叫她。

她转过头去，看到许迎雨站在场边，双手握拳给她做了个加油的手势。

对方站的位置再往上，刚好就是 1 班的观众席。

孟韶趁这个机会，仿佛只是很随意地一瞥 1 班的座位。

可惜人太多了，一个个深蓝色的座位排得又好密，她不敢细细地去看，这样匆忙的一个转瞬，根本不够找到程泊辞。

她只能自己在心里猜想：他能不能看到操场上像电子游戏里的像素块一样移动的她。

希望待会儿跑起来的时候风不会太大，把她的头发吹得不够好看。

为什么她不是像乔歌那样的大美女呢？假如漂亮到无可争议的地步，那她是不是就可以在面对程泊辞的时候更自信一些，让他再多注意她一些？

孟韶一边胡思乱想，一边迎来了裁判老师的发令枪响。

同一个起跑线上的人一起出发，在几秒钟之内，都拥到了最靠内的那条跑道上。

虽然只是帮班委排忧解难，没有人要求她跑出多么出彩的成绩，但运动会上的优秀班集体荣誉也是会在将来计入保送赋分的，孟韶还是想尽力地为所有人争取一下。

于是她跑出队伍，加快速度，来到了队伍的最前方。

体育馆的跑道是一圈 600 米，刚跑过大半圈，孟韶就开始体力不支。

她能感觉到胸口正逐渐变得憋闷，视野中出现了几粒细小的光点。

身后有人在这个时候反超了她。

许迎雨跑到赛道外跟她平行的位置，把手卷成喇叭状放到嘴边，大吼了一声："孟韶加油！"

紧接着她又说："你跑的时候想想别的，转移一下注意力，马上就到终点了。"

孟韶第一个想到的是程泊辞。

好像只是将那三个字在心里过一遍，都能让她短暂地忘记眼前的事。

孟韶跑过一圈，只剩最后 200 米。

在那么长的跑道上，这 200 米看起来只有短短的一小段。

孟韶咬着牙冲过了终点线，听到裁判老师说："第二名，三分六秒。"

许迎雨跑过来架住她，一瓶冰冰的运动饮料被塞进她的手里，在烈日下凉得特别分明。

"别马上坐下，再走一会儿。"许迎雨说。

知道对方作为班里的团支书，还要再去照顾下一个项目的运动员，孟韶强撑着道："你先去忙吧，不用管我。"

"你确定没问题吗？"许迎雨端详了她一番。

孟韶筋疲力尽，不想再说话，就只点了点头。

送走许迎雨之后，她小口小口地喝着饮料，两只脚不知不觉就把她带到了观众席外面的走道上。

走廊是露天的，孟韶沿着栏杆在阳光切割出的阴影中慢慢步行了一会儿，过速的心率渐渐平稳，气息也慢慢均匀下来。

她看见了观众席后面的篮球场。

是乔歌说的，程泊辞要在那里比赛。

观众席已经被坐满了，都是从自己班里跑过来看的学生，是为谁，不言而喻。

孟韶心虚似的往四周张望了一下，没看到其他人，便停在这里，安静地等待程泊辞上场。

过不多时，她就看见两队球员走到了场边。

程泊辞站在其中，侧脸、身形、姿态，都好看得那么不一样。

他今天穿了平常上课不会穿的球衣，黑色背心里面配了纯白的短袖 T 恤，英俊得过分。

开场第一个球被他拿到，对面迎上来另外一队的球员，他运了两下球，一个转身就过了对方，直接冲到三分线外起跳投篮。

篮球稳稳地落进了篮筐里。

他的队友和观众席上立刻爆发出欢呼声和掌声。

孟韶虽然不太懂篮球，但之前孟希在家里霸占电视的时候她跟着瞄过几眼 NBA，知道程泊辞刚才进的是一个三分球，比普通的球更难进，对打篮球的技术和手感都要求很高。

似乎什么事情他都能做好。

孟韶站在这个寂静无人的角落里，看程泊辞打完了一整场球，看他沉着冷静，看他的衣角带起张扬的风，看他如恒星闪耀，也看他赢球之后，在热烈的日光下被人群簇拥。

不够敞亮的喜欢，不够敞亮的心情。

有个不认识的女生手里捧着一杯奶茶跑过去，当着所有人的面，停在了程泊辞的面前。

她跟程泊辞说了些话，然后将手中的奶茶插上吸管递了过去。

孟韶的胸口微微发闷。

总有人比她勇敢，比她无畏。

但程泊辞没有伸手去接。

他只是简简单单地回了句什么，然后就走到场边的折叠椅边坐下，随手接了队友递来的纯净水，用骨节分明的手拧开，仰头喝水的时候，喉结轻轻地滚动。

孟韶望着女生失望地收回奶茶，心底有种自己都觉得卑劣的轻松。

篮球比赛结束，观众和选手开始陆陆续续走向场外。孟韶站的地方不是他们进入观众席的必经之路，所以她没有着急离开，就站在那里一直看着程泊辞回来。

冷不防马尾辫被人轻轻扯了一下。

随即乔歌的嗓音在她的耳畔响了起来："你怎么一个人站在这儿？"

孟韶慌慌张张地转过身，脸上泛起了红晕："跑得太累了，就出来吹吹风走一走。"

乔歌没注意到她的不自然，兴致勃勃地告诉她："跟你说，我刚才可看到热闹了。就12班那个章知含你知道吗？她刚才去给程泊辞送奶茶，结果被程泊辞拒绝了。"

顿了顿，乔歌又"啧啧"两声，说道："上次就是她把我表白失败的事到处乱说的，我原本还把她当成好朋友呢。"

孟韶迟疑片刻，问了自己想要知道的事情："程泊辞是怎么拒绝她的？"

乔歌大大咧咧地道："他就说他不喝甜的，说完就走了，你没看章知含有多下不来台。"

孟韶怔怔地"哦"了一声，想到的却是那天晚自习课间，自己送他从小卖部买的买一送一的果汁时，他没有这样说。

她没来得及细想原因，乔歌已经握着她的手往场馆外面的冷饮摊走去："怎么一下子这么热？我们去吃冰激凌好不好？"

虽然五一劳动节假期比期中考试之后的阅卷假更长，但孟韶没有回家。

她留在宿舍里，做完作业之后，花了很长时间写那份模拟联合国活动发言稿。

知道自己的英语功底比程泊辞的差得远，做不到像他那样出口成章，她只能私底下更加用功，希望到时候跟他之间的差距看起来可以小一些。

室友都回家了，空寂无人的宿舍里，孟韶的桌上摆着无数张白底的英文稿纸，旁边放着用来查资料的手机，她一遍遍落笔，一遍遍修改，四线格里单词连缀成句，都是她隐秘的心绪。

窗外蔓延着即将到来的夏天。

写完发言稿之后，孟韶抽了一天去市中心的新华书店。书店很大，有很多层，她却没找到自己想买的那本英文版聂鲁达诗集。

好像跟程泊辞有关的一切都是那么遥远缥缈，不可捉摸。

孟韶空着手一层层搭扶梯下楼，看到书店二楼卖咖啡的地方在放电影。

不太大的幕布挂在墙上，影片色调发暗，拍摄年代看起来离现在很远。

孟韶从三楼下降到二楼的过程中正好赶上影片开场的一段长镜头，以火车的视角拍摄逐渐缩短的铁轨以及铁轨两侧潮湿的森林。

类似旅行的画面吸引了她。

孟韶从小就很向往外面的世界。家里的小书店会卖一些杂志，她特别喜欢那些同地理风物相关的，假如过期没有卖掉，她就会拆开来看。

可惜从小到大，迟淑慧和孟立强只带她和孟希出去旅游过一次，目的地也只是不算远的邻市，还是为了奖励孟希的一次考试进步才成行的。

在爸爸妈妈眼中，她成绩优秀是顺理成章、习以为常，只有孟希的每一次进步才值得关注。

孟韶情不自禁地走到了咖啡角附近。

她原本想买一杯饮料坐下边看边喝，但看到价目表上，一杯拿铁的价格够她在学校两天的饭钱，又放弃了这个奢侈的念头。

最后她站在用来做隔断的书架后面，看完了一个半小时的电影。

是那种寻常的爱情故事，男女主角青梅竹马彼此喜欢，后来女主角却嫁作他人妇。

平平淡淡的情节，孟韶却看得揪心。

大概是因为镜头扫到男主角寄出的信被退回，信封上盖着"查无此人"的图章，难免让人觉得所有年少的爱恋都会变得这样不圆满。

直到电影放完她也不知道影片的名字，但走出书店的时候，胸口一直萦绕着淡淡的怅惘。

假期结束之后，孟韶去找英语老师交稿。她忐忑地将一沓稿纸递过去，英语老师坐在座位上翻看，翻到最后，没有点评，而是问孟韶："你已经找人润色过了吗？"

孟韶摇摇头，轻声说："都是我自己写的。"

英语老师若有所思地看着她："孟韶，其实你非常有天赋。"

随即英语老师又说："我觉得你很适合英语专业，要是有机会，你也喜欢的话，尽量争取一下咱们学校的保送名额。"

孟韶受宠若惊地说："好。"

今天之前，从来没有人觉得她会跟礼城外国语学校的保送名额产生关系。

但英语老师不知道，她是因为程泊辞才开始喜欢英语的。

模拟联合国活动定在周六上午，地点在礼城外国语学校的小礼堂，除了领导，整个高一年级都会去观摩。

孟韶怕迟到，早早地就去了礼堂后台候场。

她第一个到，当时后台甚至还没有开门，她只得先在观众席找了个座位坐下，嘴里一直背着发言稿。

过了一会儿，一道熟悉的嗓音在她的耳畔响起："孟韶！"

孟韶抬起头，看见了穿着白色长裙的乔歌。

乔歌这样修长漂亮的女生一向会在这种活动里担任礼仪生的角色。孟韶跟乔歌打了招呼。乔歌惊讶地看着孟韶道："你怎么没化妆啊？"

孟韶愣了一下，赶紧问道："要化妆吗？"

乔歌"扑哧"笑了，很有经验地说："这种活动不化妆很吃亏的，到时候你一上台，灯光打得那么亮，要是拍照，你的五官都看不到了。"

乔歌坐到孟韶旁边，从书包里拿出一个化妆包："我来给你化。"

孟韶有些局促："会不会被老师说？"

"说什么？你等会儿看看就知道了。你们班蒋星琼不是也要上台吗？我刚才还在洗手间里看见她涂口红呢。"乔歌说。

孟韶第一次看到那么多化妆品。在家里，迟淑慧嫌浪费钱，不怎么化妆，梳妆台上只有一盒粉底跟一支口红，也不许她触碰，说现在就应该把所有心思都放在学习上。

乔歌是艺术特长生，经常参加演出，对这些东西熟悉得不得了，边给孟韶化妆边嘀咕："你皮肤真好，又白，粉底都不用怎么打，睫毛也好长。"

孟韶被乔歌夸得脸红，但还是怕化得太夸张被老师注意到，总是不安地问乔歌会不会太浓。

"你自己看，"乔歌把镜子举到她面前，"就是画了个眉毛，涂了个口红，哪里浓了？"

接着乔歌又凑到她面前，端详了一番："孟韶，其实你长得很漂亮呢，怎么平时那么不起眼呢？"

那边有其他礼仪生在催乔歌去过道上就位，乔歌便把手里的口红塞给了孟韶："这个色号我用不合适，送你了，你待会儿上台之前拿着再补一下。"

孟韶不习惯白白接受别人的礼物，手足无措地说："不用。"乔歌捏捏她的脸："就当我提前给你庆祝了，发言的时候好好表现，我相信你。"

这时候有老师从台侧探出头来："有没有参加模拟联合国活动的同学？可以来休息室里候场了。"

参加模拟联合国活动的学生一共不到30个人，孟韶过去的时候才来了七八个。她找了把椅子坐下，继续拿出自己的发言稿来背。

背到一半，她听到有人跟进来的蒋星琼打招呼，便也抬起头。

的确像乔歌说的那样，蒋星琼化了妆，眼睛和嘴唇都有精心修饰过的痕迹。

蒋星琼不动声色地看了孟韶一眼，眼光在她手中攥着的口红上停了几秒，然后走到那边的朋友旁边坐下。对方跟她说紧张，她轻飘飘地道："有什么好紧张的，又不是第一次参加这种活动了，上学期我们不还打过全市的辩论赛吗？"

"对了，"蒋星琼的朋友想起了什么，"我听苏仪说她英语考了145 分，比我还高 1 分，她怎么没来？"

蒋星琼淡淡地说："她出去玩的时候崴脚了，运气不好呗。"

蒋星琼特意加重了"运气"两个字。

孟韶知道蒋星琼的意思，如果苏仪是运气不好，那她就是运气好。

她在心里跟自己说：上台之后一定不能出错。她不想让别人，尤其是程泊辞觉得自己是靠运气得到这个机会的。

蒋星琼那个朋友"哎"了一声，压低声音道："程泊辞来了。"

孟韶放在稿纸上的指尖蜷了蜷，还没背完的一个句子突然断在了心头。

这时候大家都会看他，她的视线或许不会显得那么突兀。

孟韶小心翼翼地转过头。

看清程泊辞的那一刻，她险些忘记呼吸。

这是她第一次看到他的整张脸。

他比她无数次想象的更英俊、更好看。

高挺的鼻梁、清淡的唇色、锋利而清晰的下颌。

他的嘴唇是偏薄的那种，唇线微微起伏，看上去很柔软。

孟韶想到乔歌那个"一看就很好亲"的形容，脸上一阵发热，却也不得不承认，的确是很贴切。

今天因为有领导来视察，应老师的要求，所有人都穿礼城外国语学校那套正装校服，男生是西装长裤，女生是背心短裙。

看休息室里的其他人就知道，这个年纪的男生穿正装大多撑不起来，就像小孩子偷穿大人的衣服，有股遮掩不住的故作成熟感。

但程泊辞不一样。

纯黑的西装勾勒出他挺拔颀长的身形，那种冷冽的气质再正式的衣服也驾驭得住，却又不失少年人天生的纯净。

连空气都为他沉静了几分。

他不像其他人那样带了稿子温习，只是很平静地走进来坐下，听到打招呼的声音便点头回应。

孟韶私底下可以鼓足勇气喊他的名字，当着这么多人的面却不敢了。

她局促地低下头，假装没有看到他进来。

临上台时，英语老师来给他们加油鼓劲。

所有人一起快速地过了遍协商环节的词，还没结束，台上已经传来主持人念开场白的声音。

孟韶的心脏"咚咚"地跳动起来。

这时候有几个女生走到休息室的镜子前补妆，英语老师看孟韶手里也抓着一支口红，便走到她旁边，按着她的肩膀轻声提醒道："口红有点儿淡，可以再去补一层，上台显得精神。"

孟韶原本不好意思，但知道英语老师是关心自己，也就站起了身，走到镜前去补妆。

塑料外壳已经被她攥得温热，她拔出盖子，转出一点儿红色，正要往嘴上涂，却发现从这个角度正好能够从镜面的一角看到沙发上的程泊辞。

孟韶怔怔地将口红膏体抵在唇角，没防备程泊辞忽然抬眸。

他的视线同孟韶的交错了片刻，她手指一顿，如同被火燎着，仓促地垂下眼帘，祈祷不要被他发现自己凝结在眼角眉梢的着迷。

抹口红的动作生涩，她的耳根在烧。

身后传来脚步声，一阵清冽的气息擦过后背，孟韶不敢抬头去看镜子。

男生经过的时候用又低又轻的声音说："涂到外面了。"

孟韶眼皮一跳，抬起头来，果然看到嘴角侧边有一抹越界逃逸的红。

镜中只剩她一个。

她小心翼翼地用指腹揩去多余的口红，余光看到程泊辞不曾停留，已经走到了休息室门口。

除她之外没人听到他方才那句话，一切如旧，像她产生了幻觉。

她把唇上的颜色抿开，盖上口红的盖子，放进了短裙的侧兜里。

白皙的手指上有一片晕开的红色，是她心猿意马过的铁证。

上场前英语老师对他们说了"加油"，孟韶看到台下黑压压的观众，腿有一点儿软。

她第一次面对这么多人说话。

她走在比较靠前的位置，随便在台上的长桌边找了一个空位坐下来。

为了程泊辞，整个礼堂没有装饰任何鲜花。

后面上来的人也纷纷入座，孟韶旁边还空着。

程泊辞坐了过来。

他在孟韶身侧落座的时候，她觉得自己那半边的胳膊都是僵硬的。

头顶的聚光灯像是有了温度，照得她的皮肤也热了。

虽然在紧张，但她还是分神看了一眼，场上并不是只剩她这里还有座位。

她没空去思考太多，主持人已经在引入流程，提出了保障残疾人就业的议题。

程泊辞作为中方代表，第一个发言。

他依旧如那天在多功能厅里即兴发挥时一样沉着从容，毫不怯场。

孟韶听出他说的内容跟之前的不一样，知道他又没有背稿，只是列出提纲之后现场重新阐述出来，非常流利，又特别自然。

果然，台下第一排的领导带着赞许的微笑频频点头，转头跟身旁的人说了句什么，举起手机把程泊辞发言的场景拍了下来。

程泊辞的声音近在咫尺，说公平正义，说包容理想，恍惚间，孟韶像来到十年后，真的看到他做外交官的那天。

孟韶的发言顺序在程泊辞后面几个，她努力想象这里并不是坐满了人的礼堂，而是自己背英语的清晨小花园，果然放松了许多。

不仅仅是发言稿的内容，甚至连每一句话中的语气转折、每一个神态的变化，她都反复练习过很多次，起了个头儿之后，就像有惯性一样顺畅地背了下去。

每一个人都发完言之后，就到了自由磋商环节。

这个环节是排练过的，连次序都安排好了，照理说不会出什么差错，可轮到孟韶的时候，她刚要开口，边上原本应该在她后面发言的女生就率先说出了自己的台词。

孟韶能听出对方很紧张，中间有一处卡壳，还把一句原本高级的表达变成了最简单的句子，应该是忘词了。

孟韶的后颈出了汗，她没有遇到过这样的情况，不知道该怎么办。

假如她在女生后面把自己的词补上，会不会影响后面的同学，让所有人都乱了阵脚？

但如果她不说，这一轮环节中她没有发言，后面在投票表决中再表态就会显得突兀，台下的人也会看出不对来。

正在她进退两难之际，程泊辞忽然开了口："Can I say something（我能说几句话吗）？"

女生说到一半的时候已经意识到自己弄错了次序，越说越没底气，听见程泊辞说话，先是呆了一刻，然后点点头，求之不得般说了句"of course（当然）"。

放下话筒的时候她捂了一下嘴，向孟韶露出了抱歉的神色。

程泊辞不徐不疾地阐述了一些对女生观点的看法，然后瞥了一眼孟韶面前席签上印着的国家名字，话锋一转，问她作为代表有没有什么意见要表达。

接触到他的眼神，孟韶瞬间惊醒，意识到他是在给自己递话头救场。

这一段是计划外的内容，台上台下鸦雀无声，孟韶拿起话筒，起初还因为方才的意外事故有些没反应过来，好在先前英语老师提醒过他们，一旦忘词，先用一些没有实际意义的句子拖延时间厘清思路。过了几秒，她定下神来，回忆起自己稿子里相应的部分，学着程泊辞的样子，镇定地开始发言。

很快她就进入了状态。

其实只要适应了，当着很多人的面说话也没有什么难的，她说着说着，声音也放开了。

说完，她用英语对程泊辞说了声"谢谢"。

这声"谢谢"是流程中的礼节用语，也是真心的感谢。

放下话筒，孟韶看到第一排的老师在手里的名单上勾画了一下。

活动完全结束之后，模拟联合国活动成员从座位上站起来，走到台前站成一排，等待领导点评和老师公布优秀名单。

领导说了什么孟韶没有听见，因为程泊辞站在她身边，她全部的注意力都在他身上。

她不敢光明正大地转头去看，可就算只是听着他平稳的呼吸，她也觉得悸动难平。

这样并肩跟他站在大庭广众之下，是不是这辈子也只有这一次？

领导致辞环节结束，负责打分的老师接过了话筒："各位同学的表现我都看到了，非常好，完全超出了我的预期，那现在我来宣布一下优秀名单。"

她停顿了一下，公布道："最佳代表，高一（1）班，程泊辞。"

毫无悬念的结果，掌声雷动。

孟韶也发自内心地鼓起了掌。

"然后是杰出代表，高一（7）班，蒋星琼；高一（16）班，唐梦洁，"说到这里，老师并没有放下话筒，"杰出代表原本只有两位，但我跟现场其他老师商讨后，决定增加一个名额。"

"高一（7）班，孟韶。"

孟韶难以置信地睁大了眼睛。

竟然会有她。

她知道这次来参加模拟联合国活动的都是各个班级的尖子生，原本只希望自己在其中显得不太差，并没期盼过自己的名字可以出现在获奖名单中。

直到老师上台给她颁奖，她还在恍惚中。

获奖证书也是中英双语的，上面印着融合了礼城外国语学校校徽的模拟联合国活动标志："兹将杰出代表奖授予孟韶。"

看着被写在证书上的自己的名字，孟韶有种不认得那两个字的错觉。

程泊辞离她那么近，她好想告诉他，是因为他，她才能够拿到这个奖，也是因为他，她今天才能站到台上。

但他大概这辈子都不会知道了。

对他来说她只是一个普普通通的同学，他记不住杨阿姨，记不住蒋星琼，所以应该也不会记住她。

回到后台休息室时，有人提议去市中心的冰场溜冰，说反正是周六，先放松一下再回家写作业，就当庆祝模拟联合国活动圆满成功。

孟韶踌躇了片刻，其他人之前大都互相认识，她不知道自己能不能融入大家。

"辞哥，你去不去啊？"一个男生问程泊辞。

程泊辞正低着头松领口，漫不经心地说："去。"

那个抢了孟韶次序的女生也来问了她，问之前还先跟她道了歉，说自己不是故意的，又真心实意地夸她发挥得很好。

孟韶很难拒绝别人的好意，因此对方一邀请，她就答应了，当然也是因为程泊辞会去。

礼城外国语学校的正装虽然端正好看，但因为穿着拘束，弄脏了又不好洗，大家都带了替换的衣服过来，约定好换完衣服在校门外集合。

男生把休息室的换衣间让给了女生。孟韶站在隔间里换完衣服，出来的时候犹豫了一下，悄悄拿着口红，又浅浅地补了一层。

口红的颜色是偏粉的那种，很称她白皙的肤色。

一行人走出校门，其中几个在手机上打了车。

几辆车前后脚开过来停下，关系比较好的人约着坐同一辆，还剩几个空位，有个男生落了单，看孟韶还在原地站着，便伸手招呼她过去。

孟韶走到车子附近，听到男生朝她身后打了个招呼："辞哥，你才出来啊。"

程泊辞"嗯"了一声，用平淡的语调道："刚接了个电话。"

孟韶的心脏极轻地抽动了一下，她坐到出租车的后排。

侧身坐进车厢里的时候，她看到程泊辞走了过来。

他换了灰色的连帽卫衣和宽松的牛仔裤，都是偏浅的颜色，让人联想到北欧的海湾和冰川。

程泊辞随意地往车内一瞥，眸光淡淡地掠过孟韶，然后他拉开了后座的门。

立夏已过，空气中带了微微的热意，孟韶感觉到身侧的座位稍稍下陷，风追随着男生飞进了车厢里。

他进来的时候张开手撑在座位上，手背上浮现出明晰的骨骼轮廓。

孟韶感觉自己的心跳声被无限放大，整个世界仿佛在这一瞬间坍缩到只剩她同程泊辞共处的后座。

她不知道自己是该转过脸去跟他打个招呼，还是该放任自己手脚僵硬，呆滞好似木偶。又或许她该许愿，宇宙末日在此时到来，时间就此静止，将她的少女时代变成最圆满的废墟。

程泊辞关上车门，前面的男生跟司机师傅说了目的地，孟韶终于调整到正常状态，壮着胆子跟程泊辞说了声"你好"。

他点点头。因为春天结束，他的下半张脸不再覆盖着黑色的口罩，而是完完整整地露了出来。

孟韶忽然觉得，夏天真是一个非常好的季节。

冰场是这几年才开业的，场地很大，出租的冰鞋也很新。

程泊辞替所有人买了票。

检票进去之后，孟韶珍惜地将票根收进了衣服的口袋里——没舍得对折让上面出现折痕，只是松松地卷了一下。

领了冰鞋和储物柜的钥匙，大家去长凳上换鞋和放东西。

因为是周末，冰场里人很多，有跟他们一样年纪的中学生，也有带着孩子的父母，还有年轻的情侣，喧闹繁华。

音响里在放歌，孟韶觉得旋律熟悉，下意识地跟着轻轻哼唱起来。

她不懂粤语，发音只学得四五分像，哼得特别轻，怕打扰别人。

她正俯身在系冰鞋的鞋带，忽然身后响起一道嗓音："挺好听的。"

孟韶指尖一松，一慌神儿，纯白的鞋带从手中落下，落到了地面上。

回头看清身后站着的男生时，她觉得有细细的电流从脸颊上蹿过，带来轻微的热度。

程泊辞问她这首歌叫什么。

"我也忘记歌名了。"孟韶有些不好意思地说。

孟韶没想到会被他听见。

那边程泊辞的熟人在喊他。他说声"来了"，又对孟韶道："那我先过去。"

孟韶说："好。"

等他走后，孟韶才重新执起散落的鞋带，系紧打结的时候略微用力，在手指上留下浅浅的红色勒痕。

冰场的入口铺了地毯，孟韶走到末端，刚一迈上冰面，就险些滑倒。

她上次滑冰还是中考之后那个暑假的事情，后来没有心情再去，也约不到什么朋友，快要忘记那种飞驰若风的感觉了。

其他人开始在冰面上追逐滑行，孟韶却还小心翼翼地抓着栏杆寻找平衡。

她慢腾腾地往前挪动，栏杆正对着的落地玻璃上映着整个冰场的影子。

孟韶一心二用，一边保持重心，一边在其中寻找程泊辞的身影。

稚嫩的嗓音从她的膝盖附近传来："姐姐，你是不是不会？"

孟韶低下头，看到一个陌生的小男孩儿正仰着头跟她说话。

"姐姐忘记了，正在想。"孟韶好脾气地回答他。

小男孩儿自告奋勇道："姐姐，我来教你。"

他说着就给孟韶演示起来，两条小小的腿费力地站成外八字，稍稍屈腿往前滑出一段距离，然后回头看孟韶，很得意的样子。

孟韶把身体靠在栏杆上，给他鼓起了掌："好厉害！"

小男孩儿受到鼓舞，想要给孟韶演示一些更加高难度的动作，帅气地转了一个弯，想要回身朝她的方向滑过来。

然而他转弯时用力过度，转回来的时候没控制好方向，两条腿越分越开，直接冲向了另外一个方向。

孟韶吓了一跳。好在小男孩儿在即将摔倒时堪堪停住，一只好看的手抓住了他的胳膊，止住了他的行动。

小男孩儿也有些害怕，呆了呆才想起来抬头："谢谢哥哥……"

程泊辞说"不用谢"，弯腰把他扶了起来。

他低头的时候显出少年清瘦的身形，穿了冰鞋更衬得他双腿修长。

孟韶又看到了他后颈的那颗小痣。

"你转完弯，重心要均匀地压到两边的冰刃上，"程泊辞屈起指关节，敲了敲小男孩儿的冰鞋，"脚踝不要内外倒。"

确认小男孩儿站稳之后，程泊辞放开他，看着他滑走了。

直起身之后，他无意间对上了孟韶的目光。

或许是注意到她还紧紧地靠着栏杆，他朝她滑了过来。

程泊辞瞥了一眼刚才的小男孩儿："你在教他？"

孟韶有些赧然地说："不是，是他教我。"

"教会了吗？"程泊辞问。

孟韶抿了抿唇，尝试着抬手，跟栏杆拉开一点儿距离。

程泊辞将手放在身前压了压："身体放低，重心前移。"

不想被他认为胆小，孟韶鼓起勇气，慢慢滑出了一小段距离。

程泊辞来到她旁边，跟她隔着半米距离，一起滑了半圈。

有那么一瞬，孟韶希望自己像方才那个小男孩儿一样快要摔倒，不知道程泊辞会不会一视同仁，也伸过手来扶她。

可她不敢。

滑到接近入口的地方，程泊辞跟孟韶说："我去买水。"

两个人在这里分开，孟韶继续滑下去。

隔着透明的落地玻璃，她远远地看到程泊辞在买水的冰柜前碰到了蒋星琼和另外一个今天参加模拟联合国活动的女生。

他们回来的时候孟韶正好经过，听到蒋星琼跟程泊辞说："我不太会滑弯道，你能教我吗？"

"我滑得也不专业。"程泊辞语气很淡地道。

蒋星琼笑了笑，没再说什么。

傍晚的时候大家在冰场外分了手，孟韶去公交车站台搭公交车回学校。

身后的书包里装着她换下来的正装校服，还有那张崭新的获奖证书。

马路对面的建筑物背后是缓缓浮现的晚霞，风吹过的时候，她会想起方才在冰面上掠过时感受到的轻盈与自由。

晚上孟韶在学校官网上看到了关于这次活动的新闻报道，里面有一张所有模拟联合国活动成员站在台上的合照。

孟韶看了很久照片上的自己和程泊辞，然后把照片保存了下来。

这是她青春期里第一个闪光的时刻。

孟韶就这样自然地融入了年级里的好学生群体，周一在走廊里碰到一起参加模拟联合国活动的同学，他们都会主动地跟她打招呼。

英语老师很高兴，模拟联合国活动的获奖名额原本就少，她教的学生却一下子占了三个，很给她长脸。

她特地在上课的时候表扬了孟韶和蒋星琼，说大家如果有时间，可以去要她们两个的发言稿看，能从里面学到很多东西。

孟韶觉得面对其他人投来的视线，她好像不再那么紧张了。英语老师让她起来简单地分享一下这段时间学习英语的心得，她也能流畅地说出一段话。

下课之后，英语老师单独把蒋星琼和孟韶叫了过去。

孟韶不知是不是自己的错觉，蒋星琼在听到自己的名字跟她的名字并列时，脸上的表情看上去不是那么高兴。

英语老师从随身的托特包里拿出了两本薄薄的小册子，递给她们一人一本。

"这个是我给你们买的奖品，*The Great Gatsby*（《了不起的盖茨比》），电影都看过吧？这个是英文原版书。"

孟韶接过来，摸了摸塑封，心轻轻一动。

她跟蒋星琼向老师道谢。

英语老师笑了笑，背起包招呼许迎雨来给她搬电脑，正要往外走，就被孟韶喊住了："老师！"

"老师，我想问这本书是在哪里买的？"孟韶开口的时候有点儿不自然，"我还有别的原版书想买。"

蒋星琼看了她一眼。

英语老师倒没觉得有什么，停下来告诉孟韶："在礼城百货正对的那条步行街上，你一直走到底，有一家联合书店，店面不大，但书还挺全，二楼卖的都是外文原版书。"

孟韶点点头，说了声"谢谢老师"。

她怕自己忘记，一回座位就把英语老师说的书店地址记在了便利贴上面。

许迎雨给英语老师送电脑回来，手里多了两样东西，是礼城外国语学校纪念品商店卖的正装校服玩偶，一个男生，一个女生。

她把玩偶塞进孟韶手里："这个送给你，祝贺你拿奖。"

端详了一番孟韶拿着娃娃的样子，许迎雨说："那天看你穿正装校服觉得挺好看的，就想着等周一纪念品商店开门去给你买一对这个做纪念。"

孟韶爱不释手地揉了揉两个玩偶，从课桌桌斗里找了一个干净的塑料袋把玩偶装进去，中午的时候带回了宿舍，端端正正地摆在了书架上。

她看了一会儿，忽然把那个男生玩偶拿下来，迟疑了一下，从笔筒里抽了根黑色水性笔，撑开玩偶的衣领，在后颈上谨慎地点了一笔，像添了一颗缠绵的痣。

为谁添的，是谁的痣，想要像谁，只有她清楚。

做完这件事情，孟韶还心虚地四下张望了一番，不过并没有室友注意到她在干什么。

她一颗心放下，把玩偶又放回原来的位置上。

那颗痣朝里，就此隐匿在不见天光的暗处。

每天校园广播台都会在进行午间英文广播之前试音，一般会放一首歌，孟韶下午起床之后，从宿舍楼里走出来，还未十分清醒，便听到了一段耳熟的旋律。

她怔了一下。

孟韶瞬间仿佛回到了周六下午的冰场，周围人来人往，她坐在长凳上系着鞋带哼歌，程泊辞在她身后说，"挺好听的"。

去教室的路上会经过广播台的玻璃房子附近，孟韶路过的时候，歌曲正好播到行将结尾的那句"若有天置地门外，乘电车跨过大海"。

她抬头朝广播台望过，看到程泊辞坐在里面，今天不知谁又请假，又是他作为台长给社员代班。

是不是她想靠近他，也要搭电车走好远的路，也要有跨过漫漫大海的勇敢？

孟韶不清楚自己以后做不做得到，现在她只知道，他跟她喜欢同一首歌，她就很高兴。

模拟联合国活动过去两个月之后，就是礼城外国语学校高一年级的期末考试。

孟韶考完试等成绩的时候，正好赶上弟弟孟希中考出分。

父母给她打电话的时候她正跟许迎雨在礼城百货吃饭，准备待会儿去英语老师说的那家书店里找书。

迟淑慧语气焦急，电话刚一接通，她劈头就是一句："韶韶，今天晚上我跟你爸爸要去杨阿姨家，你还记得怎么走吧？"

孟韶吓了一跳，还以为出了什么大事："为什么要找杨阿姨？"

迟淑慧叹了口气："希希考得太差，我跟你爸爸都觉得是判卷判错了，准备去找找你杨阿姨，看她在教育局认不认识人，能不能给希希查查卷子。"

孟韶瞬间不知道说什么好了。

许迎雨看她的表情瞬间冷淡下来，在桌子对面向她做口型问：怎么了。

孟韶摇摇头，听见迟淑慧又说："实在不行，看看你杨阿姨能不能想办法把希希送进礼城外国语学校借读，就算交点儿钱也行。"

"弟弟跟你们一起来吗？"孟韶问。

迟淑慧理所当然地道："他不来，他来了也没什么用。"

孟韶手拿着叉子，平日里难得吃一次的比萨现在看起来却不再让人有食欲。

迟淑慧和孟立强的要求连她听了都觉得是强人所难，杨阿姨脸上会摆出怎样冷若冰霜的表情实在容易想到。

她忽然不想再那么听话了。

电话那端的迟淑慧显然没有意识到她的心理活动："那就这么

定了，8点的时候你到杨阿姨家楼下等我们。"

说着迟淑慧就要挂断。

"妈妈，"孟韶喊住了迟淑慧，心一横，把自己的念头说了出来，"我不想去。"

迟淑慧愣住了，一向乖巧的女儿突然反抗，她一下子没反应过来，还以为自己听错了："韶韶，你说什么？"

话已说出口，孟韶只得硬着头皮重复了一遍："我不想去。"

手指把叉子攥得很紧，不等迟淑慧说话，孟韶又说："这是孟希的事情，要是连他自己都不上心，凭什么要别人帮他收拾烂摊子？"

迟淑慧被孟韶噎了一下。

过了片刻，大约是觉得孟韶不去也没什么影响，她便道："你不想去就算了，光我跟你爸爸去。"

孟韶握着手机，心想：拒绝好像也没那么难。

书店并不难找，就在步行街末尾，挂着还比较显眼的招牌。许迎雨留在一楼翻漫画，孟韶走楼梯上了二层。

文学作品类目的书架就在服务柜台旁边，孟韶耐心地一排排找过去，却并没有找到自己想要的那本诗集。

店员看她找得辛苦，问她需不需要帮忙。

孟韶把聂鲁达那本诗集的英文名字打在手机上拿给对方，店员对着输入电脑里，按下回车键查找之后告诉她："之前进过两本，现在没有库存了，你需要的话我这边登记一下，到货后会发短信通知你。"

孟韶给店员留了自己的手机号，下楼去找许迎雨。

许迎雨头也不抬地在看 *NANA* 的单行本，孟韶也没打扰她，就站在旁边一目十行地浏览书架上放着的书，看到感兴趣的就抽下来翻一翻。

终于许迎雨发现了孟韶："你找到要买的书了？"

孟韶摇摇头："没货了，刚留了个手机号，让他们有了之后通知我。"

许迎雨"哦"了一声，把看完的漫画放回书架上："那我们去逛街吧，有家店新出了件联名T恤我想去试试。"

看衣服的时候许迎雨随口问孟韶："下学期咱们就要分文理科了，你想好选文还是选理了吗？"

孟韶这几天也在纠结这个问题。

选文选理主要看副科成绩怎么样，虽然她在理、化、生上面花了更多精力，但其实还是偏文的副科学得更好些。

然而分科之后是要重新分班的，程泊辞选的一定是理科，她说不定有机会跟他在同一个班。

孟韶自己也没考虑清楚，所以最后只是说："看这次期末考试成绩吧。"

那天晚上迟淑慧没有再联系孟韶，孟韶知道杨阿姨肯定没有答应帮那个忙。

她不是不希望孟希好，只是觉得假如他自己都没有上进的想法，那别人急也没有用。

两天后出了期末考试成绩，孟韶取得了从她进入礼城外国语学校以来最好的名次，是全班第七名。

从上回期中考试开始，迟淑慧就来给她开家长会了。孟韶这次把成绩告诉他们，甚至都还没问，孟立强就主动说："之前是你妈妈来开家长会，这次爸爸来吧。"

孟韶无所谓谁来开，只说了声："你们决定就好。"

孟立强来开家长会的那个上午她在宿舍里收拾要带回家的东西，封好行李箱之后看看时间差不多了，便去南门附近等待孟立强。

这个时候学校里走读的同学都不在了，从教学楼里拥出来的大部分是来开家长会的家长。不必担心被谁发现，孟韶半路绕去了教师办公楼下的宣传栏。

优秀学生代表那一栏里前几天就换上了新的照片，公布成绩那天围了很多人在看，只有孟韶不敢。

原本应该是 30 张照片，从高一到高三的年级前十名，但因为高三年级已经高考完离校，所以学校单独给他们做了一张光荣榜，宣传栏里只有 20 个位子是满的。

高一年级第一张就是程泊辞的照片。

他穿着平常那套蓝白色的校服，领口微微翻开，露出里面白衬衫的衣领。

或许是拍照的时候不喜欢笑，程泊辞平静地望着镜头，脸上没有太多表情，即便只是一张平面的照片，也看得出他脸部立体的骨骼轮廓。

马上要有一个多月见不到他，假期看上去都没有那样吸引人了。

看周围没人，孟韶拿出手机，偷偷地对着程泊辞的照片拍了一张。

她走到南门的时候孟立强已经在外面等她，见她出来，伸手帮她拉箱子："你们班主任在家长会上表扬你了，说你是这学期班里进步最大的。"

两个人往公交车站的方向走，孟立强又说："韶韶，你继续努力，爸爸相信你。”

孟韶还未来得及感动，孟立强就叹了口气："要是你弟弟的成绩也有这么好就好了。"

他接下来要说什么，孟韶都猜得到，无非是去求杨阿姨的时候碰了怎样的壁，他跟迟淑慧现在有多么束手无策、一筹莫展。

明明是盛夏，孟韶心里却涌过一阵寒流。

她不知道孟立强心里想的真的是孟希的成绩也有这么好就好了，还是更优秀的那个是孟希而不是她就好了。

孟韶假装没有听见，一声不吭地拿出手机，插上耳机线，把耳塞塞进耳朵里，用一种温和的方式躲开他的诉苦："爸爸，我听会儿英语。"

在她选文还是选理这件事上，迟淑慧和孟立强并没有提出太多意见，事实上，整个假期他们都在为孟希的中考结果四处奔走，可惜小县城的人脉实在难以通到礼城外国语学校，就算真能办成，接近六位数的借读费也不是他们家负担得起的。

临近开学，迟淑慧不得不给孟希收拾行李，送他去县里的普通高中。

孟韶对着自己的期末考试成绩经过深思熟虑，最终选了文科。许迎雨选理科，跟她分开了。

孟韶清楚，自己就算幸运地跟程泊辞去了同一个班，也不会有更多可能，还不如先将能抓住的东西抓住。

他是太遥远太浩瀚的未知，而她只是个普通人，生活里没有那么多东西可以放弃。

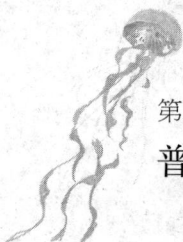

第五章

普鲁弗洛克的情歌

新学期第一天，孟韶按照宣传栏上贴的分科名单，去高二（14）班报到。

新班级里只稀稀拉拉地坐了十几个人，孟韶没看到几张熟面孔。

在教室里坐了一会儿，门口陆续有人背着书包进来，其中就有乔歌。

乔歌也看见了孟韶，朝她挥挥手，坐到了她的旁边。

"我看年级大榜了，你考得那么好，我还以为你会选理科呢。"乔歌边跟孟韶说话，边抬头看周围的新同学。

看到一个人之后，乔歌忽地喊了起来："不是吧，余天，你是不是走错了？这是文科班。"

孟韶也随着乔歌的视线望过去，惊讶地看到余天也走进了14班的教室里。

她没记错的话，对方上学期还在物理集训队上课。

"没走错，"余天笑笑，"我来学文，在理科班卷不动了。"

乔歌"啧"了一声："这是年级第一预定了啊。"

余天将书包摘下来放在乔歌和孟韶后面的椅子上："孟韶也来学文？"

孟韶跟他不熟，就只说了声"对"。

余天笑了笑："那我以后英语上有什么不懂的可要问你了。"

客观来讲，去掉理、化、生三科之后，孟韶觉得肩上的学习压力一下子减轻了很多。许迎雨还是经常来找她跟她一起去食堂吃饭，渐渐地，队伍里又添了乔歌。

余天那句话不是客气，他真的经常来问孟韶英语，她便也敢于拿一些数学题去向他讨教，对方讲得细致认真，她很快就能明白。

这天课间，余天正给孟韶讲一道函数极限的题目，乔歌上完洗手间回来，在孟韶旁边坐下："小道儿消息，程泊辞刚拿了那个全国中学生英语演讲比赛的特等奖，下午要在报告厅里分享经验。"

余天没说什么，接着给孟韶往下讲，圈出一个题干条件，却发现孟韶走神儿了。

他用笔尖点了点纸面："孟韶？你还在听吗？"

孟韶这才回过神来，耳侧泛起一丝不明显的热意："我在听。"

余天顿了顿，就着刚才推出的条件继续讲。

讲完之后孟韶跟他说"谢谢"，自己在题目旁边简单地记了一下思路。乔歌边看她写边道："你听见我刚才说的话没？程泊辞下午要在报告厅里分享经验，全年级都要去听。"

孟韶还没出声，余天先放下笔，闲闲地道："你们女生是不是都这么关注程泊辞啊？看见他就激动。"

乔歌跟他抬杠："怎么了？不行吗？"

"行行行，"余天一副不跟她计较的样子，"谁能跟程泊辞比？"

他停了一下，貌似无意般问道："是吧，孟韶？"

孟韶猝不及防被他问到这个问题，明明可以像乔歌一样大大咧咧地承认，假装自己对程泊辞也有不掺杂念的欣赏，或者索性说自己不关注程泊辞也没有激动，反正没人知道她暗恋。

她却只是愣在了那里，一句话也不说，直到乔歌搂过她的肩膀，对余天说："你别欺负孟韶，她还没开窍。"

余天轻飘飘地看了孟韶一眼，结束了这个话题，自己埋头翻书去了。

果然，下午第一节课，新班级的班主任金老师就宣布大课间大家去教室外面排队，由体育委员统一带队去报告厅。

她说 1 班的程泊辞收到了英语演讲比赛组委会寄来的奖杯和奖状，是礼城外国语学校唯一一个全国特等奖，学校安排他跟大家交流英语学习的经验。

分了班之后程泊辞还在 1 班，1 班的师资配置也没怎么变，学生却经过了大洗牌。

乔歌告诉孟韶，程泊辞没动是有原因的，而重新分班之后加入 1 班的那些名额也有讲究，至于是什么原因和讲究，并不难猜到。

孟韶那时候忽然很庆幸，庆幸自己没有赌一把选理科，追逐跟程泊辞同班的不确定性，不然真的会像最不体面的赌徒，姿态难看，且输得倾家荡产。

不是他不值得，是她没有后路。

迟淑慧和孟立强不是她的后路，他们希望她回去当老师的小县城也不是后路。

报告厅在实验楼侧边，14 班到的时候阶梯观众席前面的一半已经坐满了，孟韶在中间靠后的位子上坐下。这是高二开学之后，她第一次有机会看到他比较长的时间。

几分钟之后，程泊辞从门口走了进来，向台上作为主持人的 1 班英语老师点点头，说了声"老师好"。

他从外套口袋里摸出 U 盘插到电脑上，一只手撑着讲台，另一只手在触控板上操作着去开幻灯片。

10 月，礼城的秋老虎天气还没过去，下午两三点钟正是高温时刻，程泊辞没穿校服外套，上半身是一件白色的圆领短袖 T 恤，只在胸口处有一个小小的商标，因为离得远，孟韶也看不太清。

明明是最简单的基础款，也被他穿出十二分的清逸疏朗，领口因为略略俯身的姿势下坠出一个很浅的弧度，在冷白的皮肤上投下鸽灰色的阴影。

程泊辞像是那种天生就不会怯场也不懂紧张的人，随意地从话筒支架上拿起麦克风，简单地做了自我介绍，平静的嗓音经过电子设备的传输和扩散，被附上了磁带唱片般的质感，被清晰地送进孟韶的耳朵里。

"大家好，我是高二（1）班的程泊辞。"

他分享了自己备赛的经验和日常学习英语的方法，也说到培养语感的重要性，言简意赅，干净利落。

程泊辞说完，英语老师问台下的同学还有没有什么疑问，有的话可以提。

话音刚落，就有很多人举起了手。

英语老师把话筒递给了坐在第一排的蒋星琼。

蒋星琼选了理科，现在也在 1 班。

她拿着话筒站起来，特地强调了一下自己上学期期末考试的英语单科成绩是年级第三，让程泊辞给她推荐几本难度高一些的教辅资料。

孟韶听到乔歌在旁边"哧"了一声："就知道显摆。他跟你一个班，要能记住你考几分早记住了。"

"我不用教辅资料，"程泊辞并没有对蒋星琼的成绩发表什么看法，"老师平时布置的作业做好就可以了。"

从孟韶的角度只能看见蒋星琼的背影，她不清楚对方此时脸上是什么表情，只注意到蒋星琼说"谢谢程同学"并坐下之前，有一个短暂的停顿。

或许她是报告厅坐着的人里唯一懂对方在这个停顿里想了什么的人。

又有一个理科班的男生要了话筒，问程泊辞是怎么培养语感的。

这次程泊辞难得沉默了片刻，没有第一时间回答。

孟韶看着他微微绷紧的嘴唇，上学期在电脑网页上看过的那条昔年新闻突然浮现在眼前。

程泊辞的语感不是用电影和广播培养出来的，而是因为他小时候在国外待了好几年，那是最有效的语言环境。

那时他是跟着妈妈江频生活的。

所以程泊辞要回答这个问题，不可能不去回忆当时的事情。

乔歌无奈地咋舌："这人不是附中的，估计不知道程泊辞家里的事，不然怎么偏偏拣了这么个问题？"

但程泊辞最后并未回避这个问题，只是用非常平静的声音说："2～6岁是语言习得的关键时期，这个时候我是在双语环境里长大的。"

孟韶蓦地意识到，他其实是那种很会隐藏情绪的人。

明明不想回答，他还是回答了，也许是不愿意被人知道自己的软肋。

乔歌碰了碰孟韶的胳膊："你不是也喜欢英语吗？要不起来问个问题？我帮你要话筒。"

孟韶摇摇头，说没什么想问的。

她不是没有想问的，是不敢在那么多目光的注视下跟他讲话。

就像她能看明白蒋星琼的失落，她怕也有人把她看穿。

喜欢人也要讲资格。

像蒋星琼、乔歌那样的女孩子喜欢程泊辞看起来就是天经地义，而她不一样，她就连多看他一眼，也会被认作痴心妄想。

程泊辞又回答了几个问题，这次经验分享报告会就进行到了尾声。

英语老师让程泊辞给同学寄语，他低着头思索几秒，对着话筒念道："Do I dare disturb the universe？ In a minute, there is time."

我可有勇气搅乱这个宇宙？在一分钟里，总还有时间。

孟韶远远地坐在观众席里看着他。听到这句诗，她怔怔地想：他已经搅乱了她的宇宙。

报告会结束之后，大家就地解散，课间还没结束，有跟程泊辞相熟的男生跑到台上跟他搭话。

孟韶的班级坐得靠后，轮到他们出门的时候，报告厅里的人已经走得差不多了。

乔歌半路被以前的同班同学叫走叙旧，孟韶快走到第一排的时候蹲下系鞋带，其实鞋带没有开。

讲台上几个男生说笑的声音灌进了她的耳朵里。

一个人晃着手里的笔说："辞哥，你要不提前给我签个名吧，等以后你成什么知名外交部发言人了，我好拿着出去吹，是不是？"

姜允则搭着程泊辞的肩膀笑嘻嘻地说："蒋星琼是不是对你有点儿意思啊？我可听说是她自个儿要求来1班的。"

旁边马上有人捧场地起哄。

程泊辞却淡淡地反问："1班只有我？"

几个人看出他对这个话题没什么兴趣，也不敢再多聊，转移话题讨论起今晚要不要去打球。

这时候1班的班主任在门口喊了一声，催他们快走，说待会儿保卫处的老师要过来锁门。

孟韶系完鞋带站起来的时候，讲台上只剩下程泊辞还站在那里关电脑。

半下午的阳光从高处的暗色玻璃斜照进来，勾勒出他修长的身形，在地上投下一团仿佛被晕染过的浅淡的影子。

"程泊辞。"

偌大的报告厅里，孟韶听到自己的声音那样清晰。

程泊辞抬起眼帘看她。

孟韶说"祝贺你"，说完觉出单独留下专门为说这句话显得太郑重，怕他多想，又问："你最后说的那句话是诗句吗？"

程泊辞合上电脑："*The Love Song of J. Alfred Prufrock.*"

他说的是诗的名字，这首诗是艾略特的名篇，通常被叫作《普鲁弗洛克的情歌》。

末尾那个人名太拗口，孟韶没听清："什么？"

这种单词不是靠听就能准确无误地拼出来的，程泊辞想了一下，看到桌上放着支笔，是方才那个开玩笑要他签名的朋友留下的。

他随手拿起来，问孟韶："有纸吗？"

孟韶没有带纸，大概是只有他们两个人在的环境助长了她的胆量，她迟疑了一下，把手心摊给了程泊辞："写在这里吧。"

程泊辞没有立刻落笔："你不怕痒？"

孟韶说："不怕。"

程泊辞拔下笔帽，写字的时候只用了很轻的力道。

中性笔微尖的顶端在皮肤上画过，带来纤细的痒和柔弱的麻，孟韶终于知道，原来程泊辞的字长斜写意，是因为握笔时手指的位置略微靠后。

随着他书写的动作，孟韶的手掌产生了小幅度的位移，其实她说不怕痒是假的。

她怕的。

程泊辞收笔时难以避免地稍稍用力，孟韶的无名指下意识地一颤——不小心擦过了他手上的皮肤。

那样短的一瞬，触感转瞬即逝，孟韶的掌心却渗出了细细密密的汗珠，将"普鲁弗洛克的情歌"也变得潮湿。

孟韶慢了一拍才收回手，如梦初醒般道："谢谢你。"

程泊辞说："没事。"

没有理由继续停留，孟韶跟他说了"再见"。

回到教室的时候，孟韶掌心上墨迹的边角已经微微模糊。乔歌还没回来，孟韶一个人坐在座位上，低着头怔怔地望着手心上的单词，忽然升起一个疯狂的念头，想要去文身，将这行字永远留在皮肤上。

但她也只敢想想。

孟韶没舍得擦掉程泊辞的笔迹，就那样带着，上完了下午的两节课和晚上的三堂自习课。

尽管如此，等回到宿舍摊开手的时候，她也已经什么都看不清了，手心上只剩下一片深浅不一的污渍，就像报告厅里的阳光越过并不透明的玻璃，留下暧昧不清的灰影。

高二分科之后的第一次期中考试在不久之后到来，去掉三门副科意味着某种翻盘的可能，所以所有人都特别关注。年级大榜被分成两张挂到宣传栏上后，立刻被里三层外三层地围了个水泄不通，盛况空前。

理科班的年级第一没有变，还是程泊辞，而且比第二名高了整整10分。

四个文科班一共两百多人，孟韶在班里排第五名，在年级里是第十七名。

余天考了文科班的年级第一。

公布成绩这天晚上，许迎雨来找孟韶去食堂吃饭，乔歌有事去办公楼找她妈妈没有来，也因此错过了许迎雨的八卦放送。

"你们班余天这次数学考了满分你知不知道？我听说是文科班唯一一个。"许迎雨把校卡塞进外套口袋里，"其实他理科学得挺好，当时要选文科的时候班主任和家长轮番给他做思想工作，结果他钻牛角尖，非要走，还退出了物理集训队。"

"可能他更喜欢文科吧。"孟韶说。

许迎雨神秘兮兮地摇摇头："他是被物理竞赛把心态搞崩了。"

说着她把校服袖口挽上去一截，用另一只手对着手腕比画了一下："还这样来着。"

孟韶吓了一跳，在她的印象中，余天是那种脾气很温和的人，不会做出这样极端的举动。

"本来9月份他们集训队要去参加预赛的，咱们学校那个带物理竞赛的老师认识退休的出卷人，上学期的时候要了一套模拟题给他们做当成校荐的选拔，余天花了大力气准备结果没选上，这一下子就把他给弄垮了，期末考试也没考好，直接破罐子破摔去学文科了。"许迎雨说。

孟韶回想起开学第一天余天走进教室里的时候，她完全看不出他之前经历了什么。

许迎雨接着说："但是理科班的老师还是觉得很可惜，据说今天下午他之前的班主任还把他喊去谈话了，可能是问他想不想转回去，现在还不晚。"

这场谈话很快在年级里传遍了。晚自习的课间，乔歌还打趣余天说："你是不是马上要被敲锣打鼓地接回去了？咱们班应不应该给你开个欢送会啊？"

余天好脾气地说："我不回去。"

乔歌觉得很新奇："不是，你要这么喜欢文科，当初进什么集训队呢？现在课也不去上了，比赛也不参加了，不是浪费时间吗？"

孟韶还记得许迎雨说过的那些话，听乔歌问到这个，心一紧，担心刺激到余天，赶紧转移话题道："余天，你数学作业能借我对对答案吗？"

新班级的数学老师要求很严，规定第二节晚自习下课前就要把当天的作业做完交上去，如果做得不好，隔天上课老师还要点名批评，所以很多人都会在交上去之前先对一遍答案。

孟韶一般不会这么做，因为她希望作业能够体现出自己真实的水平，这样如果有什么问题，老师可以及时发现。

余天知道这一点，所以当孟韶说要借他的数学作业的时候，他先是怔了一下，然后才把练习册递过去。

乔歌是每天都要对答案的，孟韶一说，她果然被转移了注意力，凑过来道："给我也看看，今天的题好难，有一小半我都不确定。"

孟韶松了口气。

晚自习放学的时候，孟韶还剩半道地理大题没做，她想少带一本练习册回宿舍，便留下来认真地写完才走。

将收拾好的书包背上肩头，孟韶站到座位旁的过道上，才发现余天也没走。

注意到她的视线，余天笑了笑，也拎着书包站起来："要走了吗？"

孟韶意识到余天是在等自己。

转念一想，她就猜到了原因。

果不其然，两个人下楼梯的时候，余天开口说道："晚上谢谢你。"

孟韶知道余天是谢谢自己帮他岔开了乔歌的话题。

她猜测他或许并不愿意过多地谈及这些事情，便只简单地说了句："没关系。"

没想到余天却自然地说了下去："我知道好多人说我是因为竞赛没选上一气之下才来学文科，我当时心态确实不太好，但是原因没那么简单，我也懒得跟别人解释那么多。"

孟韶一向擅长扮演倾听者的角色，因此当余天讲话的时候，她只是默默地听着，并没有出声。

"我之前在附中的时候一直觉得自己还算聪明，但是来礼城外国语学校进了集训队之后，我才发现聪明人真的太多了。我们用来选拔的那套模拟卷特别难，差不多是大学里物理专业课的水平，我才考了 70 分，队里分数比我高的有十多个人，"余天深吸一口气，"程泊辞考了满分，而且我知道他上课不怎么听的。"

孟韶的眸光闪了闪。

余天苦笑了一下："你明白那种感受吗？我当时看着程泊辞的卷子，就知道这样的差距根本不是我努力就可以弥补的。我只有那么些精力，顾了这头儿就顾不了那头儿。我也想拿降分、上 P 大，但我把所有的时间都用来准备竞赛了，还是选不上，我就想，算了吧，别为难自己了。"

孟韶没想过像余天这么优秀的人也会产生这种想法，她一直以为像他这样从附中直升上来顺理成章当好学生的人过得无忧无虑。

"我期末考试考得不太好，但还是能看出来文科分数更高一些，我的理科水平虽然放在集训队里不够看，拿到这边来，学数学倒是有很大优势。"余天说。

孟韶诚恳地道："我觉得你的选择没问题。"

余天见自己的想法被得到理解，语气也轻松了不少："毕竟不是每个人都能像程泊辞那样，我也想明白了，我就是个普通人，把日子过得舒服点儿最重要。"

孟韶没接话，脑海中闪现出多幅画面，有程泊辞站在游廊里面无表情地打电话的情景，也有那天他在报告厅里，面对那个男生问的问题，薄唇轻抿的样子。

她很想告诉余天，程泊辞过得不像他想的那么轻松。

但最终孟韶没有开口。对于程泊辞没有展现出来的那些侧面，她其实并不了解，只是会在收藏与他有关的碎片时，偶然看到些许隐匿在阴影中的蛛丝马迹。

快要行至楼梯的尽头时，空气中散过来泛潮的凉意，孟韶忽地听见了水声。

下雨了。

一场深秋夜晚突如其来、没有被天气预报捕捉到的雨。

孟韶脚步的踟蹰提醒了余天，他看了看她空着的双手："你是不是没带伞？"

接着他的语气变得有些懊恼："我也没带。"

孟韶说等等看看，说不定雨会停。

过了几分钟，一个男生走过来，叫了声余天的名字，看起来是他之前在理科班的熟人。

"你没伞啊，我带了，你去南门的话咱们俩顺路，走吗？"男生大大咧咧地说。

余天犹豫地望向孟韶。

孟韶善解人意地说："你先走吧，不用管我。"

余天也不好跟男生借伞给孟韶用，只能先走了。

孟韶留在教学楼的出口又等了一会儿，背完一篇英语范文了，雨势还不见小。

她不想再浪费时间，将校服外套脱掉，举在头顶，一步步下了台阶。

夜晚的天色漆黑如墨，白色的球形路灯和楼前的 LED 屏幕倒映在水中，一次又一次地被雨滴打碎。

孟韶朝宿舍楼的方向一路小跑，经过实验楼附近的时候，余光瞥见一个人正撑着一把黑色的长柄伞向南门走去，步履从容，不徐不疾。

侧边的视野被校服遮住，她看得并不十分真切，同对方擦肩而过时，伞檐却忽然倾斜过来，将她笼罩在伞下。

一瞬间，落雨如同被隔绝在了另一个世界，只闻其声。

孟韶堪堪停下，转头时看到了程泊辞的脸。

他眉眼低垂地望着她，淡淡的嗓音在极近的地方响起："是不是没带伞？"

他骨节分明的手握着伞柄。他的校服大概是新洗过，衣角被斜飞的雨水沾湿，散发出幽幽的洗衣液的味道。

孟韶愣怔着点头，将校服外套抱在了怀里。

天地间寂静到只剩下程泊辞混着雨意的声音以及孟韶节奏错乱的心跳声，她听到他对自己说："我送你回去。"

跟程泊辞走在回宿舍的路上，孟韶甚至不敢大大方方地转头看他，而心里庆幸自己在教学楼入口多等了一段时间。

雨滴接连不断地砸在伞顶上，发出沉闷的响声。

"你是刚下集训队的课吗？"孟韶问。

程泊辞"嗯"了一声："老师拖堂了。"

因为待在同一把伞下面，这次孟韶跟他之间的距离，比上回参加完模拟联合国活动站在台前接受颁奖的时候还要近一些。

他撑伞的手就在她脸侧的位置，修长的手指松松地握住伞柄，散发着温柔的气息。

走到一半的时候，程泊辞接了个电话。

对面似乎是程家的司机，恭恭敬敬地问了程泊辞几句话，他回答说下课了，看了孟韶一眼，又说："有个同学没带伞，我送她回宿舍。"

因为那一瞥，孟韶的心脏不受控制地狂跳起来，靠近他的那半边脸也"腾"的一下热了。

她无端想起一句歌词——"为那春色般眼神，愿意比枯草敏感"。

孟韶回来得迟，这个时候宿舍楼下已经没什么人进出了，她不担心被人看到，认真地跟程泊辞道谢。伞檐的阴影落在他的脸上，在昏暗的光线中，他好看得像一张维多利亚时期的油画。

进门之前，孟韶悄悄回了一次头。

隔着一重玻璃门，她看到程泊辞独自走在回去的路上，俊朗挺拔得就像阴雨中一棵叶片莹莹闪光的树。

孟韶不知不觉就在那里多站了几分钟，忽地身后响起宿管的催促声："同学，别在那儿愣着，快回宿舍，雨都飘进来了。"

与此同时，房檐上积聚的一滴雨水在重力的作用下滴落，擦过了孟韶的皮肤。

孟韶仿佛做梦被惊醒，慌乱地回过头，碎发被微弱的气流吹起，又被那滴雨水粘在了脸上。

宿管手里捧着双层玻璃杯回到靠门口的桌子后方坐下，身后的小房间里热水壶在"咕嘟咕嘟"地烧水，楼上有其他宿舍的女生搬动椅子和笑闹的声音，一切都是那么稀松平常，显得方才被程泊辞送回宿舍的那一路，他看她的眼神和昏暗光线中见到的伞檐阴影落在他脸上的瞬间，都如此不真实。

可这些又分明是发生过的，因为直到登上回宿舍的楼梯，孟韶心口的悸动仍旧难以平息。

不知道假如程泊辞知道她对他的心思，还会不会愿意撑伞送她回来。

她想更贴近，又不敢让他察觉。

也许将现在这种普通同学的关系维系下去，就已经是她可以达到的极限了。

高二这一整年，孟韶的成绩逐渐稳定下来，在班里差不多可以保持前五名，偶尔超常发挥能够进前三。

期中、期末的大考是全市阅卷，孟韶偷偷地用自己在学校的名次粗略地算了全省排名，又去查了 P 大在文科方面的录取人数，想看看自己有没有可能跟程泊辞考上同一所大学。

结果，她还是差了很明显的一大截。

孟韶终于也体会到了余天说的，没办法被努力弥补的差距。

经过那次倾诉之后，余天跟孟韶的关系拉近了很多，他知道她的数学比起其他科目弱势一些，平常做到了比较典型的例题或者能够拔高的难题、怪题，都会抄下来给她一份，再给她批改和讲解。

孟韶不是那种能心安理得白白承人情的性格，余天帮了她，她也投桃报李，把自己整理的英语材料借他用。

周围有人开他们玩笑，孟韶没想过自己有一天也会成为这种校园绯闻的主角。

乔歌还特地问过孟韶对余天的印象，孟韶知道她的意思，说自己跟余天之间只有交换那些数学题和英语资料的来往，两个人最多只能说是朋友。

"我还以为你喜欢他呢。"乔歌有些失望，但转而又兴致勃勃地抛出了下一个问题，"那你有喜欢的人吗？"

孟韶的眼皮跳了一下。

她垂下眼眸掩饰着内心的波动，摇了摇头，说："没有啊。"

乔歌"啧"了一声："你们这些好学生真没意思。"

孟韶笑了笑，什么也没有说。

日子平平淡淡地往前，高二期末的时候，学校里的气氛因为外语类保送名单即将出炉而躁动不安起来。

期末考试成绩公布之后，有人开始统计目前的赋分排名，一份民间保送名单悄悄在年级里流传，孟韶也在放暑假前收到了许迎雨转发给她的一份。

当时两个人正坐在礼城外国语学校正门外面的一家奶茶店里，孟韶点开那份电子文件的时候，并没有特别紧张。

她的名字也在名单上，但因为按比例文科班能分到的名额本来就不多，她的位置比较危险，跟她想的一样。

许迎雨一边用吸管去戳杯底的珍珠，一边告诉她："之后咱们就剩下高三一次期中考试成绩还能往里赋分了，应该不会再有大的变动，但是有的人估计还能趁这段时间再捞点儿别的加分，你要走保送的话可得关注着点儿，别让人把你挤掉了。"

孟韶语气轻松地道："我不竞争保送名额了。"

保送的目标学校里比较好的那几所是限报（有名额限定）的，名次排在孟韶前面的人报了她就去不了了，她算了一下，她能报的学校凭自己目前的实力也考得上，而她想去更好的学校。

许迎雨愣了愣，戳珍珠的动作也停了。过了片刻，她感慨地说："你现在真的跟高一那时候不一样了。"

孟韶把保送名单又拨回理科班的部分，程泊辞的名字不出所料地排在最上面，四次考试的成绩加上各种赋分，让他一骑绝尘。

放弃保送名额不难，后面的人巴不得她放弃。假期的时候迟淑

134

慧和孟立强在饭桌边问过孟韶能不能保送，她顿了顿，说自己应该还差一点儿。

"你成绩那么好，怎么会差一点儿呢？"迟淑慧不解地问。

"高一上学期的成绩拉分了，我体育不好，体育赋分也比别人的低，"孟韶摆出很平静的表情，"还有同学有发明专利，那个要花好多钱去申请。"

迟淑慧果然不说话了。

孟立强插话道："没事，保不上韶韶就自己考，考不上好的咱就去个省内的师范，回来当老师，拿铁饭碗。"

"好，考不上我就回来。"孟韶语气非常淡地说。

她知道自己发挥得再差也不至于回来，因此面对这种可笑的设想的时候也不会再生气了。反正这种设想不会成真的。

对面的孟希偷偷地看了她一眼，像是终于注意到姐姐这段时间以来悄然发生的变化。

饭后孟韶要帮迟淑慧洗碗，对方却让她去给孟希辅导作业。

孟希在县里上高中还是跟不上，迟淑慧和孟立强仍然固执地相信他脑子是聪明的，只是需要点拨。

孟韶进孟希的房间里之前伸手敲了敲门，门是敞开的，她看见孟希飞快地把手机压在了练习册下面。

"不用藏了，我看见了。"孟韶说。

孟希撇了撇嘴，坐姿散漫下来："我还以为是妈呢，我说她怎么还突然学会敲门了。"

孟韶搬了张板凳在他的旁边坐下："你有题要问吗？"

孟希说"没有"，低着头开始在手机上打游戏。

孟韶翻了翻他的练习册，字迹潦草，毫不掩饰地敷衍。

她没说什么，放下之后道："那我回去了。"

孟希心不在焉地说"行"，孟韶走到门口的时候，却又被他叫住了。

他头也没抬地问："姐，你是不是打算以后不回来了？要出去上大学？"

孟韶一怔，转过头去，看到孟希还在屏幕上厮杀。

或许是以为她不愿意回答，孟希笑了笑："搁我我也想走。"

话音刚落，他就对着屏幕吼了一句："又送人头，你怎么比外卖还能送啊？"

孟韶给他关上了门。

路过厨房的时候她看到迟淑慧洗碗的背影，心想：不知道爸爸妈妈如果得知这样掏心掏肺养大的儿子满心都是对他们的厌弃，压抑到想要离开，会怎么想呢。

这年11月，礼城外国语学校初次公示了保送名单，开始进行确认和补录的流程。

名次靠前的一批人已经在研究选校——哪个要冲，哪个很稳，哪个是保，而孟韶已经跳出来，一心放在一模复习上，反倒觉得轻松。

这天晚上轮到孟韶值日，她弯着腰扫地，扫到一半的时候想起自己忘记拿簸箕，正要去找，一只手已经给她递过来，轻轻把簸箕放到了地上。

余天出现在孟韶的视野中，她说了声"谢谢"。

他站在原地看她安安稳稳地扫地，忽然问："你保送想报哪个学校？"

孟韶说："我放弃了。"

余天吃惊地望向她。

孟韶边扫地边说："昨天刚去教务处签的字。"

余天许久没说话，像是不知道该做何评价，最后他放弃了，盯住孟韶握着扫帚的纤细的手指，说："我帮你扫吧。"

孟韶还没反应过来，扫帚已经被他拿了过去。

"不用，我自己来就行，我在家也要扫地的。"孟韶说。

余天正要回答，余光却瞥见朝向走廊的推拉窗外出现了一个人。

对方用很淡的眼神看了他跟孟韶一眼。

是程泊辞。

程泊辞没有停留，看完就收回了目光，继续往前走了。

孟韶注意到余天的目光的方向，跟着看了过去。

但窗外空荡荡的，她不知道对方在看什么。

余天回过神来，对她说："我是男生，力气比你的大。"

他很快帮孟韶扫好了地，孟韶只得向他道谢。

余天摇头说"不用"，又说："我在准备英语自荐信，你要是有空，明天能不能帮我看一下？"

孟韶答应了。

第二天余天果然带了自己亲手写的自荐信给孟韶，她也没有推托，早自习一下课就仔仔细细地看了一遍，上午大课间做完操往回走的时候，余天走到她旁边，问她觉得怎么样。

"我觉得很好，"孟韶回忆了一下，"词汇和语法都很高级，就是择校原因可以写得再精简一些……"

两个人边走边聊，走到高三的楼层时，后面有人吊儿郎当地叫住了余天。

余天停住脚步，姜允赶了上来。

姜允认得孟韶，先跟她打了个招呼，然后问余天道："老余，你是不是也报了 M 大的保送？我昨天晚上登报名系统登不进去，你试过没？"

听到姜允的声音，孟韶产生了某种预感。

果然，她停下来微微侧身向后看的时候，程泊辞的身影撞入了她的眼帘。

他太出挑，哪怕周围人来人往，也还是一眼就能被注意到。

现在天气冷了，他在春秋校服外面还披了一件纯黑色的运动款羽绒服，同漆黑的额发与眼眸呼应，更衬出整个人气质的不凡。

姜允和余天讨论起 M 大的材料递交，孟韶若无其事地往后撤了一步，朝程泊辞挥挥手。

程泊辞单手插在口袋里，走到她旁边。

他个子高，肩膀差不多在她眉眼的位置。

两个人站得近，孟韶闻到他外套上的寒凉气息，是刚从室外回来的那种冷冽的味道。

"我看到保送名单了，"孟韶主动开口，"祝贺你。"

其实没有什么可祝贺的，他综合排名第一拿到这个名额是所有人意料之中的事情，毫无悬念，理所应当。

程泊辞没接话，过了片刻，他的目光落在余天的身上，问的却是孟韶："你跟他关系很好？"

孟韶怔了一下，然后仰起脸，看着程泊辞流畅清晰的下颌线说："我们班同学。"

不知怎的，她的用词比跟乔歌说起同一件事的时候，还要淡上一层。

孟韶想不通程泊辞为什么会问这个，而那边姜允转头向程泊辞问话，打断了她的思绪："辞哥，学校的推荐信你拿到了吗？这个是不是得自己先写再拿去盖章啊？"

程泊辞"嗯"了一声："是自己写。"

姜允抓了抓头发："我还以为学校统一给发呢，这不得赶紧回去写了。"

他说着就一副着急到要马上回班的样子，推着余天的后背说"走走走"。

上高三之后，理科班的位置要比文科班高一个楼层，四个人在楼梯口分开，孟韶跟余天继续往前，她克制住自己侧头去看程泊辞背影的念头。

"你知道我都报了哪些学校吗？"余天忽然问。

孟韶不知道也没什么去猜测的想法，但余天这么问了，她还是想了想："刚才听姜允说你报了 M 大，这个是保底的吧，应该还有那几个限报的学校？ P 大你报了吗？"

"P 大我没报，"余天顿了顿，才说，"只要程泊辞报了，别人都没戏。"

虽然各个高校不会明确地说出每年分配给哪所中学多少名额，但一般变动不会太大，P 大作为全国顶尖的高校，在礼城外国语学校从来都只掐尖招生，无论初审通过几个人，最后真正录取的通常只有一个。

所以余天的说法虽然绝对，但是在某种程度上也是事实。

又过了几天，保送名单的补录工作完成，进入最后一轮公示阶段，即将上报省教育厅。

孟韶偷偷地在自己桌面上放着的那本《高中英语 3500 词》的侧面写下了 P 大的字母缩写。

她知道 P 大对自己来说遥不可及，也清楚自己除非超常发挥才能考上，但每次看到校名，她心底就会泛起一种惆怅的向往，就像喜欢程泊辞一样，没什么希望，却又让人忍不住沉溺其中。

名单公示的最后一天，年级里关于保送的猜测、流言、躁动和尘嚣终于平息下来。

这天下午大课间，孟韶因为痛经，跟班主任请假没去跑操，在教室里休息。乔歌嫌外面冷，在大家集合下楼的时候也偷偷地跑了回来。

乔歌看孟韶趴在桌上，一副不太舒服的模样，便说："你要热水袋吗？我这儿有，正好趁现在水房没人，我去给你灌点儿热水回来。"

孟韶点了点头，跟乔歌说了"谢谢"。

乔歌这一趟去了比较久的时间。回来把热水袋递给孟韶的时候，她用夸张的语气说道："你猜怎么着？我经过年级组的时候看见程泊辞和他爸爸了，他爸爸正冲他发火呢。"

孟韶抓热水袋的手指下意识地收紧了一下。

乔歌吐了吐舌头："真挺吓人的，直接当着 1 班班主任的面把程泊辞的一本什么书给撕了，你是没看见程泊辞当时脸色有多难看。"

她一副心有余悸的神色，孟韶觉得自己如果在此刻追问一句，并不会显得突兀，于是按捺不住地问："为什么要撕他的书？"

乔歌想了想，不太确定地说："应该是因为保送的事，他爸爸不想让他学外语，想让他念个管理之类的，以后回他们家公司上班。"

"而且最重要的是，"她压低了声音，"程泊辞选外语专业是为了考外交部，他爸爸从一开始就特别不支持他这个想法，怕他之后跟他妈妈一样，没准儿也哪天就牺牲了，还是在离家十万八千里的地方，最后一面都见不着。"

见孟韶没有表现得太惊讶，乔歌顺口问了句："他家的事你都听说了是不是？"

孟韶说："知道一些。"

是高一的时候杨阿姨讲的，她一直记得很清楚。

乔歌便道："反正就是这么回事吧，但你看程泊辞就不是那种能乖乖地听话的人，迟早跟他爸起冲突，说真的，晚还不如早呢。"

孟韶默默地敷了一会儿热水袋。乔歌为了方便收纳，买的是储水量非常少的那种，所以热水袋很快就凉了。她问孟韶用不用自己再去帮忙换一次热水，孟韶摇摇头，说："我自己去吧。"

顿了顿，孟韶又解释似的添上一句："我好多了，想出去走走。"

乔歌没注意到孟韶的不自在，起身给她让位置。

教学楼里的喇叭跟操场上的同步播送着跑操的音乐，吵闹得很，盖过了孟韶的脚步声。

高三年级组办公室跟文科班在同一个楼层，孟韶经过的时候放慢了走路的速度。

办公室的门是敞开的，程泊辞和程总已经不在里面了。

孟韶听到几个老师在低声议论什么。1班班主任推开窗户透气，初冬的寒风将地上的几片碎纸顺着门边吹了出去，一直吹到了孟韶的脚边。

她怔怔地弯下腰，拾起那些破碎的纸片。

残损的纸上依稀可以认出印的是聂鲁达的诗句，一个个英文单词似乎也沾染了浓烈的情绪——是他拿着去上课和广播的那本诗集。

风声太大，办公室里的老师们稍稍提高了声音。

"程总也真是，书还是江参赞留下的，他不知道程泊辞拿这个来就是为了表决心的？"

"说不定知道呢，才生那么大气，又是撕书，又是替他儿子签字放弃。"

"那这个名额怎么办？还给程泊辞吗？"

"往后顺延一个吧。理科第二和文科第一是哪个班的？让他们抓紧报一下P大。"

怕风起风止将门来回吹动，一个老师走过来将门掩上，后面的话，孟韶也听不到了。

她只是呆呆地想：程泊辞现在心情一定很不好。

晚自习的时候窗外扬起了细细碎碎的雪片，是今年的初雪。

夜色剔透，世界变成内部飘落着闪粉的水晶球，乔歌对孟韶说"好浪漫"，孟韶却不受控制地想到了程泊辞。

他会不会觉得这是很晦暗的一天，晦暗到没办法被一场雪照亮和挽救？

课间的时候，孟韶特地走到理科班的楼层去上厕所。

从洗手间出来之后，她假装无意间路过1班的教室，想知道程泊辞现在怎么样了。

之前她也这样做过，已经记住他的座位在靠窗的倒数第二排。

可他不在。

孟韶猜他或许又翘了晚自习去打球，便辗转出楼，去了操场。

果然。

孟韶站在操场外面的一棵树后，看见了不远处篮球架下的程泊辞，但这次他的身旁没有那些同学，只有他一个人。

这时候临近上课，出来看雪的人已经走空了。

操场上只剩下他。

程泊辞穿着那件黑色的羽绒服，面无表情地一次次将篮球砸进篮筐里，动作用力，看得出是带了发泄的意味。

夜雪纷纷，在跑道附近的路灯光柱里漫卷，男生的脸在光亮与阴影中忽明忽暗，雪粒擦过他好看的眉眼、高挺的鼻梁，也擦过他颈下的领口和青筋微露的手背。

孟韶第一次见到这样的程泊辞——英俊到有些暴烈和桀骜。

猝不及防，他的视线转了过来。

孟韶一阵紧张，往树后躲了躲。

她知道他现在很不高兴，不想让他觉得被打扰。

程泊辞淡淡的一瞥之后将目光收了回去，大概是没看见她。

雪天空旷的操场上，回荡着一声声篮球撞击篮筐的声音，他有一下手劲大了，投篮的时候角度偏了，篮球硬生生地撞上篮板，发出剧烈到让人有些胆战心惊的闷响。

他没有停下的意思。

孟韶默默地看了一会儿，忽然做出了一个大胆的决定。

上课铃响的同时，她转身去了学校里的小卖部。

也不是没有人出于各种各样的原因在上课时间过来，老板并未大惊小怪，甚至都没抬头多扫她一眼，只是裹着外套，坐在柜台后面用手机看连续剧，扬声器里传出带杂音的台词和背景音乐。

孟韶还记得运动会上程泊辞对那个女生说不喝甜的，于是买了一盒放在保温柜里的纯牛奶，还问老板有没有隔热棉——她想让牛奶的热度保持得久一些。

老板把手机摊在柜台上，边转身给她找，边笑呵呵地问了句："送人啊？"

孟韶不好意思地笑了笑，没有否认。

老板用铝箔保温隔热棉把牛奶包好，在刷卡机上按了价格。

孟韶拿出校卡来刷，瞄到旁边有支老板随手放在那里的油性笔，便问自己可不可以借用。

老板摆摆手，让她随便用。

孟韶低下头，一只手轻轻压住包在牛奶外面的铝箔，另一只手执着笔，让笔尖落下去。

她写字的时候，指关节和脸颊都在微微发热，但一笔一画又写得十分真诚、认真。

"I go so far as to think that you own the universe."

我甚至相信你拥有整个宇宙。

这是她第一次听他广播时唯一一个听清的句子，来自那本如今已被撕碎和吹散在风中的诗集。

她是真的相信他会拥有。

虽然程泊辞有的大多数东西她都没有，她知道自己的安慰看起来多么普通、缺乏资格又不值一提，但她还是想让他知道，她相信他所追逐的、向往的全都可以实现。

他跟每个人都不一样，他是那种能肩扛黑暗，让理想照进现实的人。

哪怕等到他实现愿望的那一天，她已经被他在身后落下很远很远。

孟韶回到操场附近，程泊辞还在那里。

她悄悄绕到看台后面，伸手将牛奶放下，正想着该怎么提醒他看到，脚就突然踩中了半块松动的砖石，"嘎吱"一声，碎砖"咕噜咕噜"地滚落下去，发出一连串声响。

孟韶连忙松开手一步步后退，在程泊辞看过来之前，仓促地转身跑掉了。

高中三年来，她第一次翘掉十分钟晚自习，是为她喜欢的男生。

孟韶急匆匆地逃离了现场，耳边是跑步时产生的轰轰的气流声，天上的暗云也像被风刮着跑，飞快地变换着形状，像她飘忽不定的心情。

孟韶一口气跑到教学楼入口。

走廊内寂静无声。

不想打扰正在上晚自习的其他班级，她放轻脚步登上楼梯，暗淡的灯光将她薄薄的影子投在墙上。

窗外雪色流转不歇，因为奔跑产生的缺氧症状这才显现，孟韶深深地呼吸着，心脏像有了自己的生命，在她的胸腔里活蹦乱跳，发出跟她身体其余部分并不同频的轰鸣声，仿佛要非常用力地记住她17年来唯一一回不算出格的出格。

第二天，宣传栏上的保送名单被撤下来之后，一张全新的又被换了上去，程泊辞的名字不见了，原本综合排名第二的蒋星琼上升到了第一位，公示期限被紧急延长一天，全校都知道程泊辞放弃了保送。

本来没什么人报 P 大，所有人都觉得有程泊辞在自己没希望，这下子却临时多了许多人。

事不关己的跌宕是生活中的最佳调剂，课间的时候，宣传栏又一次被围得水泄不通。

孟韶没有去看。

她躲在洗手间里打了一个电话。

已经一年多了，步行街上那家书店还没有联系她去取那本聂鲁达的《二十首情诗和一首绝望的歌》。中途孟韶也去问过，对方的答复是登记缺货的顾客数量还不够多，需要凑足几本才能去进货。

隔了这么长时间，孟韶虽然已经不抱什么希望，但还是又打电话过去问了一次。

没想到这次店员告诉她到货了，随时可以去取。

进入高三，礼城外国语学校每周只放半天假，孟韶用这宝贵的半天时间去书店买了书——跟程泊辞那本完全一样。

原版书价格不便宜，可只要负担得起，多少钱她都愿意。

孟韶站在书店里摸着书封，站在人潮之中，有种恍惚的感觉。

原本她想买，是为了收藏，但现在她更希望把这本诗集送给程泊辞。

只是她不知道什么时候送才合适。

直接送他这个意味太明显，明显到已经超出普通同学该有的关心，太把他放在心上，太明目张胆。

孟韶迟迟没有行动，只是把诗集带回宿舍，夹在了许多本教辅中间。

又过了不长的一段时间，她听说蒋星琼和余天过了 P 大外语类保送的初审。

传闻很快得到了佐证，某一个晚自习，蒋星琼抱着一沓资料来到十四班门口，让人帮忙把余天叫了出去。

蒋星琼看见孟韶，特地远远地跟她打了个招呼，脸上带着居高临下的笑意。

乔歌对此评价道："得意什么啊，咱们小孟同学是放弃保送好不好？压根儿不屑于跟你们这些人抢。"

孟韶因为她略微偏离事实的话忍不住"扑哧"笑了一声。

"笑什么？蒋星琼那副德行不就是以为你没选上吗？"乔歌"啧"了声，"要不是程泊辞没去，还轮得着她报 P 大？小人得志。"

听她提到程泊辞，孟韶脸上的笑容变浅了些。

乔歌又说："不过你信不信，程泊辞自己考也能考上，等他报志愿的时候，可就不是他爸爸签个字就能左右的了。"

孟韶当然相信。

哪怕礼城外国语学校只有一个人能考上 P 大，那个人也该是他。

她的眸光落在英语单词本侧面小小的三个字母上，P 大的缩写，像一份妄念。

她不由得羡慕起蒋星琼来，羡慕对方有更多机会跟程泊辞同校，不像她只能望着自己跟 P 大之间那段说远不远却怎么也走不过去的距离，寄希望于天赐良机的可能。

但她又从不是个幸运的人。

孟韶的眸光黯了黯，她低下头，继续写起面前的习题册，没有再去看门口的蒋星琼和余天。

她能做的，有且仅有努力。

第六章

17 岁的日落

孟韶在礼城外国语学校度过的最后一个春天开始之际，离高考只剩下一百多天。

班主任在高三下学期的第一节班会课上，在门外的班级展示栏上贴了一张巨大的树形贴纸，然后在快要下课的时候，发了几本便利贴下去。

她让大家写下自己的高考目标，不能写空话泛话，要具体到某一所高校，写完之后就贴到外面去，这样每天进班上课之前，都可以激励自己一遍。

孟韶手腕压着那张浅粉色的便利贴不安地摩挲，迟迟没有下笔。

她的目标来自她喜欢的人，可两样都那样遥不可及，毫无希望。

她不敢写 P 大，怕别人觉得她痴心妄想，到时候考不上还要被人拿出来指点，更怕别人看出来跟程泊辞有关。

大部分人写完了，开始陆陆续续地走出班级，把自己的便利贴贴在外面。

其实有那么一瞬间，孟韶是想任性一次，就把 P 大写下来的。但这个念头马上就被她压下来。

好像人越长大，就越懂得要隐藏自己的真实想法，这样就算失败，也会因为未曾宣之于口而没有那么难堪，失败也随之变得没有那么难以忍受。

孟韶在便利贴上写了比 P 大分数线低一档的 N 大。

放下笔之后，她有种如释重负的感觉。

孟韶捏着便利贴的下半部分来到走廊里，排在队伍末尾，等着贴上去。

她出来得确实有些晚了，还没排到她，就已经打了下课铃。

前面的几个男生急着去吃饭，没怎么精挑细选贴便利贴的位置，随手往树形贴纸的中下部分一按就跑了，轮到孟韶的时候，只剩下树顶的尖端还有空位。

可她够不到，踮脚也不行。她总不能贴在下面盖住别人的。

孟韶正想要不要先去食堂，吃完饭回来再找个子高的同学帮一下忙，就瞥见有个人在她的旁边停下了。

看清他的轮廓的那一刻，她胸口像被不存在的风轻盈地撞了一下。

从楼上走下来的程泊辞站在离她半步之遥的地方，戴着黑色口罩，用清亮的嗓音问她："够不到吗？"

冬天刚刚过去，早春傍晚的天空还是黑得很早，窗外辽阔的天空中，晚霞连绵。

程泊辞立在那里，眉眼清俊，廊灯在他的脸上落下一层淡淡的光。

孟韶慢了一拍才回答："太高了。"

程泊辞抬起手伸向她，掌心微微摊开，长而好看的手指上骨节分明。

孟韶的睫毛颤了颤。

她用了比正常反应更久的时间把便利贴放到他的手上，指尖不小心隔着纸页碰到了他的皮肤。

程泊辞低头看了一眼："你想上 N 大？"

幸好她没有写 P 大。

又好可惜，她没有写 P 大。

两种想法在脑海中交织，孟韶垂下眼帘，看着便利贴上自己的字迹，模棱两可地说："我现在的成绩最高只能达到 N 大。"

这句话仿佛在告诉他，她并没有那么想去，只是在听凭生活发落，随波逐流，选了一个最适合的目标。

只是程泊辞似乎没有注意到她话里埋藏的心思，听完只是说："N 大不错的。"

他举起胳膊，很轻松就达到了孟韶踮起脚也摸不到的位置，个子比起高一的时候又高出了几厘米，应该已经超过了一米八五。

孟韶趁程泊辞没注意自己，偷偷转过脸去看他。

贴便利贴时他眼神专注，半侧的角度更显得面部线条起伏，黑色口罩包裹住下半张脸，让孟韶想起初见他的那天。

又一春了。

因为抬臂的动作，他敞开的蓝白校服外套描画出少年清瘦挺拔的身形。

程泊辞端端正正地帮她将薄薄的一张纸贴了上去，然后放下手，说："好了。"

孟韶慌乱地错开目光："谢谢你。"

这时背后有人叫孟韶，她回过头，看到了许迎雨。

许迎雨是来找她一起去吃饭的，看到程泊辞也在，好奇地打量了他一眼，打了个招呼。

程泊辞点点头。许迎雨拉住孟韶的手，问她要不要等乔歌。

"她今天下午感冒请假了。"孟韶说。

许迎雨道："行，那就我们两个去。"

两个人离开之后，孟韶听到许迎雨问自己："程泊辞怎么站在你们班门口啊？"

孟韶的脸稍稍红了："他下来正好碰到我，就随口聊了两句。"

许迎雨"哦"了一声，记起孟韶跟程泊辞一起参加过模拟联合国活动，两个人应该是认识的，便没多问，又说："对了，你知道吗？咱们学校今年所有外语类保送拟录取的名单都出来了。我上次去英语组的时候英语老师不在，我看到她桌上的统计名单了。"

孟韶想了想，说道："我知道余天被 P 大拟录取了。"

还是开学之后一次晚自习余天在桌子底下用手机打游戏，被乔歌看到，揶揄说保送 P 大的学霸就是嚣张，也不怕班主任来抓，孟韶才知道的。

"P 大在咱们学校就录了他一个，蒋星琼的名字在 F 大的名单里，真没想到最后是余天把蒋星琼挤掉了。应该主要还是因为名次，他是文科第一，蒋星琼加分太多，学业名次不如他的好看。"许迎雨是学业八卦爱好者，分析得头头是道，俨然一个 P 大编外考官。

孟韶回忆起刚分科的那个雨夜，余天在教学楼里跟她讲弃理选文的缘由，又说虽然想去 P 大，但是跟程泊辞之间差距太大，决定放过自己。

言犹在耳，她不由得产生了一种恍如隔世的感觉。

是不是只要没到尘埃落定的时刻，谁都不知道会发生什么？

"不过说到底还是因为程泊辞放弃了，让余天捡了这个漏呗。"许迎雨摇摇头，"而且大家不是说程泊辞想学外语要考外交部吗？真是这样程泊辞参加的竞赛也没什么用了，竞赛保送限理科专业，他白赋了那么多分，之前那个名单我研究过，他是学业成绩和综合排名双第一。"

她忽然一脸紧张地道："你可别跟余天说我觉得他捡漏啊，他那人自尊心也挺强的，我可不想让他记恨我。"

孟韶笑着说"好"，但也没有跟许迎雨一起议论下去。

这一周的周五是礼城外国语学校的高考誓师大会暨成人礼，班主任提前了一段时间布置下去，让大家准备好正装校服那天穿，可以带手机和相机，在仪式结束之后跟同学和老师拍照留念。

誓师大会开始之前的几天，乔歌感冒好了之后，带了几个领结来学校，摊在桌子上让孟韶帮她挑。

孟韶问乔歌这个是做什么用的，乔歌拿起来往脖子上比了一下："配衬衫，不然直接穿那套正装校服太呆了，拍照不好看，而且咱们班是倒数出场去走那个成人礼拱门的，前面十几个班的人都看着呢。"

"那还是这个红的吧，"孟韶指了指其中一个，"正装校服是黑色的，感觉还是这个压得住，而且很亮眼。"

停了停，想到乔歌说要被前面十几个班的人看，而 1 班一定是排在最前面的，她犹豫了一下，问对方领结是在哪里买的。

乔歌正对着小圆镜，拎着那个红色的领结往自己的脖子上比画，闻言笑得有些意味深长："我们小孟同学终于开窍了啊？"

孟韶不太自在地道："我就是问问。"

乔歌没继续逗她，说是在网上买的，又从桌上拿起另一个款式不同的给她："这个也是红的，你试试，喜欢就戴这个，不然我买了也浪费。"

说着乔歌又端详了她一番："不过你皮肤白，深蓝色的应该也不错。"

孟韶纠结了一番，最后采纳了乔歌的建议，选了深蓝色的那个。

她要给乔歌钱，对方坚决地拒绝了："没几个钱，你要是跟我算得这么清，我以后都不好意思问你题了。"

晚自习放学之后，孟韶带着乔歌送的领结回了宿舍。她想把正装校服重新洗一下，趁最近天气晴朗，赶在誓师大会之前晾干。

在洗之前，她先试穿了衬衫和背心，又系上深蓝色的领结。

那种颜色比晴天的青色天空要深，又比极地的深海要浅，确实很称她白皙的肤色。

蝴蝶结的形状还突出了她微尖的下巴和小巧的脸形。

孟韶忍不住换上了配套的短裙，然而拉上拉链之后，裙腰堪堪挂在了她的胯骨上，并且松松垮垮的。

她这才发现，刚才觉得自己下巴尖了并不只是领结衬托的原因，其实更多原因是她瘦了。

难怪那套春秋校服也越穿越空，她还以为是洗松了。

说起来孟韶并没有刻意减肥，只是上高三以来，各个学科都一下子提高了难度，就连她也有些吃不消，时常担心自己的成绩掉下去，晚上经常失眠，饭也跟着吃少了。

礼城外国语学校有不少女生改过校服，都会把这条裙子给改短，但孟韶怕被老师说，从来没动过这种心思。

可现在裙子比她的腰围大出一个尺寸，改得合身些似乎也没有什么值得苛责的地方。

看着镜子，孟韶小心翼翼地将裙子提起来，一直提到露出圆润的膝盖和纤细修长的小腿。

其实她的腿长得很漂亮，只是平时一直穿着宽松的校服长裤，根本看不出来。

孟韶在家的时候迟淑慧教过她针线，改裙子对她来说不算难，熄灯之前，那条裙子已经变成了新的长度，也像一份新的心情，期待混杂着忐忑以及若隐若现的赧然。

真的到了誓师大会那天，孟韶却发现自己的担心是多余的，那么多人穿着一模一样的衣服，她被淹没在人海里，没有人注意到她改了裙子的尺寸。

在高照的艳阳下站过半个上午，等前面的领导讲完话，誓师大会进入最重要的宣誓环节。

关于领誓的人选，原本所有人都觉得是程泊辞，但余天被 P 大拟录取之后，年级里也有人猜测校领导会定余天，乔歌还问过余天有没有接到通知。

虽然不讨厌余天，但孟韶私心里还是希望由程泊辞来领誓。

那样最后的一百天她才会过得更有动力。

校长浑厚的声音从喇叭中传出："下面有请学生代表——"

孟韶的心脏微微提了起来，她暗自祈祷是她想见的那个人。

"高三（1）班的程泊辞，上台领誓。"

在"誓"字的余音里，没有人知道，孟韶的心脏又落回原处。

也许是因为礼城外国语学校理科生的人数远远多于文科生人数，高考成绩也更好，所以选择学生代表的时候，校方更加倾向于从理科生里面挑选；也许是因为程泊辞这三年的优秀毋庸置疑，所以校方不会因为别人被 P 大录取而改变想法，总之，孟韶的小小愿望得以实现。

她远远地看着程泊辞走出 1 班的队伍，她的胸口盈满欣喜，仿佛有一个颜色鲜亮的氢气球在那里升起，正要飘向遥远的地方——海岸、雪山、三万米的高空、地外宇宙……

程泊辞穿着那套只有他穿得出清冷气息的校服正装，手里捧着装有誓词的文件夹，登上升旗台的时候，长裤勾勒出又直又长的腿部线条。

他站在升旗台的正中央，把麦克风往上调到跟自己身高相匹配的高度，从从容容地说道："大家好，我是程泊辞。"

孟韶耳朵里只剩下他干净清亮的嗓音。

礼城外国语学校的高考誓词年年不变，同样的内容，之前两年，孟韶坐在教室里，听过窗外学长学姐们宣誓时的回声，但此时此刻，那些慷慨激昂的话语被程泊辞念出来，让她觉得格外生动。

他每说一句都会停顿几秒，等待台下的人重复。

孟韶跟他一起念着"不负父母嘱托""不负师恩众望"的字句，心里想的却是：程泊辞，我喜欢你三年了。

阳光强烈，台上的少年仿佛也在熠熠闪光。

孟韶跟所有普普通通的高三学生一样，站在台下的队伍里，仰望着遥远的他。

宣誓词念到最后一句时，他对着麦克风念出了自己的名字：

"宣誓人，程泊辞。"

孟韶习惯性地重复了一遍，说到他的名字时，周围的声音变得不再整齐，她愣了一下，才发现自己读错了。

然而，在这短短的几秒钟里，周围安静下来，她动了动嘴唇，这个环节已经过去，她没有机会重说了。

但这也是唯一一次，她能够这样不加掩饰地在公众场合说出那三个字。

程泊辞合上手中的文件夹，走下了升旗台。

他低着头随手整理了一下领口，手背上的骨节微微凸出，然后他从西装外套的口袋里拿出口罩戴上。

誓师大会结束之后，各个班级按顺序排队通过成人礼拱门。

高三年级一共有 16 个班，14 班排在倒数的位置，站在队伍里候场的时候，孟韶就看到了程泊辞。

为了上台领誓方便，他们班排队形的时候，让他站在了最前面。

天气热了，该走的流程也已经走完，程泊辞把正装校服的外套脱下来挂在臂弯里，上身只穿着一件白衬衫，露出平直的肩线，衬衫下摆被整整齐齐地塞进长裤里，束出少年人清瘦的腰。

灿烂的天光越过他身旁的一棵梧桐树，将枝叶扶疏的影子映在他的衬衫上，像淡淡的墨色在白色的生宣上轻缓地洇开。

即便只是面色平静地站在那里，他也好看得可以直接拍下来作为礼城外国语学校的招生宣传照。

乔歌站在孟韶后面，怕被班主任听见，贴着她的耳朵小声感叹："程泊辞好帅啊！我怎么觉得他比高一、高二的时候又帅了好多？"

孟韶还没来得及说话，乔歌忽然趴在她的肩上往下扫了一眼："等等，小孟同学，你这个裙子是不是改短了？"

"那天洗的时候发现有点儿大，我怕它往下掉。"孟韶说。

乔歌捏了捏她的脸："不大也可以改嘛，改了多漂亮。"

然后乔歌又说："你的腿好细啊，一直跟我一起学跳舞的那几个女生的腿都没这么细。"

两个人正说着话，13班已经走完了拱门，14班的班主任在前面让体育委员带队入场。

孟韶一下子变得非常紧张。

她把被风吹乱的碎发别到耳后，又摆正了领结，头发昨晚刚洗过，散发出淡淡的洗发水的香气。

路过1班的时候，她甚至有那么一瞬间觉得自己不会走路了，手脚僵硬起来，每一个关节都不属于她。

不知道程泊辞会不会注意到她。

尽管那么想知道，她却目视前方，不曾转头看过一眼。

她不敢看。

她再怎么手足无措，在他面前的那段路也只有几步而已。

她尚未反应过来，就已经走过去了。

她如蒙大赦，又怅然若失。

孟韶还有好几个月才过18岁生日，走过拱门之后，她没有任何自己已经成人的实感，记住的只有经过程泊辞面前时，那样清晰的悸动和慌张。

等16个班都完成成人礼之后，校长宣布仪式结束，各班可以就地解散自由活动。

乔歌带了拍立得过来，她找人帮自己和孟韶拍了合影，又拉着孟韶去找许迎雨。

她在年级里认识的人多又受欢迎，不少人都来找她合影，许迎雨便跟孟韶站在旁边一边聊天儿一边看热闹。

过了一会儿，姜允过来叫乔歌，说原本附中的同班同学想拍张合照纪念一下，让她过去。

乔歌让孟韶和许迎雨也过去等她——怕操场上人太多，结束之后找不到她们，不能一起去食堂吃饭。

闲着也是闲着，许迎雨便挽着孟韶在他们拍照的地方附近找了片树荫乘凉。

"他们班当时在附中可牛了，成绩又好，风云人物又多，程泊辞、蒋星琼，还有余天跟乔歌，都在那个班。"许迎雨说。

果然，那边拍照的聚起了 20 个人。一个班里有 20 个人考上礼城外国语学校，跟孟韶所在的小县城好几届中考状元才能出一个礼城外国语学校苗子形成了鲜明的对比。

程泊辞似乎无论走到哪里都是无可争议的焦点，拍照的时候，所有人都自觉地把他让到中心位置。

他们站好之后，余天拿着相机取景调参数，拍完几张，姜允喊他过去，说换自己来拍。

余天却往四周张望一圈，看到孟韶之后，叫了她一声，问她能不能帮忙拍照。

孟韶抿了抿唇，飞快地一瞥人群中的程泊辞，发现他的目光也朝向自己这边之后，耳朵变得有些发烫。

她家里只有一部孟立强买的老旧卡片机，余天手里那种微型单反，她只在电视广告上见过，机身上那么多按键，她不知道怎么用。

孟韶走过去，小声告诉余天："我不会。"

余天温和地笑笑，说没关系，他都已经调好了，她只要按快门就可以。

他将相机递给孟韶，手指隔空点了一下快门的位置，跟她说轻按对焦，重按拍照，他还设置了连拍模式，一直按着不松手就会多拍几张。

孟韶说"好"，半举胳膊找到了一个合适的角度。

有了相机在面前做遮挡，她隔着镜头，光明正大地望向取景框正中的程泊辞。

他也在看她。

孟韶的手颤了一下。

随后她才反应过来，现在她是摄影师，他只是在看镜头。

姜允笑嘻嘻地说："要拍了记得喊个三二一啊。"

孟韶定了定神，按姜允说的，开始倒计时。

取景框里可以看到很多东西：乔歌忙着整理早上在家用卷发棒烫过的刘海儿；余天怕挡到后面的同学，还在调整自己的站位；而蒋星琼在程泊辞旁边，不着痕迹地将视线投向他。

孟韶又多等了一秒才按下快门。她相信蒋星琼那么骄傲，肯定不希望到时候人手一张的照片里留下会被泄露秘密的这一帧。

她拍了十几张，将相机还给余天，余天开始一张张地翻看。

那边附中的人散了，孟韶看到蒋星琼拿出手机，叫住了几个同学，问他们能不能单独跟自己拍照。

她一个个跟同学拍过去，最后是姜允和程泊辞。

姜允答应得很爽快。轮到程泊辞的时候，孟韶看到他神色淡漠地说了句话，蒋星琼听见之后，表情僵了僵，但很快又笑了一下，把手机放回了外套的口袋里。

这时候余天看完了照片，问孟韶能不能跟自己拍一张。

乔歌听到了，兴致勃勃地说："我给你们用拍立得拍好不好？我想把我带的这些相纸用完。"

孟韶其实不太习惯单独跟男生拍照，再加上余天看着她的眼神让她感受到某种温热流动的东西，她想要拒绝，可又不清楚怎么说才合适。

情急之下，她拉住了走过来的许迎雨，说："我们一起拍吧。"

许迎雨在状况外，莫名其妙地被孟韶拽过去，不好意思说自己跟余天不太熟拍什么照，只能站到两个人中间。

余天倒好像看出了孟韶的尴尬。他轻咳一下，看到程泊辞正从不远处经过，便顺口道："辞哥，你过来拍照吗？"

程泊辞抬眼看着孟韶，孟韶的气息顿时变得不那么平稳，她仓促地垂下眼帘，自己也不知道自己在躲什么。

片刻之后，她听到程泊辞"嗯"了一声。

等闻到熟悉的冷冽的气息时，他已经停在了她的身侧。

乔歌举起拍立得相机对准了四个人，孟韶还没有调整好表情，她就"哎呀"一声："我误触快门了，这张应该没把你们拍全。"

一张相纸从相机里吐出来，乔歌觉得是废片，直接揣进外套的口袋里，拍了张新的。

拍完照之后，姜允把程泊辞叫走了，说是1班要拍大合照，班长不能不在。

中午孟韶、乔歌和许迎雨一起去食堂吃饭，排队的时候乔歌从兜里往外拿校卡，不小心把那张拍废的拍立得相纸也带了出来。

孟韶细心，马上看到了，俯身去捡。

将相纸拿在手里后，她霎时间怔住了。

照片已经显像，的确没把他们四个拍全，相纸上正好只留下了她和程泊辞。

画面颜色偏暗，两个人身后茂盛的梧桐变成了深绿，天空变成了灰蓝，五官也没有那么清晰，假如许多年后再从记忆里回望这一天，大概就会是这种色调。

孟韶直起身来。乔歌也看清了照片的内容，意外地道："怎么回事？竟然没糊？"

许迎雨也凑过来看："而且人在照片的正中间，构图也不错。"

孟韶看着照片上的程泊辞和自己，轻声问乔歌："这张可不可以给我？"

乔歌理所当然地点头："你拿着呗，还挺有纪念意义的，等你以后有男朋友，他惹你生气了，你就拿给他看，说这个是你们高中'校草'，跟你关系可好了，看他吃不吃醋。"

许迎雨也跟着凑热闹："那孟韶可得留好了啊，不然等以后程泊辞有名了，你吹牛没证据，男朋友该不信了。"

知道都是善意的玩笑，孟韶心底却泛起了淡淡的酸涩，她这份心思或许真的只能随着时间的流逝沉入岁月的深海里，无人知晓，有口难言。

谁让这样平凡的她喜欢上那么光彩夺目的程泊辞？

孟韶喜欢这张拍立得照片，却不能把它摆在任何显眼的地方。

教室的桌子上、宿舍的书架上，都不可以，都会被看到，被看到她一览无余的内心。

连乔歌那样漂亮张扬的女生向程泊辞告白失败都会被议论和嘲笑，倘若是她的暗恋被传出去，她都能想象出别人会如何评价她不配，而她自己又会怎样无地自容。

于是孟韶偷偷地把照片夹在了高一时英语老师送她的那本 *The Great Gatsby* 里。

在那一页上有一句很出名的话："There are only the pursued, the pursuing, the busy and the tired."

世界上只有追求者和被追求者，忙碌者和疲惫者。

孟韶没有足够的勇气成为追求者，而程泊辞又是万众瞩目、高高在上的被追求目标。

她把书放在了枕头底下，每次深夜趴在床上打着手电筒做题，困到要睡过去的时候，把书拿出来看看照片上的那个男孩子，就又可以撑下去。

那一年的高考是在 6 月第二周的周三和周四。考试之前，礼城外国语学校给高三生放了一个完整的周末，让他们把座位和书柜都收拾干净，等下周回来，剩下的最后两天就要去不作为考场的实验楼自习了。

周末之前的那个晚自习，大家都在闹哄哄地收拾东西，最后一次坐在这间教室里，类似告别的伤感与大考在即的焦虑交织弥漫。不是该放纵情绪的时候，大家却又特别恍惚，三年仿若一闪而过，让每个人都措手不及。

孟韶买了周六中午回家的车票。她是寄宿生，要搬的东西更多，这回多带走一些，等高考完再回来的时候，就可以减轻很多负担。

她知道迟淑慧和孟立强不会像其他家长那样送她到考场门口，再守在外面等着接她，从今以后，每一步路都要她自己走了。

孟韶带着装的满满当当的行李箱又回到了县城，到家的时候已经是下午了。

因为箱子太沉，又额外多拎了几个袋子，孟韶累得筋疲力尽，原本不想吃饭，只想直接躺下休息，但因为迟淑慧特地准备了比较丰盛的晚餐，她只好勉强在餐桌旁边坐下，每样菜都捡了一点儿，说"谢谢妈妈"。

迟淑慧让孟韶考试的时候别紧张，身份证、准考证都记得带，要是哪个知识点忘了就慢慢想，涂卡的时候看仔细，别涂串行了。

都是老师强调过一千遍的注意事项，孟韶听她絮絮叨叨听得头昏，又不能嫌烦，就只耐着性子点头，一句句说"好"。

迟淑慧说完之后叹了口气，望向捧着碗一声不吭扒拉饭的孟希："希希，你说你那个成绩，等明年参加高考的时候能考上本科吗？"

孟希把碗往桌上重重一放，不耐烦地道："考不上我去中职。"

迟淑慧急了："你说什么呢？我跟你爸爸花了那么多钱让你去上补习班，你最后念了个技校，我们在邻居面前脸往哪儿搁？我可是都跟人家说你能上重点大学的。"

孟希不买账："谁让你说的？是我让你说的吗？自己吹牛还让别人兜着，有你这样的吗？"

眼见迟淑慧被孟希顶嘴气着了，怕两个人吵架，孟立强赶紧出来和稀泥："韶韶马上高考了，别影响她的心情。"

孟希没好气地道："我可没想影响我姐。"

然后他边吃边问孟韶："姐，你想好学什么专业没？"

孟韶想了想回答："与传播学相关的吧，我想当记者。"

还有半句话她没说：因为当记者可以到处跑。她活了 17 年，最不喜欢的就是被困在某处画地为牢。

没想到听到这话，孟立强和迟淑慧都露出了错愕的表情。

迟淑慧快人快语，连珠炮一样率先质问她："当记者？工资那么低，又辛苦，住咱家楼下那个宋叔，他儿子就在什么《礼城日报》当记者，天天出去跑采访，风吹日晒的，一个月还拿不了几千块钱。"

孟立强也附和道："是啊，韶韶，你一个小姑娘，找个安稳点儿的工作多好，就算你不想在省内，咱们出去念个重点师范，读免费师范生，不用交学费，毕业还能直接回来就业，待在我跟你妈妈身边，我们看着也放心。"

他们没注意到孟韶默默放下了筷子，听他们说话的时候微微垂着眼眸看向落在粥碗里的灯光，仿佛在极力遮掩某种快要决堤的情绪。

迟淑慧和孟立强讲到说无可说才住嘴，而孟韶几口喝完碗里的粥，没有接他们的话茬儿，而是起身去厨房里洗碗："我吃饱了，想回去休息了。"

她本来买的是周日下午的返程票，回到房间以后就改签成了第二天清早的票。

孟韶在天色还不太亮的时候就起床了。没什么要带走的东西，行李箱不用收拾，空空地拎回去就好。她自己去冰箱里拿了昨晚的剩菜，拨了一些到盘子里放进微波炉里加热，一个人坐在桌边安安静静地吃早餐。

迟淑慧有赶早市的习惯——这个时候买的菜新鲜又便宜，她换好衣服要出门的时候，被熹微晨光里的孟韶吓了一跳。

知道家里两个男人都在睡觉，迟淑慧压低了声音问："韶韶，你怎么起得这么早？不是下午才回去吗？"

"我改签了。"孟韶平静地说。

"改签？"迟淑慧愣了一下，问道，"怎么不在家多待一会儿？"

孟韶说想回去复习。

"在家不能复习吗？我看你带了几本书回来。"迟淑慧问。

孟韶不作声，慢慢把饭吃完，回身去了厨房，拧开水龙头，用细细的一股水流洗碗，洗洁精飘出淡淡的柠檬的味道。

拎着箱子出门的时候，孟韶听到迟淑慧在身后叫了自己一声"韶韶"。

迟淑慧又问："韶韶，你是不是在家里受委屈了？"

孟韶抓在行李箱拉杆上的手指一瞬间收紧，眼眶不由自主地一酸。

怎么这么多年，迟淑慧都没想起问一句呢？

太迟了。

她走到门外，下楼梯之前，回过头说："我不想回来待一辈子。"

迟淑慧怔在了原地。

因为就着门外暗淡的光线，她看到孟韶的眼睛里已经盈满泪水。

几经周折回了学校，下午孟韶坐在宿舍桌前百无聊赖地翻着课本，起先想重新过一遍政治大题，但不知怎么，之前已经背得滚瓜烂熟的段落现在一个字也读不进去。

她脑海中不断重现着在家里的餐桌上，迟淑慧和孟立强理所当然地对她的选择指手画脚的模样。

难道有人来到这个世界，就是为了被别人操控自己的人生吗？

孟韶实在背不进去，索性把书一合，给手机插上耳机线，戴上耳机出了门。

走读生的大部队要周一早上才会回来，孟韶早已习惯了周日下午空荡的校园，随便打开一段听力材料，一边放，一边漫无目的地在校园里游荡。

其实听不进去的，她只是为了安慰自己现在并没有浪费时间。

经过南门附近的时候，孟韶一下子停住脚步，然后将耳机从耳朵里扯了出来，视线落在门外的一辆车上。

后座的车门正被推开，一只好看的手搭在车门顶部，程泊辞的脸从车门后面露出来。

他没穿校服，身上是简单的短袖白T恤和灰色运动长裤，单肩背着黑色的书包，书包带压在一侧的肩膀上，勾勒出男生清秀的线条。

孟韶注意到车不是程泊辞平时坐的那辆，看起来要更名贵些，透过车的前挡风玻璃，她影影绰绰地看到驾驶座上那人的轮廓也并非她见过的程家司机，侧脸倒是跟程泊辞的侧脸有几分像。

程泊辞下车之后被车内的人叫住，对方同他说了句什么，他顿了顿道："不用，我晚上去外公家。"

孟韶觉得程泊辞看起来心情不怎么好。

又过了几秒钟，大概是听到了某句不想听到的话，他冷淡地回道："恐怕阿姨也不想看见我。"

接着他就关上车门，头也不回地走进了礼城外国语学校。

孟韶连忙又把耳机塞上，沿着原路继续往前走。

来到他附近的时候，她才抬起头，好像才看到他似的，跟他打了个招呼："程泊辞。"

程泊辞点了点头，眼底依旧蒙着一层阴霾。

孟韶问他怎么现在就回学校。

程泊辞说："有东西放在广播台没拿。"

也许是偌大空旷的校园助长了孟韶的勇气，她拔下耳机放进裤子的口袋里，跟在了程泊辞旁边。

程泊辞没有阻止她，只是在走出一小段距离之后问道："你每个周末都回来得这么早？"

孟韶摇摇头："跟我妈妈吵架了。"

其实严格来讲不算吵架，因为她只哭着说了那么一句话就走了，而迟淑慧大约是没反应过来，所以也没有下文。

孟韶不想让他知道自己家的污糟事，孟立强跟迟淑慧那些市侩的想法庸俗不堪，离他太远，跟他的身世、理想，还有他喜欢的诗句，都那么格格不入。

程泊辞侧眸头看了她一眼，忽然问："你下午有没有空？"

孟韶一愣，意识到这是来自他的邀请之后，难以置信地说："有。"

"我带你去个地方。"程泊辞说。

孟韶结结巴巴地问："现……现在？"

程泊辞在高考前的最后一个周末约她出去，这听起来像是她做梦时才会发生的事情。

"现在。"程泊辞眼眸漆黑幽深，语气却平静，"不敢吗？"

孟韶毫不犹豫地说了"好"，怕慢一秒程泊辞就改变了主意。

两个人已经到了广播台附近。盛夏的午后，蝉鸣声声，浓绿的树荫在风中摇曳，林梢光影缤纷，像一条绿色的河流正在烈日下流淌。

"等我一下。"程泊辞说。

孟韶看到他从书包里取出广播台的钥匙开门进去，下午的阳光照亮了他一半的侧脸，他低头拉开抽屉取出本书，睫毛在光线中根根分明。

隔着一重透明的玻璃，他是镜中人，梦中身。

程泊辞拿了书出来，跟孟韶一起回到南门外面，孟韶习惯性地要往公交站走，而程泊辞已经随手拦住了一辆经过的出租车。

他拉开车门，却没有进去，而是停在了出租车旁边。

直到司机探头往后看，孟韶才意识到程泊辞是给自己开的门。

她经过他身侧坐进去的时候，耳朵有一点儿热。

程泊辞等她坐好之后，先把书包放到两个人中间，然后才弯腰上车。孟韶把他的书包往自己的方向挪了挪，抬眼的时候，正好撞上了他的视线。

心口漾开一阵酥酥的麻，她急忙将目光向下偏了一个角度，却不小心落了他微微起伏的喉结轮廓上。

孟韶的脸烧了起来。

好在是夏天，高烧一样，所有人都会眩晕的夏天。

司机问他们去什么地方。

"湾塔。"程泊辞说。

即便是在这么炎热的天气里，他的嗓音也跟他身上的气息一样清淡。

湾塔是礼城的一处景点，孟韶听说过，但没有真的去看过。

虽然在礼城外国语学校上了三年高中，但她其实并未去过市区多少地方，迟淑慧给她的生活费不多，她也把大部分课余时间花在了学习上。

出租车的音响里在放一首老歌——张信哲的《有一点动心》。

孟韶的手放在出租车的白色布面椅上，指关节抵着程泊辞的黑色书包，没多久掌心就变得潮湿，不知道是因为热，还是因为紧张。

音响的质量并不好，乐声略微嘈杂，歌词却唱得特别清晰："有那么一点点动心，一点点迟疑。"

虽然是第二次跟程泊辞一起坐在出租车的后座上，但孟韶觉得这一回很不一样。

具体是哪里不一样，她也说不出来，或许是因为上次车里除了司机还有别人，而现在除了司机只有她跟程泊辞。

这辆出租车的车型小，程泊辞又是那种个子高的男生，坐在旁边，肩膀和腿都离孟韶很近，让她觉得两个人之间不剩多少距离。

她总觉得靠近他那一侧的皮肤温度正在升高。

孟韶察觉到有整颗汗滴正顺着耳后和脖颈向下滑落。

她不想让他看到自己被汗水打湿碎发和衣领的狼狈模样，手忙脚乱地从裤兜里找到面巾纸，正要拿出来，却意识到跟当初他给她的那一包是同一个牌子，是她后来特地买的。

孟韶又慌张地用手挡住，只是从中抽了一张，尽量用小幅度的动作去擦汗。

去湾塔的路程稍远，司机又开了一会儿，程泊辞礼貌地开口道："师傅，能不能麻烦您开一下空调？"

司机干脆地说了声"行"，随手打开了空调的开关。

带着噪声的气流从出风口涌出来，刚开始还是热的，几分钟之后，凉意就散到了车厢的各个角落。

到达目的地之后，太阳已经隐隐开始西斜，程泊辞用手机扫了车上的二维码，孟韶拿出钱包，还没出声，程泊辞就说："不用给我。"

停了一下，他又说："我没有让女生付钱的习惯。"

打开车门，夏天的风再次扑面而来。

孟韶在程泊辞后面下车，他替她关上车门。

礼城不是旅游城市，湾塔的占地面积不大，只有一片淡蓝色的水和一座细长的白塔，附近人影寥落。孟韶跟程泊辞走在河边，听到他说："我还以为你不会答应。"

她怎么会不答应？

孟韶低着头看自己和程泊辞并排的鞋尖，清楚他会这样说，是因为不知道她喜欢他，不知道她有多么、多么喜欢他。

她该高兴吗？因为自己的暗恋藏得这么隐秘，隐秘到他作为主角，连一丝一毫都不曾察觉。

孟韶笑了笑，顺着他的逻辑继续说："还有两天就高考了，这个时候出来，确实挺……"

她没找到合适的词汇，程泊辞问她："怎么？"

孟韶想了一下："挺疯狂的。"

她一直活得循规蹈矩，这对她来说，已经可以划入脱轨的范畴。

要是被迟淑慧得知她今天一大早坐车回了学校，说是复习，结果下午就跟男生出去玩，不晓得那张脸上会露出怎样震惊的表情。

她以前从不是会让父母露出那种表情的女儿。

说完之后孟韶是忐忑的，怕程泊辞问她，既然觉得疯狂，那为什么还要答应跟他出来。

但程泊辞没有，只是若有所思地看了她一眼。

孟韶在庆幸的同时又有些失落，看着地上两个人的影子，在心里默默地说：程泊辞，你知道吗？多疯狂的事情只要你开口，我都愿意去。

　　只要他开口。

　　程泊辞带孟韶去了白塔塔底的售票处，给两个人买了登塔的票。票价很便宜，只要十块钱，不会让孟韶心里产生多少负担。

　　白塔的塔身偏细，登塔楼梯也窄，一次只能过一个人。

　　程泊辞让孟韶走在前面，自己用手搭着靠外侧的栏杆，在后头用胳膊护着她。

　　塔里的空气清凉，细小的灰尘在斜照进来的光柱中飞舞，孟韶听见程泊辞在身后的呼吸声。

　　两个人就这样一前一后走上了塔顶。

　　塔下的风景一览无余。

　　河水缓慢地流过，市中心的建筑变得迢遥模糊，天空的颜色因为偏西的日光与淡薄的云层逐渐暧昧不清起来。

　　程泊辞从孟韶身后走出来，站到她旁边告诉她："从这里可以看到整个礼城。"

　　他拿出手机一瞥时间："快要日落了。"

　　孟韶从来没有从这个角度看过礼城市区，从来上学开始，她一直觉得是礼城在俯视自己，没想过有一天，她也可以站上来，站到这么高的地方看一场日落。

　　夕阳温柔地燃烧着城市的天际，晚风缱绻而动人，在这个平平常常的傍晚，孟韶突然觉得那些有关高考与未来的焦虑，瞬间都成了被抛在另一个世界的事情。

　　此时此刻，她就只是一个无忧无虑的女孩子，正跟自己暗恋的男生在看一场十块钱就可以买到的盛大的日落。

孟韶悄悄侧过脸。

程泊辞正望着远方出神，没有注意到她。

他的眼睛里是这座城市的尽头，也是孟韶永远不会忘记的 17 岁这年，高三的夏天。

如果夏日可以漫长无尽，如果 17 岁可以永不终结。

忽然他侧过过脸。

孟韶猝不及防，这次没来得及逃避，直接被笼罩进他黑色宇宙一样的瞳孔里，心同落日熔金一起沉沦。

空气温热。

程泊辞先打破了宁静："在想什么？"

清亮的声音拉回了孟韶的理智。

她定了定神："想到一个地理知识点，6 月 22 日前后是北半球的夏至日，那一天北半球昼最长、夜最短。"

程泊辞忽然笑了："你们文科生都这样？"

这是孟韶第一次看他笑，印象中他的神态一直都是淡淡的，没有什么多余的情绪。

虽然他就算笑，笑容也只是非常浅的那一种，笑意在眼底一闪而逝，就像现在塔下河湾水面上转瞬即逝的光影，但孟韶还是看得有些呆了。

过了片刻，她才找到自己的声音，自我解嘲一样说："对啊，我们文科生这几天恨不能做梦的时候都在背文综。"

"能背下那么多本书，你们很厉害。"程泊辞说。

孟韶苦笑了一下："不然呢？指望从天而降一份高考题告诉我考什么，指哪儿打哪儿？"

说到这里，她想起一件有意思的事情："我们班有个同学前几天晚自习睡觉被我们班主任抓到了，结果他说，他刚才正梦见高考呢，才看到卷子就被弄醒了，你猜我们班主任说什么？"

程泊辞等着她往下说。

"她说要不我给你抱床被子来，你也别看高考题了，直接把答案给大家梦来吧。"

说着说着，孟韶就笑了，而程泊辞看着她，也轻轻提起了唇角。

孟韶不禁有些恍惚，没想到自己还能有像朋友一样跟程泊辞开玩笑和聊天儿的时候。这是高一下学期那次月考家长会在校门口偶遇他时，她想都不敢想的情景。

现在她做到了，却也要毕业了。

这或许就是她跟程泊辞的故事里最绚烂的一个章节。

那天下塔之后，程泊辞打车先把孟韶送回了学校。在校门口，他喊住她，说"高考加油"，又说"祝你考上想去的学校"。

天空蒙着微淡的夜色，程泊辞坐在昏暗的车厢里，五官的轮廓被晕染得很柔和。

孟韶望着他好看的眉眼，跟他说"谢谢"，那辆载着他的出租车远去之后，她心里有种放过一场烟花，剩下满地残屑的怅惘——

程泊辞，你不要忘记我，好不好？

第七章

恋恋风尘

高考之前的最后两天过得特别快，上了一天半自习之后，剩下半天礼城外国语学校给高三生放了假去看考场。

这半天假主要是放给文科生的，理科生因为人多，可以独占整个考点，所以留在本校考试。

孟韶和乔歌都被分在市三中考试，乔歌让孟韶搭自己家的车一起去看考场。

乔歌的妈妈已经认识孟韶了，知道她家不在市区，还关心她考试那两天住在哪里，听她说订了附近的酒店之后，跟她说要是有什么需要准备的就联系自己，千万别不好意思。

"你也太啰唆了。妈，我跟你说，孟韶就是什么都不准备也比我考得好。"乔歌说。

乔歌妈妈笑了："你还挺明白自己几斤几两。"

"你怎么这样啊？明天高考了你还打击我，我要是考砸了，你可得养我一辈子。"乔歌气呼呼地说。

孟韶在一边看着,心里很羡慕。

她从小没什么机会同迟淑慧撒娇,孟希只比她小一岁,她在家里时时处处都被教育要让着弟弟,好像从懂事起就已经在扮演一个姐姐的角色,不清楚任性天真到底是种什么感觉。

看考场最多只能走到教室门口,不可以进去,孟韶站在这所陌生的学校的走廊里,听到乔歌跟她说:"你觉不觉得这有点儿像咱们学校的实验室?"

三中的位置比较偏,远离市中心,教室很宽敞,布局上的确跟礼城外国语学校的实验室有些相似。

"是挺像的。"孟韶说。

乔歌把手搭在她的肩上:"挺好的,这样你不紧张。"

孟韶的思绪略微飘远了。她是从高一下学期的期末考试才开始作为好学生去实验楼考试的,她还记得那之前自己背着书包站在教室外面,只能目送程泊辞走出去。

后来她也会在去实验楼考试的时候碰到程泊辞,也学会像其他优等生一样,对在那里考试表现得处变不惊,仿佛她向来都那样优秀,不曾姿态难看地挣扎过、拼命过。

她只是希望程泊辞觉得她向来都那样优秀。

虽然他可能从未在意过,也没有分神揣测过。

那一年礼城所在的省份第一次启用全国一卷,语文作文题目不是平时练过无数次的任务驱动型而是一封信,数学出奇地简单,孟韶头一回做完数学题之后还有时间从头到尾检查一遍。

第一天下午考完数学走出考场的时候,阳光照在脸上,孟韶心底泛起一些不切实际的幻想。

她是会做的题从不失分的那种人，自己都能确定这份数学卷子的成绩接近满分。

孟韶比较过余天和自己的成绩，对方作为文科班的年级第一，跟她之间的分差主要在数学上，有时候甚至她的英语、语文或文综中的某一科的成绩还会高过对方的。

这次数学卷出得这么简单，那她是不是有可能拿到一个比平常好很多的名次？是不是也有可能……考上 P 大？

有程泊辞在的 P 大。

孟韶极力按捺下这些纷繁涌动的想法，告诉自己先别想得太多，一切都还未知，把剩下的英语和文综好好考完才是最重要的事情。

第二天的英语和文综跟平常在学校里练的难度差不多，孟韶放下笔交上卷子的那一刻，除了卸下重担的感觉，还有一缕细烟似的惘然悄悄缠绕上来。

她的高中三年，就这样仓促地走到了结尾。

礼城外国语学校没有急着让高三年级的寄宿生退宿，所以孟韶就一直在宿舍里住着，这样也方便参加学校和班里在高考之后举办的活动。

这些活动中，最早办的是谢师宴。明明才高考完没几天，孟韶就发现班里的女生已经变得很不一样了，大家如同一夜之间学会了化妆，口红、粉底涂得妥妥帖帖，还有许多人去染、烫了头发，比高三复习得灰头土脸的时候漂亮了很多，只有她还保持着原来"清汤寡水"的样子。

谢师宴这天，一个男生甚至直接向餐厅要了话筒，跟他喜欢的女孩子告白。

全班都为他鼓起了掌，还伴随着起哄的声音。

乔歌在震耳欲聋的掌声里靠近孟韶，大声告诉她："别班的谢师宴上也有好多表白的，那些平时看着有苗头的大都在一起了。"

孟韶问道："怎么都挑这时候？"

乔歌笑盈盈地说："因为再不表白就晚了。"

再不表白就晚了。

孟韶的心微微一震。

她明白乔歌的意思，现在高考成绩还没出，大部分人不能确定自己考得怎么样，以后会去哪座城市，未来变数太多，而喜欢和年少，都是近在眼前的事情。

推杯换盏间，乔歌看着孟韶，半开玩笑般道："你要是喜欢谁，可得抓紧时间了。"

一周之后，礼城外国语学校通知毕业年级回校拍毕业照，规定的集合时间是上午9点，而孟韶在8点的时候就从宿舍去了教学楼。

高三年级的两层楼空无一人，只有她一个人登上去理科班的楼梯，脚步声微弱而清晰。

这是她最后一次走这条路了。

她每走一步，都有回忆从心底浮现出来。

一步是借了程泊辞的英语资料去还给他，一步是他在模拟联合国活动的时候为她解围，一步是他在广播里放了她哼唱过的那首歌，一步是他在她手上一笔一笔地写下《普鲁弗洛克的情歌》。

原来两个人在不知不觉间产生过那么多次的交集。

孟韶来到高三（1）班门口，门没有锁，她记得程泊辞坐在哪里。

找到他的座位，孟韶小心翼翼地坐过去，伸手摸了摸桌子光滑的边缘，想象着他坐在这里听课、看书和写作业的样子。

累了的时候他会不会也趴在桌面上休息？胳膊是垫在脸颊下面，还是搭在后颈上，盖住那颗不明显的小痣呢？

就算到了现在，到了毕业的时候，孟韶也还是会艳羡 1 班的同学——能够跟他在同一个班级，每天都看到他，每天都听得见他说话，知道他今天校服外套里面穿了什么衣服，心情好还是不好，课都认真听了，还是也开过小差。

孟韶从兜里拿出一张叠得平平整整的字条，放在了他空无一物的书桌桌斗里面。

"你晚上有空吗？六点半我在白塔等你。"

字条是从谢师宴那晚开始写的，从餐厅回去之后，乔歌说的那句"再不表白就晚了"一直萦绕在她耳边，似乎在催促她勇敢一次，为自己三年的暗恋做出一些行动。

住在同一个宿舍的室友都回家了，只有她还留在这里，在窗边，在灯下，勾勒心事的笔尖落了又停，像重回高一那年的暮春初夏，一遍遍修改要跟程泊辞同台的模拟联合国活动发言稿。

约在白塔而没有落款，是因为他知道那是她，而她不想被别人看到。

关于她的喜欢，她只想说给他一个人听。

孟韶将字条推进程泊辞桌斗的深处，起身离开了 1 班。

整个上午她都过得心不在焉，拍毕业照的地点在操场，她站到拍照用的钢架阶梯上，感觉到脚下在轻微地摇晃。

她的心也跟着摇摇晃晃，甚至对着镜头露出笑容的时候，她还在想不知道程泊辞是不是已经看到了她的字条。

拍完照大家就解散了，孟韶走下阶梯的时候险些摔跤，下面的余天下意识地伸手要扶她，她躲了一下，自己站稳之后，对他说了声"谢谢"。

余天好脾气地收回手。两个人并肩走了一段路之后，他问："考得怎么样？"

孟韶不是那种不管考得怎么样都会说"考砸了"的好学生，因此她认真地说："其他的跟平时差不多，数学考得挺好的。"

余天笑了："我也听说数学卷子出得特别简单。我要是没保送，估计就考不上 P 大了，数学跟别人拉不开分差。"

孟韶听他提到 P 大，眸光闪了闪。

有班里的男生经过他们时吹了声口哨，余天笑着骂了对方一句，男生则挤眉弄眼地跑了。

余天转过头，对孟韶说："报志愿的时候考虑一下 P 大吧。"

孟韶笑笑说："那也得我考得上。"

余天看着孟韶，还想说什么，她的脚步却一下子顿住了。

不等他开口，她不着痕迹地指了指另一个方向："我们走这边吧。"

余天说"好"，跟上孟韶的时候，侧过脸看向她有意避开的那个地方——1 班几个男生带着篮球走了过来。

程泊辞被簇拥在最中间，神色淡淡，旁边的姜允运着球跟他开了句什么玩笑，像是"以后想找你打球就难了"，立刻有人接话道："姜允，你不是过了 M 大的保送吗？反正辞哥肯定上 P 大，你们俩就隔了个区，坐地铁就行。"

姜允嬉皮笑脸地回道："那要是辞哥找了女朋友我叫不出来呢？"

"我这几年不找。"程泊辞说。

孟韶的肩膀一震，她连余天叫她都没有听见。

直到对方又喊了她一声，她才回过神来。

可耳畔还是程泊辞那句话的回声，在她的鼓膜上引起接二连三的余震。

余天也听到了那句话，意有所指地问孟韶："你呢？你上大学之后想找男朋友吗？"

孟韶怔了半晌，才勉强地说道："到时候再说吧。"

余天欲言又止地看了她一眼，过了几秒，不着痕迹地转移了话题。

孟韶没空分神去想余天为什么要问她这个问题，她全部的心思已经被程泊辞那句话占据了。

他说他不想谈恋爱。

她不记得自己是怎么同余天告别，被乔歌拉去跟老师合影，又是怎么一个人心神不宁地回到宿舍，站在窗前望着远处的操场发愣的。

程泊辞会怎么处理那张字条呢？或许他已经丢掉了吧。

她自作聪明地约在白塔，期待他看出来写字条的人是自己，却没想过无论谁写给他，他其实都会一视同仁地拒绝。

原本天气预报说这天整日皆晴，下午却突然下起了倾盆大雨。

雨水细密淋漓，将景物涂抹成一片发暗的颜色，水滴留在玻璃上，滑落出漫长的痕迹。

悔意也正如盛夏的水汽，从孟韶的五脏六腑中丝丝缕缕地滋长升腾，越来越剧烈地翻卷涌动，她开始懊恼，懊恼自己的冲动、欠考虑、不计后果、一厢情愿。

时间静静地流逝，离孟韶约定的 6 点 30 分越来越近。

出门和放弃两种念头在她的心里激烈地缠斗，椅背上还挂着她原本准备穿的深蓝色连衣裙，是她前些天跟许迎雨去逛商场的时候买的，不知名的牌子，价格便宜，可是很称她的身形和肤色。

窗外暴雨如注，没有任何停歇的迹象，孟韶怔怔地伸手摸了一下新买的裙子，忽然意识到自己的纠结有多么缺乏意义。

无论她去还是不去，程泊辞大概率都不会去的，别说还下了这么大的雨。

况且就算他去了，她要面对的，也是他毫不留情的回绝。

谢师宴那晚鼓起的勇气一下子泄了，从早晨开始跌跌撞撞起伏不平的心情呈现出鲜明的下降趋势，她不敢了，害怕了，怕程泊辞用冷冷的语气和表情说他不喜欢且从未想过要喜欢她，也怕看到两个人并肩眺望过夕阳的塔顶空荡荡的，他根本没有赴约的意思。

孟韶望着连绵无尽的雨幕，把那条蓝裙子又收回了衣柜里。

时针、分针交错重合，6 点 30 分迫近、来临又过去，雨滴敲在窗台上，发出接连不断的"沙沙"声，也像下在她的心脏表层，砸出深深浅浅的坑。

天色渐暗，遥远的云层间传来隐约的轻雷声，而后雷声越响，滚滚而至，雨势越发大了，一切声音都被风声、雨声淹没了。

暴雨彻夜未停，孟韶睡得不太安稳，中间被雷鸣惊醒过几次，又迷迷糊糊地睡着了。

第二天是礼城外国语学校的毕业典礼。孟韶起床时已经雨过天晴，她推开窗透气，阳光晴朗到看不出昨夜下过怎样的暴雨，地上的水痕也正缓慢地蒸发消失。

洗漱完走回桌前，她看到了自己留在书架上的那本原版《二十首情诗和一首绝望的歌》。

她本来准备昨天送给程泊辞的。

孟韶犹豫了一下，伸手将书拿了下来。

她小心翼翼地撕开封套，指尖抚过书页边缘，安静地出了一会儿神。

她还是想把书送给他，因为明白这本书对他的意义。

就算没有机会参与他往后的人生，她也希望他知道，她会一直对他的坚持深信不疑。

只是经过昨天的事情，她不敢亲自去送了，只是想着今天应该有机会托人帮忙转交。

孟韶按着书，从笔袋中抽了支蓝色水笔，在扉页上写下自己的名字，然后又做贼心虚般翻开诗集，花了一点儿时间，找到了其中某一页。

她用蓝色水笔标记出那页上她最熟悉的一个句子："I go so far as to think that you own the universe."

诗是情诗，这句最含蓄，是她喜欢上他的起点，也是最终最隐晦的告白。

孟韶把诗集放进了书包里，那里面还有她送给乔歌和许迎雨的毕业礼物。

典礼在学校礼堂里举办，各班集合之后由班主任带队过去。

乔歌有独舞的节目，提前去了礼堂准备。孟韶一个人走在队伍里，路上碰到了许迎雨他们班，许迎雨看她落单，偷偷地跑了过来。

毕竟已经毕业了，不是以前纪律森严的时候，两个班的老师都没有多管，就让许迎雨混进了 14 班的队伍里。

"你估分了吗？考得怎么样？"许迎雨拉住孟韶的手，"再过几天就出成绩了，我好紧张。"

"大概看了一下网上的答案，语文和英语的作文分数估不出来，我也不确定具体考得怎么样。"孟韶说。

许迎雨捏了捏她的手："肯定没问题的。"

这时候 1 班的队伍从旁边经过，蒋星琼跟她们打了个招呼。

孟韶回应过对方之后，一眼也不敢往 1 班的队伍里瞟，甚至还往许迎雨的身后躲了一下——怕程泊辞看到她。

等 1 班过去之后，许迎雨继续跟孟韶聊天儿："待会儿我们要不要去后台找乔歌？我给你们都准备了礼物。"

她又道："说不定还能最后再近距离看一回程泊辞呢。"

孟韶一怔："他也在后台？"

许迎雨理所当然地点头："对啊，他是毕业生代表，要致辞的。"

顿了一下，许迎雨又小声说："我听 1 班的人说，程泊辞估分，数学和理综都没怎么扣分，理综得有 290 分，他英语又那么好，可能是咱们省理科高考状元。"

孟韶突然觉得，自己方才的躲闪自以为是到有些可笑的地步。

两个人随着人流走进礼堂里。14 班原本的位置偏后，许迎雨问孟韶要不要去前面自己班里坐，孟韶犹豫片刻，说还是想坐在这里。

许迎雨没注意到她的不自然，就陪她在后排的文科班里坐了下来。

上午 10 点，毕业典礼正式开始。

前面照例是冗长的领导讲话，无非是祝愿各位同学离开礼城外国语学校之后，拥有更美好、更广阔的未来，孟韶听着听着就走了神，许迎雨在旁边随口问她："你说咱们这个毕业典礼赶在出分前开，是不是怕有人考砸了没心情来？"

孟韶正要开口，许迎雨忽然拍了她一下："咱们年级主任说完了，程泊辞要上去了。"

两个人坐的位置略偏，孟韶没能在第一时间看到程泊辞，只是在年级主任走下去之后，听到台下稀稀落落的掌声骤然变得热烈起来。

低垂的暗红色幕布后面露出一双球鞋，然后是将蓝色校服裤穿得修长挺拔的腿，再往上是自然垂在身侧抓着麦克风的手，白皙的皮肤下隐隐透出交错的青筋与骨节。

因为是正式场合，程泊辞没再敞着校服外套，而是把拉链拉到了胸口附近，露出白色 T 恤的翻领。

在强烈的灯光的照耀下，他的头发和眉眼都泛着漆黑似墨的颜色，英俊到让人不敢直视的地步，只是如果仔细地看就会发现，他的唇色比平日浅上一层，神色间透出几分倦怠。

许迎雨"啧"了一声："你别说，毕业典礼穿这套春秋校服还挺有情怀。"

这是最后一次看他穿校服了。

孟韶看着程泊辞在台上站定，一只手撑着桌面，另一只手把话筒放到了嘴唇下方。

他没有立即说话，气流擦过话筒，发出一声尖锐的蜂鸣。

下一秒，孟韶心神一震，因为程泊辞朝她的方向看了过来。

他表情很冷，眼角眉梢之间没有一丝多余的温度，眼睛蒙着一层锐利的薄光，像刚从雪山上开采的乌玉。

虽然心里觉得观众席上坐着这么多人，他不可能找到自己，但孟韶还是条件反射般低下了头。

"各位老师、同学，大家上午好。

"我是今年的毕业生代表，高三（1）班的程泊辞。"

程泊辞的嗓音通过麦克风和音箱的放大，在礼堂上方缓缓地回荡。

他的音色似乎跟平时不太一样，调子更低沉，尾音也多了淡淡的沙哑，像旧磁带。

许迎雨也听出来了："程泊辞是不是嗓子有点儿哑？他感冒了？"

在任何季节感冒都是容易得的病，孟韶没想得太多："可能吧。"

不知道他有没有吃药，讲话的时候嗓子会不会疼？

就算是毕业典礼这样重大的场合，程泊辞也仍旧不需要稿子就可以发挥得非常好，自然流畅得仿佛是平常在说话。

他不徐不疾地说出的每个字落在孟韶的耳朵里，都是她努力想要珍藏的关于他的最后记忆。

直到程泊辞说"谢谢大家，我的致辞到此结束"，孟韶才真正感觉到，她毕业了。

毕业就是再也见不到他，世界广袤如旷野，两个人几乎没有重逢的可能。

她只是飞蛾有幸路过，承了他无意遗落的光。

程泊辞小幅度地向台下鞠了一躬，拿着话筒从演讲台的一侧退场。

台上的主持人已经在报幕后面的文艺演出，孟韶的目光却还紧紧地追逐着程泊辞。

她看到程泊辞走到第一排的时候被校长叫住，对方从保温杯里倒了热水给他，又伸手去贴他的额头，关切地问了句话，而他眼眸低垂，随手将麦克风放下，神态淡然地摇了摇头。

第一个节目就是乔歌的民族舞。许迎雨晃了晃孟韶的胳膊说："走走走，咱们俩去第一排给她拍照。"

孟韶才回过神，许迎雨已经拉着她要从座位上站起来。

程泊辞还站在第一排跟校长说话。

她也不知道哪儿来的力气，忽然拽住了许迎雨。

"我就不去了。"孟韶说。

许迎雨一愣。

孟韶有些慌张地找了个借口："我肚子疼。"

许迎雨想了想说："那我先去给乔歌拍照，等会儿你直接来后台找我们呗。"

孟韶没接话茬儿，只是低头从书包里翻出了给乔歌和许迎雨买的礼物："这是给你们的，你帮我带给乔歌吧。"

她送给许迎雨的是一册漫画单行本，许迎雨看到之后，一下子喊出了声："NANA！你怎么知道我喜欢这个？"

"高一那次我们去书店，看到你在看就记住了。"孟韶说。

许迎雨接过来："可惜矢泽爱好多年前就不更新了，我一直没舍得看完。"

孟韶又把送给乔歌的一支眉笔给了许迎雨，见许迎雨准备走，她又迟疑着叫住了对方。

"你能帮我个忙吗？"她的手伸到书包里，抓着那本聂鲁达的诗集。

许迎雨说："好。"

"一会儿你看到程泊辞，"孟韶把书拿了出来，"能不能帮我把这个给他？"

许迎雨露出了一个惊讶的表情："谁？程泊辞？"

确定自己没听错之后，许迎雨用探究的目光望着孟韶："所以你……"

孟韶急急地打断了许迎雨的话："只是毕业礼物。"

礼堂的窗户都拉着窗帘，室内光线昏暗，她的耳朵红得并不明显。

许迎雨也没再说什么，若有所思地看了她一眼，从她的手里将诗集拿了过来："行。"

孟韶目送许迎雨去第一排给乔歌拍照，而校长陪程泊辞走去了后台。

乔歌的节目表演完之后，许迎雨直接从观众席前侧的出口绕出去找对方。

孟韶的心跳突然又快了起来。

程泊辞拿到那本书，看到她的名字，会怎么想呢？

他能注意到被她特别标注的诗句吗？

明明已经清楚两个人没可能，她还是会控制不住地为他悸动。

孟韶在下一场节目结束之后，主持人报幕的间隙，悄悄地起身，跑到了观众席后面的安全通道里，顺着白色的楼梯，上到礼堂外侧，直接进入后台。

孟韶站在门外，休息室里吵吵闹闹的人声传到了走廊里。

远远地，她看到程泊辞的身影从另一个方向走了过来，他单手握着一个纸杯和半板吃空的胶囊，经过垃圾桶的时候停下来，将手里的东西扔了进去。

借着室外照进来的自然光，孟韶看清程泊辞的脸色其实是有些苍白的，眼眶和脸侧却泛着几分薄红。

这不是小感冒，是发烧。

校长不在他旁边，应当是回去看节目了。

就在程泊辞扔垃圾的时候，后面追过来一个女生，孟韶隐约记得对方高一的时候跟她一起参加过模拟联合国活动。

女生拦下程泊辞，要把手里的一个信封递给他。

她不好意思地说了句话，声音太低，孟韶没有听见，却也能想象到内容。

程泊辞连看都没有看那封信，直截了当地拒绝了。

"抱歉。"他说。

女生呆了呆。

就在这时，许迎雨和刚换了衣服的乔歌从休息室里走了出来，看到这个场面，两个人都愣了愣。

见有人来，女生把脸一低，匆匆地顺着来路跑掉了。

许迎雨跟程泊辞打了个招呼，又转过头对乔歌嘀咕了声什么，乔歌点点头，转身又回了休息室。

"程泊辞，"许迎雨从手提袋里拿出那本书，"这个是孟韶让我给你的毕业礼物。"

孟韶的心提到了嗓子眼儿里。

程泊辞的目光落在那本书的封面上，孟韶分辨不出其中的情绪。

他接了过去。

那双好看的手翻开扉页，露出了上面用蓝色墨水笔书写的名字。

孟韶。

程泊辞终于开了口，嗓音礼貌却冷淡："谁是孟韶？"

孟韶的睫毛猛地一颤。

他的话像沉重的陨石，将她的心脏压迫进一片深不见底的湖泊里，无限下坠，剧烈地轰鸣。

原来他连她的名字都记不住。

仔细地想想，程泊辞的确一直没有主动喊过她。

对他来说，她跟别的女生也没什么不同，都不值得花一分额外的心思。

是她妄念太多，奢求太多，所有跟他的交集，都只有她自以为是地放在了心上，还一厢情愿地认为她不是那种会被他遗忘的人。

幸好她昨天只是往他的桌子里放了字条，而不是真的当面跟他表白。

孟韶又难过，又庆幸，看到程泊辞要往外走，下意识地躲到了远离楼梯的礼堂转角。

那是她在青春期里见他的最后一面。

那是一个穿着春秋校服的背影，依旧是清澈冰海一般的蓝，年年初雪那样的白。

孟韶回到了观众席里原来的位子上，后来许迎雨回来找她，告诉她程泊辞收了那本诗集。

"送是送出去了，"许迎雨踌躇了一下，"就是他好像没把人跟名字对上。"

怕孟韶伤心，许迎雨赶紧又说："不过程泊辞也不是光对你这样，我感觉他是有点儿脸盲的那种人，之前在附中的时候就是，不太熟的他都记不住。"

孟韶感念许迎雨的温柔，轻轻地"嗯"了一声："没关系的。"

她虽然嘴上这么说，但每当想起程泊辞问"谁是孟韶"的时候，胸口还是会一阵收缩，隐隐刺痛。

又过了几天，高考成绩公布。

说是下午 4 点出成绩，实际上推迟了半个多小时才进得去系统。

登录进去的那一刻，孟韶坐在宿舍桌前，捧手机的手都在抖。

她之前翻过学校发放的志愿填报手册，记得 P 大在全省文科的最低位次是第二十九名，因此在成绩刷新出来的时候，她直接看向了最后一栏显示名次的位置。

是个三位数。

全省第一百五十七名。

是比较漂亮，然而又无缘 P 大的一个分数。

数学跟她预估的差不多，离满分只差 1 分，语文和文综也是正常发挥，只是没想到她最擅长的英语考砸了。

明明她平常都能稳定在 145 分左右，这次却只考了 137 分。

孟韶已经没空去回忆考场上自己的想法和感觉，只觉得一股难以形容的情绪涌上来。

果然她还是没那么幸运，也同他没缘分。

出成绩之后没过几分钟，她的手机就开始振动，都是来问她考得怎么样的。

孟韶定了定神，先给迟淑慧和孟立强打了电话，说了自己的分数，他们对位次没什么概念，问她可以去什么学校。

"N大吧，这个成绩最好的学校就是N大。"孟韶说。

没想到她那天写在便利贴上的目标竟然实现了，如果别人知道，一定会觉得此刻的她很开心。

也许是那天孟韶离家时的眼泪让迟淑慧受到了震动，她听了之后说："N大是好学校，你想去的话就去吧。"

孟韶挂掉电话后，又分别回了许迎雨和乔歌问她分数的消息。

余天也问她了。

孟韶说完之后，余天沉默了几秒才给她回复："你是不是有哪一科没考好？"

"英语没到140分。"孟韶说。

像是意识到自己刚才那句话泄露了某种想法，余天又添了一句："没别的意思，就是觉得你能考得更好，不过这个分也挺高的，在咱们班应该能排前三。"

孟韶口不对心地说："我已经很满意了。"

得不到的时候，她习惯假装从来没有奢望过。

对P大是，对程泊辞也是。

余天跟她继续聊了几句："咱们学校今年考得比以前还好，我刚才问了几个人，都考得很高，对了，省理科状元也在咱们学校。"

孟韶的眼皮跳了一下。

"是程泊辞吗？"她问。

余天说"是"，又说："昨天晚上我们之前的集训队同学聚了个会，P大招生组给他打电话了，我今天问他成绩，果然是省理科状元。"

"这样。"孟韶说。

她恍然发现，她跟程泊辞连联系方式都没有加过。

假如不是余天，她甚至都不会知道他考了省理科状元。

P大和N大一个在北，另一个在南，跟程泊辞的轨迹交错过之后，她终究要跟他去往完全不同的方向。

从礼城外国语学校回县城过暑假之前，孟韶抽出一天，在市区闲逛。

她去了湾塔，去了冰场，也去了买过《二十首情诗和一首绝望的歌》的书店。

搭公交车回学校之前，她在一家音像店前面停下了脚步。

店里的电视机正在播放一段她很熟悉的镜头。

铁轨、森林、潮湿的风。

是那次她去新华书店，站着看完的电影。

孟韶又站在门口看了一会儿，像受到某种触动，走进店里，向老板问起这部电影的名字。

店里开着电风扇，老板在抽烟，在"嗡嗡"的扇叶运转声中，他懒懒地一瞥屏幕，弹了一下烟灰说："《恋恋风尘》，老片子了。"

孟韶牢牢地记得，在影片靠后的一个镜头里，男主角躺在床上，桌边信封的一角盖着"查无此人"的印戳。

在属于程泊辞的那个遥远的宇宙里，她也终于成了他的查无此人。

第八章
实至名归

　　后来孟韶发现，自己青春期里的很多纠结都是没有意义的。

　　那时候她不会化妆，不会用相机，一杯咖啡的钱都要省，但去首都做了电视台的出镜记者之后，会有专业的化妆师给她打造合适的妆容，而口红和粉底液色号的选择其实并不复杂；台里各种型号的相机她都摸过一遍，遇到紧急情况还需要自己扛机器；出采访在世界各地飞来飞去，有时航班延误，她不得不在机场的连锁咖啡店里度过整个夜晚，靠那些褐色的液体吊着整理资料的精神，偶尔恍惚的时候，会觉得店里破碎的咖啡豆香气是自己血管里涌动的味道。

　　甚至迟淑慧和孟立强也仿佛集体失忆一样，再也没有提过当年想让她留在小县城当老师的事，反而每次在电视上看到她，都要骄傲地告诉别人，那是他们老孟家的女儿。

　　孟韶渐渐学会了放下，放下那些年的自卑、敏感与执念，接受和投入新的生活。

只是午夜梦回，她还是会在某些时刻，隐约回忆起那个穿着蓝白校服的身影。

等到她醒过来时，十几岁时的心事片段就又像日出之后的露水，在忙碌的日常里蒸发得干干净净。

她以为自己不会再向谁提起那段往事了，直到 26 岁这年，这个温风习习的春夜。

航班落地首都机场，孟韶拿到行李之后，去洗手间里把穿在长风衣里面的卫衣、牛仔裤换成一条白色长裙，又穿上高跟鞋，匆匆地赶去候车点排队打车。

上车之后，她直接从随身的托特包里取出笔记本电脑，掀开盖子，等待开机的时候接了个电话，是副台长施时悦打过来的，问她什么时候能赶到颁奖典礼现场。

这次典礼是新闻广电界的重大年度奖项，原本孟韶的飞机该在今天上午到达的，她还有半天时间来准备，没想到航线上天气状况不好，一直拖到了傍晚。

孟韶边戴蓝牙耳机，边瞥了眼前排司机师傅的导航屏幕："半个小时差不多。"

戴好耳机，她腾出接电话的手按了几下键盘。施时悦让她别迟到了，这次典礼来了很多大人物，她还有提名，很可能获奖，来得太晚台里面子上不好看。

孟韶说"好"，施时悦又问她这次采访情况怎么样。

"挺顺利的，我还跟着他们的总地质师下去看了深水井，就是没想到回程飞机晚点这么长时间。"孟韶整理了一下她候机时写的稿子发给对方，"新闻稿我写好了，施姐，你有空看一下。"

挂了电话后，孟韶有条不紊地开始回复她在飞机上错过的工作消息。

快到目的地的时候，她提前把电脑收起来，扫了挂在司机座椅背后的二维码，等车停稳后，下去从后备箱里取了箱子，去找地方寄存。

紧赶慢赶，孟韶卡着开幕的时间进了演播厅里，进门的时候走得飞快，迎面而来的一阵气流掀起落在她肩头的发梢，露出清丽的侧脸。

观众席后排有人看到孟韶之后似乎怔了一下，但她一门心思地在找施时悦旁边自己的位子，所以并没有转头去看。

孟韶落座的时候正好是主持人上台的时候，施时悦上下打量她一番，松了口气，半开玩笑道："我还以为你穿着下井的衣服就来了。"

孟韶笑笑说"怎么可能"，将肩上的背包放到旁边，脱掉外套，整理了一下里面的裙子，又随手拿出一支口红补妆。

台上的主持人不断宣布去年的各类年度新闻奖项，当颁发到年度最佳双语出镜记者的时候，屏幕上浮现出入围名单，孟韶看着其中自己的名字，指缝间微微出了汗。

"获得去年年度最佳双语出镜记者的是——"

主持人顿了一下，台下一片安静，施时悦用气声说了句"孟韶"。

"孟韶！"主持人的声音同施时悦的重合在一起。

掌声雷动。

孟韶愣了一下才反应过来，心脏剧烈地跳动起来。

她从座位上站起来，上台领奖。

虽然施时悦一直对孟韶很有信心，但她其实没想过会是自己，因为在被提名的人选里，她是最年轻的一个，能够入围被看到和认可，已经让她觉得非常荣幸。

等到冰凉沉重的水晶奖杯握在手里，孟韶才终于有了获奖的真实感。

屏幕上滚动播放着她这一年来参与的报道的剪辑：地震台风、恐袭事件、森林火灾、工程建设，她在不同的时间、不同的场景，面对镜头重复着那句"大家好，我是总台记者孟韶"。

等孟韶发表完获奖感言之后，主持人面带笑容地跟她互动："孟小姐，刚才你的获奖感言主要是围绕这一年的经历进行的，那么我还有一个更深入的问题想问，那就是走到今天，你有没有受到过谁的影响呢？"

也许是因为第一次拿到这样高的业界荣誉，那种内心受到强烈的冲击的感觉让孟韶想起了很多年前，自己上高一的时候，成绩刚刚好转之后参加的模拟联合国活动。

那时她好像也是这样，站在台上，有些诚惶诚恐地面对一个崭新的世界，而那个世界，是她为了追逐身边站着的那个男生才闯进去的。

孟韶笑了，对主持人说："有的。"

然后她讲起了自己十几岁时的那段暗恋经历。

她没有提程泊辞的名字和身份，只讲了他的优秀、遥远，讲了她的胆怯、心动，也讲了她是怎样一步步追着他的背影前进，最后却各自奔赴南北再无联系的结局。

"高考之后我本来约了他要表白，但其实心里也清楚他不会去的，最后就退缩了，"孟韶慢慢地将跟程泊辞有关的故事讲出来，"只在毕业典礼那天给他送了一本诗集，里面还标记了一句话向他表白。"

主持人很感兴趣地追问:"然后呢?"

孟韶轻松地说:"没有然后了,他没有回应我。"

主持人惋惜地道:"那会不会觉得遗憾?"

孟韶摇摇头,非常真诚地说:"说实话,这么多年过去,我都已经不太记得那时候的心情了。"

她没有撒谎,时过境迁,她是真的放下了。

当年不肯向任何人承认的喜欢,现在她甚至可以坦坦荡荡地当着这么多人的面讲出来。

拿着奖杯下台后,施时悦问孟韶:"我怎么不知道你还有这么一段呢?"

"多少年前了,刚才要不是主持人问,我也想不起来。"孟韶道。

典礼结束之后,孟韶将奖杯放进包里,披上风衣,和施时悦从座位上站起来,随着人流往外走。

大厅里很多人在站着聊天儿,孟韶出去之后,不少同行过来祝贺她。

颁奖典礼持续了接近三个小时,孟韶没吃晚饭就赶过来参加,她用手轻轻按着略微发疼的胃部,一双明艳的眼睛却丝毫不见疲倦,盈满了笑意,回应着每一个跟她说话的人。

围绕在孟韶身边的人群散去之后,施时悦忽然盯着某一个方向说:"程领事?他也来了?"

孟韶顺着施时悦的视线望过去,看清对方说的那个人时,下意识地怔了一下。

纯黑西装包裹着修长挺拔的身形,因为个子高,跟别人说话的时候需要低着头,他眼神专注,灯光在锋利的下颌线上投下淡淡的阴影。

似乎察觉到她的注视，他侧过头来望向她的时候，那张脸跟她记忆中的那张脸叠在了一起。

程泊辞。

刚来首都工作的时候，孟韶知道他顺利地进入了外交部，也想过跟他重逢的可能，但这座有上千万人呼吸的城市真的太大，大到她的这个想法很快就被风吹散了。

后来再看到他就是在各类外事新闻上，声名鹊起的年轻外交官，温文持重而不失锋芒，前程远大，十二分被看好。

孟韶以为自己就将这样作为一个观众，见证他一步步实现少年时代的目标。

没想到两个人还能再遇。

她并没有为方才在台上讲过对他的暗恋而赧然，当年他就不能将她的人和名字对应上，现在恐怕更不记得了，或许压根儿不会意识到，她故事里的那个主角就是他。

孟韶甚至不能确定程泊辞是否还留着那本诗集，又有没有打开看过。

所以在程泊辞看过来的时候，她没有打招呼，而是收回目光，对旁边的施时悦说："施姐，我准备回去了。"

施时悦让孟韶回去好好休整，她答应下来，托特包细细的带子勒得她肩膀发疼，她换成用手去拎。

出门会经过程泊辞附近，孟韶路过的时候没有放慢脚步，正要如陌生人一般跟他擦肩而过，却猝不及防一下子被握住了胳膊。

等反应过来的时候，她已经被硬生生地拽了回去。

程泊辞垂眸看着她，眸间凝着一层从顶灯上落下来的光。

他眉眼深沉，脸上仍旧表情不多，力气却大得令孟韶微微发疼。

熟悉的嗓音响起，同多年前一般冷淡，却又多了几分偏低的磁性："不认识我了？当年爽约有意思吗，孟小姐？"

程泊辞会来，是因为收到活动邀请的时候，无意间在最后附的入围名单中看到了孟韶的名字。

倒并非有什么别的想法，他只是觉得这么多年没见，这次有机会，似乎该去一次。

她看起来很忙，颁奖典礼快开始的时候才过来。

起初他没认出那个进门的女孩子就是她，直到一阵风吹开了她侧脸上的头发。

孟韶五官没怎么变，但比读高中的时候长高了。这天她穿了一件象牙色的长外套，里面是颜色更浅的白裙子，柔顺的黑发披在肩上，露出纤巧的下巴和白皙的脖颈，脸部线条也比以前柔美一些，是他后来在电视上见到的样子。

见他的视线长时间停留在某个地方，身旁外交部的同事也看了过去："这不是电视台的孟韶吗？我爸妈特喜欢她，说这姑娘长得真漂亮，能力也强。你别说啊，我有一次听她的英文采访，觉得来咱们这儿当高级翻译都够用了。"

颁奖典礼进行到一半的时候，他看到孟韶上台领奖，她像是没想到会获奖，慢了一拍才站起来，直到握住奖杯的时候，脸上还留有一丝惊讶的表情，看起来很天真，就像还是好多年前跟他一起参加模拟联合国活动的那个高中女生。

到这时，程泊辞的情绪还算平稳。

直到她在台上说暗恋过他。

孟韶刚讲起的时候，他还不能确定她指的就是自己，但当她说到高考前的见面邀约，说到那本聂鲁达的诗集时，他就知道，不会有第二个人。

原来那天她找他，是要表白。

当时是高中毕业典礼的前一天，孟韶往他的桌斗里放了字条，约他去白塔。如果是以前，他收到女生这样的东西会直接丢掉，但因为看出是她送的，他忽然想听听她准备同他说什么。

那天他去了，冒着很大的雨，伞都遮不住，从车上下来走上白塔时，他的全身就已经被淋透了。

她却没来。

他想：或许孟韶是想等雨停了再动身，也或许是雨势越来越大，她被困在了路上，想告诉他却没有他的联系方式，总之他在心里给她找了很多理由，也因为有这些理由，他在塔上一直等到晚上9点钟。

那天暴雨倾盆，像是要把整个夏天的雨一次性下完，不曾停歇。

程泊辞没有等到日落，也没有等到孟韶。

衣服被程泊辞的体温烘干后再次被打湿，冰凉沉重地贴在身上，远处市区星星点点的灯火透过迷蒙的水汽闪烁着，他一步步走下白塔的时候，心情非常差。

当晚回去他就发了高烧。

从小时候回国起，他平时就一直住在生母江频考上外交部之前跟他爸爸程宏远一起住的房子里，周末会去探望外公，而程宏远大部分时间跟后来娶的妻子待在新家，那天也不例外。

空荡荡的别墅里，只有他一个人。

第二天他带病作为学生代表在毕业典礼上致辞，脑子昏昏沉沉的，连自己说的那些字句是什么意思都不太清楚。

回到后台，他收到了孟韶让朋友送来的诗集——跟他被程宏远撕掉的那本一模一样。

明明对他上心，对昨晚的失约她却连半句解释都没有，甚至都不亲自来找他。

他按捺住怒气，接过来一瞥，故意冷冷地问了一句"谁是孟韶"。

现在想起来，他那时的少年心性实在幼稚。

按说都是陈年往事，过去这么长时间，就算在心头闪现片刻也该付之一哂，任其转瞬即逝，可在孟韶轻描淡写地告诉主持人，她不遗憾，她已经记不清了的时候，程泊辞不知怎么，心间蓦然泛起了波澜。

她真的记不清了吗?

而后典礼结束，他在大厅里碰见她，两个人不小心对视，她像看到陌生人一样撤回了目光，经过他旁边的时候，也完全没有打招呼的意思。

当年那场大雨刹那鲜明起来，连带着让他回忆起了那种衣物带水紧贴皮肤的冰冷沉重的触感。

程泊辞也不明白自己在那一瞬间为什么会做出那样的举止——他几乎是不假思索地拉住了孟韶的胳膊，叫她"孟小姐"，问她还认不认识自己，问爽约有没有意思。

她的胳膊很细，他隔着宽松的风衣袖子也握得出纤瘦的轮廓。

程泊辞看到孟韶眼中的愣怔与讶异，心一下子安定下来。

她的眼神是记得他的，至少没把他这个人忘干净。

工作之后，孟韶经历过很多突发状况，比如采访对象不配合，比如搭档抢话、忘词，却从没有哪一次像现在程泊辞的问话一样，让她这么束手无策。

几秒钟之后，她调整出一个温和的笑容："不好意思，走得太急，没看到。"

顿了顿，她又迟疑着问："那次……你去了吗？"

她听程泊辞的意思是这样，但又不能确定。

周围有人望向他们，孟韶将胳膊向外扯了扯，程泊辞像才意识到自己的失态，松开了手。

他没有回答，看她纤细的手指还按在胃部，便说："有没有空？一起吃个饭。"

然后他看着孟韶被包带勒出红痕的指关节，微微抬手向她摊开手掌，要帮她拿。

孟韶如梦初醒般道："我自己来就好。"

她取了寄存的行李，跟程泊辞走出演播大楼，夜色温柔，风中缱绻的草木味道沁人心脾。

他是开车过来的，带她到停车场，按了钥匙开锁。

车灯闪了闪，程泊辞替孟韶拉开副驾驶座的门。

孟韶坐进去的时候，他身上清冷的气息擦过她的脸，她不由得有些恍惚。

他又替她关门，从车头绕到另一侧上来，打火之后，将车子驶出了停车位。

孟韶的余光无意间落到他放在方向盘上的手上。

他手指修长，纯黑的皮套衬得肤色白净，衬衫和西装层叠的袖口露出一小块腕骨的形状。

他打方向盘很稳，开车的时候也有分寸，不会骤然加速，也不会急停，从容不迫，好似可以掌控一切。

"想吃什么？"程泊辞问。

孟韶说："都可以"，看了一眼他车载屏上显示的时间，"商场是不是都关门了？路边随便找一家吧。"

程泊辞"嗯"了一声，开了一会儿，看到一家开在居民区旁边的砂锅粥，店面还算干净，便把车靠边停了。

居民区的栅栏里面开满了芍药，碗口大的花在昏暗的光线中呈现出偏深的颜色，枝叶葳蕤，灿烂盛放。

走进店里的时候，孟韶听到程泊辞问她做记者是不是很辛苦。

"还好，应该没有你们辛苦，但是需要一直追着热点跑，忙起来的时候是真忙，有时候收到通知就要马上订机票去采访，然后熬夜出稿子。"她说。

给程泊辞讲了几段采访的经历，她把话题从自己身上转移开，问他毕业之后都在做什么。

程泊辞答得简单，只说在外交部待了一年之后被外派，现在刚回来，之后应该会在领事司工作一段时间。

他说得不多，好在孟韶作为记者，很懂得怎么挑起话题，一边看着菜单点餐，一边又聊起礼城外国语学校的同学："我们高中有好多人都来首都工作了，乔歌你还记不记得？她现在在演艺公司当舞蹈演员，算半个艺人了，前段时间特别火的那个国风舞剧里面就有她。"

程泊辞淡淡地"嗯"了一声，看起来不太在意，也或许是忘了。

孟韶想到什么，心无芥蒂地笑笑："也是，你不容易记住人。"

程泊辞意味不明地从桌子对面看了她一眼。

孟韶没有问他怎么当年不知道她是谁，现在就能认出来了，还对她没有跟他打招呼反应那么大。

她已经过了会对这些耿耿于怀的年纪。

她清楚自己跟他连熟人都算不上，多年之后能够这样一起聊聊天儿，吃个便饭，已属难得。

砂锅粥热气腾腾，她特地嘱咐老板不要加热得太烫，为了端上来就可以吃。

孟韶是真的饿了，吃饭吃得专心，连程泊辞说了句什么话都没听到。

察觉到他在注视自己，孟韶才反应过来，略微不好意思地抬头道："你是不是在叫我？"

程泊辞点点头，骨节分明的手握着手机，将屏幕侧向她："能不能给我一个联系方式？"

孟韶放下勺子，从包里拿出手机，说："好啊。"

大概是因为一直攥着勺子，关节攥得发僵，她点了好几次，才成功地把自己的二维码调出来给他。

程泊辞发了好友申请过来。

孟韶通过之后，想了想，把自己的名字打在对话框里发过去，方便他备注。

程泊辞低头看着屏幕，突然说："我知道这两个字怎么写。"

孟韶微微怔了一下。

她觉得程泊辞好像希望她能回应一句，但她只是笑了笑，说"这样方便复制"，然后不着痕迹地将这个话题带了过去，放下手机，继续喝粥。

程泊辞看起来并不饿，修长的手指捏着勺子慢慢搅着温热的白粥，孟韶不清楚他是不是不耐烦，默默加快了吃饭的速度。

"怎么吃得这么快？"程泊辞忽地开口。

孟韶的动作一顿。

他又问："平时着急工作成习惯了吗？"

孟韶含糊地说："是。"

其实不止这个原因，有时间的话她也乐意坐下慢慢吃饭的，今天只是怕他嫌烦。

"现在不赶时间，你不用急。"程泊辞说。

一人份的砂锅里浮着从天花板上落下来的微亮的灯光，孟韶一时间竟有种身在梦中的错觉，明明前不久还在人头攒动、衣香鬓影的颁奖典礼上，转眼间，她就跟读高中时暗恋过的男生一起坐进了路边一间安安静静的粥店里，夜色在门外流动，而他跟她说，不赶时间，不用急。

他们是店里最后一桌客人，老板没有催，等孟韶吃完，还问她合不合胃口、吃饱了没有。

孟韶回答的时候，瞥见程泊辞在用手机上的地图软件查东西。

方才程泊辞问过她住址，要送她回去，这个时间不好打车，她没有拒绝，当下也并未多想，觉得他应该是在看导航。

查完导航之后，程泊辞又看了一会儿手机，像是在跟人进行线上交流，专注地打字的动作很好看。

孟韶跟老板聊完，正要买单，程泊辞却说："我结过了。"

"那我转给你。"孟韶点开了同他的聊天儿界面。

程泊辞说："不用"，又说，"下次吧。"

想起以前读高中的时候他说过没有让女生花钱的习惯，孟韶便也不再坚持，毕竟只是几十块钱而已，至于他说的下次，她没有往心里去，觉得只是社交礼仪。

坐上程泊辞的车，也许是因为胃部的充实感，也许是因为深夜的私人时间，孟韶从刚下飞机时紧绷的工作状态中脱离，放松了，整个人舒展开来，她脱了外套，靠在车座的椅背上，转头问程泊辞："我可以开一下窗吗？想吹风。"

她的瞳孔乌黑，映出车窗外一大片盛放的芍药。

程泊辞过了几秒，才从他那边帮她降下窗，同时无端想起同事那句"这姑娘长得真漂亮"。

春夜的风飞进来，扬起了孟韶的头发，虽然没吹到程泊辞的身上，他却隐约察觉了皮肤的痒意。

等她系好安全带，他才发动车子。

开到一半的时候，程泊辞从主干道拐上支路，在某条街道边停了车。

"等我一下。"他对孟韶说。

孟韶点点头，看到程泊辞从中控台上拿起一只黑色口罩，下车以后边走边戴，走向了一家尚在营业的花店。

他没有进门，只是站在外面，拿出手机拨了个电话。

不多时，一个店员从花店里出来，递给他一束花。

程泊辞单手抱着，走回孟韶的方向。

他身后是花店明净的落地玻璃，花影重叠，仿佛一张色彩朦胧的水粉画在夜里散发着柔柔的光。

程泊辞站到副驾驶座门边，从敞开的车窗中，将花束轻轻放到了孟韶的怀里。

孟韶有些意外地问："给我的？"

程泊辞一只手按在窗沿上，另一只手插在兜里，低下头看她：

"不是得奖了吗？"又说，"实至名归，恭喜你。"

他的肩膀挡住了路灯，将孟韶笼罩在他身体投下的阴影中，眼眸因为背光，更显深沉、漆黑。

孟韶仰着脸看他，说"谢谢"的时候，尾音里多了几分飘忽。

奶油色的向日葵被鹅黄偏白的雾面纸轻柔地包裹住，完全不暧昧的花，是那种非常干净的好看。

孟韶小心翼翼地用自己脱下来的风衣把花束裹了起来，想着不要让花粉蹭到程泊辞的车上。

程泊辞是方向感强也很会记路的那种人，稍微看了一遍导航就准确地找到了孟韶家。他把车停在楼下，开锁下车，用骨节分明的手从后备箱里帮她拎出箱子。

孟韶捧着花，从他的手里接过箱子："谢谢，那我先上去了。"

程泊辞说："好。"

孟韶拉着箱子上楼进门，放下向日葵打开灯之后，走到客厅去拉窗帘，无意间往楼下望过去，惊讶地发现程泊辞的车还在。

像有感应，他的车灯在同一时刻亮起来，随后他就倒车离开了。

孟韶这才反应过来，程泊辞是看到她开灯，确认她安全到家才走。

房间里弥漫着花束带来的淡淡的香味，孟韶把风衣挂起来，从托特包里取出晶莹璀璨的奖杯，觉得这个夜晚似乎美好梦幻得有些过分了。

正当她仔细地将奖杯放上钉在墙面上的书架时，门铃响了起来。

紧接着外面就响起一道活泼的声音："韶韶姐，是我。"

孟韶放下奖杯，过去开门。

门外站着住在她楼下的邻居叶莹莹。

说起来也巧，叶莹莹也是礼城外国语学校毕业的，只比她低一届，还是对方搬来那天，给她送了亲手做的曲奇饼干，两个人攀谈起来，她才知道。

叶莹莹手上戴着厚厚的厨房手套，捧了一个垫着油纸的蛋糕模子，一进门就说："祝贺你，韶韶姐，我看颁奖直播了，你好厉害！这个巴斯克是做给你庆祝的。"

孟韶给叶莹莹找了盘子。叶莹莹一边脱模，一边说："我这周一直在研究方子，这是我做得最成功的一次。"

叶莹莹问孟韶借了把叉子，让孟韶把蛋糕划开。

看到蛋糕中间缓慢地流下奶酪芝士，叶莹莹鼓起了掌："看到没，韶韶姐？流心了！"

香味散了满屋，孟韶让她留下跟自己一起吃，又去洗了一些水果端上来。

这一带是首都媒体的聚集地，叶莹莹跟孟韶算半个同行，在一家知名杂志社做英文岗位的新媒体运营。

叶莹莹跟孟韶讨论了晚上的奖项，哪一个是众望所归，哪一个让人意外，谁去年陪跑今年还落选，谁又始终春风得意，说来说去，她的语气忽然变得八卦起来："韶韶姐，你不是跟主持人说你当年暗恋过一个高中同学吗？我好像能猜到是谁。"

不等孟韶回答，叶莹莹就迫不及待地说出了自己的猜测："是不是你们那一届的程泊辞学长啊？"

程泊辞在礼城外国语学校实在太出名，叶莹莹能想到他身上，孟韶不意外。

她没有否认："对，是他。"

叶莹莹"啧"了一声："我就说，韶韶姐你这么优秀，还能让你觉得遥不可及的也只有他了。"

孟韶不觉出神。其实刚遇到程泊辞的时候，她同"优秀"这两个字还扯不上半分关系。

那时候她成绩不好，不会打扮，连被老师点起来读一段英语作文都不敢。

可是在喜欢他这件事上，她没有犹豫过。

虽然没结果。

叶莹莹告诉孟韶，当年她们年级也有好多女生喜欢程泊辞，会特地跑到高年级的楼层去看他，甚至在他毕业离校的时候，还有人哭了一场。

她描述得夸张，绘声绘色，孟韶听了，不由得微笑起来。

青春期的执着，谁都有过。

如果说那个年纪是一片需要自己泅渡的海，那程泊辞想必在无意间做了很多人的航标，在不同人的眼里，他是不同颜色的光、不同方向的风信旗。

说着说着，叶莹莹道："对了，韶韶姐，我听我一个现在在大厂当副总的学长说，下个月咱们高中要邀请优秀校友回去交流，你有没有收到邀请函？"

孟韶随手拿起手机点开邮箱，果然看到里面有一封来自礼城外国语学校校办的未读邮件。

叶莹莹也看见了，满脸羡慕："我就说会有你。听说一共就请了四五个人，什么时候我也能变成优秀校友衣锦还乡啊？"

她问孟韶打不打算去，孟韶说看到时候的时间安排。

又聊了一阵，叶莹莹打了个哈欠说自己要回去睡觉了，送走对方之后，孟韶把程泊辞送的向日葵拆开，将根茎修剪得整整齐齐，放进装了水的花瓶里。

她这才有空去洗澡。吹头发的时候无聊，她带着手机站在浴室镜前，浏览完今天的新闻，又顺手点开了刚加上的程泊辞的微信。

两个人的聊天儿记录还停在晚上她通过他的好友申请，她发给他自己的名字。

单看这个，他们就像初次见面。

他的头像是漫无边际的群山，山巅覆雪，看上去温度很低，空中有黑色的飞鸟掠过，羽毛被风吹得微微鼓起，不知道是不是在他被派驻过的国家拍摄的。

他朋友圈的内容也简单，每条都间隔很长时间，只有寥寥几张风景照片，从没有人出现。

孟韶翻阅的时候发现有共同好友给他点赞，她猜测应该是礼城外国语学校的同学，想点开看看是谁在跟他保持联系，却不小心按了一下那个心形的图标。

她还在纠结该不该取消，手机就振动了一下。

孟韶心虚地退回聊天儿界面，看到是程泊辞给她发消息。

水汽氤氲的浴室里，他发过来的三个字格外清晰："还没睡？"

被他发现，孟韶也不好再把点赞取消，只得回道："刚才跟邻居聊了一会儿。"

其实只要说句"没睡"就好了，她却一定要解释清楚原因——怕被误会深夜难眠，还在看高中男同学的朋友圈。

程泊辞的注意力却在另外的地方，他淡淡地重复了一遍："邻居？"

他转移话题，孟韶求之不得。她关掉吹风机，打字的速度变快了许多："嗯，我们学妹，也是礼城外国语学校的，她还跟我说下个月学校要邀请校友回校。"

"你去吗？"程泊辞问她。

孟韶说："看时间，要是没有工作安排就去。"

她觉得程泊辞应该也收到了邀请，本来想问，但因为已经是凌晨，怕他那么忙，并没有兴趣在睡眠时间讨论这些无关痛痒的话题，便善解人意地先结束了聊天儿："太晚了，我先睡啦。"

程泊辞回她说："好。"

孟韶放下手机，无意间抬眸一扫镜子，才发现自己睡裙两肩的位置都被还没吹干的头发打湿了，变成了更深的颜色，而她方才只顾跟程泊辞说话，完全没有注意到。

或许是因为年少时养成的习惯不那么容易摆脱，现在跟他说话，她还是有点儿紧张。

第二天是休息日，孟韶因为前一天候机的时候把稿子写完了，手上暂时没有新的任务，便毫无负担地睡了一个比较长的懒觉。

上午醒过来，手机屏幕上堆满了祝贺孟韶获奖的消息，她去楼下便利店买了冰冻的三明治和牛奶上来，用微波炉加热后，边吃边回复。

其中一条是余天发过来的。

除去恭喜，他还问了一句话："你见到程泊辞了？"

昨晚跟程泊辞说完自己要睡了之后，孟韶到底又翻开那条朋友圈看了，和他在联系的是余天。

想来应该是余天今早打开微信，收到她给程泊辞点赞的提醒，才会这么问。

"典礼上他也在。"孟韶道。

余天发过来几个字："我就说。"

孟韶这些年跟余天一直有联络，他一路把书念了下去，现在还在 P 大读博。

许迎雨和乔歌是在她们跟孟韶高中毕业之后拉的小群里祝贺她的，而且关注点都集中在程泊辞身上。

许迎雨："我就说你那时候是喜欢程泊辞的吧，你当时还死不承认来着，结果呢，啧啧。"

乔歌："不是，孟大记者，你不地道啊，我跟你讨论了三年程泊辞的八卦，你这情况可是一点儿都没透露给我。"

孟韶看到的时候，她们两个人已经在群里聊出了好几个屏幕都装不下的聊天儿记录，七嘴八舌地议论当时到底有没有发现孟韶喜欢程泊辞的蛛丝马迹。

有了这个预设，好多八竿子打不着的事情都被她们硬往上面靠，孟韶无奈地放下早餐，发消息为自己澄清，最后几个人索性打起了语音电话，在电话里面笑成一团。

十几岁时觉得不可告人像天大的秘密的暗恋，现在也可以大大方方地摊开来晾晒了。

4 月的第一个周五，孟韶下班之后，将电脑收进包里，倒掉杯中的水，将杯子洗干净，正站着穿外套时，同事周昀从不远处走来，停在她面前，随意地问："晚上有空没？下周报道任务多，要开始忙了，大家想今晚一块儿吃个饭放松放松。"

周昀也是台里的记者，还是孟韶读大学时的班长，跟她是同期考进电视台的。

孟韶笑着摇摇头，告诉他自己有别的事。

周昀貌似无意地问："怎么？约了人？"

"周末要回一趟高中。"孟韶说。

周昀"哦"了一声，半开玩笑道："我还以为你有情况。"

他看到了孟韶放在桌下的行李箱，顺口问："我送你去机场，用不用？"

孟韶说："我坐地铁就行，你来回折腾麻烦。"

周昀点了点头，也没走，就站在那儿看孟韶穿外套。

孟韶没说什么，但动作快了些。

"领子窝进去了。"周昀道。

他一边说，一边就想伸手帮孟韶整理衣领，却被她自己先一步翻了出来。

孟韶假装没注意到周昀的动作，俯身将行李箱移出来："那我走了，你们玩得开心。"

她走出电视台大楼。今天天气晴朗，有着非常清丽的暮色。

孟韶走过一个路口，向地铁站走去，扶梯载她下行的时候，她从包里拿出蓝牙耳机戴上。

晚高峰的地铁上不会有空座，孟韶找了个角落，站在人群中静静地听歌。地铁一站站停下，又重新启程。

快到航站楼的站点时，车厢内的空间才一点点被让了出来，通风道的凉风徐徐地吹着。

孟韶听歌的时候喜欢用随机模式，就在地铁到站停下，她拎着箱子走出车厢的那一刻，耳机里蓦地响起了熟悉到让人愣怔的前奏。

是她高一时跟同学去冰场滑冰，换鞋的时候跟着哼唱，后来被程泊辞在广播里放的那首歌。

周围的一切好似悄然静止了片刻。

213

孟韶回过神来，将箱子放到地上，推着往前走的时候，心头浮起很淡的惘然，如同站在河边，水面上轻雾笼罩，对岸的景物影影绰绰看不清。

　　因为这首歌，飞往礼城的航线变得像一次时光穿梭旅行，飞机在礼城落地的时候，那些有关高中三年的回忆重新涌向孟韶，就像一片本已干涸的滩涂再一次被潮水覆盖。

　　礼城外国语学校的校友回校活动在周六上午。孟韶从自己订的酒店打车过去，司机在校门口停车，她下车的时候，看到校门口那棵杏树又开花了。

　　满树的白花在风中摇动，花蕊沁出浅淡的粉，有如一片遥远的云。

　　孟韶放慢脚步走过去，一朵杏花在她面前翩然飘落。

　　似曾相识的场景，相似到她仿佛能够隔着整整十年看到那个穿着蓝白校服的少年站在树下，漫不经心地拂去肩头的落花，而当初那个站在这里胆怯到不敢看他，不敢跟他说话的小女孩儿，完全变成了另外一个样子。

　　孟韶缓缓蹲下，从地上把那朵花抓起来放在掌心里。

　　半透明的颜色、柔软到几乎不存在的触感，跟十年以前从程泊辞肩上落下的那一朵一模一样。

　　孟韶将花放进开衫外套的口袋里，走到校门前，拿出手机给保安查看自己的电子邀请函。

　　忽然她的身后传来一声"孟韶"。

　　那声音那么耳熟，像是从很多个春天以前传来的回声，可孟韶又清楚地知道不是。

　　程泊辞那时候，从没有这样当面叫过她的名字，唯一念过一次，是看着她送的礼物，问她是谁。

整整十年，这棵见证了他们初见的杏树经历了十轮花期；十年里，她走过了万水千山又回到这里，终于听到他喊住她，准确无误地叫出了她的名字。

孟韶回过头，风吹乱了她的头发。

穿着西装的程泊辞正从一树杏花下走向她。

因为孟韶说要看时间安排，程泊辞不确定她会来。他比孟韶早几天收到邀请，原本最近的休息时间不太充裕，他就算拒绝也是合情合理的，但那天他问了她之后，他突然觉得毕业这么长时间，也该回去看看。

在看到校门口她的身影时，他的心里莫名其妙地有种石头落地的感觉。

她回头看他的时候，不知是不是阳光太明亮，她的眼里闪动着一点儿晶莹。

程泊辞赶上去，跟她并肩走进校园里。

孟韶跟他打过招呼之后，用手挡住阳光，仔细地阅读电子邀请函上的内容："我们应该先去校长室跟其他人集合对不对？"

风还在吹，两个人站得近，她的发丝扫过程泊辞的颈侧。

程泊辞闻到了她头发上淡淡的洗发水的香气。

见他没有回应，孟韶略微疑惑地向身侧抬起头："程泊辞？"

程泊辞这才在纯黑的口罩后面"嗯"了一声，声音让孟韶觉得他刚才在走神儿。

校长室在教师办公楼内，虽然这十年间礼城外国语学校并没有在格局上做出太大的改变，只是把每栋楼都翻修了一遍，但孟韶看着，还是产生了一种物是人非的感觉。

她有些感慨地说："前几天余天他们课题组要做一个质化研究，找我帮忙联系访谈对象，我跟他聊起来，才发现我们毕业已经十年了。"

程泊辞垂眸看她："你毕业之后跟他还有联系。"

他的话听起来更像是陈述句而不是疑问句，孟韶不知道他为什么要强调这一点，只当是随口聊天儿，便顺着讲了下去："嗯，大学的时候我还去你们学校玩过，他带我在 P 大转了一下。"

她没跟程泊辞说的是，那时她大一，还没放下他，勤工俭学在图书馆里做了一年学生助理才攒够暑期机票和酒店的费用，想去他所在的地方，想看他看过的风景，想走他走过的路。

那天她跟余天聊了每一个去首都读书的同学，最后才敢小心翼翼地把话题放到他身上。

余天说程泊辞在 P 大仍旧是那种特别耀眼的风云人物，长得很帅，成绩很好，有很多女孩子追。

这些孟韶都想得到。

余天问孟韶要不要把程泊辞叫出来，她沉默好久，然后说，不要了吧。

他都不记得她。

尽管那样说，但告别余天之后，孟韶又在 P 大逗留了很久，久到夕阳沉入校园里的湖底，水面都是景物泛金的碎影，她的心情也变得时而澄澈，时而混浊。

大四的时候，程泊辞参加外交部遴选，她在 N 大所在城市的一家媒体一边实习一边准备毕业论文，忙得不可开交，但也一直关注着他的面试结果，直到最后在外交部的网页上看到录取名单，才放下心。

看到千里之外的他顺利地被录取，孟韶由衷地为他高兴。

那些回忆遍布着潮湿的情绪、心事的褶皱，孟韶此刻再想起，甚至会觉得不可思议——她这种没退路的人，竟然也会在一个明知道不可能得到的人身上花费这么多这么多时间，就像周而复始滚动巨石上山的西西弗斯，不在意虚掷的是一昼夜，还是千万年。

程泊辞正要说话，两个人前方却出现了一个熟悉的身影。

孟韶先认出来："老师好。"

是她跟程泊辞高一时候的英语老师。

程泊辞也同对方打了招呼。英语老师笑眯眯地看着两个人："回来参加活动了？"

几个人停下来聊了一会儿，英语老师看到孟韶和程泊辞很高兴，还跟他们说自己现在上课的时候经常会向学生提起他们两个她曾经教过的优秀学生。

"您当年送我的书我也一直留着。"孟韶说。

英语老师点点头："我记得，*The Great Gatsby*，你当时特别好学，还问我原版书是在哪里买的。"

"因为之前去新华书店没找到……"孟韶说到这里，忽地停了下来。

程泊辞看了她一眼。

英语老师毫无察觉地接过话茬儿："礼城只有那家联合书店有卖原版书的，不过现在在网上买更方便，还不用跑那么远。"

跟英语老师告别之后，快要走到办公楼的时候，孟韶听到程泊辞低声问自己："给我的书也是在那里买的？"

他身上的清冷的气息随着这句话一同飘过来。

刚才程泊辞并没有加入那个话题，孟韶还以为他不会留意到。

程泊辞问得温和，孟韶不确定他有没有猜到，就是为了那本聂鲁达的诗集，她才专程去找卖原版书的书店。

她很轻地说"嗯"，不准备继续往下谈论，细细的嗓音就像一团烟散落在空气中。

办公楼的走廊里凉丝丝的，两个人走楼梯上去，经过二楼英语组的时候，孟韶下意识地望过去。

她拦在这里给他送过卷子，听他讲过题，走的时候还偷偷看过他关门的样子。

去到校长办公室跟其他优秀校友会合之后，校长陪他们走向举办演讲活动的礼堂，沿路讲解礼城外国语学校这些年来的发展变化，让他们有空多回来看看。

仿佛为了证明自己当年就慧眼识珠，校长还历数起自己对几个人学生时代的印象，程泊辞他自然记得很清楚，说到孟韶的时候就有些犹疑："小孟同学那时候比较低调，但我也是知道的，就比如那个……"

原本文科班在礼城外国语学校的存在感就不如理科班的强，孟韶也不是余天那种从理转文数一数二的学生，她看校长说不上来，便善解人意地给对方提示道："模拟联合国活动。"

校长一副话在嘴边刚想起来的模样："对对对，模拟联合国活动，程泊辞也上了，我虽然快退休了，但这脑子还是挺好使的，模拟联合国活动你们俩都表现得非常好。"

孟韶忍着笑点头，一抬眸，发现程泊辞在看自己，连忙不好意思地调整成正常的表情。

校长又去同程泊辞搭话，程泊辞从孟韶身上收回目光，回答校长问题的时候，脑海里还是方才她眉眼带笑又忍住的鲜活表情。

孟韶和程泊辞在礼堂演讲的序号是连在一起的，程泊辞在先。他摘掉口罩上去的时候，孟韶就坐在第一排校长的旁边跟着听。

他仍旧如少年时代一般吸引人，只要站到那里，就是所有人眼中唯一的焦点。

清冷的追光勾勒出程泊辞穿西装的挺拔身形，十年过去，他越发沉稳自持，如苍山，如冷玉。

孟韶听到身后响起调低了音量的快门声音，然后是老师的警告声，因为发现有学生在拍程泊辞。

她微笑了一下。

台上程泊辞不徐不疾地讲起自己被外派时的经历，听他条分缕析地剖陈每一次谈判合作、每一次政策推行背后的利益考量与艰难险阻，孟韶才切切实实地感觉到他肩上承担着多重大的责任。

不知是不是她的错觉，程泊辞演讲的时候，好几次都把目光投向了她所在的地方，而她不会再像当年那样逃避了。

程泊辞说"谢谢大家"的时候，负责引导的礼仪生过来请孟韶去台侧候场。

舞台一侧架设了临时钢架阶梯，演讲者不必再从后台上去，程泊辞下来时，孟韶正好走上去。

楼梯很窄，两个人擦肩而过的那一刻，孟韶察觉到他的呼吸就从她的耳畔拂过。

她脚下没踩稳，好不容易才保持住平衡，正要往前走时，程泊辞却说"等一下"。

他是低着头的，孟韶顺着他的视线望过去，看到自己的裙摆落到了楼梯与舞台的缝隙之中。

她正要去解，程泊辞却先一步俯下身。

孟韶今天穿的是一条偏礼服款式的珍珠色长裙，衬裙外面覆盖着两层软纱，一不小心就会被扯坏，而程泊辞无比耐心地替她将裙摆捋平，从缝隙中完好无损地拎了出来。

他修长的手指拈着轻薄的布料放下，轻柔的触感让孟韶的身体轻轻一晃，这次是真的险些跌倒，她下意识地用手撑了一下他的肩膀。

隔着西装和衬衫，她也可以摸到他坚实的肩膀轮廓。

他的体温亦传递到她的手上。

从她的高度，她正好将程泊辞专注的神情尽收眼底。

他眼帘低垂，睫毛在眼睑上投下鸽灰的阴影，鼻梁高挺像山脊。

收回手的时候，孟韶觉得自己露在外面的皮肤的温度升高了一点儿。

程泊辞等她站稳才起身，低低地说："好了。"

他用的是只有彼此能听清的音量，短短两个字，说到最后已经变成气声，在她的鼓膜上似电流飞快蹿过，引起转瞬即逝的战栗。

程泊辞注意到孟韶脱掉了外面的毛线开衫，他站起来的时候，闻到了她从领口透出的香味，味道极淡，不像香水，更像沐浴露留下的味道。

控制着自己的视线不朝不该看的地方看过去，他从她的身侧经过，眼前却还是给她扯裙子时，她无意间露出来的脚踝——白白细细，再往上就是线条好看的小腿，关节处是粉的，一只手就能握住。

孟韶像梦游一样走到了程泊辞站过的地方，拿起了刚被他放下的麦克风——还是温热的。

工作之后孟韶也养成了不背稿只准备资料的习惯，这样上镜的时候才会显得自然，她一直没多想什么，这天站在礼堂的台上，她却开始认真地思考，自己做这件事，是不是无意识地在模仿程泊辞？

几分钟前，程泊辞为她提裙子的那一刻，她像站在日暮时分的沙滩上，猝不及防地被一阵温柔的潮汐打湿，那种悸动的感觉，她也不是不熟悉。

十几岁的时候她的胸口像有一片只为他存在的海，他是月亮，能够散发引力牵引潮汐，海浪一起一伏，都同他有关。

孟韶看到程泊辞下去的时候坐在了她侧边的空位上，她的外套似乎有一半垂到了地上，程泊辞帮她捡了起来。

或许是因为这个举动显得两个人很熟悉，校长这时探身问了程泊辞两句话，他先点头后摇头。孟韶猜第一句是问程泊辞是不是认识她，猜第二句时，她握着话筒的指关节略微收紧，掌心犹如还留有他的体温。

假如不是有这几年的工作经验做支撑，孟韶觉得她这次的演讲会是一次很不成功的临场发挥。

讲完之后孟韶坐回原位，程泊辞把她让进去，她抱起自己的外套放到膝盖上，对他说了"谢谢"。

后面几个校友演讲的时候，孟韶一直看着台上，像是听得很认真，但只有她知道，自己是在持续地走神儿。

脑海中万念纷飞，她也不记得想过什么，而程泊辞中途在手机上翻看文件和回工作消息她倒是都看见了。

等到所有人发言结束，孟韶跟程泊辞一起站到台上，下一个仪式是礼仪生上来给每个优秀校友赠送带有礼城外国语学校校徽的纪念品。

礼仪生排队的时候，孟韶远远地看到有人抱了一束花，她收回目光去看程泊辞，发现他没戴口罩，不假思索地提醒道："口罩记得戴。"

看上去校长的记性不像他说的那么好，至少十年过去，程泊辞不能碰花这件事就被他忘掉了。

程泊辞看着孟韶，没动。她有些着急，又道："你不是花粉过敏吗？"

想到颁奖典礼那天晚上，她坐在自己的车上，用风衣外套裹住了送给她的花束，程泊辞眸色深了一层，说话的语气却十分平静，不带太多情绪："你记得这么清楚？"

孟韶的目光闪烁了一下，她轻描淡写地说："刚才在路上看见你戴口罩，突然想起来了。"

程泊辞没有马上接话，看孟韶的眼神却让她产生了一种温火煮水般的慌乱，那水短时间内不会沸腾，气泡却翻滚不断，不得停息。

她很怕程泊辞再往下问，问那天呢，那天在他的车上，也是突然想起来的吗？

不是。

她喜欢他太久，所有关于他的记忆都根深蒂固到像长在了血肉里，有如碑文题字镌刻得太深，哪怕后来被废弃搁置，也没办法让时间磨平。

好在这时礼仪生已经列队上来，程泊辞依她所言戴上了口罩，这个话题也就此收尾。

活动结束之后，校长陪几个人去吃饭，原本要到校外，有校友提议就在食堂，说是毕业这么久，想回忆一下那时候的味道，以后估计也没什么机会了。

时隔多年再度走进食堂里，孟韶一下子想起了读高中时在这里听乔歌和许迎雨讲八卦消息的场景，那时候的生活也不能说无忧无虑，却比现在的要简单、纯真很多。

校友演讲活动 11 点就结束了，学生还要在教室里再上半个小时的自习才会过来，因此食堂里没什么人。程泊辞端着餐盘在孟韶的对面坐下，问她坐哪一班飞机回去。

"明天中午。"孟韶说。

她又问程泊辞，他说自己吃完饭就要去机场，周日有会，要为下周举行的外事活动做准备。

"好辛苦。"孟韶一边说，一边把菜里的洋葱片挑出来。

程泊辞一瞥她在餐盘的一角堆成一小堆的洋葱："你不吃这个？"

孟韶点点头，说自己不喜欢洋葱的味道。

过了一会儿，孟韶放在桌上的手机振动了一下，她拿起来看，是许迎雨给她发消息了。

许迎雨："我听说你和程泊辞回礼城外国语学校了。"

许迎雨："今天晚上有时间吗？我请你吃饭呗。"

"我下午和晚上都有空。"孟韶回复道。

许迎雨大学毕业之后考回礼城文旅局，就这样留了下来，因为留在父母身边，在市区有住处，没什么生活压力，孟韶经常看到她在朋友圈里晒一些温馨平和的日常生活照。

听孟韶这么说，这几年难得跟她见面的许迎雨立刻说："那我待会儿就出发去找你，你在学校门口等我，千万别跟你当年的暗恋对象跑了啊。"

许迎雨说得夸张，孟韶没忍住笑了。

一抬头，就撞上了程泊辞的视线，孟韶下意识地锁了屏幕。

程泊辞看着她眸中残留的笑意，顿了顿道："我要走了。"

孟韶这才注意到他已经吃完饭了。不知是不是她自作多情，她总觉得，程泊辞说这句话之前，好像是想问她在给谁回消息。

许迎雨下午果然风驰电掣般开着车在礼城外国语学校门口接到了她。两个人许久没见，从上车一直聊到晚上坐进餐厅里吃饭，说完最近的工作和生活，又说到当年的高中同学，许迎雨还把孟韶拉进了礼城外国语学校他们那一届的年级大群里："群里好长时间没人说话了，不过昨晚有人说你们要回学校，大家就跟着聊了两句。"

孟韶习惯性地给和工作无关的群开了消息免打扰，许迎雨看着她操作，想起什么，好奇地问："孟韶，你这次看到程泊辞，有什么感觉没？"

程泊辞的名字落进耳朵里，白天在礼堂里面对他时的那种心境再次浮现，孟韶怔忪片刻，还是说了"没有"。

许迎雨遗憾地道："我还以为你们这次能擦出点儿什么火花呢。"

想到颁奖典礼那晚在砂锅粥店里跟程泊辞那场冷淡的聊天儿，孟韶笑着摇了摇头。

许迎雨"啧"了一声："你看人家乔歌都快跟男朋友结婚了，你恋爱还没谈过一次。"

孟韶一愣："是吗？她要结婚了？她上次跟我聊的时候还说刚吵了架想分手。"

"乔大小姐那脾气一上来什么都说，你还不知道她？"许迎雨翻了翻手机，"昨天晚上她发朋友圈，说她男朋友求婚了，你是不是没看见？"

孟韶"嗯"了一声："昨天我下飞机到酒店直接就洗澡休息了。"

她正在看乔歌的朋友圈，许迎雨忽然说："群里有人发了你跟程泊辞今天参加校友活动的照片。"

孟韶点进许迎雨这晚才拉她进的年级大群里。原来这天礼城外国语学校请的活动摄影师正好是他们那届的同学，对方直接发了一份照片到群里。

许迎雨一张张翻看："不是我说，程泊辞更帅了，这样你看了都没感觉啊？"

许迎雨翻到某一张的时候，动作停了："这张好看。孟韶，这张你们看起来很配。"

孟韶看过去，那张照片不是正式的活动照，而是一张抓拍照，拍到的是程泊辞给她扯裙子的那一幕。

昏暗的环境里，她的脸和裙子被舞台上方的灯光照得微微发亮，因为是半侧身的角度，从照片上看不清她那时略带紧张的表情。

群里的人已经热热闹闹地聊起了天儿。

姜允："早知道辞哥这周回去我也回了。"

姜允："别的不说，再去操场上打场球过过读高中的瘾。"

蒋星琼："你以为那么好回去的，我看学校网站上的新闻，一共就请了五个人。"

姜允："我翻墙进去还不成？"

余天："咱们可以办一次同学聚会，就是不知道大家有没有空。"

还有人夸孟韶漂亮，说当年都没注意到年级里还有这么好看的女生。

乔歌跳出来说："我早就发现了，要是孟韶那时候会打扮，我就不是'校花'了。"

姜允跟她开玩笑："哪儿有人自己说自己是'校花'的？"

225

群里就这样滔滔不绝地聊了下去，孟韶没再关注，把手机放到了一边。

吃完饭之后，许迎雨开车把孟韶送回了酒店，问清她隔天的航班信息，不由分说地告诉她自己到时候来给她送机。

晚上孟韶洗了澡躺在床上，原本将手机连了酒店的电视，准备投屏一部想看的电影，却鬼使神差地又点进了年级大群里。

她随手往上翻了几页，看到姜允调侃完乔歌，乔歌气势汹汹地让他说那他觉得哪个女生比较好看。

面对这种得罪人的问题，姜允嘻嘻哈哈地说都忘了，要不然谁发张照片给他看看。

乔歌嗤之以鼻："谁信你都忘了啊？这话只有程泊辞说我才相信。"

姜允顺势转移了话题："@程泊辞，辞哥，你当年有觉得哪个姑娘长得漂亮吗？"

孟韶以为程泊辞肯定不会回复的，没想到隔了几条别人的聊天儿信息，他竟然回了。

程泊辞："有。"

姜允来了兴趣："谁啊？辞哥能透露一下吗？"

"不能。"程泊辞简简单单地说。

孟韶不知不觉盯着那个"有"字看了好长时间。

原来他那时候也会觉得某个女生漂亮。

不知道是谁。

第九章
破碎故事之心

第二天搭上回首都的飞机，孟韶坐在机舱里，手上拿着一本在机场随手买的书，觉得刚过去的那一天就像一场梦境，机翼掠过的云是被抛在身后的种种往事，她正在越过即将抵达现实的边境线。

落地之后她拖着箱子走出机场，人流涌动，所有关于高中的回忆自动后退，她又变回了那个忙碌的出镜记者孟韶。

晚上孟韶收到了施时悦的消息，提醒她第二天别忘了提早去台里跟其他人会合。

这次的报道任务孟韶提前很久就得到了通知，是一次国际合作高峰论坛，电视台要跟其他媒体的外事记者合作报道，因为规格高，活动又密集，记者的能力和体力都要跟得上，所以台里抽调的都是工作能力强的青年记者。

周一一早，孟韶到了电视台楼下，附近一辆商务车的车窗降下来，周昀坐在驾驶座上喊她过去。

"你开车？"孟韶问。

周昀点点头："设备在后备箱里。"

孟韶拉开中排的车门，周昀回头说："你坐副驾驶座呗。"

她笑笑说："我就坐这儿吧，懒得换了。"

"早饭吃了吗？"周昀朝最后一排抬了抬下巴，"我买了些面包、牛奶，你没吃就拿。"

孟韶肠胃不好，早上只能吃热的，虽然急着出门没吃饭，但还是谢绝了周昀的好意。

周昀又说："你是不是不爱吃这些？要不我去那边的早餐摊给你买点儿，他们还没来，反正也是等。"

他的关心总让孟韶觉得不自在，她假装打了个哈欠："我不饿，就是起得早困了，我先睡会儿啊。"

周昀这才不说话了。

没多久其他同事就上了车，周昀把车开到会场，下车之前大家分了一下外事稿选题，然后就扛着设备分头开始跑任务。

周昀拿的选题是跟孟韶同一场的会谈。到了现场之后，领导人还没来，孟韶端着摄影机调参数，周昀靠过去帮她参谋。

因为对方站得近到超过了正常的社交距离，孟韶条件反射般往旁边挪了一步，却没防备撞上了身后一个正经过他们的人。

那人反应很快，单手从后面帮她托住了摄影机。

孟韶连忙道歉说"不好意思"，回应她的是她极为熟悉的低沉冷淡的音色："没关系。"

她一怔，转头的时候，看到了程泊辞英俊的面容。

"你也在。"孟韶说。

程泊辞"嗯"了一声，垂眸看着她："这个分会场的会谈都由我负责。"

孟韶点点头，程泊辞问她机器拿稳了没有。

她这才意识到程泊辞一直帮她抬着摄影机，有力的手臂从她的身侧绕过去，就像把她揽在了怀里。

她的手肘只要稍稍落下，就会碰到他的袖子。

质感极佳的西装布料上散发着他身上那种清冽的气息。

一缕热气顺着孟韶的衬衫领口攀升上来。

"拿稳了。"她强作镇定地说。

程泊辞这才松手，还要跟孟韶说话，周昀突然道："孟孟，要不我们换一个长焦镜头？一会儿是在会谈桌外围拍，离得有点儿远，长焦能拍清楚。"

孟韶过了一秒才反应过来周昀是在叫自己。"孟孟"这个称呼是上大学的时候班里同学起的，因为一共就二十几个人，新闻专业又基本门门课都要组队做小组作业，大家彼此之间都很熟，不过这么叫她的一般都是女生，周昀没怎么喊过。

毕竟是工作场合，孟韶并未在这种无关紧要的细节上费口舌，只是跟周昀讨论道："要换吗？但是今天基本是手持拍，广角会稳一些。"

她一边说，一边用手揉了揉隐隐发疼的胃部。

这时不远处程泊辞的同事叫他过去。他的视线淡淡地一扫周昀，低声跟孟韶说："我先走了。"

孟韶同他道别，正要继续和周昀商量镜头的选择，对方却看着程泊辞的背影，说了一句完全无关的话："你跟程领事认识啊。"

"高中同学。"孟韶说。

周昀若有所思地收回视线："都没听你提过。"

会场里人头攒动，各家官方媒体的记者在会谈开始之前都到齐了，孟韶让周昀用两种镜头分别帮她录了一段出镜素材，然后指给对方看："长焦还是晃，不换了吧，你说呢？"

"行，你想用就用这个。"周昀说。

这种让着自己的态度让孟韶没有了继续讨论的兴趣，她不再作声。有工作人员给他们送水，她接过之后随手放在桌上，让周昀先拿着摄影机，说自己去会场外的直播室里看看负责直播的同事情况如何。

从直播室往回走的时候，孟韶听到有人叫她。

她停下来侧过身，程泊辞快步从后面赶上来。

他手里握着一杯塑封的米粥递给她，上面已经插好了吸管。

孟韶有些意外地看着他。程泊辞解释道："刚才看你不太舒服，去问了一下同事早上的工作餐还有没有，让他们帮忙热了一下。"

孟韶道了谢接过来，杯身还是暖的，恰到好处的温度熨帖着她的掌心。

会场不让带食物和带颜色的饮料进入，孟韶放慢脚步，小口小口地喝粥，温热黏稠的液体顺着食道流进胃里，让她一早上忙碌到略微焦躁的心情变得平和了很多。

程泊辞用指腹在手机上点了点："你明天也来不及吃饭的话可以告诉我。"

孟韶笑了一下："那我不成专门来蹭吃蹭喝的了？"

程泊辞看了她片刻，又说："能给我你的手机号吗？"

那天他只要了她的微信号，而她的微信号不是手机号码。

他还是想有能直接联系到她的方式。

怕单说这句话太突兀，他又补充道："这几天新闻司那边可能跟你们台里有一些交接。"

孟韶报给程泊辞一串数字，他低着头认真地记下来。走廊上方的照明灯给他的眉眼笼上一层淡光，他下巴的阴影落在从西装里露出的白衬衫衣领上，脖颈线条修长，好看到他记完放下手机的时候，孟韶还有点儿挪不开视线，所以也没空去想，外交部新闻司要跟电视台交接，为什么是他来要电话号码？他又为什么不能直接给新闻司的人推送微信名片？

程泊辞将手机放进西装外套的口袋里，很自然地问她："喝完了吗？"

孟韶回过神来，程泊辞从她手中拿过喝空的杯子，放进了靠他那侧的垃圾桶里。

两个人不小心碰到了对方的手指，孟韶的指尖下意识地蜷了蜷，程泊辞没有刻意停留，只是留意到吸管管口沾着一抹若隐若现的口红印，是她今天用的颜色。

跑完这天的外事报道，孟韶晚上跟几个同事一起回到电视台整理稿件。直接向下负责他们这次报道活动的施时悦也还没走，孟韶去她的办公室汇报的时候，正好碰上对方在讲电话。

施时悦示意她先坐下等，表情焦急地同电话那端的人交流："住院了？人没事吧？你让他先别着急，我们再派个人过去。"

挂好电话，施时悦先听孟韶汇报完这一天的稿件情况，紧接着就问："孟韶，你马上出个差行吗？"

孟韶说："怎么了？"

"前几天不是让咱们台里的老张带着他的徒弟和刚招进来的几个新人去跑今年巴黎世锦赛的报道吗？结果老张昨天晚上犯急性肠炎住院了，再交给别人我也不放心，你之前也报道过体育赛事，有经验，能不能去带一带他们？"施时悦道。

孟韶之前也跟着老张跑过新闻，对方算她的半个老师，因此施时悦让她去救急，她立刻就答应了："那施姐我一会儿就回去收拾东西。"

施时悦说声"行"，又道："你剩下的选题我另外找人做，到那边了跟我说一声。"

第二天程泊辞特地让同事多准备了一份早餐给他，但没在会场上再见到孟韶。

迟疑许久，在一场会议的间隙，他给她发了微信："怎么没来采访？"

孟韶隔了很久才给他回复："临时接了任务，我在巴黎跟世锦赛。"

没有打扰她休息，等到她的下一个傍晚，程泊辞才又给她发了消息。

不知道为什么，可能是因为没看见她，所以他很想跟她联系。

程泊辞开始找话题。他提到一个今年参加世锦赛的法籍羽毛球运动员，问她有没有机会见到。

孟韶："有的，他进半决赛了，我们之后应该会做专访。"

孟韶："你很喜欢他吗？"

程泊辞便说那是他的外公喜欢的选手，只是外公因为身体不好，一直没能亲自去看一场对方的比赛。

其实他还有别的话想说，比如孟韶跟那天在活动中叫她"孟孟"的男同事是什么关系，这次的临时任务他们是不是一起去的。

但他也清楚，孟韶的这些私事，他没有资格过问。

直到又在论坛上看到周昀，而孟韶仍然没有出现，程泊辞才有种松了口气的感觉。

那天他的心情比平常要好，之前帮他给孟韶留过早餐的同事也看出来了，问他是不是有什么喜事。

程泊辞难得因为旁人的一句话内心泛起波澜，假如同事不说，他还没有意识到，得知孟韶不是跟那个男同事一起出差，会让他产生这种近似高兴的情绪。

他们这个分会场的日程快要进行完了，工作比前些天轻松很多，同事没什么事，便跟他聊起了天儿："咱们论坛第一天早晨你拿那个粥去加热，是给电视台孟韶的吧？她出去之后你也跟着出去了。"

见程泊辞没否认，同事又说："当时我们几个还议论你是不是想追人家来着。"

"看她胃不舒服。"程泊辞说。

同事意有所指地道："我怎么感觉不止呢？当时礼宾司有人献殷勤去给她送水来着，你不是还往那边看了？结果人家没喝顺手放下了，你才得到启发去热粥的，我还给咱们司其他人分析了，他们都觉得很有道理。"

听对方说得绘声绘色，程泊辞失笑："你们背后就是这么编派我的？"

停了停，他又说："我没注意那么多。"

同事也没跟他争，只道："你注没注意我不清楚，反正孟韶那样的不缺人追，你要是有想法就早点儿行动，别让人给抢了。"

在巴黎连轴转了一周多，带着电视台的新人做完所有计划内的采访，又去接了老张出院，孟韶才坐上回国的班机。

因为程泊辞在跟她的聊天儿中提到了那个法国选手，所以采访的时候，她顺便替程泊辞的外公要了一张签名照，怕放在行李箱里被折，是直接用信封装着搁在包里一路背回来的，原本打算一回国就给他，但因为这次需要帮新人统稿、修稿，一直没抽出空来，就问他要了地址，发了封快递给他。

隔天晚上，她在工位上收到了程泊辞的消息。

程泊辞："签名照我收到了，谢谢。"

孟韶说"不客气"。程泊辞问她有没有空，说想请她吃饭。

"以后再说吧。"孟韶打字回复他，"我最近很忙，到现在还在加班。"

"吃饭了吗？"程泊辞问。

孟韶说："还没有，晚上回去吃。"

过了几秒，她看到屏幕上浮出一条新消息。

程泊辞："等我一会儿。"

孟韶愣了愣，意识到他的意思是要来找自己。

她想说不用麻烦，字都打了出来，最终却没有发出去。

在短短的一瞬间里，她似乎察觉到心底有种情绪一闪而逝，那种情绪太飘忽，让她看不清。

春天已经在不知不觉间结束，窗外的夜色泛着微热的气息。

孟韶放下手机，望着面前的电脑屏幕，短暂地出了一会儿神，心情好像突然变成了一种纯净透亮的浅色，伴着她的脉搏，在这个傍晚安静地起伏。

其他工位上的同事完成工作后陆续离开，有人问她要不要一起走。

"我再待一会儿。"孟韶笑着说。

直到这一层的人都走空了，只剩她一个。头顶的中央空调发出沉闷的"嗡嗡"声，总让她不自觉地恍惚。

程泊辞准时在半个小时后给她发了消息，说自己到楼下了，给她带了晚餐。

电视台没有工作牌进不来，孟韶让他稍等，说自己下去找他。

起身的时候，桌面上放的镜子照出了她白皙的面孔。

孟韶觉得自己看起来有点儿疲惫，从包里拿出口红，淡淡地补了一层，又用手整理了一下头发，这才去搭电梯。

电梯载着孟韶下行，到达一层的时候停了下来，金属色的电梯门打开，她的脚步比平常下班的时候要轻快。

她走出大楼，看到静谧的夜色中，程泊辞站在外面等她。

也许是因为气温升高，又不是工作场合，他没有穿正装外套，白衬衫勾勒出他平整挺拔的肩部线条，袖子被挽到小臂处，露出薄而匀称的肌肉轮廓，衬衫的下摆被束在西裤里，一双腿修长笔直，仿若清夜中一棵冷峭的雪松。

他手里还拎了一个印有餐厅标志的纸袋，纸袋黑色的细绳跟他冷白的肤色形成了强烈的反差。

看到孟韶，他朝她做了个口型：这里。

孟韶快步走过去，程泊辞把另一只手中的袋子提起来："这个你拿回去。"

孟韶认得那家餐厅的标志，据说是国内仅有的几家米其林三星餐厅之一，开在首都寸土寸金的二环，之前施时悦带她去过，确实很好吃。

往袋子里一瞥，孟韶惊讶地道："你怎么点这么多？"

是两个人都未必吃得完的分量。

"吃不了吗？"程泊辞也顺着她的目光看过去，"不知道你的口味，就多买了几种。"

"你特地过去买的？"孟韶问。

程泊辞说是打电话订的，顺路去取了。

孟韶不确定他走的是哪一条路，但根据她这四年对这座城市的认知，去那家餐厅，不太绕的路都不会经过他那里附近。

她想了想说："要不然你跟我一起上去吃吧，我吃不完，很浪费。"

话刚说出口，孟韶就有些后悔，因为她意识到程泊辞给她带晚饭很可能只是作为她帮忙要签名照的答谢，并没别的意思，也不是为了跟她一起吃饭。

她这样自作主张，反而是一种越了界的唐突。

但程泊辞没怎么犹豫就答应了。

孟韶怕自己勉强了他："你要是没空就算了。"

程泊辞看着她，轻描淡写地道："怎么？又不舍得了？"

孟韶愣一了下才意识到他是在跟自己开玩笑，她略微局促地将一缕碎发别至耳后，小声说"没有"。

程泊辞看她的眼神中多了点儿不明显的笑意。

孟韶被那点儿碎星般的笑意晃得不自然，先移开视线，回身往电视台大楼的方向走。

晚风温热，像盛夏提前寄来的信。

跟程泊辞一起登上电梯轿厢，孟韶按了她的工位所在的楼层，光滑的电梯门上映出两个人的影子。

她余光里是他的白衬衫的颜色，他露出的一段手臂皮肤下隐隐透着青筋的形状，看起来坚实有力。

那天在峰会论坛上，他就是用这条胳膊绕过她身侧，帮她稳稳地托住了摄影机。

孟韶不知道为什么，当时被他的气息包围的感觉，她现在还记得这么清楚。

电梯到达，程泊辞抬起胳膊替孟韶挡住门，让她先出去。

孟韶带他到自己的工位附近，找了一把没人用的椅子给他坐。

程泊辞先帮孟韶把桌面上的文件理成一沓放到收纳架上，然后才从袋子里拿出餐盒放到桌上，逐个打开。

他开餐盒的动作干净好看，手掌宽大，手指很长，随着用力，手背上会浮现出骨骼的形状。

都是清淡的菜，盒盖打开的时候，不会有太重的味道漾到空气里，只有淡淡的油盐香。

程泊辞点的菜的确多，所以虽然原本是给孟韶一个人吃的，但餐厅的服务员往袋子里面放了两双筷子。

拆开密封的餐具，程泊辞递了一份给孟韶。

孟韶接过来，停顿了一下，先没挟菜，而是略带迟疑地问程泊辞还有没有多余的筷子。

"可以用作公筷。"她解释道。

程泊辞顿了顿，说："只有这两双。"

孟韶说"这样"，在心里斟酌了几遍话要怎么说，最后用了种比较含糊的问法："你不介意吗？"

她总觉得他是那种会在这方面有洁癖的人。

程泊辞看了她一眼，淡淡地反问了回来："你介意？"

孟韶发现程泊辞很善于提出让她难以回答的问题，那天在颁奖典礼上问她爽约有没有意思是这样，现在问她介不介意不用公筷跟

· 237 ·

他一起吃饭也是这样。

仿佛在他的面前，总有一些时刻，她这些年习得的、练就的与人交流的技巧和能力都会失灵，她没办法伪装，没办法投机取巧，好似又变回当年那个容易紧张无措的高中女生。

或许是看出孟韶更希望自己先回答，程泊辞一边给自己拆筷子一边说："我没关系。"

因为只有他们两个人，周围的环境十分安静，所以程泊辞说话时的音量并不高。明明还是那种清亮的音色，就因为声音放得低，孟韶的心脏产生了极轻微的收缩。

她无端地想起高一那年的模拟联合国活动，上台前她对着镜子补口红，程泊辞出去之前经过她身后，提醒她口红涂到了外面，用的也是差不多的嗓音。

孟韶不清楚青春期的悸动是否可以隔着这么久被追回、被复活，还是她此时此刻的感受就只是回忆而已。

孟韶回神的时候距离程泊辞说出那句话已经过了一小段时间，发现他没有动筷在等她，她连忙道："那要不就这样。"

程泊辞"嗯"了一声。

搛菜的时候，孟韶无意间瞄到贴在纸袋上的订餐单据，在"备注"那一栏里，写着"去洋葱"三个字。

花了几分钟去想，她才记起自己什么时候跟程泊辞说过不喜欢洋葱。

是那次回礼城外国语学校，演讲结束之后去食堂吃饭，她把洋葱都挑了出来，他看见之后问的。

当时他第二天要开会，吃完饭就匆匆地赶去机场了，没想到还记得住她随口说的一句话。

孟韶的电脑上还剩小半篇稿子没改完，她想在吃饭前看完，便用没拿筷子的那只手碰了碰触控板，让屏幕重新亮起来。

程泊辞忽地出声："还剩很多工作？"

"不多了，其实也不是我的工作，是帮刚进台里的新人改上次世锦赛的采访稿。"孟韶说。

"有没有什么我能帮忙的？"程泊辞问。

孟韶想了想，回道："你能帮我录一段视频吗？我们台里开了一个社交平台的账号，我们领导说想用视频向大家展示一下我们的新闻生产过程，我这次世锦赛的特辑还差一个收尾。"

程泊辞说"好"，孟韶便去取了设备，调好参数之后递给了他，然后对着镜头开始说话："大家好，我是总台记者孟韶，现在我在加班改稿，马上就能改完了……"

相机后面，程泊辞的眼神十分专注，孟韶被他看着，脸上微微发热。

录完视频，程泊辞把相机交还，问孟韶这样可不可以，她检查了一下，说"没问题"，然后随手把相机放在一边，开始吃饭。

以前加班的时候孟韶也不是没在工位上吃过饭，但这次有程泊辞在旁边，她的感觉跟以往都不同。

好像如果有人陪着，她就不会觉得自己没有好好吃饭。

"是不是这次忙完，后面就能休息一段时间了？"程泊辞问。

孟韶说"是"，接着又摇头："不过也不确定，得看是不是有热点新闻要追。"

说完，她嘀咕道："不行，我不能当乌鸦嘴，上次这么说完，马上就有新选题分给我。"

很少见到孟韶这种鲜活的模样，程泊辞的眼角不自觉地堆了点儿忽隐忽现的笑:"我还以为你不会累。"

他发现孟韶有几道菜吃得比较多,便指着另外几个餐盒说:"这些能不能挪到我这边?我喜欢吃这些。"

孟韶说"好啊",程泊辞看了眼手机上的时间:"快 10 点了,待会儿送你回去。"

吃完饭之后,孟韶把视频从相机里导出来,跟电脑里之前存的其他片段剪辑在了一起,从头播放了一遍,看叙事是否流畅。

视频里面有她流利地用英文采访外国运动员的镜头,程泊辞看着,忽然说:"你的英语很好。"

孟韶笑笑:"你这么说,我会觉得是不是在笑话我。"

程泊辞挑了挑眉:"怎么?"

孟韶随口说:"你上高中的时候可是给全年级介绍经验的人,我还背过你的英语作文……"

意识到自己说了什么,她一下子刹住了车。

程泊辞却像没明白她突然停下的原因,看着她,轻飘飘地问:"为什么背我的作文?"

孟韶不知道程泊辞是不是明知故问,但他看起来又不像会做这种事情的人。

当年她背他的作文的心思,当然不只是学习那么简单。

明明前些日子还能坦坦荡荡地面对那么多人说已经放下程泊辞了,今天她却做不到心无挂碍地对他讲一句"因为当时喜欢你"。

"觉得你写得好。"孟韶开口的时候带了几分欲盖弥彰,"不是全年级每个人都发了一份吗?"

"大部分人看一遍就算了。"程泊辞说。

尽管他的语气平淡到只是在陈述事实,但还是让孟韶产生了一种自己正在面对非常不配合的采访对象的错觉。

她没有反驳程泊辞指出的她对他的作文格外用心，只是笑了笑说："我那时候英语不好，所以看得认真。"

然后她就把话题转移到了别处，仿佛刚才就只是两个人随口谈天，没有什么别的潜台词。

吃完饭之后，程泊辞送孟韶回家。

他还记得她喜欢吹风，上车就把她那边的车窗降下来一半，又顺手开了音响，是首低回的大提琴曲，像溪水一样流动在车厢里。

在市区车跑得不快，柔和的风灌进孟韶的衣领，缱绻缠绵。

车载屏显示快 11 点了，困意渐渐浮上来，孟韶起初还跟程泊辞说了些类似哪一条路更好走的话，后来他将音响关掉，车内变得安静，她不知不觉就倚在座椅靠背上睡着了。

在下一个十字路口等红绿灯时，程泊辞去看孟韶那侧的后视镜，注意到她闭上了眼睛，便替她把车窗升了上去。

孟韶睡着的样子看起来非常没有防备心，纤细的睫毛垂下来，柔软如初生的蝴蝶翅膀，仿佛下一秒就会飞走，让人想起十年前的她——

对谁都温柔体贴不设防，那时候她替她的同桌来找他勾英语题目，他的卷子被人泼脏，她立刻就把自己的让给他；而且问什么就答什么，模拟联合国活动结束之后他们一起去滑冰，她哼歌被他听到，他询问歌名，她明明不好意思，却还是告诉了他。

不像现在，她已经可以熟练地跳过所有她不想回答的问题。

这也让他看不出她对他的态度。

程泊辞一直没有收回视线，直到后面的车子不耐烦地鸣笛催促，他才意识到自己错过了红灯转绿的那一瞬间。

车开到孟韶家楼下时，她还没有醒。

程泊辞没叫她，只是熄了火，将车泊在安静的夜色里。

深夜气温降了下来，他侧身从后座上拿过自己的西装外套，动作很轻地给孟韶盖上。

车子的隔音效果很好，室外的噪声大部分被阻断，他听得到她绵长均匀的呼吸声。

孟韶睡着睡着，大约是觉得这个姿势不舒服，在座椅上转了个身，正好变成正脸对着他的角度。

一缕碎发因为孟韶的动作被粘在了她的脸上，程泊辞看着她，没多想就抬起了手，想要帮她拨开。

就在指尖快要碰上她的皮肤时，他才突然意识到，这样或许会把她弄醒。而且她有可能觉得被冒犯。

程泊辞放下手，无端地想起大学的时候读塞林格，《破碎故事之心》里有一句让人印象深刻的话："Love is a touch and yet not a touch."

爱是想触碰又收回手。

他因为自己的联想怔了怔，却又意识到，人的确出于各种各样的原因需要克制，需要收手。

这一刻程泊辞忽然懂得了他为什么不喜欢孟韶的男同事喊她"孟孟"，为什么今晚执着于从她那里问出一个背他的作文的原因，为什么十年前那个走下白塔的雨夜让他至今记忆犹新。

他始终未曾忘记高考前跟她一起看过的日落。去的路上，出租车里在放一首叫作《有一点动心》的老歌，程泊辞现在才明白，其实那个盛夏，他是真的已经有一点儿动心。

只是从前没有对别人这样过，所以他才会不清楚，哪种感觉叫喜欢，哪种感觉叫占有欲，哪种感觉可以概括他对她这些年来全部的念念不忘。

程泊辞的手机不合时宜地响起，他看到来电显示之后脸色一沉，先是直接静音，然后才用比较轻的动作打开车门，又轻轻合上，走出去接电话。

程宏远的声音在电话那端响起："我听你阿姨说她晚上想让你见见宋总的女儿，人家也在首都工作，被你给推了？"

程泊辞说"是"，没有任何解释的意思。

"泊辞，我跟你阿姨一直没再要孩子，她是真的把你当亲生儿子。宋总是嘉远未来最重要的合作伙伴，你年龄也到了，该考虑考虑成家了。"程宏远话是软话，说出来的态度却很强硬。

看程泊辞不接话茬儿，他又道："不说别的，你这样让你阿姨不好做人，等周末……"

程泊辞打断了程宏远的话："你替她考虑得倒是周全。"

接着他言简意赅地说："我没空。"

不等程宏远反应，他就把电话挂了。

通话页面闪了闪，消失在屏幕上。

程泊辞深深地吸了口气又呼出来，用手指捏了捏鼻梁。

这时他听到细微的脚步声，转过身，看到了从车上走下来的孟韶。

她怀里抱着他的西装，抱歉地问："你等了很久吗？"又说，"你可以叫我的。"

因为刚睡醒，孟韶的嗓音还有一丝含混，像温润的暖雾，在当下这个迫近凌晨的时分，在程泊辞的耳畔造成了一种假性的潮湿。

程泊辞没答话，只是问："电话把你吵醒了？"

“我自己醒的。”孟韶说。

她把西装外套交还，程泊辞觉得自己在上面触到了一点儿她的体温。

“谢谢你送我回来，”孟韶将背包的肩带往上提了提，伸手从包里取手机，“我上楼了。”

她今天穿的是一条半袖连衣裙，找手机的时候露出一截莹白的胳膊，在路灯下呈现出羊脂玉一样的颜色。

程泊辞目光掠过她手肘处的粉色，低声说“没关系”。

孟韶点了点屏幕，手机却没有如她期待的一般亮起来，她发出一声微带疑惑的“咦”。

过了几秒，她才想起在她回程泊辞消息的时候，手机电量就已经很少了，现在应该是没电了。

见孟韶踌躇，程泊辞问她怎么了。

“手机没电关机了，你有手电筒借我吗？”孟韶向后指指单元门，“这几天电梯和楼道的灯一起坏了，还没修好。”

程泊辞说“没有”的时候有种强烈的心虚感，他不确定孟韶上次坐他的车的时候有没有发现，他的后备箱里是有一个工具箱的。

孟韶没想那么多：“没有就算了，应该没什么的。”

她正要转身离开，忽地听到程泊辞说：“我陪你上去。”

随后他就走到了她的旁边。

以前孟韶从未觉得楼道窄过，可今天同程泊辞并肩上楼时，好像大半个空间都被他占据，就算是在黑暗中，他的存在感也特别鲜明。

她的衣袖时不时地会同他的衬衫相碰，两种布料极轻地摩擦，发出几不可闻的“窸窣”声。

"你是不是比读高中的时候长高了？"程泊辞道。

他伸手在自己的肩膀的位置比了一下："我记得当时你就到这里。"

孟韶对这个问题更有发言权——当时每次站在他旁边，她都会偷偷侧过脸去打量他，也因此深刻地记住了他跟她的身高差距。

她想了想，说："要比那个高一点儿。"

"是吗？"程泊辞的声音温和中带着点儿散漫，"我怎么觉得没那么高？"

孟韶坚持说："有的。"

程泊辞于是又把手抬高了半寸："那就是这样？"

孟韶觉得还是低了，下意识地要去捏着他的手腕往上抬："再往上……"

她觉出不合适，手堪堪停在半空中，又不着痕迹地收了回去："再往上 1 厘米就差不多了。"

孟韶家住六楼，走到五楼的休息平台时，她将手探进包里拿钥匙。

向外拿的时候钥匙扣卡住了包内袋的拉链，孟韶怕扯坏包，手指摸索着将两者解开，却没抓住，让已经搭在背包外缘的钥匙直接带着钥匙扣掉在了地上，发出清脆的一声响。

孟韶弯腰去捡，程泊辞也在同一时间俯下了身。

她先碰到钥匙，而程泊辞的掌心覆在了她的手背上。

时间仿若静止了一秒。

昏暗的环境放大了肌肤相贴的触觉。

钥匙是凉的，他的手是热的。

"抱歉。"程泊辞说。

他收回手之后，他的掌中似乎还留着她细腻的皮肤触感。

偏窄的手背、柔细的手指，那么轻易就能被攥在手心里。

他不是不想握得再久一些。

孟韶不知道自己该不该回应这句话，抿着唇，摇了摇头。

早就不是跟男生碰一下手，心里就要起波澜的年纪了，但也许是从前对程泊辞想象得太多，向往得太多，所以即使是现在，她也做不到真的心如止水。

把剩下的一段楼梯走完，站在自己家门口，孟韶对程泊辞说了这个晚上的第二次"谢谢"。

程泊辞等到她关门才离开。

第十章
雨天的婚礼

次日清晨，孟韶在下楼的时候正好碰见了叶莹莹。

叶莹莹跟她打招呼，和她一起往下走。

明媚的阳光透过窗户落在弯弯的楼梯上，四周的景物清朗到昨夜发生的一切都像幻觉。

叶莹莹跟孟韶抱怨了几句为什么电梯还没修好，说自己今天下班之后一定要给物业打个电话催催进度，不然每天上下楼都要跑断腿了。

紧跟着她又笑眯眯地说："韶韶姐，你别怪我八卦啊，昨天是不是有人送你回来的？"

孟韶还没说什么，叶莹莹立即表态道："我先声明，我不是故意偷窥，就是当时挺晚了，我听见楼道里有男人的声音，就开门看了一下，结果看到你上楼，旁边还有个男的。"

"是我。"孟韶没否认。

叶莹莹见孟韶不反感提起这个话题，继续好奇地追问道："那是谁啊？我看着觉得好眼熟，像程泊辞学长。"

孟韶"嗯"了一声。

叶莹莹"哇"了一声："真的是他啊！韶韶姐，你们是不是有情况？你是不是还有点儿喜欢程学长？"

孟韶含糊其词地说："只是帮了他一个小忙，正好时间晚了，他才送我回来。"

叶莹莹的两个问题，她一个也没有回答，并非不坦诚，而是她自己也没想明白。

而且话说回来，哪怕现在已经脱胎换骨，跟当年完全不同，她还是觉得他离她很远。

这天上班的时候，孟韶收到了乔歌要在月底办婚礼的消息。

乔歌："请柬回头寄到你家，你一定得来啊。"

乔歌："许迎雨也答应我要来。"

乔歌："除非是什么特别重要的事，不然不能放我鸽子。"

孟韶让她放心，说自己肯定会去。

过了一会儿，乔歌又在礼城外国语学校的年级大群里宣布了这件事，邀请大家去参加她的婚礼，还说如果有人要带男、女朋友去就告诉她，她把请帖一起发过去。

姜允在群里问乔歌都有谁去，她便把孟韶、许迎雨和余天他们几个的名字念了一遍。

蒋星琼："我也去。"

姜允："等等，我怎么记得你们俩从初中开始就特别不对付呢？"

乔歌："你别挑拨离间啊，当年都是小孩子，不懂事。"

蒋星琼："我带我的男朋友一起去。"

乔歌："成，你把他的名字发给我，我这几天就写请柬。"

孟韶看到蒋星琼说男朋友，想到当年对方看程泊辞的眼神，不觉有种恍若隔世的感觉。

那段青春或早或晚尘埃落定，每个人都走上了不同的岔路。

陆陆续续又有人跟乔歌说要去，孟韶正看着乔歌一个个回复，手机突然连振了几下。

她从大群的页面退出，看到乔歌单独给她发了消息过来。

乔歌："程泊辞刚才来加我好友说要来。"

乔歌："你猜他问我什么？"

乔歌最后发来的是一张聊天儿记录截图。

孟韶点开，看到那张截图上面，程泊辞先是问乔歌自己能不能参加乔歌的婚礼，得到乔歌肯定的答复之后，他又道："孟韶是自己去吗？"

乔歌回了一个问号。过了几分钟，程泊辞说："她有没有带男朋友？"

孟韶还没来得及说话，乔歌就兴致勃勃地问她："你们俩最近是不是有什么发展啊？"

回顾了一下过去这段时间，孟韶承认自己跟程泊辞有过不少交集，但这算不算乔歌说的那种"发展"，好像也算不上。

只是两个人一起吃过几次饭，她给他的外公带了签名照，他送她回家。

至于他替她提裙子，在昏暗中抓住了她的手，问出那些让她难以回答的问题，有些暧昧，却也可以说只是意外，是不小心。

所以她对乔歌说："我觉得没有。"

"没有？"乔歌的语气听起来难以置信，"程泊辞这几年就没联系过我，我怀疑他都不认识我了，结果这次为了你要来参加我的婚礼，你跟我说没有？"

孟韶揣测道："可能不是为了我呢，是为了见见当年的同学。"

乔歌不太赞同："那他为什么要问你有没有男朋友？"

孟韶不知道怎么回了，她不会猜程泊辞的心，以前是，现在也是。

"算了，你这到现在没谈过恋爱的也不指望你开窍了。"乔歌放弃了同孟韶继续讨论这个问题，"你想让我怎么回他？"

孟韶让乔歌照实说就好。

乔歌答应了。不一会儿，她给孟韶发过来一张新的截图，是她告诉程泊辞"孟韶目前没有男朋友"的截图。

与此同时，在这座城市另一处的程泊辞看到这句话，心头骤然一松，就像在忙碌的时候突然收获了一次短暂的假日。

他礼貌地向乔歌道谢。

程泊辞原本的确没打算参加乔歌的婚礼，是发现对方说孟韶也去之后，才起了念头，而在看到乔歌说可以带男、女朋友，又有很多人响应的时候，他一下子想起了孟韶跟她的那个男同事。

他这辈子第一次做这样转弯抹角、欲盖弥彰的事情，只是为了问一下她现在有没有男朋友。

好在最后得到的答案就是他期待的那一个。

乔歌婚礼那天下了小雨，孟韶拎着一把湿漉漉的伞登上酒店门口的大理石台阶。台阶上铺了地毯，进门的地方有工作人员递伞套给她，她接过来，边走边将折叠伞放了进去。

在签到处签过到之后，孟韶放下自己给乔歌准备的红包，去大厅里找位子。

乔歌把当年礼城外国语学校的高中同学安排在了同一张桌子上，许迎雨已经到了，看到孟韶，她抬手招了招。

孟韶坐到她旁边，问她什么时候来的。

"昨天晚上，落地的时候快 11 点了，就没联系你。"许迎雨说。

两个人聊了一会儿，许迎雨忽然抬头望着不远处说："那不是蒋星琼吗？她旁边的是她的男朋友？"

孟韶也顺着许迎雨的目光看过去。蒋星琼的五官没怎么变，被精心打理过的栗色长发垂在胸前，泛着淡淡的光泽。

许迎雨"啧"了一声："听说她在她工作的那家外企做到中层了，估计是未来的女主管。"

蒋星琼旁边的男人气质倒是偏温和的那种，手中替她拿着包和伞，斯斯文文的，看起来很会照顾人。

坐下之后，蒋星琼跟桌上的人一一打过招呼，又介绍了一下自己的男朋友："庄易呈，后端开发工程师。"

在她后面，余天和姜允也到了。姜允瞥了眼快坐满的桌子，调侃道："要不是知道乔大美女今天结婚，我还以为这是礼城外国语学校的同学聚会来了。"

余天看孟韶身旁还有个空位，问她自己能不能坐。

"你坐吧。"孟韶说。

余天跟乔歌毕业之后联系得不多，他向孟韶问起乔歌的丈夫，孟韶便把自己知道的都告诉了他，说乔歌认识对方是在一次演出的时候，当时前面几排观众拿的是演艺公司给各家银行高管的赠票，不少人没有尊重表演者的意识，在舞蹈演员做高难度动作的时候拿出手机来拍，混乱中，乔歌发现有个男人全程都安安静静地坐着专心看她，一下子就被打动了，演出结束之后直接从后台跑出去要了他的联系方式。

许迎雨补充了一句大实话："除了这个，还因为她老公长得帅，不然她也注意不到。"

余天笑了："听着确实是她能干出来的事。"

坐在他们斜对面的蒋星琼附和道："我进来的时候看到迎宾照片了，是挺帅的。"

接着她扫视了一圈桌上的人，又对旁边的庄易呈说："待会儿我们高中'校草'要来，也很帅，当年乔歌还追过他，送礼物算追吧？"

姜允嘻嘻哈哈地道："你可别在新人来敬酒的时候说啊，不然新郎要吃醋了。"

几个人又说说笑笑一阵，姜允"欸"了声："辞哥来了。"

孟韶抬眸望向大厅的入口。

不是工作日，程泊辞今天穿的是便装，纯白的圆领T恤外面配了略微宽松的灰色细条纹衬衫，腕上戴了一块金属手表，下面是黑色的长裤。

孟韶听到许迎雨吸了口气："这不比电视剧里那些男演员好看？"

她看着程泊辞朝这边的桌子走过来，感觉到他的目光落在了自己附近。

要是余天刚才没有坐到自己旁边，他会坐过来吗？孟韶想。

两个人有过短暂的对视，直到姜允把身侧的椅子拉开："辞哥，坐这儿。"

程泊辞"嗯"了一声。姜允问他怎么才来，他说："下雨，在路上堵了一会儿。"

他将视线投向孟韶旁边的余天："座位你们是随便坐的吗？"

虽然不知道程泊辞为什么这么问，但姜允还是说："对啊，请柬上也没标座位号，再说大家都是同学，坐哪儿都一样不是吗？"

程泊辞坐下之后没多久就上菜了，婚礼仪式开始进行。

看着乔歌戴上戒指，许迎雨对孟韶说："真快啊，我脑子里还是她读高中时那个样子，竟然一转眼都结婚了。"

余天接话道："你这么跟她说，她估计要逼你承认她跟高中时代相比也没怎么变。"

许迎雨笑了起来，又跟余天聊起别的："对了，我单位有个同事，她儿子在申请 P 大的博士，好像就是你们那个专业的，你能不能给推荐一下导师？"

余天便非常细致地给她讲了学院里的几个教授，还具体地分析了每个人偏好的研究方向以及平时带学生的风格。

孟韶想起之前自己帮他牵线搭桥联系过访谈对象，就顺口问了问他那个质化研究的课题做得怎么样，都有什么进展。

涉及自己的研究课题，余天的话就会很多，他滔滔不绝地给孟韶讲着，孟韶边听边伸手去桌上搛菜。

余天看那盘菜离她有些远，便帮她转了一下桌。

孟韶说"谢谢"，余天又问她还想吃哪个。

婚礼现场略微喧闹，孟韶说了句什么，余天没听清，稍微往她的方向低下了头："什么？"

"我说不用了。"孟韶提高音量道。

她放在桌上的手机屏幕在此时亮了起来，显示是许迎雨给她发

253

了条消息。

不知道有什么话坐得这么近也说不得，孟韶点开，看到许迎雨说："程泊辞在看你。"

她一顿。

纠结片刻，孟韶抬头去看他。

程泊辞已经收回视线，在跟姜允说话，一条胳膊压在桌上，修长的手指随意地点着桌面。

窗外阴雨连绵的天气与室内明亮的灯光在他的脸上形成了错落的光影，勾勒出高挺的鼻梁与清晰的面部线条。

"你看错了吧。"孟韶给许迎雨回复。

许迎雨坚持道："没有，他刚才真的在看，还看了好久，就是你跟余天说话的时候。"

姜允跟程泊辞提起的也是这件事。

他先是貌似无意地一瞟桌对面的孟韶："这几年孟韶是越来越漂亮了啊，之前读高中的时候扔到人堆里找不到，我都想不到她现在能变成这样。"

程泊辞不同意他的说法："以前也很漂亮。"

本来姜允的重点不在这里，但听程泊辞这么说，他马上联想到某件事情："等等，辞哥，你当时在咱们年级群里说读高中时有觉得姑娘长得好看，是不是就是她啊？"

这次姜允不像上回是在群里问的，程泊辞不用担心给孟韶带去什么影响，坦白地说了"是"。

他是觉得她好看。

姜允瞪大了眼睛："我可是半点儿没看出来你对她有意思，而且你当时不是说不找女朋友吗？"

"长得好看就要找来当女朋友？"程泊辞淡淡地问。

姜允想到那时候程泊辞还在跟家里就以后的职业问题冷战，满心装的都是怎么报志愿，什么时候能考进外交部，确实也没空考虑这些，便说了句"好吧"，将话题又拉了回去："总之孟韶现在得好多人追吧，我看着余天像对她有点儿意思，你觉不觉得？"

他一边说，一边还徐徐地朝对面余天跟孟韶的座位抬下巴。

程泊辞抬眉："你想说什么？"

姜允嬉皮笑脸地说："啊？你不关心这个啊？我以为你挺关心的，刚才余天帮她转个桌你一直盯着，怎么？看不惯了？有危机感？"

他以为程泊辞会否认，没想到对方顿了顿，向来从容不迫的面孔上流露出一丝不自然，然后问他："这么明显吗？"

姜允闻言，"扑哧"笑了："行啊，辞哥，没想到你也有今天。"

程泊辞不接话，又抬了一下眼皮看向孟韶的方向，她握着手机不知在想什么，表情有一点儿呆愣。

他也觉得新奇，原来他也会时时刻刻这样关注一个人，情绪被她牵着走，而她好像还没发现。

婚礼流程进行到敬酒的环节，换了敬酒服的乔歌挽着丈夫走过来，给对方介绍自己的高中同学。

她特地指着孟韶和许迎雨说："这是我当时最好的朋友。"

乔歌的丈夫跟她们碰杯，真诚地感谢她们对乔歌的照顾。

许迎雨半开玩笑道："你要是对我们大美女不好，我们可是要回来找你算账的。"

乔歌的丈夫连连点头，把杯中的酒一饮而尽，说让她们放心。

乔歌挽着孟韶的胳膊，用自己的杯子轻轻撞了一下她的，瞥了一眼对面的程泊辞："托你的福，我还拿了程泊辞一个大红包。"

见孟韶要说什么，乔歌又笑嘻嘻地道："好了好了，开玩笑的。"

接着乔歌用手中的玻璃杯轻轻地碰了一下孟韶的杯口："祝小孟同学也能得偿所愿。"

孟韶仰起脸喝酒的时候，眼光无意间掠过了程泊辞。

他站在那里听乔歌的丈夫说话，虽然是应对第一次见面的人，但他也能游刃有余地同对方交谈，沉稳练达，却不会显得轻浮油滑。

他的侧脸依旧清俊如当年，可就如桌上的所有人一般，那段青春岁月对他来说早已成为过去了。

等到乔歌离开之后，孟韶去了一趟洗手间。

下雨天空气微潮，而她因为喝了酒，皮肤在微微发热。

孟韶出来之后，觉得头发贴在脖子上不太清爽，洗过手，从兜里拿出一根黑色皮筋，边往回走边绑头发。

手肘不小心碰到了什么东西，孟韶喝了酒之后反应变得慢半拍，过了几秒，才意识到那是一个人的胳膊。

对方的体温透过薄薄的衬衫布料染上孟韶的毛孔，她说了句"不好意思"，感觉到那人停了下来。

低沉的声音在她的身畔响起："头发没绑好。"

孟韶抬眸看过去，程泊辞站在离她仅一步之遥的位置，用眼神示意她耳后还遗落了一缕碎发未扎上去。

走廊里没有镜子，孟韶看不到耳后的情况，只能凭感觉去钩自己的头发。程泊辞看着她说："还有一点儿。"

孟韶停下手，小声问："在哪里？"

她的眼尾凝着微醺产生的淡红，衬着白皙的皮肤，有如那年他们初见的杏树下，那朵透明中盈着半点儿水红色的落花。

程泊辞的喉结动了动。

他没有立刻开口，而是往前走了一步，宽大的手绕过孟韶小巧的脸，替她拈起那缕头发，将发梢递到她手中，然后垂眸看着她说："好了。"

他没有碰到孟韶头发以外的任何地方，但他的指腹拈着她的发尾的时候，细细碎碎的触感顺着发丝一路爬上了她的神经末梢，哪怕她的感官因为微醺而变得稍稍迟钝，也察觉得到那种轻淡的麻和短暂却勾人的痒。

孟韶指尖下意识地收了收，扎头发的动作也不如之前那么顺畅。

空气如同温热的流体，缓缓朝她和程泊辞围拢。

时间都变慢了。

不远处突然传来许迎雨的声音："孟韶，你在这儿吗？我们要拍张合影……"

许迎雨在看到背对着她的程泊辞之后，她的话顿时打住了。

那时程泊辞的手刚从孟韶的脸旁落下，窗外雨水清凌，孟韶神色茫然，仔细看的话，会发现孟韶的眼睛和耳垂都在泛红。

许迎雨停下脚步，站在原地说："那个……你们记得快点儿回去。"

说完她就走了。

孟韶觉得她可能误会了什么。

果然，等回到酒桌上，许迎雨悄悄问孟韶："你跟程泊辞怎么回事啊？"

孟韶说："他帮我理了一下头发。"

"理头发？"许迎雨看了孟韶一眼，"我还以为……"

孟韶问许迎雨以为什么。

许迎雨摇摇头，没有直接说，而是用手机传了消息给她："以为你们在走廊里接吻。"

孟韶看清之后，一股热意"噌"的一下从孟韶的指尖传到了脸颊。

哪怕是十几岁最喜欢程泊辞的时候，她也没敢有过跟他这样亲密的想象。

况且他那样冷淡的人，也会有如此动情的时刻吗？

许迎雨又若有所思地道："不过我想起来了，程泊辞读高中的时候似乎就对你有点儿不一样，高三下学期誓师大会那天你记不记得？蒋星琼找他拍照他没答应，但是后来余天跟你站在一起，一喊他他就过来了。"

提起那么久远的一件事，仿佛从已经建筑好的记忆城堡里撬出一块砖，连带着其他往昔的片段也跟着松动和震颤，大概是酒精让人变得敏感，孟韶沉默片刻，说："是吗？我都记不太清了。"

她那时候那么自卑脆弱，怎么做得出程泊辞对她不同的假定？

婚宴结束后，乔歌夫妇站在门口送别宾客。

蒋星琼和男朋友庄易呈第二天有安排，着急赶飞机，要直接去机场，无奈雨势变大打不到车，前面有近百单在排队，程泊辞说自己没喝酒，可以开车送他们。

乔歌马上说："孟韶家也差不多在那个方向，程'校草'你要不顺便送送她？"

程泊辞说"好"，望着正在撑伞的孟韶："走吧，从机场回来再送你。"

蒋星琼对身边的男朋友笑笑说:"怎么办?我们好像成电灯泡了。"

路上蒋星琼跟庄易呈讲了很多高中时的事情,还问起孟韶和程泊辞这些年的经历,说着说着,又道:"现在想想,我念书那会儿真是挺不讨人喜欢的。孟韶,你知道吗?我还忌妒过你。"

孟韶听得一呆。

她没想过高高在上,家境和成绩都那么好的蒋星琼会忌妒自己。

见孟韶不信,蒋星琼强调道:"真的,你当时成绩进步得很快,尤其是英语,我每周上雅思课还不如你,而且……"

目光从后视镜里一扫专心开车的程泊辞,也许是因为男朋友在旁边,她没有继续说下去。

"我哪儿有那么厉害?"孟韶温和地说。

"你当然有了。你不知道我们附中去礼城外国语学校的都是学习成绩挺好的人,要有那么大进步很难的。"蒋星琼又转向程泊辞:"孟韶读高中的时候就是很优秀,是不是,程泊辞?"

程泊辞握着方向盘"嗯"了一声。

"你看吧。高二的时候英语老师还在我们班里念叨你呢,说从来没教过这么有天分的学生。"蒋星琼说。

孟韶这才意识到,原来她自以为是苦苦挣扎、背水一战的青春期,在旁人看来,还有另外一种讲法儿。

说起来她也要谢谢蒋星琼——她那时候没有体验到对方的忌妒,只感受到看不起和敌意,如果没有那些东西做催化,某些时刻,她也拿不出那么多勇气。

一个多小时的车程里，孟韶跟蒋星琼聊了很多。其实她们两个人有些像，都有强烈的自尊心，都有自己的坚持和偶尔的叛逆，假如是长大后才遇见，应该会成为好朋友。

程泊辞在航站楼外面把蒋星琼和庄易呈放下。庄易呈一只手举着伞，另一只手搂住蒋星琼的肩。蒋星琼跟车内的孟韶和程泊辞挥挥手说："拜拜，下次见。"

喝了酒没睡午觉，刚才又一直陪着蒋星琼聊天儿，孟韶这才觉出累来，倚在座位上，捂着嘴，轻轻地打了一个哈欠。

程泊辞侧头看了她一眼："困了？"

孟韶半闭着眼睛点点头。

他一边打方向盘从落客区掉头，一边轻描淡写地道："刚才说那么多也不累，跟我在一起就犯困，是这样吗，孟韶？"

孟韶又睁开了眼睛。

她用已经不太转得动的大脑分析了一下程泊辞的话："所以你想聊天儿吗？"

这时候的孟韶不像出镜播报新闻时那样思维缜密、逻辑清晰，但那种跟平常有反差的懵懂让人觉得非常容易接近。程泊辞听着她柔软的嗓音，掌心不自觉地摩挲了一下方向盘的皮套。

没告诉她那句话只是在逗她，他说："你睡吧。"

孟韶"嗯"了一声。过了一会儿，她又从座位上直起上身，认真地说："可是刚才我们说话的时候你都没讲几句，我以为你不喜欢闲聊。"

程泊辞把车开上高速公路，平平淡淡地道："分人。"

他喜不喜欢闲聊，要看面对的是谁。

这句话让孟韶保持了几秒那个从座位上直起上身的动作，也可以说，是她不知道且没想好怎么回应，也怕是自己解读错了意思。

她视野中是程泊辞开车的侧面，阴雨天暗淡的光线柔和了他下颌的棱角，脖颈与下巴连成了很好看的线条。

他松松地握着方向盘，那只手前不久还帮她撩起过散落的碎发。

雨刮器扫开前风挡玻璃上的水幕，透明的水被风吹得向车子两侧流去，车内一时间只剩下空调出风口低分贝的气流声。

没听见孟韶应声，程泊辞漫不经心地侧过脸："怎么？听不懂？"

孟韶回过神来，目光轻轻地掠过他又收回去，并没有接话。

两个人都不再出声，程泊辞专心致志地开着车，窗外的雨势时而急促，时而缓和，落在车身上，发出沉闷的响声。

孟韶的心情像路边的无数个小水洼，不知道引起波澜的是今天的雨，还是程泊辞的话。

从机场回市区的车程较长，她睡着再醒过来时，程泊辞的车已开到离她家两条街道的位置。

下车的时候她开门撑伞，听见身旁的程泊辞问她，周二晚上有没有空。

孟韶抱歉地说："那天电视台要聚会。"

上一次她就缺席了，这回规模更大一些，台长、副台长都去，她不好请假。

程泊辞说"没关系"，随口问了孟韶聚会在什么地方，然后放她下去，没着急启动车，手搭在方向盘上，一直看着她。

气温因为下雨略微转凉，孟韶打着伞走在雨里，风中泛着一点儿在这个季节较为少见的冷意。程泊辞那句"分人"还隐约回荡在耳边，她努力想忽略，却依然心神不宁。

周二那天的聚会主要是为了庆祝台里几个新人完成了第一次重大报道任务。晚上下班之后，孟韶跟几个同事一起从电视台大楼出发前往聚会地点。

原本是周昀开车，但他听说有个新人记者小何拿了驾照一直不敢开，便自作主张把车让给对方来练手，自己坐在副驾驶座上指导，说开车是记者的必备技能，现在不敢上路，以后遇到必须用车的情况时会很麻烦。

小何第一次正式开车，还是在首都的晚高峰期间，他开得心惊胆战，一开始车速很慢，被后面的车主按了喇叭才被迫加速，直到周昀气急败坏地提醒他前面转为红灯了，他才手忙脚乱地在白线前一脚踩下去，来了个急刹车。

如此反复几次，孟韶渐渐开始头晕，胃也不那么舒服。

小何从后视镜里看她脸色发白，连忙道："孟老师，你是不是难受？要不还是让周主任开，我下去。"

孟韶怕打击他，说了声"不用"，看看导航显示也快到聚会的餐厅了，便道："你先靠边停一下，我买瓶水走过去就好。"

小何说"好的，孟老师"，盯着右后视镜，小心翼翼地变了道，把车停到了路边。

孟韶下车的时候周昀跟着开了门，不容置喙地道："我跟你一块儿。"又回头叮嘱后座上的另一个同事："你看着点儿他开车，别出乱子。"

孟韶本想拒绝，然而周昀已经把车门关上了，还抬手指着不远处道："前头有个便利店，你不是要买水喝吗？"

便利店在做第二件半价的活动，孟韶改变主意，没有买水，而是挑了两瓶口味清爽的果汁，拿去柜台在自动收银机上扫了码。结过账之后，她把一瓶果汁放进单肩包里，拧开另外一瓶，小口喝着，缓解晕车的症状。

在室外慢慢走了一会儿，孟韶没那么难受了。周昀走到她旁边，拿出导航看路，跟她说在下一个十字路口左拐，第一家餐厅就是。

等红绿灯的时候，孟韶喝完了手里的饮料。过完马路之后，她随手把空瓶扔进了路边的垃圾桶里，又拿出第二瓶。

周昀一瞥她："喝这么多，一会儿不怕吃不下？"

说话间两个人已经到了餐厅门口，周昀替孟韶推开门，服务员迎上来问有没有预订、是哪间包间，他拿出手机去看，孟韶正低头拧自己的果汁，忽然听到一声"孟记者"。

她抬起头，看清不远处是上回在高峰论坛合作过的一位外交部新闻司三秘——柏鸥。她跟对方打了个招呼，发现他旁边站着的是程泊辞。

孟韶想到周末程泊辞问过她电视台聚餐的地点，探究地看向他："你们也在。"

柏鸥接了她的话："嗯，我下班的时候正好碰见泊辞，最近跟他们部门有工作要协调，找个地方边吃边说。"

孟韶说："这样。"刚才走路时她手上出了细汗，此时用力地转了两下瓶盖，没拧开。

程泊辞注意到了，伸手要帮她，却被周昀抢了先。

周昀把打开的果汁递给孟韶。他也认得柏鸥，朝对方和程泊辞点了点头。

孟韶不太想接，但当着这么多人不好让他下不来台，还是拿了过来。

程泊辞淡淡地扫了周昀一眼。

周昀笑了笑，添了句多余的解释："今天电视台聚会，孟韶晕车，我陪她走过来的。"

柏鸥拍拍程泊辞的肩膀，对孟韶说："那我和泊辞就不打扰了，记得帮我们向两位台长问个好。"

目送孟韶跟周昀走远，柏鸥挑了挑眉，问程泊辞："这就是今天选在这里吃饭的原因吗？"

停了停，他又说："我听你们部门的人说，开峰会的时候你就挺关心孟韶的。"

程泊辞没否认，只是问："都传到你那儿去了？"

柏鸥揶揄他："你知道你刚进部里的时候咱们这边的小姑娘叫你什么吗？'高岭之花'。中间你被外派，她们才消停点儿。现在你回来了，一个个都在打听你有没有什么感情动向。"

他看着孟韶和周昀的背影，意味深长地说："看来孟记者很受欢迎啊，有的人可得加把劲儿了。"

从小到大，程泊辞不必太勤奋就可以得到任何想要的东西，现在他却不能肯定，在感情上是不是也只要努力，就可以取得圆满的结果。

世界上这么多事情，只有孟韶让他最没把握。

柏鸥看了看程泊辞，又说："我倒想起一件事来，电视台那个台长有个女儿，跟你同岁，不知道什么时候看过一场咱们的发布会，看见你了，台长问我能不能帮着引见引见，不过我说你暂时不考虑这些，给回了。"

程泊辞点点头，显然是不感兴趣也不准备多说的意思。

孟韶跟周昀找到了聚会的包间，服务员给他们开门的时候，周昀貌似无意地问她："你说程领事真的是随便选了这里吗？"

她愣了一下，而周昀已经走了进去。

席上，几个新人因为是初入职场，第一次近距离地接触台长和副台长，显得有些紧张，周昀便扮演了一个调节气氛的角色，时不时地开开玩笑。施时悦瞥着他，对孟韶道："刚才小何说你晕车，是周昀单独陪你过来的。"

孟韶说："对。"

"我看你对他没什么意思。"施时悦压低了声音，"今天台长说，看着周昀是个人才，踏实肯干，想介绍给他的女儿认识。"

孟韶能听懂施时悦的意思："施姐，我没关系，我跟他就是同事，还有大学同学，没别的。"

施时悦喝了口茶："我知道。不过台长也不是逼周昀，要是他不乐意，这事也成不了。"

果然，过了一会儿，台长就在气氛逐渐放松的时候跟周昀提起了这事，先是问他有没有女朋友，听他说"没有"之后，便说："我女儿你知道吧，跟你差不多大，现在在企业里工作，你要是愿意，可以试着跟她接触接触。"

周昀脸上闪过一丝为难的神色。

他分神去瞟孟韶，见孟韶似乎没留意。他犹豫片刻，觉得径直回绝台长会让对方面子上过不去，还是答应了下来。

聚会结束，孟韶起身要离席，经过周昀身旁的时候，他问她怎么回去。

孟韶还没来得及回答，那边台长又想起什么话题，叫住了周昀。

趁这个机会，孟韶说句"我坐地铁"，也不等周昀开口，直接叫了声"施姐"，跟在施时悦后面走了。

两个人说了几句闲话走出餐厅，孟韶无意间抬眸，一下子放慢了脚步。

因为她看到程泊辞倚在路边的车上，正低头看手机，不知在等谁。

挺直的身形在路灯下像被炭笔勾勒出来一般利落清晰，清俊到仿若没有人能近他的身。

孟韶想到上高中的时候，乔歌形容程泊辞说，他看着不像能在日常生活中见到的那种人。

真的不像。

似乎察觉到餐厅门口有人出来，程泊辞放下手机，朝她看过来。

看到是她之后，他脸上的表情柔和了几分。

施时悦跟程泊辞简单地寒暄了几句。程泊辞问孟韶："吃完了？"

孟韶说："吃完了。"

她瞧了眼附近，没看到柏鸥的影子。

程泊辞像是猜到她在想什么："柏鸥走了。"

孟韶"哦"了一声，有句话没问——他是专门留在这里等她的吗？

但程泊辞并没有就这一点做出说明，只是轻描淡写地问："需不需要我送你回去？"

"天天蹭你的车，好像我把你当司机用。"孟韶说。

施时悦笑了："孟韶，你看看整个首都，谁敢把程领事当司机？"

程泊辞也极轻地笑了一下，拿出车钥匙，低头看着孟韶："上来吗？"

他的眸光深沉而又温柔。

孟韶发觉自己对着这样一双眼睛，很难讲出拒绝的话。

她说"好"的同时错开了视线，防止自己太轻易地落入他瞳孔藏匿的深海中。

施时悦伸手在孟韶的后背上拍了拍，跟她道了别。

程泊辞替孟韶开门。他坐上车之后，从中控台上拿过一个长方形的药盒，放到了孟韶手里。

孟韶看见药盒光滑的表面上有三个深蓝色的字——"晕车贴"。

"刚才去街对面的药店买的。"程泊辞说。

如果不是他提起，孟韶自己都快忘了来的路上还晕过车。

所以他真的是在等她。

孟韶说"谢谢"，摸着那盒晕车贴，又说："我平时不怎么晕的，今天是台里的人开车太晃了。"

程泊辞边系安全带边道："下次再遇到这种情况，可以打电话让我去送你。"

"那太麻烦你了。"孟韶说。

伴随着"咔嗒"一声，程泊辞扣好了安全带。他发动车子，偏冷的嗓音仿佛也沾染了一点儿夏夜的温热："不麻烦。"

说这句话的时候他并没有转头看孟韶，可就算不看着他的眼睛，孟韶也能听出，这不是客气话。

晕车贴的棱角微微硌着她的手心，她看到餐厅门口周昀跟台长一起走出来，忽然觉得那是离自己好远好远的事情。

程泊辞是那种会让人因为跟他待在一起，而忘记自己正身处在凡俗生活中的人。

车开到孟韶家楼下后，她推门下车，对程泊辞说："再见。"

绕过车头，孟韶要走上门前台阶的时候，听到身后他叫了她一声。

"孟韶。"

她回过头，看到程泊辞从座位上拿起那盒晕车贴："这个忘了。"

孟韶微微露出懊悔的表情，折回去，走到驾驶座的车窗旁边俯下身。

程泊辞把药盒递给她。孟韶今天穿了一条晚樱色的长裙，衣袖上柔软的荷叶边被风吹得扬起来，像夜里一树盛开的繁花。

要接过去的时候，她对他弯了弯眼睛说"谢谢"，一副为自己的粗心不好意思的模样。

程泊辞顿了顿。

孟韶有些疑惑，因为她发现他没有松手。

她轻声提醒道："程泊辞？"

程泊辞回过神来，这才发现自己还握着晕车贴的盒子。

放开的时候，他眼前好像还是孟韶方才那个笑容。

她转身时带起了看不见的气流，裙摆擦过他的手，细软缠绵的触感一闪而逝。程泊辞的指尖不由自主地往前探了一下，然后他想到：她是不是也穿得这么漂亮，对别人这样笑过？

这般的想象让他产生了一种如鲠在喉的感觉。

他望向孟韶的背影的时候，他的喉结轻微地一滚。

暗恋巴比伦

六经注我 著

下 册

青岛出版集团 | 青岛出版社

第十一章
昨夜坦白

世锦赛的报道结束之后，孟韶休整了比较长的一段时间，参与的都是电视台的常规选题，每天准点儿上下班，还在空闲的周末去楼下跟叶莹莹学会了怎么做配方不复杂的蛋糕。

这天上班的时候，施时悦行色匆匆地走到孟韶的工位区，反手用指关节敲了敲她的桌面："来我的办公室一趟。"

同样被叫过去的还有周昀。

坐在办公桌后，施时悦神色严肃地道："刚才小何那边接到一个爆料电话，说是邻省跟咱们交界的地方的一个工地前些天出事故了，死了五个人，还有三个轻伤，包工头隐瞒不报。你们尽快过去调查一下，人不能多，设备也尽量少带，怕打草惊蛇。"

施时悦把小何接到的电话录音转发给孟韶和周昀，孟韶听过之后，跟她确认了一下发生事故的工地的位置，马上回去收拾东西。

下楼打车前，孟韶去洗手间里换了一身自己放在办公室里的旧衣服——简简单单的白 T 恤和牛仔裤，又把头发扎了起来。

小何原本也想去暗访，但施时悦不放心，没同意。他羡慕又好奇地看着孟韶，问她换衣服是不是为了行动方便。

　　"还为了融入环境。我们去工地要是穿得太干净整齐，别人一看就知道是记者。"孟韶解释道。

　　孟韶跟周昀往外走的时候，周昀问要不要带摄影机，她说："算了，拿个充电宝确保手机有电就行。"

　　路上两个人确定了一下行动方案，决定到时候先去暗访，查不到东西或者对方有所警觉时就亮证件，态度强硬一些，最好逼得他们露马脚。

　　出租车走高速公路，不到两个小时就开到了发生事故的工地所在的县城。孟韶没有让司机直接开到工地附近，怕引起注意，在还有2000米的地方就让他停了车，自己跟周昀顶着中午的烈日赶往工地。

　　工地仍在正常作业，周边是已经建好的楼盘，只是地上有一条扭曲的吊臂，旁边一辆拉土车的车头已经被压得塌陷了进去，窗玻璃碎得千疮百孔，仔细看的话，轮胎附近还有没清理的碎玻璃以及斑斑点点的已经干涸的黑红色血迹。

　　看来爆料电话中的消息属实，孟韶跟周昀交换了一个眼神，在原地观察了一会儿，拍摄了一些资料画面之后，继续往工地里面走。

　　他们边走边拍，刚开始还没人注意，等快走到那辆拉土车附近的时候，一幢板房的门口走出来一个戴安全帽的人："你们干什么的？赶紧走，闲人免进知道吗？"

　　孟韶把手机放下，镇定自若地说："我们是来看楼盘的。"

　　她提前查过这处工地所属的项目，流利地报出了名称，又说："我们公司准备买写字楼，这边地价便宜，我们过来看看位置怎么样。"

这是她跟周昀提前编好的说辞。

那人听她这么说，放松了警惕。孟韶又问："你们这边大概多久能建成？"

对方跟她聊了几句。她余光瞥见周昀找机会开了录音，便问："对了，我来的时候听说前几天工地上出事了，好像还见了血，有这回事吗？"

周昀插话道："我们做生意的，买楼忌讳这些。"

那人表情不太自然地道："没有。"接着又警觉地问，"谁跟你们说的？"

周昀随便往外指了指："刚才在路边遇到的一个人，好像住在这附近吧。"

对方上下打量着他们："你们先等等，我去找我们负责人来。"

他走了之后，孟韶小声说："估计这个是包工头。"

周昀利用这段时间把地面上的血迹拍了下来。

几分钟之后，包工头带着另一个男人过来了。那人面相和善，对孟韶和周昀自我介绍道："我是这里的负责人，姓张。"

孟韶叫了声"张经理"。

张经理的目光在她和周昀身上打了个转，很客气地道："你们不是来买楼的，是记者吧？"

先前那个包工头闻言，望向孟韶和周昀的表情一下子变了。

张经理却仍然满脸笑容："来了就是客，走走走，我们屋里去说。你们是不是还没吃饭？我让人去张罗一点儿。"

他一边说，一边把手搭上了周昀的肩膀，又转过脸去招呼孟韶。

孟韶心一沉，看出这个张经理是个老油条，他们先前准备的策略都用不上了。

周昀朝孟韶露出探询的表情，孟韶点点头，意思是先按兵不动跟着过去看看，不然这时候就走的话，什么有用的线索也拿不到，还会让对方更防备，他们下次再来也不一定有收获。

孟韶跟周昀被张经理带到了工地旁边的一栋民宅里，对方笑容可掬地让他们先等一下，还给他们沏了茶。

张经理出去之后，周昀压低了声音问孟韶："你说他怎么知道我们是记者的？是不是因为看过你的新闻或者颁奖典礼的直播，所以认识你？"

孟韶摇摇头："我觉得不像，他都没叫出我的名字来，再说那个奖只有咱们业内关注，而且你想想，你没进台里的时候，看新闻能记住那些记者吗？"

周昀显然也是这么想的，所以没反驳："那现在怎么办？"

盯着张经理出去的方向，他又谨慎地说："这人不是善茬儿，不好对付，要跑的话趁现在还来得及。"

"先按兵不动吧，看吃饭的时候他怎么说。"孟韶道。

回来的时候张经理手里拎了一个塑料袋，袋子里林林总总装了七八个饭盒，他一个个拿出来："之前不知道你们要来，来不及做了，临时让他们去买了点儿，别见怪。"

周昀和孟韶虽然没有胃口，但还是拆了筷子，简单地吃了几口装样子。

张经理先是嘘寒问暖问他们怎么过来的，辛不辛苦，言语间想套他们的话问是哪家媒体，周昀和孟韶不说他也没恼，说着说着，就道："我相信两位记者过来，一定是听到了一些风声，但说实话，我在建筑行业待了这么久，工地上出点儿意外再正常不过了，你们说是不是？主要就是相互理解，我也理解你们跑一趟不容易，不会让你们白跑的……"

讲到这里，他从裤兜里摸出了一个信封，递到了孟韶的手边。

孟韶没接："张经理，你这是什么意思？"

张经理闻言笑道："你们大记者走南闯北的，还不知道我什么意思？"

他端详着孟韶，又说："看你这么年轻，做这么危险的工作，也不知道男朋友和父母担不担心。这个你收着，拿去买件喜欢的衣服，以后尽量少跑这样的采访，行吗？"

周昀放下筷子："张经理，你这样我们很难做。"

张经理摇摇手指，又貌似无意地朝门外别了别下巴："我们这边有二十几台挖机、几百个工人，你说要是他们的饭碗被砸了，他们能干出什么事情来？"

说完之后，他又起身："这样吧，你们先商量一下，这个报道是做，还是不做，我去拿瓶酒来，咱们从长计议。"

张经理走了之后，孟韶立刻说："周昀，我感觉不太好，这样，我们兵分两路，你先走，我留下，你回去找施姐，然后通知有关部门过来调查，我继续在这儿搜集证据。"

周昀皱起了眉："要走也是你走，我一大老爷们儿，把你一个人扔在这儿算怎么回事？"

"现在不是这个问题，周昀，是咱们谁跑得出去。万一出去之后有人拦呢？要是路上再出什么状况呢？不说别的，至少体力这一方面，你肯定比我好。"孟韶边说边盯着门口，防止张经理突然杀个回马枪，"他刚才相当于跟我们交底了，我再试探试探，说不定能让他完全交代。"

周昀还要说什么，孟韶着急地道："没时间了，等他回来，咱们俩一个也走不了。"

她看了看外面，又说："我小时候就是在这种小县城里长大的，他们这儿出租车少，但是黑车多，你待会儿出去，尽快打黑车走。"

周昀犹豫了一下，低声说："那我走了。"

他们所在的是民宅的一楼，周昀没走正门，直接翻窗出去了。

他一路在建筑物的掩护下跑出了工地，按孟韶说的在路边拦了辆车，让对方开到市区。

他怕司机跟张经理那边有什么勾连，路上一句话也没说，到了市区打上回首都的车，才给施时悦打电话，说工地事故确有其事，可以通知有关部门来调查了。

施时悦连珠炮一样问："你回来了？孟韶呢？拿到证据了吗？"

周昀一五一十地把经过全跟施时悦说了，她的声音立马提高了八度："你说孟韶还留在那儿？赶紧报警啊！"

她的话提醒了周昀，周昀放下电话就打了110。

接着他想到了什么，迟疑了几秒，又拨给了外交部的柏鸥。

柏鸥对于周昀打来电话显得非常惊讶："周主任？你找我？"

周昀说"是"，又问："能不能帮我联系一下程领事？孟韶现在出了点儿事。"

柏鸥的声音一下子凝重起来："你稍等。"

几分钟之后，周昀听到电话那边传来了脚步声，紧跟着是程泊辞的嗓音："孟韶，她怎么了？"

即便隔着听筒，周昀也感受到了程泊辞那种强大的气场，他不知怎么，说话的底气变得不足起来，用最快的速度给程泊辞讲完在工地发生的事情，他听到对方的声音变得冰寒，仿佛能越过电话线将万物笼罩冻结："你是说，你把她一个人丢下了？"

周昀不得不承认，他离开工地，并不完全是因为孟韶的那一番考虑。

他原本是想带孟韶一起走的，但看她坚持要留下，他出于自尊心，那些劝她跟自己一起回去的话一句也说不出来。

因此在面对程泊辞的指责时，周昀动了动嘴唇，却没有辩解。

下一秒，他就听到手机的另一端传来了忙音。

程泊辞把电话挂了。

平常那样从容持重的一个人，也会有这样震怒焦急的时刻。

周昀盯着通话记录发了会儿愣，又打给施时悦，告诉她自己报警了，还找了程领事，这样假如孟韶真的落入险境，获救的概率还大一些。

孟韶是在一间板房里醒过来的。

刚开始意识还有些涣散，过了一会儿，她才想起来自己在哪里，之前发生了什么。

张经理拿酒回来之后发现周昀不在，也没有为难她，只是给她倒了杯酒，又拿出一张保证书，让她按手印签字，保证她和她供职的单位不再参与报道，说签了之后就派人送她出去，保证她毫发无损。

孟韶不签。

桌上的气氛一时有些僵，张经理便给她倒酒，让她慢慢考虑，不着急，说条件还可以再谈。

孟韶看出他虽然表现得很温和，面对记者的经验也丰富，但在跟她说话的过程中偶尔还是会流露出焦灼的神色，知道他内心也不好过，便主动跟他搭话，为了获取他的信任，还喝了几口酒。

显然从工地出事故之后张经理就一直心神不宁，孟韶一再追问，他到底忍不住吐露了几句真相，说这场事故纯属意外，是塔吊预制板在还没安装好的时候倒了，塔吊也跟着倒下来，不承想倒到一半时突兀地转了向，把毫无准备的工人和附近拉土车里的司机压在了下面。

不过张经理很警觉，说完之后马上问孟韶："你没带录音笔吧？"

孟韶是开了手机录音的，但跟他说"没有"。

后面的事情她记得不是那么清楚，只记得自己的头越来越晕，最后昏了过去，等她醒过来时，就在这间板房里了。

孟韶后知后觉地意识到，张经理给她的酒里加了东西，而且剂量不小，她只是喝了几口，就失去了意识。

板房没有窗，也没有灯，孟韶只能凭借外面"叮叮当当"的声音判断自己还在工地附近。

她身上没伤，衣服也都还穿得好好的，只是手机、记者证、门卡和钥匙都不在兜里，头发也散了，大概是绑马尾的皮筋断了。

孟韶吃力地站起来，走到门边去拧门把手——锁着的。

孟韶的鞋尖碰到了什么，她蹲下去摸索，抓到了一支签字笔。

签字笔下面压了张纸。

孟韶一下子明白过来，这是张经理要她签的保证书，只有签了才会放她走。

她把保证书折了折，塞进牛仔裤的口袋里。

不知道多久才会有人过来找她。

孟韶坐在板房的角落里，时间一分一秒地过去，慢到仿佛历历可数。

换班的时候工人经过她的门口，有人议论说："老张关了个记者在里面你们知道吗？"

另一个道："知道，我看见了，那妞儿长得细皮嫩肉的。"

三两个人一起发出意味不明的笑声，其中一个还踹了一脚板房的门，吹了声口哨，说了句不怎么干净的话。

孟韶抿紧嘴唇，抱在腿上的手掌不由自主地出了一层薄汗。

先前她只是凭借形势判断张经理是那种贪生怕死的人，不敢闹出大乱子，她才留下，直到此刻，她才意识到这里没有她想象的那么安全。

突然间，门口传来一声惨叫。

孟韶听到拳头重重地落在肉身上的闷响以及求饶的声音。

她愣了一下。

紧接着一道嗓音响起："不想死就让开。"

下一秒，板房的门轰然落地，晚风裹挟着工地上的灯光闯进来，将室内的黑暗猛然击碎。

程泊辞眼眸漆黑，淬着极地冰川一样的寒意。他还穿着上班时的西装，但头发已经乱了，额前的碎发落下来覆在眉眼上，高挺的鼻梁上沾了一点儿灰，脸颊破了道细小的口子，在冷白的皮肤上分外明显。

孟韶没见过他这样子，印象中他一直是一个极其温文冷静的人，何曾有如此锋芒毕露近乎神挡杀神、佛挡杀佛的时候。

这样的他却又有种致命的吸引力。

程泊辞看到孟韶，将手中不知从哪里捡来的铁质扳手丢到一边，大步流星地越过地上的杂物走到她身边，俯下身，低声问她：

"站得起来吗？"

程泊辞很难形容自己现在的感受。他在来的路上不知道给孟韶打了多少个电话，每一个她都没接。一刻听不到她的声音，一刻见不到她，他的心脏一刻就像悬在钢丝绳上，像是下一秒就要坠入无底的深渊。

终于找到她，他已经顾不上什么温良恭俭保持身体距离，直接用骨节分明的手轻轻抬起她的胳膊，让她撑着自己的肩膀从地上起身。

其实他更想抱她。

孟韶对上他的视线，看到他漆黑深沉的眼眸里涌动着浓烈的关切与担心，她搭在他西装上的手指不自觉地蜷了蜷。

"能站起来，我没受伤。"孟韶站稳身子，把手从程泊辞的肩上放下来，轻声告诉他。

程泊辞深深地看了孟韶一眼，她猝不及防地被他牵住了手。

程泊辞宽大暖热的掌心包裹着她的手，温度渗进她的皮肤里。

孟韶整晚都在考虑如何留存证据，甚至构思了这篇报道要怎么写，自始至终没有真正怕过，却在程泊辞攥住她的这一瞬间，眼里"腾"的一下，泛起了湿热的潮意，后知后觉地感到委屈和恐惧。

"手怎么这么凉？"程泊辞看着她的眼睛，"害怕？"

孟韶没否认，垂下眼眸，跟他说："我们快走吧。"

程泊辞问她能不能跑。

孟韶点点头。

程泊辞便将她的手握得更紧一些，带她一起，冲进了门外的夜色里。

外面刚才被程泊辞揍趴下的几个工人都已不见踪影，不知道是不是去搬救兵了。孟韶跟程泊辞在苍茫的夜空下牵手奔跑，风声

"猎猎"，空气中弥漫着植物和尘土的气息。

孟韶的心脏剧烈地跳动着，她每一次呼吸也都深刻到仿佛能浸透血肉，好像跟他在一起，需要更多的氧气，需要活得特别用力。

她是活着的。

跑出工地入口的时候，孟韶忽然腿一软，半跪在了地上。

她"嘶"地抽了口气。

"怎么了？"程泊辞立刻问。

孟韶试着活动了一下脚踝，感觉到一阵麻意："我好像崴脚了。"

见她还准备再站起来，程泊辞不得不说："你别动。"

然后他背对着她，蹲下身。

"上来。"程泊辞说。

孟韶一顿，然而时间紧迫，她还是搂上了程泊辞的脖子。

下一秒，他的气息就充盈了她的感官。

孟韶的呼吸变得不稳起来。

"搂紧了。"程泊辞低低地说。

孟韶没说话，但按他说的做了。

掌心贴上孟韶腿侧的那一刻，程泊辞感受到她环住自己的胳膊轻微地一收。

背后是孟韶柔软的身体，她轻缓的呼吸拂过程泊辞的耳郭，他在一刹那间心猿意马，感受到很大的风把她像绸缎一样的头发吹过他的颈侧。

程泊辞背着孟韶找到自己的车——他从柏鸥那里接到周昀的电话后，直接从首都市区一路开过来的车。

快走到车子跟前时，他微微侧头，对孟韶说："钥匙在外套的口袋里，帮我拿出来开锁。"

他的余光里是她长长的睫毛和小巧的鼻尖。

孟韶说"好"，顺着他的西装去探口袋的时候，脸上还是不自觉地晕开了红意。

隔着衣服碰到了他腰侧均匀的肌肉，她没有停留，迅速地把钥匙拎出来，低头看清之后，按了开锁的按键。

程泊辞先开了副驾驶座那侧的车门，小心地将孟韶放下，又蹲下身捉住她刚才崴过的脚踝，把她的腿放进去才关上门。

接着他用最快的速度坐上驾驶位，干脆利落地发动车子开上主路。

车上响起了提示音，程泊辞握着方向盘，专注地看着前方的同时提醒孟韶："安全带。"

孟韶说"好"，系安全带的时候发现自己的手在抖，操作了几次，才成功地把带扣卡进凹槽里。

车载屏显示现在是半夜12点40分。

上了高速公路之后程泊辞问孟韶："直接开回去，还是就近找酒店住下？"

孟韶知道去市区休息一晚明天再返回才是比较好的选择，但她现在真的不想再留在这里。

"程泊辞，"她叫了他一声，带着点儿央求的意思，"我们回首都好不好？"

知道这样会麻烦他，可孟韶忍不住想要任性一次。

"嗯。"程泊辞没有一丝犹豫就答应下来，又说，"你累了就先睡一会儿，到家了我叫你。"

"我帮你看路。"孟韶说。

过了几分钟，她蓦地想到了什么："怎么办？我的门卡和钥匙都被他们拿走了。"

程泊辞先没回答，而是问孟韶还有什么东西不见了。

孟韶想了想，说："手机和记者证。"

程泊辞说"知道了"，抬手点了点车载屏，跟孟韶说了个名字，让她帮自己打电话出去。

对方应当是有关部门负责这件事的人，孟韶听见他跟程泊辞说自己同调查组的下属已经抵达现场，正在对张经理进行问讯，还问程泊辞是不是已经接到电视台的孟小姐了。

程泊辞"嗯"了一声："麻烦您帮忙找找她的证件，还有手机和钥匙。"

那人答应下来。挂断电话后，程泊辞对孟韶说："为安全起见，回去之后还是把锁换了。"

孟韶听话地点点头。

程泊辞看了她一眼，修长的手调整了一下方向盘，又说："那回首都找酒店给你住？"

其实方才孟韶说没有钥匙的时候，他的第一反应是带她回自己的住处。

但这听起来太像乘人之危，他不想让刚刚经历过一场惊吓的孟韶有什么顾虑。

孟韶说"行"，又说："我的身份证被放在电视台没带过去，你能陪我去取一下吗？"

"你们电视台这么晚还上班？"程泊辞道。

孟韶说："楼下有保安值班，他们认识我的脸，我到时候让人家帮我开一下门。"

车子在高速公路上行驶，道路两侧，近处是原野，远方是山林，但在一片如墨的漆黑中，车内的人能看到的只有车子前方远光灯落下的一片柔和的光雾。

孟韶望着窗外，车窗玻璃上，远山淡影间映出她的面容。

现在是整座城市都已经入睡的时分，一个平平常常的工作日的午夜，她却刚脱离险境，跟程泊辞一起在荒凉如同世界边缘的地方飞驰而过。

回想起方才的一幕幕，孟韶还是觉得不真实。

"程泊辞，"她转头望着他，"我都不知道你会打人。"

"现在不是知道了？"程泊辞说。

他说得淡然，孟韶却仍旧觉得，这是一件非常不可思议的事情。

十年前的她无论如何也想象不到，那个次次都考年级第一，无论开学还是毕业都作为学生代表站在台上发言，被所有女生喜欢的程泊辞，会为了她打人。

她的视线落在他的侧脸上："你脸上的伤不要紧吧？"

程泊辞说没事，只是进工地的时候被人拦了，对方持刀恐吓他，其实不敢伤人，只是没想到他不怕，动真格硬闯，对峙时对方不小心划伤了他。

孟韶听了，忍不住说："你怎么就这么来了？后面不是有大部队吗？你知不知道有多危险？"

"那你呢？"程泊辞截住她的话，"你一个人留下，不知道危险吗？"

他语气平静，脸上也没有太多表情，孟韶不清楚这是一句责备，还是只是单纯的反问。

她轻声道："这是我的工作。"

程泊辞没接话，过了一会儿，说："我等不了。"

等不了从上报申请到领导批复，等不了调查组从成立到出发，受不了打不通她电话的焦灼忐忑，所以他当即请了假，从首都一路驱车进入邻省，抵着最高限速在踩油门。

他同样有职业理想，所以可以理解孟韶的选择；他也相信，孟韶留在那里，一定是经过了理智的判断。

只是他无法因为这些就对她的安危坐视不管，晚一分钟也不行，晚一秒钟也不行。

他做外交官的全部冷静，在听到她身陷险境的时候全部失效，没有半分用武之地。

因为她不是他可以凭借理性去对待的人。

孟韶的睫毛微微颤了一下。

程泊辞的话不知为什么让她产生了一种自己做错事的感觉。她小声开口："其实也没那么危险，我跟周昀一去，那个负责人就认出我们是记者了，他只是不想让我们报道，没想闹出人命。"

"你一篇报道就能砸他和手底下几百个人的饭碗，人被逼急了没什么做不出来。"程泊辞淡淡地一瞥前方指示进入首都的路牌，"20 年前，在我妈妈工作的大使馆前面示威的种族主义者一开始也没打算开火，只是看到她出来表明立场，被激怒，才随便抓了一个华裔要示威……"

他没再说下去，而孟韶知道那件事的结局。

她小心翼翼地问："你要当外交官是因为她，对吗？"

"是其中一个原因。"程泊辞说。

程泊辞没有往下说，孟韶看出他不想讨论这个话题，便也不再追问，只是安静地坐在座位上，看见前面收费站隐隐透出的灯光。

进入市区之后，程泊辞先载孟韶去电视台拿身份证，然后就近找了一家大型的五星连锁酒店。在门前的停车场泊好车，他带孟韶走进酒店大堂里。

见一对男女下半夜来开房，前台工作人员想也没想就问："一间大床房？"

程泊辞说两间，要相邻的，然后把自己和孟韶的身份证递了过去。

孟韶惊讶地看向他。

程泊辞说："我陪你，你有什么事情就来找我。"

拿到房卡之后，程泊辞陪孟韶坐电梯上楼。他按电梯的时候，孟韶忍不住去看他。已经是凌晨3点，他应她的要求连夜开车回首都，却没有在她面前流露出任何疲态。

程泊辞浑然不觉，想到了什么，问孟韶："脚还疼吗？"

孟韶说不疼了，应该不严重，又说："今晚谢谢你。"

"谢谢"两个字太轻了，可她好像也只有这句话可以说。

程泊辞的目光停在她的脸上："孟韶，我去找你不是为了听你对我说客气话的。"

狭小的空间像是一下子因为他这句话升了温。

程泊辞的眼里落了一圈淡光，看起来很深沉，孟韶情不自禁地心一悸，仿佛再一次看见年少时曾在他的眸中找到过的宇宙。

那个会让人迷路、耽溺的宇宙。

电梯在这个时候到了。

电梯门打开，程泊辞低低地说："走吧。"

他顺着墙上标识的房间号找到了两个相邻的房间，先陪孟韶进去检查了一遍，离开的时候说："你好好睡一觉，我帮你请假。"

这一晚的兵荒马乱就此终结，孟韶在床边的单人沙发上坐下，在无比安静的环境里，听到程泊辞走到隔壁的脚步声。

程泊辞刷卡。程泊辞开门。

孟韶承认他是对的，就算她没有什么事情找他，知道他在附近，就会给她很多安全感。

神经绷紧太久很难马上放松，孟韶在沙发上坐了一会儿，决定去洗个澡。

温热的水流滑过皮肤，她的心情渐渐变得平缓。

洗完澡出来，孟韶换上酒店的浴袍，将吹风机的风力开到最大一档，站在镜前吹头发。

头发吹到七八分干的时候，房间里毫无预兆地陷入了一片漆黑。

孟韶在原地反应了几秒，意识到是停电了。

与被关在板房里面一夜的类似的黑暗让那些记忆卷土重来，她把吹风机放到大理石台面上的时候，手指有些发抖。

那些民工不怀好意的笑声在耳边隐隐约约地重现，孟韶的指关节因为用力而发疼。

房间的门忽然被敲响。

"咚咚"几声，平和而克制。

"孟韶，是我。"

程泊辞的声音穿越幻听而来，像是给孟韶吃了一颗定心丸。

她几乎是急切地摸索着小跑过去给他开了门。

就着从窗外落进来的昏暗的光线，程泊辞看到孟韶穿的是浴袍，头发也还湿着。他停了一下，才开口说话："刚才去楼下便利店给你买了吃的，还有活络油，听到你没睡，过来给你。"

他手里端着一杯关东煮。

"是不是我吹头发的声音太大吵到你了？"孟韶不好意思地问。

程泊辞说"不是"，又说："我也没睡。"

他把装关东煮的纸杯交给她。孟韶接过来的时候，迟疑了片刻。

程泊辞捕捉到她的情绪，看着她，低声问了一句："你是不是怕？"

孟韶垂着眼帘，说："有一点儿。"

"用不用我陪你一会儿？"程泊辞征求她的意见，"等你睡着我就走。"

孟韶极轻地"嗯"了一声。

她端着关东煮坐到床边，看着程泊辞仔细地栓上门，从口袋里拿出一个玻璃瓶——是他买的活络油。

孟韶伸出一只手要接，程泊辞却说："你先吃。"

孟韶"嗯"了一声，把手缩回去，紧接着又听见程泊辞说道："着急的话，我给你涂。"

她要去叉鱼丸的竹签晃了晃，并没有准确地叉上。

见孟韶没有马上回应，程泊辞也意识到自己讲话的唐突，动了动嘴唇，正要说什么，孟韶却说了个"好"字。

细细的嗓音，轻到一不小心就会错过。

程泊辞拧开活络油的盖子，清淡的薄荷气味散发开来。

看他走过来，孟韶莫名其妙地紧张。

程泊辞在她面前蹲下，倒了几滴活络油在掌心里。

被他用骨节分明的手握住脚踝时，孟韶眼皮一跳。

他并没有用力，她却有种被禁锢和掌控的错觉。

程泊辞用另一只手揉压她的脚踝，白皙的皮肤上很快浮起了浅浅的粉色。

他无意间碰到了孟韶有些许凸出的踝骨，随口道："你这么瘦。"

孟韶的耳朵在泛红，她俯身说了句什么，程泊辞没听清，抬头去看她，却在触及她浴袍微敞的领口时又收回了视线。

他低着头继续给她擦活络油，动作仍旧很轻，嗓音却比方才哑了几分："衣服没穿好。"

酒店的浴袍本就宽松，孟韶又是那种纤瘦的身形，坐下来后衣服难免松垮。她听到程泊辞的话之后，低头看了一眼，脸颊顿时烧了起来，连忙将关东煮放到床头柜上，腾出两只手把衣领交叠。

程泊辞大约是怕她尴尬，暂时没有再抬头，从她的角度只看得到他挺拔的鼻梁和专注的眼神。

一直被她视作天边朗月一样的人，现在蹲在她面前，一心一意地给她的脚踝擦药油。

昏暗的房间里，只余下皮肤相触时微不可察的摩擦声。程泊辞又倒了一次活络油，微黏的液体混着他掌心的热度贴上来，孟韶的手无意识地将浴衣抓出了不明显的褶子。

程泊辞也并不是什么心如止水的圣人，方才孟韶倾身时胸口那一片柔软仍旧留存在他的脑海中。他怕自己再想下去，迅速地给她涂完药油，将她的脚踝轻轻放下，说声"好了"，就站起身去洗手。

他的体温骤然撤离，踝侧的薄荷挥发得飞快，凉得那么清晰，就衬得方才的热特别分明。

程泊辞擦干净手出来的时候，孟韶吃完了那杯关东煮。停电已经十分钟有余，也许是因为时间太晚，绝大部分人都已进入睡眠状态，酒店并没有派工作人员送来照明设备。

孟韶将纸杯放下，起身去洗漱，回来的时候看到程泊辞在关所有的用电开关。做完这件事之后，他就坐到了床边的沙发上，微微抬着下巴对她说："睡吧。"

那是一个跟她说话可以让她听清，但又在安全距离以外的地方。

孟韶在柔软平整的床上躺下，不知不觉翻了个身，意识到自己将脸正对着程泊辞的方向后，又有些心虚地翻了回去。

程泊辞那边传来轻微的响动，孟韶觉得他好像注意到了自己的不安分，抬眸朝自己这边看了一眼。

所有的灯都熄灭了，深夜的天空成了唯一的光亮，孟韶方才只拉上了窗帘最里面的窗纱，郁蓝的天幕贴在玻璃外侧，看起来就像水族馆里盛放鲸鲨的巨大的水箱，冰凉而安静。

或许这样的夜晚太适合回忆，孟韶很自然地就想到了在礼城外国语学校的时候，她也见过很多次这个时间的天色。

那时候她趴在床上亮着手电筒做题，枕头底下放着的 *The Great Gatsby* 里面夹着那张意外留下的她跟程泊辞的拍立得合影，透过床帘和墙壁的缝隙，可以窥见一角窗外的景色。

后来那张拍立得被她留在家中没有带走，她告诉自己要放下，却跌跌撞撞了很多年才勉强做到。到 26 岁这年，她以为那些与程泊辞有关的往昔都像落入海底的沉船，已经被微生物和含盐的水逐渐腐蚀，然而见到他之后，有如季风洋流入侵海域，海水上升，经年的心事再一次被打捞起，迫不及待地要见光。

"程泊辞，"孟韶忽然叫他，"你看外面，像不像《海底总动员》里那片海的颜色？"

程泊辞没有怪她不好好睡觉，而是侧过头望了一眼，顺口说："你还喜欢那个卡通片。"

孟韶没想到他还记得。

"为了学英语看了好多遍，印象太深了。"她说。

程泊辞看着她："你上高中的时候很喜欢英语。"

孟韶笑了笑。

她喜欢他在先，喜欢英语是比较靠后的事。

"那你呢？你喜欢哪一科？也是英语吗？"孟韶问。

出乎她意料的是，程泊辞摇了摇头，说："我没有特别喜欢的。"

见她惊讶，他解释道："英语只是交流的工具，假如它让你觉得美，也只是因为使用这个语种的人的思想在闪光。"

说到这里，他眼角盛了点儿笑意："比如你的《海底总动员》、银幕上的 Nemo、背后的编剧和工作人员。"

尽管知道程泊辞指的是诗歌和电影，但孟韶还是想到了上高中的时候，自己在广播台的玻璃房子外面看到的他。

英语在她这里，最初也是因为他而闪光。

不过想想也是，他那么聪明，当然不是非要喜欢什么事情才能做好。

孟韶又问："对了，你当时真的是物理集训不听课也可以考满分吗？"

程泊辞显然有些啼笑皆非："你都听谁说的？"

"我去集训教室值日的时候看见过，余天也跟我讲过。"孟韶道。

程泊辞耐心地告诉她："不是节节课都不听，很多竞赛的东西我初中就接触过，重复的内容我不会听。"

孟韶"嗯"了一声。

"你们把我想得太厉害了。"程泊辞说。

同他聊起当年的事情让孟韶觉得放松，睡意不知不觉地漫了上来。

她的嗓音略显含混："因为你确实很厉害。"

话到末尾，已经变成了轻软模糊的喉音。

程泊辞没接话。过了一会儿，他压低音量，望着床上的孟韶问："高一的时候，你在英语组外面帮我送答题纸，不是顺路，对不对？

"高三下雪的那个晚自习，我在操场上打球，给我带饮料的，也是你吧？"

她没有出声，应该是睡着了。

程泊辞等了片刻，借着暗淡的光线，端详起孟韶的睡颜。

不知道会不会有一天，他可以留下来不走？

从沙发上站起来，程泊辞放轻脚步走到门边，抬手压上了门把手。

锁舌以非常缓慢的速度弹出，他打开房门，侧身走出去的那一刻，孟韶发出了一个轻微的音节。

"嗯。"

她拦住程泊辞帮他给英语老师送答题纸，不是顺路，是故意等在那里，假装跟他偶遇。

漫天大雪里他一个人打球的晚自习，也是她为他逃课，送了牛奶给他，一笔一画地写下她对他的期盼。

程泊辞关门的动作一停。

明白孟韶为什么方才装睡，直到现在才承认，他没有逗留，把门关上，回到了隔壁的房间。

已经过了凌晨4点，程泊辞定好闹钟，没睡几个小时就去上班了，临走的时候确认来了电，又让前台工作人员为孟韶订了早、午餐，替她结清了房费。

他上班的路上，电视台的施副台长给他打了电话。施副台长这会儿看到了昨晚他发过去的给孟韶请假的消息，专门打电话来问孟韶的状况。

程泊辞给她讲了，施副台长松了口气，认真地感谢了他一番。

上午，工地瞒报伤情事件的调查组组长也联系了他，说找到了孟韶的随身物品，问他什么时候方便，说到时候派人给他送过去。

程泊辞看了眼腕表，说中午可以。

组长替他把孟韶落在工地的东西找得很齐，连她掉的一根扎头发的皮筋都找到了。他从外面取了东西回来，要开车给孟韶送去时，碰上柏鸥在大楼外面散步晒太阳，对方一瞥他手中透明密封袋里零零碎碎的物件，脸上便多了几分"明了"的笑意："孟记者的？"

程泊辞说："是。"

柏鸥也知道孟韶的事情，先关心地问了几句，知道她平安无事之后，又说："昨天你走得那么急，好多人都在打听孟记者是你什么人。"

程泊辞用指腹捻了捻密封袋，没有回应这句话，脸上少见地露出了略微踌躇的表情。

"怎么？"柏鸥笑着看他，"昨晚什么进展都没有？"

"我不是为了这个。"程泊辞道。

柏鸥隔空点了点他手里的袋子："知道。昨晚你们回来之后怎么办的？孟韶钥匙也没有，回不了家吧，住的酒店？"

程泊辞说："我们分开住的。"

"她受了那么大一场惊，你都没过去安慰？"柏鸥似笑非笑地看着他，"泊辞，你这样怎么追得到人？"

程泊辞像是对这句话不太满意，用不是争辩的语气说了一句争辩的话："我去陪她了。"

柏鸥便问他陪的时候聊了什么。

"读高中时的事情，还有她喜欢的电影——《海底总动员》。"
程泊辞说。

"都在一个房间里了，结果你跟人家姑娘聊了一晚上小丑鱼？"
柏鸥摇摇头，散着步从程泊辞旁边走开了。

四下变得寂静，风吹过树梢，发出摇曳如水流的声音。

程泊辞走到自己的车子旁边，开了锁，坐上去。周围没有人，
他犹豫了一下，打开了透明的密封袋。

孟韶昨天未曾向他提起还丢了一根皮筋，想来是不太在意，那
是不是意味着，他可以私自留下？

向来从容坦荡的大外交官，因为一条纯黑的皮筋，心隔着车
窗，被午后的阳光炙烤得有些燥热。

他将那根皮筋取出来，戴在手腕的位置，又仿佛掩盖什么一
样，用衬衫的袖口盖住了。

车开到酒店楼下，他先去便利店买了一根数据线给孟韶充电
用，然后才到前台，问工作人员孟韶有没有起床，给她订的早、午
餐吃过没有。

前台工作人员查了一下，然后告诉他，孟小姐还没有起床。

程泊辞便把那袋东西留下，让对方帮忙转交，接着替孟韶又续
了一天房。

前台工作人员问程泊辞有没有什么留言给孟小姐，他略加思
索，要了一张便笺和一支笔。

笔尖滑过素净的纸面，端正遒劲的字迹比平常要多几分缠绵：
"I go so far as to think that you own the universe."

我甚至相信你拥有整个宇宙。

她昨晚的承认与坦白，他记得，也希望她不要装作没发生过。

第十二章
不完美鱼鳍

因为没有手机用来定闹钟，孟韶醒过来的时候已经是下午了。

阳光透过窗帘窗纱的细孔散落在房间里，在她的被子上照出一抹光亮。

睡前发生的一切像看过的夜场电影，几帧镜头在她的脑海中零零碎碎地闪过。房间里已经来电，空调的出风口有不明显的气流声。

床头柜上摆着程泊辞买给她的活络油，不知是不是她的错觉，房间里似乎还有没散的薄荷味。

孟韶在床上躺了一会儿，等彻底清醒了，才坐起来，慢慢穿好衣服下楼，去酒店的前台问程泊辞有没有来找过自己。

工作人员说来过，并递给她一个透明的密封袋，里面是她落在工地现场的东西，还有一根数据线。

孟韶接过来，对方又放了一张便笺在桌上："还有这个，程先生给您的留言。"

便笺上只有短短的一行字，孟韶却站在那里看了很久。

程泊辞写英文单词仍旧是从前的习惯，字迹显得偏长偏斜，清挺峭拔，只在顿、点时略微停顿，那里的墨水就会微微晕染开来，仿若落笔时有无限的温柔。

明明字句无声，她却好像清楚地听到了从十年前传来的回响。

漫天大雪里无人知晓的心事，望着他有如望着一个此生无法抵达的宇宙，坐在他斜后方的车座上偷看他听歌的样子，舍不得擦掉他写在她手上的诗，高考前看完那场日落时仿佛整个 17 岁都跟着沉没。

一切终于有了回应。

孟韶眼角蓦地一阵温热，抬眸说"谢谢"的时候，眼圈泛起了不明显的红。

她上楼去给手机充电，开机之后收到了施时悦的消息，让她看到之后回个报平安的电话。

门外有酒店的工作人员按铃来送餐，孟韶知道是程泊辞订的，拿进来一边吃，一边打电话给施时悦。

施时悦问她的情况，听她说没什么问题之后，又说这个工地瞒报伤情的选题台里暂时还没有安排人接替她，问她怎么考虑。

孟韶毫不犹豫地说："我要做的。"

施时悦了解她，早就料到她会这样说，也没劝她休息，只道："那你准备好了就尽快回来，我协调摄像人员跟你去调查组。"

孟韶说："好。"施时悦又道："周昀说他不做这个选题了，最近有重要会议，我安排他去跟会议采访，你看你想跟谁搭档。"

不等孟韶回答，施时悦添上一句："昨天是他帮你通知的程领事，他倒挺明白该找谁。"

孟韶听对方话里有气，主动地说道："施姐，昨天是我让周昀先走的。"

施时悦叹了口气："我知道，他跟我说了，但是孟韶，你有时候也得考虑考虑自己的安全，昨天换了我在，肯定不会让你一个人留在那儿。"

跟周昀毕竟是大学同学，又一起跑过很多选题，孟韶不想让施时悦因为这件事对他产生什么看法，于是转移了话题："那让小何跟我去吧，那天看他挺想参与的。"紧跟着又半开玩笑道，"就是这次别让他开车了。"

吃完饭之后，孟韶回家换了身衣服，就去了电视台。

小何第一次跑紧急事件的新闻，显得很兴奋，一直跟在她旁边感谢她对自己的肯定。孟韶问他有没有写访谈提纲，他马上把一个文档转发到她的手机上。

孟韶打开文档看的时候，周昀从外面回来，经过她旁边的时候，跟她打了个招呼，又不太自然地问她昨天怎么样。

"我没事。"孟韶边看小何的采访提纲边说。

周昀说"没事就好"，不像以往那样非要站在她旁边没话找话待上一会儿，很快就走了。

经过昨晚，他已经知道自己没资格同程泊辞竞争。

周昀离开之后，孟韶听到小何在一边小声问："孟老师，周主任为什么不做这个选题了？"

她不在意地说："个人原因吧。"

小何嘀咕道："有人议论说是因为周主任知道您跟程领事的关系了要避嫌……"

孟韶滑屏幕的手指悬在了半空中。

"孟老师，您别生气啊，我瞎说的，我就是好奇怎么这么好的选题周主任放弃了。"小何赶紧解释。

"我没生气。"孟韶说。

工作上的配合不存在什么避嫌不避嫌，只是孟韶能感觉到周昀想通过这件事向她释放一些在私人关系上划清某些界限的信号，这反倒令她觉得轻松，甚至忘了同小何解释，她跟程泊辞还不是那种关系。

工地事件的调查组是从首都派过去的，孟韶得知他们这天上午就带着责任人回来了，她跟小何下午去采访，正好赶上他们厘清了案情的脉络，出了结果公示。

那天跟她喝酒的时候张经理说的都是实话，伤亡是塔吊坍塌过程中转向意外造成的，他为了避免被追责和影响公司资质，这才把事情压了下来。

其实在孟韶之前还有一些当地的自媒体去过，但都被张经理用钱封了口，他不知道孟韶的身份，以为她跟那些人一样，软的不行来硬的，吓唬吓唬她就会服软，没承想这回踢到了铁板。

因为有调查组协助，采访进行得很顺利，傍晚就收工了。小何主动要写稿，孟韶承担的主要是出镜任务，采访结束之后，小何坐摄像人员的车回电视台，她直接去了附近的地铁站乘地铁回家。

在站台等地铁的时候，孟韶想起自己还没跟程泊辞说收到了他送来的随身物品。

这里人太多，声音嘈杂，她又不想只发一条消息，犹豫了一下，决定回家再找他。

换乘了两次，孟韶辗转到家，出地铁站的时候，她在街边碰见了叶莹莹。

对方刚在卖花的摊子上买完花，一抬头看见她之后，抱着怀里的花束朝她挥了挥手："韶韶姐。"

孟韶走过去，叶莹莹抽了两枝白色的玫瑰用纸巾包着给她："这个送你，是不是很好看？"

以前去过叶莹莹家，知道她养这些花步骤复杂，要醒花还要剪根，孟韶笑着摆了摆手："你留着吧，我没空照顾。"

"韶韶姐，你拿着，没关系的，开几天看着心情好就可以了，而且枯了之后还能做干花。"叶莹莹坚持道。

孟韶边走边问："干花？"

叶莹莹说："对，干花很好做的，快枯萎的时候你整理一下花的形状，倒着挂到窗口就行了，能留特别久。"

孟韶听着新鲜，又想到当初程泊辞送她的那束向日葵枯了之后就被她清理掉了，心里不觉有些可惜。

她接过叶莹莹给的花，对方又问她是不是还没有吃饭。

听到孟韶说"没有"之后，叶莹莹便热情地邀请她道："那你来我家好不好？我新学了白灼青口贝，做给你尝尝。"

孟韶答应了，说自己冰箱里还有前些天买的车厘子，到时候带过去跟她一起吃。

晚上孟韶跟叶莹莹一起坐在餐桌旁边时，叶莹莹问孟韶知不知道邻省工地瞒报伤情事件。

都是媒体圈子里的人，一有什么风吹草动，整个行业都能收到消息。孟韶轻描淡写地说知道，下午刚去采访。

叶莹莹好奇地追问孟韶细节，因为调查结果已经公示，并不涉及保密，她便一五一十地给叶莹莹讲了，因为讲得太详细，连工地上的挖土机和塔吊的方位都清清楚楚。叶莹莹吃惊地道："韶韶姐，你去现场了？一个下午就走了个来回，这么快吗？"

"我昨天就去了，晚上没回来。"孟韶说。

叶莹莹"哦"了一声，但是马上就瞪圆了眼睛："等等，今天那个公示上说他们负责人抗拒采访，还把记者关起来了，那个记者不会就是你吧？"

孟韶点点头："是我。"

她给叶莹莹讲了事件的始末，讲到程泊辞带着脸上的伤来找她的时候，对方"哇"了一声："程学长好帅啊！韶韶姐，你描述得好像电影情节。"

孟韶停下来，想到程泊辞那张沾了灰又渗着血丝的脸，还有锋利幽深到犹如不见底的眼眸，跟他平时那么不一样，却又的确英俊到惊心动魄，过目难忘。

叶莹莹又说："韶韶姐，你知道吗？我觉得程学长一定很喜欢你。"

孟韶没说话。

她想到很多昨夜的细节，想到程泊辞扶她起来时关切的眼神，牵住她时有力的手，背她时坚实的背，也想到回程中，她问他当外交官是不是因为他妈妈的时候，他讳莫如深的模样。

程泊辞能够不顾安危只身一人闯进工地救她出来，但也有不愿意跟她讲的事情。

叶莹莹的注意力早已从案件上转移到了别的地方："韶韶姐，那要是程学长跟你表白，你会答应吗？"

孟韶抿了抿唇，耳朵有一点儿红："不知道，可能会吧。"

从叶莹莹那里回来之后，孟韶洗了个澡，擦头发的时候开了柜子找吹风机，看到柜子里面空空如也之后才想起来，上回她吹头发的时候想要看一本新买的书，随手把吹风机放在电脑桌上了。

去拿的时候，孟韶瞥见桌角上的一根数据线——是今天程泊辞送她的，这才记起自己还要给他打个电话。

孟韶用手将吹风机暂时压在桌边，站在那里，拿出手机，拨了程泊辞的号码。

他很快就接了，低沉的嗓音顺着屏幕贴过来："喂。"

"我取到你放在前台的东西了。"孟韶觉得自己靠近手机那一侧的皮肤被他的声音震得发痒，下意识地想换手去接，"谢谢你。"

忽然近处传来一声不轻不重的闷响，孟韶吓了一跳，低头去看，才发现是自己说话太专心，忘记手底还压着吹风机，刚才换手接电话，吹风机不小心掉在了地上。

程泊辞也听到了："什么掉了？"

"吹风机，"孟韶俯身捡起来，"我上次看书的时候放在桌子上，这次要用才想起来拿。"

程泊辞意识到孟韶刚洗过澡。

他眼前浮现出昨天在酒店里，她湿着头发来给他开门，后来俯身同他说话时，无意间敞开的领口里露出的那一片春樱白雪般的皮肤。

手腕上还系着她的皮筋，是私藏，是侵占，是他这辈子第一次做不够清白的事情。皮筋是圈口很窄的那种，紧紧地贴着他的脉搏，他想起她曾被这根皮筋束着的头发柔柔地拂过自己颈侧的感觉。

程泊辞觉得喉咙有些干涩，怕自己再想下去，便问孟韶："什么书？"

"小说，写高中生的，*The Perks of Being a Wallflower*。"孟韶说。

不是非常有名的作品，但下一秒程泊辞就说出了书中的一句话："We accept the love we think we deserve."

我们只接受自己认为配得上的爱。

他的声音太好听，好听到念这样的台词就像说情话，加上通话中淡淡的电流感，孟韶的呼吸微微紊乱了一下。

她莫名其妙地想到叶莹莹问她假如程泊辞表白她会不会答应的话，脸上一热，连忙止住自己的胡思乱想，问他："是不是世界上所有的书你都读过？"

"这本碰巧看过。"程泊辞说。

该说的话已经说完了，孟韶却不舍得挂断："你还记得哪一句？"

"考我？"程泊辞停了停，"还记得一句，不过可能有错。"

孟韶问他是哪一句。

程泊辞低低地说："You are something, something means special."

孟韶的心跳一滞。

她才看过书没多久，还记得这句话。

只不过在原本的句子里，主语是 he，而不是 you。

孟韶不知道程泊辞是真的记错了，还是借着这句话隐晦地告诉她，她对他来说是特别的。

他的话难猜，心思也难解。

两个人站在电话两端沉默了几秒，只听得到彼此的呼吸声。

过了片刻，孟韶的手无意识地推了一下吹风机的开关，她没有继续跟程泊辞聊这个话题，而是说："那我挂了。"

他"嗯"了一声，瞥了一眼腕表上的时间，叮嘱她道："头发吹干再睡。"

程泊辞原本坐在桌前浏览一份打印版的文件，孟韶挂断之后，虽然他的掌心还压在纸上，目光却没有继续向下移动。

　　指腹摩挲着文件的边缘，程泊辞想到孟韶此刻大概在吹头发。

　　她的头发柔顺，撩起来的时候，会露出天鹅一样的脖颈线条。

　　再往下是纤细的锁骨，因为瘦，所以始终微微凹着，带着一抹阴影，像瓷器上自然形成的纹路和形状。

　　程泊辞喉结滚了滚，思绪不自觉地飘远了。

　　那份文件最后程泊辞是熬夜看完的，做完批注合上的那一刻，他想到上高中的时候老师常说谈恋爱影响学习。

　　是很影响，他甚至还没有跟孟韶恋爱，只是单方面地喜欢，就已经有些吃不消了。

　　第二天上班的时候，程泊辞在常用的新闻网站上看到了孟韶关于工地瞒报伤情事件的出镜报道。

　　他戴上蓝牙耳机，点开视频。隔着屏幕，孟韶表情平静而自然，语速平缓，有条有理，完全看不出她曾经险些成为这次新闻事件的受害者，是那种举重若轻、非常专业的记者。

　　面对镜头的时候，孟韶周身散发着温和坚定而不刺眼的光芒。程泊辞看着她，心里不自觉地升起了自己对她来说还不够好的念头。

　　即便感觉得到把孟韶从工地带回来之后，两个人的关系近了一步，但对让孟韶接受自己，他还是没把握。

　　程泊辞想到一件事。

　　瞒报伤情事件之前，他去首都电视台的官网上查过孟韶的生日，她出生在夏末，就是这个月，现在距离那一天还有两周。

程泊辞没追过人，不知道女孩子都喜欢什么样的浪漫。他早就开始构思给孟韶准备礼物，又总是担心她不中意。

程泊辞提前了一周跟孟韶约时间，尽管如此，打电话给她的时候，他还是存了几分忐忑，怕她说已经有约了。

孟韶听到程泊辞的邀约时确实是意外的，她把目光投向桌上的日历，去找他说的那个日子："怎么提前这么久？还有一周呢。"

"那天你过生日。"程泊辞提醒她。

孟韶发出了一声恍然大悟般的"哦"。

接着她为自己这个反应不好意思，向程泊辞解释道："我一直不过生日的，从小就不过。"

她的父母迟淑慧和孟立强不是那种浪漫和有仪式感的人，况且当年他们满心希望头胎是个男孩儿，她出生的那一天，对他们来说也许是失望大于欣喜，所以从记事起，就没有人提过给她过生日，至多是那一天全家陪她吃一碗面，也不会有人特地同她讲一句"生日快乐"。

后来工作了，离家远，又忙，她就更不记得过生日，有时候那一天甚至是在外地或者海外跑选题中度过，直到偶然打开手机上的某个应用软件，出现祝福她生日快乐的弹窗，她才后知后觉地反应过来。

"那就今年开始过。"程泊辞道。

孟韶笑了笑，说："好啊。"

她生日那天是周六，前一晚程泊辞跟她约时间，她问他几点开始有空，他不假思索地问她："上午9点可以吗？"

孟韶愣了愣，然后问："程泊辞，你周末也起得那么早？"

程泊辞这才意识到自己显得太急切——他只是想早一些见

到她。

"你什么时候起床？"他问。

孟韶小声说："可能要中午。"

工作不忙的时候，她喜欢把整个周末的上午都用来睡觉，有时候真的会一直睡到中午。

程泊辞没有嘲笑她，只是像做一份计划表那样，把她的起床时间认真地纳入了考虑，用征询的语气问："那下午4点钟我去楼下接你？"

他给她留了充分的准备时间。

孟韶答应下来。

周六那天起床之后，她先洗了头发。洗手间里有十分明媚的阳光落在地上，将地砖上淡色的花纹照得清清楚楚。

孟韶蓦地想起了高一下学期，为了模拟联合国活动去图书馆的多功能厅跟程泊辞讨论之前，她也是这样，一个人安静地洗过头发。

她有一瞬间的恍惚，像是又回到了高中时代，她分不清此时此刻心中悸动的，到底是16岁的她，还是26岁的她。

孟韶从衣柜里挑了一条浅丁香色连衣裙。这条裙子是她刚入夏的时候买的，露肩收腰的款式，裙摆有不规则的层叠设计，不符合上镜需要，上班不能穿，而平日里一个人出门还是随手套一件T恤更方便，所以当时虽然因为漂亮买下来，她却一直没怎么穿过。

但这条裙子很适合今天。

孟韶换好衣服，简单地化了妆，看看已经3点55分，便出门去坐电梯。

程泊辞已经在楼下等她了。

他站在车子边，穿了一件很有质感微带哑光的黑衬衫，因为天气热，领口的扣子被松开了两颗，袖子也被挽了上去。

见到孟韶，他一瞥她白皙细腻的肩头，又收回视线，朝她抬了抬下巴，算打招呼。

孟韶走过去问他："你是不是等好久了？"

"不久。"程泊辞为她拉开副驾驶座的车门，低垂眼眸看她坐进去，"裙子很好看。"

车里他已经提前开了空调，空气微凉，孟韶进来的时候带进一阵暖风，落在皮肤上，产生了几分干燥的热意。

程泊辞系上安全带发动车子的时候，孟韶才想起来问他去哪里。

"现在才问。"程泊辞挂了挡，边打方向盘边侧头看了她一眼，"都不知道目的地就敢跟我走？"

孟韶跟他开玩笑："那这会儿要下车也晚了不是？"

程泊辞"嗯"了一声："晚了，只能被我拐走了。"

他没有告诉孟韶要去做什么，孟韶也没有追问。

就像拆礼物，只有不知道盒子里面装的是什么，才会觉得惊喜。

程泊辞的车开了 40 分钟。下车的时候，一幢设计简洁的灰色建筑映入孟韶的眼帘，入口处是深蓝的大门，上面写了几个白色的单词，其中一个是"diving"。

孟韶问程泊辞："潜水？我们是来潜水的吗？"

程泊辞想了想说："算吧。"

程泊辞带孟韶走进去，前台坐了个 30 岁上下的男人，看见他之后说了句"来了"。

程泊辞点点头。

对方的视线又放到了孟韶身上："原来是为她准备的，我说呢。"

他叫人带程泊辞和孟韶进去换潜水衣。

偌大的建筑内部，孟韶没有看到其他客人。她转过头说："怎么觉得他们不太像做生意的？"

程泊辞语气淡淡地道："确实不是，这里是我朋友的地方，就刚才那个人，他是玩深潜的，开了场馆自娱自乐。"

孟韶说"这样"，又问："那刚才他说是为我准备的，是什么意思？"

程泊辞看起来不打算告诉她："待会儿就知道了。"

他跟孟韶在换衣服的地方分开，孟韶被引导员带进去挑潜水衣。

引导员告诉她，这里的潜水环境完全模拟真实的海洋，水温偏冷，尤其是较深的地方，所以最好挑选那种长度较长，能够覆盖全身的潜水衣。

孟韶按照她的指导选好潜水衣穿上，对方又给了她面罩和呼吸管，帮她穿蛙鞋，背上氧气瓶。

带孟韶到达潜水区的时候程泊辞还没来，引导员给她讲了潜水的要领，让她先下水到比较浅的深度尝试一下。

孟韶是第一次潜水，作为记者，她对各种新鲜事物都很有兴趣，很快学会了基本技能。

潜水区非常深，孟韶目测有 10 米左右，底下还亮着湛蓝的灯光，隔着粼粼的水流，她隐约看到水底有缤纷的颜色。

"最下面是什么？"孟韶浮上来之后，把手搭在潜水区的边沿上，好奇地问引导员。

引导员神神秘秘地一笑："这个我不能说，不过您可以现在下去看看。"

反正程泊辞还没来，孟韶等着也是等着，她按照引导员教给她的，把呼吸管里的水吹走，然后背着氧气瓶潜入水中。

她逐渐下降。这里的潜水区的确如对方所说，模拟的是深海环境，四周安静到听不到别的声音，那种一望无际的蓝，真的会让人产生自己正身处地球上某个大洋水底的错觉。

看清水底景物的时候，孟韶一下子睁大了眼睛。

连绵的海草、高低错落的珊瑚、柔和的海沙、仿真的粉色水母群，是她最熟悉的《海底总动员》的布景。

再往上，道道阳光穿越蓝色的水，同电影中的画面别无二致。

孟韶短暂地忘记了呼吸。

她一直潜到最深处，呆呆地浮在那里很久，终于明白，程泊辞为她准备的是什么。

忽然，一只手碰了碰她的肩膀。

孟韶在水中回过头，看到了同样穿着潜水衣、戴着面罩的程泊辞。

他抬起手，一只小丑鱼游向了孟韶。

孟韶惊讶地用掌心笼住小丑鱼，发现那并不是真正的鱼，而是尾部安装了精密动力装置的模型，做得同电影中的尼莫一模一样。

尼莫身上缠了一根细细的手链，在水里反射着闪亮的碎光。孟韶把手链解下来，看到吊坠是做成尼莫鱼鳍形状的橙钻。

《海底总动员》里，尼莫因为孵化时期遇到意外，左右两侧的鱼鳍天生不同，一片大一片小。程泊辞送她的这个，造型模仿的就是尼莫自己觉得有缺陷的那一片。

孟韶哭了。

她不知道程泊辞明不明白这部电影对当年的她来说意味着什么。

那时候她认为自己是跟尼莫一样的不完美的物种，她甚至不像尼莫有那么爱他、呵护他的家人。她不如意，被忽视，自尊心受挫，甚至不晓得自己以后有没有机会像尼莫一样看到远方的风景，在青春期里就好像透明人一样，却还一意孤行地喜欢程泊辞，把他当作光，挣扎着，想靠近，也想自由。

程泊辞替孟韶戴上手链，松开手之后，却发现她面罩上潜镜后面的眼睛已经红了，眼下的皮肤上还挂着泪痕。

他怔了怔，下意识地想给她擦掉，却意识到自己碰不到她的脸。

隔着透明的潜镜，他看见孟韶纤长潮湿的眼睫毛，和抬眸望向他时，仿佛宇宙造物万千秘密都汇聚于此的琥珀色瞳孔。

程泊辞庆幸此刻两个人都戴着呼吸管和咬嘴，不然他一定会忍不住去吻她。

水底不能说话，他握住孟韶的手腕，温柔地抬起她的手，用指尖在她的掌心上写写停停，留下一行看不见的句子。

"Just keep swimming."

是他跟她说过，那部电影里他最喜欢的对白。

他记得这句英文被她讲出来的时候，极为悦耳动听。

他想孟韶知道，在他眼中，她一直都一往无前，光芒万丈。

晚上程泊辞跟孟韶坐在餐厅里吃饭时，他问她在水下为什么哭了。

孟韶伸手摸了一下腕上的手链。那些经年的心绪太久远太复杂，而她也难以用语言描述自己当时的感受。

总之，那一瞬间，就好像当年他身上的光，隔着岁月照了过来，补全了那时候她的缺口。

"因为很喜欢你的礼物。"孟韶真诚地望向桌对面的程泊辞，"谢谢你。"

她又说："你是不是准备了很长时间？"

"还好。"程泊辞说。

他是准备了不短的日子，不过能换到她片刻的开心，就非常值得。

"其实有点儿浪费对不对？布置得那么漂亮，最后只看了一个下午。"孟韶说。

她对那片绚丽的景色印象深刻，兴致勃勃地告诉程泊辞："第一眼看到的时候我真的觉得自己在做梦，跟电影里一模一样，好震撼！"

孟韶的眼睛亮晶晶的，程泊辞不由自主地走了神儿，只顾着看她神采奕奕的模样，错过了她正在说的话。

讲话的间隙，孟韶没有收到程泊辞的回应，于是停下来，叫了一声他的名字作为提醒。

程泊辞回过神，忽然问道："过生日的感觉是不是还不错？"

孟韶没反应过来，而程泊辞接着说："之后每年都过，行吗？"

他没有把话说完整——他希望的是每年的生日，都由他陪她过。

孟韶明白过来，程泊辞回应的是一周前约她时两个人的那段对话。当时她说自己从小就不过生日，他大概以为是因为没兴趣。

"我不是不喜欢过生日，"孟韶认真地同他解释，"是我爸妈不怎么给我过。"

顿了顿，她说："我还有个弟弟，他们更喜欢他一点儿。"

从前，这些事情孟韶羞于向他启齿，觉得自己生活中的琐碎跟他是那么格格不入，但现在，她鼓足勇气，想要都讲给他听。

程泊辞并没有因为孟韶的经历离他太遥远而露出任何吃惊或不解的表情，只是极其耐心地聆听着，听她说从小到大，她是怎样因为父母更重视孟希而感到难过，又是怎样逼迫自己包容他们的所作所为，同时把这件事作为动力激励自己的。

"你知道吗？后来我弟弟去了体育学校，现在回我们那个初中当体育老师了。我妈妈一直盼着他去省外上重点大学，我才是他们觉得应该留下当老师的那个。"

孟韶说完之后，意识到自己描述的态度好像显得过于耿耿于怀，微微赧然地道："你看，我是不是心眼儿太小了，到现在都还记得这个。"

"不是，"程泊辞一贯冷淡的声音掺上了丝丝缕缕的柔和，像冰霜在晚照下消融，"你很好。"

他没有在这天跟孟韶表明心迹，不想她觉得自己陪她过生日是在有目的地铺垫。有些东西不像商场里的折价商品越快拿到越好，反而付出更多时间、心力，才会更有意义。

孟韶的感情于他而言，就是这样的存在。

几天后，程泊辞接到了程宏远的电话，对方告诉他周末会带他的外公外婆一起从礼城去首都，到时候几个人一起吃顿饭。

程泊辞听完，开口时语调极冷："你不清楚我外公的身体条件不适合出远门吗？"

在他小时候，外公就有慢性心脑血管疾病，这些年已经有了器质性病变的倾向，医生的建议是尽量待在家里安享晚年，避免突发意外情况。

况且程泊辞了解自己外公外婆同程宏远的关系不佳，不知道程宏远用了什么手段说动二老，又为什么非要带他们来首都。

"这事你到了再说。"程宏远道。

程泊辞压抑着怒意说："那我来安排。"

程宏远拒绝了，同时告诉他自己已经挑好了吃饭的地方。

熟悉的大包大揽、独断专行，程泊辞看在二老的面子上没说什么，只道："那你到时候把时间、地点发给我。"

然后他就挂断了电话。

外公外婆对程泊辞的意义到底比程宏远来得重要，他不会不去吃这顿饭。到了那天晚上，他开车载着礼物去了程宏远订的餐厅，还带了世锦赛时孟韶帮他要来的羽毛球选手签名照。

他想借这个机会，提前向外公和外婆介绍孟韶。

餐厅僻静，进门就是中式风格的庭院，小桥流水，曲曲折折，水中堆叠着黑白两色的太湖石，碧瓦飞甍，幽幽地响着时断时续的胡琴声。

程宏远不是会在百忙之中特地花时间寻找这类餐厅的人，地方像是别人选的。程泊辞没多想，只觉得或许是对方为了修复同外公外婆的关系，才在这些事情上多费了心思。毕竟他的外公外婆都是退休的大学教授，生在书香世家，一向看不起程宏远这种商人，哪怕程宏远生意做得再大，在他们眼中也还是蝇营狗苟的逐利之徒。

程泊辞找到包间的门牌号，服务员替他推门。进去的时候，他看到桌上坐的几个人里，根本没有他外公外婆的影子。

他被骗了。

"泊辞来了？"程宏远丝毫不觉得自己的行为不够光明磊落，"给你介绍一下，这位是宋总，咱们家未来最重要的合作伙伴。那位是宋总的女儿，漂亮吧？今天的餐厅也是她挑的，这么安静的地方，你肯定喜欢。"

程泊辞没兴趣同程宏远扮演父子和睦，他甚至没有记住对方向他介绍的宋总女儿的名字，只是看着坐在程宏远旁边的那个女人，那个在这些年里取代了他母亲位置的女人，语气冷酷到没有任何温度："阿姨，上回我没答应你去相亲，这次你还要千里迢迢地从我这里把面子找回去，对吗？"

那女人慌张地站起来："泊辞，你别误会，我就是觉得你们两个年轻人挺合适的，应该见一面。你也不小了，该考虑结婚了。"

程泊辞直截了当地反问："我什么时候结婚，跟你有什么关系？"

他从没有接纳过对方，江频一向心高气傲，不会做出这么一副讨好的样子，他不能容忍这样的人代替他的妈妈。

女人尴尬地僵在了原地，认识到程宏远吃的那一套在程泊辞身上毫不奏效。

宋总在一边打圆场："就算成不了亲家，交个朋友也好嘛。"

程宏远自觉失了面子，还想要作为父亲的威风："程泊辞，你耍什么小孩子脾气？坐下吃饭！"

程泊辞面无表情地盯着他，没有听话的意思，周身气场冷冰冰的，眸子里散发着骇人的气息。

程宏远恼羞成怒，突然发了脾气："行啊，大外交官现在气性大了，我惹不起了，那你走吧！你从小到大没一件事听我的，保送给你搅黄了你偏偏还要学外语，不跟你妈妈一样白白送命你就不满意是吧……"

程泊辞沉着脸，打断了他的话："你没资格议论她。"

程宏远在气头上，口无遮拦："我没资格？她是我的老婆，我怎么没资格？我告诉你，程泊辞，江频那就是无谓的牺牲！你们别以为死自己一个就是民族大义了，谁在乎你们？你步她后尘，可笑得很！"

一阵碎裂声轰然响起。

整个包间骤然安静下来。

满地的青瓷碎片，看得出釉质温润，仿佛千峰翠色流转，是程泊辞带来原本要送给外公外婆的上好茶具。

他这一下摔的力气太大，连盛放茶具的花梨木盒都从合页处跌得四分五裂，花纹破损。

"你上一次跟我说这句话是我初中的时候。"程泊辞咬了咬牙，"假如我告诉你，我要当外交官不仅是因为我妈妈，还是因为你呢？"

少年心性清高孤傲，那时程宏远一句"无谓的牺牲"，是对他精神世界泼天的否定，字字尖锐，刺进心头的血肉里，长成幽暗的痂，也变作经年不化驱策他向前的执念。

他要做外交官，要比母亲江频走得更远，他要让程宏远明白，燕雀不知鸿鹄志，一代代的外交官，是真的能够捍卫祖国，让时代风起云涌，于滚滚洪流中留下自己的印记。

程泊辞成年后，程宏远第一次看他动这么大的气，一下子被镇住了，眼睁睁地看着他转身扬长而去，一句话也说不出来。

将这场骗局抛在身后，程泊辞干脆利落地出门取车，系上安全带，点火发动，踩下油门开了出去。

没有胃口吃饭，也不想回家，他就一个人开着车漫无目的地穿梭在城市里，处处都灯火辉煌，可没有一个地方能让他产生停留的念头。

十字路口的交通信号灯红了又绿，程泊辞也没算过到底途经了多少街头。车载屏上代表时刻的数字不断跳动，时间在轮胎底部被他一点点碾碎消逝，像整张白纸被撕裂，碎屑追着风，又消散在风里。

程泊辞不知不觉间将车开到了孟韶家附近。

他想见她，在这种时刻，只想见她。

但现在已经是夜里 9 点 30 分，程泊辞不想让孟韶有什么负担，只把车开到她家楼下，降下车窗，远远地看着从那扇有她在的玻璃窗里面漫出的温暖的亮光。

他指腹一下下敲在方向盘上，像在默数暴躁的心跳何时能够平静。

孟韶这天晚上点了外卖，虽然夏日只余尾声，但气温仍旧居高不下，她担心外卖包装闷一晚上会在家里留下味道，便和其他垃圾一起收拾了，分好类，下楼去丢。

她刚推开单元楼门，就瞥见几步之遥的地方停了一辆极为眼熟的车。

车窗是落下的状态，车内的人也注意到她，侧过脸朝她看过来。

是程泊辞。

他看上去心情不太好，车顶的阴影落在他的脸上，看得出他薄唇紧绷，下颌线条清晰而锋利，像一柄劈霜斩雪的白刃。

跟她对上视线之后，程泊辞推开车门走了下来，浓墨般的眼珠中涌动着数不清的情绪。

孟韶还没来得及说话，他便伸手接过了她手中的垃圾袋："我来。"

程泊辞身上的白衬衫看起来很贵，孟韶不想给他，怕弄脏他的衣服，却没拗过他的手劲。

她只好指给他看垃圾桶的位置，跟他一起往那边走过去。

观察他半晌，她问："你是不是不高兴？"又迟疑着道，"你是来找我的吗？"

程泊辞看了她一眼，没说"是"也没说"不是"。孟韶揣摩着他的想法道："要是你不高兴，我可以陪你散散心。"

"好。"程泊辞低低地开口。

孟韶问他想去什么地方。

"你定。"程泊辞说。

孟韶想了想："去公园散步？不过现在会有蚊子……要不去看电影吧。"

"看电影？"程泊辞重复了一遍。

孟韶点头："我心情不好的话会去看电影，被情节吸引之后就忘了是什么让我不开心了。"

她拿起手机按亮屏幕："好像有点儿晚，现在电影院应该关门了。"

程泊辞接上她的话说："我家有投影仪和幕布。"

他神态平静，孟韶却哑了。

在一阵带着草木气息的夏夜晚风吹过后，她做出了决定。

孟韶抬起头，一直望进了程泊辞的眼睛里，像在一条出口未知的隧道里飘浮着。

她说："那就去你家吧。"

程泊辞看了孟韶一会儿，确定她没有勉强的意思之后，才"嗯"了一声。

"现在走吗？"他问。

"程泊辞，"孟韶抬手朝自己指了指，"我还穿着睡衣。"

程泊辞这才发现她身上那条浅蓝色的裙子是睡衣，说了句抱歉，又说："那我在楼下等你。"

"等我一会儿，我一会儿就可以下来了。"孟韶说。

她上楼换了出门的衣服，把扎好的头发散下来，又薄薄地涂了一层口红在嘴唇上，还戴上了他送她的手链，一片玲珑的鱼鳍闪动着橙色的亮光。

孟韶再次推开单元楼门的时候，程泊辞已经在车上等她了。

这是孟韶第一次去程泊辞家。她发现他住得离自己不远，只有20分钟的车程。

他住处的装修看起来就是那种处事非常干净利落的人会喜欢的风格，大面积的灰、白色组合，透着微冷的质感。或许是因为他才外派回来，房子里的陈设不多，整洁得可以直接拿去做样板间用。

程泊辞用遥控器将客厅的银幕放下来时，孟韶注意到沙发上放着的一本书。

黑色的封面，左上角有一片心脏般的红，她只看了一眼，就被唤起很多属于青春期的记忆。

是那本英文版的《二十首情诗和一首绝望的歌》。

书就放在沙发上，他是不是最近才翻过？

程泊辞打开投影仪的开关，自然地回过头对孟韶道："帮我关一下灯。"

看到孟韶拿起沙发上的那本书时，他停了下来，目光中也多了些先前没有的东西。

"这是我送你的那本吗？"孟韶问。

程泊辞沉默片刻，然后说："看看不就知道了？"

孟韶翻开书封，下一秒，不能更熟悉的手写字迹映入眼帘。

是她的名字，她在高中毕业典礼那天早上，用蓝色水笔在扉页上写下的名字。

笔尖划过空白书页时宿舍里的光线、窗外被雨水洗濯得发亮的绿树以及她内心的期待与慌张，都还历历在目。

得到答案后，孟韶轻声说了句："你还留着。"

她将书放回原处，按程泊辞说的，关掉了客厅里的灯。

她没有问他是否留意过诗集里被做了标记的那一页——既不想听他说当初没有对她上过心，更不希望他为了照顾她的感受而篡改真实的想法。

沙发前方的白色厚地毯上放了两把黑色的沙袋靠椅，孟韶走过去问程泊辞："我能不能坐这个？"

程泊辞说坐什么都行。他把遥控器递给她，让她挑片子，又倒了杯水过来，俯身放在地上她手边的位置。

孟韶将身体陷进沙袋里，半躺着一行行浏览银幕上的片单："你喜欢什么类型？爱情片你愿意看吗？"

程泊辞说："我都可以。"

他把另一把沙袋靠椅挪得更靠近孟韶，陪她坐了下来。

孟韶翻页的光标落到"爱在三部曲"的电影海报上,她随口问程泊辞:"你有没有在跨年的时候刷到过那种情侣观影推荐?说是如果晚上 10 点 30 分左右开始看《爱在黎明破晓前》,男女主角就会在新年到来的那一秒接吻。"

说完她就有些后悔,因为在这样的时间和地点,这句话听起来有太多的暗示味道。

于是她又刻意将语气放得轻松,补充了一句:"不过现在不是跨年夜。"

他们也不是情侣。

程泊辞侧头看她:"有人陪你看过吗?"

孟韶抓着遥控器,故作镇定地说:"没有。"

"那我们看这个。"他说。

孟韶心里像有根弦被这句话轻轻拨了一下,发出一声低响之后,震颤不绝如缕。

她按下确定键,把遥控器还给程泊辞。

其实这部电影她看过,早就看过了,大学的时候一个人看的。孟韶不知道是不是这个原因,她完全没有进入剧情,跟程泊辞说的那套移情理论失效得极为彻底。

他的侧脸始终占据着她余光的一部分,鼻梁、下巴和脖颈连成非常漂亮的剪影。孟韶觉得他看得比自己认真多了。

比起看电影,她更想问程泊辞好多个问题,比如为什么心情不好,为什么深夜来找她。

电影播到男女主角天亮后在站台亲吻告别的镜头时,孟韶靠近程泊辞那边的胳膊跟着发热。

昏暗中她偷偷侧过脸去看他,想观察一下他是不是已经把自己那句话忘掉了，却猝不及防地同他对上视线，被逮了个正着。

他的瞳孔很深，银幕上的光影变幻着在其中掀起波澜。孟韶看见程泊辞眼中自己的影子。她像宇航员在黑洞附近失控失得很剧烈，下一秒就要被彻底吞噬，卷入光年之外的洪荒。

孟韶的目光掠过他的脸，落到他离自己比较远的那条手臂上，看到被他随手搁在地上的遥控器。

她探身去捡，装作那才是自己方才转头的原因："音量有点儿小，要不要调高？"

是很蹩脚的理由，她自己都觉得荒诞，而程泊辞没有出声戳穿她。

孟韶抬起胳膊越过他的身体去够遥控器，然而沙袋靠椅太软太容易变形，被她一压，往下塌了下去。

程泊辞反应快，托住了她的腰，没让她滑到地上。

那只手贴上来的时候，孟韶听到自己一瞬间不稳的呼吸声。

他的手很大也很有力，像是可以把她的半边腰全都拢住，掌心的热度隔着夏天薄薄的一层衣物传到了她的身上。

她的手心正好压住了地毯上的遥控器，电影被暂停，英文对白不再响起，环境猝然安静下来，仿佛变成了真空。

转头去看程泊辞的时候，孟韶才意识到原来两个人离得这么近，近到她的发梢都垂在他的胸口上，正随着他呼吸产生的起伏微微颤动。

即便没开灯，程泊辞也看出孟韶的脸红了。

他看着她看起来薄而柔软的嘴唇，忽然很想做那天在水下，因为呼吸管的阻挡而没有做的事情。

孟韶察觉到程泊辞的意图，气氛太令人沉溺，她不想推开他，但她也清楚，越过那条界限之前，这是她最后一个理智对待这段感情的机会。

所以孟韶还是叫了他一声，中断了隐隐涌动的暧昧："程泊辞。"然后看着他清俊的脸问，"你今晚为什么不高兴？"

她不想永远猜他哪些话可以说，哪些话不想说，她在生日的时候对他坦承了很多，也需要同样的回应。

重逢之后对他的喜欢不同于多年前的暗恋，她要的是平等、尊重以及毫无保留。

程泊辞没有马上开口。

他跟父母的关系比孟韶的家庭情况复杂，况且今晚程宏远夫妇把他骗过去是为了给他介绍所谓的相亲对象，他不愿意让她为这些忧心。

"因为一些……家里的事情。"程泊辞说。

于是孟韶懂了，他还是不愿意告诉她。

就像那天在从邻省回来的高速公路上，他不愿意跟她说除了母亲江频，其他要成为外交官的原因，今天他也不愿意向她袒露心情不好的缘由。

也许程泊辞只把她作为暂时停泊的码头，她不能让他推心置腹，不能让他完全坦诚。

气氛冷却下来。

程泊辞的眼睛仍旧深沉得很好看，孟韶却庆幸刚才没有任由自己沉湎。

情绪也像鼓起的船帆因为风的离开而低落下去，她想从程泊辞的身上起来，程泊辞却没有松开放在她腰间的手，盯着她的眼睛："等等。"

孟韶垂下眼帘："程泊辞，太晚了，我想走了。"

她相信他能明白她的意思。

他们早就不是高中生了，有的事情不需要说得那么明白，不管喜欢还是不喜欢，接受还是不接受，成年人都有更体面的方式来处理，不伤和气，也不必头破血流，伤心欲绝。

程泊辞眸光黯了黯，放手让孟韶站起来。

朦胧的环境中，她还是那么漂亮。

一种与他无关的漂亮。

现在不再是十年前孟韶暗恋他的时候，她有了更大的世界，他对她来说，大概只能算作一个关系还不错的朋友。

"我送你回去。"程泊辞说。

没看完的电影停在男女主角吻别的地方，他们下一次见面是在九年后，孟韶想：不知道她同程泊辞下次见面又会是什么时候。

回程的车上，两个人谁都没有说话，窗外是飞速掠过的城市风景：高楼大厦、马路立交桥，交通信号灯在夜里寂寞地闪烁。

车程本就不长，因为是下半夜，所以车速更快，十几分钟之后，孟韶就看到了自己家的单元楼。

她跟程泊辞说了谢谢，两个人都没有提半个钟头之前发生或者说可能发生的事情。

孟韶走进电梯里的时候有些恍惚，她没想过这个夜晚会这样收尾，可意外的相遇通向意外的结局似乎也不是不合理。

原本她答应程泊辞，是在期待能得到些什么呢？

这已经是一个没有必要再回头去想的问题了。

手链的吊坠冰冰凉凉地贴在皮肤上，像一滴与少年时代挥手作别后，独自凝结的眼泪。

尼莫的海底世界很漂亮，他为她造了一场梦，但她终究是要醒过来的。

孟韶未曾回头，所以也看不见程泊辞在她下车后还停在原地，降下车窗，一直看着她的背影。

这晚孟韶做了一夜的梦，梦里全都是有程泊辞在的场景——时而是他撑伞送她回宿舍，时而是他穿着校服帮她往墙上贴写了高考目标的便笺，时而是他在乔歌婚礼现场的那条走廊里帮她撩起耳后的碎发，时而是他跟她站在潜水区深蓝的水底，让小丑鱼游到她面前。

直到第二天早上，醒过来的时候觉得头脑昏沉，她才后知后觉地意识到，原来她这么在意程泊辞，在意到就算多年后重逢，还是会为他心动，又因为他不愿意向她敞开心扉，惆怅到整夜不能忘。

孟韶怔怔地看着天花板，忽然鼻子一酸。

她赶紧把脸埋进被子里，自己也不想正视这一刻汹涌而来的难过。

她以为自己是可以维持体面的成年人，却忽略了一点：他对她来说太特别了，特别到那份十几岁时面对他的心情，要丢掉真的没那么容易。

上班前孟韶收拾好了情绪，坐到工位上的时候，还是那个从容平静的孟记者。

楼层里人来人往，所有人都戴着社交面具，看不出对方的面具之下，有过怎样澎湃的内心。

中午在食堂里吃饭的时候，孟韶接到了迟淑慧的电话。

从她到电视台工作开始，对方就学会了尊重她，打来电话的第一句，都会问她现在是不是有时间。

"妈，你说吧。"孟韶道。

"其实也没什么，就是看你挺久没回家了，想着你最近能不能回来一趟。"迟淑慧说。

孟韶这周要做的选题比较多，她刚要告诉迟淑慧自己没空回去，迟淑慧就又说道："对了，韶韶，这几天我整理了一下你的房间，看见你的书桌的抽屉里放了不少东西，有一本全是英文字母的书、一张奖状，还有你们高中带校徽的那种玩偶……"

迟淑慧好像正开着抽屉在看，孟韶隐隐约约听到一些翻找东西的响动。

迟淑慧接着说："还有一盒创可贴、一包纸，还有……"

"我知道了，"孟韶打断她的话，"你给我放在桌上吧。"

犹豫了一下，她又说："我周末回去。"

孟韶知道那个抽屉里的东西——她在高中毕业后的暑假，把所有和程泊辞相关的物件都放在那里头了，因为舍不得丢，因为心里放不下。

迟淑慧说的全是英文字母的书，里面夹着她跟程泊辞的合照；奖状是在模拟联合国活动上获得的；带校徽的玩偶，她在其中一个的后颈上面点过一颗程泊辞才有的小痣；创可贴和纸都是他给的；如果她没记错，他让给她的那瓶水，瓶盖也在里面。

偏偏迟淑慧是在这天向她提起。

这无异于向她重申，她有多喜欢程泊辞。

孟韶又跟迟淑慧聊了几句，是那些父母给孩子打电话都会讲的常规话题：工作顺不顺心，有没有好好吃饭，还有什么时候能找对象带回家里看看。

问到最后那个问题的时候，孟韶察觉了迟淑慧的欲言又止。

对方问她："韶韶，你最近谈没谈恋爱？"

孟韶说："没有。"

迟淑慧又道："那你跟……"

说了这几个字，迟淑慧没有继续，孟韶觉得她似乎咽下了某个名字。

"算了，等你回家再说吧。"迟淑慧道。

放下电话，孟韶心事重重地吃着饭，对面突然多了道人影。

她抬起头，看到了端着盘子坐过来的施时悦。

孟韶打了个招呼："施姐。"

施时悦瞥了眼她盘子里几乎没动过的菜："看你半天了，吃得这么少？"

"刚才打了个电话，还没怎么吃。"孟韶说。

施时悦快人快语地问："你周三是不是要去东二环那边录一个大数据论坛的开幕报道？正好我让小何去跑外交部的例行记者会，他第一次去，时间跟那个开幕典礼不冲突，你能不能顺路带带他？我怕他没经验，到时候出什么问题。"

孟韶听到"外交部"三个字，目光晃了晃。

施时悦看她反应，便道："怎么？你那天手上还有别的活儿吗？"

"没有，"孟韶调整好表情，"我到时候跟小何一起过去。"

第十三章

再疯一次

外交部开例行记者会那天是个多云的天气，孟韶跟小何从电视台出发的时候，小何问她需不需要带把伞。

"带着吧。"孟韶说。

小何说"好"，又说："孟老师，你要不要跟程领事知会一声你今天去他单位啊？"

"知会什么？"孟韶的语气很淡，"你怎么那么八卦？"

小何挠挠头发，不好意思地笑了两声。

孟韶在工作场合一贯能把情绪控制得非常好，因此小何没看出她说话的时候，眼底有一层被掩藏起来的落寞。

去的路上是小何开车，他向孟韶保证自己最近苦练过车技，不会再让她晕车，她可以放心。

小何的驾驶技术的确提高了不少，但偶尔被其他车加塞儿的时候还是会急停一下。孟韶坐在车上，不知不觉就想：为什么程泊辞开车永远那么稳呢？他好像可以预判世界上所有的突发情况一样。

她跟小何一起进了会场。他们到得早，主持记者例会的发言人还没有来，会场中也只坐了寥寥几个人。

柏鸥在最前面整理资料，看到孟韶，遥遥地冲她点了点头。

孟韶回应之后，和小何找了座位坐下。

小何从包里拿出笔记本电脑来，孟韶示意他小心，别碰倒桌上的立式麦克风。

小何边给电脑开机，边问孟韶道："孟老师，你听我说一遍我待会儿要问的问题行吗？问题有点儿长，还引用文件了，你看能不能听懂。"

孟韶点点头，捂着嘴打了个哈欠。

她昨晚熬夜赶稿，今天又为了开会早起，她的困意还没缓过来。

小何清清嗓子，假装手里拿着话筒，非常正经地说："据报道，国际原子能机构于昨日发布关于……"

才说了半句话，他突然停了下来，目光投向孟韶身侧的走道。

孟韶这才察觉自己旁边站了个人，一层淡薄的阴影于灯光明亮的会场中投在她身上，将她笼罩住，而当她转过头的时候，只看到了对方离开的背影。

是程泊辞。

他穿着整齐的西装，双腿笔直修长，一路经过厚重的黑色窗帘与茂盛的室内盆栽，去到会场的最前方，骨骼分明的手按着桌面，低声跟柏鸥交谈起来。

小何轻声道："孟老师，刚才程领事想跟你说话来着，不知道怎么又走了。"

程泊辞出现之后吸引了不少人的视线，他眉目疏淡，周身有种浑然天成的特别气质，无论走到哪里，都不可能不被注意。

孟韶没接话。过了片刻，她没有再看程泊辞挺拔的身形，而是面色平静地对小何说："你接着讲你的问题。"

发布会开始前，孟韶接到了自己下一场论坛活动主办方的对接来电。她起身去会场外面接，听电话听到一半，忽然有人轻轻拍了拍她的肩膀。

她抬起眼眸，柏鸥不知何时从会场中走出来，递了一杯咖啡给她。

纸杯是热的，外面套了杯套，不会烫到手。

孟韶意外地接过来，柏鸥对她做了个口型。

是"程泊辞"三个字。

孟韶下意识地往他的身后看去，却没有看到程泊辞的影子。

柏鸥说完便朝孟韶摆摆手离开了，她甚至没来得及说一声"谢谢"。

窗外的天气仍然没有晴，但看起来也不像要下雨。她将咖啡杯拿起来放到唇边喝了一口，不自觉地有些恍惚，觉得心里空落落的，像在等谁，又明白自己等不到。

那晚是她亲手推开他的，要他对她完全坦诚，是不是太贪心？

但她又不能说服自己别无所求，只满足于做他人生中暂时的旅途游伴。如果他们无法交心，那以后注定会有分道扬镳的一天。

她不想那样，不想只同他做饮食男女，将初恋狗尾续貂，书写得那么俗气。

直到这场例会结束，程泊辞都没有再来找她。

只是咖啡的清苦味沾到了孟韶的衣服上，开完记者会离开外交部之后，她似乎还是时不时可以闻到若有若无的味道，像一缕摘不掉的心绪紧紧尾随。

又忙了两天，孟韶买了周六中午的机票，回到了位于礼城的家里。

她落地之后从机场打车去县城，进家门的时候天色发暗，已经快要傍晚了。

一坐下，迟淑慧和孟立强就给她倒了水，围着她嘘寒问暖，问她最近还有哪个假期是可以回家过的，左邻右舍都盼着她回来。

孟希早过了叛逆期，也学会了关心人，说看了孟韶对工地瞒报死伤情况的报道，问她去采访的时候有没有遇到危险。

事情已经过去了，孟韶不想让他们担这种过期的心，轻描淡写一句话带了过去："没有，就是一开始负责人不太配合，不过后来我们拿到证据，他就安分了。"

孟希便感叹道："姐，你现在真厉害，感觉你什么都不怕了！"

说完他又上下打量了一番孟韶："看着也完全变成大城市的人了。"

孟韶笑笑："你以前不是也想有机会往外走吗？"

她还记得孟希说过不想留在家里，想离开这里。

被孟韶提起自己中学时期的想法，孟希先是茫然，而后才有了几分印象："姐，你还记得啊。"

已经 25 岁的人，脸上露出了像少年一样微微羞涩的表情。

他放在腿上的两只手搓了搓膝头，局促地笑了笑："都是小时候瞎做梦，我早不想那些了，能不缺吃、不缺穿过一辈子就行。"

他又真心实意地对孟韶说："姐，我真的特别佩服你，佩服你能心想事成，从这儿走出去。"

孟韶轻轻说了句："哪儿有什么心想事成？"

世界上没那么多顺风顺水就梦想成真的童话，她也不过就是心气太高，高到云里，拼了命努力，才勉勉强强挣扎出一条路来。

因为孟韶回来，迟淑慧特地做了丰盛的晚餐。一家人坐在一起吃饭的时候，孟立强放在桌上的手机响了。他接起来："老杨啊。"

听对方说了几句话，他自豪地道："今天不去了，女儿好不容易回来一趟，知道我颈椎不好，还给我买了按摩仪。"

对面像是在夸孟韶，孟立强马上说："那可不，首都电视台的大记者，还没忘了她老爸，韶韶从小就懂事。"

孟韶拿筷子的手放下，见不得孟立强这么炫耀，她脸上略微挂不住："爸。"

孟立强见状，连忙说："不跟你说了。老杨，韶韶催我吃饭，挂了啊，牌下次再打。"

他把手机放回桌面上，对孟韶说："你杨伯伯喊我打牌。"

怕孟韶说他，他又道："玩的是不来钱的，我们家有大记者，这觉悟我还是有的。"

孟希"哧"地笑了，捧着碗对孟韶道："姐，你快成咱家的主心骨了。"

吃完饭之后，孟韶回了自己的房间，拉开了书桌的抽屉，那里面放着的，是她不圆满的暗恋尾声。

工作之后她再没有看过这些物品，它们每一个都有不同程度的残损：书封褪了色，玩偶的布料变得疏松，创可贴和纸巾已经不适合再用，瓶盖也不再那么洁白。

唯独那张合影，大概是因为被夹在书里密封得很好，看起来跟当年没有太多差别。

孟韶的手指抚过照片上 17 岁的程泊辞，她还记得那天，她因为能看到他上台领誓而觉得无比高兴，心情轻盈得像只要飞起来的氢气球。

现在她跟 17 岁之间隔了千万叠山水。也许什么都变了，她变得更漂亮、更自信独立，再也不会因为在很多人面前说话而怯场，也懂得了用除无条件迁就以外的方式处理人际关系，唯一没有变的，或许只剩下在想起程泊辞时那种柔软潮湿的心境。

这段时间她才意识到，原来喜欢他的那一部分自我始终保留在她的身体里，和她一起长大了。

房间的门从外面被敲响，是孟希在叫她："姐，杨阿姨来看你，你在忙吗？"

孟韶说"不忙"，把抽屉推回去，走到了外面。

杨旖漫带了不少礼品过来，一看见孟韶，就亲热地握住了她的手，笑容满面地道："韶韶，回来了？正好我这周末也在家，刚才听见你爸爸跟你杨伯伯打电话，就想着过来跟你叙叙旧，现在见你一面可真是不容易。"

"客气了，杨阿姨。"孟韶说。

杨旖漫看了看她，忽地压低声音，显得跟她关系很好的样子，说道："韶韶，你跟程总的公子谈得怎么样？是不是好事要近了？"

孟韶愣了一下。

见她这个反应，杨旖漫假装不满地道："韶韶，我又不是外人，你有什么不好说的？"

孟韶看迟淑慧和孟立强都一副默认的样子，这才明白那天电话里迟淑慧问她是不是在谈恋爱，咽下的那个名字是谁。

杨旖漫应当是打听过她在首都的情况，才会得出她跟程泊辞走得近甚至在谈恋爱的结论，看样子还同她的父母议论过这桩事。

孟韶的心情一时有些复杂，她对杨旖漫说："阿姨，我跟程泊辞没什么关系。"

他们是真的没有也不会再有关系了。

杨阿姨嗔道："还骗你阿姨呢，不是都一起过生日了吗？"

孟韶沉默着，没接话。

看出孟韶的不捧场，杨旖漫顿了顿，又立刻笑逐颜开地转移了话题："好，那不说这个，好久不见，咱们多聊聊别的。"

杨旖漫跟孟家谈天的话题还是绕不开工作和子女，孟立强和迟淑慧开的那家小书店虽然一直生意平平，倒也维持到了现在，她恭维几句经营有方，剩余的时间，话题都落到了孟韶身上。

孟韶看着两片嘴皮上下翻飞的杨旖漫，思绪稍微飘远了，心想：不知对方还记不记得十年前连个笑容都不肯给自己的时候。

这晚孟韶躺在床上，窗帘留了一道缝隙没拉严实。县城这几年发展得很快，也有了彻夜亮着的霓虹灯，光污染将天空的边缘灼出偏浅的颜色。

微亮的光落进没被她完全合上的抽屉里，里面一件一件，都是她经年心事形成的化石。

她做了个决定，周日早上吃完饭，就告别父母和孟希，离开家。

迟淑慧知道她买的是傍晚的航班，问她怎么现在就走。

"想去礼城外国语学校转转。"孟韶说。

她跟程泊辞的故事是在礼城外国语学校开始的，也应该在礼城外国语学校结束。

她没带行李回来，走的时候只把抽屉里的东西装进了单肩包里。

去礼城外国语学校是临时起意，孟韶坐在出租车上，快到门口才想到，今天不是开放日，也不是校友回校活动日，她未必进得去。

然而这一次顺利得有些过分，孟韶刚下车，就有一个人朝她招手："小孟。"

她抬眼望过去，发现竟然是校长。

校长慈眉善目地问："回学校看看？"

孟韶说"是"，校长便带她一起走进了校门。

"您周日还上班，这么辛苦。"孟韶关心地道。

校长不以为意地说："刚开学，新高三现在周日上午要到校上自习，而且刚出了外语类保送的拟录取名单，我怕他们浮躁，这段时间来监督监督。"

然后校长问她："倒是你啊，小孟，现在也没放什么假，怎么还记得过来？"

孟韶说得轻松："周末难得回了趟家，顺路来看看。"

上了年纪的人喜欢回忆往昔，校长一面走，一面说："现在想想，时间过得实在是快，你们那一届毕业的时候我还不觉得自己老了，这会儿真的快退休了。"

孟韶宽慰他："您不老。"

"说起来，这么多届学生，我对你们那一拨印象最深，因为后来再也没有那么好的高考成绩。当时我特别风光，文、理科的全省前五十名有八个都在咱们学校，理科省高考状元也是我们的，程泊辞真给我长脸。"说起自己的光辉史，校长脑子突然灵光起来，每个数据都记得清清楚楚。

孟韶肩头的包带向下滑落了半寸，她用纤细的手指扶上去，轻轻地说："是很厉害。"

程泊辞总是让每个人都难忘。

提到自己培养出的状元，校长打开了话匣子："其实那孩子挺不容易的，他妈妈去世得早，程总可能有些观念跟他不太合。他虽然成绩好，但不是那种特别听话的，有时候也叛逆。我记得你们毕业典礼那天，他明明要上台致辞，前一天晚上还跑去湾塔淋雨了。"

孟韶一下子顿住了脚步。她以为自己听错了，难以置信地重复了一遍："湾塔？"

她的眼前浮现出那片蓝水和那座白塔。

校长说"对"，又说："他一来我就看出他发烧了，问他怎么弄的，他说是被雨淋了。你也清楚他家的条件，向来都是司机车接车送的，谁敢让他淋雨，肯定是自己找的。我再问，他就说去那个地方了。"

接着他又摇头，仿佛这件事过了那么多年对他来说还是一个令人费解的谜团："你说下那么大雨，他去那儿干什么？还待到半夜。"

孟韶知道程泊辞去干什么。

他是去找她的。

单肩包里那些本来准备丢弃的物件此刻像有千斤重，坠得她的肩膀连带着心里的某一块地方都在发疼。

孟韶想起她获得年度最佳双语出镜记者的那场颁奖典礼结束后，她从他旁边经过时，他用很大的力气抓住她的胳膊，问她说："当年爽约有意思吗，孟小姐？"

所以他去了，冒着一场伞都遮不得的滂沱暴雨，去赴她的约，去看注定无法出现的日落，还等了她整整一晚，等到感冒发烧，第二天带病上台，用沙哑的嗓音做毕业致辞；而她因为觉得他不可能去，怕被他拒绝，不仅未曾出现，甚至连句道歉和解释都没给他，似一场万里之外发生的地震，山长水远，多年后才在她的心底引发连绵的余震。

校长在教学楼门口跟孟韶分别，让她先自己走走，要是有什么需要就联系他。

校园安静，高三生都在教室里上自习，窗户半开着，淡蓝色的窗帘在风中轻柔地飘动。

孟韶走到附近的游廊里，取出手机，调出程泊辞的号码页面，却迟迟没有按下通话键。

过了这么多年，她才意识到，对程泊辞的暗恋，不像她想象的那样，只是她一个人的独角戏。

孟韶犹疑半天，指尖还是落到了屏幕上。

不管怎么样，他们都应该给彼此一个交代。

程泊辞接她的电话总是非常及时，不会让她等，扬声器里，他叫她名字的声音带着意外："孟韶。"

孟韶抬眼看着栅栏外主路上的车水马龙，心跳得比刚才快："程泊辞，我到礼城外国语学校了，刚才看到校长，他跟我说你在毕业典礼前一天去了湾塔。"

周围的树发出"飒飒"摇动的声音，一时间天地都变得寂然。

她在等他的答案，等那个看起来已经昭然若揭的答案。

程泊辞缄默片刻才出声："我去了，因为看到了你的字条。"

字字句句清晰有力，落入孟韶的耳中，激起了不小的波澜。

心间余震再起，她无言良久，才对电话那端的他说："对不起。"

她在为失约道歉，为她的怯懦和胆小道歉。

一声"对不起"迟到太久，不知道 26 岁的程泊辞能不能代替 17 岁的他接受。

"孟韶，我不要你的道歉。"程泊辞截住她的话，声音低沉地说道，"你能不能再给我一次机会，跟你去白塔看一次日落？"

带孟韶回家看电影那晚，她的婉拒成了程泊辞那段时间心情变化的最大分野。

对两个人关系的所有期待，都止于看到她眼底决绝的那一刻，他像一瞬间落入冬天，先前因她温柔而起的欣喜，全部被冰冻。

程泊辞不知道自己搞砸了什么，至少孟韶答应跟他回家的那一刻，他相信他们不是没可能。

可最后他得到的是截然相反的结果。

程泊辞自问从不是会自卑的人，但这个结果让他感到前所未有的挫败。

那天走进例行记者会的会场，他远远地就看到了孟韶的背影。她旁边的男生在跟她说话，像是电视台进的新人，程泊辞甚至生出了一些微妙的忌妒，觉得如果自己是对方就好了，至少此刻还能名正言顺地坐在她的身侧。

他看到她打了个哈欠，经过的时候想问她是不是又熬了夜，停下之后，才意识到自己这样的行为可能被解读出纠缠的含义。

不希望孟韶感到困扰，程泊辞径直走到最前面，跟柏鸥协调完工作上的事情，又问对方能不能帮他送一杯咖啡给她——是试探，是不死心。

当年淋的那场雨程泊辞已经不在意了，所以当孟韶向他道歉的时候，他的第一反应是，他不要这个道歉。

他只要孟韶再给他一次机会，再给他一次把所有的真心、自我、患得患失都坦白给她的机会。

他不想她去喜欢别人。

听完程泊辞的话之后，孟韶没反应过来似的问："你说什么，程泊辞？明天你不上班吗？"

程泊辞冷静地说："上班。但现在才是周日上午，我从首都开车回礼城差不多五个小时，等傍晚我们看完日落，我送你回家，你在路上睡一觉，凌晨前就到了。"

　　他指的是今天，现在就出发。

　　孟韶好半天没作声。过了一会儿，她说了一句跟当年高考前，程泊辞约她出去时相差无几的话："你觉不觉得听起来有点儿疯狂？"

　　半天之内从首都来回，只为了看一场礼城平平无奇的日落。

　　他低低地问她："再跟我疯狂一次，敢吗？"

　　电话两端他们都听得见彼此的呼吸声，好半天之后，孟韶下定决心一样，对程泊辞说了声"好"。

　　他跟她约在傍晚 6 点 30 分，正是当年她在字条上写给他的那个时间。

　　离 6 点 30 分还有很久，孟韶取消了自己的航班，独自在礼城消磨日落来临前的小半天。

　　她从没有像现在这样好好观察这座城市，走在街头，人流往来，一张张脸匆匆闪现、经过，像一阵风、一场雪，消失得那么快，每一个人都在无意间为他人的故事做着背景。

　　时间过得好像很快又好像很慢。孟韶坐车去湾塔时，橙色的阳光蒙在建筑群的表层上。她望着窗外向晚的街道，有种自己等了一个世纪的错觉，可这一个世纪又迅疾得有如瞬息。

　　过了十年，没有什么是不涨价的，而湾塔的门票却依旧只收十块钱。

　　礼城的发展重心不在旅游业上，白塔看上去跟孟韶上一次来的时候没有太多差别，只是塔身被重新刷过一遍白漆，又加盖了红色的尖顶，细长的影子倒映在水面上，涌起绵密的波纹。

孟韶一步步走上白塔内部的楼梯。斜阳晚照渗入幽暗的空间里，因为丁达尔效应形成一束又一束半透明的光柱，泛凉的空气里浮起一点儿陈旧的味道，像往事苏醒后抖落的灰尘。

孟韶行至塔顶，视野豁然开朗，整座礼城在她眼前铺成了一张近大远小的地图。

太阳已经挪到了一个非常偏西的位置，快要日落了。

孟韶看了眼手机上的时间，还差五分钟6点30分。

将手机放回包里的时候，她身后传来了缓而稳的脚步声。

孟韶的心跳顿时像猛然加重的鼓点，用力地撞击了一下她的胸口，每一个神经末梢都跟着共鸣。

她回身，带起的气流把她的发尾吹得上下翻飞。

程泊辞站在夕阳的光线里，白T恤外面叠穿着同色的衬衫，那样纯净的颜色，像承载了满纸思恋却未着一字的情书。

"我来了。"他说。

孟韶注意到程泊辞手里还捏着车钥匙："路上很赶是不是？"

"还好，进市区之后堵了一段。"程泊辞道。

孟韶慢了一拍才说："这样。"

程泊辞看她表情怔忡，问她在想什么。

孟韶摇摇头："没有，就是乍一看你出现在这儿，觉得不可思议。"

"不可思议？"程泊辞重复了一遍，忽然看着她的眼睛问，"不是那时候还约过我吗？"

"嗯，不过当时觉得你不会赴约。"孟韶说。

因为从未奢望过的画面顷刻间实现，所以她才会感到不可思议。

程泊辞没说话，过了片刻，说道："所以你没来。"

孟韶想到他一个人被留在大雨里还是觉得抱歉，实话实说道："因为我那次是想跟你表白的，但想想就算你来了也会拒绝我，我就不敢去了。"

程泊辞心想：假如当时孟韶去了，他们之间就不用走这么多弯路，而他也不会再放她走了。

他低着头看她："为什么觉得我会拒绝？"

这句迂回的话让孟韶费解："你都不记得我叫什么，还拿着我送你的书问谁是孟韶。"

她怎么可能还做梦他会答应自己？

程泊辞的眼眸很深："你让我淋了那么久的雨，我说一句气话你就当真。"

孟韶的睫毛颤了一下，黑白分明的眼睛里像有一片多年前凝成的积雨云慢慢散开。

"可我还听到你跟姜允他们说你不找女朋友。"她又说。

"因为你没告诉我你喜欢我，约我来是要跟我表白。"程泊辞顿了顿，补充道，"而且那时候我因为报志愿和职业选择的事情跟家里人有些不愉快，心思不在这上面。"

从首都开车来礼城的路上，他已经在脑子里把要说的话打了很多遍草稿，然而真正开口的时候，向来所向披靡的外交官也不免开始紧张。

"孟韶，我知道我去找你的那天晚上很多地方做得不周到。因为之前刚被我爸爸打着看我外公外婆的幌子骗到餐厅去跟他合作伙伴的女儿相亲，他提起我妈妈的事情，我们爆发了一些冲突，所以我的心情才会那么不好。"

程泊辞没把握孟韶会乐意听他说这些，所以尽量讲得简洁清晰："我跟家里人的关系比较复杂，一直没详细地跟你说过，是不想你为我担心。你不是问过我为什么要当外交官吗？原因不仅是我妈妈，还有我爸爸觉得她的牺牲没有意义，所以我想证明给他看。"

塔下河水潺潺，孟韶看到程泊辞的瞳孔里映着夕阳覆盖下的整座城市。

他说的这些话里面，有一部分是她上高中的时候就知道的，还有一部分今天才清楚。她发现原来他们的故事还有另一种讲法：程泊辞不愿意告诉她那些事情，其实都有原因，而她误读那么多，不过就是因为没有放下他，始终对不能和他在一起耿耿于怀，想要他当下对她的喜欢，希望他对她的爱可以与她对他的对等，弥补她曾经的暗恋。

说完之后，程泊辞垂眸看着她，问道："孟韶，你愿不愿意给我一个机会，跟我试试？"

然后他像个犯了错误等待老师发落的学生一样，安静地等她回应。

孟韶的眼尾有一点儿热："程泊辞，你怎么不早跟我说？"又说，"好。"

程泊辞似乎有些手足无措，抬手想抱孟韶，又在要碰到她的时候停了下来，询问她："可以吗？"

孟韶认真地点头应允，又小声说："这些不用问我的。"

程泊辞的手轻轻地放到孟韶的腰间，将她带向自己。

孟韶的脸颊贴上他的衬衫，他的体温透过来，像专门为她留住了一季夏天。

她回抱住程泊辞。程泊辞察觉了，手上的力道又大了一些。

一个干干净净属于初恋的拥抱。

不知道这个星球上还有谁像他们，26 岁才第一次谈恋爱，但孟韶感受着程泊辞和自己同频的呼吸，觉得今天答应他取消航班留在礼城，是她做过的最正确的决定。

高考前第一次同程泊辞站在塔顶的时候，孟韶曾希冀 17 岁不要终结，但现在她觉得，26 岁也很好。

当年谁都没有看过的那场日落，终于被圆满地补上。

程泊辞低下头，呼吸拂过孟韶的耳郭。

程泊辞的掌心捧住孟韶的后颈，在她意识到他要做什么之前，他已经温柔而不容置疑地含住了她的嘴唇，开始跟她接吻。

感官被侵占，世界好似从此不存在，孟韶在他的气息里溺水。

程泊辞的嗓音在她的耳边响起，像渴求什么东西很久终于得到满足："韶韶。"

孟韶坐程泊辞的车回首都时，天色已经完完全全地暗了下来，他们在高速公路上驱车穿越漫长漆黑的夜色，像在进行一场发生在日常生活中的冒险。

她将单肩包搁在腿上，程泊辞在开车的间隙侧头看她，顺口问："不沉吗？可以放到后面。"

从白塔下来的时候他帮她拎过包，发现分量不轻，不知道是不是她从家里带走了很多东西。

孟韶"嗯"了一声，要把包放过去的时候忽然问程泊辞："你想知道里面装了什么吗？"

接着她从背包里拿出了那本 *The Great Gatsby*。翻动书页的声响在深夜中格外清晰，到某一页的时候她停下来，取出了跟他的拍立得照片。

程泊辞也瞥见了。孟韶让他好好开车，自己一个人讲着话："誓师大会那天乔歌给我们四个人拍照，她误触快门，没把所有人都放进取景框里，你还记得吗？这就是那张废片。"

照片洁白的边框里是颜色偏暗的长空与绿树，还有穿着正装校服年少的他们。

那天她为了看起来漂亮一些，还特地改短了裙子。

孟韶的余光里是程泊辞目视前方的侧影，不被他注视着的时候，她没有那么紧张，也可以把原本不好意思说的事情都告诉他："我包里面还有当时你给我的纸巾和创可贴，高一模拟联合国活动我拿到的奖状，都是跟你有关的东西。"

"还以为你都扔掉了。"程泊辞说。

孟韶故意一本正经地说："我本来今天确实要扔的。"

程泊辞听懂了她的意思，用掌心摩挲了一下方向盘："韶韶，我突然觉得，当时那场雨淋得特别值得。"

不然她也不会给他这个来得及挽回一切的机会。

夜里气温低，他给孟韶打了比车内温度高 2℃ 的暖风，跟她说可以先睡一会儿，起来就到家了。

孟韶倚在车座靠背上，外面漆黑一片，只有蓝底白色箭头的路牌在远光灯的照耀下反射着荧荧的光。

车身划破空气，气流如水咨开，又在他们离开后自行融合，人世清寂，还好有人作陪。

礼城被她抛在身后越来越远，往事却未曾消散，反而更紧地追着她，被她刻意忘掉的好多回忆都完整地回到了她的身体里。

孟韶听着车轮擦过地面的声音，缓慢地开口："程泊辞，你想得起来吗？高考倒计时的时候你经过我们班，帮我贴过写有志愿目标的便利贴，其实那个时候我不想写 N 大的，我更想去 P 大。

"后来我去首都找余天，只是为了看看你学习的地方，等了很久，可惜没看到你。

"还有上次从工地出来之后，你问我是不是故意帮你送答题纸，在你打球的时候给你饮料，其实不止这些，我努力学英语是想跟你一起参加模拟联合国活动，后来送你那本诗集，是因为知道程总不想让你保送——我偷偷去办公室外面时，你们已经走了，我看到了被撕碎的书。"

孟韶没想过有一天，这些散落在岁月里的隐秘心思还能见光，被她当面讲给他听。

程泊辞耐心地听着，意识到孟韶的尾音带着不易察觉的颤抖，于是没有侧过头去看她，也没有打断她的话。

如果现在没在开车，他一定会握住她的手。

终于，孟韶说完了，说完了那段在青春期里无望到让她喘不过气，却又时时让她喜悦的暗恋。

这时她听见程泊辞说："韶韶，谢谢你。"

孟韶垂着眼问："谢什么？"

"谢谢你，这么真诚地喜欢我。"程泊辞道。

以后他不会再让她这么辛苦了。

程泊辞信守承诺，在晚上 12 点前把孟韶送到了楼下。

孟韶下车的时候不确定自己应不应该邀请他留下过夜，有些踌躇。程泊辞看出来这一点，喉结滚动了一下。他花费了一些意志力，去制止自己利用孟韶这一瞬间的纠结。

"上楼吧，回去早点儿休息。"程泊辞说。

孟韶没有告诉任何人自己跟程泊辞在一起的事情。白塔、日落和深夜的高速公路都太像过于梦幻的电影片段，水晶一样镶嵌在平淡的生活中，耀眼到让她暂时不想分享，想要等到自己完全适应和习以为常之后，再透露给别人。

从礼城回来之后的那个周一孟韶很忙，上午开电视台的例会，下午跑了一个外围采访，回来又帮小何修订新写的稿子。

小何在文章里出了个不大不小的纰漏，孟韶给他指出来，他连连道歉。

孟韶直接在打开的文档里做了修改，边按键盘边说："没关系，以后不要再犯就好了。"

小何眨了眨眼："孟老师，你今天心情是不是很好？"

"什么？"孟韶打字的动作有一个短暂的停顿。

不等小何回答，她已经从放在桌面上的镜子里看到了自己的表情。

平日里她上班时通常不带什么情绪，今天眼里却一直汪着一层莹莹的笑意，像晴朗天气里水面上的反光。

难怪小何会问。

孟韶收回视线。小何以为孟韶不会回答自己了，但下一秒就听见她说："嗯。"

傍晚快下班的时候，室外的光线一下子暗了，漫天都是乌云，孟韶觉得像要下雨，查了一下手机上的天气软件，果然看到了降水提醒。

她昨晚过得如同梦游，到今早出门的时候都还没有回到现实，忘记看天气预报，所以也不记得带伞。

她进电梯里的时候正好碰到施时悦。施时悦看孟韶手中空空，便道："没拿伞吗？我开车送你回去吧。"

孟韶知道施时悦家跟自己家在相反的方向，想了想说："施姐，你把我送到地铁站就好了，谢谢施姐。"

两个人在电梯里聊了会儿天儿，施时悦提到台长接到了上级分管领导的口头通知，说今年过年期间可能有一个需要前往海外的重要选题，正在提前物色人选。

"上次你那个工地瞒报死伤情况的报道收视率很高，你带小何出的稿子各个平台都在转载，数据很漂亮，台长让我先问问你愿不愿意去。机会难得，几家官媒都在争取，目前定的是我们首发，他们转载。"施时悦说。

孟韶点点头，说自己可以去。

施时悦提醒她："除夕之前就得走，过年可就不能回家了。"

"我没关系的。"孟韶说。

施时悦说了声"行"："那我回头汇报给台长，等出正式通知了再找你。"

电梯下到一楼，门打开，施时悦同孟韶走出去，站在门口，撑开伞。

落雨产生了微凉的气流，水声"淅沥"，伞的内面挡住了孟韶的视线。

施时悦举起伞柄的时候看着前面，忽地笑了笑："不用我送你了，有人来接。"

孟韶闻言抬眸看过去。

一辆黑色的车从雨幕中驶过来，车灯打出的光柱里，是细线似的飘飞的雨。

程泊辞的面孔透过前风挡玻璃映出来。

再往下，是白衬衫与西装领，还有他搭在方向盘上的手背。

绵密的雨滴像能越过身体，直接让她的血液也为他飘荡摇摆。

程泊辞的车在孟韶跟面停下，他在推开车门的同时撑开了一把黑伞，然后从容不迫地关上车门，清逸的身影踏雨而来，走到了她旁边。

"你怎么来了？"孟韶轻轻地问。

程泊辞说："接你下班。"

施时悦跟程泊辞打了个招呼，又对孟韶说："那我就先走了。"

孟韶说："好。"

正要跟程泊辞上车，她听到身后传来小何的声音："孟老师，走了啊。"

孟韶侧过脸跟小何说"拜拜"，顺带看到了小何后面的周昀。

周昀朝她点了点头。

孟韶笑笑算作回应，还没来得及回头，手就被程泊辞牵住了。

他握得紧，孟韶不习惯在同事面前跟人表现得这样亲密，下意识地想挣脱。

程泊辞不让，修长的手指强势地穿过她的指缝，跟她的手扣在了一起，掌心的每一寸都紧密相贴，在低温的雨天里，体温隔着皮肤相互触碰，不停翻涌。

孟韶的耳朵边缘以肉眼可见的速度开始变红。

看到小何流露出又想八卦又要忍住的表情，她觉得不好意思极了，小声对程泊辞说："我们快走吧。"又道，"你这样打伞不会不方便吗？"

程泊辞看了她一眼，说："不会。"

他站在孟韶的右侧，用没有牵她的那只手打伞，伞面朝她倾斜，完全将她笼罩进去。

只有几步路要走，看着孟韶坐上副驾驶座之后，程泊辞才从另一边上车。

他关车门的时候，孟韶借着车内亮起的顶灯发现他半边肩膀都湿了。

程泊辞浑然不觉，还问她有没有被淋湿，需不需要纸来擦。

孟韶摇摇头，掌上似乎还残留着他的热度。

发动车子的时候程泊辞提醒孟韶："安全带。"

看她一副欲言又止的模样，他问了声："怎么了？"

孟韶虽然觉得自己的猜测很不符合程泊辞的性格，但还是忍不住问了："你刚才是不是故意的？"他故意在周昀面前牵她的手。

程泊辞没有回答，反过来问她："你觉得呢，韶韶？"

孟韶耳上的红又深了一层。

如果给出肯定的答案，显得她很自恋，她说不出来，但先前已经这么问了，再否认的话，又像口是心非。

程泊辞脸上的表情像是觉得看孟韶纠结这些很有意思，他将车掉头驶离电视台，然后才给她解围，轻描淡写地说了声"是"。

他是故意的。

他想宣誓主权，告诉所有人他跟她的关系。

空气潮湿，远处的天空泛着昏暗的蓝，马路上浮着薄薄的一层水，倒映着车灯条带状的光。

主干道边细高的路灯一盏盏被点亮，孟韶第一次在下班之后有了一种回家的实感。

之前不过是让地铁把她从这座城市的某处送往另一处，休息的意义也只是给上班充电，她希望花在路上的时间越短越好，但今天有程泊辞接送，她觉得就算路程漫长一点儿也无所谓，在忙碌拥堵的晚高峰期里，她也是有家要回的人。

程泊辞的声音在车厢中响起："下次要是没带伞，就提前给我打电话。"

孟韶是那种错误犯了一回就不会再犯的人，闻言下意识地说："我以后会记得看天气预报的。"

恰好遇到十字路口的红灯，程泊辞踩着刹车在白线前停下，侧过头一瞥孟韶："偶尔也可以忘几次。"

收回目光之后，他看着前方的交通信号灯，语调轻缓地添上了一句话："让我向你献献殷勤。"

雨天的凉里，顿时似有若无地添了几分热。

程泊辞把孟韶送到楼下。他开车时那种对路况非常熟悉的样子，让孟韶产生了一种自己已经跟他在一起生活了很长时间的错觉。

后面还有一辆车要过去，程泊辞不好把车扔在那里陪孟韶进门，就在她下车之前把伞递给了她。

"我什么时候还你？"孟韶接过来问。

程泊辞说什么时候都行。

孟韶一边推开车门，一边说："那我走了。"

她撑着伞绕过车头之后，程泊辞降下车窗，叫了她一声。

孟韶回头看程泊辞，他视线停留在她的脸上，却没有立即说话。

另一辆车不耐烦地按了声喇叭催促他们。

程泊辞喉结滚了滚，视线掠过她粉色的嘴唇，像是按捺下了某个不合时宜的想法："算了。"

接着他朝单元门抬了抬下巴，对孟韶说："回去吧。"

孟韶看了他片刻才转身。

风扬起伞檐上的水滴，几点水渍落到她的手背上又很快干掉，是来自太平洋的水汽跨山越海，带到此地的潮汐。

她的掌心里是被他握过的伞柄。

孟韶上楼进门之后将伞撑开，晾在了阳台上。

她不常用有大面积深色设计的东西，这把伞放在家里，了解她的人一看就知道是别人的。

明明只是一把伞而已，孟韶却觉得经过程泊辞手的物件，都带着他身上那种气息，是跟他一样无法被忽视的存在。她每次经过阳台附近，视线都会不由自主地被纯黑的伞面和修长的伞骨吸引，再想起他跟她十指紧扣那一刻的亲密。

于是一整晚，她做任何事情都不那么专心。

睡前孟韶洗过澡，窝在沙发上看书，放在身边的手机"嗡"地振动了一下。

她把书反扣在腿上，拿起手机，看到之前许迎雨拉她进的礼城外国语学校年级大群里，群主发布了一条提醒所有人的公告，说是计划这周日在首都办同学聚会，让大家能来的在群里接龙报名。

过了几分钟，乔歌在她们三个人的小群里问："你们来参加同学聚会吗？"

不等孟韶和许迎雨回答，她又说："来吧，来吧，我好久没看到你们了。"

孟韶看举办同学聚会的地点离自己家不太远，便答应了乔歌，在她之后，许迎雨也说能来。

乔歌催着她们去写群接龙。孟韶认真地在列表里填上自己的信息，然后发了出去。

在她后面，紧跟着又有一个人发了消息，算时间，应该是看到她报名之后才写的。

是程泊辞。

他的名字光明正大地接在自己的后面，孟韶莫名其妙地有些心虚，又有种秘而不宣的雀跃。

乔歌在群里意味深长地道："程泊辞也来？他这段时间可是真变了啊，那么冷淡的一个人，先是参加我的婚礼，现在又主动来参加同学聚会。"

许迎雨："@孟韶，请问我跟乔歌是不是错过了什么？"

孟韶虽然不想这么快就把她跟程泊辞的事情告诉别人，但毕竟乔歌和许迎雨是她最好的朋友，她想了想道："周日跟你们说。"

关掉群聊页面，孟韶看到程泊辞告诉她："到时候去接你。"

孟韶回了个"嗯"，又说谢谢他。

程泊辞发过来一个语音条。

孟韶点开，他的声音在离她很近的地方响起："以后不用跟我说谢谢。"

他的话像温暖的水汽拂过心头，孟韶没说话，等那些看不见的水汽蒸发殆尽，才问他："这也是向我献殷勤吗？"

程泊辞纠正她："这是作为男朋友对你的要求。"

"好吧。"孟韶的脸颊因为"男朋友"三个字而微微发烫，"那晚安。"

"晚安。"程泊辞说。

结束跟程泊辞的简短的聊天儿之后，孟韶又点开他的语音听了几遍，于是他就在这个深夜反复地告诉她，不必跟他说谢谢。

直到连自己也觉得听太多次了，她才把手机放在胸口上，自顾自地笑了一下。

不是假的，不是做梦，她真的跟程泊辞在一起了。

同学聚会如期举办。那天孟韶坐上程泊辞的车，他打量了一下她穿在风衣里面的白色长裙，看得她有些紧张。

"怎么了？这条裙子不好看吗？"

"好看，"程泊辞转了转方向盘，"不过最近降温，你要不要把扣子扣上？"

孟韶认真地跟他讨论："扣上不就看不到里面的裙子了吗？"

程泊辞手指轮流在方向盘上点了点，用平静的语气说了一句不那么平静的话："你还想谁看到？"

他们一起走进聚会包间里的时候，里面正在交谈的声音安静了一瞬，许多好奇的眼光投向了两个人。

乔歌招手让孟韶挨着自己跟许迎雨坐。孟韶过去的时候，程泊辞很自然地跟在她身后，在她坐下之前，替她拉开了椅子。

这下所有人的目光都集中了过来，毕竟曾经在礼城外国语学校读书的时候，程泊辞从来没有跟任何一个女生走得近过，后来做了外交官，给人的感觉就更加淡漠疏远，不好接近。

乔歌已经看明白了，用指尖点了点孟韶的胳膊："小孟同学，开窍了啊。"

姜允招呼着让人点菜，菜单在桌上传了一遍，传到程泊辞的时候，他没再点什么，只是对服务员说："菜里别加洋葱，有人不能吃。"

"辞哥，你不能吃洋葱？读高中的时候没听你说过啊。"姜允大大咧咧地随口问了句。

程泊辞坦坦荡荡地说："不是我，是孟韶不吃。"

姜允瞪大了眼睛："等等，你再说一遍，谁？孟韶？你们俩成了？"

许迎雨则笑嘻嘻地道："孟韶，原来你要跟我们说的就是这事啊。"

桌上立时响起了热闹的讨论声。

读高中的时候没人把程泊辞和孟韶联系到一起过，还有人说："那时候文科班不是传过孟韶和余天吗？看来大家的目光不够雪亮啊。"

余天坐在离孟韶比较远的地方，听到的时候恍惚了一下，没有第一时间接过这句玩笑的话茬儿。

蒋星琼插话道："你们唯恐天下不乱是吧，非要我们程大外交官吃醋啊。"

随后又说，"庄易呈也是P大的，他可跟我说余天现在在被同组的小师妹追，感觉快成了。余天，你要不透露透露？"

话音落下，她友好地朝孟韶挑了挑眉，是帮她解围的意思。

余天笑笑，没有否认，对蒋星琼道："你男朋友消息够灵通的。"

现在的孟韶不同以往，礼城外国语学校的人惊讶一下也就过了，之后就纷纷祝贺她跟程泊辞，说两个人十分般配。

聚餐中途，孟韶去了一次洗手间，回来的时候，看到余天站在走廊里打电话。

她听到他说了些"文献""模型"之类的词，应该是学校课题组的事情。

孟韶经过余天旁边时他刚好挂断，看到她之后，他轻声说了句："恭喜你，得偿所愿。"

"得偿所愿"这四个字让孟韶怔了怔。

余天低着头在手里转了一下手机，用闲聊的语气道："你不是读高中的时候就喜欢程泊辞吗？"

孟韶想起自己得奖之后余天也祝贺过她，他应该是那时候看过直播，猜出了她喜欢的是谁。

不过也实在是太好猜了，礼城外国语学校但凡认识程泊辞的人都知道没人像他那样优秀，她说的只会是他。

孟韶说："你还记得我的获奖感言。"

"不是那次，"余天看着她，"我读高中的时候就知道。"

孟韶不想深究他是什么时候看出来的，又是怎么看出来的，只是温和地道："是吗？那你观察力还挺敏锐的。"

入秋之后气温一天比一天低，走廊尽头敞开着一扇窗，她的裙摆被穿堂风吹动得像海里起伏的洁白的浪花。

这时包间的门从里面被推开，程泊辞握着门把手，看到孟韶跟余天站在一起的时候顿了顿，继而对她道："外面冷，有什么进来说。"

余天也听到了。他一瞥孟韶，半开玩笑道："难得看到程泊辞这么管着谁。"

不等她回答，他又说："走吧，外面是挺冷的。"

孟韶抬眼看过去，程泊辞撑着门在等她。

过去的时候，她感觉到他的指尖轻轻扯了一下她腰侧的流苏。

"缠在一起了。"程泊辞低低地说。

很自然随意的一个动作，只花了不到一秒钟时间，孟韶却清晰地觉察到他手上的力道，那力道让她觉得，只要他一使劲儿，就能把那两条用作装饰的流苏扯断，再将她拉到他面前去。

孟韶坐下之后，程泊辞让服务员帮她换了热的茶水，她拿起来喝了一口，听到边上乔歌"啧"了声，她问怎么了。

许迎雨在一边代为回答道："她没怎么，估计就是没看过程泊辞还有这一面，有点儿震惊。"

趁姜允找程泊辞说话，乔歌悄声对孟韶道："刚才你出去的时候他还没什么，等余天也出去了，又好半天没进来，有人说看见你们俩在走廊里说话，他就坐不住了。"

"今天坐在这儿的女生有一多半当年都喜欢程泊辞，"许迎雨朝孟韶竖了个大拇指，"但只有咱们孟记者把他拿下了。你说她们看了心里得什么感觉啊。"

乔歌笑嘻嘻地说："什么感觉？我看了觉得他该，上高中的时候没想到以后自己还能被人治得这么服帖吧。"

同学聚会持续到晚上9点钟才结束，孟韶走到餐厅外面，跟乔歌和许迎雨告别之后，坐上了程泊辞的车。

上车前，不远处的余天也朝孟韶摆了摆手，她隔着车窗玻璃回应了他。

程泊辞看到之后，不动声色地问："你那时候跟他在说什么？"

孟韶回过头，想到乔歌说程泊辞因为她跟余天在外面说话而坐不住，不由自主地因为这种跟他看起来不那么相符的描述微笑起来。

"你猜猜。"她道。

程泊辞注意到她的笑意，调整了一下方向盘："说得这么开心。"

醋意明显到连孟韶都能明明白白地看出来。

"我们说的是你。"她不再卖关子，"余天说他读高中的时候就看出来我喜欢你了。"

程泊辞安静了须臾，又问她："那你怎么说的？"

说到这里，孟韶有些不好意思："我说他看得对。"

程泊辞正要说话，车厢内忽然响起一阵手机铃声，孟韶看到车载屏上显示有一个程宏远的来电。

　　"韶韶，帮我接一下。"程泊辞说，没有任何避着她的意思。

　　孟韶点了车载屏上的接听键，程宏远的声音通过音响传了出来："泊辞，是我，爸爸。"

　　程泊辞淡淡地道："有事吗？"

　　程宏远先是跟他寒暄了几句，绕来绕去半天，才进入正题："上次我是有做得不妥当的地方，但你就那么把宋总和宋总的女儿晾在那儿，是不是太不给人家面子了？这样，我牵个头说和说和，你单独跟宋总的女儿出去吃个饭，给人家赔礼道歉……"

　　听得出程宏远所谓让步不过是为了给后面的无理要求铺垫，程泊辞说："我没空。"

　　也许是非常希望儿子答应，程宏远这次的耐心多保持了一会儿："就那么忙，一顿饭的时间都抽不出来？"

　　程泊辞看了孟韶一眼，没什么语气地对电话那端的人说："我女朋友就在旁边坐着，您让我单独去跟您朋友的女儿吃饭，不合适吧。"

　　程宏远那边突然没了声响。

　　过了几秒，程宏远不可思议地道："女朋友？你谈恋爱了？"

　　孟韶担心地望向程泊辞。

　　她没想到他会这么快就向家人公开自己的存在。

　　他只是冷静地说："谈了。"

　　程宏远被他的态度噎了一下，好半天才开口："你怎么也不跟家里人说？"

　　程泊辞面不改色地道："没必要。"

大约是顾忌方才他说的女朋友在身边，程宏远没再说下去，沉默几秒，说那先算了。

挂断电话的提示音短暂地一响，车里又恢复了静谧。

半晌，孟韶问："叔叔会不会不太喜欢我？"

她能听出对方在极力撮合程泊辞和那位宋总的千金。

"担心什么？"程泊辞看向她那侧的右后视镜观察路况，"我喜欢就够了。"

孟韶没接话，脸颊却洇出一层薄红。

车开到孟韶家的单元楼下，下车之前，她想起一件事，回头道："对了，你的伞我还没还。"

她问程泊辞："要不你跟我上去拿？你还没去过我家。"

明知道孟韶没别的意思，程泊辞却还是想偏了。

他用一只手握着方向盘，用另外一只手扯了扯衬衫的领子："不去了吧。"

孟韶露出一个疑惑的表情。

程泊辞发现她有一缕碎发不知何时落到了脸颊上，没忍住，探身帮她捋到了耳后，动作不重，但因为心里想的那些东西，所以也算不得特别温柔。

他收回手，嗓音低得好似耳语："我怕上去就不想走了。"

触碰到程泊辞专注而暗含深意的目光，孟韶放在车门上的手指触电般蜷了蜷。

"那我下次带给你。"她小声说。

程泊辞"嗯"了一声，放她下车。

孟韶恍惚过度，不小心被车门绊了一下，险些摔倒的时候，程泊辞手疾眼快地拽住了她。

程泊辞宽大的手掌包裹住孟韶纤细的小臂，她回过头，像是现在才意识到，他们两个人其实有着鲜明的体型差。

程泊辞手掌的皮肤上浮起指骨的轮廓，青色的静脉隐隐交错。孟韶想：他的力气确实很大。

她慌慌张张地说了声"谢谢"。

程泊辞却没松手，轻轻抬了抬眉。

孟韶马上明白了他的意思：他前些天才跟她说过，不用跟他讲"谢"字。

"对不起。"她垂着眼眸轻声道，睫毛纤长，眼皮白皙，明明没喝酒，脸上却透着粉月季一样的色泽。

程泊辞看了孟韶片刻，手顺着她的胳膊滑下去。

就在孟韶以为程泊辞要松开自己的时候，他却一用力，攥着她的手腕，把她拉向自己。

孟韶猝然失重，下意识地用另外一只手撑住了车座。

两个人隔着很近的距离对视，孟韶觉察到程泊辞端详她的视线中有一点儿侵略性。

下一秒，他就轻轻地碰了碰她的嘴唇。

蜻蜓点水般的一个吻，程泊辞在她的嘴角流连一霎就松了手。

"这才是道歉。"他说。

之后程泊辞经常去接孟韶下班，有时候他们会一起吃饭。孟韶终于记起来，把程泊辞的伞还给了他，而他在一次两个人记不清某部电影的上映年份而一时兴起打赌时，要走了她那张高中成人礼当天跟他的拍立得合影。

第十四章

亨伯特自白

孟韶的工作进入了一个任务量平稳的阶段，她在某个周五的晚上打电话问程泊辞明天有没有空，两个人可以去约会。

程泊辞告诉她："我上午跟柏鸥他们约了打球。"

孟韶刚要说"没关系"，程泊辞就又道："能带家属，你来吗？"

"我不算……家属吧。"说到中间那个词的时候，孟韶卡了一下。

程泊辞给了她一个更精确的定义："是以后会成为家属的女朋友。"

孟韶好一会儿没说话。

程泊辞以为她为难："不想去就算了，我周日有空……"

"在哪里？"孟韶截住了他的话茬儿。

她想去。

程泊辞立即跟她讲了一个室内篮球馆的名字，又说："我早上9点去接你，你能不能起来？"

看起来程泊辞在外交部的同事都跟他一样保持着极其健康的作息，孟韶当然不能让他们为了自己改时间，硬着头皮答应了："我今晚早睡。"

她又问："你的那些同事的家属参加这样的活动一般都怎么打扮？"

虽然隔着手机，但孟韶也听出程泊辞笑了。

"韶韶，不用这么紧张。"

尽管他这么说，但孟韶还是纠结了很久，不想自己在其中显得突兀，最后选了普通的白T恤和运动长裤。

她的确信守承诺早睡了，但周末的身体不乐意早起，第二天被闹钟叫醒的时候，眼皮还是沉得睁不开。孟韶跌跌撞撞地洗漱好，在跟程泊辞约好的时间内下楼找他，上车就闭上了眼睛。

程泊辞知道她应该来不及吃早餐，说给她买了咖啡和加热过的轻食。

孟韶还困着，没听清他说了什么，直到他无奈地停下，把还温热的纸袋放到她的怀里，又把手贴上她的后脑勺儿，指腹沿着她的耳垂摸了摸："醒不过来？"

接着他想到什么，自顾自地笑笑说："那以后周末我起床尽量不吵醒你。"

孟韶的眼睛依然没有睁开，被他摸过的耳朵却迅速地热了。

"程泊辞，"她躲了他的手一下，"我以前怎么不知道你这么不正经？"

"这句倒是听得挺清楚。"程泊辞说。

而后他又道："那你跟我说，怎么不正经了？"

程泊辞冠冕堂皇的样子看上去很无辜。孟韶不知道是不是早上起来脑子不清楚，思路真被他拐跑了："你说起床不吵醒我，意思不就是我们……"

她一下子刹住车，不肯继续了。

程泊辞分明对她的话无比地感兴趣："我们什么？怎么不说了？"

孟韶不知道程泊辞为什么会爱听这些，避而不答："你快开车，别迟到了。"

然后她从纸袋里拿出咖啡和三明治，慢慢地吃起来。

程泊辞开车稳，孟韶不必担心食物洒到身上，只是她注意到他往她这边看了好几次，不知道是为了观察车道，还是只是在看她吃东西。

到篮球馆之后，孟韶发现这次活动作为程泊辞和同事私下里的聚会，气氛其实很轻松，没有什么值得紧张的。

柏鸥看到她，来跟她打招呼。他这次端详了她一下，随即笑着说："孟韶，你比读高中的时候漂亮多了，真是女大十八变，越变越好看。"

孟韶一愣："你见过我读高中时的样子？"

"见过啊，就是泊辞办公桌上摆的那张照片。"柏鸥伸手比画了一下，"尺寸不太大，他还用了一个特别厚的相框去装，宝贝得很。"

孟韶抬眼去看程泊辞。他要走那张照片之后，并没告诉她放到哪里去了，没想到是明目张胆地摆在办公桌上。

"你话那么多。"程泊辞对柏鸥道。

柏鸥耸了耸肩。

这时那边有人喊他和程泊辞过去分组。程泊辞脱了外套，露出里面的落肩圆领白T恤，下面是灰色的运动长裤，款式宽松，但也看得出双腿笔直颀长。

"你能帮我拿外套吗？"他问孟韶。

孟韶点点头，接过来抱在怀里，一边整理了一下程泊辞外套的衣领，一边看了眼他的 T 恤问："你怎么没穿球衣？"

她还记得他读高中在运动会上打球时会再穿一件背心球衣，黑色的，衬得人很帅气。

程泊辞说："麻烦。"又垂眸望着她，"你看过？"

"看过……"当着他的同事提起来，孟韶有些难为情，声音也压低了，"高中运动会的时候隔得很远看过你打球来着。"

那时候他在阳光下，而她在没人看到的角落里，做不敢露面的观众。

程泊辞若有所思地说："早知道我那次就发挥得再认真些了。"

柏鸥听到他们的对话，连忙道："行了啊，让不让我这个单身的人活了？"

他又转向孟韶说："不过程泊辞打球是真的厉害，待会儿你看看，是不是比高中时代还有进步，这个你最有发言权。"

观众席上坐着的都是程泊辞同事的家属，孟韶一过去，就被热情地包围住问长问短，问他们怎么认识的，在一起多久了，什么时候结婚。

等孟韶回答完所有问题，场上的球赛已经进行了一段时间。临时组成的两支球队里，程泊辞所在的那一队拿到了球权，他的队友被人迎头拦住，一个击地把球传给他。程泊辞运着球往篮下跑，在内线附近的时候柏鸥去防他，他一个转身就过了对方，几步上篮，身体微微后仰，把球扣进了篮筐里。

柏鸥虽然是对面那一队的，看到这个球之后，还是双手举过头顶鼓了两下掌："好球！"

程泊辞专注做事情的时候不会有太多表情，就算进了球也没有流露半分得意之色，而是转过身，跟队友说了几句话，安排他们去另外一个半场布防。

没过多久，篮球就又回到了程泊辞手中。一滴汗顺着他的下颌线流下来，他因为剧烈的体力活动，胸口不断起伏，喉结跟着轻滚，一些筋骨的轮廓跟着浮现出来。

那滴汗在程泊辞的下巴上晃了晃，摇摇欲坠，然后随着他大开大合运球的动作滴落下去。

这次他没有直突对方篮下，而是把球转手给了队友。

孟韶尽管不懂篮球，但也能看出程泊辞是为了让每个人都能参与进来，才把那个球让了出去。

她想起读高中时跟他坐在同一张桌子边讨论，她讲到残障人就业的艰难，他听得那么认真。

明明是跟他无关的事情，他却完全能理解和考虑到对方的感受。

生在月亮上的人，也能看到被阴影遮蔽的地方。

中场休息之前有程泊辞同事的家属提议去买水，孟韶陪对方到了篮球馆的柜台前，抱了十几瓶水回来。

她把水在场边放下摆好的时候上半场比赛已经结束了。孟韶拿起一瓶水要去找程泊辞，却看到从旁边球场走过来一个女生，这个女生看上去也是来打球的，扎了高高的马尾，身上是配套的球衣和短裤。

女生的目标显然是程泊辞，她径直朝他走过去，跟他说了几句话，又拿出手机点了点，应该是在要他的联系方式。

孟韶停下脚步，想看看程泊辞的反应。

他也拿出了手机。

孟韶怔了怔，之后想到毕竟高中时代已经过去了这么久，程泊辞对待这些事的做派未必还是那么不给人留面子，就算暂时加了那个女生，也不代表就是有什么想法。

不过她的心里还是像放了一颗被挤压过的柠檬，缓缓地向外释放出酸意。

然而很快，孟韶就看到程泊辞并没有去扫女生的二维码，只是把手机屏幕展示给她看，女生的表情变得尴尬，看口型是说了句"对不起"，接着就转身离开了。

孟韶离程泊辞还有一段距离，看不清他的屏幕上是什么。

程泊辞放下手机，侧过脸的时候看到了孟韶。

他手心朝里，向她勾了勾，让她过去。

孟韶去给他送水。程泊辞接了，拧开瓶盖，仰起头灌下去。

她看着他，踌躇了一下，问："刚才是不是有人要加你微信？"

程泊辞正好喝完水，闻言观察了一下她脸上的神情。孟韶被他看得不自在，轻轻抿了一下嘴唇。

"不高兴了？"程泊辞问。

孟韶口是心非地说"没有"。

程泊辞于是单手拿着水瓶，拿手机给她看。

他按亮屏幕，孟韶的眼神泛起了波澜。

程泊辞的壁纸是那张他们上高中时的拍立得合影。

合影的画质不那么清晰，应当是他用手机摄像头拍的。

程泊辞轻描淡写地说："我刚才给她看这个，说如果加了她，我女朋友会介意。"

他把手机收起来，用指关节刮了一下孟韶的鼻尖："还不高兴吗？"

越来越多的人知道了他们在谈恋爱的事情。有一天下班之后，孟韶在家里接到了迟淑慧的电话。

对方先跟她聊了聊工作，又小心翼翼地问："韶韶，你真没跟嘉远程总的儿子谈恋爱吗？我听你杨阿姨说，他好像还为这个顶了程总几句，程总一连几天在公司里拉着脸。"

孟韶不知道迟淑慧打这个电话来是什么意思，但还是承认了："嗯，不过不是你们猜的那个时候，是我回家的那个周末过后我们才在一起的。"

迟淑慧"哦"了一声，试探着道："那你打算什么时候带他回来见见我跟你爸爸？"

"以后再说吧。"孟韶说。

迟淑慧猜出了她的想法："韶韶，你不用想得太多，我跟你爸爸不会难为他的，我们不会给你丢人的。"

孟韶因为迟淑慧的用词微微一顿："我没觉得你们丢人。"

但她也确实怕他们给程泊辞出一些难题。

"韶韶，妈妈没文化，也不知道怎么能跟你解释明白。"迟淑慧似乎在尽力寻找能让孟韶满意的说辞，"我跟你爸爸就是希望你能找一个对你好的人，想帮你掌掌眼。上次希希换工作的事，我跟你爸不是非要占程总儿子的便宜，就是想让希希有个更好的出路，你别误会。"

孟韶听着，心里有种五味杂陈的感觉。

她跟迟淑慧和孟立强拉扯这么多年，始终跳不出子女与父母的关系纽带。她曾经觉得他们对她不如对孟希那么疼，那是事实，但不代表迟淑慧和孟立强没把她当女儿。

当她终于从小县城远走高飞，以为自己看穿了父母的庸俗、市侩和封建古板，也赢得了这场从少年时代开始的战争，回头去看才发现，迟淑慧和孟立强其实从未意识到他们曾经站在跟她敌对的阵营。

她的战争是一个人的，脱胎换骨是一个人的，青春期里把父母作为假想敌的习惯延续得太久，久到她都忘了。她在改变，迟淑慧和孟立强也在学习跟她相处的方式。

"我知道了，找个合适的时间，我带他回去。"孟韶低声说。

不知道程泊辞愿不愿意跟自己回去见家长，孟韶没急着开口，直到他先打来电话问她，什么时候可以跟他回礼城，看看他的外公外婆。

她便跟他讲了迟淑慧的事情。程泊辞说："那买下周的机票？"

孟韶愣了愣："你怎么这么急？"

"怕你改主意不让我去了。"程泊辞说。

孟韶没答话，翻了翻日历说："再过一段时间吧，太快了。"

说实话，无论是跟程泊辞一起面对自己的父母还是他的家人，她都还没准备好。

程泊辞说"好"，想到什么，又问她最近哪天晚上有空。

"要做什么？"孟韶道。

程泊辞的声音比起方才，多了几分低沉与暧昧："上次那部电影，什么时候能跟我一起看完？"

孟韶这才想起来，几个月前，她去程泊辞家那天晚上看的《爱在黎明破晓前》，还停在男女主角站台告别那里。

虽然电影后面其实只剩下几分钟的剧情，但她还是答应了他：

"那明天好不好？"

第二天晚上，孟韶在出电梯的时候碰到了叶莹莹，对方看见她，伸手朝身后指了指："韶韶姐，我看到程学长在外面等，你们是不是在一起了？"

孟韶随手捋了一下头发，笑着说"是"。叶莹莹兴高采烈地道："太好了，我一直觉得你们好配，还想着什么时候能看到你们谈恋爱呢。"

停了停，她又道："韶韶姐，你快去吧，我不耽误你和程学长了，之后烤个蛋糕给你们庆祝。"

上车之后，孟韶问程泊辞有没有看到刚才进单元楼门的小姑娘。

"就是我跟你说过的那个邻居，比我们晚一届的礼城外国语学校学妹。"孟韶道。

程泊辞倒是挺认真地想了想，然后告诉她："没注意。"

孟韶提示他："她穿了件粉卫衣，头发是盘起来的，背了个帆布袋，一看性格就很好。"

程泊辞说："真没看到。"

孟韶说"好吧"，发现他不记人的习惯跟高中那会儿比起来，半点儿都没变。

程泊辞发动车子，观察两侧的路况时，视线扫过孟韶今天穿的衣服，是一条蓝色的连衣裙。

孟韶注意到他的目光："这件衣服不好看吗？"

"好看，蓝色很称你。"程泊辞看着前方，短暂地停顿了一下，像是在回忆，"你高中成人礼那天在衬衫外面戴了一个深蓝色的领结，很漂亮。"

孟韶很意外："你看到了。"

"看到了。我们班排第一个，你们文科班在后面，我怎么会看不到？"程泊辞说道。

孟韶跟他开玩笑："你参加成人礼这么不专心，还看女生穿了什么衣服。"

程泊辞继续开车，开口时波澜不惊："只看了你。"

不是那种刻意调情和迎合的语气，只有对事实的陈述，却又因为这样，更显得撩人。

孟韶一下子不作声了，一缕热默默地蹿上脖颈，蒸出淡淡的红。

程泊辞察觉到她的反应，开车的中途侧头看了她一眼。他早就观察到，孟韶害羞的时候话会很少，虽然假装镇定假装得不错，但因为皮肤白，热了、红了都极其明显，所以也不难发现。

那么容易红的皮肤，是不是稍微碰一下都会留痕迹？

他掌心不自觉地摩挲了一下方向盘，不知想到了什么。

到程泊辞家以后，孟韶跟他坐在沙发上，关了灯看完了电影的最后几分钟——男女主角离开对方之后的片段插入了一系列空镜：铁皮列车在绿色的行道桥下经过；游船停泊在清晨的河道；摩天轮静止不动；喷泉旁边和公园的草地上，行人安静地走过。

尽管这部电影还有续集，但孟韶记得自己大学看的时候唯独喜欢第一部。男女主人公的相遇那么浪漫，最后还是分别了，像花火绽放一霎又顷刻消散。世界上本就是不圆满的故事多，这样看来，她那时候跟程泊辞擦身而过也不算多新奇。

后来的她是那么幸运，世界仿佛巨大的旷野，她走过的那条路密布着隐痛、自惭形秽和不敢言说的情衷，尽头却通向他的身侧。

电影结束，程泊辞起身去开灯。黑暗被光亮填满，幕布上滚动的字幕暗下来。孟韶听见程泊辞问她要不要喝水。

她说"好"，等对方给她倒水的时候，看着空荡荡的沙发，想到这次没看到那本聂鲁达的诗集。

程泊辞端了杯水给她，她接过来两只手捧着，向他问起书的去向。

"在书房里。"程泊辞说。

孟韶问他："我能看看吗？"

等她喝完水放下杯子，程泊辞带她过去。他的书房很大，装修风格跟其他房间一样简约，正对着门做了一整面墙的落地书架，书虽然放得多，但并不乱，像图书馆那样排列得非常整齐。

空气中除了他身上惯有的味道，还有清淡的书卷气。

孟韶仰起头，一排排书看过去，在书架的高处找到了自己送给他的《二十首情诗和一首绝望的歌》，它看上去被保存得非常好。

"你知道吗？当时你在礼城外国语学校的英文广播里读这个，是我第一次知道聂鲁达的作品。"

孟韶一边说，一边举起胳膊想把书从书架上拿下来，但靠近天花板的高度实在难以够到，她最多只能碰到书脊的底部。

程泊辞的脚步声靠近她，在她的身后停下。

他的一条胳膊环住她的腰，好看的手指随意地搭在附近的书架隔板上。

下一瞬，孟韶取书的那只手就被他包住了。

程泊辞的掌心贴着她的手背，将她的手向上带，一起去拿那本书，像把她抱在怀里。

他比孟韶力气大，孟韶被带得踮起了脚。

她感觉到他沉沉的呼吸洒落在自己的耳畔，被他攥住的手不由自主地颤了颤。

"韶韶,"程泊辞帮她够到那本书之后,低低地叫了她一声,"从你得奖的时候提起这本诗集,我就一直在想——假如再念一遍,你还愿不愿意听?"

薄薄的一本册子轻而易举地被程泊辞取下,留在了孟韶手里。他没有退开,保持着那个姿势,越过孟韶的肩膀,看着她翻开了其中的某一页。

当年蓝色水笔做的标记还清晰地留在上面。

孟韶的指尖抚过油墨印的字句。这句话像她成长的书签,她写给过程泊辞,用作过给他的表白,收到过他的回应,每一段生命的脉络都像刻印在上面了。

忽然程泊辞的嗓音响起,一词一停,读得缓慢而坚定,在她的鼓膜上引起了连绵的振动:"I go so far as to think that you own the universe."

曾经不带感情念给所有人的诗句,现在只说给她一个人听。

他也看见了她的宇宙。

孟韶记起上次自己没有问出口的问题,问身后的程泊辞:"所以我给你之后,你翻到过这页吗?"

他说"翻到过",又说:"每一页都看了。"

每一页他都看,因为想找到哪怕一丝一毫她在意他的证明。

孟韶恍惚间回想起高一那年的春天。

那时在广播台外面张望的小女孩儿,终于穿越内心的风暴,得到了她追逐的蝴蝶。

孟韶像下定决心,合上书页转身,仰起脸亲上了程泊辞的嘴唇。

她感受到他的呼吸霎时急促了几分。

程泊辞一边回应孟韶，一边从她手里把那本书拿开，用手掌扶着她的腰，往前一步，让她的后背抵在书架上。

他无论什么都学得很快，第二次接吻就已经比之前要熟练很多，还添上了一点儿侵略性，不断地追逐着她柔软的舌尖。孟韶的胸口轻轻地起伏。

程泊辞还是很喜欢在这种时候喊孟韶"韶韶"，一贯如霜似雪的声音蒙上了一层暗哑，夹杂在接吻的水声里，让她有些透不过气。

纤细的手指情不自禁地揪住他衬衫中排的扣子，她觉得他贴在自己腰间的掌心好热。

程泊辞的手紧了紧。

孟韶不记得自己是怎么被他抱去卧室的，只记得他问她可不可以的时候，她从方才就变得空白的大脑一时没有反应过来，只是睁着水汽迷蒙的眼睛看他。

程泊辞大概不喜欢被这么盯着，因为下一秒，他就伸手盖在她的上半张脸上，用极为克制的声音问了她第二遍。

孟韶不清楚自己跟他这样的进展算快还是算慢，短暂地失去视力让她略略不安，但她还是用非常小的声音跟他说："可以。"又问，"能不能关着灯？"

程泊辞答应了她，还拉上了窗帘。

夜色隐去，孟韶像被他亲手投入一片温热的海里，跟着他沉浮了一阵，却很快发现他好像一直在忍耐，迟迟不继续。

她摸着他的后颈，还有印象他那里长了颗淡淡的小痣。

橙色的鱼鳍吊坠滑落到床单上，她的神志越来越像一根快要崩断的弦，而他还在忍。

孟韶叫他的名字。程泊辞压抑着跟她解释："怕你疼。"

她没接话，轻喘了一下，贴近他的耳朵："不是想跟我一起起床吗？"

还有下一句，语调柔软得像丝绸。

"说好不吵我，今天不管多晚，明天你都别喊我。"

从没说过这样近似勾引的话，话音刚落，孟韶脸上就发起了烧。

程泊辞深深地看了孟韶一眼，她的那根弦一下子就绷断了，搭在他肩上的手用了力，指甲嵌入了他的皮肤里。

程泊辞眉头都没皱一下，只管哄她，说的是英语，断断续续的。孟韶听了很久才听出是 *Lolita* 里亨伯特的自白，被他做了修改。

都说纳博科夫的法语最具风情，她却觉得程泊辞背给她听的英文版本更加缠绵动人。

"I offer you everything I have, and let you hold the scepter of my lust in your hand."

我把我的一切都献给你，让你手握我情欲的权杖。

孟韶在清晨五六点钟的时候醒过来一次。窗帘的缝隙透出细细的一缕清光，不熟悉的卧室环境让她没有立刻又陷入沉睡中，而是用不那么清醒的目光盯着天花板发了会儿呆。

前夜发生的一切如同镜头被慢放的春洪，趁这时缓慢而坚决地涌入她的脑海里。

程泊辞的低喘、程泊辞腰上的薄汗、程泊辞漆黑而饱含侵占欲的瞳孔。

上高中时她连跟他亲吻都不敢想象，现在却有了他的放纵、他的渴求、他陪着她的无止境的陷落。

孟韶的头发跟枕套摩擦发出轻微的"窸窣"声，一缕碎发粘在脸上，她伸手拂开，手落下去的时候碰到了一条手臂。

她这才意识到，程泊辞一直揽着她的腰。

他似乎发现了她的动静，但大约想到她昨晚说的话，怕吵醒她，一动也没敢动。

孟韶忽然想逗逗他，闭上眼睛装作自己并没有醒，翻了个身，埋进他的怀里。

她鼻尖贴着他的衬衣，轻缓地呼吸着。

程泊辞的胳膊僵了僵，过了一会儿，他小心翼翼地把她揽得更紧。

孟韶觉得他像在做什么思想斗争。一段时间之后，他又抬起手，摸了摸她的后颈，接着是耳朵，从耳郭到耳垂，不敢使劲儿，好似在触碰一只刚出生的小动物。

而后他又低着头，在她的头发上落下一个吻，像不确定自己能够在未经允许的情况下亲近她到什么地步，只能一点儿一点儿地试探。

孟韶经常听一些女性朋友说会在性这件事上跟男友产生分歧，但仔细想想，程泊辞从来没有为难过她，无论走到哪一步都会先征得她同意。

亲过她的头发之后，程泊辞仿佛取得了某种成功，变得满意起来，捻了捻她的发梢，胳膊垂下来，继续抱着她。

躺在他怀里，孟韶不知不觉间就又睡了过去。

到快中午的时候她才醒。程泊辞卧室里用的不是那种非常遮光的窗帘，她隐约可以看到室外完全是天光明亮的状态。

睡眼蒙眬之间，孟韶发现视野范围内还有程泊辞的灰色衬衣。

按照他的作息，他早该起床了。

她愣了愣，随后就听到了程泊辞的声音："睡醒了？"

他的声音听上去很清润，没有那种刚起床的沙哑。孟韶"嗯"了一声，含混地问："你是不是早就醒了？"

"没多久。"程泊辞说。

孟韶慢腾腾地从床上爬起来，习惯性地走到窗边，顺手把窗帘拉开了。

转身的时候，她看到程泊辞坐在床边，活动了一下肩膀。

她微微俯身，用一根手指戳了戳他的胳膊："麻了吗？"

应该是他早上抱她抱了太久才会这样。

程泊辞不说话，看着孟韶低垂的睫毛和薄薄的眼皮，突然抓住了她的手。

孟韶意外地抬眸，接触到他的眼神的一刹那，空气宛如变成了正在加热的液体。

"你做什么？"她站在阳光中轻声问，柔顺的发丝安静地顺着肩头披落。

程泊辞只是望着她。

那些与身体有关的记忆被他深沉的注视，被两个人手心手背相贴的触感唤醒，正午的光线将孟韶的耳朵照出了樱桃一样的颜色。

她不知怎么产生了程泊辞还想再折腾她一回的直觉，连忙晃了晃被他握住的手，向他讨饶："好了。"

程泊辞开始还是不肯松手，后来看到她锁骨上淡色的吮痕，又联想到其他地方的痕迹，怕她吃不消，顿了顿，才放开了她。

孟韶无意间往他身后一瞥，却看到他的枕头下面露出了一根黑色皮筋。

"那是什么？"她好奇地问，同时探身过去想拿出来看。

程泊辞来不及阻止孟韶，她已经把发圈取了出来。

她惊讶地转头看他："你怎么会有这种东西？"

难得看到程泊辞流露出不太自然的表情。

"你的。"他低声说。

见孟韶不解，程泊辞又道："你被困在工地那次，调查组组长找到给我的。"

孟韶看看程泊辞，又看看手里的皮筋，补全了他没说的话："你没还我。"

想起自己戴着她的发圈做过什么，程泊辞喉结滚了滚，避而不答："你想要就给你买新的。"

孟韶不知道程泊辞为什么把她的皮筋放在枕头下面，还不愿意还她，但看他的神情像是非常不希望她问下去。

电光石火间，她一下子明白了。

皮筋顿时让孟韶觉得烫手起来，她不看程泊辞，把皮筋塞回他的手里："你怎么这样？"

随即她就逃也似的走了。

站在镜子前洗脸的时候，她浑身的热度都还没有散掉。

程泊辞不知道什么时候在家里给她准备了睡衣和洗漱用具，像是早就预料到她会来过夜，他把所有的东西都安排得很妥帖。

孟韶在程泊辞家里窝了一天。晚上两个人出去吃了饭，回来之后，程泊辞有下周开会用的文件要看，孟韶说想借他的投影仪看电影。

程泊辞帮孟韶打开投影仪，给她遥控器的时候想起了什么，她要接，他却稍微把手抬高，让她接了个空。

孟韶疑惑地看着程泊辞，而他从从容容地问："昨天怎么没说声音小要调大？"

他指的是孟韶第一次来他家看电影，因为跟他对视的时候害羞，找理由去拿遥控器，好避开他的事情。

"所以你看出来了……"孟韶说。

程泊辞说看出来了。

孟韶抿了抿唇，而程泊辞揉揉她的头发，把遥控器放进了她的手里。

又过了一个月，在秋意深浓的时候，孟韶搬去了程泊辞家里住。

搬走之前，她跟叶莹莹一起吃了顿饭。对方很舍不得她，给她带了许多自己做的吃的，说以后研究了新方子都不能马上送给她尝鲜了。

"我还会回来找你玩的。"孟韶安慰叶莹莹。

叶莹莹说："那这周末就要来找我。"

"这周吗？"孟韶想了想，"这周可能不行，我要跟程泊辞回一趟礼城。"

叶莹莹"哇"的一声："是不是要见家长？"

"算是吧。"孟韶说。

过了这么久，她觉得自己总算准备好了。

这一年来回在首都和礼城之间飞了很多次，让先前已经在记忆中模糊的家乡重新清晰起来，但跟程泊辞一起回去对孟韶来说还是一种新鲜的体验。

他把一切都规划得井井有条，说先去她家见她的父母，下午回他的外公外婆那里，住一晚上，周日再回来。

航班落地，两个人从机场打车到县城时，孟韶还有些忐忑，怕程泊辞觉得她从小长大的地方寒酸。

但他只是下车的时候看了眼时间，从后备箱里拿礼品的时候问她："你读高中的时候每次从学校回家都要这么久吗？"

孟韶关上车门，告诉他："还要更久，我当时舍不得打车，都是坐大巴回来，还要转两次公交车。"

"我记得，"程泊辞想起来了，"送过你去车站。"

他牵住孟韶的手，看着她问："那时候累不累？"

"还好，毕竟也不会经常回来，一学期就几次。"孟韶轻描淡写地说。

舟车劳顿的累她其实已经不太记得了，只能想起县城的天气有时跟市区的不同，她从天气晴朗的学校回家，偶尔能在路上看到一场隔夜的雪。

不过程泊辞愿意问一句当年的她累不累，还是会让她非常感激。

她一路走来变成如今这样，只得到过赞赏和艳羡，从来没有人问过她累不累。

程泊辞跟迟淑慧和孟立强见面的过程比孟韶想的要顺利很多，被请进门之后，他完全不像个高高在上的大少爷，反倒主动帮着迟淑慧洗菜做午饭，动作并不生疏，孟韶都不知道他什么时候学会的这些。

看程泊辞这么好相处，原本战战兢兢的孟立强和迟淑慧也放下了担忧，在饭桌上打开了话匣子，开始跟他聊一些家常话题，孟立强甚至发表了一些关于嘉远集团长远发展的意见。

孟韶倒不是觉得孟立强说得不好，因为她本来也没对他抱什么期待，只是怕他提起嘉远和程总让程泊辞不舒服，还是打断道："爸，你快吃饭吧，别说这些了。"

孟立强很不满意："人家小程都说我的话有道理，虽然你现在是大记者了，但也不能随便打断爸爸说话吧。"

孟韶无言以对，看向程泊辞，偏偏他还眼含笑意地道："我觉得叔叔的话很有见地，听听有好处。"

看他不介意，孟韶也就不管了，由着孟立强胡说八道，天南海北地侃一些中年男人喜欢的内容。

孟希也来凑热闹，先是给程泊辞搛菜，又跟他聊了几句，说着说着，嘴里就冒出来一声"姐夫"。

程泊辞没什么反应，孟韶却愣了一下，然后制止孟希说："你别乱喊。"

"我怎么乱喊了？姐，你看你，管得那么多。"孟希撇撇嘴。

紧接着他便转向程泊辞，问对方道："那姐夫你说，我怎么称呼你合适？"

程泊辞听着一声声"姐夫"听得受用，自作主张地对孟希说："喊这个就行。"

从县城回市区的时候，孟韶坐在出租车上，对程泊辞说："我都不知道你这么会说场面话。"

程泊辞对她的说法不太赞同，气定神闲地问她："我说什么场面话了？"

"说我爸爸有见地，我妈妈做饭好吃，"孟韶停了停，才继续说道，"还有孟希。"

程泊辞抬了抬眉："孟希怎么了？"

从他的表情孟韶就能看出，他分明清楚自己指的是孟希喊他"姐夫"的事情，只不过骗着她再说一遍。

她不肯开口，程泊辞便轻笑了一声，哄她说："你前面说得都对，但那句不是场面话。"

孟韶听懂了他的意思，看了他一眼，却没有立刻出声。

过了一会儿，她问："程泊辞，你觉得我家怎么样？"

他觉得她家怎么样，会不会不喜欢，愿不愿意让她的父母和弟弟以后也成为他的家人。

孟韶的语气是严肃的。虽然她看出在自己家的时候，程泊辞跟迟淑慧、孟立强和孟希相处得很融洽，但他是那种只要愿意，什么事情都可以做好的人，获得别人的喜欢对他来说从来不难。

面对这个问题，程泊辞没有对孟韶的家庭做出任何评价，只是平静地告诉她："韶韶，我不知道一个好的家是什么样的，我10岁的时候就没有家了。"

江频在他10岁那年去世，他回到礼城，没多久，程宏远再婚，他不愿搬去对方买给新任妻子的住处，独自留在了江频从前跟程宏远住过的房子里，并不经常跟父亲见面，就这样过了很多年。

孟韶握住程泊辞的手，低声说了句"对不起"。

程泊辞摇摇头，跟她十指相扣："韶韶，你不用道歉，我的意思是你没必要担心这些。"

出租车按程泊辞说的地址开到了礼城大学的家属区，那一片都是有年头儿的老楼，斑驳的墙壁外侧长满了爬山虎，现在是秋天，叶片层红叠绿，像颜色调得非常漂亮的水彩画。

孟韶脚步有些踟蹰，看两个人这次带来的东西全都在程泊辞手里，她自己轻轻松松的什么也没拿，怕他的外公外婆看了不高兴，便让他分给自己一些。

程泊辞用胳膊挡开她的手，拒绝了这个提议："看着像我欺负你。"

接着他端详了一下孟韶，看出她的紧张，意味深长地问："你们记者也会怯场吗？"

孟韶说："这又不是采访。"

"那就更不用怕。"程泊辞道。

他走到一幢单元楼前按对讲机，对方接通了之后他说："是我，泊辞。"

扬声器里传出一道慈祥的声音，听起来是程泊辞的外公："带女朋友回来了？"

程泊辞熟稔地发出一个单音回应，对方给他开了门。

孟韶跟着程泊辞走进去。等电梯的时候，他放下手中的礼盒，从大衣的口袋里拿出一个信封给她。

"这是我帮你外公带的签名照？"孟韶认了出来。

信封平平整整的，四角尖尖，跟她从巴黎带回来的时候一样，看得出他收藏得很妥善。

程泊辞说"对"，又说："我觉得你亲自给他，他会更高兴。"

孟韶接过来，说了声"好"。

程泊辞的外公外婆很和善，并不像程宏远那样给孟韶盛气凌人的感觉。或许因为做了一辈子大学老师，两位老人的一举一动都优雅稳重，连房间的装修风格都极为简约。看着他们，她就明白了程泊辞身上那种清雅端方的气质是怎么来的。

她把签名照送给程泊辞的外公，对方如获至宝，说："我从快退休那几年就一直在电视上看他的比赛，要不是人老了身子骨不行，早就去现场看了。今年世锦赛那几天，我天天守着体育频道看直播。"

待到程泊辞告诉他，这就是孟韶在世锦赛期间接了紧急任务，飞到巴黎，在采访的间隙帮他要来的签名照，他显得更激动了，连连询问孟韶比赛的细节，还说如果孟韶下次有机会再去赛事现场采访，一定要帮他送件礼物给对方。

然后他又看向程泊辞，正色道："泊辞，你可一定要好好对人家小孟，不然我饶不了你。"

孟韶也为程泊辞的外婆准备了礼物——听程泊辞说对方之前在英国语言文学专业任教，研究的是文学理论，尤其喜欢浪漫主义批评，便准备了一本 1953 年初版的 *The Mirror and The Lamp*，深蓝色布面装帧，市面上已经不多见了。

"《镜与灯》？小孟，你也是学英语的？"程泊辞的外婆问她，"外行人可不了解这本书。"

"不是，我学的是新闻，但经常去听英语专业的课。"孟韶道。

"我就说。"程泊辞的外婆是极其爱惜书本的那类知识分子，先用纸擦干手上倒水时沾上的水渍，然后才收下孟韶送她的那本文学理论著作。

两位老人自然而然地接纳了孟韶，跟她说话时的态度俨然她已经是家里的一员。

吃完晚饭之后，程泊辞的外婆忽然叫孟韶跟自己去卧室，等她过去，老人从梳妆柜里取出一个精巧的首饰盒，红木描金，漆面温润，螺钿闪着细细碎碎的光。

盒子打开后，里面是一只光润透亮的玉镯，白中飘绿，孟韶虽然对这些东西没有研究，但也能一眼看出来价值不菲。

对方跟她说："虽然我教了一辈子书，其实心里还是喜欢这些老祖宗的物件，不知道你们年轻人怎么想的，这个就算外婆送你的见面礼，你以后跟泊辞要长长久久。"

孟韶连忙摆手："太贵重了，我不能要。"

程泊辞的外婆执意把镯子往她的手里塞："你不收就是不答应我。"

孟韶接也不是，不接也不是，老人见状叹了口气："小孟，你别怪我急，泊辞他今年26岁，还是头一次往家里带女孩儿，我想他一定是真心喜欢你。你别看他爸爸是个什么集团老总，其实根本就不懂怎么尽为人父的责任，这些事还得我盯着。"

说到程宏远，程泊辞的外婆一向平和的神态掺上了几分不满："泊辞妈妈牺牲之后，他迫不及待地再婚。泊辞不愿意去蹚他们的浑水，读初中、高中基本是一个人住的。要怪也怪我女儿频频识人不清，当年她就在我手底下读书，结果还是让程宏远那个富二代浑小子缠上了。我跟她爸爸当时就不看好他们俩，但只有这么一个女儿，她喜欢谁我们也不能反对……"

能看出程泊辞的外婆不怎么喜欢程宏远，经年往事讲起来就一发不可收，孟韶从她的话里得知：程宏远对江频考外交部的选择横加阻挠，希望江频留在家里给他当贤内助，但江频心高气傲，没有同意，程宏远只得作罢。两个人并没有因此分手，江频毕业后还是同他结了婚，可见心里仍然有他。江频入职之后在首都工作了几年，生下程泊辞之后就被外派，她希望儿子有更开阔的视野，于是带着儿子出了国。再后来，在程泊辞10岁那年，一颗子弹带走了她。

"泊辞不喜欢有人打扰，程宏远搬走之后，那么大的房子里晚上只剩下他一个人，他当时也就十几岁，我们让他过来一起住，他怕给我们添负担，怎么劝都不答应。"讲着讲着，程泊辞外婆的眼里就泛起了一层泪光。

孟韶这才明白，为什么程泊辞一个大少爷，中午在她家洗菜做饭却那么熟练。之前他偶尔提起要给她下厨，她还当他是开玩笑。

程泊辞外婆对程宏远的抱怨并不包括阻挠外孙报志愿，想来这件事当时也是被程泊辞一个人扛了下来，怕外公外婆为他担心。

孟韶想起上高中时听乔歌说程泊辞其实没有什么特别交心的朋友，大家喜欢他又不敢太接近。那时所有人都觉得他璀璨辽远似银河，他身上的光太耀眼，耀眼到让人忘了看看，他的宇宙里是不是还有被盖住的阴暗角落。

幸好她走进去了，不然不知道他灵魂里的那一部分孤独冷清、理智中的偏执、冷静下涌动的热要到什么时候才能被人发现和拾起。

孟韶正出神，就感觉到手腕上多了一圈凉凉的东西。

程泊辞的外婆已经把镯子套在了她的手腕上，这会儿正捧着欣赏，说："真好看。"

孟韶没有再推拒，认认真真地说："谢谢外婆。"

晚上程泊辞的外公外婆在客房里加了一床被子、一个枕头，给孟韶和程泊辞留宿用。

入夜之后，跟程泊辞一起躺在客房的床上，孟韶听见他说："我外公外婆很喜欢你。"

腕上的手镯有些硌人，孟韶还没有完全适应，活动了一下手腕说："你喜欢的人他们都喜欢。"

"也许是因为你的礼物送得合他们心意。"程泊辞说。

孟韶跟他开玩笑:"是吗?外公外婆这么容易被收买?跟你可不像。"

程泊辞不答,昏暗中,他忽然用手肘支起身体,翻身撑在了她上方。

他的目光居高临下,一寸寸扫过孟韶的眉眼、鼻梁和嘴唇,声音很低,却能让她把每一个字都听得很清晰:"韶韶,我更容易被收买,要不要试试?"

孟韶有些慌乱地推了推他的胳膊:"还在你外公外婆家,你也不怕他们听见。"

"听见什么?"程泊辞说话的时候,气息慢慢拂过孟韶的皮肤,让她有种下一秒就会燃起火花的错觉。

她的呼吸有些不稳,面前程泊辞漆黑的瞳孔看得她微微缺氧。

孟韶侧过头,避开他的视线,避而不答:"你先下去。"

程泊辞大约看出她在想什么,忽然低下头笑了:"韶韶,我什么都没说。"

孟韶愣了一下,随即就意识到,自己被他调戏了。

她从牙缝里挤出声音,一字一顿地叫他:"程泊辞。"

程泊辞很喜欢孟韶这种情绪鲜活的时刻,抬眸看她片刻,眼中的笑意还没散去,就捧着她的脸吻了上去。

孟韶猝不及防,有那么一瞬间透不过气来。她下意识地伸手抵住程泊辞的肩膀,却被他抓着手腕往旁边一拉,扣在了床单上。

程泊辞吻得很深,温热的唇舌让孟韶整个脑子都乱了。

过了几秒,她情不自禁地用没有被他禁锢住的那只手钩上他的脖颈,无意识地回应着他。

程泊辞压着她手腕的力气顿时大了些。

孟韶的指尖蜷了蜷，她没吭声，程泊辞却松开了她。

她迷迷糊糊地问他怎么了，眼尾还带着淡淡的红。

程泊辞看着她说："怕我忍不住。"

孟韶被他抱进怀里，枕着他的胳膊，指尖碰了碰他的嘴唇："那之前怎么不忍？"

"现在你不是怕被听见吗？"程泊辞顿了顿，又贴着她的耳郭轻声说，"而且也没带……"

孟韶被程泊辞说的那个字弄得面红耳赤，而他把头埋进她的颈间亲了亲，带着一点儿哑道："好了，睡吧。"

两个人坐第二天傍晚的航班回首都，下午打车去机场，暖黄色的阳光落在街道上，深秋的落叶簌簌如雨。

孟韶倚在程泊辞的肩上，跟他说："也不知道下次回来是什么时候，之前施姐问我能不能接一个过年去国外采访的任务，等我回国应该还有好多收尾工作，估计还要再忙一段时间。"

程泊辞用指节钩着她的发梢把玩："我外公外婆还想着跟你爸妈和弟弟一起过年。"

"那只能等到明年了。"孟韶说道。

出租车遇到红灯，在路口停下来，车窗正对着一家开在街边的花店。

花店门口走出一对手牵着手的小情侣，看年龄还是大学生，女孩子怀里抱着一大束玫瑰花。

好像谈了恋爱男生一定要送女生一次玫瑰，送太多回显得俗气，不送又觉得不够郑重。

孟韶忽然想到，程泊辞没有送过她这个。

因为记得他花粉过敏，所以在一起之后，她特地叮嘱过他不要给自己买花。他唯一一次送她花，就是两个人在颁奖典礼上重逢的那夜，他在她吃完砂锅粥后买的向日葵。

或许什么事都不会太圆满，注定要有几分缺憾。

孟韶并不是太介意，看了一眼就准备收回目光，程泊辞却顺着她的视线望过去："想要花？"

"就是看看。"孟韶轻描淡写地道。

见程泊辞一副若有所思的神情，她又提醒他："你不许去买，都没带口罩在身上，别不小心过敏。"

收到她的命令，程泊辞笑了笑，说知道了。

他们回到首都之后，没几天就入了冬，下过初雪，风一日比一日冷。有一天程泊辞告诉孟韶，程宏远和程泊辞的继母想跟她一起吃顿饭，问她要不要去。

当时孟韶正枕在他的腿上看书，闻言将书放在胸口上，问道："你希望我去吗？"

程泊辞言简意赅地道："我不想去。"

"那就不去了吧。"孟韶说。

程泊辞像挠猫一样轻轻碰着她的下巴："这么乖？"

停了停，他又说："不过他们应该是想通了。"

孟韶觉得痒，躲了躲："想通什么？"

"他们拘束不了我。"程泊辞道。

然后他又低垂眉眼看着孟韶："韶韶，你可以从现在开始考虑，以后结婚要不要请他们来。"

第十五章
最后的玫瑰

　　这一年很快走到尾声，跟程泊辞一起度过跨年夜之后，孟韶在上班的时候收到了施时悦下发给她的海外选题的书面通知，是要前往魁北克，采访报道一系列中魁合作论坛的事宜。

　　她要走的那几天临近除夕，程泊辞也在收拾行李，她没听他说这段时间有什么出差的安排，以为他是要回礼城陪外公外婆过年，还让他帮自己跟两位老人问好。

　　孟韶乘坐国际航班抵达魁北克的时候正赶上当地的冬季狂欢节，大街小巷布满了晶莹剔透的冰雕，大雪从她来的第一天下到最后一天，好在采访工作大多在室内进行，工作人员也给她和随行的摄像人员准备了从酒店来回的接送服务，没有耽误什么。

　　之前做过很多次类似的报道，孟韶已经驾轻就熟，任务进行得非常顺利。最后一天傍晚，论坛的答谢酒会结束后，一同参会的驻蒙特利尔总领事叫住了她，邀请她和其他中方代表一起去老城的公园参观狂欢节冰雕。

已经入夜，室外的气温极低，还下着雪，孟韶裹紧羽绒服，同其他人一起上车。

总领事正好坐在她旁边，两个人聊了几句，下车之前，他对孟韶说："今天你一定会拥有一个美好的夜晚。"

孟韶觉得这只是一句例行公事的祝福，没有放在心上，笑着说了声"谢谢"。

公园的草地已经被厚厚的落雪覆盖，每一座冰雕的底部都装有不同颜色的射灯，旁边是刻有创作理念简介的铭牌。

孟韶来来回回地看着，总领事走到她旁边，伸手指了指被一排白松掩映着的公园深处："那里有专门给你准备的礼物。"

"给我的？"孟韶不可思议地问。

总领事笑眯眯地点了点头，孟韶问是什么，他说，过去就知道了。

孟韶心想：那里可能有特别的景色。于是她沿着一条林中小径，朝对方说的方向走了过去。

小径旁边竖立着一块由树干制成的指示牌，上面还蜿蜒着曲折的年轮，用黑色油漆写了两个单词，单词是法文，孟韶不懂，下一行是英文单词"fountain（喷泉）"。

现在的气温为零摄氏度以下，喷泉无法运行，孟韶不明白总领事说的礼物是什么。

但她还是继续走，直到看到从松林的缝隙中透出淡淡的光。

终于走到喷泉区入口，孟韶一下子站住了，呼吸都险些忘记。

喷泉区里面是一副不可思议的景象，乍一看，她还以为自己在做梦。

罗马式的花园喷泉被冻结在巨大的冰块里面，每一层都封存着无数朵绯红的玫瑰，而喷泉四周是连成环形的冰雕，每尊冰雕都是一个星系的形状。

风声呼啸，她恍若在宇宙中漫游，找到了属于自己的那个玫瑰星球。

孟韶听到身后传来"咔嚓"一声。

她回过头，看到墨蓝的夜空下、漫天的大雪中，程泊辞正缓缓放下举在手里的相机。

纯黑的相机背带缠在他修长的手上，他对着她露出了一个笑容，随后一步步向她走来，最后停在她面前，英俊的眉目被射灯散发出的光线映照得很柔和："韶韶，新年快乐。"

原本应该在千里之外的程泊辞突然出现在魁北克，孟韶觉得这越发像一场梦境。

她用了一会儿才找回自己的声音："你怎么来了？"

"正好跟司长来这边访问，想给你个惊喜，就没跟你说。"程泊辞说。

记得跟她在礼城打车去机场的路上，她看向别人收到的玫瑰的眼神，所以他也想送玫瑰给她，让她知道，她有多值得。

不知不觉间，两个人身后站了很多人。总领事对孟韶说："怎么样？我没说错吧，是不是美好到让你终生难忘？"

程泊辞跟对方握手，郑重地道谢，然后将相机交给对方，请他为自己和孟韶拍一张合影。

孟韶被程泊辞揽着肩膀光明正大地站在镜头前，身前是热闹的人群，身后是盛大的冰封玫瑰和宇宙星系。

她再也不用那样偷偷摸摸地喜欢他了。

在他面前，她不必再自卑，认为自己不配，也不会再觉得他遥远到令人绝望。

程泊辞看出她在想什么，轻声说："韶韶，以后我们还会一起做很多事。"

不只是拍照片，他们还要走遍万水千山，度过朝朝暮暮，看海怎样潮起潮落，云怎样聚散奔涌。

高中毕业那年，程泊辞翻遍了孟韶送他的那本《二十首情诗和一首绝望的歌》，没看到太多她在意他的痕迹，却记住了自己焦躁难安的心情。

在那本书里面，聂鲁达还有一句广为人知的诗句："在我这贫瘠的土地上，你是最后的玫瑰。"

他们两个误会太多，错过太多，十年后才有机会再遇，假如他真的像孟韶所想的那般，已经拥有了整个宇宙，那她就是他的宇宙里，唯一一朵永恒而深沉的玫瑰。

他以她为轴心，因她而闪耀。

从魁北克返回首都之后，孟韶在某一天收到了 N 大直系师妹的邀约，说学院公众号想要做一期关于她的校友专访，问她愿不愿意抽时间讲讲当年在 N 大的经历。

孟韶答应下来。当学妹在采访电话里问她，有没有哪一堂课让她印象特别深刻的时候，她想起的却是一个无关学习的片段。

当时她去旁听英语专业的课，还记得那节是早上 8 点的课，年迈的教授站在布满阳光的教室里讲巴比伦塔。

孟韶很少在上课的时候走神儿，听到这里，思绪却不自觉地漫游到几年以前，那个穿着蓝白色校服的身影上。

她也有自己的巴比伦塔。

创世纪的人向往天堂，大概就像十几岁的她向往程泊辞身上的光，结局同样是得不到，但在追逐的过程中看过了很多原本不可能见到的景色。暗恋他，就是历尽千辛万苦，去造一座知其不可为而为之的塔。

跟学妹讲完之后才发现自己有些离题，孟韶不好意思地说这一段不要用在文稿里，又认真地想了几门老师负责、内容翔实的传播学专业课说给对方。

学妹却追问道："学姐，你最后跟那个男生怎么样了？"

孟韶如实告诉她："他现在是我的男朋友。"

学妹先是惊讶，而后便真心地祝福孟韶，接着略带遗憾地说，其实她在高中时代也那样喜欢过一个人，可惜后来两个人真的就再也没有联系了。

晚上孟韶在吃饭的时候把这件事讲给程泊辞听。

他对学妹的暗恋没什么兴趣，很快就把话题转移到了孟韶的大学生活上，问她那四年是怎么度过的。

孟韶想了想说："学习，勤工俭学，偶尔出去玩。"

她的大学生涯平平常常的，跟其他人没什么不同。

"跟谁出去的？"程泊辞一边戴着塑料手套给她剥虾，一边淡淡地问。

孟韶没听出他的意思来，一边看他用长长的手指剥去淡红的虾壳，一边随口道："我室友，还有我们班同学。"

程泊辞好一会儿没出声。看他手里的虾剥好了，孟韶用筷子去捡，突然听到他问她："你跟你们班同学关系这么好？"

孟韶理所当然地道："是挺好的，我们班一共就二十几个人，还经常一起做小组作业。"

程泊辞手一偏，没让她搛到那只虾仁："那所有人都叫你'孟孟'？"

孟韶这才听懂，忍着笑，说："你还记得。"程泊辞还记得那场外事峰会上，周昀喊她"孟孟"的事情。

不等程泊辞回答，她就说："嗯，大家都这么叫，但女生叫得多一些。"

停了一下，孟韶问："虾能给我吃了吗？"

程泊辞看了她一眼，这才把虾仁放到她的盘子里，继续剥下一只。

过了片刻，他道："勤工俭学是为什么？你那时候缺生活费吗？"

像曾经孟韶喜欢他那样，他也开始一点点搜集关于她的碎片，尤其是两个人分离后的那几年。

孟韶迟疑了一下才回答："不是缺生活费。"她是想攒钱去首都，看看他读书的地方。

但直接这样说出来，好像她故意装可怜，博取程泊辞的愧疚。

他却猜出来了："为了去看我们学校？"

孟韶也知道自己的事情不难猜，那些年她像为他活的一样，所有的意义都是他给的。从礼城的白塔回来的路上，她跟程泊辞说过，她是为了他才去 P 大看看。

她点了点头。

看到程泊辞脸上的神情，孟韶连忙道："不辛苦的，就是去图书馆当学生助理，在每层楼巡视一下，闭馆之后整理还回来的书，而且也就做了一年。"

这些话不全是真的。

当时 N 大的图书馆晚上 10 点闭馆，光是归类那些图书，就要持续到 11 点多。

图书馆太大了，还回来的书都是直接混在一起堆在推车里，类目跨度很大，上一本还是《甲骨文字形演变研究》，下一本就可能是《SPSS 统计分析高级教程》，要按照书脊上贴的索书号找到所在的楼层和书架，一本本归位，不容易的。

而且有的书放得很高，有的又在脚底，这样折腾下来，她每晚回到宿舍后，胳膊和颈椎都僵得发酸，时间长了还要贴膏药，身上总有清淡的薄荷味。

深夜从图书馆回女生楼的那条路有一段非常偏僻，需要绕过 N 大校内的家属区，有些老师会把房子租出去，所以家属区里面住的不都是本校的教职工，听说有女生在抄近路直接穿过去的时候被骚扰过。

孟韶不敢走家属区里面，每次绕过的时候也都胆战心惊的，有时候为了转移自己的注意力，会拿出手机来听歌。

她听歌喜欢随机播放，那一次播放的是张悬的《喜欢》，从昏暗的家属区走到路灯明亮的生活区时，正好播到末尾的那一句："在所有人事已非的景色里，我最喜欢你。"

有时候情绪就是会被非常微小的一个细节点燃：书里的一行字、电影中的一段对白、歌里的一句词。

孟韶置身于远离礼城的 N 大，看着宿舍楼、绿地和便利店，意识到现在真的是人事已非了。

她有了跟在礼城外国语学校时完全不同的生活环境和人际关系，想必程泊辞也是一样，可她还没有放下，还是喜欢他。

孟韶想：不知道他现在在做什么呢？会不会还在图书馆里查

文献，或者正在操场上跟新认识的朋友打篮球？是不是有很多女生去看？会有人在他中场休息的时候把他拦下来，给他送水或者表白吗？

他一定不知道，她现在每天勤工俭学，只是为了有朝一日去到离他很近的地方，或许还有渺茫的希望见到他。

"你什么时候去的？"程泊辞问。

孟韶说："大一的暑假，7月底。"

她说出了详细的日期，说出口之后才觉察自己竟然记得这样清楚。

程泊辞看着她："那时候的机票和酒店住宿费很贵。"

孟韶知道那几千块对他来说根本不算什么钱，还不够他读高中的时候买一双球鞋，但他这样说，会让人心脏一软。

"还好。"她小声说。

那是她长到那么大，唯一一笔随意挥霍掉的钱。

飞往首都的那趟航班，满载着她的一厢情愿。

"你都去了P大什么地方？"程泊辞问。

于是孟韶给程泊辞讲了自己走过的湖岸、教学楼和P大校内的书店，还提到自己下午本来想进书店里买一本书，却跟余天在门口碰到他的同学，被对方叫走，去看了一场某个社团举办的艺术展。

程泊辞望着她的眼神很深："那天我也去了书店，给科研项目用的资料开发票，在那边待了一下午。"

他对那一天也是印象深刻，科研经费的发票限制多，开起来很麻烦，但又不能不做，不然不合规定，前段时间他一直在忙别的事情，那天是报销材料递交的截止日，他跟同组的同学一直在书店里待到傍晚才拿到了所有票据。

孟韶怔了怔："这样吗？"

只一念之差。

假如当时她坚持进书店里看一眼，是不是就能见到他？

她却在离他几步之遥的地方，因为余天同学的热情邀请，而答应了去看那个看不懂的艺术展，错过了跟他见面的机会。

这之后还要三年，她才能从 N 大北上，考进首都电视台。其后又是四年，她报道过无数次地震洪灾、政策落地和民生事件，才能站上年度新闻颁奖典礼的领奖台，被他再一次看到。

不过孟韶很快便释然了："没关系，还是晚一点儿再见你吧。"

程泊辞问她为什么。

"觉得还是现在的我更好。"孟韶跟他开玩笑，"你不觉得我比那时候漂亮多了吗？"

而且大一的她还被笼罩在高中的往事中，对程泊辞始终是仰视的姿态，不会像如今的她这样，有勇气向他要求一份坦诚。

"你现在是很漂亮。"程泊辞说。

孟韶忽然问："那读高中的时候呢？"

她想知道高中时代的自己在他的眼中到底是什么样的，算漂亮，还是只是一个普普通通的女同学，只不过跟他产生了许多意外的交集，才被他注意到。

孟韶相信程泊辞不是在意相貌的人，但她还是会想起上高中时她因为觉得自己不够好看而在他面前升腾起的自卑感。

再怎么说释怀、释然，其实初到礼城外国语学校时自己的一切不完美一直在促使她改变。

程泊辞没有直接回答孟韶的问题，而是问她道："你还记不记得我在礼城外国语学校的年级大群里说过觉得长得漂亮的女生？"

孟韶记得。

当时她还暗自思忖：会是谁过了这么多年仍然让程泊辞念念不忘？

回想起当年的自己，孟韶没有什么自信，迟疑着问："是我吗？"

程泊辞看她的反应，觉得有些好笑："刚才不是还知道自己漂亮吗？怎么现在又不敢确定了？"

他其实没觉得孟韶变了多少，不然后来在电视新闻上看到她，他也不会那么快就认出来，但不清楚为什么，她每次提起高中时代的自己，用的都是不太满意的口吻。

孟韶摇摇头，那些独属于她的青春期里的千头万绪，他不会明白。

不过他给她的答案，她很喜欢。

"对了，P大快要举办校庆了，你知道吗？"孟韶提起了另一件事，"我们台里要跟你们学校合作一个专题报道，过几天就拍宣传片了。"

程泊辞"嗯"了一声："看到朋友圈里有人说。"

孟韶于是告诉他，明天晚上自己要去跟P大校庆办公室的行政负责人见个面，交流一下合作的初步想法。

程泊辞对这个时间安排提出了一些异议："怎么晚上谈工作？"

"说是他们临时成立的这个办公室的成员都是行政、教学兼顾的青年教师，白天要上课，抽不出空。"孟韶道。

说完，她又嘀咕了一声"做老师好辛苦"。

程泊辞问她："那是不是就不回来吃饭了？"

孟韶说："是。"程泊辞随口问了她一声："校庆办的负责人叫什么？"

她从桌边拿过手机，在屏幕上点了点，找到对方的联系方式："曾箫。"

说完，她又拿给他看是哪两个字。

程泊辞抬了一下眉："他跟我是一届的同学，毕业之后出国直接攻读博士学位，学术做得很出色，毕业得也快，现在回来留校任教了。"

孟韶没想太多："是吗？这么巧。"

第二天，程泊辞抽空给曾箫打了个电话过去，问他晚上是不是有一个关于校庆的饭局。

曾箫惊讶于他消息的灵通："程大外交官毕业了还这么心系母校？是有这么回事，校庆办不少人你还认识呢，好几个是咱们那届的直博生。"然后又说，"我正想联系你，我们过几天要拍宣传片，需要杰出校友刷个脸，你愿不愿意来？"

"那今晚吃饭能不能带上我？"程泊辞随意地问。

"行啊。"曾箫不知道程泊辞跟孟韶的关系，还以为他是想见见自己和其他熟人，同意得很爽快，"不过明天不只咱们学校的人，还有首都电视台的记者，你不介意吧？"

程泊辞说不介意。

"成，那就这么定了，我待会儿把时间、地点发到你的手机上。"曾箫说。

次日傍晚，孟韶走出电视台大楼，在门口意外地看到了程泊辞。

他穿着一件黑色的羊毛大衣站在车前等她，露出里面的白衬衫和同色西装的领子，整个人非常清挺英伟。

看到她之后，程泊辞抬手晃了晃手中的车钥匙："我送你过去。"

孟韶走过去上了车，系安全带的同时跟他说了餐厅的名字，又说："其实我本来打算坐地铁过去的，不远，就几站。"

"顺路。"程泊辞道。

孟韶怔了怔，不太懂他说顺路是什么意思，明明餐厅跟他家是相反的方向，也不知道顺的哪门子路。

程泊辞很快把车子开到了目的地。孟韶打开车门，原本要跟他说回家的时候注意安全，却看到他也下了车。

"你不用送我。"她说。

程泊辞别了别下巴示意她下来，等她关上车门之后，他直接锁了车，而后将钥匙放进口袋里，轻描淡写地说："不是送你。"

孟韶露出了疑惑的神色，程泊辞却只是简简单单地说了句"走吧"。

她眼睁睁地看着他一路跟着自己，走到了曾箫预订的包间的门口，终于有所察觉，打量了他片刻："程泊辞，你是不是有什么没跟我说？"

程泊辞的眼神里多了点儿意味深长，他没有回答这个问题，而是将胳膊越过她的肩头，先她一步，推开了包间的门。

孟韶还没来得及反应，包间里的曾箫就先站了起来，笑容满面地跟程泊辞打了个招呼："泊辞，来了。"然后又对她点点头："孟记者。"

走进包间里的时候孟韶想问程泊辞是怎么回事，曾箫先开口道："真巧，你们是在门口碰上了吧。来，我来给你们介绍一下。泊辞，这位是首都电视台的孟韶记者，不知道你看没看过她的新闻。"接着对孟韶说："程泊辞，他在外交部工作，是我们 P 大的校友。"

他太过于想当然，没有给两个人任何解释的机会，说完就邀请他们入席："咱们今天是谈工作的，也就不分什么主位、客位了，随便坐。"

孟韶只得找了空位坐下，程泊辞则拉开了她旁边的椅子。

虽然这次只是做初步的合作交流，但因为双方都是效率很高的类型，所以交流进行得很顺利，程泊辞也时不时提出一些看法和意见供他们参考，最后只用了一两个小时，孟韶和曾箫就定下了初步的框架。

讨论结束之后，曾箫便道："大家都累了一整天了，现在就好好吃个饭聊聊天儿，不谈工作了。"

席间的气氛放松下来。程泊辞当年在 P 大是风云人物，坐在这张桌子边的人大都认得他，没交集的也听说过，很久未见，他成了话题的中心。

曾箫今年才 PhD 毕业回国入职 P 大，对程泊辞这几年的经历不太了解，滔滔不绝地跟他聊了起来。说话的间隙，曾箫突然看到孟韶扯了扯程泊辞的衣角，小声让他帮忙捥一下离她比较远的那道水煮肉片。

这让曾箫一下子替这位孟小姐捏了把汗。

当年在 P 大读书的时候程泊辞就极为受欢迎，喜欢他的女生从来不缺，公开追他的和暗地里示好的都有，但无一例外全被他拒绝了。处理这种事的时候，程泊辞向来冷淡又直接，不给人留丁点儿面子。

要是平常也就算了，他可以在旁边看个好戏，但今天是来跟电视台谈合作的，要是跟孟韶伤了和气，以后见面双方都尴尬，而程泊辞也是他得罪不起的人，他自问没本事让大外交官这次温柔一些对待这位孟小姐的撩拨。

人在比较危急的情况下总会迸发出一些智慧，曾箫灵光一现，想到了办法。

他用公勺舀了满满的水煮肉，伸长胳膊越过程泊辞，放进了孟韶的盘子里，并抢在程泊辞之前殷勤地说："孟小姐，不劳烦泊辞，我来给你搛。"

孟韶愣了一下，看着曾箫不辞辛苦搛给自己的菜，略微茫然地说了声"谢谢曾老师"。

曾箫为自己的机智感到得意，一转眼看到了程泊辞不怎么好看的脸色。

他想对方一定是在被孟韶拽衣角的时候就开始不高兴了，幸好他力挽狂澜，不然现在的局面一定变得难以收拾。

然而下一秒，他就眼睁睁地看着程泊辞从孟韶的盘子里把那些水煮肉片都搛走了。

"太辣了，吃了胃不舒服。"程泊辞说。

曾箫消化了半天这个看起来不是特别得体的举动，话都忘了说了。

但程泊辞看着他："怎么不聊了？"

曾箫回过神来："聊，继续聊。"

他觉得程泊辞今天对孟韶不那么冷淡应该是给自己面子。

这时他又听见孟韶对程泊辞说:"那你为什么可以吃?"

曾箫刚放下去的心又提了起来,曾箫觉得孟韶大约是没意识到程泊辞在包容她,居然还得寸进尺地跟程泊辞讨价还价起来。

曾箫怕程泊辞发作,便压低声音对他说:"泊辞,孟记者可能人比较活泼,你多担待。"

"活泼?"程泊辞重复了一遍,随即问道,"你很了解她?"

曾箫不知道是不是自己的错觉,程泊辞的嗓音里含着一点儿危险的意味,而脸色好像比方才更难看了。

曾箫那句话不过随口一说,此刻被程泊辞这样质问,点头也不是,摇头也不是,正在纠结,又看到对方转向孟韶说:"因为不能浪费。"

孟韶被程泊辞的强盗逻辑噎了一下,还想说什么,发觉曾箫正来来回回地打量着他们,便又把话咽了回去,对曾箫说:"曾老师,你们聊,不用管我。"

同时她放弃了吃水煮肉片的想法。

曾箫带着不解和迷惑,又把话题转向了别的地方,清楚程泊辞是仿佛断绝七情六欲的那种类型,也没有问他感情方面的进展,说的全都是工作以及其他同学的近况,比如谁留校读博延期到现在还没毕业,谁跟谁谈了恋爱结婚又离婚,谁去做了生意,谁走了仕途。曾箫注意到孟韶听得认真,以为她只是对程泊辞好奇,也没往深里想。

饭局结束得有些晚,曾箫问在座的几位女士有没有人接送,说他的车宽,坐的人多,他可以送她们回去。

问到孟韶的时候,程泊辞说:"她有人送。"

曾箫"哦"了一声,几秒之后才意识到不对:"你怎么知道?"

他忽然明白了什么："你们不会认识吧？"

程泊辞没搭话，而是转向孟韶，抬手搭上了她的肩膀："你跟他说？"

不必孟韶开口，这个亲昵的动作已经让曾箫先是震惊，随后便恍然大悟。

这天晚上程泊辞种种他无法理解的举动全都得到了解释，他难以置信地道："你谈女朋友了？你竟然会谈女朋友？"

孟韶不知道程泊辞上大学的时候给别人留下的到底是怎样的印象，才会让曾箫对他谈恋爱这件事表现得这么诧异。

不过在得到程泊辞肯定的答复之后，曾箫就迅速地接受了这个事实，并开始兴致勃勃地询问孟韶自己该怎么称呼她："泊辞比我小，我是年初的生日，那我叫你'弟妹'？"

孟韶被这一声"弟妹"喊得不自在，看向程泊辞，想让他帮自己解围，但甫一接触到对方的视线，她就发现他好像马上要同意曾箫这个说法了。

于是她赶紧道："曾老师，你叫我名字就行。"

原本饭局已经要散了，但因为程泊辞恋爱的事情，谈兴又被挑起，大家硬生生多聊了一个钟头。

临走的时候曾箫要买单，被程泊辞拦住了。

"我来结，"程泊辞调出手机上的付款码递给服务员，"就当谢谢你今晚让我来。"

曾箫这才醒悟："原来你是不放心孟韶啊，本来我还挺感动的，以为你是想来看看我们这些老同学。"

他"啧"了一声："真难为你这么上心地暗度陈仓。"

也许是谈恋爱这件事让曾箫觉得程泊辞身上多了几分平凡人的

烟火气，他大起胆子，当着对方的面跟孟韶聊起过期的八卦消息："孟韶，你别看现在泊辞跟你跟得这么紧，他当年对女生那可叫一个不留情面，跟他要联系方式一个不给，表白也都直接拒绝。我们'院花'为了追他，跟他报名同一个读书会，硬着头皮把那能把人看晕的原版《尤利西斯》啃完了，他一句话没搭理过人家。"

服务员打出票据，程泊辞接过来之后随手压在桌上，对曾箫道："知道韶韶是我的女朋友就开始说这些？"

曾箫笑嘻嘻地说："啊，这不是想看看我们程大外交官怎么哄女朋友吗？"

"你看不了，"程泊辞把孟韶挂在椅背上的外套拿下来给她，"我回家哄。"

一行人在餐厅门口分别。夜色微凉，孟韶跟程泊辞走出旋转玻璃门的时候，空气像从自来水管里放出的冷水一般漫过她的皮肤，她不自觉地往程泊辞身边靠了靠。

程泊辞牵过她的手放进大衣口袋里，跟她去停车位取车，看她没怎么说话，问她是不是累了。

孟韶说吃到这个时候有点儿困，用另一只手捂着嘴打了个哈欠。

程泊辞摸了摸她的头发，宽大的手掌滑下来，指腹摩挲着她的后颈："上车后睡一会儿。"

孟韶点了点头，又有些感慨地说："今天听他们讲你大学时期的事情，感觉跟我想的差不多。"

如她所想，他在P大一如既往地出色，喜欢他的人仍旧数不胜数，每个人都想贴近他的灵魂。

就像她上高中的时候因为他记住了聂鲁达，有人能为他读下一百年前乔伊斯写的《尤利西斯》。

她们朝拜文学的目的不纯，却又各个都想建造通向他的巴比伦塔。

孟韶带着困意，回忆起很久之前的自己："我刚上大学的时候，还因为以后都见不到你觉得特别难过来着。"

程泊辞忽然问："你当时差多少分上 P 大？"

尽管时隔多年，但因为那时的遗憾实在刻骨铭心，孟韶立刻就想了起来："差 8 分。"继而又道，"我第一次数学考那么好的分数，差 1 分就是满分，可惜英语没考好。"

"难怪。"程泊辞若有所思地道。

孟韶没听懂，半闭着眼睛问："难怪什么？"

程泊辞看着她，想起了一件陈年往事。

高考之后，他待过的物理集训队在出成绩之前举行了一次聚会，那次人去得很齐，因为都是优等生，大家自然而然地聊到了今年礼城外国语学校能有几个考上那两所顶尖大学的学生。

当时余天也在，讨论的时候说了句："我们班孟韶应该差不多。"

集训队里有人知道孟韶，问余天道："她成绩没那么拔尖吧，之前不是也没考过年级第一？我觉得顶多去个 N 大、F 大。"

余天看起来很有把握，反驳道："今年文科的数学卷出得简单，她之前别的科目加起来总分比我高，就数学低一些，希望很大的。"

那人倒没关心孟韶哪一科擅长、哪一科薄弱，反而盯着余天，意味深长地来了句："哟，挺了解啊，等着她跟你当校友呢。"

另外一个同学也来了兴趣："等等，年级里不是传过你们俩吗？所以是真的喽？"

高考之后，任何关于恋爱的话题都可以光明正大地被拿出来讨论，气氛一时间热闹起来，又有几个人加入了起哄的行列，逼着余天交代他跟孟韶什么关系，是谁喜欢谁，打不打算追。

当时程泊辞正在喝水，听到孟韶的名字，想起她暴雨里的失约，骨节因为用力而泛了白。

程泊辞掀起眼皮，看了余天一眼，而余天也捕捉到了他的目光，两个人的视线交错了一瞬，他很少看到谁对他露出那样复杂的神色——有一点儿无意间流露出的冰冷，也有一点儿掩饰得很好的不甘。更多的东西，程泊辞不打算分神去深究。

他对余天印象不太深，只记得从初中起，两个人的关系就一直不算好也不算坏。到礼城外国语学校之后，对方在集训队待的时间不长，偶尔问他一些题目，后来去学文之后就退出了。所以于情于理，他那一刻本该对余天的眼神感到莫名其妙，但他的脑海像自动放映机一样，蓦然蹦出了几帧画面。

第一帧画面因为是几个月前才发生的，所以最先被他想起。誓师大会结束之后，附中的同学一起合影，余天是摄影师，一轮拍完之后，姜允主动说让余天站进去，换自己来掌镜，余天却叫住了在一旁树荫里乘凉的孟韶。

程泊辞还记得，姜允当时用胳膊肘子捅了自己一下，挤眉弄眼地说，看来那些人传得没错，余天真是有情况。

他抬眼看向孟韶，而孟韶也望向了他们这边。他不知道她在看谁，只看到她的耳朵有点儿红，也许是在大庭广众之下被余天喊过去的缘故。

程泊辞没接姜允的话，看着余天教孟韶用相机，情绪像一张脆纸，被暴烈的阳光晒得卷边发焦。

他始终盯着孟韶，她好像很紧张，按快门的时候手还抖了一下。

合影拍完之后人散了，他看到余天要跟孟韶单独合影，她似乎是害羞，把她的朋友拉到了余天和她之间。

程泊辞看出余天在犹豫要不要再找个人过去缓解尴尬的局面，明明他自己的班级还要拍合照，他却先路过了孟韶附近。

意料之中，他听到余天叫住了他。

其实他该站在余天旁边的，但他径直停在了孟韶身侧。

他注意到余天朝他瞥了一眼，像是在介意他的位置，但又没办法提出来。

阳光依然酷热，程泊辞的情绪却缓和了不少。

他自己也不了解，怎么只是拍几张照片的工夫，心情就忽上忽下，起伏得这样明显。

第二帧画面发生的时间要久远些，是高三上学期某天晚自习放学，他经过文科 14 班的时候，险些被一个出去洗拖把的女生撞了一下，他停下来让对方过去，随即就从靠近走廊的推拉窗里望见了孟韶和余天。

教室里只有他们两个，孟韶平静地扫着地，而余天站在她旁边，脸上有着非常惊讶的表情，仿佛听到她说了什么让他感到震撼的话。

洗拖把的女生已经走了，程泊辞却没有迈步。

他看到余天盯着孟韶握扫帚的手，提出要帮忙。

不等孟韶答应，余天就把扫帚拿走了。

其实那时候他该走的，不然也不至于马上就被余天发现。

但他还是等到余天朝他看过来才离开。

下楼需要走好几层楼梯，所以程泊辞也有足够的时间去思考孟韶到底说了什么。

当时正是出保送名单的时候，他没费多少力气就想起昨天课间，坐在他前面的两个男生说在教务处看到孟韶签字放弃了保送名额。

"够牛的啊！她当初不是从下面县城考上来的吗？听说家里条件挺一般的，这都敢放弃？万一高考考砸，不是一辈子全完了？"

"不清楚，估计心气儿高吧。文科分不上几个名额，我瞄了一眼，她的名次在保送里不太靠前，可能还是想报好学校。"

程泊辞觉得如果自己是孟韶，也会做出同样的选择。

所以假如余天觉得震惊，只能证明对方跟孟韶的价值观不契合。

楼梯没有走完，他又开始思考下一个问题。

这个问题十分无聊，也不涉及什么价值观——刚才余天从孟韶那里拿扫帚的时候，是不是碰到了她的手？

孟韶的手长得漂亮，程泊辞在她高一来找自己勾英语题目的时候就注意到了。

当时她把自己的卷子让给他，将题号记在掌心上。她的手心很白，指尖和手掌边缘透着柔和的粉色。

高二时他在报告厅里分享英语演讲比赛的经验，结束之后她来找他，问他引用的诗歌出自哪里，讲台上没有纸，她让他就写在她的手上。

程泊辞自小练字，外公告诉他，习字不管写的是什么字体，都讲求一个心静，静如止水，写出来的字方是上佳。

假如那天他写在孟韶手上的字迹被老人家看到，对方一定会发现，那是自家外孙发挥出的最差水平。

这些记忆转瞬即逝，程泊辞在集训队的聚会上回过神的时候，看到余天已经收回目光，恢复了平常那种普普通通的温和的表情。

"那些人瞎传的，你们也信。"余天道。

刚才起哄的人不满地说："哎，余天，你这就不够意思了啊，还跟哥们儿藏着掖着呢。"

余天笑着摆摆手："饶了我吧，行吗？你要真这么关心，我以后谈了恋爱先不跟我妈说，第一个来告诉你。"

这个话题就这样被跳了过去。过了一会儿，程泊辞的手机响了，来电是一个首都的座机号码，他一接通，对面的人就问他是不是礼城外国语学校的程泊辞同学。

也不知道集训队的人怎么从他几句简短的回应中推断出了那是 P 大招生组的电话，他刚挂断，满桌的人就按捺不住地问他是不是今年的理科省高考状元。

"不知道，他们没跟我说具体名次。"程泊辞道。

一个同学插话进来："那他们有没有特别热情地让你报 P 大，说专业任选之类的话？是的话一般就稳了。"

程泊辞过了片刻才"嗯"了一声："说了。"

他有些心不在焉，并非因为知道自己可能考了状元而激动，而是余天方才说的那句"我们班孟韶应该差不多"始终盘桓在他的脑海中。

他有机会再见到她吗？

等录取结果全都尘埃落定，在礼城外国语学校的高考结果通告里，文科班被 P 大录取的名单上只有余天一个人的名字。

那时程泊辞杂事缠身，程宏远因为报志愿的事情每天到住处来堵他，他也无暇去关心孟韶为什么没考上 P 大。

也许还有少年的赌气成分：她失约，她不在意，那他对她也无所谓。

开学之后，他在大学校园里偶遇过余天，两个人闲谈的时候提到在礼城外国语学校读书的日子，余天说起孟韶，脸上是挥之不去的遗憾，而他表面无所谓，心里又何尝没有起过波澜。

思绪从高中时代飘回当下的夜色中，程泊辞没有告诉孟韶当年余天对她的高考成绩那样耿耿于怀，只是按了一下车钥匙，替她拉开副驾驶座那侧的车门。

回去的路上，他对孟韶说，等她去 P 大做校庆报道的时候，他陪她在学校里走走。

孟韶看起来困得脑子已经不怎么转了，迷迷糊糊地说"好"，也不知道听见了没有。

下周周六是首都电视台的摄制团队去给 P 大拍摄校庆宣传片的日子，因为需要协调很多已毕业校友的时间，所以选在了休息日，孟韶跟着过去录一些专题报道的素材。

早上要走的时候，孟韶去衣帽间取外套，看到程泊辞站在镜前打领带，她顺口问了句："你今天也出门？"

"答应曾箫在宣传片里露个脸。"程泊辞说。

孟韶站在他身后，从镜子里端详着他，忽然说："你领带后面压着领子了。"

程泊辞随手整理了一下，好看的手钩着黑色的领带非常赏心悦目，但孟韶觉得他的态度极为敷衍，因为并没有整理好。

"领子还在下面。"她说。

程泊辞说"是吗",又说自己看不到。

他的表情过于自然,所以孟韶也没多想,将外套搭在臂弯里,走过去替他重新系。

系完之后她又顺手给他正了正领子。她做这些做得专心,以至于最终抬眸去看程泊辞的时候,才注意到他眼中促狭的笑意。

孟韶停了一下,这才想到他天天都要穿正装上班,怎么会连个领带都打不好。

"大外交官还骗人?"她一面说,一面要把手从他的衣领上收回来,却被他一下子攥住了手腕。

衣帽间里没有窗,只有门口从其他房间透进来的薄光,程泊辞的头发和眉眼在昏暗的环境中泛着漆黑的色泽。

他垂眸看着孟韶,孟韶觉得心尖上像生长出一片湖泊,他的眼神像颗星星投进去,引起一阵震颤的涟漪。

程泊辞无声地往前走出一步,又一步……直到她被向后推坐到半人高的开放式衣柜的抽屉上。

抽屉上方零零星星地挂了几件他的白衬衫,孟韶陷入其中,闻到了他惯用的那种洗衣液的气息。

那种气息如同一片凉雾将她笼罩。

程泊辞俯下身,一只手撑在她的身侧,另一只手随意地将她的外套放在了一边。

他贴过来的时候,孟韶轻声说:"会晚的。"

程泊辞的气息拂过她的嘴唇:"来得及。"

孟韶还要说什么,他已含住她的唇瓣,开始用舌尖缠绵地描摹她的轮廓。

她的胳膊被程泊辞抬起来搭在他的肩上,他扶着她的腰,用指腹摩挲着她的肌肤。

他们接了一个很长的吻，孟韶的长裙贴着他的西裤，衣物相蹭，发出轻微的摩擦声。

程泊辞松开孟韶的时候仍然恋恋不舍，但他没有再去亲她，只抵着她的额头，听着她深浅不一的呼吸声。

时间还不太晚，今天是周六，也没有早高峰期，孟韶想：如果自己不去电视台，直接到 P 大并不会迟到。她揣度着程泊辞的心意，试探着仰起脸去触碰他。

程泊辞被她亲了一下，下意识地要回应，想了想，又止住了动作。

发觉孟韶在看自己，他用略带喑哑的嗓音解释了一句："再这样就走不了了。"

跟程泊辞一起下楼坐上他的车，孟韶打了个电话给电视台的摄像同事，说自己不跟他们从电视台走了，到时候他们在拍摄地点给她发个定位就好。

对方说"成"，随口问她怎么临时改了主意。

孟韶偷偷一瞟身侧的程泊辞，脸上微热，说道："我跟我男朋友一起去。"

摄像同事"噢"了一声："我怎么把这茬儿忘了？程领事是 P 大校友对吧，也要去拍宣传片。"

孟韶心虚地应声，脑海里却还是跟程泊辞在衣帽间里亲热的片段。

这天的天气很好，阳光明媚，两个人按照孟韶同事给的地址去了校内取景的湖边。

在程泊辞面对镜头祝贺母校的时候，孟韶看到路边有很多学生驻足看他，还有人举起手机拍照。

等她录完报道素材，这天上午的任务就结束了。时间还早，程泊辞记着自己之前说的陪孟韶在学校里转转的承诺，牵着她的手，先带她去看自己的学院。

临近开春，风虽然还是冷的，但人们已经可以闻出一丝草木抽芽散叶的气味。

孟韶望着这个她在年少时未曾抵达的地方，心事一时纷繁起来。

尽管那天告诉程泊辞还是想现在，想在自己变得更好之后再遇到他，但真的走在 P 大的校园里面，孟韶还是觉得如果当年被好运眷顾一次，英语未曾发挥失常，跟他在同一所学校里共度四年就好了。

见她出神，程泊辞问她在想什么。

孟韶如实地将自己的想法说给他听。程泊辞闻言，拉着她在冬末春初的太阳底下站住，跟她说："那现在是你考上 P 大的第一年，你在路上被我逮到了。"

他放开她的手，故意摆出一脸冷若冰霜的神情："孟韶，你要不要跟我解释一下，为什么那天明明约了我去白塔又不去？"

孟韶愣了愣，很快就反应了过来。

她迟疑着，仿佛真的变回了 18 岁时，刚上大学的自己。

"怕你拒绝我……"孟韶小声说。

程泊辞脸上的冷没有散去："拒绝什么？"

孟韶看着他，声音放得更轻："我喜欢你。"

我喜欢你。

程泊辞的目光晃了晃。

他许久没说话，再开口的时候，声音缓和了几分："如果我说，我不会拒绝呢？"

接着，孟韶的手腕被他捉住了。

他握住了她的手。

程泊辞低头盯着她："你知不知道我在雨里等了你一晚上？你怎么赔？"

见孟韶不语，他又道："每天陪我上自习，行不行？"

孟韶点点头。

程泊辞跟她继续往前走："现在是你在 P 大的第二年，你跟我谈恋爱了。"

他侧过脸："要是再有哪个男生追你，你就告诉他，你有男朋友。"

二人又走过一段路，经过操场、图书馆和教学楼。

"现在是第三年。韶韶，我要开始准备参加外交部的遴选了，之后我会被外派，你怎么办？"程泊辞问。

孟韶说："我在国内等你回来。"

程泊辞没接话，而是提起了另一件事："家属可以随行。韶韶，我入职的时候就满 22 岁了。"

孟韶看着脚下，不知道听没听懂。

程泊辞不再走了，停下来认真地问她："跟我结婚，好不好？"

孟韶的心跳得有些快。

"会不会太早了？"她说。

程泊辞想了想道："是我心急了。"然后说，"那好吧，大学第三年，韶韶拒绝了我的第一次求婚。"

他做出跟自己的气质很不相符的懊恼的表情，孟韶忍不住笑了。

阳光越发强烈，程泊辞让孟韶走在完全被树荫笼罩的地方，看到附近有自动贩卖机，便走过去给她买了一瓶水。

把瓶盖拧开递给孟韶的时候，他说："现在是你在 P 大的第四年，要毕业了。韶韶，你还不考虑跟我结婚的事情？"

孟韶接过来喝了一口，说："程领事，你真的很急。"

程泊辞低头看她，跟她开玩笑："所以有我这么烦你，考上 P 大是不是也没那么好？"

一阵风吹得地上淡墨似的树影摇曳生姿，一缕碎发悄无声息地从孟韶的耳后掉出来，程泊辞抬手替她别好，指尖从她的鬓角一路滑过耳骨，缠绵缱绻。

他将声音压低了些，语气听起来很认真："那现在，又过了四年了。韶韶，你可以开始考虑了吗？"

周围的人流模糊成背景色，有单车从他们旁边掠过，洒落一地清脆的车铃声。

孟韶不知道这算不算非正式的求婚，但她看着程泊辞的瞳孔，点点头，给了他一个很正式的答复："好。"

她会从现在开始考虑跟他结婚的事情。

程泊辞表现得平静，心里其实是紧张的。他本不是性急的人，但面对孟韶的时候，总是做不到从从容容、八风不动。

听孟韶这么说，他松了口气，"嗯"了一声，告诉她不着急。

与此同时，他制止了自己马上带孟韶去试戒指的想法，不打算给她压力。

两个人沿着 P 大走了一圈，孟韶说想去图书馆里面看看。

程泊辞去找曾箫借了两张教职工卡，陪孟韶刷卡过了闸机。

新学期才开始，来图书馆上自习的学生不多，大多安静地坐在座位上敲键盘或者做题。

孟韶走到楼层转折的区域。这里没有桌椅，只有书架，上面摆的都是文学类书籍。她偶然一瞥，就在书架上看到了非常厚的《尤利西斯》。

书很沉，她用两只手才拿下来。

"这本书我一直没看完。"孟韶说。

她用手抚过书封："曾箫说你那时候报了读书会，你们看的是这本书吗？"

程泊辞说这本书在备选书目里。

孟韶捧着书，没有翻开，也没急着放回去，轻飘飘地问了句："那你们院里那个女生是不是为了你把备选书目里所有的书都看了？"

那天曾箫在饭局上讲程泊辞学生时代的八卦消息时说的话她还没忘。

程泊辞没回答这个问题，而是说："韶韶，我都不记得她的名字。"

尽管周围没人，但因为是在图书馆里，两个人的音量都压得极低。

"不记得怎么没去问？"孟韶背靠在书架上问他。

程泊辞看了她片刻，随后单手将她手中那本长达千页的书拿走，想要放回去："生气了？"

孟韶不肯承认，只是抿了抿唇，做这个动作的时候脸颊微微鼓了起来。

程泊辞的目光落在她的脸上。

他想：孟韶应该不知道，她每次假装没有吃醋的时候，其实都会流露出非常明显的小情绪。

但他不打算告诉她，因为他很喜欢，不想她以后把这一面藏起来。

程泊辞顺着孟韶的眼睛、鼻子看过去，最后视线停在嘴唇上。

他的喉结轻微地滚动了一下。

近处忽然传来隐约的脚步声，像是朝他们的方向过来的。

程泊辞只得压下自己不合时宜的念头，用那本书轻点了一下孟韶的发顶，而后放了回去。

孟韶跟程泊辞在 P 大待了整整一天。他用借来的教职工卡带她去食堂吃饭，去纪念品商店给两个人买了带有学校标志但大概以后不会有机会穿的 T 恤，还在路上偶遇了以前教过程泊辞的教授，对方认得孟韶，夸他找女朋友的眼光很好。

入夜之后，两个人沿着操场散步，晚上气温低，程泊辞把西装外套脱下来，给孟韶披在肩上。

他个子高，衣服的尺码也大，孟韶用两条纤细的胳膊扯着衣襟，才不至于让它从身上滑落。

操场正中的草坪上，有学生抱着吉他开小型的草地音乐会，唱的都是慢歌，很多都是孟韶听过的，她一时间没有说话，安安静静地听着。

听到其中一首英文歌的时候，她开口问程泊辞道："你听过这首歌吗?"

程泊辞凝神细听几句："是 *See You Again*。"

孟韶说"对"："《速度与激情7》的主题曲，我们上初中的时候出的歌。"

电影是在她中考前几个月上映的，当时整个县城只有一家电影院。孟希说他班里的同学都去看了这部电影，所以他也要去。迟淑慧给他钱的时候并没有问孟韶想不想看，而孟韶注意到这一点，最后以快考试了不要凑这个热闹为理由，抚平了心里浮起的一道涟漪。

后来暑假的某一天，她在家里的小书店看店的时候，对面的音像铺突然切到了一首英文歌，她觉得十分好听。那时候的听歌软件已经有了听歌识曲功能，她没费什么力气就找到了这首歌的歌名——*See You Again*。

See You Again，有缘再见。

看到歌名后面标注的《速度与激情7》，孟韶后知后觉地开始为那次没看成电影感到遗憾。

电影已经下映很久，网上也有了资源，她却不想点开。

之前她不会那么在意迟淑慧和孟立强对孟希的偏爱，甚至觉得自己是姐姐，确实应该让着孟希，但那首歌好像揭开了一些她一直视而不见的东西。

如果那天迟淑慧顺手给了她电影票钱，让她跟孟希一起去看电影，她就能早一点儿听到这首歌了。

在这个家里，她不要求的东西父母不会给，要求了未必能得到，所以她才养成了懂事的习惯，不张嘴，因为怕被拒绝。

See You Again 很红，还拿到了格莱美的提名，后来成了一首经典歌曲，在商场、餐厅、咖啡店里时不时能听到。大二的时候孟韶还在 N 大的十佳歌手大赛上听过。那时她坐在台下想：其实没有什么是能有缘再见的。

下映的电影就是下映了，在网上再看一遍，也不会有她小时候那种难得买张电影票走进电影院里的欣喜。

就像程泊辞不喜欢她，不认识她，她就算千里迢迢奔赴 P 大，也没有见到他。

操场上的学生似乎很喜欢这首歌，唱了一遍又一遍，始终没有换。

孟韶给程泊辞讲完这一段往事，又说："不过那都是之前的感觉了，工作之后，我每次错过想看的电影，都是因为太忙。"

她也用自己的方式跟父母和解了。

"韶韶。"程泊辞叫了她一声。

孟韶侧头看他。

"在我这里，你想要什么就直接告诉我，不用顾虑那么多。"程泊辞说。

顿了顿，他又道："怎么不能 see you again？我们不是又见到了吗？"

所以她从父母那里错失的爱，他也会一并补偿给她。

两个人正好走到操场的角落里，这里远离热闹的草坪，没有人在。

程泊辞揽着孟韶的腰把她拉近自己，亲了亲她的额头，随后贴在她的耳边，伴着远处的歌声，轻声唱出其中的一句歌词："I'll tell you all about it when I see you again."

与你重逢时，我会敞开心扉倾诉所有。

孟韶第一次听到程泊辞唱歌。

他的声音纯净空灵，给她哼歌的时候却又无比温柔，温柔得就像一个能催着玫瑰提早开放的夜晚。

孟韶把脸埋在他肩膀靠下的地方，等他唱完，她仰起脸，在他的嘴唇上啄了一下。

接着她说："程泊辞，我们回家吧，好不好？"

程泊辞问她："怎么想回去了？"

孟韶拉住他的领带，往下拽了拽，让他俯身听自己说话。

她柔软的气息绽放在他的耳边："想把早晨没做完的事情做完。"

话音刚落，她就感觉程泊辞揽在她腰上的手收了收，像是下意识地想把她搂得更近。

"那现在就回。"他说。

坐上程泊辞的车之后，发现他开得比平时要快，孟韶提醒他不要超速，他说知道。

在楼下他就开始吻她，一路从电梯吻进家里。他抱着她，用脚关上了门。

室内一片黑暗，谁都没有去开灯的意思。

过了没多久，孟韶的外套和长裙就掉在了地上，堆在一起的裙摆里露出一条细细的肩带。

程泊辞低声问怀里的她："冷不冷？"

孟韶觉得他问得并不真心，不然刚才脱她衣服之前就问了。

而且她这时候也说不出话来，没办法回答他的问题。

程泊辞又轻轻地说了句话，孟韶的脸红了，她伸手去捂他的嘴，不让他再出声。

窗外的夜色悠远明净，月亮的光落在云层上，像宇宙间写了几千几万年用情至深的诗句。

这一冬终于走到末尾，整座城市将迎来明媚温柔的春日。

第十六章

白塔幻想线（一）

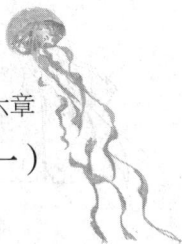

6-8 月是礼城的雨季，雨水在盛夏织成一张透明细密的网，兜住高温、虫鸣和无限的心事。

孟韶坐在空无一人的宿舍里发呆，窗外水声连绵，这场不曾被写进天气预报里的雨不知道还要持续多久。

她的手机被放在桌上，在雨天暗淡的光线中，屏幕亮了几下。

乔歌把上午自己跟孟韶和各科老师的合影发了过来。

乔歌："知道你不会修图，我都修过啦。"

乔歌："好想快点儿看看毕业照把我拍得怎么样。"

孟韶心神不宁地跟她说"谢谢"，稀里糊涂地把图片都保存下来，也不知道有没有漏掉或者重复的，满心记挂的都是早晨自己放在程泊辞的书桌桌斗里的字条。

他看没看见？怎么想的？愿意去吗？

他说不找女朋友，是应付周围人的调侃，还是认真的呢？

许许多多个问题就像从屋檐落下的雨滴，在孟韶心里溅起无数细小而没有答案的水花。

她从没有考虑哪件事考虑得这么久，这么举棋不定，这么怕做错。

因为是他，因为他在她的高中三年里实在占据了太大的分量。

距离跟程泊辞约定的 6 点 30 分越来越近，有那么一瞬间，孟韶已经放弃。

他不会去，就算去了也会拒绝她。

即便这样想着，孟韶心底还是隐隐有着不甘。

终于勇敢了一次，她又要临阵退缩吗？

把自己的卷子让给他，为了跟他一起参加活动去学英语，风雪天里给他送牛奶，她的昭昭真心从没有挑明过。

从小得到的爱就很少，她拿出这么多给他，做不到真的无私奉献、不求回报。在这场漫长不见光的暗恋里，她也有奢望，有贪嗔，有求不得也不想放手的执念。

6 点过 1 分，再不走就来不及了，孟韶也不知道哪儿来的一股劲儿，忽然从椅子上站起来，飞快地换好新买的裙子，拎着一把伞跑出了门。

见不到他也好，被他拒绝也好，就当她给自己一个交代。

他是蝴蝶越飞越远，至少她竭尽全力追逐过。

雨势迅疾，孟韶站在礼城外国语学校门口用打车软件打车，半天没有人接单，从伞檐落下的水珠掉在她的胳膊上，是凉凉的触感。

终于，一辆出租车开着雾灯从远处驶来，跳起的水珠在光线中轻闪，孟韶急切地从伞下伸手，拦住了对方。

坐进车厢里之后她说：“去湾塔。”

司机打了表，忍不住说："下这么大雨。"

孟韶一边取消打车软件上的订单，一边道："我约了人。"

其实她都不知道他会不会去，说得这么坚定，是回答司机的问题，也像告诉自己别再犹豫和动摇。

出租车在市区堵了一会儿，鸣笛声此起彼伏，在焦灼伴随着紧张的心绪里，孟韶断断续续地想起高考前自己同程泊辞疯狂那一次的场景——

出租车的廉价音响里播放着《有一点动心》，她跟他坐得好近，出汗了她手忙脚乱地去擦，怕他看到她流汗时狼狈的样子，或许他注意到了，所以让司机帮忙开空调。

得他一点儿温柔的眷顾，哪怕只是出于礼貌，都会让她悸动不已。

车一路开到湾塔，远远地，孟韶看到白塔笼罩在雨幕中细长的影子。

她一瞥手机上的时间。

因为一开始打不到车，也因为后来市区拥堵，现在已经6点50分了。

出租车司机把车停到景区门口，孟韶急急地扫了二维码付账，推开车门的同时撑开伞，单手拎起裙摆，在昏茫的天色下，踏雨奔向售票处。

心里渺茫的希望像萤火，忽明忽暗，像下一秒就会被大雨浇熄，也像马上就能因为恒久的渴望而重燃。

扫码付钱的时候，她听到里面的售票员嘀咕道："也不知道今天是什么日子，一个两个冒着大雨来。"

孟韶愣了愣，还没来得及细究这句话的深意，售票员已经从窗口递出一张登塔的门票。

道了声"谢谢"，孟韶将门票攥在手里，转身朝白塔的方向跑过去。

雨下得太大，打伞也没什么用，孟韶的裙摆已经贴在了腿上，沾满水的衣物变得很沉，发梢也湿了，但她毫不在意，仿佛整个世界只剩下白塔这一处坐标还有意义，是她用尽余生都要抵达的目的地。

白塔的内部仍然幽冷潮湿，回荡着孟韶奔上楼梯的脚步声。

在即将到达塔顶的时候，她却放慢了脚步。

心脏撞击肋骨撞击得那么剧烈，她像刚经过一场重要的考试，想立刻知道答案，又因为怕考砸而不敢看。

雨水正从她的伞尖，从她的裙摆，从她的发梢一路滴下来，留下淋淋的痕迹，像她青春期里拼命藏匿不想被人发现的恋慕终究还是洒了一地。

那恋慕太透明也太脆弱，给出去就没办法再收回来。

孟韶不用看也知道自己现在有多狼狈。

前一晚刚洗过的头发应该已经贴在了头皮上，脸颊上还粘了一缕，出门前擦的口红大概掉得差不多了，精心挑选的裙子颜色深一块浅一块，很不得体，更称不上漂亮。

不是演电影，不算女主角，她孤注一掷的姿态并不好看。

孟韶慢慢地、决绝地走上了最后一级台阶。

呼吸却在一瞬间屏住，她难以置信地望着眼前的人，险些以为自己淋雨淋出了幻觉。

他来了。

程泊辞来了。

他背对着她站在观景平台上，浑身比她湿得更透，脚下是一把黑色的长柄伞。

听到她的脚步声，程泊辞转过身来，眼眸黑得很深刻，好似无始无终的寂寂长夜，也像千尺深潭，能涌起不容抗拒的漩涡，把人拽进去沉沦到底。

看到她之后，他原本幽暗的瞳孔忽然亮了一下，其中突然浮起一些情绪，又被他压了下去。

"孟韶，你迟到了。"他平静地说。

他的身后是市区已然亮起的连片霓虹灯。

停了片刻，他又道："我还以为你不来了。"

尽管程泊辞的语气没有什么起伏，孟韶却觉得他好像不太高兴。

他没穿校服，上身是一件普普通通的落肩白T恤，胸口处有个小小的标志，像是高二在报告厅里分享比赛经验时穿的那一件。

孟韶小声说"对不起"，又说："我出门有点儿晚，开始打不到车，后来又堵车了。"

程泊辞微绷的嘴唇动了动，虽然没说话，神色却缓和了几分。

孟韶偷偷地打量着他，愧疚又不安：他额前的碎发带着潮意覆在眉眼上，高挺的鼻梁上也有浅淡的水痕。

就算如此，他整个人还是非常清雅，淋了雨也不难看，反而另有一种英俊，像从深海里打捞出来的古希腊雕塑，带着水底的余凉和光晕。

对话出现了一个短暂的空白，程泊辞看出孟韶的踌躇，问她："叫我过来，是有话要说吗？"

孟韶迟疑着，点了一下头："有的。"

她突然发现，从决定约程泊辞出来，到现在真的站到他面前，她一直都没有想过怎么同他表白。

所有的时间都被她用来纠结到底要不要赴约，她甚至没有试着体会一遍，最简单的"我喜欢你"四个字讲出口到底是什么感觉。

手心里的门票已经皱成了一团，不知道是汗还是雨造成的。

遽然一阵风过，把程泊辞放在脚底的长柄伞吹得骨碌碌滚向孟韶。

两个人同时俯身，程泊辞先捡到伞，而孟韶碰到了他的手。

他的手很热。

没来得及羞涩，她意识到那是一种不正常的热。

他发烧了。

直到程泊辞抬眼看孟韶，她才发现自己的指尖在他的手背上停留了过长的时间。

她触电一样缩回了手，然后垂下眼帘，想到要不是她任性，在这样的暴雨天约了他，他这种向来被车接车送的大少爷也不会被淋成这样。

"程泊辞，"孟韶叫了他一声，将告白又咽了回去，"你身上好烫，要不要先回去吃退烧药？"

跟他的身体比起来，她要说的话根本不重要。

程泊辞没接话，只是站直了身体。

他隐约能猜到孟韶今天大费周折地约自己过来是想说什么，也看得出她现在是找了一个借口，不敢说了。

来都来了，他大可以先让孟韶坦白再走，但她发尾微湿的样子看起来就像某种柔软的小动物，让他不忍心戳穿。

而且继续在这里站下去，她也会感冒。

"那你呢？"程泊辞问。

孟韶似乎没听懂，怔怔地望着他。

"你怎么办？"程泊辞低着头，目光掠过她白皙的皮肤和粉色的嘴唇，"雨这么大，你打得到车吗？"

孟韶没想这么多："我多等一会儿……你不用管我。"

程泊辞看了她一眼，低头拿出手机按了几下，随后放到耳边，简单地说了几句话。孟韶听到他让家里的司机过来接他。

挂断电话后，他神态平静地道："我家比学校离这边近，你不介意的话，可以先跟我回去避雨。"

孟韶不知道程泊辞平日里是跟谁住在一起："会不会打扰你家里人？"

程泊辞看着她，嗓音十分平淡："我一个人住。"

程泊辞原本可以让司机先送孟韶回学校，他没那么娇贵，要不是孟韶说，他都没有觉察自己发烧了，但看着孟韶单纯的面容，他突然就想：如果问她要不要跟自己回家，她会答应吗？

程泊辞从来不是那种从头乖到脚的好学生，他会翘晚自习去打球，会在高考前问孟韶愿不愿意和自己出去，清正的骨子里，藏着一点儿不轻易示人的叛逆。

他清楚地看到，孟韶听到他说一个人住时，眼中浮现出清晰的惊讶，然后仿佛想到什么，露出如同听懂一道题目的表情。

她似乎经过了一番思想斗争，过了半晌才同他说"好"，又说了"谢谢"。

讲话的时候，她耳根浮起了淡淡的红色。

程泊辞的心情变好了一点儿。

他没有让别人等自己的习惯，这天提前了 15 分钟到白塔，没想到快 7 点才见到孟韶。

程泊辞在心里给她找了无数个理由，始终不去想她不来的可能性，但最后终于见到她的时候，他不由自主地说出一句："我还以为你不来了。"

他心里有种自己都不想承认的如释重负。

她让他等，让他的心忽上忽下，那他还她一点儿坏、一点儿措手不及，是不是也不算不公平？

过了一会儿，司机来了电话，程泊辞接起来，片刻之后告诉孟韶车到了，现在就可以下去。

他让孟韶走在自己前面。白塔内部的楼梯陡峭狭窄，上面还有残留的水渍，孟韶一只手拎着裙子，另一只手拿着伞，小心翼翼地往下走。

她很瘦，提裙子的时候后背中间会浮现出一道浅浅的沟，蝴蝶骨把衣服撑得微微凸起。

程泊辞的视线不可避免地落在孟韶白皙的后颈以及稍微往下的一小块地方上，他有些不自在，正准备别开目光，孟韶就猝不及防地被绊了一下。

眼见着她要跌倒，程泊辞反应快，马上从后面拽住了她的胳膊。

白塔内部湿润灰暗，两个人的皮肤都带着潮意，程泊辞宽大的掌心紧贴着孟韶露在外面的胳膊，扶她站稳。

他没有这么近地触碰过哪个女生，只觉得她身上很软，胳膊很细，攥在手里有种说不出的感觉，好像下一秒就会像牛奶糖一样化掉。

程泊辞的手贴上来的那一刻，孟韶一瞬间有种失重的错觉。

她不知道自己是怎么在他的帮助下站稳的，道谢的时候非常恍惚。他手劲儿很大，因为发烧而升高的体温好似可以越过血液一直烫到她的身体里面。

而后她听到他问她疼不疼。

如梦初醒般回过神，孟韶说"不疼，没关系"，接着继续往下走。

她没有注意到自己的胳膊上被程泊辞握出了红印，他是因为这个才问她疼不疼的。

孟韶跟程泊辞一起走出白塔，那辆熟悉的车已经停在了外面，车前盖被连绵不断的雨水洗刷得发亮。

看到他们之后，程家的司机立即从车上下来，撑着一把伞站到了程泊辞旁边。孟韶感觉得到对方看自己的眼神里带了几许探究的意味。

她不自觉有些心虚："叔叔好。"

司机让他们快上车。他给程泊辞打伞，正要开副驾驶座的车门，程泊辞却说："我坐后面。"

孟韶闻言，抬起伞檐悄悄瞟了他一眼，而他已经拉开后座的门坐了进去。

孟韶慢了一拍才上车。

虽然不是第一次跟他一起坐后排，但坐在他身边，闻着他身上似有若无的清冷的气息，她还是会坐立不安，心猿意马。

雨滴砸在车顶上，发出沉闷的响声，司机边发动车子边问："怎么暴雨天约在这儿玩？"

被问到这个问题，孟韶的脸和脖子都开始发热。

该她回答的，因为完全是她的主意，可她怎么能告诉对方，她本来是想要跟程泊辞表白的？

勇气有时只是一个刹那的事情，她下午从宿舍跑出来时的坚决已经被消磨得不剩多少，此时此刻，她甚至因为自己害得程泊辞发烧开始后悔了。

程泊辞侧头看她。孟韶明明捕捉到了他的视线，却根本不敢转头去跟他对视。

他开口替她解了围："碰巧。"

很淡的嗓音、简简单单的两个字，是不希望对方再追问下去的意思。

程家的司机了解这位大少爷的脾气，果然噤了声。

就算这个答案荒诞到让孟韶都觉得不好意思。

将车开出白塔等待汇入主路的时候，司机顺手从副驾驶座的抽屉里取出一条毛毯递到后排，让程泊辞擦擦身上的水。

程泊辞低声问孟韶需不需要。

那条毛毯上印满了某个奢侈品牌的大写首字母，昂贵得让人望而却步，孟韶不敢用，摇了摇头。

程泊辞也没有用，只是将毯子放到了两个人中间，跟孟韶说冷的话可以盖。

做完这件事之后，他靠在车座的椅背上，侧过头去看外面。

这场雨没有半分停下的意思，水滴斜擦在玻璃上，倒映出沿路灯火的颜色。

程泊辞听着身侧女孩子轻柔的呼吸，思绪不觉飘远了些。

假如她在白塔上的时候真的把要说的话说了出来，他会怎么办呢？

程泊辞发现在面对这个问题的时候，自己不能当即就做出拒绝的决定。

攥过她的胳膊的那只手仍旧散发着热意，他不确定只是发烧的缘故。

程家司机把孟韶和程泊辞送到了程家的旧宅，临走的时候问需不需要等雨小的时候过来接孟韶。

孟韶说不用麻烦他，她可以打车走。

程泊辞的家很大，上下两层，中间挑空。跟他一起进去的时候，孟韶觉得，换作自己独居在这里，一定会很害怕。

在白塔上程泊辞说一个人住的时候，她想起高一时无意间碰到他在游廊里打电话，他对程总说自己周末不回去，要到外公家，原来是因为没有跟对方住在一起。

孟韶想：或许程泊辞并没有得到那么多他看起来应该得到的关爱，比如刚才司机一路送他们回来，都没有发现他发烧了。

程泊辞找出没用过的拖鞋给孟韶穿。换鞋的时候她觉得窘迫，因为帆布鞋已经在雨水里泡湿了，袜子带着水贴在脚面上。她不想他看到自己这么尴尬的样子，于是磨蹭着道："你不先去洗个澡吗？"又问，"你家里有没有姜？我会煮姜汤。"

问完之后她觉得程泊辞大概不会知道，因为他看上去不像会做饭的样子，应该都是请的阿姨来做饭。

出乎她意料的是，程泊辞说有，还给她指了具体的位置。

他问孟韶要不要先洗澡，说可以借衣服给她，但她坚决地拒绝了。

程泊辞走后，孟韶才松了一口气，慢腾腾地把鞋和袜子脱掉。

她洗了手，去厨房里找姜。

程泊辞家的厨房是自动感应的智能台面，孟韶没用过，研究了好一会儿才明白怎么开。她怕把台面弄坏，每一步操作都非常谨慎。

等水烧开之后，她把切好的姜片倒进锅里，看到开放式的柜子里有红糖，本来想加一些，记起运动会的时候他说不吃甜的，又放弃了。

姜汤煮好，孟韶找了个碗倒进去，端到桌子上。

程泊辞还没有洗完澡，她安静地等着，听到花洒正在放水。

不长的一段时间之后，水声停了下来。

孟韶通过他发出的声音推断他的行动轨迹。

程泊辞开门。程泊辞去卧室。程泊辞离她越来越近。

孟韶抬起头，看到他换了一件黑色的短袖 T 恤，下面是家居长裤，简简单单的一套衣服勾勒出男生挺拔的骨架。

无论多么随意简约的衣服，程泊辞都可以穿出高贵的气质，跟她从小到大碰见的所有男生都不同。

闻到他身上散发的沐浴露的香味，她略微局促地低下了头："姜汤煮好了……"

程泊辞说："谢谢"，看到她的裙摆还湿漉漉地贴在纤长的小腿上，便道："你去洗澡吧。"

他拉开椅子坐下，捧起孟韶给他煮的姜汤，手背上浮现出浅淡的青筋轮廓。

走进浴室里的时候孟韶才想到忘了跟程泊辞借衣服，一抬眼就看到洗手池的台面上放着一件干干净净的 T 恤，和一条抽绳运动短裤。

他已经给她准备好了。

孟韶脱掉裙子，站在花洒下面，开了热水，水蒸气腾腾地上涌。其实她淋雨淋得不那么严重，简单地冲一下胳膊和腿上的雨水就好了，但看到放在淋浴间台面上的沐浴露时，她犹豫了几秒，偷偷伸手挤了一泵，然后把手举到鼻尖的位置，轻轻地闻了闻。

是跟他身上一模一样的味道——冷冽的草木香，在热气蒸腾里也显得疏离的气味。

孟韶默默记下了沐浴露的牌子。

把沐浴露搓成泡沫涂在身上的时候，她才想到，待会儿出去，等程泊辞闻到，就会发现她用了他的沐浴露。

孟韶浑身上下顿时烫了起来，有种小偷失手留下证据，预感自己随时会被抓到的慌张。

可是已经晚了，沐浴露的香气顽固地留在了她的身上，挥之不去，就像她对他长久以来的暗中迷恋，看不见，可是又好明显。

洗完澡之后，孟韶关掉花洒，换上了程泊辞的衣服。

他的衣服的尺码很大，就算是短袖，袖口也盖到了她手肘的位置，T恤的下摆轻轻擦着她的大腿。

其实不穿那条运动短裤也可以，但孟韶还是穿上了。

她从浴室里走出来，看到程泊辞背对着她，站在厨房里洗碗。

孟韶叫了他一声。

程泊辞回过头，她问他有没有吃退烧药。

他看着她，也许是看着她身上那件衣服，过了几秒才"嗯"了一声。

孟韶又说："你有没有空？可不可以帮我找一下擦头发的毛巾？"

"好。"程泊辞道。

他把洗好的碗放到一边，重新回到浴室里。孟韶不清楚是不是自己多心了，经过她旁边的时候，他脚步微顿了一下，像是闻到了她身上的沐浴露的味道。

这种猜测缓慢地撞击了一下孟韶的心脏，在这个微凉的雨夜，带给她一缕不安的热意。

浴室里还有未散的水汽，程泊辞走进去，还没做什么，就先看到了孟韶脱下来的裙子。

深蓝色的布料柔软地堆放在洗手池的台面上，她应该是不知道该放在什么地方，才随手搁在了这里。

"孟韶……"程泊辞刚想问她要不要用洗衣机，就看见了压在裙子下面的文胸——白色的，小小的，很朴素的款式，边缘有一圈不明显的蕾丝。

程泊辞的目光闪烁了一下，他略一犹豫，把话又咽了回去，屈腿蹲下打开洗手池下面的柜子，从里面拿出叠好的毛巾。

孟韶听到他喊自己的名字，走过去找他。

但他又不说话了，只是将毛巾递给她，接着目不斜视地走出去。

孟韶开始对着镜子擦头发，擦着擦着，突然觉得哪里不对，这才想起她洗完澡换衣服的时候没有把内衣穿上。

平时在女生宿舍里住习惯了，大家洗完澡都不会再多此一举地戴文胸，她刚才又在担心沐浴露的事情，忘得就更彻底了。

孟韶的耳边"嗡"的一声，只觉得幸好程泊辞借给她的 T 恤是深色的。

她从裙子底下翻出内衣，反复回想几分钟前程泊辞的表情，安慰自己他看起来没什么异常，找到毛巾就走了，大概是没有发现。

孟韶擦好头发出来时，程泊辞已经坐在沙发上用平板电脑写着什么，细长的触控笔被握在手里，笔尖划过玻璃屏幕，发出轻微的响声。

当时还不流行无纸化学习，智能触笔刚上市，孟韶第一次见到实物，觉得这种设计简洁的电子产品很称他。

程泊辞家的灯是可以调节亮度的，他只开了比较低的那一档。孟韶在家的时候总听迟淑慧唠叨孟希，说不要在光线暗的地方写作业、玩手机，她此刻下意识地提醒程泊辞："你看得清吗？"

"看得清。"程泊辞说。

"要不还是调亮一点儿吧……"孟韶刚要说我妈妈说这样对眼睛不好，就想起了江频的新闻，怕提起来让他难过，默默地闭了嘴，没有说下去，随后又想，不知道自己这样，会不会被他觉得唠唠叨叨又瞻前顾后。

可程泊辞真的按她所说，拿起手边的遥控器，把灯光调亮了。

明亮的光辉落在他的五官上，将他原本略微苍白的脸照得有神采了一些。

很高的鼻子、薄薄的嘴唇，好看得像一幅工笔细描的画。

孟韶走到他的旁边，在离他几步的地方停下："你在写什么？"

程泊辞移开手给她看："明天毕业典礼的致辞。"

屏幕上只有提纲挈领的几个字，即便用的是触控笔，他的笔迹也像平常一样漂亮。

孟韶不知道该说什么，最后只道："你今天才写。"

此刻站在他的身边，她更加清晰地感知到两个人之间的差距。如果是她遇到这么重大的事情，一定会在接到通知的第一天就开始准备，精心打磨，不断练习，而他今晚才开始，可她相信他能完成得比任何一个人都好。

只是不清楚程泊辞原本打算等她到几点，假如她始终没有去，他又打算什么时间回来，多晚开始写呢？

因为只是打草稿，程泊辞的字没有那么工整，孟韶想要看得更清楚些，微微俯下了身。

女孩子刚刚擦干的头发轻盈地垂落进程泊辞的视野中。

他无意识地转了一下手中的笔，闻见了她领口里透出的沐浴露的香味。

明明是用了很久、非常习惯的一种味道，今晚几次在她的身上闻到，却都会让他走神儿。

这时孟韶看到程泊辞的平板电脑上方弹出了一则聊天儿软件的消息通知。

匆匆一瞥，她没看太清，只有印象是一个群聊，名称里有"物理集训队"几个字，有人在群里约饭。

孟韶心底忽地升起一个强烈的念头，驱使着她开口。

"程泊辞，"她站直身体，努力让自己的语气听起来随意而平淡，"我能不能加一下你？"

孟韶之前听说过，除非有必要的事情交流，不然程泊辞是不加女生的联系方式的，像乔歌和蒋星琼这种初中跟他同班过的都不会加。

所以她假装自己并不是很认真，这样就算被他拒绝，气氛也不会让人特别难堪。

但她的一颗心已经实实在在地提了起来。

程泊辞并未马上回答她。

孟韶把这一瞬间的安静理解为他的为难与婉拒，心情顿时涂满了和窗外阴雨天气一样的颜色。

但她还是强颜欢笑道："没关系的，不方便就算了。"

程泊辞从孟韶领口温软的香气中回过神来，耳边依稀残存着她方才的只言片语。

"方便。"他低低地说，然后垂眸退出平板电脑上的记录应用软件，登录聊天儿软件，找到了添加好友的地方。

孟韶在原地呆了呆，随即过分流利地报出了一串数字。

程泊辞的指腹停在屏幕上，孟韶以为他这么快就后悔了，局促不安地望着他，直到听见他无奈地道："你说得太快了。"

孟韶不好意思地攥了攥 T 恤的下摆，放慢语速，又念了一遍。

程泊辞给孟韶发送了好友申请，她听到自己放在餐桌上的手机振了振。

喜悦缓缓盈满了她的胸口。

这样就算她最终没有跟他考到同一所学校，也能够跟他保持一点儿微弱的联系。

希望他不要删掉她。

程泊辞加完她之后，就继续在平板电脑上构思毕业致辞。孟韶去拿自己的手机，盯着他的头像看了好久，觉得自己就像在梦游。

天色完全黑了，雨还在下，浩瀚绵延，她用厨房里能找到的食材煮了点儿东西，跟程泊辞一起吃完之后，时针就指向了 8 点。

孟韶觉得自己该走了。她向程泊辞道别，又说他的衣服自己明天毕业典礼的时候还他。

程泊辞不接话，而是问她："你怎么走？"

孟韶说打车。

程泊辞目光一扫室外的暴雨，淡淡地道："打不到吧。"

"我看看。"孟韶点开手机上的打车软件，试着打了一下，发现附近几乎没有车，而前面有 30 个排队的乘客，看起来确实不太容易打到。

"楼上有客房，你不介意的话，可以住一晚上。"程泊辞说。

孟韶没有抬头，还是看着手机屏幕。

"或者让人送你回去。"他又补充道。

孟韶抿了抿唇，用这么晚不想麻烦程家的司机为理由说服了自己："那我留下吧，谢谢你。"

室外大雨瓢泼，别墅透明的落地窗向外散发着光芒，像一个水晶球，而她跟程泊辞是住在水晶球里的人。

晚上孟韶躺在客房大而软的床上，听着外面的雨声，没有什么睡意。

楼下的程泊辞似乎也失眠了，她听到好几回他起来喝水的声音，不知道是不是因为还没退烧，嗓子不舒服。

终于在又一次发现程泊辞去接水喝的时候，孟韶从床上坐了起来，决定去提醒他量一下体温，如果温度还是太高，她就陪他去医院。

她按亮廊灯，沿着楼梯走了下去。

程泊辞正站在餐桌旁边，手里握着一个温润的白瓷杯。

看到她之后，他有些意外地问："睡不着吗？"

孟韶避开了这个问题："你有没有量体温？还发烧吗？"

程泊辞说"量过"，又说："37.8℃，快退烧了。"

"这样。"孟韶简短地道。

她沉默了一会儿，觉得自己不该下来的。

这样看起来她很像只是为了跟他碰面，还是最刻意的那种。

不知道程泊辞为什么失眠。

这么多不相关的思绪从她的脑子里飞过去，她不晓得自己是该再找几句话填补空白，还是说退烧就好，那她先回去了。

举棋不定了半晌，孟韶选择了后者。

就在她准备上楼回客房的时候，程泊辞叫住了她："孟韶。"

他的声音里出现了少见的踌躇。

她停下来，等他说话。

程泊辞酝酿了一下，先喝了口温水，掩饰自己的不自然。

"你的裙子和……"他没再进过浴室里，不知道孟韶已经把内衣拿走穿上了，又不好盯着她，只能顿了一下，跳过了那个词，"别忘了。"

孟韶反应了几秒才听明白程泊辞话里省略的是什么。

她顿时觉得自己好像变成了他杯子里的水，用不低的温度在挥发。

没有跟他解释，她用飘忽的声音说："嗯。"

程泊辞喝完水，去洗了杯子，跟她说："那我先上去了。"

他的卧室离浴室不远，因此他躺下之后，还能听到孟韶走进去取裙子的脚步声。

她走路很轻，不知道是不是怕打扰到他。

程泊辞控制着自己不要去想那条小小的白色文胸。上学的时候他见过有男生恶作剧去扯女生的肩带，好像对那东西非常感兴趣，当时他只觉得无聊和不尊重，现在他虽然仍不认同，但对那个男生的心理却明白了一二分。

雨水淋漓的夜潮湿而缠绵，程泊辞在听到孟韶上楼之后不知不觉地睡去，做了一个漫长而零碎的梦。

醒过来的时候梦境的具体内容已经被他忘得差不多了，只记得好像出现了一些不该出现的片段。

清晨天光大亮，程泊辞跟孟韶一起吃了早餐，出门去参加毕业典礼之前，他换上了那套蓝白色的春秋校服，发觉孟韶看自己的眼神微怔。

程泊辞问她怎么了。孟韶很快聚焦了目光，告诉他没什么，又问他怎么没穿正装校服。

"校长让我穿这套，说以后穿西装的机会多，这个是最后一次了。"程泊辞道。

孟韶笑了一下说："也是。"程泊辞觉得她看上去有些恍惚。

等到他们出门坐上司机的车时，外面的水迹已经全部被晒干了，于是前一晚的一切，沐浴露的香、深夜的碰面、裙子下面压的文胸，都像是随着这场雨一起消失了，从未发生过一样。

孟韶在学校的南门外下车，跟程泊辞和程家的司机说了再见，又说他的衣服自己之后还他，说完就回了宿舍。

明明只离开了半天，进楼的时候，她却有些不真实的感觉。

高考结束，每天都有寄宿生因为收拾行李而从宿舍楼里搬进搬出，宿管阿姨并没有管孟韶昨晚去了哪里，甚至都没有抬头多看她一眼。

宿舍里空荡荡的，只剩孟韶的桌上、床上还摆放了东西，看起来像是对这里还恋恋不舍。

孟韶换下程泊辞的衣服，去水房接了水，仔仔细细地把他的衣服洗过一遍，拿回来晾好后，在椅子上坐了一会儿，忽然想到一件事，站起来从书架上拿下一本书。

是那本英文版的《二十首情诗和一首绝望的歌》。

她早就想送给程泊辞，一直没找到机会，怕她的心思太过明显，一眼被他看穿。

现在把这本书作为留宿在他家避雨的谢礼，倒显得正当了许多。

孟韶把诗集放进书包里，准备亲手送给他。

然而没过几分钟，她重新把书拿了出来，先是从笔袋里取出一支蓝色水笔，在扉页上写下自己的名字，又迟疑着翻开书中的某一页，在其中一行诗句的下面画了一条极细的线。

"I go so far as to think that you own the universe."

我甚至相信你拥有整个宇宙。

她在白塔上没有说出口的喜欢，也许可以用这样的方式传达给他。

她不敢声张，盼望他发现，又怕被他发现。

到了时间，孟韶从宿舍出发，去了自己的班级。排着队去礼堂的路上，她碰见了许迎雨。

许迎雨从理科班的队伍里跑过来，正要跟她说话，突然顿住了，接着鼻子凑在她的肩上使劲儿地闻了闻。

"这个味道好特别。你不用香水对吧，是换了种洗发水？没在你身上闻过。"许迎雨说。

孟韶不怎么自在地说："沐浴露。"

许迎雨"噢"了一声，随口道："你知道这个味道让我想起谁吗？"

孟韶没吱声，听见许迎雨继续说："程泊辞。"

听到这个名字，孟韶就像站在海边被海浪击中，无处可逃，耳畔都是海水翻卷的残声。

许迎雨没注意到她的异样，兴致勃勃地道："我们在附中的时候还有女生因为觉得他身上的味道好闻，专门研究过他用什么牌子的沐浴露呢，买了好多一个一个试。"

"试出来了吗？"孟韶问。

许迎雨耸了耸肩："当然没有了。谁敢趴在程泊辞的身上闻啊？顶多就是趁他经过记一下那个味道的感觉，再回去跟自己买的对比。"

两个人聊着聊着，1班的队伍经过了她们。

蒋星琼跟孟韶和许迎雨打了招呼，又停下跟余天说了几句话。

许迎雨看见，忍不住感叹道："他们保送的就是舒服啊，不用跟咱们一样担心分数担心得要命！"

去礼堂的路上许迎雨跟孟韶说了很多话，比如估分估得怎么样，乔歌待会儿有节目她们可以去后台找她，中午三个人一起去市区的商场里吃饭，但孟韶满心想的都是程泊辞，想自己怎么把诗集交给他，什么时间还他衣服，之后自己跟他还能不能再见到。

二人随着人流拥进礼堂里。许迎雨班级的座位靠前，她让孟韶陪自己坐到前面去。想更近距离地看到程泊辞，孟韶没有拒绝。

毕业典礼最开始是领导讲话的环节，许迎雨小声说："咱们这一届的毕业生代表是程泊辞。你信不信，等他致辞的时候肯定又有女生拿手机拍他？"

等了半个钟头，终于等到他上场。

因为坐在前排靠中间的位置，程泊辞刚从台侧走出来，孟韶就看见了他。

蓝白色的校服、挺拔的身形、清俊的轮廓。

后面有女生在说好帅。

孟韶屏住呼吸看着程泊辞走到台上，他一只手搭在桌面上，另一只手举起了麦克风。

"各位老师、同学，大家上午好。

"我是今年的毕业生代表，高三（1）班的程泊辞。"

他的嗓音一如既往地清亮，像场落在盛夏的雪，将孟韶笼罩在其中。

直到他的致辞结束，她才像重新在这个世界苏醒，后知后觉地想到，幸好她昨天去了白塔，及时地发现程泊辞在发烧，不然今天他带着病参加毕业典礼，一定很难受。

程泊辞致完辞就退场了。第一个节目是乔歌的民族舞，许迎雨拿出手机："乔大小姐让咱们给她拍照，拍完去后台找她。"

跟许迎雨一起给乔歌拍照的时候，孟韶略微觉得遗憾，假如方才程泊辞致辞的时候，她也有勇气这样光明正大地记录就好了。

乔歌跳完一首曲子，许迎雨带孟韶猫着腰从观众席前面的入口溜了出去。

她们在后台找到了正在卸妆的乔歌，乔歌一边用化妆棉蘸着卸妆水擦去眉眼上的舞台浓妆，一边问她们有没有给自己拍照。

"拍了，拍了好多，等我回家用无线网传给你，你自己慢慢挑吧。"许迎雨说。

乔歌还没说话，化妆间里突然骚动起来。

那边有一小群女孩儿一边推着其中一个，一边望着门外兴奋地说："来了，来了！"

许迎雨好奇地望过去："谁啊？这么大阵仗。"

那个女生手里捏着一个信封跑了出去，孟韶认出对方高一的时候跟自己一起参加过模拟联合国活动。

乔歌看明白了："这是要表白吧。"

许迎雨喜欢看热闹，拽着孟韶就去了门口，混在那个女生的一群小姐妹里。

看清门外被女生拦住的那道身影时，孟韶被许迎雨挽住的胳膊僵了一下。

是程泊辞。

"难怪呢。"许迎雨嘀咕道。

女生停在程泊辞面前，说了句什么之后把信封交给他，脸颊透出了粉色。

孟韶心里泛出一股酸涩。

这么多人坦坦荡荡地喜欢他，找他用的沐浴露的牌子，给他送情书，她却连表白都不敢，明明鼓足勇气，最后还是退缩了。

程泊辞没有接那封情书，甚至都没有看一眼面前的女生，说了句"抱歉"，就要继续往前走。

许迎雨"啧"了一声，点评道："真是一点儿不给人留面子。"

许迎雨回去压着嗓门儿给乔歌讲这桩八卦新闻，而孟韶打开被自己带过来的书包，怔怔地摸了摸里面的那本诗集：要送吗？会被他拒绝吗？只说是谢礼，他应该不会反感吧。

只要他不翻开，不看到她在诗句下面的标注。

孟韶把诗集拿出来，对许迎雨和乔歌说自己要出去一下。

她赶在程泊辞离开后台之前追上了他。

程泊辞停下来，孟韶先给自己铺垫了几句："你的衣服我洗过了，今天温度高，应该毕业典礼结束就能晾干。"

"不着急。"程泊辞说。

孟韶注意到他在看自己怀里抱着的书，心一横，把书递给了他："这个送你。"

怕他联想到刚才那个女生的举动，她又解释道："谢谢你昨天让我留下。"

迎着程泊辞的目光，孟韶听得清自己一下又一下的心跳，如同在接受一场审判，她并不清白，却要学会假装。

一秒钟长得像一个世纪。

在走廊尽头斜照进来的阳光中，程泊辞伸出了手。

把诗集给他的时候孟韶几乎产生了荒唐的幻觉：一个不小心，自己的心绪就会从书页里跌出来，被风吹落满地，尽人皆知。

程泊辞低着头翻开扉页，看到了她的名字。

他还要往后看，孟韶生硬地打断了他的动作："你回去再看好不好？"

说完她才觉出自己的此地无银三百两来。

程泊辞看着她的眼神很深："为什么？"

孟韶一时语塞。

两个人安静地在走廊里站了片刻，最后程泊辞把诗集收了起来，没有往下看，也没有再追问。

"许迎雨她们还在等我。"孟韶打破沉默，有些慌张地道。

程泊辞说"好"，跟她道别。

孟韶松了口气，看着他转身朝出口走过去。

他下台之后就把校服外套的拉链拉开了，衣角被风吹起来，轻轻地晃动着，像一面海上的旗帜。

假想中的审判并未到来，孟韶觉得自己伪装得不好，但程泊辞没有为难她。

孟韶回到后台的化妆室，许迎雨正跟乔歌讨论中午要去吃什么，看到她之后，问她刚才去哪儿了，跑得那么快。

"我还以为你去追程泊辞了。"许迎雨说。

孟韶动了动嘴唇。乔歌正用棉签一点儿一点儿往下沾睫毛膏，闻言道："是吗？我们小孟同学开窍了？"

孟韶听得出两个人都在开玩笑，她们说完也没有继续往下议论，很快又把话题转向了别的地方。

三个人交换了毕业礼物，又在化妆室里聊了一会儿天儿，许迎雨问孟韶跟乔歌还看不看毕业典礼了，不看就直接出去玩。

乔歌说："等我一下，我去把演出服放到我妈妈的办公室里，不然拎着好麻烦。"

"行，那我先回去坐会儿。孟韶，你呢？"许迎雨问。

孟韶想了想："我也回宿舍放一下书包吧。"

从礼堂走到女生宿舍，孟韶上楼开门，把书包放下，然后走到阳台把程泊辞的衣服取下来。

高温已经蒸干了衣服上的水汽，柔软的布料散发着清新的香味。

孟韶找了一个干净的纸袋，把 T 恤和短裤叠好放进去。

做完这件事之后，她靠近袋子，轻轻地闻了一下，有些怀念昨晚穿着他的衣服睡觉的感觉，辗转反侧，可是又有种隐秘的快乐。

拎着袋子回礼堂的路上，孟韶拿出手机，给程泊辞发了一条消息："你的衣服干了，我刚刚从宿舍拿出来，这就还你。"

路上阳光很烈，孟韶用手挡在眼前，快要到达目的地的时候，听见有人喊她的名字。

是程泊辞的声音。

她把手从眼前放下，一时间适应不了刺眼的光线，程泊辞的身影在她的视野里模糊了边缘。

孟韶又往前走了几步，这才看清他在礼堂门口的阴影中站着等她。

　　隔着一扇厚重的门，礼堂里传来音乐的混响，跟室外的蝉鸣夹杂在一起，有种即将落幕的兵荒马乱之感。

　　她把装了衣服的纸袋交给程泊辞，他接过去，对她说了"谢谢"。

　　孟韶仰起脸看他。门内随时可能有人出来，看到她跟程泊辞站在一起，但她这次不想那么快就走掉。

　　因为这大概率是她在礼城外国语学校见到他的最后一次，她想好好地把这幅画面珍藏在心里。

　　那天剩下的记忆都不如这一刻清晰耀眼，孟韶想：也许自己这一年的夏天就结束在程泊辞的眼睛里。

　　毕业典礼结束之后，没过多久就出了高考成绩。

　　查分的时候孟韶非常紧张，虽然考完数学她的感觉很好，但在反复刷新查分系统的时候，她忽然想：万一自己其他科目考砸了怎么办？

　　这种人生重大时刻的直觉往往是准确的。孟韶刚刚想完，页面就缓慢地加载了出来。

　　全省第一百五十七名。

　　数学的确考得很好，但她最擅长的英语考砸了。

　　其他同学应该也在差不多的时间查到了成绩，孟韶的手机开始振动，陆陆续续地有人给她发消息询问。

　　她带着一种难以言喻的心情一一回答，只说了自己的分数和名次，没有说高兴还是不高兴。

　　其实也没什么该不高兴的，这是她正常发挥的水平。

只是曾经的幻想没有实现而已，像买彩票不中，是大概率的事件。

给迟淑慧和孟立强打过电话之后，孟韶对着屏幕发了会儿呆。

聊天儿软件突然弹出一条新的消息。

孟韶看到对方的头像和名字，手不易察觉地一顿。

程泊辞："考得怎么样？"

孟韶带着无从解释的失落，下意识地在输入框里打下"一般"，光标闪烁几下，她又删掉这两个字，改成了"还不错"。

一删一改，孟韶后知后觉地意识到，也许她一直以来的目标，不是"考出好成绩"，而是更为具体也更遥远的，"跟程泊辞去同一所大学"。

以为程泊辞只是礼貌性的关心，所以她说完"还不错"之后并没有往下展开。

他的名字变成了"对方正在输入"，几秒钟后，孟韶看到他问自己："还不错是什么意思？"

她愣了一下，告诉程泊辞自己的总分和名次。

他看起来对文科生的成绩没什么概念："你打算报什么学校？"

孟韶认真地回忆了一下《志愿填报指南》里的名次："N大吧。"

程泊辞那边仍然显示"对方正在输入"，但孟韶没有再收到他的回复。

她等了很久，等到屏幕都锁屏了，手机也没有再响一下。

她很想再给他发消息，不让聊天儿断在这里，又怕他不耐烦。

直到晚上，她忍不住再次打开跟程泊辞的聊天儿界面，才看到他不知什么时候给自己回复了。

程泊辞："N 大不错的。"

跟高三下学期刚开学时，他看到她写有高考目标的便利贴时一模一样的一句话。

语气平淡，孟韶看不出他说的时候带了什么样的情绪，也许仍旧只是客气而已。

"你呢？"孟韶问。

程泊辞大概是在忙别的，过了一段时间才回复她，告诉她自己的分数："717 分。"

孟韶听过许迎雨议论理科班的成绩，知道考到 700 分稳上国内那两所顶尖的大学。

于是她真心实意地说："好厉害，祝贺你。"

他可以去 P 大了。

恰好这时余天也给她发了消息。下午他问过她的成绩，那时两个人聊了几句，这会儿他又问她有没有定好目标学校，会在哪个城市。

孟韶告诉他之后，貌似无意地道："你知不知道理科考 720 分左右大概是什么名次？"

她故意说得不那么精确，没想到余天却一下子猜了出来："你说程泊辞吗？他考了 717 分，省高考状元，没人比他高了。"

孟韶微微赧然，说："这样啊，我不知道。"

余天停了一下问："你怎么知道他的分数的？"

输入框里的光标跳动着，孟韶隔了一会儿才说："我听说的。"

得知他是高考状元之后，她更怕被人知道自己的暗恋，两个人差得那么远，她清楚自己看起来很可笑。

说完之后，孟韶又切回了跟程泊辞的聊天儿界面，他这次是真的没有再说话了。

想想也是，理科高考状元，来祝贺他的人想必非常多，他回消息都回不过来。

孟韶缓缓地放下手机，余天又给她发了什么消息，但她一点儿也不想看，什么都不想看。

她把头埋在臂弯里，按灭了台灯，夜色顺着阳台半敞的门缓慢地流进屋内，有细小的蚊虫飞到玻璃上，发出很轻的碰撞声。

直到此时，能够跟外界断绝一切联系的深夜，孟韶才终于开始正视自己沉重的心情。

她是难过的。

他不想听程泊辞说 N 大不错，不想面对自己这辈子可能再也见不到他的事实。

她说想去 N 大不是真心的，她在背单词的手册上写过 P 大的缩写，每天都看一看来激励自己。

没人知道她考完数学有多开心，可是为什么她从来都不是最幸运的那一个？

孟韶肩膀轻轻耸动，眼泪顺着脸颊落到了衣服上。

一瞬间她甚至有种冲动，想马上打电话给程泊辞，什么都不管了，哭着告诉他自己喜欢他。

可是孟韶一边掉眼泪，一边又压下了这个不理智的念头。

这样会打扰他，会让他再也不想跟她说话。

暑假很长，剩下的时间里，孟韶一件件做完了自己该做的事情：报好志愿，被 N 大的新闻传播学院录取，收到录取通知书，整理行李，跟迟淑慧和孟立强说自己应该一学期才会回来一次。

在家的时候她有很多次想要找程泊辞聊天儿，但又想不到什么话题，就只好翻一翻两个人寥寥的聊天儿记录。

有一次孟希看到，还问她是不是谈恋爱了。

她否认得激烈。孟希撇撇嘴："不是说高考完就能谈恋爱了吗？你紧张什么啊？"

孟韶于是怔在那里。

就像孟希说的，高考像一道界限，走过去之后，许多原本被禁止的事情都变得合理。

程泊辞以后也会谈恋爱的，就算现在不找女朋友，等遇到合适的人，他也会答应，甚至主动去追求一个女生。

只是这样想想，孟韶都觉得呼吸不畅。

但她又没有办法。

9 月初的时候，孟韶坐上飞机离开礼城，南下前往 N 大。

第一次坐飞机，她不知道遮光板怎么降，靠背怎么调，还是旁边的乘客教她，她才学会的。

机翼掠过云层，在飞机飞行的轰鸣声里，孟韶握着一片漆黑的手机，想到程泊辞此时应该已经在首都了。

一南一北，远隔千里，不再有能跟他每天碰面的校园，不再是想着他在楼上的理科班就会觉得安心，她在心里默默地问：程泊辞，你还会记得我吗？

第十七章

白塔幻想线（二）

　　在礼城外国语学校的时候住惯了宿舍，刚到 N 大的时候孟韶没觉得特别不适应，只是跟许迎雨和乔歌分开之后，每次遇到想跟她们分享的事情，总要反应一下，才能想起她们现在已经不能再经常见面了，要说的话只能用聊天儿软件发送过去。

　　新室友都很友善，刚开学的时候大家还不熟，除了一起上课、一起吃饭不会说太多别的话，但很快，摸清其他人的性格后，孟韶就跟她们成了朋友。

　　在一次宿舍夜聊的时候，大家说起了高中时代喜欢的男生。

　　轮到孟韶，她不知不觉讲了好久。

　　对程泊辞的暗恋像一根藤，蔓延过她青春期的日日夜夜，抽芽散叶，带着欢欣也带着疼痛，深深嵌入每一寸时间线。

　　说到最后，她以为室友听得无聊到睡了过去，便没有再往下讲。

　　细细的嗓音戛然而止，宿舍里安静了须臾，室友栾千阳忍不住追问："你们再也没有联系了吗？"

其他室友纷纷附和，孟韶这才发现她们都没睡，一直认真地听自己说到现在。

她摇摇头，说没有了。

"你们都加联系方式了，你居然不找他聊天儿。"栾千阳停顿了一下，"而且我觉得他对你还挺有好感的啊，不然带你回家避雨做什么？你不是说他对其他女生都很冷淡吗？"

另一个室友江雯怂恿孟韶道："你给他发消息呀，说不定有戏呢。"

孟韶一开始说不敢，后来禁不住室友的攻势，只好改口道："今天太晚了，明天再发。"

以为她们到第二天就会忘记这件事，没想到早上 8 点的专业课开始之前，坐在她旁边的栾千阳就提醒她："说好了啊，孟孟，要给你的男神发消息。"

后面她们班的班长周昀听见了，顺口问道："什么男神？"

孟韶赶紧在桌子底下扯了栾千阳一把。

栾千阳便转过去笑嘻嘻地朝周昀摆了摆手："跟你没关系，别瞎打听。"

周昀也没恼，开了句玩笑："小秘密啊。"

栾千阳说"对"，把身子转了回来，靠近孟韶，看着她打开跟程泊辞的聊天儿界面。

孟韶有些犯难："我突然发一句话过去，他会不会觉得很奇怪？"

"怕什么，怎么想是他的事。孟孟，我看你平时问老师问题、做作业都挺积极的，怎么对着他就这么优柔寡断？"栾千阳道。

孟韶便慢慢在输入框里打字，问程泊辞："你开学后感觉怎么样？"

这个问题没什么新意，又非常含糊，看起来是很久不联系的人之间才会出现的对白。

但她不擅长搭讪，也想不出更好的问法，不清楚怎样才能让他回复，又要怎样才能显得不动声色，掩藏住自己的非分之想。

打完这行字之后，孟韶迟迟没有发送。

栾千阳嫌她磨蹭，直接抓起她的一根手指，替她发了出去。

孟韶下意识地慌了，想要撤回，栾千阳却凶巴巴地说等着。

这时上课铃响了，老师走进教室里，站在讲台上打开了电脑，说："我们现在开始上课。"

孟韶犹豫了一下，没有再去碰自己的手机。

发的时候她那么举棋不定，其实心里也是期待他给自己回复的。

她上课一向认真，今天却时不时会去留意一下屏幕上有没有新来的消息。

程泊辞一刻没回复，她就一刻不能停止胡思乱想，想他是不是烦自己，会不会觉得她莫名其妙。

手机终于振了振，孟韶想要立即去看，但控制住了自己，下课才解锁屏幕。

然而那是一条网店的营销短信。

孟韶的心微微一沉，距离她发送消息已经过了半个多小时，程泊辞还没有回复。

孟韶失魂落魄地放下手机，正在后悔自己怎么那么冲动时，屏幕再一次亮了起来。

这次的确是一条来自聊天儿软件的消息。

孟韶连忙打开，栾千阳也凑过来看："回了吗？回了吗？"

程泊辞："还好。"

程泊辞："你呢？"

孟韶正要打字，栾千阳就按住了她的手："让他等等，你别总回得这么快。"又道，"你跟他聊天儿的时候，记得多往外发散发散话题，这样你们才能多说几句。"

孟韶不知道原来聊天儿也有这么多小技巧。她按照栾千阳教的，第二节课下课，随着人流走出教室的时候才回复程泊辞："我也还好，就是不太习惯南方的天气。下个月还要去军训，听说很辛苦。"

她捧着手机输入得认真，没看清附近的一个人突然停了下来，不小心撞了对方一下。

那人回过头来，孟韶连忙说了句"对不起"。

被她撞到的是周昀，对方瞥了她的手机一眼："聊天儿聊得这么认真？男朋友？"

孟韶微红着脸说："不是。"

周昀想起来什么："哦，男神是吧。"

旁边的栾千阳看孟韶尴尬，替她解围道："你怎么听我们女生说小话那么认真啊？以后有你在都不敢聊天儿了。"

"对不起，对不起，"周昀跟她们道了个歉，"随口开玩笑。"

走出教学楼，孟韶收到了程泊辞最新的消息。

他说："怎么不报首都的学校？"

孟韶停住了脚步。

这天是晴天，手机的亮度就算自动加载到最高，在阳光下也还是显得暗。程泊辞意味不明的一句话静静地躺在屏幕上，渐渐看不太清。字看不清，他说这句话的原因，孟韶也看不清。

栾千阳问她怎么不走了，接下来还有一节大课，需要去另外一栋教学楼。

孟韶这才回过神，放下手机，说："来了。"

她的分数在文科生里算高的，不是报不了首都其他几所比较好的学校，但就算她去了首都，又能改变什么呢？

礼城外国语学校那么小，她跟他不也始终只是暗恋和被暗恋的关系？首都那么大，她大概见他一面都难吧。

她很喜欢程泊辞，可也总在权衡利害得失。她是个普通人，不敢为他放弃太多，N大是她的分数能达到的最佳的学校，她来这里是最自然不过的选择，气候难适应也好，见不到他也好，都是她必须去经历的事情。

程泊辞这么问，她不懂他是什么意思。

这一回不是按照栾千阳教给孟韶的慢一些才回消息，她是真的不知道要回答什么。

跟室友一起走到上第二节大课的教学楼，在教室里坐下之后，孟韶拿出手机，看着看着，鬼使神差地反问了一句："不是说N大不错吗？"

程泊辞跟她说过两次N大不错，甚至上一次的聊天儿记录在聊天界面往上滑两下就可以看到。

孟韶想：或许自己给他提了一个很难的问题。因为又过了一段时间，他才打了个"嗯"字给她，然后说："那就好好适应。"

不舍得聊天儿就这样断掉，这一整天，孟韶都在断断续续地同程泊辞找话题。

他可能是今天有空，也可能是出于礼貌，她问什么他都回了，偶尔还会主动问她一些问题。

于是孟韶知道程泊辞开学很早，已经军训完了，最近在看的书

是 *One-Dimensional Man*，翻译过来是《单向度的人》，很有名的一本书，他推荐她看原版。

晚上孟韶从图书馆回宿舍之后，室友都围着她问她跟程泊辞有没有什么进展。

孟韶有些不好意思："他回我消息了。"

"然后呢？然后呢？"栾千阳问。

孟韶说："然后聊了一会儿。"

江雯插话道："那你最近就每天都跟他聊，然后找他帮个小忙，借这个由头给他送个什么东西，或者假期回去请他吃顿饭，这样不就有机会跟他接触了？"

"雯雯说得对。"栾千阳点点头，"我帮你想想找他帮个什么忙。"

她苦思冥想了几分钟，突然道："有了。新生入学讲座中不是说每个学校自己数据库里的毕业论文别的学校都是看不见的吗？你就说你想查 P 大数据库里的文章，给他个题目让他帮你下载。我记得 P 大有很多有名的论文。"

孟韶怕突然找程泊辞帮忙显得唐突，等了很久都没开口，直到学期末的一天晚上，被室友看到她在台灯下织围巾。

栾千阳好奇地摸了摸灰色的毛线："你还会织这个呢？"

"前段时间学的。"孟韶说。

她是对着视频一秒钟一秒钟看的，练习的时候被针扎过许多次手，贴了很久的创可贴。

栾千阳看她织了一会儿，评价道："看款式像男生用的。"

孟韶没说话，可是手底下织错了一针，她略带慌张地放下棒针，去纠正自己的错误。

栾千阳看她的反应，顿时明白了："噢，给你家程泊辞织的。"

整个宿舍的人都记下了程泊辞的名字。

孟韶低垂眼眸，没有否认："你说他会喜欢吗？"

还不曾"别有用心"地找程泊辞帮忙，已经在给他准备回礼，她不知道自己看起来是不是太一厢情愿。

毛线是羊毛的，她去商场挑了很久的颜色，用这学期去图书馆做学生助理的补贴买了下来。

她清楚他什么都不缺，平常用的东西她也负担不起，她没有什么浪漫的天分，唯一拿得出手的，只剩这点儿不值钱的心意。

"喜不喜欢的另说，你怎么还不找他？"栾千阳说。

孟韶改好了那一针："等围巾织好吧。"

进入期末周之后，她找了一篇跟自己的专业相关的论文题目发给程泊辞，问他能不能帮忙把论文从 P 大的图书馆资源库里下载下来。

程泊辞答应下来，当天就发给了她。

孟韶问他地址，说谢谢他，要给他送个礼物。

程泊辞："不用了。"

孟韶想坚持一下，又想不到该怎么说。

几分钟之后，程泊辞大约是见她为难，把自己的地址连同手机号码一起发了过来。

孟韶的围巾已经完成了，寄过去的时候她特地用透明的塑封袋装了起来，并没有告诉他是自己亲手织的。

快递在路上走了三天，她每一天都会去查物流信息，看着包裹一路北上，经由地图上一个个虚拟的城市坐标，抵达他的身边。

在快递被签收的那天晚上，孟韶从图书馆上完自习回来，洗过澡，坐在桌前吹头发的时候，放在桌上的手机振了振。

她瞥了一眼，看到是程泊辞发来的消息之后，立刻放下了吹风机。

程泊辞："收到了。"后面附了一张图片。

孟韶点开他拍给她的照片，上面是他的宿舍的桌子，刚收到的围巾被他从塑封袋里拆出来摆在桌上，深灰色的羊毛围巾上落着茸茸的一层灯光。

她注意到在照片的右上角摊开着一本书，书上似乎还有一道蓝色水笔画下的痕迹。

孟韶将图片放大，蓦地发现那本书就是她送给他的聂鲁达诗集，而他翻开并且拍进照片里的，正是她做过标记的那一页。

这个无意间的发现让孟韶盯着照片很久。

她不知道程泊辞是故意这样做的，还是不小心拍进去的。

她没胆子问，只是告诉他："围巾你要是不喜欢，也可以不戴。"

想到他家车上那条印满品牌标志的毯子，孟韶实在没自信他会喜欢自己送的围巾。

然而下一秒，程泊辞就回复道："喜欢。"

尽管知道他说的是喜欢围巾不是喜欢她，甚至喜欢围巾也可能是句客套话，但她还是感觉胸口一热。

在输入框里反反复复地打字又删改，先是"谢谢"，然后是"喜欢就好"，但都无法描述她此刻的心情。

要怎么才能让他明白，他的这句话，对她意义非凡？

此时此刻，在距离孟韶千里之遥的首都，程泊辞低头看着手机，心里也有些没底。

不知为什么，他说完喜欢之后，孟韶就没有再回复他了。

他真的很喜欢这条围巾，因为拆开的时候发现上面有一针改过的痕迹，那痕迹并不是很明显，但看得出跟流水线产品不同，是她自己织的。

只是替她找了一篇论文，她就花了这么多心思给他准备礼物，他不知道她是不是对别人也这么好。

已经是冬天，首都下过了第一场雪，最低气温低到零摄氏度以下，第二天出门的时候程泊辞就戴上了孟韶织给他的围巾。

室友看了新奇："围巾新买的啊？不像你用的东西。"

"别人送的。"程泊辞说。

很普通的一句话，室友却觉得自己听出了一些炫耀的意味。

这不太像程泊辞会做的事情。

室友又观察了一下程泊辞脖子上的围巾——没有任何商标和花纹，看上去很素朴，便说："感觉是手工织的。"

见程泊辞不反驳，室友来了兴趣："女生织的啊？"

面对这种八卦的追问，程泊辞罕见地承认了："嗯。"

正好那天有一门专业课的考试，程泊辞戴着围巾去了考场，再加上室友添油加醋的胡说八道，于是整个学院的人都知道了，大一那个长得很帅的程泊辞有女朋友了，女朋友怕他招蜂引蝶，还织了一条不怎么好看的围巾给他戴着宣誓主权。

听说这桩传闻的时候程泊辞愣了一下，室友乐呵呵地等着看他的反应，没想到他愣完之后继续看书去了，没有任何否认的意思。

室友盯着程泊辞好半天，确认这还是开学那个对女生冷冷淡淡缺乏兴趣的程泊辞之后，"嗷"了一嗓子："哇，我们程'系草'真的有情况！"

不过这些孟韶都不知道。她下一次收到程泊辞的消息是在期末周结束之后，他告诉她，他参加了学院组织的小学期调研，会途经N大所在的城市。

从礼城外国语学校毕业后第一次有见他的机会，孟韶按捺住内心的激动："那我请你吃饭吧。"

程泊辞没有马上回复，她看到他的名字变成了"对方正在输入"。

过了一会儿，他问她："你们学校的食堂我能进吗？"

孟韶说能的，问他那天什么时候到。

程泊辞："中午。"

程泊辞："我直接去你们学校，到了给你发消息。"

孟韶说"好"，放下手机的时候才想到，他应该不是真的对 N 大的食堂感兴趣。

她还记得他说没有让女生付钱的习惯，刚才他犹豫，大概就是想说这个，又怕她多想，才选在了学校的食堂。

他其实很会考虑别人的感受。

知道程泊辞要来 N 大，孟韶的室友也表现得很兴奋。那天已经放假了，没有课也没有考试，江雯家在本地，不急着回去，早上特地留下来帮孟韶化了个妆，又说中午自己要坐在远处看他们吃饭，看看程泊辞到底是何方神圣，有没有孟韶说的那么好。

孟韶很紧张，大学里会打扮的女生比高中时多得多，而她跟以前比没有多大变化，不知道他看到之后会不会失望。

程泊辞来的那天，她提前在校门口等他。这座城市虽然在南方，冬天的温度也不比北方低，但却给人一种湿冷到骨子里的感觉，今天还少见地下了场小雪，而她穿了一件没那么厚的大衣，里面是一条毛衣裙。

他从不迟到，离两个人约好的时间还剩十分钟，孟韶就收到了他的消息："马上到。"

一辆出租车从街道对面的马路上驶来，在路口掉头，靠近 N 大校门口的时候逐渐减速，孟韶有种预感，他就在那辆车上，她的心脏剧烈地跳动了起来。

在距离她几步的地方，出租车停了下来。

接着，后座的车门被推开，程泊辞清俊的脸露了出来。

他穿了一件黑色的短款工装羽绒服，领子立着，下颌线分明，眼睛有神，仿佛映着今天的雪。

校门口有几个女生看了过来，孟韶听到了她们的窃窃私语。

程泊辞关上出租车的门，抬眸那一刻，孟韶的呼吸变得不那么平稳。

两个人的目光在半空中相遇，他似乎是微笑了一下，朝她走过来。

孟韶觉得他又长高了。半年没见，不再穿校服，他变得更加英俊，看起来像演员一样。

站在她面前，程泊辞低头看她："是不是等很久了？"

从程泊辞说要来 N 大，孟韶就觉得不真实，此刻他仿佛从天而降，出现在她的生活中，她有种眩晕的感觉。

慢了片刻，她才给他回答："我刚到。"

程泊辞看着面前女孩子泛红的鼻尖和耳朵，克制住伸手帮她焐暖的冲动，只是问她："怎么穿得这么少？不冷吗？"

孟韶说不冷说得底气不太足。

程泊辞看了她一眼："先进去吧。"

孟韶给他带路，跟他一起从校门口走到她觉得学校里饭菜最好吃的食堂。

已经放假了，食堂里人不多，孟韶刚走进去，就看到了江雯和周昀。

他们应该是偶然遇到的，江雯手里端着盘子，周昀还没去打饭，两个人正在聊一周前的一场考试，说题目出得太难，不知道老师会不会在登记分数的时候捞一捞大家。

江雯看到程泊辞，一下子瞪大了眼睛，随即望向孟韶，朝她竖起大拇指，做了个"好帅"的口型。

周昀也跟着看了过来，然后跟孟韶打了个招呼。

他探究的眼光落在程泊辞的身上，而程泊辞淡淡地看了回去，脸上没有太多的表情。

孟韶很怕周昀说出上次他听栾千阳讲的男神之类的话，匆匆地跟他们告别，跟程泊辞去窗口买了饭，在一张窗边的沙发座上坐下。

"这个座位很难抢的，这还是我这学期第一次坐，平时都排不上。"孟韶说。

程泊辞的注意力不在这个难抢的座位上："刚才那个男生是你们同学？"

孟韶点点头，毫无察觉地道："我们班长，人挺好的，考试之前还帮全班同学画重点来着。"

程泊辞想说什么，却又咽了回去。

他拉开羽绒服的拉链，把外套脱下来放到一边。

方才程泊辞的领子一直立着，孟韶这时候才看到他戴了自己送的围巾。

围巾织得不精致，他戴起来却很好看，这让围巾的身价也提高了不少。

"你真的戴了。"她轻声说。

他说喜欢不是敷衍她的。

而且他把围巾戴在外套里面，好像很珍惜的样子。

程泊辞没有急着把围巾解开。窗外细雪纷纷，他坐在桌子对面，用非常平静的语气告诉孟韶："我们学院的人都说，这是我女朋友给我织的。"

"女朋友"这个词被程泊辞说出来，像一缕微弱的电流，猝不及防地蹿过孟韶的鼓膜。

他看起来那么坦然，坦然到好像根本不知道自己刚才说出的那句话有着什么样的暗示意味。

孟韶觉得也许是自己想多了，程泊辞没想暗示她什么。

他怎么会暗示她这个？

半晌，她听见自己用略微干涩的嗓音说："那你怎么说的？没解释清楚吗？"

程泊辞看着她，表情仍旧平淡："解释什么？"

孟韶怔了怔，过了片刻才想到，他的确不是喜欢解释的人。

但知道有人误会她跟他是男女朋友的关系，她还是感到欢喜，哪怕这不是真的。

怕自己的感受因为这短暂的走神儿暴露在他眼前，孟韶急忙转移了话题："你在这边待几天？"

程泊辞似乎有些失望她没有回答他方才的问题，顿了顿，才告诉她："今晚跟老师开会，明天上午调研，傍晚坐高铁走。"

孟韶说："这样。"

停了几秒，她用一种自己觉得自然的语气问："那你今天下午有没有安排？打算做什么？"

程泊辞说："还没想。"

一起过来的同学原本约他下午一起去逛逛景区，但被他推掉了。

当初得知要来这里，他首先想起的事情，就是来见孟韶。

来不及思考自己为什么那么想见她，就已经给她发了消息，得到她的回应之后，他心里有种石头落地般的安定。

听程泊辞说他有空，孟韶迟疑着道："需要我带你转转吗？"

她心里有些忐忑，怕被他拒绝，而他一边用纤细的手解开围巾，一边自然地说"好"，仿佛根本没有觉察她这句话背后的试探、不安和想要靠近又随时打算撤退的准备。

孟韶开始吃饭，这才意识到自己因为他的到来而太过恍惚，打饭的时候没仔细看，让食堂的阿姨帮她盛了一道有洋葱片的牛柳。

她不喜欢吃洋葱。

孟韶一向节约，不会因为菜里有不愿意吃的东西就全部浪费，只是把洋葱片都挑了出来放在一边。

抬起头的时候，孟韶发现程泊辞在看自己的盘子。

她揣度着他的心思："有你想吃的吗？"

程泊辞听她这么问，先是露出了意外的神色，紧接着目光一闪，改变了主意一样，跟她说有。

孟韶除了挑走洋葱还未曾动筷，不觉得有什么，将餐盘朝他的方向推过去一点儿。然后她就看到，程泊辞把她不吃的洋葱都捡到了他那里。

她愣了一下。他捡完之后，淡定地跟她说："好了。"

孟韶难以置信地道："你怎么会喜欢吃洋葱？"

程泊辞被她的语气逗得想笑："你觉得不好吃的东西就不许别人觉得好吃？"

孟韶被噎了一下，之后说了声"好吧"，平静的神态里藏了些许震惊和不解。女孩子眼光流转，程泊辞忍不住多看了一会儿。

接着他就看见孟韶的耳垂红了，薄薄的一片，红的特别明显。

她低着头吃饭，忽然偷偷抬眼望他，像是想看他是怎么把洋葱吃掉的，却被他抓了个正着。

两个人的视线在餐桌狭窄的上方相遇，孟韶立刻把头又低了下去。

慢慢地，她的手指关节也泛起了粉色。

程泊辞轻轻地翘了一下唇角。

他没有告诉孟韶，其实他也不太喜欢吃洋葱。

吃完饭之后，孟韶跟程泊辞起身往食堂外面走，她说了几个本市知名的景点，问他想去哪一个。

程泊辞说："你有没有没去过的？"

孟韶想了想："那个雍盛寺，期末考试之前我室友本来想跟我去拜一拜的，无奈实在太忙了，没来得及去。听说还挺灵的。"

"那就去这个地方。"程泊辞道。

话音落下，他又侧头看她："你准备求什么？"

孟韶一时语塞。

求什么呢？她这一路都是靠自己努力过来的，在寺庙那种充满香火气的地方，人人都求俗世里的求不得，她如果真的有什么想要的，也只是跟他再靠近些，甚至不敢奢望变成他说的"女朋友"。

但这些都不能跟他说，说了就会越界，她怕跟他连现在的关系都不再有。

于是孟韶说："学习吧，希望菩萨保佑我期末能考好。"

不诚实的答案，到时菩萨如果发现她心口不一，希望不要怪罪她。

两个人出门的时候又碰上了周昀。

他看孟韶跟程泊辞要往校门的方向去，便顺口问了句："出去玩啊？"又貌似无意地道，"别忘了还有一门课的作业这周末要交给我，我整理好之后一起给老师。"

孟韶点点头，说自己记得。

周昀还要再说话，程泊辞突然出声："现在离周末还有好几天，作业不急着说吧。"

"是不急，我提醒一下，怕她忘了。"周昀笑了笑。

孟韶看了看程泊辞，随后对周昀说："谢谢班长，那我们走了。"

她的嗓音天生细，像这样礼貌道谢的时候听起来就很乖。

周昀朝他们摆了摆手："玩得愉快。"

雍盛寺离 N 大比较远，出了校门之后，孟韶下意识地要朝地铁站的方向迈步，而程泊辞已经抬手叫了一辆正路过校门的出租车。

车子在他们面前停下，程泊辞替孟韶拉开车门，淡淡地说："这么冷，不坐地铁了。"

孟韶觉得他不太高兴。

她坐进后座，程泊辞跟着坐进来。

车厢里充盈着冬日的寒凉气息，孟韶趁程泊辞关门的时候去看他的侧脸，他的下颌线轻轻绷着，的确不像开心的样子。

他在孟韶的印象里不是情绪经常起伏的人，她的心里不禁浮起了小小的困惑。

路上孟韶找话题跟他聊天儿，他也有问有答，可她就是觉得他哪里不对。

"程泊辞，"她忍不住叫了他一声，"你是不是累了？"

孟韶想说他如果累了可以回酒店休息，没必要非得跟自己出来。

但程泊辞说不累。

他是看着她的眼睛说的，睫毛投下浅灰的阴影。下雪的天气，光线不那么足，他的五官看起来比平常更加立体。

他的领子里露出一点儿围巾的颜色。

孟韶按在座位上的手指收了收，匆忙地移开视线，说那就好。

车子开到雍盛寺门口的步行街，司机说里面不好走，让他们在这里下。

程泊辞付了账，推门下车。

雪落在地上很快融化，被车轮碾过变成灰黑的泥水，孟韶下来的时候，程泊辞说了声："小心裙子。"

她单手拎起裙摆，鞋底落到地面的时候没头没脑地想到，暑假礼城下暴雨的那天，她也是这样拎着裙子奔向他的。

两个人沿着街边慢慢往前走，孟韶看到街对面有卖香烛的推车，对程泊辞说："我们要不要去买一炷香？"

程泊辞没有笑她迷信，说："走吧"。

这附近的马路窄，没有红绿灯，孟韶左右看了看，确认没什么问题之后才跟程泊辞往前走。

身后两排楼之间的小巷子里突然响起一阵刺耳的引擎声，孟韶还没反应过来，胳膊就被程泊辞攥住，往他的方向一拉。

热闹的街景、过往的行人、被溅起的泥水和细碎的雪片在她的视野中一闪而过，她的脸贴上他羽绒服上。

是他的胸口稍微偏上的位置。

引擎声逐渐远去，程泊辞的声音在离她很近的地方响起，比平时多了稍许胸腔的共鸣："摩托车。"

近似拥抱的距离。

孟韶没应声，假装懵懂，悄悄闭上了眼睛。

一秒钟也好，她想骗自己这是真实的拥抱，她真的跟他有过这么亲昵的瞬息。

不敢停留太久，怕被他发现异状，孟韶正要退开，就感觉到他抬手放在了她的后背上。

呼吸险些停止，孟韶听到程泊辞附在她耳边低低地问："害怕吗？"

说的同时，他还拍了拍她的后背安抚她。

孟韶几乎想感谢那辆横冲直撞的摩托车，感谢车主在这个雪天里的急迫给了她一次意料之外的成全。

"有一点儿。"她说。

孟韶知道这是自己从程泊辞怀里退出来的时刻了，她动了动胳膊，他却没有松手。

她仰起脸去看他，正撞上他的目光。

他漆黑的瞳孔里是她的影子。

孟韶刚刚平息的心再一次悸动起来。

她不敢直视他，小声说："我们过马路吧。"

程泊辞没有立刻应声，她觉得他在想别的，小心翼翼地再一次去看他，发现他的视线还停留在自己的脸上。

"程泊辞。"孟韶说。

他回了神："好。"

然后他放开了攥住她胳膊的手。

继续过马路的时候，孟韶觉得一直凛冽刺骨的空气突然变得温和起来，流动着，将她和程泊辞包裹其中。

走到香火小摊前挑香火时，摊主热情地给孟韶推荐，说："小姑娘，雍盛寺很灵的，你有什么心愿菩萨都会满足。"

孟韶想到自己来之前希求的跟程泊辞靠近的愿望，笑了笑说：

"是很灵。"

旁边的程泊辞记性好，没忘掉她对自己说来寺里是求学业的，马上捕捉到她话里的漏洞："不是还没出成绩吗？这么快就知道灵了。"

孟韶挑香烛的手一停。

他朝她靠近半步，声音像暗含深意："还是说，你求的是别的？"

环境嘈杂，程泊辞的声音很快被淹没在人来人往中，孟韶没有第一时间回答他的问题，而他也没再追问。

他帮她扫了二维码付钱，拎起摊主递过来的塑料袋。

两个人准备过马路回到对面的时候，孟韶余光看到程泊辞朝她的方向抬起了手，像是想牵她的手。

她已经开始思考如果他真的这么做，她要怎么办。

她很紧张。

但几秒钟之后，他只是用指关节碰了一下她的袖子，提醒她注意附近的交通状况："小心。"

于是她知道是自己想多了。

程泊辞是想牵孟韶的手。

过马路之前他想起刚才的摩托车，觉得如果不拉着孟韶，他会不放心。

但手都抬起来了，他才意识到这个动作不妥当，所以最后只是象征性地碰了一下她的衣袖。

跟孟韶走进寺庙里，看着她站在高大的菩萨像前，虔诚地闭上眼睛许愿，程泊辞不断回想起自己把她拉进怀里那一刻的感受。

隔着毛衣和羽绒服，孟韶的呼吸浅浅地触碰着他，轻拍她的后背安抚她时，他想的却是如果这时候抱她，是不是会很突兀。

女孩子那张白皙的小脸贴在他的胸前，嘴唇是柔软的粉色，让人想起春天开得非常好的樱花。低头看她的时候，他的心里涌起一股冲动，不想只是借着这种保护她的机会接近她。

程泊辞没有许愿，只是在昏暗的室内看着孟韶线条柔和的侧脸。

微弱的光线从窗棂分割出的格子中交织着照进屋内，在地上投下一片淡淡的光影，他心头浮起某些不适合在神佛面前出现的念头。

孟韶许愿的时候很心虚，刚才买东西的时候被程泊辞那样问，她总觉得他就像拥有读心的能力。她离他这样近，会不会被他看穿内心的想法？

但她还是求了她想求的那件事。

因为程泊辞晚上还要去跟调研组的老师、同学开会，从寺庙里出来，孟韶跟他在附近的步行街上逛了一会儿，就坐上了回程的出租车。

孟韶怕程泊辞迟到，让他在半路临近地铁站的地方把自己放下，他却坚持把她送到学校门口。

推开车门下车的时候，孟韶有种强烈的不舍，不知道这次之后，又要什么时候才能再见到他。

她跟他说"拜拜"。程泊辞让她回宿舍的时候注意安全，别摔跤了。

孟韶有些留恋这一刻，多说一句话就能多拥有几秒钟跟他共处的时间："你到了跟我说一声。"

程泊辞没有嫌她啰唆："好。"

没有什么好说的了，孟韶关上车门，站在原地看着出租车载着他远去，车窗上映出男生的侧影，他像她放在心头多年不化的积雪。

孟韶回到宿舍的时候，江雯正躺在床上捧着平板电脑看剧。看到她回来，江雯迅速地按了暂停："怎么样？怎么样？有什么进展没？"

"没有吧。"孟韶说，又不太确定地道，"我觉得他下午不太高兴。"

"不高兴？你给我讲讲怎么回事。"江雯说。

孟韶一五一十地给江雯讲了自己跟程泊辞见面的过程，说到他们在校门口打车的时候，江雯道："停停停，你再说一遍，你们俩上车之前碰到谁了？"

"咱们班长，他提醒我交作业。"孟韶说。

江雯问："那你家程泊辞什么反应？"

孟韶回忆着说："他说离周末还有几天，作业不急着说。"

江雯听得两眼放光："孟孟，你不会看不出来他吃醋了吧？"

孟韶呆了呆。

吃醋，她没想过会跟程泊辞联系在一起的一个词。

"真的，孟孟。不说这个，就说那条围巾，他要是不喜欢你，为什么要告诉你他同学都觉得是他女朋友送的？他不说不就完了，还省得你误会。"江雯分析得头头是道。

"而且，"她停顿一下，又说道，"我感觉咱们班长确实有点儿喜欢你，之前我还跟千阳她们讨论过，估计程泊辞也看出来了，才会吃醋。"

说完，江雯做了个总结："很有希望啊，孟孟。"

江雯的话听起来很有道理，孟韶却不敢相信。

这时她的手机振动了一下，孟韶拿起来看。

程泊辞："我到酒店了。"

孟韶给他回了一个表情，祝他调研顺利。

第十八章

白塔幻想线（三）

坐在酒店的会议室里，程泊辞盯着手机屏幕上孟韶发来的几个字看了好久。

旁边一起参加调研的室友用胳膊肘捅了他一下："发什么愣呢？女朋友跟你聊天儿啊？"

从期末周的围巾事件之后，室友就经常用女朋友这件事来跟程泊辞开玩笑。

程泊辞把手机反扣在桌上："不是。"

离会议开始还有一段时间，老师没到，房间里很吵，室友肆无忌惮地八卦起来："不让我看？我知道了，是送你围巾的姑娘吧。你是不是喜欢人家啊？"

程泊辞沉默了一下。

今天所有因孟韶而起的情绪变化好像都因为这个问题有了解答。

他不喜欢她的班长离她太近，不喜欢她用乖巧的声音跟别的男生说话，想抱着她不松手，想她许下的愿望其实跟他有关，问她希望自己跟同学解释什么是试探，没得到她的回答是失望，过马路想牵她的手是潜意识，对她这么上心，想得这么多，原来是喜欢。

他的指腹摩挲了一下手机光滑的边缘："嗯。"

室友原本只是起哄，没想到程泊辞真的给了他肯定的答案。

他立马追问："那她呢？她喜欢你吗？"

程泊辞思索片刻，没什么把握地告诉他："不知道。"

或许读高中的时候孟韶是喜欢他的，才会约他去白塔，但半年过去了，他不清楚她现在的心意。

而且她身边还出现了新的人，对方可以天天见到她，可以借着交作业的机会接近她。

想到这些，程泊辞的心里出现了一股奇怪的、不舒服的感觉。

他不希望自己在孟韶心里已经变成了一个普通的高中同学。

"那就有点儿难办了，"室友替他参谋，"你要是贸然表白可能会吓着人家姑娘，不过我觉得她给你织围巾，应该多少对你有点儿好感吧，建议你先观察一下，培养培养感情。"

程泊辞接受了这个建议，并谦虚地询问室友应该怎么培养感情。

室友说："帮她点儿忙什么的，要自然，别太生硬了。"

那之后没几天，孟韶就买票回家过年了，这期间她时不时地收到程泊辞的消息，他问的都是一些让她摸不着头脑的问题。

比如问她还需不需要 P 大图书馆资源库里的论文，她说不需要之后，他还显得很遗憾。

但每次她都舍不得就这样中断对话，会再找新的话题同他聊天儿，这个寒假因为他时常出现在手机屏幕上的小小头像变得温柔起来。

孟韶回家之后，迟淑慧让她每天晚上陪着孟希做作业，而孟希自己知道考大学没什么希望，已经懒得学习了，手机被迟淑慧没收之后，不知道又从哪儿另搞了一部来打游戏。

孟韶虽然早就不想管他，但眼见着他要高考，还是耐着性子劝了他几次，没有收到什么效果，后面也就不掺和了。孟韶答应迟淑慧看着孟希，其实也就是坐在他的房间里上自习，两个人井水不犯河水，倒也和平地过了一段时间。

那天晚上用孟希的电脑看论文时，孟韶又收到了程泊辞的消息。

他说有同学组织回礼城外国语学校看老师，问她去不去。

孟韶翻了翻14班的班级群："我们班还没人说。"

突然，孟希房间的门被打开，迟淑慧站在门口，气势汹汹地对孟希道："刚才补习班的老师来电话了，说你上次课逃课，跟同学去网吧了。"

孟希手里还打着游戏，不耐烦地"啊"了一声，眼皮子都没抬一下。

迟淑慧看向孟韶，而孟韶慌张地按灭了手机。

"韶韶，你是当姐姐的，怎么对弟弟一点儿也不关心？我让你来看着他做作业，结果他打游戏你也不管？"迟淑慧疾言厉色地道。

孟韶没吭声，知道对方心情不好，不想惹她。

手机屏幕又亮了一下，程泊辞发了新的消息过来。

迟淑慧看见之后问："你在跟谁聊天儿？把手机给我看看。"

说着她就要去拿孟韶的手机。

孟韶躲开了。

迟淑慧见状，火气更盛："上大学了，有事瞒着妈妈了是吧。"

"妈，"孟韶紧紧地攥着手机，"孟希我管过了，没有用。你们和老师都做不到的事情，为什么我做不到就是不关心他？"

孟希打游戏的声音停下了，他从屏幕上方悄悄瞟了孟韶一眼。

迟淑慧一时找不到反驳的理由，又觉得丢了面子，便口气强硬地道："我现在说的是你。你是不是谈恋爱了？手机都不能给妈妈看吗？"

孟韶不想跟她理论，站起来走了。

她回到自己的房间里，反手锁上了门，后背抵着门板，垂着眼睛去看程泊辞的消息。

他说，他希望她来。

"程泊辞，"孟韶在输入框里缓慢地打字，"我跟我妈妈吵架了。"

下一秒，他打了语音电话过来。

孟韶犹豫了一下，接听起来走到靠窗的位置，推开窗户，让冬夜的寒风盖过她的声音："喂。"

程泊辞听出孟韶语气里低落的情绪，语气温和地问："怎么吵架了？"

孟韶咬了咬嘴唇，不想跟他说自己家里的事情，那么混乱、滑稽又庸俗。

程泊辞感觉到了，没有逼她开口，只是简单地安慰了她几句。

这通电话没有打太长时间，孟韶听到程泊辞那边有披外套和开门的声音，想他大概有什么事情要忙，便主动结束了对话。

直到深夜，她洗完澡吹干了头发，换好睡衣准备关灯睡觉，刚把手机充上电，就看到屏幕上出现了带有程泊辞头像的消息气泡。

程泊辞："看窗外。"

打听到孟韶家的地址不难，程泊辞辗转问了几个同学，加了当年14班班长的微信，对方手里有全班同学的通信地址，告诉他之前先问他要做什么。

程泊辞说想见孟韶。

14班班长诧异地道："现在？"

程泊辞解释道："她心情不太好，我想去看看。"

对方便把孟韶的住址发给了他，14班的班长似乎还想问他什么，刚发了句"你们俩"，看他着急，又把消息撤了回来，只说了意味深长的两个字："加油"。

之后程泊辞就打车出了市区。

路很远，即便他叮嘱司机师傅尽量开快些，出租车还是用了差不多三个小时。到达后他仰起头往楼上看，确认她家窗口还亮着灯，她还没睡，这才给她发了消息。

孟韶家所在的县城这天的温度比市区的要低，到了夜里还在下雪，街上亮着几盏孤灯，白色的雪粒在微弱的光柱中漫散，路上清雪不及时，他下车的时候踩到了厚厚的一层。

天气很冷，程泊辞也不明白自己怎么那么冲动，大晚上只是听到孟韶用失落的语气说了几句话，就跑了这么远的路来见她，不知道她会不会怪他唐突、贸然、欠考虑。

他正忐忑，就看到孟韶家的窗口出现了她的身影。

孟韶收到程泊辞的消息，拉开窗帘之后，吃惊地发现他就站在楼下。

路灯给他投下长而斜的影子，他穿着纯黑的羽绒服，手上攥着纤薄的银灰色手机，一张帅气的面孔正遥遥地往她的方向看。

孟韶接触到他的视线，心颤了颤。

半晌，想到自己身上还穿着厚重难看的棉睡衣，她把窗帘又拉上，躲在后面给程泊辞回复道："等我一下。"

迟淑慧和孟立强都已经入睡了，孟希还在打游戏，应该没有人会注意到她。

尽管如此，孟韶换衣服的时候还是小心翼翼，生怕被他们发现。

她穿越客厅里的黑暗，蹑手蹑脚地行至门边，用极轻的力道将门把手压下来，一点儿一点儿地拉开了门。

门轴用了很多年没换，这时突然发出了"吱嘎"声。

孟韶吓了一跳，立刻停手，生怕下一秒家里的任何一个人就从房间里走出来，按下大灯的开关，让她无所遁形。

幸好没有人注意到。

孟韶等了一会儿，没听到脚步声响起，这才松了口气，从门后闪身出去，又轻轻带上了门。

她下楼的脚步又急又快，心里翻涌着许许多多的念头。

程泊辞为什么会在这个时候来找她？只是因为她心情不好吗？他这么做是不是已经超越了对普通同学的关心？难道他真的像江雯讲的那样，是喜欢她吗？

孟韶一路跑下楼。冬夜的冷风扑面而来，而程泊辞站在风雪中等她，很高的个子，就像一棵挺拔的青松。

他降临在这座孟韶出生、长大的小县城，像童话故事，是她从未想过的场景。

或许是因为现在太寂静，寂静到仿佛整个世界只剩下他们，像一场清醒的梦，让孟韶生出了越界的勇气。她快步走向程泊辞，然后一言不发地把脸埋进了他的怀里。

她感觉到他的愣怔，心里一紧，做好了下一刻就被他推开的准备。

然而两只手落在她的腰间，随即极其温柔地向上，他像在练习拥抱一样，慢慢抱紧了她。

孟韶眼眶一热，明明已经被压下去的委屈在他的怀抱中卷土重来，平复了的情绪也再次波动起来。

她忍不住微微抽泣了一下。

程泊辞听到了，低下头，有些手足无措地用指腹擦过她的脸颊："哭什么？"

孟韶摇摇头，眼泪却止不住地往下流。

程泊辞垂眸看她，用手帮她擦眼泪，动作轻柔得好像她是一件珍贵的瓷器，生怕不小心就碰碎了。

天上有层叠的云，月亮在云层后面露出半张脸，散发着幽静的光。

孟韶哭起来没有多大声音，程泊辞看了却很心疼。

知道孟韶不愿意说家里的事情，他没有再问，但孟韶轻细的声音忽地从他的怀里传出："程泊辞，我觉得我好不自由。"

被程泊辞抱着，孟韶觉得自己被容纳在了一个绝对安全的地方，开始意识到，她的难过、失落他都是想知道的。

她断断续续地给他讲了这一晚发生的事情，有时也会提起小时候的经历，说得很慢，也有些混乱，但他听得专注，一直没有打断她的话。

说到最后，她停了下来，而程泊辞用两只手捧着她的脸，声音低沉地说道："韶韶，那我陪你去找你想要的自由，好不好？"

孟韶抬起了头。

有那么一瞬间，她不敢相信自己的耳朵，也不能确定，他说的是不是就是她想的那个意思。

但他用那样温柔的声音亲昵地叫她"韶韶"。

这是她从前想都不敢想的事情。

看到孟韶的表情，程泊辞以为她没有听懂，耐心地说："我的意思是，我喜欢你。"

虽然他的语气是平静的，但他心里七上八下，生怕孟韶拒绝他。

毕竟这晚是他忍不住跑过来的，是他控制不住自己的喜欢，是他想要在她伤心的时候第一时间陪在她身边。

他不希望孟韶告诉他，其实她对他没意思，只是把他当作能够倾诉的朋友。

孟韶的耳边轰然一响。

程泊辞凝视着她，漆黑的眼眸像一条无尽头的隧道，而她变成了一列莽撞的火车，载着过往几年的全部期待，一头闯进去，就再也出不来。

她不想出来了，想就这样在他的隧道里迷失方向，去哪里都好。

半晌，孟韶听见自己说了"好"，又说："我也喜欢你。"

她的声音里带着不易察觉的颤抖，像拆开一份从天而降的礼物，时刻担心下一秒就发现是假的。

程泊辞抱着她的手收紧了些，而后低着头，十分珍惜地吻了一下她的头发。

孟韶放在他的衣角上的指尖蜷了蜷，而他只是那样抱着她。

时间已近凌晨，孟韶伏在程泊辞的怀里，想起一件很重要的事情，问他："你晚上怎么办？"

不等程泊辞回答，她说："县里有招待所，离这里不远，要不要我陪你去？"

程泊辞没说话，喉结轻轻地滚动了一下。

孟韶这才发现，自己这句话有歧义。

她的脸上浮起一层薄薄的慌乱之色："我是说，我带你去找。"

程泊辞脸上多了点儿不明显的笑："不用管我，你回家吧。"

他朝她家的方向抬了抬下巴："灯还没关，别被叔叔阿姨发现了。"

孟韶顺着他的视线望过去，心里"咯噔"一下：的确是要马上回去了。

"那我走了。"她小声对程泊辞说。

程泊辞点点头。

孟韶走到门口，回头看他，他还站在那里看着她。

上楼梯的时候，孟韶觉得委屈了程泊辞，让他一个大少爷大半夜偷偷摸摸地站在楼下安慰她，还要自己去找睡觉的地方。

他竟然会喜欢她，喜欢这么普通的她。

孟韶蓦然觉得，她人生前十几年的不幸运都变得非常值得。

她回到家里，没有人发现她悄然离开又回来，迟淑慧和孟立强还在熟睡，孟希的房间的门掩着，隔着门板传出调得很低的打游戏的声音。

孟韶放下心，走回房间，关上了灯。

她换好睡衣钻进被子里躺下，手机"嗡"地一振。

孟韶拿起来看，是程泊辞跟她说"晚安"。

"晚安。"她回复道。

程泊辞去找了孟韶说的那家招待所，的确离她家不远，从窗口还能看到她住的那栋不太高的楼。

房间不大但还算干净，他第一次住这样的地方，也没有觉得不适应，相反，因为心情好，他看哪里都舒心。

但他还是失眠了。

夜里室友给他发调研活动成果评定的通知，"叽里呱啦"传了一个长语音条过来："你太牛了吧，学工部那边直接给评了个特等奖，老师说全靠你最后整理出来的调研论文，比今年研究生会那边的调研做得还好。"

程泊辞回了句"收到"。

室友："什么？你还没睡？"

室友："这都几点了？"

程泊辞说："你不也没睡？"

室友理所当然地道："我当然没睡了，我跟我女朋友双排呢，她现在在国外，跟咱们这儿有时差。"

说到女朋友，他随口道："对了，你跟你的围巾妹妹怎么样了？"

程泊辞纠正他："她叫孟韶。"

室友："好好好，孟韶，记住了。"

室友："昨天有一块儿去调研的学姐在微信上问我你有没有女朋友，我说你还在追。"

"追到了。"程泊辞说。

室友那边静了一秒，接着发了一屏的感叹号过来，发完了还跑到宿舍群里发疯："程泊辞谈恋爱了！他这样的人竟然会谈恋爱！

你们还记不记得'院花'找他搭讪他不理的事！"

程泊辞话还没说完，不得不制止他："我能不能问你一个问题？"

室友切回跟程泊辞的聊天儿界面，说："你问。"

程泊辞认真地在输入框里打字："你跟你女朋友，在一起多久才接的吻？"

程泊辞问完之后，室友给他回了一串省略号，然后又说："看情况。"

程泊辞没懂："什么？"

室友："哎呀，到时候你就知道了。"

室友："气氛到了就可以。"

程泊辞看着玄之又玄的"气氛到了"四个字，还是没有理解，而室友急着跟女朋友打游戏，没有再跟他讨论下去。

第二天起床的时候，孟韶还是觉得不可思议。

她从高一开始暗恋的程泊辞，昨晚竟然从市区赶来找她表白，他们就这样顺理成章地在一起了。

坐在床边，孟韶拿出手机，翻出昨晚跟程泊辞的聊天儿记录，又看了一遍他发给她的"看窗外"和"晚安"。

这不是幻想，不是做梦，是真的。

孟韶这一天早上表现得过分平和，连迟淑慧过了一夜都觉得自己做得过分，但又拉不下脸来道歉，就在孟韶吃完饭要去洗碗的时候让孟韶把碗给自己，孟韶却摇摇头说："妈妈，我来吧。"

看到孟希手边的空碗，孟韶顺便要拿，孟希经过昨天的事情，迟疑了一下，孟韶看出来，笑了笑说："没关系。"

孟希胆战心惊地看着她，觉得姐姐的心情好得不正常。

吃完早饭回到房间里，孟韶收到了乔歌的消息。

乔歌："我听咱们班长说，昨天晚上程泊辞去找你了。"

乔歌："小孟同学，你是不是有什么没告诉我啊？"

乔歌："快给我老实交代。"

孟韶愣了愣："咱们班长？"

"对啊，程泊辞加了她问你的地址，说想去见你，啧啧。"乔歌道。

随即她又好奇地问："程泊辞真去找你了啊？"

孟韶有些不好意思地说："真的。"

乔歌："他找你干什么？让我猜猜，不会是表白吧？"

"嗯。"孟韶说。

乔歌发了一连串震惊的表情："真是表白啊？"

过了很久，她才回过神来："小孟同学，你真是不声不响办大事，这么轻松就把程泊辞拿下了。"接着坚持不懈地问道，"不过读高中的时候也没听你说喜欢他，怎么你们突然就联系上了？"

"不是突然，"孟韶停了停，终于向对方坦承了自己长久以来的心事，"我读高中的时候就喜欢他。"

乔歌立刻在她跟孟韶和许迎雨三个人的群里说道："@许迎雨，群里有个叛徒，读高中的时候玩暗恋不跟我们说。"

许迎雨马上回了："孟韶跟程泊辞的事？我听你们班长讲了，我还以为她瞎说呢。"

乔歌发了个语音条，听得出她没忍住笑了："小孟同学惨了，这下估计咱们那一届所有人都知道了，我们班长这嘴巴也太不严实了。"

许迎雨："不怪你们班长，那可是程泊辞，是咱们学校一大半女生都喜欢的程泊辞。"

接下来两个人就"严刑逼供"逼孟韶讲当初暗恋程泊辞的经过，孟韶实在拗不过她们，只好一点儿一点儿地从记忆里翻捡出嵌入高中三年的细节。

不知怎么，分明她回想起来是极其漫长又酸涩的一段故事，说出口的时候却只剩下跟程泊辞不算多的几次交集，很快就讲完了。在这段曾经不见天日的暗恋里，更多的是她不为人知的渴望，暗自压抑的悸动，和无法宣之于口、越来越沉重的喜欢。

听完之后许迎雨道："你早说你喜欢他，高一下学期英语课代表的活儿我就都让你干了。"

乔歌说："而且这么说的话，我感觉他上高中的时候就喜欢你。他主动带你去白塔，后来你约他，一看就是要表白，要是不喜欢你，他直接就把字条扔了，还去什么？"

两个人说得热闹，开始分析程泊辞是怎么喜欢上孟韶的，孟韶看着屏幕上的聊天儿记录，不自觉地感到恍惚。这几年以来，面对程泊辞，她总是觉得自己如何平庸，如何不配，那些一直缠绕着她的自卑感，似乎在这一刻都烟消云散了。

说到最后，乔歌道："哎，班长说年后组织回去看老师，好像每个班都统一那天去，你们回吗？"

孟韶想起程泊辞说他希望她去，便对乔歌说："回啊。"

见她们都去，许迎雨也说自己要去。

握着手机，孟韶忽然听见自己的房间的窗户轻轻响了一声。

她回身去看，一个小雪球在玻璃上散开，簌簌地洒落下去，像是谁用不大的力道扔上来的。

感应到了什么，孟韶快步走到窗前，看清了站在楼下的程泊辞。

看到她过来，他朝她抬了抬下巴，白皙的手上绕着一根半透明的线绳，牵了个浅蓝色的氢气球。

气球在半空中被气流吹得微微晃动，梦幻的颜色跟这座灰蒙蒙的小县城形成了鲜明的对比，也不清楚他是从哪里买来的。

孟韶推开窗户，清风混着阳光涌进屋内。程泊辞松了手，气球朝她的方向晃晃悠悠地飞来。

气球飞得不快，因为底下坠了东西，飘到孟韶面前的时候，她轻而易举地伸手抓住，看到线绳最底端捆了一张卷起来的字条以及一枚用来调节重量、控制飞行速度的弹珠。

孟韶把气球扯进屋内，解下程泊辞给她的字条。

素白的纸页上是他遒劲的笔迹：

"I go so far as to think that you own the universe."

我甚至相信你拥有整个宇宙。

与此同时，她的手机也亮了起来。

程泊辞："我看到了。"

他没有说他看到的是什么，但孟韶明白他的意思。

她用蓝色水笔悄悄标记在那本诗集里的心意，他看到了。

孟韶给他回复："年后我们班也要回礼城外国语学校看老师。"

程泊辞说"好"，又说他到时候去找她。

孟韶看到远处一辆黑色的车逐渐放缓车速驶过来，知道是程家的司机来接他了，便站在窗口，朝他摆了摆手。

这里不常出现这样的车子，附近不少人停下来看。

望着程泊辞坐上车，车轮在雪地上碾出一道长长的痕迹，孟韶关上窗，把他送给她的气球抱在了怀里。

气球表面还散发着些许冬日的寒意，里面的氢气充得很足，像是盛了非常多有关未来的期待。

身后突然传来一阵脚步声，孟韶转过身，是孟希过来了。

他想跟她说话，但看到她手里的气球，他露出了疑惑的神色，指了指，问道："那是什么？你买的？"

没有回答这个问题，孟韶迅速地把气球放到身后："找我有事吗？"

"哦，就是你昨天用我的电脑看论文没退出的那个网站，我刚才给你关了，跟你说一声。"孟希道。

说完他就走了，边走还边回头看孟韶，表情比早晨更加茫然。他发现自己的姐姐越来越让人看不懂，就像她抱着的那个凭空出现的气球一样，她和它看起来迟早会飞出这座小城。

过完除夕的第二周，孟韶坐车回礼城外国语学校看老师。

程泊辞问过要不要来接孟韶，被她拒绝了。

她怕被迟淑慧和孟立强看到。她不知道他们会对程泊辞持什么样的态度，谄媚还是敬而远之，总之都不是她希望看见的。

她也不想在以前的同学面前太高调。程泊辞不是挂在胸前增加她身价的徽章，只是她认认真真地喜欢了三年多的男生。

去礼城外国语学校依旧走的是换乘两班公交车、一班巴士的路线，从前孟韶觉得辛苦漫长，这一次却因为迫不及待地想见到程泊辞，遥远的路程也变得没那么难挨。

假期里教室都锁着门，班长提前通知班里要来的同学在学校南门口集合。孟韶到了公交车站，远远地就看到了校门口的人群。

她走过去的时候，帽子被人从后面拽住了，乔歌的声音在她的耳边响起："你怎么都没看到我？亏我还跟你打招呼来着。"

"人太多了。"孟韶说。

乔歌帮她整理好帽子，像以前一样挽住了她的胳膊："那可不，全年级回来看老师的都在这儿了。走，我们去理科班找许迎雨。"

穿越挨挨挤挤的人潮，还没找到许迎雨，她们先经过了1班。

那边几个男生看见孟韶，不知谁带头起哄，一窝蜂地喊她"嫂子"。

"你看，我就说全年级的人都知道了。你要不干脆去找程泊辞算了。哎，我看见他了，就在那儿。"乔歌道。

孟韶说"不要了吧"，低下头，想快点儿走过去，但程泊辞的那帮同学听说他的女朋友来了，一齐拥出来，簇拥着他将他往她的方向推。孟韶猝不及防，被撞了一下。

程泊辞下意识地伸手扶住她的后背，问她疼不疼。

孟韶涨红了脸，假装听不见那群男生的口哨声："不疼。"

程泊辞看出她的不自在，把手放下来，侧过脸对同学们说："别闹了。"

姜允跟着嚷道："散了，散了，嫂子害羞了。"

孟韶感觉到周围有不少人在看她和程泊辞，还依稀听到了几声议论，她没经历过这样的场面，又因为刚才被起哄起得赧然，就想先跟乔歌去找许迎雨，等人少了再跟程泊辞说话。

她正要迈步，手就被程泊辞握住了。

"躲什么？"他低声说。

顿了顿，他又道："不愿意承认我？"

"不是的。"孟韶小声否认。

她不好意思跟程泊辞说自己是因为被很多人看着和喊"嫂子"而尴尬，只说："有点儿不习惯。"然后问他，"我看完老师再来找你好不好？"

她没注意到自己放软声音求人的时候很像撒娇。

程泊辞看了她半晌，无奈地松了手："那你到时候给我发消息。"

孟韶说了"好"。

她去找乔歌和许迎雨，发现两个人已经凑在一起看了一会儿热闹。

许迎雨看见她，笑嘻嘻地说："我看到了，程泊辞牵你的手了。"

乔歌轻拍了许迎雨一下："别说了，再说她要找条地缝钻进去了。"

她伸手捏捏孟韶的脸颊："1班那帮男生就这样，有什么事都跟着瞎起哄，你不用搭理他们。"

忽然感觉有人在看自己，孟韶抬起头，在拥挤的人群里看到蒋星琼带着凉意的眼神一闪而过。

乔歌顺着她的目光望过去，不屑地"嗤"了一声："你别管蒋星琼，她就是忌妒你。她初中的时候没这么会藏事，当时我就看出她对程泊辞有意思了。她后来还跟她那些外班的朋友说不想去 F 大，因为离程泊辞太远了。"

许迎雨接话道："那孟韶离得比她更远，程泊辞还不是该喜欢谁就喜欢谁。"

三个人说着话，14班参加这次活动的人就差不多来齐了，班主任也到了，跟门卫说了一声，带着一帮学生进了学校，说年级主任给开了图书馆，大家去找个空的多功能厅坐一会儿。

孟韶跟乔歌一起往图书馆的方向走，听到她跟旁边的人打了招呼："老余，衣锦还乡了啊。"

原来余天不知什么时候走到了他们附近。

"乔歌，你会不会用成语？"余天无奈地道。

乔歌振振有词："我说错了吗？你P大的回来看老师还不是衣锦还乡，那应该怎么说？功成名就？"

余天放弃了跟她争辩："行行，你想怎么说就怎么说吧。"

接着他走到孟韶旁边，若无其事地道："我听说你跟程泊辞谈恋爱了。"

孟韶"嗯"了一声。

余天刚开始没说话，又走了几步，才道："程泊辞挺好的。"

他语气平淡，不像其他人知道这件事之后那样好奇或者惊讶。

"上学期我碰见他的时候还跟他说起你，说你没来P大挺可惜的，"余天侧过脸一瞥孟韶，"当时没想到你们会在一起。"

孟韶不知道要怎么接他的话。乔歌跳出来打圆场："当时想不到现在不就想到了吗？没看出来你还挺八卦。"

余天笑了笑，转移了话题，问起孟韶和乔歌在大学感觉怎么样，适不适应。

等他走了之后，乔歌盯着他的背影说："小孟同学，我怎么感觉他那么不对劲呢？"

孟韶问哪里不对劲。

"我感觉他知道你跟程泊辞谈恋爱后的反应和别人的不一样，就是有种……"乔歌绞尽脑汁地寻找一个合适的词，"不那么高兴又想假装挺高兴的感觉。"

孟韶其实也感觉到了一些，但她并不想深入探究，也阻止乔歌再想下去："应该没有吧。"

乔歌耸了耸肩："嗯，可能我想多了。"

班里的人来了小一半，在多功能厅里围着一张桌子坐下，争先恐后地跟班主任聊天儿，说自己选了什么专业，都在学哪些课，有时候想起礼城外国语学校，还是很怀念。

班主任跟他们聊着聊着，突然对余天说："余天，怎么今天老走神儿？"

余天如梦初醒般道："我在，老师。"

他旁边的男生揭他的底："老师，他刚才在看手机上咱们班的毕业照呢。"

听到"毕业照"三个字，乔歌顺口对孟韶道："当时余天是不是站在咱们后面，就是正对着你的那个位置？"

孟韶不记得了。她对拍毕业照那天的记忆，只剩下往程泊辞的课桌桌斗里放完字条之后，自己满心的慌乱和紧张。

余天笑着对那个男生说了句什么，不着痕迹地把手机收了起来。

在多功能厅里坐了半个上午，快结束的时候孟韶给程泊辞发消息，问他在哪里。

他反过来问她，得到答案之后说："那我在图书馆外面等你。"

孟韶比大家慢了些才出去，不想再被人围观。乔歌知道她要去找程泊辞，提前跟她说了"拜拜"。

穿上外套，孟韶走出图书馆，迎面而来的风将她的头发吹了起来。

她看到程泊辞就在离她不远的地方，身边还站着蒋星琼。

蒋星琼看起来是路过停下找程泊辞搭话，他一只手插在羽绒服外套的口袋里，没什么表情地听着。

孟韶走近了些，风卷着蒋星琼的只言片语落进她的耳朵里。

"孟韶高一时就喜欢你，偷偷背你的英语作文。

"没想到你会接受死缠烂打的女生。

"她怎么追的你，能不能给我这个老同学讲讲？"

孟韶不再是高一时那个被蒋星琼抢白也不回嘴的女生了。她叫了对方一声，蒋星琼看到她，露出几分尴尬的神色："孟韶。"

"我没有死缠烂打。"孟韶平静地说。

蒋星琼没想到自己的话都被她听到了，表情变得很不自然："我……我不是那个意思。"

程泊辞看了孟韶一眼，对蒋星琼说："是我追的她。"

蒋星琼愣在了原地。

说完，程泊辞就走向孟韶，低头道："走吧。"

学校里的人差不多走空了，阳光照在地上，亮得晃眼。

跟孟韶出了校门，程泊辞抬手打车，问她："中午想吃什么？"

孟韶没回答，而是说："你家的车不来接你吗？"

"嗯，说了今天不用接我。"程泊辞道。

他看出孟韶坐自己家的车会不自在，所以特地跟司机打了招呼说这次不必来接。

"我吃什么都行。"孟韶说。

程泊辞端详着她，忽地开口问道："刚才是不是生气了？"

孟韶清楚他指的是蒋星琼说的那几句话，没作声。

虽然不到生气的程度，但听到别人那样说自己，她确实不太好受。

程泊辞看着她，放轻了声音，说道："其实听说你背过我的英语作文，我很高兴。"

孟韶抿了抿嘴唇，好半天才说："不只是那样。"

程泊辞打的出租车已经在二人面前停下了，他替孟韶拉开车门，等她先上，自己才进去。

他问孟韶不只是那样是什么意思，她却不肯再说了。

程泊辞带孟韶去了市中心的商场，挑了一家口碑不错的餐厅，跟她一起吃了饭。

吃完饭之后，两个人又去了商场顶楼的猫咖书店。孟韶坐下来的时候，一只皮毛柔顺的小猫蹿上了她的膝头。她手足无措了一阵之后，试探着将手放上猫咪奶茶色的后背，轻轻地摸了两下。

小猫咪用头蹭了蹭她的掌心。

孟韶听见了"咔嚓"一声。

她抬起头，看到程泊辞在给她拍照。

孟韶的第一反应是怕自己在他拍下的照片里不好看。

她想问他要照片来看，又觉得难为情。

程泊辞见她局促，放下手机问："怎么了？"

被他注意到，孟韶不得不说："我想看看你给我拍的照片可以吗？"

程泊辞把手机递给她。

孟韶很认真地浏览着。程泊辞给她拍了两张照片，一张是她低着头摸咪的，另一张是她仰起脸面对镜头的。

第一张看不到脸，孟韶很快翻了过去，目光停在第二张上，她觉得自己在画面上看起来表情很呆滞。

"这张好难看。"她说。

程泊辞不同意："好看。"

孟韶想删掉，却被他抓住了手指。

"我没有你的照片。"程泊辞道。

他的手很大也很热，他低垂睫毛讲话的样子让人很难拒绝。

孟韶不再继续操作，在他的电子相册里留下了那张她认为拍得不是很好的照片。

程泊辞没有跟孟韶在外面逗留很久——不想天黑了她一个人在外面转车，在猫咖喝完饮料，就给她叫了出租车。

在商场外面等车过来的时候，两个人站在建筑物拐角的阴影里，周围没有人，程泊辞抱了孟韶一下。

而后他迟疑着，将唇落在了她的额头上。

孟韶的指尖一瞬间扯紧了他的衣角。

"不想放你回去。"程泊辞说，声音里添了几分低回的情愫。

出租车开过来，他松开孟韶，让她到了跟自己说一声，看着她上了车。

晚上在家的时候，程泊辞收到了孟韶报平安的消息。

他刚要回复，她就又发来了一段话，看起来是提前编辑好的，这时候才下定决心发给他。

"不只是那样的意思是，我不仅背了你的英语作文，还故意假装偶遇，替你去给英语老师送作文；模拟联合国活动是为了你参加的；运动会的时候去看过你打球；给你送过牛奶；我也不自量力，想过要考 P 大。"

是今天白天他问她那个问题的答案。

程泊辞看了好几遍，仿佛能从字里行间看到孟韶打字时的纠结、坦承心迹时的勇敢和埋藏在那几年中的隐忍与疼痛。

他略加思索，缓慢地打出一行字，坚定地告诉她："韶韶，谢谢你这么喜欢我。"

程泊辞找到自己给孟韶拍的照片，设置成屏保，截图发给她看："以后可以不用这么辛苦，因为我会更喜欢你。"

刚把消息发送过去的时候孟韶是紧张的。她将自己暗恋程泊辞的事情讲给他听，不是为了让他愧疚和心疼，只是想对他坦白，她的确是读高中的时候就开始喜欢他，没达到蒋星琼说的死缠烂打的程度，但也并非全然清白。她妄想，做梦，有企图心，在别人面前假装不在意他，暗地里却又把他写进血肉里，渴望得那么深刻，深刻到一呼一吸间，都是破土而出的悸动。

但程泊辞告诉她，以后不用那么辛苦，他会更喜欢她。

像旧日的她在黑暗当中一瞬间被赦免，原来那些过分的喜欢都不算有罪。

假期结束之后，孟韶从礼城回到 N 大，抽时间去了雍盛寺还愿。

她觉得菩萨对她很好，她许下的愿望，加倍地帮她实现了。

这学期的期末考试结束之后，孟韶问清程泊辞的放假时间，在他还待在学校的时候，偷偷用自己勤工俭学的钱买了一张去首都的机票。

坐进机舱里，她才像真的开始放假，因为他而拥有了无尽的期待。

P 大离机场不算近，孟韶落地之后，用手机上的导航软件查到路线，从机场出发，坐了一个多小时的地铁到 P 大。

出站的时候已经是中午，她给程泊辞打了电话，他很快就接了："韶韶。"

孟韶周围人来人往，空气中是盛夏的闷热。她说："我到你们学校了。"

程泊辞静默了一刻。

孟韶的心脏不由得悬了起来，她怕他今天有什么事情要忙，自己擅作主张过来会打扰到他。

随即电话里就传来了程泊辞跟其他人低低的说话声，她隐约听到了"女朋友"这个词。

接着是椅子被推开的声音以及气流擦过听筒的声音，是今天吹过他们两个人的、同一座城市的风。

"我现在去找你。"程泊辞说。

他问她在 P 大的哪个校门，孟韶想了想："刚才地铁报站说是你们学校东门站。"

程泊辞让孟韶就在门口等他，他帮她预约进校。

没过多久，孟韶的发尾就被人从后面轻轻地扯了一下。

她回过头，看到程泊辞站在她身后垂着手，她被笼罩在他挺拔的身形投下的影子里。

他穿了一件灰蓝色的 T 恤，让孟韶联想到遥远的大洋上会让人迷航的雾气。

注意到程泊辞并不是从学校里出来的，她回忆起方才在电话里听到的声音，问他去哪里了，是不是为她推了什么安排。

"不算，"程泊辞说得很是轻描淡写，"期末考试结束后跟室友在学校附近吃饭，以后有的是机会。"

他自然地将孟韶的双肩包拿下来，背在了自己一侧的肩膀上，然后问她："怎么突然来了？也不提前跟我说？"

孟韶抿了抿唇。她不擅长说直白的情话，像飞机遇到雷雨天气无法迫降，"想见你"这几个字在喉间盘旋，却始终讲不出来。

程泊辞却像懂了一样，牵起她的手。

夏天不是适合牵手的季节，顶着烈日步行，两个人的手没过一会儿就出了一层薄薄的汗，可谁也没松开，脉搏和血液隔着皮肤心照不宣地彼此触碰着。

程泊辞带孟韶去吃饭，问她准备在首都待几天，都想去哪些地方。

孟韶诚实地说自己还没考虑这些，只是买了张机票就来了。

她不知为什么，程泊辞听完之后，定定地看了她好久。

"为了我来的？"他问。

孟韶被程泊辞看得心慌意乱，移开视线，默认了他的说法。

怕他再讲出什么让她难以招架的话，她迅速地扫了餐桌上的点餐二维码："我们点菜吧。"

下午孟韶被程泊辞带着逛了 P 大。她发现他在这里一样是风云人物，走过短短的一段路就遇到了好几个跟他打招呼的同学。

半路他们俩遇到了他的室友，三个人应该是刚从学校外面吃完饭回来，从后面一窝蜂地追上他们："哎哎哎，程泊辞，你等等，让我们看看孟韶。"

孟韶没想到程泊辞的室友知道她的名字，露出了吃惊的表情。

其中一个男生见状，连忙说："别见怪啊，你已经是我们学院的传说了。"

另一个人夸张地道："而且程泊辞总念叨，我们想记不住也不行，是吧？"

先前那个男生忽然诡秘地一笑："我跟你说啊，程泊辞追到你的那天晚上还问过我……"

程泊辞突兀地咳嗽了一声。

想到那个谈恋爱多久能接吻的问题，他一向冷淡的脸上现出几分不自然。

孟韶见程泊辞的室友话说到一半不说了，追问道："问过什么？"

室友避而不答，转而对程泊辞说："我替你保密，你记得回来请我们吃饭啊，要吃贵的。"

程泊辞说："行。"

室友这下满意了，挥挥手跟两个人告别，三个男生勾肩搭背、嘻嘻哈哈地去了前面。

孟韶隐约听见了他们的说话声。

"真挺漂亮的。"

"程泊辞问你什么了啊？……不是吧，他们都谈半年了，不会还没……？"

"你小点儿声，想不想吃程泊辞请的饭了？"

再往后的话孟韶就听不清了，但她差不多猜到了刚才程泊辞阻止他的室友说的是什么，这天的气温仿佛因为她的这个猜测又升高了几摄氏度。

参观完 P 大之后，程泊辞陪孟韶去转了几个首都的景点。临近傍晚的时候，他打车带孟韶去找一家听说食物很好吃的餐厅，半路她有点儿晕车。她本来想忍着不要扫兴，但程泊辞看到她闭着眼睛很难受的样子，低声问她是不是不舒服，她只得点点头。

程泊辞便让司机在路边停下，下了车，跟她一起在路边慢慢走着。

暑气在日落时分有所消散，空气中有绿化带清淡的草木气息，天边暮光泛起，柔和美丽。

程泊辞侧过脸问孟韶："晕车了？"

得到孟韶肯定的回答之后，他轻轻地拍了一下她的后背，给她顺气。

"司机开得太晃了，他说话又好吵。"孟韶说。

很少听到她抱怨什么，乍见她这样稍稍委屈的神态，程泊辞没忍住，像安抚一只小动物那样摸了摸她，掌心不小心碰到了她后背的那两块蝴蝶骨，他的目光晃了晃。

在街上走了几百米，孟韶终于不难受了。她跟程泊辞正好路过一处公园，远远望去，里面有一片宽阔的湖泊，透明的湖面上漂浮着很多蓝色和白色的手划船。

程泊辞顺着她的目光望过去："想去吗？"

孟韶停下了脚步，眼中闪动着星星点点的期待："可以吗？"

程泊辞于是带孟韶去租船，她挑了一条纯白色的。

程泊辞比孟韶先上船，上来的时候她被绊了一下，船身那么狭窄，他去扶她的时候，两个人几乎贴在一起。

孟韶的耳朵马上红了。

即使在这样的天气，他身上的气味也还是很好闻。

她好不容易才稳住重心，两只手提着裙摆，在船身的一侧坐下来。

程泊辞等她坐好，才顺着水波，陪她慢悠悠地划到了湖心。

湖面上倒映着浅粉色的晚霞，船桨漾出层层的波纹。

一个平平常常的夏日傍晚。

孟韶放下船桨，转身去看一只掠过湖面的飞鸟，看它扇动着灰色的翅膀，飞得时高时低，然后远去。

程泊辞在她背后说："韶韶，我没想过你会来找我。"

孟韶回过头来，斜照的光将船篷的阴影投在他的脸上，交织成好看的明暗关系。

他的声音也像水上的波纹一般缓缓地散开。

孟韶想：自己应该没有跟程泊辞说过，他叫她小名的时候，比从小到大任何一个这么喊她的人都温柔。

她很喜欢听。

夏夜尚未降临，风已经缱绻，缱绻到让人不理智，变得不像自己。

她看着程泊辞，鬼使神差般站了起来。

船身随着她的动作轻微地一荡，像世界开始失重，默许越界的发生。

孟韶两只手撑着隔开两个人的桌板，凑过去亲了一下程泊辞的唇。

被炎热烘了一天，桌子也是温的，像她的心情。

其实算不上亲，因为她只是蜻蜓点水般擦了一下程泊辞的嘴唇，不记得他嘴唇的形状，不记得他嘴唇的温度，不记得他嘴唇的触感。

因为这些都比不上她胸腔里面巨大的噪声，如同一场小型台风刮过她一个人的国度。

在孟韶的一碰即离里，程泊辞感受到她清新得宛若一枝百合的气息。

他想要更多。

他几乎是下意识地捉住了她的手腕，不许她撤退，又把她拉向自己。

在这个真正的亲吻里，宇宙随着他的心跳震颤，他好似在无尽地索取和挥霍着这个夏天。

这一切最好永远都不结束。

孟韶的唇很柔软，比他想象的还要软。

她没有躲开，他听到了她的呼吸声。

这一刻，程泊辞突然就明白了室友说的那句"气氛到了"到底是什么意思。

孟韶被程泊辞拉着跟他接吻，他坐着，她俯身站着。

船桨静静地挂在船身两侧，白色的船停在湖心，随着水波轻轻地摇荡。

孟韶将没有被程泊辞攥住的那只手落在他的肩上，她触碰到了属于男生的平直坚实的轮廓。

他的唇温热，起初接触她的时候还带着试探，等到察觉出她并不抗拒之后，就变得大胆了很多。

孟韶的胸口不断地起伏，脑海逐渐变得空白，只剩唇部的触感依然清晰。

两个人的呼吸紧紧地缠绕在一起，谁的动作都不熟练，可是又很努力地在探索。

孟韶听见接吻时细碎的声响，皮肤不由自主地升温。

她发现原来自己对程泊辞也有很多非分之想。

忽然，孟韶感觉程泊辞微微张开了嘴。

孟韶意识到什么，耳边"嗡"地一响，浑身的血液好像都涌上了头顶，压在他肩上的手稍稍用了力。

程泊辞停顿了片刻，只是抬手扶上她的后脑勺儿，轻轻地亲了她一会儿才放开。

空气温和，唇上的余热没那么快消散，仿佛要给出足够的时间，让人记住方才发生的一切。

孟韶的眼睛不知什么时候带上了水汽，映着湖泊和夏树。

程泊辞抬起下巴看着她问："韶韶，这两次哪次算初吻？"声音里还有不明显的哑。

第一次是她主动的，第二次是他索求的。

孟韶的脸颊发起了烧，她垂下眼帘，声音飘忽："都算吧……"

跟程泊辞一起坐在不大的船舱里，远离首都街头熙攘的人群，耳边是船底流过的水声，像整个世界只剩下他们两个，静谧得不可思议。

孟韶很想跟程泊辞待在这里不走了。

她把这个想法说给他听，他没有笑她，只是抓着她的手说："那就多留一会儿。"

他们很晚才把船划回岸边去吃饭。那家餐厅生意火爆，两个人排队排到晚上9点才坐上桌，吃完饭已经过了11点，程泊辞问孟韶晚上怎么办。

孟韶这才如梦初醒般道："我忘记订酒店了。"

她真的只是一时冲动买完机票就来了，原本打算今天见到程泊辞之后再忙这些的，但那个吻打乱了她所有的思绪，她什么都忘了。

孟韶想住得离程泊辞近些，于是拿出手机来查P大附近的酒店，但一个个看过去，比较便宜的房间都满了。

想想也是，现在已经进入暑期，旅游旺季，房源紧张理所当然。

孟韶便去翻看更远一些的地方。这么晚了，一个人在不熟悉的地方住酒店，她心里其实有些害怕。

程泊辞一直没说话，这时候才说道："韶韶，我陪你住吧。"

餐厅暖白的灯光下，他说这句话时十分平静。

孟韶滑动屏幕的动作慢了下来。

觉察到她可能误会了，程泊辞补充道："我们住两间。"

他只是看出孟韶害怕，想消除她的不安。

见她没有立刻拒绝，他故意说："我们有门禁，晚上过了 11 点就回不去了。"

孟韶不了解 P 大学生公寓的管理制度，闻言问："真的吗？"

程泊辞毫不心虚地说："真的。"

孟韶轻易地相信了他捏造的门禁时间，自责地道："要是没在船上耽误那么久就好了。"

"没关系，"程泊辞也打开手机，在地图上查看附近的酒店，"是我耽误的。"

他说得轻描淡写，孟韶却在这句话里回想起他将她拽过去亲吻的样子。

那是她不够熟悉的他，冷淡里生出炽热，从容地做一个索取者，也像拯救者。

孟韶还在发呆，程泊辞已经放下手机从桌子对面站了起来："走吧。"

程泊辞带她过马路，对面就有一幢灯火通明的连锁酒店，他走进大堂里，问前台工作人员还有没有空房。

工作人员说："还有一间大床房。"

"要两间。"程泊辞道。

"只有一间了，"前台工作人员在电脑上操作了一番，又给他们提供了另外一个选项，"但还有行政套房，双卧室的。"

孟韶从墙上的宣传屏幕上看到了行政套房一晚的价格——很贵，超过她一个月的生活费。

尽管知道这对程泊辞来说不算什么，她还是扯了扯他的衣角，阻止他道："不要这个。"

她不是来占程泊辞便宜的。

前台工作人员听见了，便问："那就定大床房？"

孟韶的手停在那里，心中举棋不定。

程泊辞等了孟韶一会儿，见她不语，正要对前台工作人员说就要先前的行政套房，她却用很轻的声音说："要大床房吧。"

"麻烦两位出示一下身份证。"前台工作人员说。

程泊辞侧头去看孟韶，想给她反悔的机会，她却已经把身份证递了过去。

拿到房卡，两个人去坐电梯。

程泊辞最后向孟韶确认了一遍，她是不是真的不需要换成有两个卧室的房间。

孟韶摇摇头。

她低着头，避免跟程泊辞对视，像是困了，但程泊辞知道，她是在害羞。

他欲言又止地盯着她半天，直到电梯到达一层，电梯门从中间打开。

程泊辞抬手替孟韶挡着门，跟在她后面进去。

孟韶觉得程泊辞想跟她说什么，但没有找到合适的表达方式。

等两个人出了电梯，走在厚厚的吸音地毯上去找房间时，孟韶听到程泊辞低沉的声音在她的身侧响起："韶韶，你不用因为跟我谈恋爱就勉强自己。"

孟韶还没反应过来，他就又像检讨一样地说："也不用听我的室友说的那些，我问他……那只是我单方面的想法，你不是一定要迁就我。"

他省略的是那个关于接吻的问题。

孟韶脚步没停，也没应声。程泊辞看到房间号，叫住她："韶韶，到了，是这间。"

他从封套里拆出房卡，不急着开门："你不想的话，我们不必这么急就要住在一起。"

孟韶终于抬起眼眸看他，黑白分明的眼睛十分漂亮："没有勉强。"

程泊辞没听清："什么？"

孟韶花了很久，才把话从心里逼出来："我想跟你住。"

说完，她马上又把头低了下去。

程泊辞费了些力气，才克制住在这里再一次亲吻她的念头。

他将门卡贴上感应区，然后推开门，插卡取电，按亮了灯。

孟韶第一次住这样高级的酒店，虽然只是一间大床房，但比她家里的卧室要宽敞漂亮太多，她甚至不敢坐下，怕今天在外面走了一天，沾了灰和汗的衣服会弄脏床单或者沙发。

程泊辞误会了她的意思："你是不是要去洗澡？"

孟韶飞快地说要去，然而迟迟没有动作。

她的书包里带了睡衣和换洗的衣服，但不好意思在程泊辞面前拿出来。

程泊辞看出了她的心思，轻"喀"一声，伸手扯了一下领口：

"我下去买瓶喝的。"

他去了很长的时间，孟韶洗完澡在床上盖着被子躺下，他才回来，将一罐咖啡随手放到了置物桌上。

凌晨买咖啡，还买了那么久，孟韶这才想到，他应该知道自己当时在想什么。

房间里的空调很凉快，她的身上反倒在发热。

孟韶不知怎么，觉得自己在这个时候装睡会比较好。

她闭上眼睛，听到程泊辞由远及近的脚步声。

他走到孟韶旁边，她被子下面的身子开始僵硬。

但随后是"咔嗒"一声，他只是看到她睡着，把灯都关了。

孟韶听着程泊辞摸黑去洗澡，浴室里传出花洒放水的声音。

她又后悔起来，想着没有灯他会不方便，希望他不要滑倒或者磕着碰着。

程泊辞洗漱完出来的时候，房间里多了带着水汽的香味。

孟韶始终没有睡着。

他从另一侧上了床，她感受到他那边的床垫陷下去一点儿。

听到他的身体同被单发出的摩擦声，孟韶将自己的胳膊往回收了收，眼皮是沉重想睡的，胸腔里的那颗心脏却清醒很多，正在不知疲倦地运转跳动。

突然，她的手在被子下面被程泊辞扣住了。

他干燥的掌心包裹着她，传来暖暖的体温。

孟韶猝不及防，指尖控制不住地一动。

"又醒了？"程泊辞问。

孟韶不好说自己刚才在装睡，只得顺着他的话说"是"。

安静了几秒，程泊辞朝孟韶的方向侧过脸："韶韶，我能抱着你睡吗？"

孟韶的鼓膜因为他的嗓音而出现了一阵战栗。

过了一小会儿，她说"好"，随即感到他朝她的方向侧转身体，一条手臂绕过她的后背，把她揽向他。

孟韶闻见他领口里温热的气息。

她小心翼翼地将手放到了他的腰间。

不知道是不是这个地方不能摸，程泊辞的呼吸变得粗重起来。

他用手指绕了绕她散落的发尾，低下头，将唇抵在了她的额头上。

孟韶的睫毛像蝴蝶扇动翅膀那样动了一下。

她没有说不行，程泊辞像得到了鼓励，薄薄的嘴唇沿着她的眉眼和鼻梁一路缠绵地向下，停在了她的唇间。

这个时候，程泊辞终于意识到，跟孟韶一起进门前他的克制完全是徒劳的。

他情不自禁地捧着她的脸，含住她的唇吻了过去。

被程泊辞亲吻着，孟韶闭上了眼睛。

每一分触觉都在黑暗中被放大，他浅浅的鼻息、柔和的唇齿、托起她侧脸的掌心，都那么清晰地存在着。

孟韶情不自禁地回应他。

感受到她的回应之后，程泊辞忽然手臂一推，将她压在床上。

与此同时，孟韶察觉出一个柔软的物体探入了她的唇缝。

过了几秒，她才意识到，那是程泊辞的舌尖。

孟韶的脑海轰然一震。

但她没有推开他。

程泊辞这次比白天要直接，吻得越来越深，指腹也顺着她的耳朵一路往下，摩挲过她白皙细腻的颈线，隔着睡裙握住了她的肩膀。

孟韶承受着他的亲吻，浑身都在发软。

在接吻的间隙，她听见他用喑哑的声音问："怎么还穿了这个？"

孟韶迷迷糊糊地感觉到，程泊辞用手指点了点她的文胸的肩带。

她没说话。穿这个是因为洗澡时想起高考结束后在他家度过的那个雨夜，她忘记穿内衣被他看到的尴尬，她不想重蹈覆辙。

可程泊辞似乎不太理解，只是贴着她的耳郭道："韶韶，我帮你脱了，好不好？"

他开口时产生的热气飘进孟韶的耳孔里，平日那样凛冽的声音，此刻竟会产生类似诱哄的味道。

孟韶对上他深黑的眼睛，像受到蛊惑一样，没有思虑得太久，就轻声说了"好"。

程泊辞喉结滚了滚，修长的手指向下抓住了她白色睡裙的下摆。

孟韶别过脸，把脸孔垂下去。

她发觉程泊辞不太会解文胸的扣子，弄的时候很是费劲。

他的呼吸一阵深一阵浅，孟韶想起他修长好看的手，莫名其妙地一阵悸动。

程泊辞的触碰实在太折磨人，她咬着嘴唇，想让他停下，又舍不得，总觉得下一秒自己就要在这个夏夜灰飞烟灭。

据天文学家统计，银河系里大约有四百亿个星球，也许有一个正在为她焚毁。

不知过了多久，很轻的一声之后，文胸的搭扣被松开，胸前一空。

　　程泊辞停了一下，像是不知道该怎么继续。

　　孟韶忍着脸热，告诉他："不用脱衣服也可以拿。"

　　她将肩带从自己的睡裙袖口拽出来，解掉了文胸。

　　程泊辞帮她拿起来放到床边，然后又回过头来吻她。

　　孟韶搂上他的脖子，指尖碰着他后颈上的小痣。

　　两个人的身体隔着薄薄的衣服贴在一起，气氛旖旎，程泊辞的手抚过孟韶的背和腰，滚烫的温度熨帖着她的皮肤，再要往下的时候，他低声问："韶韶，你考虑好了吗？"

　　知道他在问什么，孟韶动了动嘴唇，却没有出声。她不清楚这样算不算太快，也不晓得在这样的状态下做出的决定是不是理智。

　　见她踟蹰，程泊辞没有强迫她，只是抬手替她将一缕头发别到了耳后："那就再想想。"

　　然后，他把头埋进她的颈窝里，像在压抑着什么一样，深深地吸了一口气。

　　他蓬松的头发蹭得孟韶下巴发痒，像体内有一条河在涨水，却始终等不来决堤的那一刻。

　　但程泊辞说的是对的，她还需要再想想。

　　"我去浴室。"程泊辞用手撑着床起了身。

　　听着浴室传来的水声，孟韶大概能猜到他在做什么。她把脸埋进枕头，吹着空调也觉得皮肤微烫，预感到今晚或许会睡不好。

　　比她更辗转反侧的是程泊辞，后半夜他抱着孟韶，闻着她身上的香味，失眠失得很彻底。

在首都待了三四天，孟韶知道程泊辞还有科研训练的项目要做，不想他分心，跟他说自己准备回礼城了。

程泊辞问孟韶哪天走，她拿出手机订机票。

他张开手盖住她的手机屏幕："韶韶，我给你买。"

孟韶说不用。程泊辞想了想，说道："这次我先付，省下的钱，你下学期再来找我一次，行吗？"

顿了顿，他放柔声音说道："我还想再见你。"

虽然明白程泊辞只是想找借口帮自己付钱，但孟韶看着他的眼睛，听着他说想见自己，还是答应了。

第十九章

白塔幻想线（四）

孟韶飞回礼城是在 7 月下旬。家里阴云密布，因为孟希拿到了一个很糟糕的高考分数，迟淑慧想让他复读，而他说什么也不答应，最后去了体育学校。

尽管录取结果已经出来了，但迟淑慧还不死心，每天都拉着孟立强给孟希做思想工作，希望能让他放弃报到，复读一年。

孟韶不想被迫掺和进父母跟孟希的拉锯战，主动提出帮孟立强和迟淑慧看店，一天大部分时间在书店的柜台后面度过，有顾客来的时候就帮着结账，没人就自己坐着预习下学期的教材，或者看看店里的过期杂志，就这样度过了大半个暑假。

这天她正翻看一本旅游指南，双面印刷的薄纸上是英国德文郡托基小镇的海边摩天轮，白色的摩天轮架设在港口附近，深蓝色的海港光是看着就好像能让夏日的高温下降几摄氏度。

搁在柜台上的手机突然振动了一下，有人给她发来消息。

程泊辞："在做什么？"

孟韶拿起手机，拍了一张书店内部的样子给他看："在看店。"

程泊辞问她累不累，书店是不是离她家很远。

孟韶正好也不忙，慢慢地给他打字："还好，现在附近学校的学生都放假了，顾客很少。书店离我家挺近的，隔两条街就到了。"

程泊辞没有立刻回复她，孟韶猜他可能有事在忙，就放下手机，继续看自己的旅游杂志。

中途有一个收废品的老爷爷来问她有没有纸板或者矿泉水瓶。孟韶找给他，又跟他说："爷爷，我爸爸妈妈今天去进货了，到时候应该还有一些，你可以下午来拿。"

她看到老人身上松垮发黄的汗衫已经湿透了，便从柜台旁边的货架上拿起一瓶矿泉水递给他，说快要到期了，现在顾客少卖不掉，送给他喝。

其实水是这周刚摆上的。

送走老爷爷之后，孟韶扫了另一瓶水的条码，自己用手机付了钱。

付钱的时候屏幕上方弹出一条来自程泊辞的新聊天儿消息。

他问她："是不是门口有棵梧桐树的那一家？"

孟韶愣了一下，转头朝窗外望去。

程泊辞就站在他说的那棵树下，身上穿的是白衣黑裤，树叶缝隙里洒下的碎光落在他的脸上，随着风起伏晃动。

捕捉到孟韶的视线，他朝她笑了一下，走进来。

店里空无一人，只有一台老旧的风扇在发出"吱吱嘎嘎"的转动声响。

"你怎么来了？"孟韶说。

程泊辞单手拖了一把椅子过来，在孟韶旁边坐下："过来陪你一会儿。"

孟韶略微慌张地朝门外看了一眼:"我爸妈去进货了,可能很快就会回来。"

接着她又抱歉地向程泊辞解释道:"他们最近因为我弟弟的高考成绩心情不好,我不知道该不该跟他们说我谈恋爱了,而且……"

她稍一迟疑,就向程泊辞坦白了内心的真实想法:"我怕他们对你的态度不是你喜欢的。"

之前孟韶想过这个问题,又担心迟淑慧和孟立强如果得知她跟程泊辞的关系,面对他时不是阿谀逢迎就是不信任他,她不想他为难。

程泊辞尊重孟韶的一切选择,耐心地道:"不想跟叔叔阿姨说就先不说。"

看到她面前的杂志,他顺口说:"这里我去过。"又用好听的英语念了一遍那个小镇的名字,"Torquay,阿加莎的故乡。"

"漂亮吗?"孟韶问他。

程泊辞沉默片刻,没有说漂亮还是不漂亮,只道:"我当时才几岁,就记得那里有一条游览路线以阿加莎命名,叫'阿加莎·克里斯蒂一英里',这条路会经过一个植物园和一片海湾,有当地的孩子在海湾里面游泳。"

听到程泊辞说他那时的年纪,孟韶才发觉自己问到了他不想回忆的童年。

他一定是想起他妈妈了。

她拿不定主意要不要跟他道歉,可他看起来并不介意:"想去的话,以后我们也去。"

程泊辞说得轻松,让孟韶觉得这听上去是一件一定会实现的事情。

在她这里，他总是跟美好的事物联系在一起：很好的英语、干净的气息、聂鲁达的诗、仿佛轻而易举就能到达的远方。

她正要接话，突然看到了正从远处开过来的面包车。

那是孟立强的车。

孟韶手忙脚乱起来："程泊辞，我爸妈回来了。"

程泊辞顺着她的意思站起来，但没有往外走。

孟韶正着急，就看到他起身去了靠里面的书架那边。

孟韶还没来得及告诉他不应该躲在那里，她和父母一会儿要一起摆书，他会被看到，迟淑慧和孟立强就已经下了车，开始从后备箱往外搬用牛皮纸包起来的图书。

孟韶出去帮他们，心里惴惴不安，很怕自己和程泊辞的事情被发现。

书店生意一般，迟淑慧和孟立强不会进太多货，三个人一次就能全部搬进去。

孟韶跟他们一起走进店里的时候，程泊辞正好从里面出来，怀里抱了一大摞书放到柜台上。

从没见过一次买这么多书的顾客，迟淑慧见状，马上喜笑颜开，对孟韶说："快快快，别搬了，赶紧去给人家结账。"

孟韶抬起眼眸，看到程泊辞一只手搭在那摞书上，另一只手垂下来，正十分坦然地看着她。

她放下拎进店里的书，紧张地走过去，没有立刻给程泊辞扫码，而是瞥着后面的孟立强和迟淑慧，轻声问他："你真的要买啊？"

程泊辞说要买。

为了不让父母看出异样，孟韶只得一本一本开始扫码。

程泊辞挑的都是店里滞销很久的那种书，里面有彩色插图，页数多，价格贵，塑封已经蒙上了一层薄薄的灰。

孟韶从柜台底下找出一块抹布，替他把书擦干净。

隔着柜台狭窄的桌面，程泊辞一直在低头看她。

被笼罩在他的目光中，孟韶执抹布的手也不那么稳了。

她想提醒他别这么明目张胆，又怕被迟淑慧和孟立强听到。

终于等到他们去靠里的书架摆书，孟韶才松了一口气，原本紧绷的身体松弛下来。

程泊辞结完账之后，她帮他把书装进了一个塑料袋里，怕袋子不结实，又在外面套了一层纸袋。

这时，程泊辞忽然抓住了她的胳膊。

孟韶一惊，还没来得及挣脱，他已经朝她的方向俯下身来。

视野被他遮住，孟韶的听觉反而格外敏锐起来。

风扇叶片转动，里间包书的牛皮纸与水泥地面摩擦，新进的书被放到货架上，门外传来绵密的蝉鸣。

还有程泊辞的呼吸声。

他侧过头吻了她的脸，嘴唇擦过她的皮肤，留下淡淡的触觉。

迟淑慧高亢嘹亮的声音突兀地响了起来："韶韶，还没收完钱吗？"

紧接着就是一串脚步声在靠近。

孟韶一阵慌乱，纸袋被她抓出了细碎的声响。

她抬手要把程泊辞推开，他却在迟淑慧走出来之前就站直身体，脸上也没有太多表情，就像一个真正在这样炎热的天气里走进来买书的顾客。

"收完了。"孟韶不自在地说。

她把纸袋往程泊辞的方向推了推，不敢看他。迟淑慧在柜台旁停下，热情地道："小伙子，下次再来啊。"

程泊辞礼貌地说了声"好"。

等他走出去之后，迟淑慧迫不及待地问孟韶："他买了多少钱的？"

孟韶有些出神，迟淑慧又喊了她一声，她才慌慌张张地看了一眼收银的屏幕："500多块。"

迟淑慧狐疑地盯着她："你怎么了？心不在焉的。"

孟韶掩饰道："太热了，有点儿头晕。"

迟淑慧相信了，没再追问，望了望窗外，说道："你说他还会来吗？看着不像是住这儿的。"

孟韶不想听妈妈用这种市侩的口气说起程泊辞，装作不太了解也不感兴趣的样子，说不知道，而脸颊被他亲过的地方还残留着触电一般的感觉。

她没有再跟迟淑慧讨论程泊辞的事情，将抹布放回柜台下面，去里面帮忙摆书。

经过那些被他抽出过书的地方，孟韶会不由自主地停留一会儿，想象他是怎样找到那些看起来很不受欢迎的书的。

剩下的小半个假期里，程泊辞又来过好几次，有时候会陪孟韶在店里坐一整天，被她教会了怎么使用收银系统，到了中午就让她去里面休息，自己在外面看着。

但孟韶不敢让他在柜台后待得太久，怕被周围的邻居看见后向迟淑慧和孟立强说起，这样他们俩的事很可能露馅儿。

可是她又很期待他来。日历格子里平平常常的数字好像一下子变成了盲盒，她不知道能不能拆出自己想要的礼物。

假期结束之际，孟韶提前一周去了学校，所以也不清楚迟淑慧和孟希最后到底有没有爆发冲突，只是在一次迟淑慧给她打电话的时候说孟希还是去体育学校报到了。

她听完之后没有什么反应。在迟淑慧说出"以后我跟你爸爸就指望你了"之后，她也并不欣喜。读高中的时候那么迫切地想要父母意识到她比孟希优秀，现在终于到了被承认的这一刻，她却发现这场竞争毫无意义。

她不是为了胜过孟希而活的。

因此听着电话那端迟淑慧的絮叨，孟韶连话都没有接，只是告诉她自己还有作业要写，很快就挂断了。

这学期出了大一学年的学业成绩和综合排名，是周昀私私发给班里每个人的。孟韶宿舍里的几个人没那么多顾忌，互相问了具体的名次，当作聊天儿的话题。

得知孟韶是专业第二之后，栾千阳"哇"的一声："孟孟，你好厉害！以后期末你带我复习行不行？想抱你的大腿。"

江雯则翻了翻班级群："哎，前几天辅导员说咱们这学期多了一个社会性奖学金，是一个什么冶金企业办的，钱可多了，一个人给一万多块，比国家奖学金还高，但是按比例咱们班只有一个名额，你再努努力考个第一，说不定能行呢。"

栾千阳好奇地问："咱们班现在第一是谁啊？"

"是不是周昀？昨天上课的时候他在前面统计成绩，我听他旁边的人嘀咕了句'班长，你第一啊'。"江雯闲闲地道。

栾千阳大大咧咧地说："那我去问问他。"

过了几分钟，她捧着手机道："还真是。不过他人还行，我一问，他就把自己的成绩发给我了。"

江雯凑过去看："哎，孟孟，班长的成绩是综合起来比你高，他还有一个学期的成绩不如你呢，我刚才说的那个奖学金你很有希望啊。"

孟韶没作声，却想到如果有了这一万块钱，那她下次去首都找程泊辞就可以多留一段时间，也不用因为花他的钱而不好意思。

于是这一学期她变得比以往更努力，晚上在图书馆里学到闭馆后再去周围还开放的教学楼里学习，连很多人缺勤混过去的公选课，她也上得非常积极。

一次，孟韶晚上11点从教学楼里出来，正好遇上周昀，他走到她旁边跟她闲聊："学习到这么晚。"

孟韶点点头："在准备下周的演讲。"

"不用怕，我听上一届的学生说，这个老师给分很随便，说不定随便弄弄也有高分。"周昀说。

孟韶笑了笑："还是认真点儿好。"

周昀一瞥她，话锋一转道："对了，我听说你谈恋爱了，什么时候的事？"

孟韶说："大一寒假。"

周昀"哦"了一声："是我消息太闭塞了。"又问，"是不是就是当时期末考试结束之后，我碰见的跟你在食堂里吃饭的那个男生啊？江雯说是P大的。"

孟韶说："是。"

周昀跟她开玩笑："也是栾千阳说的男神？"

孟韶微窘："她乱说的。"

二人继续走了一段路，周昀貌似无意地道："那你以后是不是要去首都工作？"

孟韶还没有想过这个问题，但周昀提起来，她倒认真地思考了一下："应该吧。"

她向往大城市，而且程泊辞要考外交部，被外派回来后肯定会留在首都，周昀的猜测是大概率会发生的事情。

走着走着到了 N 大的家属楼附近，到这里孟韶跟周昀就不同路了，她正要跟他道别，他却说："我送你回去吧，这边太黑了，女生一个人走路不方便，不是说之前有人被骚扰过吗？"

见孟韶像是要拒绝自己，周昀坚持道："就是作为班长关心关心你，之前你们宿舍的栾千阳我也送过。"

他这样说，孟韶就没有推脱，只得跟他一起往前走。

二人经过家属楼投下的一片阴影，傍晚刚下过一场急雨，空气里是微潮的草木泥土味。

周昀忽然出声："你跟你男朋友是什么时候认识的？"

孟韶不太习惯跟不熟的人聊程泊辞，但对方问了，她还是说了："高中同学。"

周昀若有所思："近水楼台先得月。"

孟韶不明白他什么意思，抿了抿唇，没有接话。

他有些感慨地道："其实我之前经常在这边看到你。大一时你不是一直在图书馆勤工俭学吗？有几次你一个人往回走的时候我在后面送你，不过你没发现。"

远远地，生活区的灯光亮了起来，孟韶打断了周昀的话："班长，你回去吧，这边挺安全了。"

"也行。"周昀同意了，但没有立即挪步，"你最近学习到这么晚，是不是为了那个奖学金？"

孟韶虽然意外他猜到了，但这也没什么可藏着掖着的，她这时候否认倒显得狭隘了："对。"

没等周昀再问什么，孟韶就坦承道："我想去看我男朋友，我家条件不好，机票和酒店的钱对我来说是一笔不小的费用。"

周昀顿了顿才问："你男朋友让你花这个钱？"

"不是，"孟韶摇头，"我不想用他的钱。"

周昀思索片刻，叫了她一声："孟韶，那个奖学金我可以让给你，你不用这么大压力，以后可以早点儿回宿舍。"

孟韶愣了一下。

但马上，她的脸色就严肃了起来，然后缓缓地说："班长，我们是公平竞争，不存在什么让不让的。"

言外之意是，就算周昀全力以赴，最后也不一定是他拿到名额。

周昀闻言，先是惊讶，随后便无奈地说："孟韶，你太要强了。"

他不着痕迹地把这个话题揭了过去："行，我就是随口一说，到时候看看咱们到底谁厉害。"

孟韶回到宿舍，江雯正在给大家分享新买的零食，看见她之后也扔给她一袋锅巴："尝尝好不好吃，我刚买的。"

她接过来拆包装的时候，栾千阳端详着她："韶韶，你最近是不是太累了？怎么黑眼圈这么重？"

"是吗？"孟韶不太在意地碰了碰眼睑的位置。

江雯附和道："我也有这样的感觉。你最近起得好早，我每天早上起来都看不见你，你是不是去教室自习了？"

孟韶"嗯"了一声。

栾千阳说："你别这么累，那个奖学金又不是非要拿。"

孟韶沉默几秒才开口："我就是想试试。"

"那你也得注意身体啊。"江雯道。

她想起什么，又说："对了，我刚才去超市买零食的时候看见你跟班长在路上走，这么晚了，你和他在外面聊天儿？"

孟韶没想太多，实话实说："他一定要送我回来，还说以前也送过千阳。"

"哎哎哎，可别诬蔑我啊，我从来没被班长送过。"栾千阳说。

江雯露出了八卦的表情："咱们班长不是要撬程泊辞的墙脚吧？"

孟韶还没来得及反驳，突然打了个喷嚏。

"你感冒了？"栾千阳一边问，一边递了张纸给她。

孟韶闷闷地说："可能着凉了吧，图书馆和教室的空调温度都开得好低。"

她没放在心上，晚上喝了杯热水，以为第二天就好了。

没想到过了一夜，睁开眼睛起床的时候，她整个人昏昏沉沉的，身上也在发热。

早上8点还有一节新闻传播史课，孟韶强撑着想去上课，但实在没有力气，下床的时候还险些摔跤。栾千阳见状说："你别去了，我给你录音，你回来补个假条给老师。"

孟韶只得答应。

室友都出门上课了，她一个人躺在床上，拿起手机想看看老师发在群里的课件。

要把课件转给自己的时候，她迷迷糊糊没看清，不小心发给了被她置顶的程泊辞，正要撤回，他却已经看见了："在上课吗？"

孟韶："没去，请假了。"

孟韶："我好像在发烧。"

发过去才想到这样会让程泊辞担心，孟韶正准备打第三行字，告诉他不要紧，他的电话就已经拨了过来。

"喂。"孟韶接起程泊辞的电话。

"你怎么样？"程泊辞压着声音跟她说话，"量没量体温？"

孟韶先没回答，而是问："你在哪儿？"

"图书馆的楼梯间里。"程泊辞说。

孟韶猜他是在上自习，不想他分神，便说："量了，不严重。"

程泊辞停顿了一下，并没有像她期望的那样，叮嘱她几句"好好休息"就结束话题。

孟韶有些心虚，觉得程泊辞似乎不太相信自己说的话。

果然，他接着问："不严重是多少度？"

孟韶的脑子不如平时转得快，程泊辞问完之后，她思考了一下多少摄氏度才算比较轻的发烧才回答："37.6℃？"

过长的停顿、不确定的语气、听起来虚假的数字。

程泊辞半天没说话。

孟韶自己也知道露出了破绽，沮丧地坦白道："我没量，身上没力气，不想起来。"

"怎么突然发烧了？"程泊辞问。

听着他的声音，孟韶能想象到他皱着眉头的样子。

她吞吞吐吐地道："学校的空调温度开得太低，我昨天去上自习的时候忘记带外套了。"

"忘了为什么不回去拿？"程泊辞说。

孟韶起初没说话。不回去是因为图书馆和教室离女生宿舍楼不算近，她想省下折回去一趟的时间用来学习，为了奖学金。

但她不想告诉他这个。

于是孟韶避而不答："我下次拿。"

程泊辞叹了口气。他不可能在她生病的时候批评她，只能跟她说等有力气了，记得起来量体温和吃药。

孟韶乖乖地答应，让他挂电话。

"这样开着吧，"程泊辞那边的声音出现了短暂的卡顿，像是他戴上了耳机，"我陪你一会儿。"

孟韶将手机放在耳侧，听到他推开楼梯间的门，走了几步，在书桌前坐下，之后是翻动书页和轻按键盘的声音，偶尔能听到他喝水，水杯被放回桌面的时候发出几乎听不到的轻响。

像开了助眠白噪音在听，不长的一段时间之后，孟韶感觉睡意渐渐泛了上来。

脑海中下意识地勾勒着程泊辞学习时的模样，她想着他侧脸的轮廓、写字的手，忽然很希望此刻他真的在自己身边。

"好想放假……"她迷迷糊糊地说。

程泊辞原本正在翻书，听到之后，手停了下来，静静地压在纸上。

但孟韶没有继续向他解释想放假的原因。

他觉得面前的学术著作突然看不进去了。

程泊辞坐着琢磨孟韶讲话的逻辑。想清楚之后，他端着水杯起身，去了比较远的水房接水。

在水流声的掩盖下，他低声问："是不是想看到我？"

半晌，程泊辞听见孟韶"嗯"了一声。

她声音含混，像在说梦话，可是又充满了依赖，像是毫无保留地把脆弱的一面暴露给了他。

程泊辞接完水，听见耳机里传来孟韶绵长的呼吸声。

她睡着了。

他没再跟孟韶说话，接完水回到座位上，将蓝牙耳机拿下来，放回充电舱，然后打开手机，去查最近一班飞往她那里的航班。

孟韶睡到中午才起来，解锁手机查看错过的消息时，发现了屏幕上自己跟程泊辞的通话记录。她没印象睡前跟他说过什么，只能记起当时很困，说的话也跟着任性起来。

宿舍的门被推开，江雯把一个塑料袋放到桌上，里面是透明的饭盒："孟孟，我给你带饭了。"

孟韶答应一声，放下手机。

她下床吃完饭后，精神好了一些。

孟韶找体温计量了体温，显示是 38℃，确实发烧了。

下午没有课，孟韶吃过退烧药，又躺回床上。

也许这段时间真的用功用到了过分的程度，她时睡时醒，断断续续地浪费了整个下午在枕席间，等到真正清醒过来睁开眼睛时，已经是傍晚了。

窗外圆形的白色路灯将夜空照得很澄净，丝丝缕缕的云凝结在天上。

宿舍里没有人，孟韶想起今天傍晚学院安排了讲座，宿舍群里栾千阳给她留言，让她好好歇着，自己替她跟辅导员请过假了。

睡了这么久，孟韶觉得闷，下床去开窗。

晚上降温，风是冷的，吹在孟韶的脸上，像一个冰凉的浪头迎面打过来，她便把窗缝关小了些。

搁在桌上的手机蓦地亮了一下。

孟韶想：应该不会是什么紧急的消息，没急着看，先倒了杯水喝，边喝边又量了一次体温。

烧退下去大半，现在只有 37.6℃了，她应该很快就能好。

孟韶放下体温计，拿起手机，在解锁屏幕的那一刻，睁大了眼睛。

是程泊辞。

他说："我在你的宿舍楼下。"

孟韶差点儿以为自己看错了。

但算算时间，从上午她跟程泊辞聊天儿到现在，确实够他坐最近的航班赶过来。

孟韶手忙脚乱地给他回复说"好"，洗了把脸，披上外套就下了楼。

漫漫夜色里，她果真看到了他的身影。

程泊辞穿了件黑色 T 恤，风把地上的树叶吹到他的脚边，发出"萧萧"的声音。

孟韶走近他，如同走近一个梦中的幻影。

早上还隔着遥远的距离听他上自习，傍晚就见到了他，加上她病了一整天，头重脚轻，于是觉得这一刻的场景显得更加不真实。

程泊辞伸出一只手将她拉近，另一只手贴上她的额头。

他蹙起了眉："这么烫。"

孟韶连忙说："是你的手凉，我刚才量过，快退烧了。"她又急急地向他解释，"我不知道你会过来，才让你等了这么久。"

"没多久。"程泊辞垂下胳膊，低头看她，"不是想看见我吗？"

孟韶这才缓慢地想起，上午程泊辞开着电话陪她的时候，睡前她的脑海中确实闪过了类似的念头，而他问她的时候，她也承认了。

可那不是让他就这样不管不顾地跑过来的意思。

孟韶愣愣地仰起脸望着他，胸腔中的心脏好像成了一个玻璃容器，某种柔软的、厚重的情绪正随着器皿的摇晃而颤动。

程泊辞比她想的还要在意她，会因为她一句不清不楚的梦话就马上买机票来看她。

过了很久，孟韶用微微干涩的声音问："你怎么知道我住哪个楼？"

"大一来找你的时候听你说过楼号，刚才一路找过来的。"程泊辞说。

他拿出手机看了眼时间，问她是不是还没吃饭。

孟韶点点头，又说自己还不饿。

"那先去医院。"程泊辞言简意赅地道。

孟韶本来觉得没有必要的，但她看到程泊辞的表情，最后还是答应了他。

出校门的时候两个人路过了新闻学院，孟韶班里的同学正好听完讲座往外走。

很多人同孟韶打招呼，顺带瞟了两眼程泊辞，有胆子大的女生直接对她说："孟孟，你男朋友好帅啊。"

栾千阳也看到了孟韶，几步跑过来，问孟韶好点儿没有，这是准备去哪儿。

"我带她去医院。"程泊辞说。

"你从首都飞过来的啊。"栾千阳朝他竖起大拇指，"这男朋友当得靠谱儿。"

周昀不知什么时候走到了他们附近，关心地对孟韶说："听千阳和江雯说你病了，严重吗？是不是昨天上自习的时候被空调吹着了？"

孟韶刚要说话，程泊辞突兀地插话道："韶韶，怎么不给我介绍一下？"

周昀笑了笑："我是她班长，叫周昀。你是她男朋友吧。"

程泊辞看着他，面无表情地说："韶韶在班里时谢谢你的照顾。"

话是感谢的话，语气却听不出半分谢意。

栾千阳悄悄朝孟韶扮了个鬼脸，一副看好戏的神色。

"应该的。"周昀说。

程泊辞没再跟他说什么，揽住孟韶的肘弯，垂下脸，亲昵地道："我们去医院。"

他的气息拂过孟韶，她轻声说了"好"。

两个人走到远离学院和人群的地方，孟韶听到程泊辞问她："你跟他一起上自习了？"

他没点名，可她知道他说的是周昀。

孟韶意识到程泊辞误会了："不是，是回宿舍的时候碰巧遇上了。"

"经常碰见吗？"他接着问。

"就这一次。"孟韶说。

程泊辞看上去对这个答案还算满意，但随即他又想到了别的："上自习觉得冷都不知道回去拿衣服，你这么爱学习？"

孟韶犹豫了一下，程泊辞千里迢迢地来找她，她不应该再瞒他："这学期有一个社会性奖学金，我想拿。"

程泊辞听毕，非常不赞同地说："韶韶，什么奖学金都没有你的身体重要。"

其实孟韶也感到自己这段时间对这次的奖学金过于执着了，真要说起来，那并不是多么大的一笔钱，只是能让她在去找程泊辞的时候更有底气一点儿而已。

大概她潜意识里还是觉得能跟他在一起是一件太不可思议的事，又太喜欢他，总想从各个方面寻求证明，证明自己可以负担这份恋爱。

"我想在去找你的时候用。"孟韶小声说。

程泊辞定定地看着她，女孩子的眼尾因为发烧带上了些许红色，显出几分楚楚可怜。

他替她将一缕碎发别到耳后，说："那以后都换我来找你，好不好？"

孟韶呆了一下，随后才说："我不是那个意思。"

"我知道，"程泊辞将手从她的鬓边收回来，"那你为什么觉得我会介意你花我的钱？"

孟韶动了动嘴唇，却没能说出话。

她那些纠缠不清的心思、纷繁复杂的念头，怎么向他解释得清？

但他又分明像是懂的。

不知道程泊辞花了多少力气，才能这样体谅她的心情。

或许是见她神态沉重，他难得开了句玩笑："韶韶，我在你心里就这么爱计较？"

孟韶飞快地摇头否认。

程泊辞笑了，很轻地拍了拍她的头。

正好门外经过一辆出租车，他扬手将车拦下，替孟韶拉开车门。

司机问他们去哪儿，程泊辞说了一家医院的名字。

见孟韶看他，他轻描淡写地道："路上查的。"

程泊辞让孟韶倚在自己的肩上休息一会儿，又请司机师傅把前排半开的窗关上，防止她再着凉。

虽然孟韶觉得自己已经退烧了，但能借着生病的机会这样无所顾忌地亲近他，被他照顾，她觉得很开心，遂贪心地决定再"病"一小会儿。

到了医院，医生给孟韶检查完，说她只是普通的发热，象征性地开了点儿药，就让他们走了。

两个人走出医院，连在一起的影子像水一样漫过台阶。

程泊辞跟孟韶在附近找了地方吃饭，坐下来之后，孟韶问他明天有没有课。

"晚上有，来得及。"程泊辞说。

他拿出手机来买机票，顺便又订了这天晚上 N 大附近的酒店。

孟韶看到了，用手摩挲了一下面前的水杯，迟疑着说："我晚上不回学校了吧。"

程泊辞闻言抬眸看她，眼中多了几分意味深长。

孟韶别开视线，不太自然地说："你明天就要走了。"

她不想只是跟他一起待这么短的时间。

程泊辞没再逗她，说了"好"，又问她有没有带身份证。

"待会儿我回宿舍取一下。"孟韶说。

孟韶回去拿身份证的时候被栾千阳和江雯看到了，听她说今晚不回来住之后，两个人都露出了八卦的笑容。

江雯还提醒她："你身体还没完全好呢。"

栾千阳不觉得有什么问题："没事吧，我觉得程泊辞挺有分寸的。"

孟韶百口莫辩，也不好意思跟她们说，自己之前去首都找程泊辞的时候，就算躺在一张床上，也什么都没有发生。

这一次程泊辞表现得比上回还要克制，晚上睡觉的时候也没有抱她，两个人中间留出了很大的空间。

孟韶躺了一会儿，往他的方向挪了挪，然后用细细的手指抓住他的手，将下巴垫在他的肩膀上。

程泊辞的喉结滚了滚。

他尽量用平静的声音说："韶韶，你别这样，我怕我忍不住。"

话是这么说，他已经反手将她柔白的手攥在掌心里，皮肤相贴的地方迅速地热了起来。

"上次不是忍住了吗？"孟韶说。

程泊辞不知道她是不是因为生病，讲话的时候没什么力气，声音才那么轻软，牙膏淡淡的薄荷气味和洗发水的香味跟着拂过他的耳郭。

他侧过脸去看她。假如不是了解孟韶，又看到她满脸单纯的表情，他听到这样的话，会误以为她在撩拨自己。

孟韶或许对他有着很多误解，以为他在面对她时是能够克己复礼的那种人。

两个人的面孔只相距寸余，程泊辞看到她的睫毛像把小扇子一样呼扇了一下。

"不是每次都能那样。"程泊辞说。

孟韶趴在他的肩头，忽然想起什么，脸上一红。

过了几秒，她贴到程泊辞耳边，声音低得需要很努力才能听清："我听我的室友说，可以给男生用手，你想不想？"

程泊辞握着她的手突然用了很大的力气。

孟韶被捏疼了，挣扎了一下。

程泊辞意识到之后松开了她，然后把她按进怀里，用带着压抑的嗓音说："韶韶，咱们今天不说这个行不行？你还生着病。"

孟韶纤薄的身体倚在程泊辞的胸口，她很久没说话，就在他以为她已经睡着的时候，她闷闷的声音从他的身前传来："我是不是讲错话了？"

程泊辞很轻地摸了摸她的后背，说没有。

见孟韶还是有些介怀，他靠近她，温热的唇蹭过她的耳骨："要不是你生病了，你这样我明天就不走了。"

孟韶放在他胸口上的手指缩了缩。

程泊辞接着说："韶韶，假期的时候你来我家住一段时间，行吗？"

他的嗓音像夜晚微微起伏的海水，听上去低沉和缓，但又隐藏着很深的渴望。

半晌，孟韶幅度很小地点了点头。

程泊辞亲了一下她的头发："睡吧。"

第二天孟韶起床的时候，程泊辞为了赶飞机已经先离开了。

房间内的烧水壶里还暖着一壶水，她的床头放着昨天医生开的药以及他手写的字条，提醒她别忘记吃。

离开酒店的那一刻，孟韶想：如果冬天可以来得快一些就好了。

她本来不太喜欢冬天的——太冷，而且下过雪之后路会变得不好走，但因为程泊辞说要跟她一起住，她也开始期待这个季节。

冷也好，下雪也好，跟能够待在他身边比起来，都不值一提。

孟韶不再那样执着于那份奖学金，学习仍旧认真，但不会患得患失，也不再钻牛角尖。

对此栾千阳评价道："还得是程泊辞啊，不愧是 P 大学霸，心病都能给你治好。"

考试周的最后一天，孟韶交上最后一门课的试卷，满心轻松地出了考场。

机票她早就买好了，回去收拾完行李，隔天就搭地铁去了机场。

程泊辞的期末考试比她的早结束，说好了这天他去机场接她。

孟韶在行李提取处拿到行李箱，走进大厅里，看到了通道外的程泊辞。

人群中他显得那样出挑，高高的个子、出色的五官，整个人挺拔得像一棵笔直的白杨。

看见孟韶，他朝她抬了抬下巴。

孟韶的脚步不禁加快了许多。

等她走到身边之后，程泊辞接过她的行李箱，跟她一起去机场外面的打车点。

坐上出租车，孟韶对他说："我过年之前还要回家，我们家亲戚好多，都要走一遍。"

程泊辞"嗯"了一声，说没关系。

第二次去程泊辞在礼城的家，孟韶一闭眼仿佛还能回到高考后的那个雨夜。

程泊辞已经在自己的房间里清出了一块地方给她放东西。

孟韶洗过澡吹干头发，出来的时候，看到程泊辞站在他的书桌前，一个抽屉开着，他正低着头在看什么东西。

房间的顶灯在他的身后，他的脸被笼罩在一层淡淡的阴影里，孟韶看不清他的神色。

"程泊辞。"她叫了他一声。

他像被她的声音扰了思绪惊醒过来一般，很不自然地推上了抽屉："韶韶。"

孟韶问他："你晚上可不可以陪我看电影？"

"行。"程泊辞说。

"我想躺在床上看。"孟韶又说。

程泊辞答应了："去拿平板电脑给你。"

他走出房间以后，孟韶发现刚才那个抽屉没有被推到底。

她到底没能控制住自己的好奇心，走到附近，偷偷地往里瞥了一眼。

一个长方形的小盒子，薄薄的塑封膜在反光。

电光石火间，孟韶看出了那是什么。

她的颊上顿时浮起了浅浅的一层热，视线像被烫到一样转向了别处。

不多时，程泊辞拿着平板电脑回来了。他把平板电脑拿给孟韶，让她选自己想看的片子。

孟韶的脑子还是乱的，为避免跟他对视，她低垂着眼睛点进一个视频平台，也没什么看电影的心思了，随便选了一个前段时间刚在院线上映的片子。

是那种俗套的爱情故事，男女主角分分合合得很牵强，就算孟韶中途走神儿，再回来看也接得上。

程泊辞却无论陪她做什么都很认真，就算是看这样一部平平无奇的电影，他也极其专注。

电影不是佳作，胜在还算短，只有一个半小时。在这一个半小时里，孟韶心中百转千回，闪过很多想法。

屏幕上已经播到了字幕部分，程泊辞问她："还要看别的吗？"

孟韶回过神来，说不看了。

程泊辞便用修长的手指关掉了视频界面，正要退出软件，就听见孟韶说："我看到你放在抽屉里的东西了。"

不等他说什么，孟韶就迅速地解释："我不是故意的，经过的时候不小心瞥见了。"

两个人的对话出现了一个时间较长的空白。

程泊辞随手将平板电脑放到床头，用手撑起身体，坐着看她："韶韶，你不用紧张，那只是……"

他想了想，说出一个词："未雨绸缪。"

程泊辞的眼睛像两块温柔的黑曜石，孟韶很想告诉他，那天答应过来跟他一起住的时候，她就已经考虑清楚了。

他不用未雨绸缪，她有准备的。

孟韶也坐起来，环着他的腰，用嘴唇去触碰他的唇角。

她发现程泊辞其实也在紧张，回应她的时候略微踟蹰，像是不能够在非常短的时间内下定决心。

但很快，他就拿回了主动权，一只手的掌心覆上了孟韶的后颈，用力地将她压向自己。

孟韶沉溺在他的亲吻里。窗外不知何时开始下雪，雪片纷飞缠绵，一如当年她去偷看他打球的那个夜晚。

在求而不得里挣扎了那么久，她始终不肯放弃，终于渡过了那片幽暗的青春之海，抓住了指引她前行的光，从此得以贴近他的心脏脉络，走进他的宇宙里，跟他一起，在这个不完美的世界里尽情环游。

青 桐

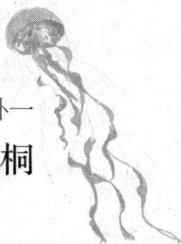

　　程青桐小朋友非常喜欢问问题，作为她的妈妈，孟韶必须随时随地准备回答她。

　　这天孟韶去幼儿园门口接她。程青桐远远地看见孟韶，迫不及待地跑过来，用小小的胳膊搂住了妈妈。

　　孟韶还没来得及问程青桐今天在幼儿园过得怎么样，她就大声问："妈妈，你跟爸爸是怎么认识的？"

　　问的时候，她的两条麻花辫辫梢上的蝴蝶结也跟着晃动。

　　小女孩儿的声音清亮悦耳，有如水晶互相撞击，人长得也十分漂亮可爱，周围的家长纷纷望了过来。

　　孟韶愣了愣："怎么突然想起来问这个？"

　　程青桐理直气壮地道："是菲菲问我的。她上次看到你和爸爸，说你们都好好看，让我给她讲讲你们的故事。"

　　菲菲是她在幼儿园里关系最好的玩伴。

　　孟韶顾不上问程青桐怎么菲菲小小年纪对大人的故事这么感兴

趣，附近别的家长投来的眼光让她没办法在大庭广众之下理直气壮地告诉女儿，自己当年是暗恋程泊辞。

她故作镇定地说："路上给你讲。"

然后她牵着程青桐去找程泊辞的车。

程青桐却不依不饶："现在就说嘛。"

孟韶随口应付她："我跟你爸爸是同学。"

"同学"显然不够程青桐小朋友明天向菲菲交代，她开始发动自己的问题攻势："那你们是谁先喜欢谁的？"

孟韶不说话。程青桐继续问她，是怎么跟爸爸在一起的，什么时候求的婚，婚礼是什么样的。

程青桐小朋友很有寻根究底的精神，最后甚至问到了自己是怎么来的。

终于在幼儿园门口马路上排成两条长龙的车子里找到了程泊辞的那一辆，孟韶松了口气，拉开车门，把程青桐抱上后座，自己也坐了上去。

程青桐奶声奶气地说"妈妈"，又说："你怎么不回答我的问题？"

前面的程泊辞侧过脸："桐桐问妈妈什么？"

孟韶便毫无责任心地把问题丢给了他："她问她是怎么来的。"

程泊辞难得在女儿面前沉默了。

程青桐觉得自己大概问了一个很难的问题，妈妈是大记者也不知道，连向来上知天文下知地理的爸爸都不能马上给她一个答案。

明明大家都说这两个人很厉害的。

"快开车吧，晚点儿走就更堵了。"孟韶催促程泊辞。

程泊辞于是发动车子，开出道边的停车位，汇入主干道的车流里。

孟韶想了想，对程青桐说："是爸爸的精子和妈妈的卵子结合在一起，才有了你。"

程青桐上幼儿园之前，孟韶给她讲过一些关于性的知识，但当时只是为了桐桐万一遇到坏人，能够马上意识到保护好自己，并没有涉及更深层次的内容，孟韶也不知道这种事情到底讲到什么程度才算合适。今天程青桐问，孟韶就拿捏着尺度，给她讲了一点儿。

程青桐似懂非懂地"哦"了一声，还在消化孟韶说的这句难懂的话，开着车的程泊辞就顺势问："桐桐想不想要弟弟妹妹？"

"程泊辞。"孟韶制止了他带有目的性的引导行为。

大外交官被识破计谋，乖乖地闭上嘴不再说话。

程青桐提醒妈妈："你说路上给我讲你跟爸爸的爱情故事的。"

孟韶叹了口气："你记性怎么这么好？"

"可能是因为我才上幼儿园吧，你们不都说小孩子记忆力好吗？"程青桐故作成熟地说。

"好吧，"孟韶下定了决心，"是我先喜欢你爸爸的。"

程泊辞从后视镜里看了她一眼，然后适时地向程青桐补充道："但是爸爸先追的妈妈。"

小朋友眼里的爱情故事没有那么复杂，程青桐不需要知道妈妈是怎么喜欢的，爸爸是怎么追的，只是伸着两条还够不到地的小腿坐在车座位上，听两个大人说话。

"求婚也是爸爸求的，当时还练习过好几次，怕你妈妈不答应，各种情况都想好了。"程泊辞又说。

孟韶听程泊辞这么说，倒是有些意外，在她的印象中，他求婚的时候倒是很从容，很有把握似的。

那是个秋天的周末，上一周孟韶刚刚结束一期关于环境减灾卫星的报道，连轴转了好些日子，从发射中心回来之后，她只想在家里躺着睡两天。

程泊辞也没阻止她，只是在周日的傍晚问她想不想去近郊的山上兜风看日落。

孟韶休息够了，便换好衣服跟他出门。外面起了风，将她的风衣吹得鼓荡起来。

不知道是不是周末快要结束的缘故，环山的车道上没什么人，孟韶降下车窗，偏凉的气流灌了进来。

天光一点点暗下去，夕阳在大道的尽头沉没。

那座山不算高，从山脚到山顶，正好是一次完整的日落时间。

山里的空气比市区的清新，能看到的星星也多一些，像钻石的碎末在天幕中闪烁，静静地发出光亮。

程泊辞将车停在观景平台上，孟韶推门下去，树的间隙里飘浮着远处城市的灯光。

她站了一会儿，程泊辞没有很快过来，她听到他打开了后备箱，以为他在整理什么东西，也没多想。

不多时，程泊辞的脚步声从她的身后传来，她的余光里出现了他穿黑色大衣的身影。

孟韶往他旁边靠了靠："程泊辞，我手冷。"

他便握住了她的手，掌心的热度源源不断地传递过来。

孟韶的手无意间碰到了程泊辞的大衣口袋，里面有一样偏硬的东西，像个小盒子。

"这是什么？"她问。

程泊辞不答话，却捉着她的手一起伸进了衣兜里。

孟韶的指尖碰到了小盒子丝绒质地的表面。

她心一动，仰起脸望向程泊辞，他也正目不转睛地盯着她。

孟韶把盒子拿出来，放在手中，却迟迟不打开。

因为猜到了里面是什么，她心跳得厉害。

程泊辞把盒子接过去，用修长的手指打开了盒盖。

一枚钻戒安静地插在里面，反射出柔和明亮的光芒。

接着他走到她身后一步远的位置，单膝跪了下来。

孟韶这才看到，程泊辞那辆车的后备箱开着，挂着一串白色的灯球，看起来很温馨，旁边还竖着一个手机支架，正用摄像头记录着这里发生的一切。

山间的晚风吹过，她听见他对自己说："韶韶，跟我结婚，好不好？"

孟韶觉得自己像在梦游，只是跟程泊辞出来看一场日落，忽然他就向她求婚了。

"好突然。"她"喃喃"地说。

程泊辞则温柔地说："韶韶，我们已经谈了两年恋爱了。"

孟韶看着他，往前走了一步，朝他伸出手。

程泊辞取出戒指，小心而郑重地给她戴上。

孟韶低头去看，戒指很漂亮，是那种简洁的款式，戒围也刚刚好。

"你怎么知道我的尺寸？"她问。

程泊辞说是在她睡觉的时候量的。

他从地上站起来，拉住她的手，跟她接了一个温柔而漫长的吻。

孟韶对那一天的印象很深刻，从早到晚她都没有意识到那天会发生她人生中非常重要的一件事。程泊辞也不曾提醒她，只是在快要日落的时候随意地问她要不要出去兜风，语气平静得好像那真的只是一场兜风。

后来，一切都自然而然地发生了：她跟程泊辞注册登记，举行婚礼，在结婚的第三年有了程青桐。

孟韶将自己的思绪拉回来，忽然问前排开车的程泊辞："要是当时我不想出门怎么办？"

程泊辞用手摩挲了一下方向盘："那就只能等下一个周末了。"

程青桐支着下巴听，路过一家她喜欢的蛋糕店时，马上指着窗外说："妈妈，我要吃小蛋糕！"

"不吃了，回家好好吃饭，不然长不高。"孟韶说。

程泊辞却观察了一下路况："这边堵车，去给桐桐买蛋糕，正好换一条路走。"

"爸爸最好了！"桐桐欢呼道。

程泊辞便问："韶韶能通融通融吗？"

孟韶也不知道程泊辞怎么这么纵容女儿，但看他们父女二人都很高兴的样子，她也只好答应了："只准买个小的，不然她回家真的不吃饭了。"

到了蛋糕店门口，孟韶正好收到一条工作消息，便没下车，让程泊辞带程青桐去挑，自己给对方回复。

过了十几分钟，程泊辞推开蛋糕店的门，程青桐蹦蹦跳跳地跑出来，手里抱了两个蛋糕盒。

等程泊辞上车，孟韶忍不住道："不是说了就买一个吗？"

他还没开口，程青桐就先说："爸爸说有一个是给你买的。"

她把一个蛋糕盒放到孟韶怀里，迫不及待地先拆了自己的那个，一边吃一边含含糊糊地说："妈妈，你要是不吃，也可以给桐桐吃。"然后又道，"爸爸妈妈周末带我去游乐园好不好？我想坐旋转木马了。"

程泊辞说"好"，而孟韶打开他买给自己的蛋糕，甜甜的、凉凉的气息袭上来，一颗鲜艳的草莓陷在纯白的奶油里，就像游移不定的生活里一点儿确定的喜悦与欢欣。

番外二
不由衷

后来每次回忆起那场得知程泊辞和孟韶在一起的同学聚会，余天都会忍不住想：自己当时的行为举止，是否失态得太过分？

席间有人开玩笑，说高中时文科班传得最多的绯闻是余天跟孟韶的，知道这只是饭局上拿来取乐的调侃，他却真有片刻的失神。

是啊，明明那时候大家都说他跟她最般配。

他没有及时接上话，沉默得那样不合时宜，错过了撇清自己的时机。

蒋星琼替孟韶打圆场，说听男朋友庄易呈讲，余天组里有小师妹在追他，两个人快成了。

尽管对师妹没有什么多余的想法，为了不让孟韶尴尬，余天还是承认了。

饭局中途，师妹许今给他打电话，他到走廊里去接，许今活泼俏皮的声音传了过来："师兄，你看过我发给你的开题报告了吗？"

余天还未完全回过神来，许今便又叫了他一声："师兄？你是不是在忙？"

"没有，在外面参加同学聚会。"余天说。

他打开手机上给许今批注过的文档，开始一一给她点出问题，说她的文献综述理论视角不清晰，框架还需要再梳理。

许今听得认真，余天却恍然想起高中的时候，自己也是这样细细地给孟韶讲数学题，她听的时候专心致志，但他总忍不住去偷看她清澈的眼睛。

课题组里像是还有别人在，电话里有人取笑许今是不是又在给余天师兄打电话，一天不见就这么想他，许今的声音变小了，听起来许今把手机拿远了些："我问开题报告，你别胡说。"

余天假装没有听到。许今又回来问他问题，他都解答了之后，她说"谢谢师兄"。余天要挂电话了，许今忽然有些八卦地问："师兄，你读高中时有没有喜欢的女生？"

他几乎是不假思索地就说了"有"。

许今的语气一下子变得失落："那你今天看到她了吗？"

余天不想骗她："看到了。"

许今说"好吧"，又说"师兄，再见"。

放下手机，余天发现孟韶站在自己旁边。

她今天穿得很漂亮，身上那条白色的长裙非常称她，整个人柔和得像一株盛开的山茶花。

他先是心神不宁地想，孟韶应该没有听到自己跟许今的对话，随后才意识到，就算听到也无所谓，他没有提及她的名字。

之前有那么多次，他的好感就要在两个人之间越界涌出来，全部被孟韶躲了过去。

他喜欢她喜欢得很明显，她却一直假装不知道。

"恭喜你，得偿所愿。"余天说。

他想：自己的神情应该算不上由衷。

孟韶听完之后流露出明显的怔忪，而余天突然逾越了自己本应遵守的社交礼仪："你不是读高中的时候就喜欢程泊辞吗？"

他曾经将她眼角眉梢的喜怒哀乐都铭刻在心里：问她是不是女生都喜欢程泊辞时，她发呆；听到程泊辞说不找女朋友时，她难过；她来 P 大找他，问起程泊辞时，眼神都变得不一样了。

孟韶却毫无察觉一样说："你还记得我的获奖感言。"

她指的是她获奖时说暗恋过一个人那番话。

余天用温和的声音步步进逼："不是那次，我读高中的时候就知道。"

在没有其他人的走廊里，他很希望能借她无意间的追问，将他全部的心思都展露在她面前，不然就再也没有机会了。

读高中的时候他就知道，是因为读高中的时候他喜欢她，是不输给程泊辞，甚至比对方更多的喜欢。

可惜孟韶现在已经是八面玲珑的记者，不想谈论的话题都可以四两拨千斤地避开："是吗？那你的观察力还挺敏锐的。"

跟她的交流就只到那里，因为程泊辞推开包间的门，看到他跟孟韶之后，轻描淡写地说，外面冷，让他们进去说。

孟韶走进去的时候，程泊辞替她解开了腰间缠在一起的装饰流苏，动作亲昵，流露出不容他人染指的占有欲。

余天说不清自己对程泊辞到底是羡慕还是忌妒，是钦佩还是恨。

他有时候想到世界上有这样一个人，拥有他就算手脚并用姿态难看地往前爬也获得不了的一切，就会觉得无力、绝望，觉得自己像个彻头彻尾的失败者。

说实话，当年听到程泊辞说那几年不想找女朋友时，他还卑劣地高兴过，觉得就算孟韶喜欢对方，或许他也有机会呢。

谁不会退而求其次？也许有一天孟韶喜欢得累了，就会回过头来，看一看他。

可最后的结局同他希望的背道而驰。

他渐渐地发现，孟韶跟程泊辞才是一类人，是不达目的不罢休，真的不会退而求其次的那种人。

他以为自己可以是替代，是候补，但在孟韶心里，除了程泊辞，从没有留第二志愿的空白给他。

那她为什么要对他好？为什么要在乔歌问他为什么退出集训队的时候帮他转移话题？

余天知道这不怪孟韶，她对谁都善良，他不是特别的那一个，只是很会自作多情。

这场酒席间他再没有机会跟她说话，只是在散场后看着她上了程泊辞的车，隔着玻璃窗跟她道别。

车子开走后，他听到了蒋星琼的声音："聊聊？"

余天说："好。"

两个人沿着酒店门前的步道慢慢走着，蒋星琼说："刚才说你的私事不是故意的。"

余天笑笑："我知道。"又真诚地说，"谢谢。"

倘若蒋星琼那时不提起许今，大概满桌的人都会看破他的想法。

"其实我知道你跟你师妹没什么。庄易呈的公司不是在跟你们课题组合作开发那个英语教学软件吗？他上次飞去 P 大开会回来，说你那个师妹挺喜欢你，不过你对她没什么意思。"蒋星琼悠闲地道。

她打量了余天一番："我猜猜啊，你是不是喜欢孟韶？"

余天笑得比方才又真诚了一些："我以为吃饭的时候你就知道

了，不然也不会打圆场了。"

"是知道，这不是怕你不想承认吗？给你留点儿面子。"蒋星琼说。

她将声音放缓了些："余天，其实孟韶能走到现在挺不容易的，哪怕你心里不舒服，也别做让她为难的事情。"

余天能听懂："你把我当什么人了？"

蒋星琼道："谁让你刚才表现得……"

她没再说下去，只是微微摇了摇头。

余天跟蒋星琼在地铁口分开，他回了学校。虽然已经快晚上10点了，但他不想回宿舍，还是带着电脑去了课题组，打算把最近手头儿的任务做一做。

没想到组里还亮着灯，他走进去，看到许今还在聚精会神地敲着键盘，手边放了一摞资料。

"怎么还没回去？"余天说。

许今被他吓了一跳，转过脸看清是他才拍了拍胸口："师兄，你来了。"

她把文档保存了一下，说："我怕我明天就忘了你跟我说的那些问题，想先改一改。"

"这么认真。"余天坐到她对面，也给自己的电脑插上电源，然后开机。

他察觉到许今在看他，然而当他抬眸的时候，她又移开了目光。

"怎么了？有问题吗？"余天问。

许今吞吞吐吐地道："师兄，私人问题……能问吗？"

余天说不能。

许今鼓了鼓脸颊，说："好吧。"

过了一会儿，她又不死心地道："就问一个行吗？"

余天有些没办法："那你问吧。"

许今说："你怎么没跟你喜欢的那个女生多聊聊，这么早就回来了？"

余天不知道她都在想些什么，无奈地道："她有男朋友，也是我们高中的。"

许今"啊"了一声，眼里又恢复了神采："有男朋友了呀，真好。"

余天问她："什么真好？"

许今一下子不说话了，只是冲他傻笑了一下，改开题报告的时候，神态和动作里都充满了雀跃。

两个人不知不觉在课题组里待到了快12点。

余天让许今明天再改，犹豫几秒，说："我送你回宿舍吧。"

许今立刻高兴了起来："真的吗？"

余天说："嗯。"

许今便飞快地收拾好东西，背上书包，陪他锁门，跟他一起走出去。

也许是因为余天不仅答应了她的无理要求，还主动送她回宿舍，她跟他说话时的态度便亲近了一些："你读高中时喜欢的那个女生什么样子啊？"

"不是说好只问一个问题吗？"余天道。

许今被噎住了，半晌，埋怨说："师兄，你好小气。"

余天看了她一眼，还是说了："漂亮、聪明，很优秀。"

"我怎么觉得跟我也很符合呢？"许今说。

余天笑了，不过没有反驳，反而若有所思地端详着她，点了点头："是挺符合的。"

夜色柔和，凌晨将至，不是所有的故事都有结局，但总有新的开始。

番外三

《雨中曲》

　　孟韶和程泊辞结婚三周年纪念日恰好是个周六。程泊辞提前一周就跟孟韶说他订好了餐厅，要她把晚上的时间空出来。

　　没想到周五晚上，他去电视台接孟韶下班，路上她为难地说："程泊辞，我明天晚上可能没空。"

　　"有工作？"程泊辞问。

　　孟韶想了想："也不算工作，是这周采访的那个教授邀请我参加他在酒店里举办的学术沙龙。"

　　她这样说，程泊辞就有了印象。

　　孟韶说的教授是位旅居海外的华人学者，今年来国内访学，据她说在学术界是泰山北斗级的人物，她在毕业论文里引用的其中一个理论视角就出自对方的著作。

　　程泊辞在一个红灯前停下，淡淡地道："是那个 Jacob？"

　　孟韶认真地纠正他："在国内他喜欢别人叫他的中文名——游克明。"

程泊辞还没说什么，孟韶就又道："游教授真的很厉害，他以前还当过驻外记者，我上高中的时候就读过他的报道，没想到这辈子还有一天能被他邀请去参加沙龙。"

"他以前也这样吗，跟合作对象有私下接触？"程泊辞问。

孟韶兴高采烈地说"不是"，又说："他说他的沙龙一般不请生人，但觉得跟我特别合得来，所以也请我去。"

程泊辞顿了顿，在一个红灯前停下的时候问："哪种合得来？"

孟韶听出了他的言外之意："程泊辞，你别小心眼儿。是因为采访完我跟他聊了聊我的毕业论文，他觉得我对他的理论理解得很好。而且游教授都结过一次婚了。"

看她满眼兴奋和憧憬，程泊辞把已经到嘴边的"能不能不去"给咽了回去。

晚上回到家，程泊辞打开手机查了一下那个游克明，发现对方比自己和孟韶大上 20 岁，而他的妻子在三年前因病去世了。

这个发现让他的心里产生了一种不舒服的感觉。

孟韶洗完澡换好睡衣躺在床上看书，感觉到程泊辞一条胳膊横过她的腰间，把她往他的方向搂了搂。

她放下书："怎么了？"

程泊辞没接话，掌心沿着她的肘弯一路滑到手上："你的戒指怎么最近都不戴了？"

孟韶说："有点儿紧，不知道是不是我最近长胖了的原因。"

程泊辞不太赞同地说："你现在这样还是太瘦。"

他停了停，声音难得有点儿闷："韶韶，那个游教授的沙龙，我也能去吗？"

"你也对他的理论感兴趣了？"孟韶半开玩笑地问。

程泊辞顿了顿，说了声"嗯"。

虽然知道这应该不是他的真实想法，但孟韶还是答应了："那好吧，我明天问问看。"

转天孟韶在工作的空隙给游克明发了消息，说自己的先生也想参加他的沙龙，想要征得他的同意。

游克明回复她说当然欢迎，又发了一条语音消息，用调侃的语气问她先生是不是不放心她。

孟韶有些赧然，解释说程泊辞一方面是想陪她，另一方面想了解他的研究。

举办沙龙那天的傍晚下了小雨，细细的雨丝落在车窗玻璃上，程泊辞开车载着孟韶前往游克明待客的酒店。

沙龙以酒会的形式进行，在会场正中，年过 50 岁的游克明被宾客包围着，兴致很高地跟人交流。

酒会上也有人认识程泊辞，不少人过来跟他打招呼。

人群中的游克明看见孟韶，朝她举杯致意。孟韶便带程泊辞过去向他介绍。

"游教授，这是我先生程泊辞，在外交部工作，跟您说过的。"她说。

程泊辞跟游克明碰了杯，在玻璃互相轻擦的声音中，游克明笑道："程领事，久仰。"

两个人礼节性地交谈了几句，程泊辞忽然说："游教授，您可能不知道，今天是我跟韶韶的结婚纪念日。"

游克明感受到面前年轻的外交官包裹得很好的攻击性，喝了口酒，和颜悦色地道："看来这的确是个很好的日子。"

孟韶从背包里取出一本书，递给游克明，说："游教授，这是送您的礼物。"

游克明微微讶异："这是我第一本书的初版，现在已经绝版了，我自己那本都在出差的时候弄丢了。"

"是我在读书的时候买的，网上到处都找不到，最后是托我们学校门口二手书店的老板帮我收来的。"孟韶说。

"能被你留到现在，我很荣幸。"游克明说。

游克明珍重地接过孟韶送他的书。有人过来同程泊辞说话，回应的时候程泊辞看到游克明带孟韶去了远一点儿的地方，好像是要向她介绍另一位学者。

寸步不离地跟着孟韶显得狭隘，程泊辞没有做出这样不合时宜的举止，只是在跟人谈话的时候，偶尔会抬眸往孟韶的方向望过去。

孟韶和另外那位学者交流了一会儿，结束之后，只有她和游克明两个人还站在那里。他忽然和蔼地说："看到你和程领事，我会想到我和我妻子年轻的时候。"

接着他朝程泊辞那边递了个眼神，用说玩笑话的口吻道："程领事好像很介意我。"

"您别在意，因为我本来答应今天跟他一起吃饭的。"孟韶说。

游克明仍在笑："其实我该跟他道歉，我这种老人生活太无聊了，有时候就想给你们年轻人之间制造些麻烦找点儿乐子。"

他这样说，孟韶才意识到，他是故意把自己带离程泊辞身边的。

游克明又说："我妻子活着的时候也经常吃我的醋。我刚离开报社去大学任教时，哪个女同事跟我多说句话她都要问得清清楚楚，那时候我还为这个跟她吵过几句，现在想想真是不应该。"

他嗓音平淡，眼底却涌现出浓浓的哀愁。孟韶低声宽慰了他几句，又听他讲了一些跟亡妻的往事。

游克明讲完之后拍了拍脑袋说："答应给你的东西差点儿忘了，你跟我来。"

他带孟韶去前台找工作人员拿他寄存的物品，东西被泡沫纸封装得严严实实，他拿过来递给孟韶。

"谢谢您。"孟韶感激地说。

游克明摇摇头，说这是应该的。

孟韶回到程泊辞旁边之后，他瞥了眼被她放在臂弯里的东西："礼物？"

"算是吧。"孟韶说。

程泊辞想帮孟韶拿，她却没给。

当着会场里那么多人的面，他没坚持，只是意味深长地道："这么宝贝。"

因为游克明的身体状况不算特别好，酒会持续了不长的时间就结束了。游克明站在门口送别宾客，程泊辞握着孟韶的手跟他道别。

外面的雨还没有停，而他们来时酒店门前的停车位已经满了，程泊辞的车停在一条街以外的地方，他撑开伞，把手放在孟韶的腰上，揽着她去找车。

雨水"淅淅沥沥"地滴落在伞面上，发出轻响，伞下是两个人的脚步声。

程泊辞闻着孟韶发间散发的淡淡的洗发水香气，忍不住问："他都跟你说什么了？"

"没说什么，聊了聊他最近在做的研究，哦，对，还说到了他夫人。"孟韶道。

"他还记得他夫人。"程泊辞没什么语气地说。

孟韶放慢了脚步，仰起脸端详他的神色："程泊辞，你是不是吃醋了？"

程泊辞的表情变得不太自然，似乎是觉得说"没有"显得欲盖弥彰，最后他道："有一点儿。"

"只有一点儿吗？"孟韶笑盈盈地问。

程泊辞侧头一瞥她，抿了抿唇，过了几秒，投降似的承认："韶韶，我很吃醋。"

孟韶碰了碰他揽住自己的手："那如果我告诉你，游教授是故意把我喊过去想看你吃醋，你会不会觉得好一些？"

程泊辞怔了怔，孟韶便把游克明对她说的话告诉了程泊辞，末了又道："你看，你就是小心眼儿，游教授对他夫人的感情很深的。"

"好，我小心眼儿。"程泊辞大度地接受了孟韶的评价，又问她，"游教授送你的东西是什么？"

孟韶看着脚边雨滴溅起的水花，犹豫了一下说："上车再拆。"

湿漉漉的街道折射着路灯静谧的光，快要走到车子附近的时候，她忽然问程泊辞："你看过《雨中曲》吗？"

程泊辞迅速地明白了她想说什么："*Singing In The Rain*？"

"嗯，这里好像吉恩·凯利跳舞的那条街。"孟韶说。

《雨中曲》是好莱坞经典的歌舞片之一，男主角在下雨的街上跳舞的场景是影史经典片段，而 *Singing In The Rain* 是那段镜头的插曲。

她轻轻地哼唱起来："Singing,singing in the rain,in the rain.I'm

singing in the rain……"

程泊辞不记得自己有没有告诉过孟韶，她的嗓音很动人，平时讲话好听，说英语好听，此刻唱歌的时候也很好听。

他将手从孟韶的腰间放下，从自己大衣的口袋里取出一个深蓝色的丝绒戒指盒，微微用力，单手将盒盖打开。

"戒指拿去改松了，你现在戴应该合适。"程泊辞说。

不等孟韶答话，他又道："韶韶，以后还是戴着戒指，行吗？"

程泊辞的语气太诚恳真挚，孟韶说不出拒绝的话。

"好。"她说。

说话间，两个人到了车子旁边，程泊辞撑着伞，等孟韶坐下，自己才回到驾驶位上。

他没急着开车，关上车门之后，按亮了车厢内的阅读灯。

孟韶问他借了把钥匙，小心地划开泡沫纸被胶带贴起来的地方。

一幅题过字的折扇扇面出现在两个人面前。

"留取丹心照汗青。"

落款是"江频书"。

程泊辞看清最后的落款时，神色一刹那发生了变化。

"其实我今天来是为了这个。"孟韶小心地托着泡沫纸，将扇面递给程泊辞，"采访他的时候，最后问到他做记者的时候有没有什么印象深刻的事情，他说当年拜访江参赞时收到了她送的礼物——一幅扇面，没过多久就听说她牺牲了，他觉得很难过。"

她看着程泊辞的眼睛："所有人都觉得你妈妈是一个出色的外交官，大家都没有忘记她。"

当时采访结束之后，她叫住了游克明，告诉他自己的丈夫程泊辞就是江频的儿子，并鼓起勇气问他还能不能找到那幅扇面，如果可以，她想买下来。

游克明说，正好这次他来访问的时候把扇面带在了身上，因为觉得是江参赞的遗物，希望能找到机会交还她的家人。

孟韶于是问游克明什么时候有时间，他先前跟她聊过自己的理论，便跟她约在举办学术沙龙这天。

知道江频对程泊辞的重要性，所以孟韶没有因为这天是自己和他的结婚纪念日而推脱，马上就答应了游克明。

程泊辞的目光停留在孟韶给他的扇面上，过了许久，他说："谢谢你，韶韶。"

谢谢她始终记得他全部的心事、所有的执念。

母亲是他从事外交事业的初心，也是让他不断前进的动力。

"谢什么？"孟韶语气轻快地说道，"是给你的结婚三周年礼物。你不是也帮我改戒指了吗？"

她拿起程泊辞给她的戒指盒，将素净的戒指取出来，戴到了自己的手上。

"尺寸正好。"孟韶来回看了看，手指上，一颗玲珑的钻石正散发着柔润的光，"你什么时候量的？"

"你睡觉的时候。"程泊辞说。

他将扇面放回泡沫纸里，用修长好看的手认真地包好，放起来。

夜雨霏霏，程泊辞打火，启动雨刷器，让细长的黑色骨架抹去玻璃上的水渍，开车驶离了酒店。

他瞥了一眼车载屏上的时间："才9点，你还有没有想做的事？"

孟韶伸手揉了揉胃部，有些不好意思地说："刚才聊了那么多学术理论，我好像饿了，我们去吃东西好不好？"

程泊辞答应下来，问她想吃什么。

孟韶思索片刻："那家砂锅粥你还记得吗？就是我们后来在颁奖典礼上见面，你带我去的那一家，不过我忘记名字了。"

"记得。"程泊辞说，随后准确地报出了店名，导航也没有打开，直接朝那个方向开了过去。

孟韶感叹道："程泊辞，你记性真好！"

程泊辞看了她一眼，说："不是对所有的事情记性都这么好。"

与她有关的他才会记得深刻一点儿。

一缕热意顺着衣领爬上了孟韶的脖颈，她忽然意识到现在也是春天，跟他们那时重逢差不多的时间。

现在想想，那次颁奖典礼其实也是她人生中的一个转折点，只是她没意识到而已。

如果不是年少时拼了命地想靠近他，替自己造一座巴比伦塔，她又怎么会有机会实现自己的梦想，并再一次遇见他？

孟韶摸了摸戒圈上璀璨的钻石，突然很感谢那个因为暗恋程泊辞而努力的自己。

砂锅粥店还开着，旁边居民区的栅栏里仍有芍药盛放，仿佛比那年的还要灿烂几分。

"戴口罩。"孟韶已经养成了习惯，看见花就会顺口提醒程泊辞。

他说"好"，戴上口罩，和孟韶一同走进店里坐下。

看菜单的时候，程泊辞先点了两份粥，说是那天两个人点过的。

孟韶想为难他："那你还记得那天我穿的什么衣服吗？"

程泊辞从桌子对面看着孟韶，直到她因为他长时间的注视有些羞赧，他才慢条斯理地说："白风衣、白裙子，裙子的颜色比风衣的颜色浅。"而后又端详着她道，"那时候的头发比现在的短几厘米，就到肩膀。"

孟韶没想到他记得这么清楚。

过了片刻，她想起一件事，问道："当时你说你知道我的名字怎么写，是想让我问你怎么毕业的时候说不认识我吗？"

程泊辞坦诚地道："是。"

顿了顿，他又说："不过你没问。"

孟韶觉得他是用平静的语气说了句略带不满的话。

她边看菜单边说："你读高中的时候让我那么难受，我晾你一下，不可以吗？"

程泊辞拿她没办法似的说可以。

话说到这里，孟韶觉得自己还有很多问题可以问他："所以你听到我说暗恋你，心里是什么想法？"

事情过去这么久，程泊辞审视了一下自己那时的内心，然后诚实地告诉她："挺高兴的，不过也就高兴了那一下，之后听你说'不遗憾''都忘了'的时候，很想找你问个明白。"

他不相信她记不住了，或者说，不想相信她记不住了。

但看到她释然的态度，他心里不舒服，所以在她问起他当年有没有去的时候选择了逃避，好像这样赌气他就能扳回一城，跟她势均力敌。

说来也奇怪，每次见到孟韶，他的情绪都会因为她而变得鲜明，像那个十几岁的少年又回到了他的身上。

"那上高中的时候呢？"孟韶坚持不懈地追问，"上高中的时候你对我是什么感觉？"

程泊辞抬了抬眉："孟大记者是在采访我吗？"

不过他还是如实地回答了她："应该是那时候就喜欢了，但当时我没意识到。"

她是一场润物细无声的小雪，他其实早已被她打动，只是反应太迟钝，要到很多年后，变成了一个更能体察自己情绪的成年人，才能更清晰地懂得。

孟韶把"那时候就喜欢了"几个字回味了一遍，微笑起来，仿佛向记忆中那个高中女生交出了一份答卷。

他早就喜欢你了，15 岁的孟韶，你听到了吗？